白洲正子全集

第一巻

新潮社

鶴川の自宅にて　昭和28年(1953)頃

『お能』
昭和18年(1943)　昭和刊行会
題字・芹澤銈介　装幀・三代澤本壽

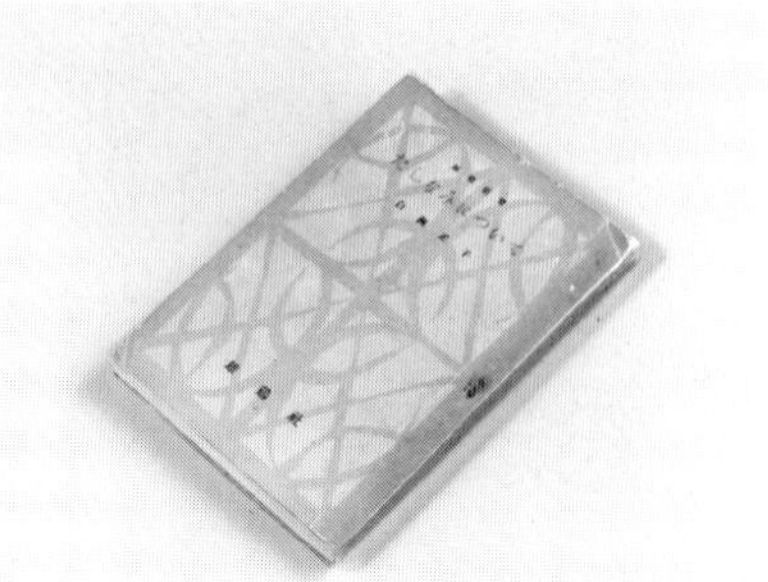

『たしなみについて』
昭和23年(1948)　雄鶏社

『梅若實聞書』
昭和26年(1951)　能楽書林
装幀・芹澤銈介

『私の芸術家訪問記』
昭和30年(1955)　緑地社　装幀・青山二郎

一時はゴルフにこっていた
昭和30年(1955)頃か

次男・兼正と　昭和17年(1942)頃

左から正子、一人おいて吉田茂、麻生和子　ヨーロッパにて　昭和11年(1936)頃

お能 ―― 11

私の芸術家訪問記――371

エッセイ　一九四〇―一九五五　437

白洲正子全集　第一巻

お能

はじめに

お能というものはつかみどころのない、透明な、まるいものである、と一口に言ってしまうこともできます。同時に何千何万のことばをつらねても、言いつくせないものであります。芸術はすべてそのようにとめどのないものですが、それは片手にのせるほどの小さな茶碗一個でも完全に表現することができます。お能もまたそのとめどのないものの円満な代表者であります。

透明でまるいもの、――それには中心といえるものがありません。まんなかにひとつの点を見出すことができません。逆に言いますと、中心のないものはそのどの一部分をとっても中心と言えます。無数の点でできあがっているのですから、点は無限に発見することができます。そのようにお能は、全体をみても能であるとともに、そのごく小部分であるところの「能の型」ひとつをとっても能より他のものではありえません。

そのようなものを言いあらわそうといたしますと、どこから始めてよいか、どこに終わってよいか、わからなくなります。美しい花のまわりを飛びまわる蝶々のように、心のさまようままに、筆を運ぶよりほかありません。

学者でない私は、その花の弁や蕊をひとつひとつ手にとって克明にしらべることはできません。

能の芸術家でない素人の私は、その美しい花を舞台の上に描くだけの力を持ちません。文学者ではない私は、作品の周囲にその花のよい香りをただよわせるだけの美しいことばを知りません。

その私の書きますことは、能の研究ではなく、したがって学問的の論文ではなく、批評でもなく、感想でもなく、また随筆でもありません、まったくお能における私の、ひ、と、り、ご、と、にすぎません。

透明なまるい水晶の玉のようなものは、横にしても縦にしても逆さにしても見たところに変わりはないのですから、私のひとりごとも終始一貫同じひとつのことを言うにおわります。したがって初めから終わりまで読んでも、またこのなかのどの一部分をとっても、それ以外には出られません。私がそう書くのではなく、お能がそう書かせるのです。

このひとりごとがくどいと思う方は、この本の一ページ一行をお読みになるだけでことは足ります。

このひとりごとが読者のなかの何人かにお能における興味を持たせることができるとしたら光栄に存じます。その方たちのためにはりっぱな参考書がいくらでもあると思います。一例をあげれば、創元社から発行された『能楽全書』のごときはかならずご希望にそうと思います。

またひとりごとは何が何だかわからない、と思う方があってもそれで私はまんぞくを感じます。「お能がわからないものである」ことをわからせたのは、目的を達したことになるからです。

お能のなかには、めずらしいものや新しいものはひとつもありません。ですからこのひとりごとのなかにも、新しい発見のようなものは見つけようとしてもあるはずはありません。みんな昔からいろいろの人々が言いふるしたふるごとにすぎません。ひとりごとはなかば無意識に言うものですから、私はお能の説明をこころみるわけでもありません。むしろ説明そのものは、みなさまのお気に召すままにそれぞれつけていただきたいものです。

お能のおいたち

お能がいつ、どこで、どうして発生したかと言うことは、おそらくだれにもはっきり言えないと思います。舞踊の歴史は人類とともに古いのです。お能はその長い長い舞踊史をつづるクサリの一部です。ひとつのクサリは他のクサリを生み、長くなるにしたがってたがいにもつれ合い、こんがらかってしまいました。そのクサリのひとつひとつを名づけて、あるいは傀儡子《くぐつ》、あるいは侏儒舞《ひきひとまい》、あるいは白拍子、あるいは曲舞《くせまい》、あるいは田楽、あるいは呪師《しゆし》、——などと申します。以上のクサリは、みな私たち日本人がこしらえたものでありますが、そのほかに中国から奈良時代に伝来した散楽《さんがく》と称するひとつのクサリもあります。お能はこの多種多様のクサリのなかからいつのまにか生まれ出たのです。ただひとつはっきりと言えるのは、「お能は純粋に民族的のところから発生した」ということだけです。

能楽と一般にはよばれていますが、このいかめしい名前が通用するようになったのも、つい最近の明治のことであって、徳川時代にはこの名称はあるにはあっても一般にはまだお能とよばれたり、乱舞《らんぶ》と名づけられたりしていました。お能の前身は猿楽と一口に申しますが、そうあっさり片づけられるほど単純ではありません。名称でさえその通り能楽はお能でもあり乱舞でもあり猿楽、散楽、申楽《さるがく》でもあり、猿楽の能とよばれもして、はたしてどこからが能楽ときめてよいかわからないほどの気がいたします。その受けた影響にいたってはますます複雑となることはご想像にまかせます。

それはさておき、お能をつなぐクサリはどれひとつとして芸術の名をかぶせることのできないほど幼稚なものでありました。ミイちゃんハアちゃんを喜ばせる娯楽にすぎません。むかしむかし、お能はただのみせものだったのです。

江戸時代の歌舞伎役者は河原乞食といっていやしめられました。足利時代に、非芸術的演戯を、わざとした能役者が乞食とよばれてさげすまれたのも、異とするに足りません。いやしいところから身を起こしてりっぱなものになるのは、「銀の匙を口にくわえて」生まれて来るよりも、どれほど見あげたことであるかわかりません。いやしいお能を芸術にまで育てあげたのは、言うまでもなく足利時代の世阿弥の力であります。世阿弥一人を深く研究することによっても、お能の前身はあきらかになるでしょう。お能の歴史は、世阿弥の一生でもあります。

成人に発育しきった現在のお能というものは、「大人の芸術」であります。乳くさいあまったるさも、思春期の感傷も、まったく跡をとどめない、大きな、力強い、美しい大人の芸術という意です。その大半は世阿弥の力によってなされたのです。

世阿弥は貞治二年（一三六三）結崎《ゆうざき》三郎清次《きよつぐ》の子に生まれました。父は観阿弥という芸名によって一般に名が通っています。観阿弥は結崎座の座頭で、すぐれた天才でありました。

その結崎座は、猿楽のうちでも、とくに大和猿楽とよばれた一派に属していました。

その大和猿楽とは別の一派に、近江猿楽と称される団体がありました。これは世阿弥がお能を完成させたのちに、大和猿楽の勢力におされて、その一部は吸収され、一部は滅びてしまいました。ぬけめのない世阿弥は、競争あいての近江猿楽の特長にすばやく目をつけたばかりでなく、いろいろのみせもののなかから、いやしくも芸術的とみられる部分をみんな吸収して自分のものにしてしまいました。お能はそれゆえ、田楽その他の影響もうけたと同時に、前身であるところの猿楽同士の粋をも集めたものといえるのです。

とはいえ、その粋はどこまでもお能の根本にあるのであって、けっして現在のお能の型にまで及ぶものではありません。舞台芸術における型というものはどうしてもその時代に属している大衆をたのしませるものでなくてはなりません。ともかくもまず目をたのしませなくてはならないのです。足利時代の義満個人の趣味はいろいろ残っている物を見ても、私たちのはるかに及ばないことを思わせますが、世阿弥の遺著のなかから察すると、足利時代の大衆はひじょうに幼稚だったらしく思われます。すくなくとも現代の私たちのほうが、よほど目が肥えていることはわかります。しかしあらゆる芸術のうえで、目をたのしませる部分はいわば表面のあらわれにすぎません。それは見物が進歩するとともに、すこしずつ自然に変わらなくてはならないものです。

世阿弥はお能をその根本において完成させるために、――すなわちみせものから芸術に一躍させるために、あらゆる手段をいといませんでした。ある場合には自己の内にある芸術家をおさえつけてまで、芸を生かすことをあえていたしました。自己を殺してまで芸を生かす、その精神はどこまでもお能をつらぬいています。

かりにこの精神をもととしてお能の発生をみるならば、その歴史は今から六百年前の世阿弥においてはじまります。民族的にみれば平安朝、さまざまの他の美術や思想のように外来文化のもたらしたものと定めれば、奈良朝でもすこしもさしつかえはありません。それはみる人々の立場立場によっておのずからちがうのですから。が、この日本の精神、私たちのたましいを能のなかにふきこんだ世阿弥は、お能の源をあめのうずめの命《みこと》にまで遡らせました。世阿弥があめのうずめの命をもちだしたのは、お能にもったいがつけたかった、そんな単純な考えではありません、まったく彼にはそうするよりほかなかったのであります。

自己を殺して芸術に生きることを、身をもって世阿弥はしめします。身をもってとは、行動にまで、すなわち世阿弥の世渡りの道にまでそれは証明されます。私は何も世阿弥自身を神聖視してはおりません。彼も私たちと同じ人間のひとりにすぎません。けれども、よく「身のほどを知る人」でありました。

応安七年に観阿弥はその子の世阿弥とともにはじめて将軍の前に召しいだされました。将軍とは足利義満のことであります。みせものは一躍貴人の目にもかなうものとしてみとめられたのです。それ以上にそのみせものはことのほか義満の気に入りました。あわれなことに、そのみせものが芸術として義満の心にかなったのではなく、将軍の心をうばったのは、じつは十二の少年の美しさ、世阿弥の色にありました。もし世阿弥が美しい少年でなかったとしたら、お能はいつまでたっても浮かびあがれなかったのかも知れないのです。いわば不純なこの動機を、世阿弥はチャンスとばかりにつかんだきり、おとなになるまで、お能が完成されるまで、しっかりと離しませんでした。天下の将軍義満も世阿弥の手のうちにまるめこまれてしまいました。世阿弥は能芸の極致をたとえて、「非を是にバカス」ことをあげています（それは名人が本来ならば「してはならないこと」をしてみせても見物にはそれが最上の演出とみえる意味です）。天成の芸術家はこのことをうまれながらにして知っていたのです。芸術家として「してはならないこと」を方便として使いこなせた人が世阿弥であります。

利休は、

けがさじと思ふ御法の供すれば世渡るはしとなるぞ悲しき

の歌をつねにくちずさんで、残念がりました。世阿弥にも同じ悲しみはあったでしょうが、彼は平然としてやってのけました。そんなふてぶてしいところがあります。しかし世阿弥はそうするよりほかなかったのです。それは、お能の本来の性質が宗教でも芸術でもなく、一介のみせものにすぎなかったからです。どれほど能楽をあがめたてまつろうと、結局この芸術はどこまでも「見物あって存在する舞台芸術」であります。それも一時間ないし二時間で永久に消えてしまうはかない存在です。絵や詩歌のように一生じっとして自分をわかってくれる人を待つ幸福を授かってはいません。お能が乞食の技とされたことは専門家の世阿弥が乞食であったのと同じことです。その「身のほど」を世阿弥は肝に銘じてよくよく知っておりました。世阿弥があくまでもただしいと信じたことを実現させるためには、何か大きな力にたよることが必要だったのです。そしてそのころの足利将軍はオールマイティでありました。

芸術の天才である世阿弥が真の意味で天才であるゆえんは、この「ふた道かけること」に成功したことです。芸術におぼれることなく、世渡りの道に迷うことなく、お能を根本において完成させたことにあります。それが世阿弥のえらさです。しかし、これは芸術家にとってなんという苦しいことでありましょう、あそび女《め》にもひとしい行ないをしなければ生きて行けないということは。そうかといって芸術家然とすましかえっていたのでは、お能はいつまでたっても高貴な芸術にはなれなかったのです。それに耐えることのできた世阿弥は精神的にも肉体的にもつよかったに違いありません。このつよさはまた「お能のつよさ」でもあります。

世阿弥はうかれ女にひとしい行為をもって将軍義満に仕えましたが、義満の愛には溺れませんでした。それは世阿弥の作品のなかに、ひとつとして将軍をたたえた物はなく、みな人間の幸福をもってよろこびとしたことをもってしても証拠だてられます。世阿弥の愛情は外から押しつけられたものではありません、まったく彼の芸術のなかから自然に生まれ出たあらわれであります。

応永三十五年将軍義持の死は、世阿弥に不幸をもたらしました。苛酷そのものの将軍義教は七十二歳の世阿弥を佐渡に流しました。世阿弥の一座は破滅したのですが、何よりも強いこの精神はお能を滅ぼしはしませんでした。世阿弥は遠島について一言も語ってはいません。しかしその気持は想像されます。もちろん失望はしたにちがいありませんが、ふた道かけて将軍のきげんをとるよりも、自分としては気楽であったにちがいないと思います。のちに世阿弥は許されて婿の金春禅竹《こんぱるぜんちく》のせわになって余生を送りました。

八十一歳の高齢をもって世阿弥が没したのは嘉吉三年（一四四三）にあたります。その長い間に世阿弥のした仕事は広い範囲にわたります。彼は作者として現在残っている二百数十番のお能の曲のうちの半分以上を作りました。構成家としてお能を幼稚なみせものから急激に芸術の高峰にひきずりあげました。理論家として数々の書を後世に残しました。「花伝書」をはじめとして現在残っているものだけでも十六種類を数えることができます。それらの貴重な書のなかで世阿弥はいたれりつくせりに、能の本質、構成法、教育方針にいたるまでくわしく親切に教えています。その本のなかでも世阿弥はいわゆる苦労人らしさを発揮しております。今読者が私のこのひとりごとをおいて世阿弥の書いたものをとりあげてくださったら、どんなにうれしいかわかりません。

その書のなかで世阿弥はひとつとして弱音をはきません。しかしその実際的なことばの裏にどれだけのやるせなさ、さびしさが読みとれることでしょう。芭蕉の「旅にやんで夢は枯野をかけめぐる」、あれと同じ姿をそこにご覧になるでしょう。そうかといって世阿弥は何もめずらしいことを言ったのではありません。みな私たちの知っていることなのです。しかしそのあたりまえのことをひどく歯切れよく言うのです。世阿弥の遺著が現代人をまんぞくさせるのは、今から六百年も前に私たちと同じことを思っていた人があるということを発見することにあります。

世阿弥が具体的にどういう方法をもってお能をりっぱな芸術に仕上げたかといえば、人の物まねに重きをおいた大和猿楽の特長に、物まねよりももっと夢のように美しい幽玄を主にした近江猿楽の特長をとりいれることによって成功したのであります。そんなかんたんなことなのです。今のことばでいえば外面的なおもしろさに内面的なうつくしさを加えたにすぎません。けれどもなんでもないあたりまえのことと思うのは、結果をしめされてから私たちがそう思うだけなのです。

世阿弥の後に、徳川時代から現在にいたるまで名人は多く出ました。そのうちには世阿弥と肩を並べるほどの人々もたくさんあったと想像されます。ではなぜ世阿弥のように物を書いて残さなかったのでしょうか？　この疑問はおそらくだれでも持つと思います。

それは「その必要がなかったから」というひと言で言いつくされます。あるていど書いた人がいたことも事実です。しかしみな世阿弥の影を追うにすぎませんでした。世阿弥によってお能はそれほどまでに完成されていたのであります。その精神とか内容がすでに完全にできあがっていたからです。そのお能を守ることは後にうまれた人々に世阿弥が課したつとめであります。

世阿弥は精神的なうつくしさ、すなわち幽玄に重きをおきながら、けっしてもとにあるところの物まねをおろそかにはしません。どこまでも物まねあっての幽玄であります。物まねは今のお能の上に型として残っています。その型を確実に練習するという、そのことが、そのことだけが専門家の役目であります。もちろん長い間に型は精練されてよりよきもの、より美しきものとなりました。型をそのようにたいせつにするということは、すなわち世阿弥のことばをそのまま守ったのです。どこまでも物まねあっての幽玄であるということ。

もうひとつ例をあげれば、自己を殺してお能の芸術を守る、その世阿弥のココロを守ったのです。自己の芸術的まんぞくを抹殺して、芸をたっとんだのであります。世阿弥の後にうまれた名人たちは、一歩も能の外にふみ出すことをしませんでした。彼らは能のなかにうまれ、能のなかに生きたのであって、かりにも能を外から眺めるようなことは思ってもみなかったのです。またその必要も絶対にありませんでした。それほどお能は完全に円満なものなのです。

それゆえにそのなかに生きている人たちはまったくまんぞくしきって、安心して自分のつとめを果たすことができるのです。世阿弥は自分がつくりあげた円満な芸術をそこなうのが心配でたまりませんでした。その苦しさのあまりに書いたのです。後の人々に苦しみがなかったとは言いません、世阿弥のことばを守ること、お能の城を守ることに一生をついやしてもまだ足りず親は子に、子は孫にバトンをわたして血まなこになり必死の覚悟をもって戦ったのであります。

徳川時代には幕府の十分な保護のもとに能役者にはすくなくとも「たべる心配」は必要ではありませんでした。安心してお能を守り芸をはげむことができました。明治御維新はその幸福な夢をぶちこわしました。幕府の崩壊とともにお能もしょせんつぶれる運命にありました。お能の運命は世阿弥以来はじめて風前のともし火となりました。その細々としたほのおを消さぬようたいせつに守ってくれた恩人は、梅若實という人です。そのほのおを慕って集まって来た人々のなかに宝生九郎、桜間伴馬などの名が見出されます。

古いものが破壊されるなかに演能などは思いもよらず、梅若實はしかたなしに、それでもたべて行かねば芸術は守れないので、ついには両国の橋の上に座って謡《うたい》をうたい、自分の芸を売物にして道行く人の情にすがるほどの苦労をしたと聞きます。その惨憺たるありさまは想像がつきます。そのなかにどうしても自分の意志をまげず、どうしてもあきらめて幕府と心中しないでがんばったのも「お能の精神」そのものであります。そのわずかな人々の芸が結晶となって強い根づよさを保ったのです。それなくて私たちはとうてい今お能をみることは望めません。その人々に感謝するばかりでなく私たちはお能に感謝せねばなりません。彼らはお能の持つその力を実地の技における経験から体得していたのです。

それを体得していなかった人々、すなわち自分の芸に自信のおけなかった人々は、御維新とともに滅びてしまいました。一度捨てても、まただんだんに帰って来た人々もあります。そしてひとたびは「橋上の芸術」とまでおちぶれたお能も、ふたたび復活いたしました。第一の幸福は梅若實が、明治天皇の天覧に浴する光栄を得たことにあります。こうして實という人は、第二の世阿弥の役を果たしました。そしてお能は現在足利時代の、世阿弥以前のかたちに復しつつあります。幕府の式楽として奥深くひそめられていたお能は、ふたたび大衆の前にその美しい姿をあらわしました。もとの民俗的のものにかえったともいえます。しかしこんどはみせものではありません、世界に誇りうるりっぱな芸術としてであります。昭和の御代にはもうお能を個人の所有物化するパトロンはおりません。私たち鑑賞家がパトロンなのです。

たびたび申しますようにお能は見物あいての芸術であります。その点こわれもののようにはかないものです。そのこわれやすいギヤマンのように美しく透きとおったものを、こわすもこわさないもまったく見物のお好みしだいであります。しかも足利も徳川もたいせつに磨きこそすれ、ひとつの瑕《きず》もつくりませんでした。今私たちの手のうちにある玉をうっかり落としてこわすことは先祖に対しても申しわけなく、また私たちの恥でもあります。そのせめを専門家だけにまかせておくのはひどく無責任であり、またそうして逃げるのは卑怯でもあると思います。

お能の見かた

お能の見かたは数かぎりなくあげられます。そのうちのどの一つを選んでもさしつかえはないのです。また私の考えるよりほかの方面から見ることもいくらもできます。まず世阿弥の方法を書いてみますと、

惣じて目ききばかりにて能を知らぬ人もあり。
能をば知れども目のきかぬもあり。
目智相応せばよき見てなるべし。（「花鏡」批判の事）

ちょっと見物席を見渡しても、目ききはたくさんいます。やりきれないほどたくさんある能楽上の約束を全部覚え知っていて、いちいちその定規にあてはめて見る人もあります。学問の専門的立場からお能を噛みしめる人もあります。文学的に鑑賞する人もいます。絵画的まんぞくをおぼえる人もいます。お能を写真のうえに再現したいと望む人はいそがしく写真ばかり撮ります。この人々はそうしながらひじょうな愉悦を感じているのです。

また一方には謡の本と首引きをして、なんのためにわざわざ能楽堂までお能をみにくるのかとふしぎにおもわれる見物もまじっています。それから喜悦の涙をこぼさんばかりに、「ああ、いい、いい」とよだれをたらして眺めいっている人もいます。ちょっと開き直って「どこがいいのですか?」と質問したらきっとなんとも答えられないのがこの人たちです。それからもうひとつ、それはお能をみている子供たちです。

お能の見物は多種多様ですが、大きくわければ以上のふたつの種類にわけられると思います。だいたいこのわけかたはおとなと子供の二種あるとみることができます。

けっして子供をばかにしてはいけません、子供はおとなのお手本になる場合が多いのですから。おとなと子供の対話のひとつは次のようなものでしょう。

「お母さま好き?」

「エエ」

「ではナゼ好き? どうして好き?」

「ナゼデモ。ドウシテデモ」

と答えはだいたいきまっています。

お能というものは一部分一部分がどれほど自分に満足感をあたえようと、それでそのお能がよかったとはかぎりません。自分がいいとみたのは自分だけがそうみたのです。お能というものは文学的に絵画的に一部分がどれほど美しいと思っても、全体がよくない場合があるということも忘れてはなりません。一部分がどれほど美しかろうと一曲を通じて「羽衣《はごろも》」なら「羽衣」、「東《とう》北《ぼく》」なら「東北」という能でなくてはならないのです。かならずしも絵画彫刻的または文学的でなくともよいのです。二百番以上あるなかのひとつひとつの曲はみなそれぞれの違った「能の味」を持っています。「羽衣」と「東北」はともに美しい若い女をあらわす「同じ面《おもて》」をつけて出ます。そして同じような型をし、同じ「序之舞」という舞を舞います。その点まったく同じことをいたします。にもかかわらず同じ若女の面はけっして同じ表情はいたしません。「羽衣」は地上の人間ではない天人の顔をしているはずです。「東北」のシテは和泉式部らしい顔をしているはずです。また同じ序之舞を舞ってもひとつは「羽衣の序之舞」であり、もうひとつはかならず「東北の序之舞」であって、それよりほかの序之舞ではあり得ません。

　その微妙な相違は口で説明できるものではありません。理屈では解釈のつかぬものであります。こうなるとことばは、じつに不自由なものとなります。この「お能の味」というものはふつう一般に味と言われるものと同じなのです。味はたべてみないことにはわかりません。「羽衣」は鯛の味、「東北」はひらめの味といったように。

　説明はつかなくとも、このお能の味を案外子供、あるいは子供のように無心に見られる人々だけが知っているのです。ではその種類のうちの「謡本と首引きをしている人」はどうしているのでしょうか。それはお能はみずに謡を聞くだけで、すなわち謡のなかに没入するだけで、自分だけのお能の味を味わっているのです。

「お能をみるならばだまって千番みろ」と言った人があります。これは名言とおもいます。千万のことばをついやすよりもこの方があるいは早道かも知れません。しかし私はそんなことを人にすすめようとは思いません。なぜならば、この私でさえもう千番ぐらいはみたかも知れません。そしてお能がわかったかといえば、まだその奥によりよいものが秘められているような気がするからです。その気持は、長い間土の中に穴を掘ってゆくうちに、いきなりボカンと底の知れない大穴がぬけ落ちたような、そんな目まいに似た感じであります。

千番みるために私はたいして努力もしませんでした。子供の時からひとつの習慣のようになって、ずるずるべったりに今までみてまいりました。お能の千番切りをめざすことは大人にとっては努力を要し、またひじょうな苦痛でもありましょう。それは忙しい大人たちにすすめることではありません。

「だまって千番みろ」という、このだまってというひと言に意味があるのです。だまってとは「むつかしい理屈をこねるナ」ということです。子供はその点実行するよりほかありません。子供はむつかしい理屈に対しては無知にひとしいのですから、まったくだまってお能をみるよりほかみられないのです。絵画彫刻的にみる土台を子供は持ちません。お能のなかにはかならず電気がかかるように人の感情にうったえる部分があるものですが、子供は人情を解しませんからそんな個所は素通りにしてしまいます。お能のはじめからおわりまで同じ平静な気持をもってみることができるのです。

世阿弥は「目智相応《もくちそうおう》」しなければよい見手とは言われないと言います。それを実現するのはどちらからはいっても結局はできることではありますが、「能を知る」ほうからはいったほうが近道であると思います。

世のなかの大人にとって「子供にかえれ」というよりむつかしいことはないと思います。お能をみるのはたのしみのためにみるのであって、くるしみのためにみなくともいいのです。自分をたのしませるために、自分のすき心、自分の芸術心をまんぞくさせるためにいろいろの理屈をつけてみたくなるものです。無理もないことですからわるいとは言いませんが、「能を知るため」にはわざわいをいたします。

たとえばお能のうちのある一部分にひじょうな感激をおぼえた、とします。私たちはこの感激をしじゅう芸術のうえに求めていることも事実です。しかしそれを、ソレダケを電気のように感じたからといって「能の美を知れり」とされてはたまりません。お能は不満を訴えます。わずか二十秒ほどの感激はたしかにお能の一部にはちがいありませんが、お能はそれだけのものではありません。この感激はいわば私たち大人の人間の感傷的な弱点をつよくついたにすぎません。

はじめから申しますとおりお能にはそのような急所とか見どころとかいうものはないのです。みるほうからいってもお能は水晶の玉のようなものであるかぎり、出ッパリはひとつとしてなく円満そのものであるのです。演者の側からいってもそういう個所でもうけることは絶対にありません。まったくおかしいほどヒトツもありません。もし能のシテが「ここでひとつうけてやろう」とおもってある個所をやったとします。それはもしかすると大向うにはウケル場合があるかも知れません。大向うはうならせることができてもほんとうの鑑賞家である「よき見手」にはかならずかならず退けられるにきまっています。するほうにもこのアテコミがあってはなりません。みるほうにもこの期待があってはなりません。

お能は徹頭徹尾急所の連続でありますから全部がアテコミであってよいのです。しかも全部が平均しているのですから、一部が他の部分より重くみられる場合もありません。お能の舞台の上にいる人たちをご覧ください。どの人もこの人も「いっしょうけんめい」と顔に書いてあるではありませんか？　芝居に出てくるお腰元のようににやにやして見物の品さだめをしたり、雑談をしている人はひとりとしてありません。それはお能のなかに休息するひまがだれにもあたえられていないからです。見栄を切る余裕がないからです。

見栄の切り方はいろいろあります。人に対する見栄ばかりでなく、自分に対してハル見栄もたしかにあります。鑑賞家は自分に対して見栄をハルために、自分の芸術的陶酔を感じるだけでまんぞくするに終わってはなりませぬ。そう心得たうえで、さてはじめて能をたのしみ、自分をまんぞくさせるのは、……それは私の知ったことではございません。

お能を知ること

お能を知ることは、世阿弥の次のことばでもってしても言いつくされます。

でき場を忘れて能を見よ。
能を忘れてシテを見よ。
シテを忘れて心を見よ。
心を忘れて能を知れ。

「できば」の意味は、場所、時間、曲のよしあしによって起こった「結果」の意味にとれます。そのなかにはむろんシテと見物の気分のよしあしも含まれています。しかしその解釈を今ここにこころみなくてもいいと思います。注意したいのは最後の「心を忘れて能を知れ」ということだけです。

舞台の上のシテの技はいわば表面的のあらわれです。目でみることのできるものであって、それもひとつのお能という大きな存在の一部であります。芸術の表面をとおしてその奥に心をみることは鑑賞するうえの必須条件であります。目はそこに置かれたひとつの物質のうえにとどまっていても、心は作者自身の心にふれる、そのこともまた大きなよろこびでありましょう。またそれはだれでも知っていることです。それゆえしばしばそのことは鑑賞家にとって、極致であるかのように言われます。

　しかしそれは能を知るうえの極致ではありません。世阿弥はそこでまんぞくはいたしません、まだ「作品をとおしてその奥の美にふれる」そのことまでも忘れなくてはならないと言います。シテの心をみることも忘れる時、観客はお能と同化してしまいます。シテも能の存在もなくなった時、まして自分が残るはずはありません。能を知ることは能と同じものになることです。

世阿弥はお能の最上の演出を「冷えたる能」とか「闌《た》けたる位」と言います。これはその字のしめすとおり、冷えさびた、枯れた芸のことであります。言うまでもなく「冷え」はただ凍てついたのではなく、つめたさを通り越した液体空気のように同時に「あつい」のです。「さびた」はサビついたのではなくて、「さび朱」の暖かさを持っています。

「枯れた」は枯死した木ではなく、春になれば芽をふく溌剌とした生命をたたえている「生きた木」であります。結局その境地にいたった人はなんの束縛もなしに自由自在に寒くも暖かくも暑くもなれる生きたお能を演じることができるのです。

　せっかくお能の名人に「冷えたる能」、「闌けたる位」のおもしろさを与えられても鑑賞家にそのヒットをうけとめるだけの力がないとしたらそのお能は演じられなかったのも同然です。それ以下の演出であっても鑑賞家はまんぞくしたに違いありません。

お能は一見しただけでも総合芸術であります。シテ、ワキ、囃子《はやし》方《かた》、地謡《じうたい》、全部が鎬《しのぎ》をけずるのがお能であります。これは文楽の場合でも同じです。浄瑠璃と三味線と人形の三つのものはいつもけんかごしです。たがいに離れようとしてはもつれ合ってゆくところにほんとうのおもしろみがあります。そのなかのだれかが遠慮して合わせよう合わせようとしたのでは総合芸術のおもしろさは発揮できません。けっしてイキが息をつく間もないほどピタリと合うことは望めません。この真剣勝負でむきあった時のようなはりきった気持は見物も持たなくてはなりません。

たとえシテの心を見ようとしても、それではまだ外部からみているのであって、いつもお能と自分の間には溝があるわけです。たとえ向こう側のけしきをどんなに見ていようとこの溝を飛び越えなくては向こう側には行かれません。

舞台にあるものはシテではなくて、それは自分自身が舞っているのです。それは心のなかで自分も舞っている気持になるのともまたちがいます。そのようにシテをみながら自分が舞うのではなく、シテの舞う姿もみえなくなるほど没入することです。

宮本武蔵は真剣勝負で向きあっても、ふだんと同じようにすきだらけの恰好をしていた、と聞きます。お能もそのとおりで、「はりきってみる」というのはやたらに力を入れてみることではありません。没入というのも夢見がちの陶酔ではなく、さめきった正気の心をもってお能に陶酔することであります。

舞台の上にえがかれる美は、たとえ内面的であるにしろ、外面的にみるにしろ、いわば一個の橋となって観客をかぎりない想像、あるいは創造の国へとみちびきます。それはみる目が育つとともにいくらでも大きく成り得る性質をもった美であります。一般芸術家の創作に対する精神的興味は、この場合観客の持つべきものであります。お能の観客は単に「お能をみる人」であってはなりません。りっぱに芸術家として創作するよろこびを持つことができるのです。あらたにこうして創作家の位置に立った観客は、とめどもないほど大きな美を発見することに、おそらくシテ以上のよろこびが感じられると信じます。シテ以上というのは芸術的にシテ以上というのであって、シテのよろこびはまた別にあるのです。

舞う心

世阿弥は「花伝書」のはじめに専門家のために教育方針を書き残しました。昔は世阿弥の書いたものはみな秘伝であって、ごく少数の人のほか、めったに見ることは許されませんでした。それにもかかわらずだいたいにおいてそのとおりの教育方針が現在でも行なわれているというのは、何百年の経験上やっぱりそれが名人に至る一番の近道であるにほかならないのです。しかもその方針にはひとつも自然にさからうものはなく、むりを強いてはいません。単にお能の専門家ばかりでなく、これはあらゆる人間に通ずる「人をつくる方法」でもあります。簡単に訳して書いてみますと、

まずだいたい七歳の時に稽古をはじめます。この年は現在私たちが小学校にあがるころに相当いたします。お能もむつかしいことは教えずに子供の気のむくままに自由にさせておきます。舞の多い曲ばかりを教え人情味のこまかいものには手をつけないで、「大様《おおよう》にする」ということのみに力を入れます。それは子供の時におぼえるにこしたことはないのです。こうして教育の第一歩はふみ出されます。

十二、三になるとしだいにいろいろのことを自分でわきまえるようになり、欲も出て来ます。相当に舞や謡がじょうずだと、悪いところはかくれてよいことばかり目につき見物には受けます。生長ざかりですから教えるほうにとってもやさしく、芸ものびる時代です。この時に教える方も習う方も正確に、しかも厳格にせねばなりません。「十で神童、二十で才子」と下がるかも知れないたいせつな時であるからです。

十七、八の時はまたたいせつです。声がわりの時期ですからまず美しい声で聞かせることができなくなります。身体も半分おとな半分子供のような平均のとれない形となるので、見せることもできなくなります。十二、三のころにひきかえて得意の絶頂から谷底へおとされたような気がしてひじょうに不安を感じます。その不安な気持はすぐ見物につたわります。いくら見物にあざけられようとも、一生の境めはここであると決心して、やけをおこさぬことです。このくらいのことでお能をあきらめてしまっては何にもなりません。お能の名人になるには、先々もっと苦しいことと辛いことに出会うものと覚悟をせねばなりません。

二十四、五になるとはじめて世のなかが見えて来ます。これまではまだ海のものとも山のものともつかなかったのですが、この時代に芸のゆくえがはっきりと定まります。声も身体もりっぱな大人となったのですからふたたび見物にもてはやされます。この時代にいちばん気をつけなくてはならないことはうぬぼれないことです。見物の目につくのは「若さの美」であって真の美しさではありません。世阿弥はその美しさを「初心の花」と名づけます。その「初心の花」ともいうべきものを「真《まこと》の花」と誤認する危険があります。うぬぼれと芸に対する自信とは違います。たとえ人にはおだてられてもこの時代にしっかりと練習をつむべきです。芸道における自分の位置をはっきりと認識することによってこの時代の「初心の花」ていどの美しさは一生消え失せるものではありません。

三十四、五はさかりの絶頂です。芸は三十四、五までにあがるのであって、それから以後はさがると思わねばなりません。四十から先は肉体的におとろえるのですから、この時までに自分の芸に自信の持てない人は名人になる見こみはありません。過去をふりかえるとともに未来の方針をしっかりと定めることがこの時代においてされなければなりません。

四十四、五になると下り坂にかかります。今までとはやりかたを変える必要があります。肉体的におとろえるのですから、骨を折らずにしかも美しく見せなければなりません。それにはくふうがいります。なるべくひかえめにすることに重きをおくよりほかありません。ひかえめにしてもなお美しさがみとめられるならば、それこそ「真の花」ではあるのです。

五十以後の老人は「何もせぬ」よりほかにテはありません。外面的の美しさはことごとく失せたのですから、その点で見物を魅する何物もありません。残るものは「真の花」のみです。枝も葉もすべて散りつくした老木《おいぎ》に「花」のみは散らずに残るのです。そこに至ってはじめて何にも飾られぬお能の純粋な美しい姿があらわれます。

以上

お能の専門家はこのようにして一生をかけて最後までたゆまぬ精進を余儀なくされるのです。それは芸に生きる者におわされたさだめであります。

能の専門家たちはお能のほかに趣味をもつことをほんとうは許されていません。許されないのもあたりまえです、彼らにはそのヒマも惜しいのです。そして一生脇目もふらずに芸術にいそしむのです。彼らにとってお能をすることは「生きること」であります。それ以上苦しいと同時にたのしいことがありましょうか。このたのしさを知った以上、どうしてほかに趣味がもてましょう。いいかげんの趣味は一生かかって得た「お能の趣味」ほどおもしろいはずはありません。お能の専門家たちは自分の芸に対する以上に他の物に信用がおけないのです。ことに名人といわれる人で、とくに趣味を持つ人を私は知りません。彼らは「安心」の二字をもっともよくあらわしている人たちです。

死ぬまで芸を励むのですから、お能にはほんとうは芸の極致はないのです。

世阿弥のことばのなかには、

命にはをはりあり。

能には果あるべからず。

というのがあります。

お能の理解は体験によるのですから、いくら本を読んでも考えてもお能はわかりません。私は先生（梅若實氏）から何度も何度も「自分はまだこれからだ」ということばを聞かされました。はじめは欲ばりだと思いました。つぎに謙遜だと思いました。つぎにキザだと思いました。つぎにうれしいと思いました。このことばは世阿弥の書から出たものではなく、まったく、専門家としての体験のたまものであります。

お能の名人というものは、自分が芸術家であると夢想だにいたしません。まして芸術を云々するような大ソレタことは考えてもみません。子供の時からたたきこまれた芸をありのままに舞台にくりかえすにすぎません。それゆえに尊いのであります。専門家は「芸術家である」と自覚しないほうがよいのかも知れません。そう言ってやることは親切と思っても、じつは悪魔のあまいささやきとなるかも知れないのです。彼らは自分たちが偉大な芸術家であるとも知らずに六百年のあいだ、「羽衣」の天人のように無邪気に、つつましく、

空は限りもなければとて
　久方の空とは名付けたり

と「羽衣」の謡をうたいながら、お能を舞いながら、空のかぎりのなさなど考えてもみずに舞台一面にソレを実現していたのです。

お能の美しさ

お能の美しさは、同じ日本の芸術を代表する茶器のうちにも見出すことができます。そのなかには、冷えも、さびも、枯れも、やすらかさも、またある一種のなにげなさも、みな「まことの花」として咲き乱れております。

さんざん神様と腕クラベをしたのちにはじめて「まいった!」と知る、知るに終わらずに、知ったのちも一生を腕クラベに終わる、

そのあきらめであります。知った時に人は生まれかわるのです。第二のライフがそこにはじまる、――というよりも、そのとき真の芸術家としての生活がはじまるといえましょう。

お能の「真の花」を咲かせることのできる名人は、この名器をつくった芸術家とまったく同じ立場におります。

「目に一丁字もなかった工人達が浮ぶ。『茶』など嗜む暇はない。否『茶』などてんで存在しない土地である。美への知識など持ち合せてはおらぬ。聞いたらさぞやまごつくであろう。だが彼等は作る。充分な意識は有たずとも本能で作る。だから作ると云うより寧ろ生れるの

である」

「どの道禅問答に会う。どうして進んだ智恵が楽々と本能の作物に打勝てないのか」

「教えは繰り返して不知なる者の信心を讃え、知見に滞る者の愚を笑う。知に終れば亡びると云うのである」

「所が『井戸』は慰みでは出来ぬ。素人では出来ぬ。工人としての苦行が要る。単調な終りない繰り返しが要る。力が要る。汗が要る。——玄人の手でのみ出来る仕事である」（柳宗悦『茶と美』）

この文の中の「茶」に「芸術」をはめて書き「作る」を「演ずる」と直し、「工人」を「専門家」とさえすればもうなにも私が言わなくてもすんでしまいます。

ちかごろはなんと芸術家がふえたことでしょう。徳川時代の河原乞食は大芸術家となり、塗師は工芸美術家と称されます。昔は画家でさえ画工と言われましたものを。そして能役者もまた能楽師となって芸術家の仲間入りをするようになったのもあたりまえであります。名まえだけは芸術家となりましたが内容にかわりありません。変わりないどころか名まえ負けの気味がないこともありません。

同時に芸術を云々する人もふえました。この人々は芸術をあがめるあまりに、ひとりでも芸術家のふえることを望みます。「芸術家」という名称を作ったのもあるいはこの人々であったかも知れません。今までの職人を芸術家とよぶことによって自分たちがまんぞくを感じるからです。

しかしこれははたして必要なことでありましょうか。

お能をつくった世阿弥はさまざまのことばを残しましたが、けっして「知」には終わりませんでした。経験と同時に知識をもつのはかまいません。しかし経験をもたない、知識だけの芸術家が芸術家として通用しているのはどうかと思います。お能が今まで滅びずに伝わったのは世阿弥の言を守って実地の経験に重きをおいたからであります。見物にとっても「お能を知る」にはなによりもダマッテ見ることを先とします。お能に対する知識は必要としません。だいたいいくらかき集めたところで人間の知識はしれたものです。まして個人のそれなどケチなものにすぎません。

「お能の専門家は技術家であって芸術家ではない」ことを残念がる人もいます。しかし我にもあらず芸術をいつの間にか実現する人、その人が芸術家でないとはどうして言えましょう。なるほど能役者は、「いかなる理由のもとに、いかなる方法をもって、われは芸術を実現せんとす」とは言いません。言えないのです。そのような能役者を芸術家と見ようと見まいと、それはまったく鑑賞家しだいであります。

能役者は技術を専門とする人たちであります。その点職人と少しも変わるものではありません。ガラス屋の職人や、障子や襖をはりかえる経師屋《きょうじや》とまったく同じ目的のもとに、私たちの気持を明るくしてくれるのであります。たとえガラスをはりかえることによってへやを明るくするだけでも、それ相応の年月がその技術についやされます。へやよりも少々大きいサイズの世界であるだけに、能役者はその技術を得るのに一生をついやします。芸術家としての思想をねるヒマはありません。その技術の勉強はひどく手が込んだものであるために、いわゆる芸術家になるまでに、一生が終わってしまうのです。しかも技術のなかにわき目もふらずに飛び込んで、そこに一生じっとしていることが、もっとも名人に至る近道なのです。

先に言いましたようにそのような技術家を芸術家としてみとめるのは鑑賞家であります。能役者が、いくら自分で芸術家をもって任じようとも、いくら能の美を理解しようと、いくら理想的の演出法を知っていようと、それでお能ができると思ったら大まちがいです。お能はなんでもかんでも技術第一なのです。その技をきわめる時、能役者は自分が思うと思うまいとにかかわらず能の美は表現されます。自然ににじみ出るのです。それにはみずから職人となりさがり、その位置にあまんじるだけの謙遜が必要であります。ゆめゆめ芸術家にナリアガルなどと思ってはならないのです。しかし能役者もまた現代人であることにおいて私たちと少しも変わることはありません。ちょっとした雑誌や広告のハシにも「芸術家」の三字がチラつくのはたまらない魅力でもありましょう。私はそれが心配です。

名人と言われる人たちは、それゆえみな子供のように無邪気な人ばかりです。ほほえましくなるほどうれしい人々です。「能の花」とか「幽玄」などのことばをもちだして、それについての意見や識見が聞きたいなどとユメ望んではいけません。おそらく彼らにとって聞いたこともないことばでありましょう。しかもすることなすことみな「花」と咲き、「幽玄」とにおうのは、またなんというゆかいなことでありませんか。

未熟な私の稽古のなかにもそれはしばしば見出せます。もちろん私は子供の時からお能に親しんで三度のごはんよりも好きなのですから、お能のよさは知っています。どんな感じが外に現われなくてはならないかも心得ています。そのほかにお能に関した本もいくらか読んでいますから、

「花」とか「幽玄」とかいろいろの芸術的熟語とやらも並べたてることができます。

「花筐《はながたみ》」というお能の稽古をした時のことです。舞のなかで「月を見る型」をする個所がありま す。上手な専門家たちのをみると、その「月を見る型」にはなんとも言われぬ余情がただようの を、私はこの目で見て知っています。もちろんお能を自分でする以上自分でもそれと同じことが してみたく思うのもあたりまえのことです。

その月は皎々と照っていなくてはなりません、

その月は中天にかかっています、

あたりには冷々とした秋の夜気がただよっています、

真夜中です、

草のひとつひとつにまで月の影は宿っています、

そういうけしきをあらわすのです。そしてすることといえば、わずかに面《おもて》をハス上にもってゆ く、「上を見る型」をするだけであります。しごくあっけないことです。私は以上の景色を心の なかに浮かべてこの型をしてみました。心のなかには幽玄とか、余情が上下左右を問わず、まわ りにただようこと、などを思いました。つまりいい気持になってその型をやったわけです。まさ しく自己陶酔におちいって、自分ではひどくまんぞくを感じたのです。

するとたちまち叱られました。「なっていない」と言われたのです。理由を聞きますと、「これ ではどうか?」という気持がありありと見える、というのです。そこで私はこうたずねました。 「先生がこの型をなさる時はいかにも美しい月があらわれるようにみえます。あれは、ああいい 月だ、と思って上を見あげるのですか? すくなくとも月を見ようという気持はおもちになりませんか？　私は今いっしょうけんめいその気持をもったつもりなのですが」

　その問に対する答は背負投げのようなものでした。

「上を見る型をするだけです。ほかのことは何も思いません」

　それより二、三ヵ月たったある日のこと、私はまた別のお能の稽古をしていました。そのとき先生はいかにも不満そうに、

「あなたはまだなにか考えながらお能をしていますね。まだなにかにこだわっているようにみえる。それさえなければほんとうはもっと上手にできるのですが」

　とも言われました。事実私はこの時すこし憤慨したのです。なぜならば、私は「いっしょうけんめい何もおもわずに型をすること」ばかりおもっていたのですから。

「何も考えずにしろ、とおっしゃいましたから考えずにいたしております。しかもいっしょうけんめい考えまい、とそればかりおもっているのですが――」

　と、先生の温顔はほころびました。

「ソレですよ。あなたが『考えまいとおもうこと』がたたっているのですよ」と。

　意識的に無意識になろうとすること。「考える」のはやさしく、「忘れる」のはむつかしいのです。

　注意していただきたいのは、能役者のなかには、これだけのことが言える人がいる、ということです。これだけのことが言い切れるのは、それは彼らが知識で得たものではないからです。まったく体験によるのであります。その体験は一個人の浅はかな知をもってしては、動かすことのできぬ力と、犯すことのできない威厳を持っています。それはお能の伝統の力とも言うことがで

きます。

トルストイの『アンナ・カレニナ』のなかに、主人公のレーヴィンがなれない草刈りをする光景が書いてあります。草刈りの百姓にまじって大きな鎌をつかっているうちに、だんだん馴れて上手になっていく、そのうちに自分のしていることをまったく考えない無意識状態におちいり、鎌がひとりでに動いて草を刈る。けれども一度レーヴィンが自分のしていることに気がついて、意識してよく刈ろうと努力するやいなやたちまち鎌は重くなり、手は言うことがきかなくなって仕事に困難をおぼえはじめる、――だいたいそういうことです。

このような経験はだれにもあると思います。草刈りの動作は単純であってまったく同じことをくりかえすのですからわけなく無意識になれます。お能ではつぎからつぎへと複雑な、違う型があらわれます。しかもそれは外見的にも「美しい動作」でなくてはならないのです。そのうえに絶え間のない心理描写もあらわさなくてはなりません。「美しい動作」は、なれれば考えないでもすることはできます。しかしお能ではじっとしていながら「心の動き」までもして見せねばならないのです。

「俊寛《しゅんかん》」のお能のなかで、俊寛という人は「平家物語」にもあるように成経《なりつね》と康頼ふたりとともに鬼界島へ流されています。そこへ都から赦免状をたずさえた使者が来る。康頼がその書面を読みあげる間、俊寛はもどかしいばかりの期待をもって聞き入っています。康頼は赦免状を読み終えますが、そのなかに俊寛の名はありません。康頼は「御名はあらばこそ」と言ってその文を俊寛にわたす、取る間ももどかしく俊寛はそれをうけとる。文を読み返し読み返し、裏表に自分の名を探しもとめ、ついにがっかりして赦免状を地にたたきつけて泣き伏す、——このなかには胸のおどる期待、俊寛の名を読まない康頼に対する疑惑、ハラハラする焦燥感、爆発的な忿怒、最後に来る絶望、などをつぎつぎと描写して見物をその渦巻のなかにひきずりこんでしまいます。見物をしてその俊寛の気持をあじわわせるのです。しかしこの場合ハラハラするのは見物であって、けっして演者自身がそんな気持を持ってはおりません。ふしぎなことですが、それは事実です。

先生はよく私たちに「けっして我を忘れるな。逆上するな」とさとします。無意識とは、我を忘れることではありません。逆上するのはどこまでも俊寛であって演者ではありません。演者が逆上する時は、そのお能はおかしなものに終わります。お能がお能ではなくて芝居になるからです。演者が大まじめであればあるほど悲劇は喜劇となります。演者自身がどれほど俊寛の気持に同情しようと、またそうすることによってどれだけ芸術的陶酔を自分であじわおうとそれはけっして見物に伝わるものではありません。その場合はまだ自分が俊寛らしくふるまおうとする意識が働いているからです。そのものになりきるには徹底的に自分を無にするよりほかの手段はありません。

文楽とお能にはいろいろ異なる点がありますが、演者が自分を無にするという点において同じことが人形使いのうえにうかがわれると思います。ことに文五郎の表情はこのことを思わせます。文五郎の顔は無表情です。彼のたましいは人間文五郎を出て、人形のなかにはいっています。文五郎はうつろになっているのです。動いているのは機械のような彼の手足だけです。永年の修練によって彼の手足は、頭の命令を待たずに勝手に動いているとしか見えません。文五郎自身がたましいを失ったものとなることによって、逆に人形は生きるのであります。人形は文五郎のたましいを借りてこの世によみがえることになります。

お能の面の下には、あの文五郎と同じ表情がかくされているのです。「俊寛」の中に、演者の個人はすいこまれてしまっています。それは自我というやっかいなものをひっぱっている、最後の糸までもたち切ってしまうことです。芝居のように、「自分の役になりきる」と心がけることさえサワリとなります。このようにまったく自我らしくない顔をした自我が思いがけないところへ顔を出すのです。お能をするには、ゆえに「無意識」などということばは知らないほうがよいのです。そんなものはじゃまにはなっても、益にはなりません。

お能の専門家に必要とするものは、創造する力ではなくて、つきることのない忍耐と、お能に対する絶対の信頼と、技術家の位置にあまんずるだけの謙遜と、それから体力であります。

お能の型

お能の型は文字のうえにあらわすこともできますが、それでは一般世間にけっして通用はいたしません。すべて舞踊に関する技術的なことをことばをもって説明するのは不可能であります。ことに型は静止したものではなく、たえまなく動くのでありますから。

お能を習っている人のためには専門用語があって、その連続で初めから終わりまで全部わかります。各専門家の家には、二百番以上の謡のひとつひとつに詳細に専門用語をもって型を書き入れた、「型ツケ」というものがあります。専門家はこの「型ツケ」さえ見れば、どんな型の連続をすることによってひとつのお能が演じられるか、ということが一目でつぶさに読めます。しろうとが能を習う場合もこの「型ツケ」をおぼえるだけで道順がわかるのですから、まがりなりにもお能一番を舞うことができます。なれた人には先生は手を取って教えることはいたしません。この「型ツケ」を渡すだけです。つぎの稽古のときにお弟子はお能を一番舞います。先生ははじめはごく大ザッパに直します。そしてつぎの稽古のときから順々にこまかいところに及ぶのです。お能のなかの舞の一部分の「型ツケ」を見ますとだいたいつぎのようなもので、意味をなしません。

サシ、右足一足、左足カケ、三ノ松ヲ見、扇オロシ、面ニテ正下ヲ見、正へ二足フミ込ミ、胸ザシヒラキ、左拍子ヒトツ、三足目カケ、角へユキ、角トリ、左廻リ、大小前ニテ正へ向、左袖見、二足ツメ、正へサシ、右へマハリ、……

これらの型がどんなものであるかと説明することも意味がなく、また興味もありません。一枚の写真をとって「これがサシです」と言っても、それは静止したものであります。のみならず、そもそも舞の型というものは、ひとつひとつの型を順々に行なうのではなく、ひとつの型が終わった時、または終わろうとする時、すでに次の型がはじまっているという性質をもっております。舞はひらべったく型をのべたものではなく、すなわちひとつひとつ離れた別の型を並べるのではなく、つぎからつぎへひとつの型の上につぎの型が重なり、またその上へ重なることによって舞が成立するのであります。お能はその舞の重なりあったものと見ることもできます。

このことはお能のなかの純粋な「舞」のみの部分においてもっともはっきりいたします。それは謡をともなわない囃子だけにつれて舞う、序之舞、中之舞、早舞、楽、神楽《かぐら》のような舞だけの舞であります。笛と囃子だけにつれて舞うのでありますから意味のない基本的な型の連続です。それだけにこの「型の重なりぐあい」がはっきりと見えます。

この舞のなかで「型が切れる」ということがいちばんいけません。型が切れるというのは、その字のとおりであって、「さあひとつすみました」、「さてこの次は」とポツンポツンと舞うことです。文章で言えば、ピリオドを打つことです。

たとえて見ますと、舞のなかで「舞台のかどへ行って止まる」個所があります。あきらかにこの場合、運動を停止して一時休んだかのように見受けられますが、そうではありません。停止せんとするせつなに、もはやつぎの型の準備行動が演者にはなされているからです。そこで、一息いれたり、休んだりすると、型が切れるのです。舞の最後まで、この終わろうとして終わらぬ型がつづいてゆきます。ですから、上手な人の舞はなめらかな水の流れをおもわせます。休んだり、あっちこっちでぶつかったりしないのです。梅若万三郎氏の早舞はその好一例でした。この舞の重なるお能というものは、それゆえに水の流れのごとく渋滞がありません。その意味でお能ははじめから終わりまでが「舞」であるのです。姿はたとえ静止のカタチにあっても、事実上動いているのです。

型が切れる時はひとつひとつの終りに気が抜けます。かどでとまる、左へまわる、その間にホッと気をぬいたような気持があらわれます。それでは、たとえひとつひとつの型は美しくりっぱであろうとも、舞に余韻を求めるわけにはいきません。こうした失敗は舞にノリというものがなくなります。ノリとは「興にのる」意味でもありましょうか、だんだん見物を陶酔状態にみちびきいれる、リズムといったようなものです。

不公平なことには、うまれつきノリのない人もおります。これは修練によってあるていど得られますが、もしかするとこれは運動神経と似た物であるかも知れません。「ノリのある舞」には、山の谷間から雲がわきおこり、くずれてはまたわきあがる、あのおもしろさが感じられます。それは見ていてもつきせぬ思いのする景色であります。

舞の重なってゆくところにお能はしだいに興にのってゆきます。そこにかもし出される雰囲気が幽玄であるとも言えるのでしょう。それは縹渺《ひょうびょう》とした余情であります。よいお能をみると、「源氏物語」のような感じを持ちます。ひとつひとつのセンテンスは今終わるかとみえて細く太くつぎからつぎからとつながってゆく、あの趣きをあじわうことができます。「源氏物語」の巻の終わりには「第一巻のオワリ」といったような歴然としたクギリがありません。そして読み終えても読み終わったような気はいたしません。時間を忘れてしまいます。平安朝から今までの千年の年月は問題にならなくなります。

お能をみている間はおそらくだれでもそれが足利時代の芸術などとは思ってもみないでしょう。しかも題材はほとんど「平家物語」以前にとってあります。お能の役者はすこしでも幽玄味を増さんがために、足利以前の昔物語に材をとりました（足利時代の物語や対話はたぶん彼らにとってモダンでありすぎたのでしょう）。そのお能の一部分の舞にもピリオドを打つことを同じ目的のためにしませんでした。物着《ものぎ》（後見座にクツロイデ装束をかえる間のこと）の間でもそれは「息ヌキ」ではありません。お能のなかにはコンマや感嘆符やダッシュはあってもピリオドはありません。屈折はあっても川が大海に流れ入るように、ヨドミがありません。たまたまヨドミはあっても、水はたえずそのなかでゆるやかに渦をまいているのです。

型は厳選に厳選を重ね、極端に圧縮されたものであって、「人の物まね」から発達したものです。人の動作のなかの取るべきものは取り、捨てるべきものは捨てさった粋を集めたものであり、またそれを美化したものであります。人の動作のなかの重要な部分、――たとえばある物をさししめすカタチなどは、大げさにいたします。そのかわりどうでもいいようなことは全部これはまた極端に忘れてしまいます。

お能のごく最初には、人の動作をそっくりそのままなるべくよく似せるのが目的でありました。しかしそれでは写実にすぎて美しくはありえません。それを美化することを世阿弥はしたのです。写生をはじめて絵になしえたのです。それから何百年もかかって同じ絵が何千回何万回も描かれていくうちに、ついにこれ以上理想的な表現法はないとまでに定められたのが現在の「能の型」であります。ひとりの人間の力がこれをなしとげたのではありません。時の力が自然に変えていかないかぎり、一個人の考えも及ばぬほどそれは美しく、かつ効果的であるのです。

写生は絵となり、絵はついに模様となったのです。型は美しい模様です。なんべん描かれてもすこしの狂いもない模様です。絵が低下したのではありません。お能が模様に終わるのではありませせん。その一部一部が独立した絵画ではなくて、模様化したために「お能の絵画」はさらに芸術みを増すのです。

お能という大きなひとつの絵画を絵であらしめるためにその小部分であるひとつひとつの模様は正確でなければいけません。型はそれゆえに方眼紙の上にでも写したくなるほど正確でありまず。お能の型をするためには、人間は一つの機械となるよりほかありません。円は完全にまるくなくては、角はつねに直角でなければなりません。お能の型はこれほど厳しく、かつつまらないものであります。

お能のたましいは美しい「幽玄」のなかにも「花」のなかにもあるものではなく、こんな殺風景な「技法」のなかに見出せます。世阿弥は「わざは種」と言いました。切花はいくら美しくともその時かぎりです。種からはえた木に咲く花は年々美しく咲くのです。しかも種それ自身はすこしも見た目におもしろくは見えません。機械のような型を学ぶことの中には芸術的陶酔もイマジネーションも存在しません。ここで人間は技法への絶対的服従を強いられます。一歩も外へふみ出すことは許されません。

「二足前へ出、三足めをかけ角へ行き、とまれ！」というお能の先生は体操の先生のようなものです。三足めの足をかけようと五足めをかけようとたいした違いはなさそうですが、「三足めをかけること」に、じつは何百年の月日がかかっているのです。

型のなかには、「心持をする」のもあります。それはわずかにうつむくだけのことであります。お能に自分の心持など入れる余地のないことはたびたび申しましたが、この心持には、「心持をあらわす型」という意味があります。そしてつぎからつぎへと数々の型を無心に演じるとき自然に重なってゆくように見えるのです。

バレーとお能

お能と西洋の古典舞踊であるところのバレーとくらべてみることも興味があると思います。西洋の舞踊は離心的であります。東洋の舞踊は集中的であります。お能とバレーほど見た目にちがうものはありません。芸術の高峰は分水嶺となって、このふたつの流れを東西にわかちます。わかれたふたつの流れがしめそうとするものは、しかし同じひとつのものです。

バレーはイタリアのルネサンスが生んだ芸術であります。

それは十四世紀のころの無言劇、仮面劇、幕合狂言などから発生しました。ほぼお能が新しいイブキをもって生まれたころに相当いたします。お能が猥雑で非芸術的な演戯から優雅な芸術に育ったように、バレーも最初は幼稚なみせものにすぎませんでした。お能とバレーは共に民族的なところから起こり、のちには宮廷にまでもちこまれる幸福な運命をもって生まれて来ました。

この幸運を最初にバレーにあたえた第一人者はフランスのアンリ二世の王妃、カトリヌ・ド・メディシスであります。イタリアの民俗的舞踊をフランスの宮廷にまでもちこんだのは、半分は政略的の意味もありました。なるべくはなやかなことをしてみせて、フランスの勢力を全ヨーロッパにしめすことと、同時に周囲の人々をバレーに熱中させて政治から関心を遠ざけ、その間に彼女自身が実権を握りたいという欲望を満たすためとの、ふたつの理由のもとに、バレーを盛んにさせたのです。

カトリヌ・ド・メディシスは日本のお能における足利義満でありました。ボージョワイユはバレーを踊り、音楽、歌謡、朗誦などをひとまとめにして、「一貫した筋」をもつ演劇につくりあげた最初の人であります。ボージョワイユを世阿弥にたとえたくはありません。なぜならば「バレーにおける世阿弥」はもうすこしおくれて後世になってうまれたのです。ボージョワイユはむしろ世阿弥以前の人、観阿弥に相当いたしましょう。

この時代のバレーを称して、「バレー・コミック」と申します。コミックには「めでたい」という意味があるそうです。世阿弥がお能をさして「寿福増長のもとひ、かれい延年の法」と言ったのと同じような意味です。「バレー・コミック」がお能と同じ点は、ともに仮面を用いたことと、男だけが演じたことと、歌と、舞の混合体であった、この三つであります。そのなかの舞踊もまた今のバレーにみるような「跳躍的な垂直の動き」はまったくなくて、お能と同じように「水平の動き」でありました。

イタリアからフランスに移ったバレーは十七世紀に急激に発展をとげました。パリにおいて、ノヴェエルとよぶ舞踊家がうまれたからであります。このノヴェエルこそお能の世阿弥にたとえたい人です。ひとつにはノヴェエルがバレーに「精神」をふきこんだ人であることと、ふたつには「舞踊のバイブル」ともいうべき本を書いたことによります。いかにこのふたりの天才が芸術のうえに同じ理解をもっていたか、いかにお能とバレーがその根本において似たものであるか、はその本の一部分を読むだけで解ります。

ノヴェエル
「舞踊は絵画と同じく自然によってインスパイアされねばならない」
世阿弥
「能は物まねをもととし、およそ何事をもよく似せんが本意なり」
ノヴェエル
「振付師は画家と同じようなもので、同様の構成の法則に従わなければならない」
世阿弥
「一に能のたねを知ること（素材を得ること）。
二に能をつくること（演出を定めること）。
三に能を書く事（どのようなスタイルのもとに綴るかということ）也」
ノヴェエル
「もしバレーが衰微するとしたら、それはただ目を喜ばせるためのものとしてとどまっているからである。動きは意味のない形式的なものとなってしまう。よく構成されたバレーはドラマと性格と風習の生きた絵画でなければならぬ。そして目をとおして心に話しかけるようなものでなければならぬ」
世阿弥

「舞はたらきは技なり。主なるものは心なり。舞の上手はおのづから内心より風体色々にいでくればいよいよ面白くなる也」

「意中の景おのれと見風にあらはるべし」

（この場合世阿弥の言う心とは単にくふうの意味にすぎませんが、しかし心にそのくふうがないときは型は型として終わり、心持が外ににじみ出ることは望めません。そのくふうによって外に現われた結果は精神的なものとならざるをえません。心〈くふう〉を持つことによって「意中の景」がおのずから外にあらわれる意）

ノヴェエル

「バレーはおどられるドラマでなければならない。バレーはおどりのための口実ではなく、バレーにおけるおどりは劇的アイディアを表現する手段でなければならない」

これはわざわざ世阿弥のことばを借りるまでもなく、「お能は、おどられるドラマである。お能は舞のための口実ではなく、お能における舞は劇的アイディアを表現する手段である」のであります。お能はバレーと同じく戯曲ではありません。戯曲に必要なふたり以上の人物の対立はありません。しかもふたり以上の人物の行動を、大胆にもシテはひとりでやって見せます。

十八世紀からバレーはますます西洋舞踊の特色を発揮して、お能と離れてゆきます。第一に、バレーでは仮面が排されました。人間の表情がたいせつになってきたからです。——

お能は発達するにつれて前より以上に仮面に重きをおきました。日本の芸術の内面的傾向を大いに発揮して、なるべく内へ内へと動きを少なくすることによって、お能をもっと美しく大きな芸術にしたてあげました。そのお能のいく方向に面も従いました。すなわち極度に表情を惜しむことによって、人間以上の表情を現わそうとしました。

第二に、ノヴェエルは仮髪を排斥いたしました。窮屈だからです。――お能では無表情な面にたよるとともに、ますます鬘《かつら》を重要視いたしました。鬘を、――しかもいちばん窮屈な鬘をつけてする曲を、お能のなかでのもっともお能らしいものとするに至りました。それを称して鬘物《かつらもの》という名称を与えたほど鬘髪は重要なものとなったのです。

第三に、女性が進出いたしました。――お能でもある意味で女性が進出したことになります。なぜならばお能のなかの能である鬘物はほとんど全部「女の能」であるからです。――しかし鬘物はもっとも窮屈であるだけにもっとも内面的でもあります。それゆえに実際上男の体力が必要なのです。お能においては、まさしく女性は進出したのでありますが、ご婦人は進出しませんでした。できなかったのです。

第四に、バレーは従来おどりと歌の混合体であったものから、ドラマの台詞《せりふ》の部分を、ことばの助けは借りずに、黙って音楽に合わせておどるものとなったのです。この点お能よりももっと極端にダマッテしまったのですが、黙らざるを得なくなった理由は、

第五に、バレーがオペラと離れたから、であります。オペラは「ドラマの台詞を歌うもの」となり、バレーは「ドラマの筋をおどるもの」となりました。――お能は舞歌二曲を今でもモトとしております。お能はそれゆえに、「バレーがオペラと離れる以前のかたち」と説明するのが西

洋人にはわかりやすいと思います。

第六に、バレーの王立学校がパリに建てられました。専門家を養成するために。——日本の徳川将軍はお能を外にむかってひろめるよりは、幕府の式楽としてたいせつに自分だけにしまっておきたかったのです。封建主義はお能の専門家の家を座としてきめてしまい、内から外に出ることも、外から内へはいることもできないほど門をかためてしまいました。これは「お能を守る」ことにはなりましたが、芸術そのものの発達や進歩からみると、たしかによい制度とは言えません。ですから徳川のお能における功績は半分半分ということになります。それ以後は、たいした進歩のあとは認められません。徳川時代には自然に全部が鎖国的となり、お能もはっきりとしたひとつの「道」として宗教化いたしました。その道を守る責任のあるお能の座頭《ざがしら》はほとんど大本山の座主のような位置におりました。名称もお侍《さむらい》のように大夫《たゆう》とよばれ、能役者はもはや足利時代の乞食ではなく、人間扱いをうけたのであります。それは大夫（今では宗家）に重大な責任感をあたえる役めをはたしました。たいした者でもないのにほんとうにえらくなったような自信も与えました。そして自信というものは、ついにほんとうにえらくしてしまう神がかり的効果を持つことがあるものです。しかし徳川期のお能のネムリは、

家々ニアラズ。（お能が）ツヅクヲモテ家トス。
人々ニアラズ。（お能を）知ルヲモテ人トス。

と言った世阿弥の言には反します。世阿弥の言がはたしてよいか、わるいか、その結果はお能

の未来において証明されるのであります。

第七に、バレーには跳躍時代がおとずれました。それはバレーの衣装を軽くしたゆえんでもあります。――お能の源にはかるわざのトンボ返り的のものが重要な位置をしめていました。しかし発達とともにそれらの曲芸は影をひそめました。もうみせものではなくなったからです（現在でも多少お能のハシハシに跳躍やトンボ返りはみとめられますが、さほど重要なものではありません）。お能はどこまでも「地上のおどり」であってバレーは「空中のおどり」であります。お能にみとめられる跳躍は高く飛びあがる、そのこと自身よりも、むしろ磐石のような重みをもって下に落ちることのほうがたいせつなのです。バレーの跳躍はすこしでも長いこと空中にとどまっていて、地上におりる時は鳥のように軽くフワリとおりるのであって、落ちるのではありません。しかも両方とも力のいる、練習を必要とするものであることは言うまでもありません。

余談でありますが「地上のおどり」と「空中のおどり」についておもしろい話を聞きました。

「地上のおどり」は、お能において重要な部分である足ブミをもととした「農民の舞踊」であるそうです。すなわち田をたがやす足ブミをまねることによって、原始時代の農民が神の心をなぐさめるとともに豊年を祈ったことに源を発したのであります。世阿弥ではありませんが、このことはあめのうずめの命《みこと》を思い出させます。

「空中のおどり」は跳躍をもととした遊牧民族の舞踊でありますとか。すなわち獣類の体をまねることがいちばん彼ら原始民族の自然のあらわれであったのです。昔は日本にも曲芸のような跳躍のおどりがあったことはいくらでも証明がつきます。奈良のお水取りの行事は非常に跳躍的であるとか聞きます。いずれ蒙古あたりから渡ったのでもありましょう。しかしどれもこれもけっしてわが国では芸術として発展はいたしませんでした。ただ「地上のおどり」のみがあるいはお能となり、あるいは日本舞踊となって日本人の芸術心をまんぞくさせたのであります。

かようにしてお能はますます地上に、バレーはますます空中に関心をしめしつつ十九世紀に至ります。根本には世阿弥とノヴェエルの同じあるものを持ちながら、ふたつの芸術は相寄ろうとはしないで、ますます離れるばかりです。十八世紀から十九世紀へかけてはバレーの名手が続出して百花繚乱のありさまでした。お能にももちろん名人はつぎつぎにうまれましたが、個人的に有名になることよりも、「道」を守るために忙しいのでありました。けっして大衆的でなかったことも、わずかに伝記などのハシにその人々を思わせるていどの名を残したにすぎません。

バレーにも「道」は存在しました。しかしお能の道のように宗教的な道ではありません。バレーの道は単に「群舞の通る道」の道でありました。つまり線のことです。この時代までのバレーは群舞（コーラスガールのような）であったとともに、シメトリカルな動きでありました。シメトリカルなものには整然とした感じはありますが芸術的ではない、とノヴェエルは見てとりました。シメトリーというものに対して少しも愛着を感じない、われわれ日本人からみればなんでもないようなことですが、それがノヴェエルのえらいところであります。そしてひとりひとりに別々の動きをさせる扱い方をするようになりました。

そのころのヨーロッパにはロマンティシズムが流行していました。他の芸術と共にバレーもまたこの道を進み、だんだんに美しい夢幻的な傾向に変化してゆきます。この時代のバレーのことを「バレー・ロマンティク」と名づけます。ほどなくこのロマンティクバレーはおとろえてしまいます。足利時代の近江猿楽が滅びたのとまったく同じ理由のもとに滅びたのです。世阿弥は幽玄を「只美しく柔和なる体」と定義しましたが、さらに実地の技をもととしないお能の美は「幽玄にはなくてこれ弱き也」と言いました。その弱々しいきれいごとばかりをねらった近江猿楽は滅びました。いたずらに夢幻的の美を理想とした「バレー・ロマンティク」も、「ただ目を喜ばせるためのものであったらバレーは滅びる」と予言したノヴェエルの精神を忘れたばかりに滅びたのです。

しかし「バレー・ロマンティク」は滅びましたが、バレーの芸術は滅びませんでした。いつの間につぎのバレーの時代を継ぐ人々がロシアにうまれていたからであります。これからは有名な「ロシアン・バレー」の時期が到来いたします。もはや近世となりますが、プチパという人がセント・ピータースブルグで活躍いたしました。ついであの名高いアンナ・パヴロヴァやニジンスキイがうまれたのです。

パヴロヴァが日本を訪れた時の感激を思い出します。私はまだ十歳に満たない子供でしたが、お能が好きなばかりにありとあらゆるおどりに興味が持てたので、うまれてはじめて見たバレーにお能と同じほどの陶酔をおぼえました。ロシアン・バレーにはこのほかにフォキンやアンナ・カサヴィナらもおりました。アンナ・カサヴィナの自叙伝は興味のつきぬものであります。たしかそのなかにニジンスキイの芸術をたたえた一節がありました。

ニジンスキイを凌駕するほどの舞踊家はまだ知らない。彼は大胆無比なおどりてであって、ついにはバレーの技法を無視したようなおどりかたをしたにもかかわらず、その芸術はたとえようもないほどすばらしく、美しかった。……

自由そのものに見えるバレーにおいても、型はお能と同じほど重視されております。七、八歳のころから毎日毎日型の練習を積む苦労を重ねることは、お能の専門家とすこしも変わりません。また型がバレーのたましいとされていることも。その型を超越したところに、——型の正しい練習をつんだあとに、バレーもお能も共に芸術の極致ともいうべき境があるのです。それは「非ヲ是トバカス」ことだと世阿弥は言っております。悪をも善となすほど自由なことがありましょうか。

ニジンスキイはあまりにも天才的の芸術家でありました。あまりに天才的であったためにふつうの人間ではなかったのです。天才は気狂いと紙一重と言われるように、彼はついに狂人となりました。しかし彼自身にとって、はたしてこれは幸か不幸かわかりません、今スイスの病院にいるニジンスキイは、トテツもないバレーを夢みて私たち凡人をあざわらっているのかも知れません。ニジンスキイの娘という人の舞踊を先年見る機会を得ましたが、たいした物ではなかったことを残念ながらつけ加えておきます。

離心的な西洋のバレーも、集中的な日本のお能も根本になるものは型であるという点でピタリと合致いたします。自由そのものに見えるバレーにお能と同じ不自由さがあるのです。これは伝統がつくった「法」であることにすこしも変わりはありません。ありのままの人間の姿をなるべく非人間的にすることによってお能では幽玄、バレーでは美しさ、優雅さが増すのであります。舞踊家はすべてこの意味で人工的な存在と言えます。

バレーの型のなかでもっとも特徴のあるのはトウで立つことですが、お能でも爪先で立つ型はあります。「流れ足」といってちょっとトウダンスに似ております。それは「鵺《ぬえ》」、「張良《ちようりよう》」、「船弁慶《ふなべんけい》」（特殊演出）などにも見受けられますが、それを主にするのは「猩々乱《しようじようみだれ》」というお能です。お能では膝をのばしきるという場合は絶対にありません。ただこの「流れ足」にかぎりまっすぐにのばし、腰ものばしきります。これはめずらしい型の一例としてあげておきます。

現在二十世紀のバレーは日一日と発展しています。とめどなくひろがる感じがいたします。ジャン・コクトオが指導したり、ピカソやマティスが舞台装置をデザインするなど、めまぐるしいかぎりのものです。ミラノのスカラ座、パリのオペラ座、レエニングラードのマリンスキイ座はお能の流儀に等しいものであって、互いに定まった型を持ち主張を持つこともまったくお能の場合に等しいのであります。これらの流派は競って素材をスポーツや機械にまで取るにおよび、そのゆくすえはどこまでのびるか見モノです。

しかし太陽のもとにけっして「真に新しいもの」はありえません。目をそばだてるほどの新しいものをとりあげても、美の法則はつねに不変であります。これを変えることは人間にはできません。どんな革新家であってもわれにもあらずこの法則に従っているのです。

自由な型

ふたたびお能の型は、茶道の型、花道の型、おどりの型と同じくソレあってのお能であると言いたいのです。模様と化したものは窮屈な感じをあたえます。人間は束縛をいといます。なにものもさえぎるもののない大空のもとに深い呼吸をして新鮮な空気をもとめ、野原のまんなかで思いきり羽をのばしておどりまわりたいのです。しかしそれは真の意味で自由でありましょうか？現に私みたいなものが、どうしてあれほど窮屈な能楽堂で足のいたいのもがまんして、お能に絶対服従をよろこんでしているかといえば、それはそこに真の自由が見出されるからです。その自由は子供だましではないからです。

お能は武士の文化がつくったものであります。平安朝の文化人の理想としたところは、現世に快楽を求めることでした。たとえ来世をねがうにしてもそれは現世の延長にすぎませんでした。つぎにおこった文化は、それでまんぞくはしませんでした。いたずらにすわって極楽の来るのをじっと待つようなことはしませんでした。もっと積極的に出たのです。そのためには現世の快楽を追うことなどは問題ではなくなりました。武士はいつ死に直面するかわからないので、死に対する覚悟をしじゅう必要としました。死に対する覚悟を持つには、死になれることが必要でした。

死は自分の身のまわりにあるものと同じように、しじゅうそこいらへんにころがっているなんでもないめずらしくないものとなりました。しじゅうひとつの物とにらめっこをしていたら、やがてどんな珍品であろうとちっともめずらしくはなくなります。武士は四六時中死とにらめっこをしていたのですから、死と直面してもちっともめずらしいとは思わなかったのです。

武士のたましいは言うまでもなく刀であります。刀をさすことによって武士は武士らしく見えるのです。しかも刀は危険な道具であります。その刀はしじゅう武士に死をおもわせる物でもありました。刀をたずさえることによって武士はしじゅう死を一緒にたずさえていたのです。その刀をさすことは武士のひとつの型でありました。お能に型があることはお能をお能らしくさせるためです。武士のたましいは刀、お能のたましいはお能の型であるのです。

武士は子供の時から真の武士になる教育を受けるのです。どんな小さな子供でも刀をさしているのですから刀はたいせつな物であっても、けっしてめずらしくはないあたりまえのものです。そして武士は重い刀をさすような恰好に身体の姿勢がなってしまっていますから、たとえ無刀の場合でもどこから見ても武士以外のものには見えません。物の言い方、着物の着かたで刀がなくてもすぐソレとわかります。

お能の専門家も、専門家の名において恥ずかしくない人々ならば、人ごみのなかでも、かならず見つけることができます。身体の姿勢物腰などがあるひとつの型にはまっているからです。それほどまでに型のきまった人たちは、武士が無刀でいる場合と同じく、お能の舞台の上でとりたてて正しい型をするまでもなく、おのずから型にはまっているのです。武士の着流しの姿はけっして武士の正装ではありません。それにもかかわらず町人と見えないのは彼が武士であるからです。お能の型が気のはらない着流し姿のような型であってもそれがお能以外のものに見えないのは、演者が名人であるからです。

前にもちょっとふれましたが、世阿弥はこのことを「闌《た》けたる位」と名づけました。そして第一の演出といたしました。これは幽玄の位を得たのちに来るものではなく、また物まねののちに見出されるのではありません。なぜならば「闌けたる位」は、幽玄と物まねの両方ともかねてもつものであるからです。だいたいの意味は、

名人が若年より老人に至るまで稽古してのち、是《ぜ》を集め非をのけてはじめて見せられる演出方法である。それは稽古をしていた修行中は絶対排斥していた非風《ひふう》（正しくない型）をまぜることである。名人にとっては是風《ぜふう》よりほかのものは見出せない。それゆえに是風ばかりして見せるときは、見物にとってひとつのめずらしいこともなく、みないいことばかりに見える。それで見物がそれになれてしまっている時に非風をしてみせれば、見物は「あ、あんなこともあったのか！」と感心して一種の清涼剤となる。見物におもしろくみせるのが能役者の役めであるからには、おもしろくみせることはすなわち是である。もはや非ではない。

これを未熟な者が自分にとっても是と心得て似せなくてはならないと思ってまねるときはとんでもないこととなる。

「闌くる」ということは技ではない、これは名人の心位（くふう）である。

おいしいお料理にあきた美食家にイワシの茶づけをたべさせることです。「闌」という字には、

おそし、おわり、たけなわ、まばら、みだり、などの意味があります。とにかくものの終わりにくるバラバラした不完全さであり、自由なやりっぱなし的なものを思わせます。
そのようにお能の型を自由にやりっぱなしにすることは名人にだけ許されるのであります。未熟なものがソレをまねするとお能にはならない。名人のどの部分がやりっぱなしでよく見えるか、どの部分が正しい型であるかということを自分でえらぶだけの力を、専門家はもたなくてはなりません。その注意を要することを世阿弥はなおつづけてさとします。

名人は自分で非と心得てするのを、未熟な者はこれを是と見まちがえるために、名人と未熟者の目的とするところに黒白のちがいができる。名人に対してはこれはよい方法であるが下手《へた》にとってはもっと下手にみえる失敗となる。この方法は上手《じょうず》にはしたがっても、下手の思うがままにはならない。

ところがおもしろいことにはあらゆる専門家に聞いてみると、けっして「そのしてはならないことをやってやろう」と前もって決心して演ずる場合はないのです。お能が進んでゆくと自他ともに興にのってゆきます。そういう時にうっかり「してはならないこと」をやってしまうのです。それが名人の場合はよく見え、下手の場合は失敗となるのです。それは自分の力で止められるものではありません。どうしてもそれ以外のことができなくなるのです。名人がその気持におそわれて型からはずれる時、なんとも言われずおもしろい美しいものがあらわれます。その場合「型からはずれること」が名人にとっては正しい型以上に正しいのであります。また若いころにおかしく気になったほどの癖さえも、名人になるとこのうえもないものに見えます。

故梅若万三郎の謡には癖がありました。妙に調子がはずれるような。それをお弟子のなかにまねる人があります。そしてふきだしたくなるほどそれがおかしく聞こえるのです。万三郎が謡うその調子のはずれたところが、はずれないところよりももっと魅力があるのです。しかしそのお弟子のはあきらかに底力のないまねにすぎないのですから、おかしいよりはむしろ気の毒でたまりません。弟の六郎（後の梅若實氏）の足のハコビにも癖があります。癖はとりやすく、まして自分の師であってはよく見えるのも無理はありません。これもまねをするお弟子がありますが、いくら得意とはいえおかしなものです。

その是非の区別をつけることも修業のひとつであります。またもうひとつはお能をしながらも、お能の雰囲気にまきこまれてうっかり興にのりすぎないことです。そうかといって型のことばかり正しく正しくと気にしていては窮屈でみていられません。型のことは考える必要はありません。必要のないほどふだん練習をつんでおけばいいのです。そして無意識でいながらも、つねに正気でなくてはお能はできません。ユメ見がちの感傷はお能にはありません。型は子供だましではなく、長年の修練によって得た大人だけがあやつることのできるものなのです。

くずれた型は

くずれた型は、名人においてのみ「自由をあらわすもの」となります。

およそまちがいのないものほどよいものは世のなかにはありません。少々まちがいがあって、欠けたりまがったりしていても、いいものはそれでも美しいのでありますが、それほどよいものなら、こわれていなかったらもっといいにちがいありません。一部でも完全に美しいのなら全部でも美しいハズです。「一部では美しいが全部では美しくない」ことはありえません。それは「一部が美しい」と見あやまっただけで、ほんとうは一部も、思ったほど美しくはないにちがいありません。

お能の名人のする「くずれた型」は、しかし欠けたりこわれたりしているのではありません。それはまちがいではないのです。凡人にとってはまちがいなのですが、名人にとってはどこまでも本格的の型であるのです。それは完全なデフォルマシオンとも言えます。完全なデフォルメは、じつはちっともデフォルメではないのです。

マティスの絵はひどく自由に見えます。まがった壺、強烈な背景などには思いもよらぬ形、思いもよらぬ色がつかってあります。にもかかわらず、これ以上真実のかたちも色もない、とまでに見えます。そこに至るまでにマティスはどれほど物を見つめることに長くついやしたかわかりません。しかもまるでヨソ見をして描いたような絵をつくるのです。これを見ると、——それから名人のお能を見ると、芸術はいつわりでできあがっているという念が強くおきます。そしていつわりとなるまで、芸術とは言えないほどの気がします。でもそれはけっして芸術家が嘘つきなのではありません。

お能の名人もまた「真実しか言わない人」であります。いつわりと見るのは私の目ダケです。しかも名人であればあるほど、まどわしの術ばかりつかうのです。それは型から開放されて真に自由となっている人だからです。その自由は世のつねの自由さとはちがって、空気のようにつかめないほど自由なのですからなんと形容してよいかわかりません。しかたがないので逆に不自由な物のほうから望みみるよりほかありません。

ちかごろの新しい絵はいろいろのことを思わせます。近代絵画といってもフォービズム、キュービズム、エクスプレッショニズム、シュールレアリスムなどのほかに聞いたこともないような名まえもあります。またこれらの名まえの上にヌボー、ニュー、ノイエなどの「新」と言う字をかぶせた派もあり、個人の名をとってピカソイズムなどの新語もあるようです。しかしそう言ってしまっては、マティスの描いた絵はマティスイズムのほかのなにものでもなくなります。新しい絵画を抽象絵画ということも、しょせん芸術は原始時代からある意味でみな抽象的であるに違いないのですから、しろうとの私は迷います。それではキリがないので、ばくぜんと「現代絵画」という名を借りることにいたします。

この西洋のもっとも新しい絵画を見ると、第一に感じることは、「これは絵ではない、字である」ということです。人に詩をあたえるはずの絵画芸術が、かわりに論文をもってするかのように見えます。ふたたび申しますが私の言う現代絵画とは、「完成された芸術」としての絵画ではなくて、「その途にある者ドモのこと」です。それから見ると完成されたマティスの絵などは古いものに見えるほど、何がなんだかわからないゴタゴタした物を並べた絵のことです。

そうした絵画は私の知る範囲においては、今までのように絵かきが自然を外から写しとって絵の芸術にするのではなく、今までとは逆に、自然のなかにはいってその体験を絵とする目的をもったのであると思います。西洋人はどこまでも自然は自然、人間は人間、とちがうふたつの物として眺めてきた長年の習慣があります。この点日本人はもっとたやすく人間をも自然の一部として眺めることになれております。そのためにつきつめて考えることもなしに自然のなかに安心しているこ とができたのです。科学的になる必要もありませんでした。まったくダマッテおちついていられたのです。

現代絵画もどうかしてそのように自然を体験したいとこころみました。こころみているように私にはみえます。その目的をはたすためには、自然のけしきをそのままうつしとるのであっては今までと少しもちがいはないのですから、自分の立場を変えて自然を見ようとします。そのためには自然のけしきが目の前にちらちらすることは長年の習慣上じゃまになってしかたがないので、自然に背をむけるかたちをとるようになりました。すなわちまるで不自然なものを描くことによってかえって人間の目にふれない自然の奥にあるものをうつそうとしたのです。なるべく自然から遠いもの、それは模様であり、幾何学的の図案であり、意味のない線の羅列であったりいたします。

この方法でくだものを描くとします。以前の絵画はどこまでも目に見える「くだもの」のカタチをしたものでありました。もちろんそのくだもののもっている美しさ、くだものが人にあたえる精神的な興味にまでおよぶのは当然でありましたが、どこまでもそれは目をとおして、人に感じさせる絵でありました。ところが現代絵画においては、目に見るカタチはどうでもよくなりました。そのかわりくだものの性質のもつすべてのものを表現しようと努力します。くだもののかおり、味、触感などを見る人に感じさせたいのです。そこに表現派とか抽象絵画の名ができあったわけです。それは見る人にくだものを描いてみせるのではなく、生きたくだものをそのまま感じさせることです。画面にいかにもいかにもくだものらしいかたちをもたせる時は、どうしても人の目を先にうばいます。目で見るよりもこのくだものは、たべてしまわなくてはならないのです。

人に目でみることを忘れさせるためには、極端な省略が行なわれねばなりません。そのかわり強調されねばならない部分を事実より大げさにしかも大胆に描きます。そのために画面にはくだものとは似ても似つかない模様のようなものが現われます。

この方法をそっくりそのままお能の舞台にうつしてみます。「井筒」の能のなかに、

「しぼめる花の、色なうてにほひ」

という謡につれてする型があります。その型は、袖をかきあわせて下にすわり（これは「しぼ

める花」の象徴)、つぎにしずかに立ちあがりつつ、両袖を大きく左右にひろげる、それだけのしぐさであります。なんどくりかえしても同じ模様のような型であります。そこに私たちは何を見るでしょう。花はしおれたものの、まだほのかなかおりを残している、その「花」をみるのです。晩春の宵にふとあるまがり角をまがったとたんに、どこからともなく香ってくるあのほのかな花の香を同時に嗅ぐのです。

しかも「井筒」は秋のお能です。かろうじてスジといえるものは、井筒の女とよばれる人物が在原業平をしたって昔を思う舞を舞う、ただそれだけのことです。その井筒の女には男がなっているのです。人間の、しかも男が演じるにもかかわらず、その型をするとたんに「花」と化するのです。

それが「花」であると思わせるものはひとつとしてその型のなかにはありません。どこまでも型は人間のする動作をまねたものにすぎません。それを「花」と見せるのはただ謡のもんくがしめすだけです。謡がソレとしめさなかったら、その型はなんの意味もしめすはずがないほど単純なものであります。なんの意味もない型を活かすために、謡はほんのちょっと暗示をあたえるだけですみます。

お能はその点まったく現代絵画と目的を同じくするとともに、美しく成功しております。そのような例は、お能のなかのいたるところに発見されます。

「善知鳥《うとう》」という能は、猟師の幽霊が出て来て娑婆にいた時に犯した殺生の罪になやまされる、その地獄の苦患を訴えるお能です。現代の私たちにとって地獄の責苦や殺生の罪の重さなどはどうもピタリと来ません。それでもじつにおもしろくこのお能がたのしめるのは、前にあげた「井筒」の場合と同じことが行なわれるからであります。

「善知鳥」のシテの猟師は人間でありながらさまざまのモノに変化いたします。たえまなくかわるのです。シテの猟師は個人の性格をあらわすモノではありません。ある時は猟師が生前に殺した「善知鳥の鳥」となります。また他の場面では、「鷹」になったり「けだもの」と変じたりいたします。とつぜん人間が（シテが）、

「くろがねの嘴《はし》をならし、羽《は》をたたき」


の型をするだけで、そのとたんに「怪鳥」となります。その型はどんなものかと言えば、両手を二度大きく打ち合わせるだけであります。いくらか鳥の羽ばたきに似なくもありませんが、この手を打ち合わせる型は、ほかの場合には、「あ、忘れていた」という意味であったり、「しまった！」をあらわしたり、また大笑いをすることをしめしたりいたします。「怪鳥」の暗示をわずかに与えるものは、前に言ったとおり、謡の文字ノミであります。

ただそれだけで私たち観客は、羽をバタバタさせる気味の悪い鳥の姿をそこに見ます。飛び立ったのち（シテの型の終わったのち）には、羽が散乱しているような、——そんな事実そこにないものまでを思わせます。あるヒトツのものをある瞬間そこにみせるために、お能は、じつに単純な、しかし絶対に必要なベストの型をたった一つするだけです。しかも余分なものは全部捨ててしまって、ただ残されたヒトツだけを大げさにするのです。これは子供の絵にみられるところのものです。子供は画面一杯に「大きな耳」を描いて「コレガ兎ダ」と確信し、まんぞくしきっ

ています。

ここにひとつの現代絵画の名にふさわしい絵があります。それはたいした絵ではなさそうですが、しかし特徴があります。「村」という題のもとにえがかれています。最初に目にうつるものは、左のほうにつき出ている大きな牛の顔です。それは画面の四分の一をしめています。反対側には人の顔があって、牛とにらめっこをしています。模様のような木が一本牛の鼻面をなぜています。大きな牛の頭のなかにはもう一ぴき牛がいて、乳をしぼられている最中です。小さな百姓家がゴタゴタと画面の右上方に押しあげられてしまっています。村の人々もその周囲に見えます。そのなかのいちばん大きなサイズの人間は、鍬をかついで家路へ急ぐところです。余白であるべきところ――もし日本画であったならば――には、意味のない円と線が重なりあっています。

どんなにおせじが言いたくても、私はこの絵をみていい気持にはなれません。けっして芸術的とも言えません。しかしただひとつ思わせることは、いかにも「村」であります。「村」ということばを用いるかわりに、文字が絵と変わっただけのことです。いろいろな物をふくんだひとつの複合体である「村」はたしかに表現されています。この絵を描いた絵かきは「村」と思ったとたんにいろいろの物を同時に思い浮かべ、それを全部あらわそうとしたのでしょう。

これが昔の絵画であれば、夕日をうけたポプラが風にゆれていて、牛がのんびりと長い影をひいて立っている、ある日の、ある村の、ある光景をうつしたに違いありません。現代画家が不足に思うのは、それが、「ある一日」であり、「あるひとつの名まえの村」であり、その村の「ある一ヵ所のけしき」から出られない、――それが不満なのです。ゆえに彼らは、時間のない、名まえもない一般の「村」の、しかも「村全体」を一度にあらわそうとしたのです。それはお察しできますが、それがあんまり芸術的でない場合（きれい、きたないは別として）むしろある瞬間の「村の横顔」をうつした昔の絵のほうがよほど絵画的であります。たとえばコローがよく描いた「村の一角の光景」のほうが、はるかにはるかに村ののどけさを感じさせます。そのほうがもっともっと抽象的でさえあります。

このような失敗はよく現代絵画の上にあらわれます。あまり多くを語ろうとするためにかえってなにも残らない、という不自由さがあります。画面にあまりたくさん描きすぎるので結局「村」はそこに描かれた以外には想像する余地はありません。しかしこの種の現代絵画にほどよい省略と強調が行なわれる時は、たしかに現代人をまんぞくさせます。

物を言う方法はいくらでもあります。口で言うよりも身体、またはその一部の目や手で言ったほうがずっと効果的である場合もあります。絵は手で物を言う方法のなかのひとつですが、うまいとうまくないのと二つがいつもあります。お能もうまく物を言います。しかしそのなかの型はつねに無言であります。どんなに美しくとも、それだけでは唖にひとしいのです。型はいつも謡を待ってはじめてうまく物が言えるのです。型は意味のない模様であり、謡はそのかんたんな注釈であります。人は、謡は文学ではない、と言います。それはお能を知らぬ人のことばです。謡は謡であって、かならずしも完全な文章でなくてもよいのです。絵が文学でなくてもいいように。

日本人はひとつのことをあらわすために、他のありとあらゆる物を無視することができる特徴があります。たとえば室内装飾でも、持つかぎりの物を並べたてるかわりに、ひとつの絵、ひとつの花ですべてを代表させるとともに、その他の余分なものを無視してしまいます。どんなにその余分なもののなかに惜しくてたまらない物があっても、第一のものをひきたたせるために第二第三の物は犠牲に供します。

ひとつのことのために二、三をかえりみない、そのことは日本画の余白にはっきりと見出すことができます。その日本画におけるがごとく、余白があるためにお能もうまく物が言えるのです。前にあげた「村」の絵画が言いつくそうと努力に努力を重ねたにもかかわらずついにうまく言えなかったことを、お能ははるかに美しく芸術的に言って現代人をまんぞくさせます。その意味を私がここにへたなことばをもって言うのはブチコワシにすぎません。余白は無言であるからこそ尊いのです。また手をふれる時は余白ではなくなります。つぎにお能の一部を書いておきますから、かってに余白をさがしていただきたいと思います。

今、「采女《うねめ》」のお能がはじまったところです。

囃子が「次第」と称するまったく意味のない調子をはやしております。それでもこの「次第」は「采女」の能の雰囲気を作るために、なくてはならないモノです。同じ「次第」は多くの能にありますが、これは「采女の能の次第」であります。

シテが舞台の左の角の「シテ柱」とよばれる位置に立って「次第」の囃子は止めます。型は極度に制限されたものであって、静止のカタチにあります。それでも「型」でありますから、けっしてボンヤリ立っているわけではなく、またそうは見えません。この静止の状態にあってシテはいろいろのことを語ります。

しずかな春の夜です
春日《かすが》神社にはともし火がともっています
おぼろ月
雪のように桜が散ります
藤が房を重く垂れています

この静止の型を動作であらしめるものは謡の文句であります。「采女」のシテの里女はこのけしきのなかを春日神社へ参詣にゆく途中です。

この道のそぞろ歩きが終わるとシテは二、三、ワキの坊さんと応答いたします。そして「初《しよ》同《どう》」(一番最初の地謡の合唱)となります。この初同の間にシテのすることはそうたくさんありません。

謡『あらかねのそのはじめ治まる御代は久方の雨はこぎの梢より花開け香残りて仏法流布のたね久し』——この文句の間にシテはちょっと右を見、正面へ出て二、三足後へヒラク型をするだけで「平和な大和の春」を思わせます。この場合人間シテがそう言うだけではなく「大和の春」と化するのであります。そう言うのは謡であります。

謡『昔はりやうじゆ山にして妙法華経を説き給ふ』とワキへ物を言いかけます。そしてすぐまた、

謡『今は衆生を度せんとて大明神とあらはれこの山に住み給へば』——これで一時「春日の明神」となるのです。型は正面をじっくりと見こむだけのことです。

謡『鷲のたかねとも三笠の山をごらんぜよ』――と正先の上をわずかに見あげる視線のかなたには、三笠の山があらわれます。

謡『また菩提樹の木蔭とも』――シテはふたたび「菩提樹の木蔭」となります。

謡『さかりなる藤咲きて松にも肩をかすが山』とハスに右左と見まわします。見まわすのはシテでありますが、見物には「藤の花」より以外の物は見えません。

謡『のどけき影は霊山《りやうぜん》の浄土の春におとらめや〳〵』――と左へひとまわりして、またもとの「シテ柱」におさまります。その間にのどかな大和の春の気分をふりまきます。そして私たち見物はおだやかなそのけしきのなかに、身をおくよろこびをもつことができるのです。

お能のなかのごく一部分の「初同」だけをとってもうこれだけさまざまのものを表現いたします。「采女」の能のなかにかりに人間の姿をもって現われたひとりの女は、同時に藤の花であり、天平時代であり、現代の大和の春でもあったりして、空間と時間を超越した自由そのものの存在であります。

型が重なりあうように、その型のかもし出す雰囲気や現象が重なりあって「采女のお能」となるのです。型はひとつひとつがどれほどじょうずにみえても、お能全体がまとまらなくてはなりません。お能の専門家の批評は一般しろうとのとはちがいます。それは彼らがお能全体を先に見るからです。「采女」であったら「いかにも『采女』らしかった」ことをもって第一とします。それは一般しろうとはよく「あすこがよかった、ここがよかった」と言います。それは「藤の花」だけがよく描けていたり、「大和の春」だけがいい気持だったりするのです。たとえばすこしも似ていない肖像画の場合でも、各部分がまちがっていることはほとんどあり得ないのと同じことです。お能では肖像画のように「個人の采女」をあらわすことを目的としないのですから、うっかりすると肝心の「采女の能」を見ることを忘れがちになります。

碁の上手は碁盤が立体的にみえるとか申します。お能の見かたもまったく同じで、それは「組み立てたひとつの建物」のようなものです。現代絵画のごく少数をのぞくほか、まんぞくがあたえられないのは、奇妙な混乱をしめしつつ全体をあらわす意図は読みとることはできても、あまりに目を問題外にしたことにあるのかも知れません。あまりにゴツゴツした努力を見せすぎると も言えましょう。

せっかく昔の人がこんなよいお手本をしめして私たちにあたえてくれたにもかかわらず、いわゆる立体派の人たちはいつまでも西洋の立体派の影を追って苦しんでいるようにみえます。それはまずい定食をだまってしかもよろこんでたべるようなものです。しろうとの私は西洋の近代絵画や彫刻についてはっきりした意見を持つはずもありませんが、いいものはつねに美しく、失敗したのはみにくく見えてもしかたがありません。

お能の幽玄

お能の幽霊は、オバケではありません。お芝居のように、鬼火が燃えたり、ゴーンと陰にこもった鐘の音とともにドロンドロンと出て来るタチのものではありません、ちゃんと足のある生きた人間と同じ姿をした幽霊です。

二百数十番のお能の曲のなかには、あきらかに正身正銘の人間をシテとする「現在物」として区別されるものがわずかに十数番ほど存在しております。面を用いないので「直面物《ひためんもの》」とも称されます。「安宅《あたか》」、「正尊《しょうぞん》」、「鉢木《はちのき》」などはその代表的な曲で、対話も多くしたがってシテとワキの対立もいくぶんかあり、登場する人数も多いのでいくらか本格的なお能からは区別されます。またちゃんとしたスジをもつために劇的にも進行するので、一般大衆にはわかりやすいのです。

お能の種類をごく大ざっぱにわけますと、右のように現在物と非現在物のふたつにわけることができます。現在物がわずかしかないのにひきかえて、非現在物はその大部分をしめております。そのなかには幽霊たちのほかに、神、鬼、天狗、化身、草木の精、狂人、神がかり、その他が登場いたします。そのなかで狂人や神がかりは実在の人間ではありますが、精神に異常をきたしているのですから、あくまで正気な「現在物」のシテたちとは立場を異にします。どうしてお能にかぎりオバケではない幽霊、またはそれに近い人々が重要な位置をしめているのでありましょうか。なかでももっともお能らしい能とされる鬘物はほとんど全部が幽霊において演じられるのであります。その幽霊がどのような態度をとるか、鬘物の一例として「半蔀《はじとみ》」をここにあげます。

さて「半蔀」のスジは？　と考えると少々とまどいをいたします。「半蔀」にスジがあったかしら？　と思うていどのものなのですから。それで道順だけを申しますと、――

はじめに坊さんがあらわれて、花の供養をするよしをのべます。するとどこからともなくひとりの女が現われます。ボーッとした感じでいつあらわれたともなく、

「手にとればたぶさにけがる立てながらみよの仏に花奉る」

とつぶやきます。

坊さんは、「いったいそれはなんの花か？」と聞きます。

女は「夕顔の花でございます」と答えます。この場合、人間の女が夕顔の花を供養のために持参におよんだのか、それとも夕顔の花の精が、かりに女になってあらわれたのか、そのあたりは朦朧としてはっきりと区別はつけられません。しかしそれがお能のたくみな手段であるのです。鬘物の鬘物たるゆえんでもあります。

この朦朧とした女性は「半蔀」のはじめから終わりまでつかみどころがありません。その女は坊さんに、

「はっきり名のりませんでも、五条あたりにおいでくだされば、おわかりになりましょう」ということばを残して、さまざまの花のかげにすいこまれるように消えうせます。ポッと咲いたみじかい命を終わる夕顔の花を、このごく小部分でも表現したことになります。

さて坊さんは五条のあたりをおとずれます。そしてお経をあげていると、また先刻の女がこんどは緋の袴に長絹《ちょうけん》を着《ちゃく》して優雅な姿をあらわします。（お能の多くは二段にわかれていて、最初の部分を前《まえ》シテと言い後半を後《のち》シテと申します）

その上臈は「半蔀」の象徴であるかんたんな家の形をしたもののなかからあらわれます。それは「ツクリモノ」と称される、竹で組んだごくかんたんな家の意味をあらわす物にすぎません。そして時間にしては約三十分間ほど舞い、暁をしらせる鐘の音とともに、また半蔀の中に消えてしまって終わりとなるのです。この舞を色づける謡のもんくはほとんど全部「源氏物語」夕顔の巻からの借りものです。

この後シテもまた「源氏物語」の夕顔の巻の主人公の幽霊（小説の女の、そのまた幽霊なのですからこみいっていますす）であると同時に、夕顔の花の精でもあります。人間とも非情の精ともつかないのですから、りくつで解釈はつきません。ただはっきりと感じられるものは、いかにもこの女が薄命な「夕顔」であることです。源氏の作者が夕顔の名をつけたのは、あの巻の女の運命が夕顔の花に似ているからでありましょう。主題を源氏にとった「半蔀」の能の作者は、いかにもか弱くはかない、物によりかからなくては生きてゆけない、ある「ひとつのもの」だけあらわせばよかったのです。

「半蔀」の能に私が感じるものは、ほのぼのとした白さであります。それが「井筒」においては、しみじみとした紫であり、「芭蕉」においては、ひえさびた浅黄であったりします。よく「お能には芝居のように個性がない」といわれるのはこのように極端に抽象的であるからです。そのソレラシサには、ひとりの個性はないかわり、もっと全体的のものが表現されます。

現実の人間はおのおの個性をもっております。お能にとってはそれがうるさいのです。そんなじゃまな部分を全部捨てたときに、ひとつの性格のシンにあるものが外に出てきます。お能に現実の人間があまり現われる機会がないのは、幽霊のほうが、そのシンになるものだけが見せられるからです。お能の幽霊は、それゆえにあるひとつの人格のエッセンスであると言えます。それは実在の着物を着てお化粧をした人間よりもはるかに真実であるのです。

個性を超越したところにあらわれるこの真実性を表現する手段として、お能では幽霊のほかに天狗や鬼神を登場させます。この者どもはつごうのよい存在であります。自由に山をひといきにとび越したり、空を走ったりできるからです。すこしもふしぎを感じさせないのは、ちょうど私たちが夢のなかでさかさまに歩いてもふしぎに思わないのと同じことです。

またそのほかに狂人のかたちもとらせます。ある意味で私たちとは別の世界に住むこの人たちは、通常の人間よりもはるかに自分を離れた心をもつにちがいありません。花の散るのを見ては自分が花となって散るような気になる、そういう場面はいくらも「狂女物」の中に見出せます。それは狂人たちにはつねにワタクシがないからです。忘我の境にいるのですから、容易に「花」と化すことができる異常な精神状態にあるのです。

異常な神経の持主としてはさらに「神がかり」をあげることができます。これは自分が神さまになったツモリでいるのですから、なんでもできないことはありません。透視とか予言のようなものまで確信をもって言える人たちであります。これらの人々もまた主観とか客観の区別のない絶対の境地によねんなく遊ぶ人たちです。

狂人や神がかりと区別されるお能には、「遊狂物」と称される一種特別なものもあります。「自《じ》然居士《ねんこじ》」、「花月《かげつ》」、「放下僧《ほうかぞう》」などはこの中にはいります。この人々は実在の、しかも正気の人間ではありますが、みな禅のさとりを得て解脱した人たちでありますから、しぜん行ないが平凡でありません。狂人や神がかりと違うのはどこまでも絶対の境地を自覚し認識しているだけで、やはりふつうの人とは別の世界に住む人たちであります。

芸術家は自然に対してさほど忠実でなくとも、またその反対に自然がほとんど消滅していても芸術が成りたつことは、お能のもつ不自然さがもっともよく証明いたします。この不自然さは彫刻にも見られるのではないかと思います。百済観音は崇高さをあらわすのに、人にはあるまじい丈高さをもっていたします。人間においては見られない直線の腕をもたせることによって、人間には見られない美しいやわらかさをあらわします。そして不自然であるべきものが、みなごくしぜんに私たちの胸にかんのんを流れこませます。百済観音に私たちは「かんのんの詩」を感じるのであります。

お能の目的とするところもまた、詩をうたうことにあります。それゆえにお能のひとつひとつの曲は、みな内に詩を秘めています。そして個性もなく、骨もなく、関節もない透明無色の幽霊をして、超人間的の行ないをさせることによって、その目的を達するのです。「半蔀」の幽霊は消え入りそうなふぜいをあますところなくしめして、はかない人生への詩となります。「羽衣」は終始ほがらかな天女であることによって、たのしい人生をうたう詩となるのです。

鬘物はほとんどいつもはじめから幽霊や草木の精として登場するのですから、あまり細工を必要といたしません。けれども狂人や神がかりは実在の人間である以上、「なぜ正気を失うに至ったか」ということを説明する必要があります。そのために「物狂いの能」では、前半が正気で後半が狂人である場合が多いのです。たとえば家出をした子供の書置きをみておどろき、それを機会に狂人となるとか、夫の死を知らしに来た使いに会ったとたんに精神に異常をきたすとか、そうした細工がほどこされます。なかには、「隅田川《すみだがわ》」や「百万《ひゃくまん》」のようにはじめから狂人である場合もありますが、かならずお能のなかのどこかで狂人となった理由を説明しています。すじをなめらかにはこぶために必要なこの部分は時間的にもみじかく、主眼とするところは、どこまでも狂人になってからの所作にあります。ですからお能の大部分は狂人でおしとおし、原因であるところのゆくえ不明の子供や夫にめぐりあうやいなや、たちまちケロリともとの人間にかえるというつごうのよい気ちがいであるのです。そして正気に戻った時はそのお能の終わる時です。「神がかり」も同じように神があがるやもう用はないのですから、さっさと退場してしまいます。

世阿弥の時代にはお能の曲はほとんど創作でありました。お能はいたるところに幽玄でなければならないことをもって作者の心得としました。幽玄ということについては古来学者がいろいろに説明しています。しかしこれもほんとうは、ことばでその本質を説明するわけにはいきません。それはちょうど鐘の音が近い人には近く、遠い人には遠く聞こえるようなもので、どうしても自分で知るよりほかありません。作曲のために世阿弥は「歌道を習え」とすすめています。それは歌をよみ習えと言うことではなく、詩歌の心を知ることです。

「鬼神をも和らげる歌の心」イクオール幽玄なのであります。その心をかたちにあらわしたものがお能に登場する「別世界に住む人たち」です。それゆえに、お能の鬼はただの鬼ではありません、「やわらいだ心」を持つ鬼です。幽霊も人間のオバケではなくて「幽玄なものの霊」なのであります。

その人たちの舞う舞はしたがって幽玄であります。別世界に住む人たちはすぐそのままで幽玄な舞にとりかかるのに適当です。舞にむちゅうになることにすこしの不自然さもありませんが、「現在物」では何かの口実をみつけて舞を舞わせなくてはなりません。もっとも多くつかわれる手段は、「酒宴をもよおす」ことです。お酒をのんでいいきげんでひとさし舞うのです。鬘物のなかでも「千手《せんじゅ》」や「熊野《ゆや》」などは実在の人間であり一種の現在物ではありますが、舞への陶酔へみちびくために彼らもまず酒宴をもよおすのであります。同じ鬘物のなかでも、ひどくコッているのは「二人静《ふたりしずか》」というお能です。それは最初に吉野の里の女がツレとして登場し、若菜をつんでいる最中にシテの静御前の幽霊がどこからともなくあらわれます。そして静の供養をたのむよしを言って消えうせます。ツレは帰宅してその由を人に語るのですが、一部しじゅうをはなしている中に急に気が変になって静御前のソブリをいたします。静の霊が里女にのりうつったのです。そして後シテの静が、——静の幽霊が、ふたたび白拍子の姿になってあらわれツレと一緒に相舞《あいまい》を舞います。幽霊と、そのまた影のようなモノとふたり登場するのですからだいぶこみいったくふうがほどこされております。

舞台について

お能の舞台は、お能の型と同じほどのむずかしい約束のもとに作られております。そのだいたいの大きさだけでもひとくちに言うことはできません。横がおおよそ三間の奥行四間半と言いましても、一間が格式（将軍家や大名たちの）によって六尺より長かったり、またそれによって高さから柱の幅、装飾類にいたるまで変わるのですからとてもひとくちには申せません。

能舞台というのは楽屋と橋掛りをふくめるのがただしく、舞台というのはシテの舞うところの意味でほぼ三間四方の四角い場所をさします。むかって左のほうに橋掛りと称する花道のような部分があります。これは心持ちななめに舞台へむけてつくってあり、すこしの勾配がつけてあります。これも何間あるときまったものではなく柱間のことを一間とよぶのだそうですから、三間ときまってはいるものの十八尺ではありません。その橋掛りは三つにくぎってあり、松が三本植えてあります。舞台のほうから（すなわち右から）順に一ノ松、二ノ松、三ノ松と申します。これはお能が最初に外で行なわれた歴史をものがたるなごりであります。いまではこの松も模様化して型にはまったものとなり、シテにとっては一種の目じるしとなっています。面をつけると前方がほんのすこし見えるばかりで橋掛りの柱の中間がはっきりしないために、この松はよい目じるしの役をいたします。専門用語で「三ノ松ニテ」と言うのは、すなわち幕と一ツめの柱の中間というわけになります。

　舞台にむかって左奥の橋掛りの角の柱を「シテ柱」と名づけます。シテが橋掛りから舞台にはいり最初にとまる位置であります。絵画的に見ても中心より左よりの奥行きのあるよい位置なのでシテはしじゅうこのシテ柱を利用いたします。むかって左の前方の柱を「目ツケ柱」と申します。面をつけると上下左右が見えないのでこの柱は文字どおりよい目じるしとなります。この柱のある左の角は見物のなかにつき出ている一端なので目じるしがないときは、まちがって舞台から落ちることがないともかぎりません。ですからこの柱はどんな舞台でも、なくてはならない柱であります。右の奥のは「笛柱」と言われます。笛をつとめる人がそこにすわるからです。笛柱につけてある鉄の環は「道成寺」のお能のときに用いる鐘をつるした綱を結びつけるためです。右前のは「ワキ柱」と称されます。ワキはおもにここに座をしめます。

　能舞台がどの方面にむかって建てられるか、たぶんそれにもキマリがあると思いますが、くわしいことは知りません。ただ私が知っているのは、お能を演ずる場合、むかって右のワキ柱の方向がつねに東と定められていることです（これも観世梅若であって、他の流儀はまたそれぞれちがいます）。お能の型のなかで「西にむかって手をあわせ」るのは、かならず幕のほうを見てするわけになります。「東雲の空もほのぼのと」と見あげるのはいつもワキ柱の方向であります。

　舞台の床下および橋掛りの下には地面に甕が埋《い》けるか、置くか、つるすかしてあります。これは音の反響に対する非常に進歩した考え方であるそうです。もちろん日本人の考えたことですから数字でわり出したものではなく、何百年の経験のもとに発見された貴重なひとつの型なのです。

甕の配置や個数についてもそれぞれ主張があり、昔はこれも秘伝とされていました。徳川時代には能舞台の建築にさえ家元のようなものが存在していたそうです。「拍子をふむ場所」というものはだいたいきまっているのですから、おそらくそれとも連絡があるであろうくらいは想像できます。また舞台の上で拍子をふむとき、反響のよい場所と悪い場所はかならずあるものです。

舞台の真裏は広い楽屋となっています。囃子方、地謡、狂言などのすわる場所が定まっていることは言うまでもありません。楽屋につづいて「鏡の間」と称されるところがあります。そこは幕のすぐあとで、大きな鏡がおいてあります。しかし鏡の間の鏡というのには姿見の鏡ばかりでなく、まだほかの意味もあるような気がいたします。その鏡の間において「翁《おきな》」というお能の前にひとつの儀式が行なわれます。「翁」自身が儀式のようなお能でありますが、そこで行なわれるのは神前におけるお祭のようなものでお神酒《みき》がまわされたりなどいたします。またお能のシテが楽屋で装束をつけ終わったのち、最後に面をつけるのも鏡の間においてされます。そういう意味で鏡の間は神聖な場所なのです。

前にも言いましたとおり能舞台のなかにはこの鏡の間もはいります。それをあきらかにするのは「羽衣《はごろも》」、「融《とおる》」、「松風《まつかぜ》」、「船弁慶《ふなべんけい》」などの特別演出（小書）においてみられます。お能の最後にシテはかならず止拍子《とめびょうし》と称する足拍子をふみます。それをしないで謡の終わる前に幕へはいってしまう場合が以上の特別演出のほかにたくさんあります。「羽衣」であったなら「愛鷹《あしたか》山や富士のたかねかすかになりて天つみ空の霞にまぎれて失せにけり」の謡のなかに幕へはいってしまうのです。幕へはいったところはすなわち鏡の間でありますが、そこでシテはお能がすむまでそのままの形で立っています。まったく舞台にいるのと同じようにです。そして謡の終わりに止拍子をふむかわりに、しかしまったく同じ気持で、二足足《ふたあし》をつめる型をいたします。それでお能ははじめて終わるのです。

舞台（シテの舞う場所）はいつでも見物のなかにつき出ています。平面的である芝居の舞台とは目的を異にすることはこれだけでもわかります。たびたび言いますように見物と同化をはかりやすいように、お能全体が群集のなかにいることを必要とするからです。

現在では正面と左方のワキ正面との二つの方角からお能は見られていますが、昔はうしろのほうからでも見ようと思えば見物できたのです。現在舞台のうしろの板には一本の老松の絵が描いてあります。この松は昔はほんものの松であったそうです。昔のお能の舞台は戸外にあって、お宮の神楽殿のようなものであったと想像されます。そして民衆はお能舞台をまんなかにかこんで見たのです。

家族にへだてがないように、お能のシテと見物の間に対立するものは、舞台にしてからにありません。「見物あっての能」とは言うものの、それは「見物が存在するためにはじめてお能が芸術として存在する」意味であって、けっして見物がメアテでもあいての意味でもありません。

能楽堂に千人の鑑賞家が集まったといたします。彼らは千の目をもつ千の個人であります。舞台の上には一個のシテによって演じられている「お能」があります。もちろん囃子、ワキ、地謡などが並んではいますが、それはみなシテの一部分と言えます。一部というよりもそれらの多くの人々はピラミッドを作る石であって、シテのお能がピラミッドであるのです。

そのシテは太陽のような役めをいたします。シテは放射線状に光をはなって千の個人のひとつひとつにその光をおくります。それは上下左右におよぶ光であります。その光はヒトツでありますが、千の個人はそれぞれ別の心をもっているのですから、それに対して別の感じをひとりひとりがもつことになります。

かりにこのお能の光が赤であるといたします。赤にもかぎりなく種類がありますが、そのなかでも真の意味での赤、原色の赤といたします。ところが千の観客はおのおのちがう色をもっております。いくら似ていても同じ人が世界にふたりとはいないように、それはいろいろの青、白、黄などであります。もし赤であってもシテとは別人ですから同じ「原色の赤」であるはずはありません。

その赤のモトのような赤が舞台の上から観客へむけて放射されて千の観客の色がおのおのそれと交わる時、青はさまざまの紫となり、白は桃色となり、黄は橙色とか茶色とかになります。紅が赤とまじわってもそれは「原色の赤」ではありえません。このようにして観客は多少にかかわらずその「お能の色」を感じたことになります。赤の種類はこうして千の観客とそれからお能のシテひとりの分、すなわち千一色にふえました。

この場合千の観客のなかにたったひとり、もし色をもたない人がいたとしたら、その人ダケがお能と同じ「原色の赤」を感じることができるはずです。この人の心は鏡のように、水のように、ありのままにお能をうつすことができるのです。この透明な人間がひとりいるとき、赤の種類は千にへります。もし五人いるとすれば九百九十六になります。千人の人がお能と同化した時に、赤は一つしかなくなります。

ある一個人の青が原色の赤とまじわるとき、世にも美しい紫となるかも知れません。しかしそれは「お能をたのしむこと」であって、「お能を知ること」ではありません。そのようにしてお能を知るよろこびは観客自身のものであります、お能のシテは自分がどんな色をもつか、ということについては無自覚でありますから人が紫とみようが紅とみようがすこしもかまわないのです。よし「原色の赤」とひとりの人が見たとしてもうれしくもどうも感じないはずです。お能の表現はよかれあしかれ無意識のうちに行なわれるべきでありますから、そのよしあしは演者が気にしないでよいのであります。それゆえにお能の専門家は見物の批評を気にしないで、自分の正しいと思うことが行なえるのであります。鑑賞家の側から申しますと、それゆえにお能の批評というものは、かるがるしく口に出せるはずのものではありません。

能舞台のうしろからお能が見物できたらおもしろいだろうと思います。なぜならばお能は正面から見るのが一番アラが見えないからです。へたな人でも正面をむいていてはさほどおかしくは見えませんが、横から見るとひじょうに欠点が見えるものです。うしろ姿はより以上にそうです。それゆえに先生がお稽古をするときは、いつも横からだけしか見ません。悪いところを直すのが先生の役めでありますし、またよいところはほっておくほうがよいのですから。

それにひきかえ名人のうしろ姿は前の姿と同じほどにものを言います。「隅田川」のお能のなかで、長いこと自分の子供の墓の前にすわって悲しむところがあります。墓のツクリモノは舞台のうしろ奥の中央においてあるのですから、シテはほとんどうしろむきになってそれに面してすわっています。そのうしろ姿に涙も出ないほどぼうぜんとなっている、子を失った母のかなしみをあらわします。「人間うれひの花ざかり」という謡の文字をそっくりそのままその静止の姿は表現いたします。シテの存在も見えなくなってしまうほど舞台一面に「うれひの花」を咲かせるのです。それは一母親の人間のなげきでなく「ナゲキ」そのものをあらわすのです。

文楽が好きでよく見にまいりますが、こういうところはひじょうにお能とちがうと思います。「阿波鳴門」は母親のなげきの代表的なものですが、それは母としてのお弓のする悲しみです。しじゅう「あれはお弓がなげき苦しんでいるのだ」という事実から離れられません。文五郎はそのお弓の苦痛をこれ以上現わせないほどたくみにやって見せます。舞台の上を行きつ戻りつのとり乱した姿は哀れです。真にせまった演技に見物席には鼻をかむ音が絶えません。しかし見物が涙をながすのはお弓へ対しての同情からであります。どこまでも第三者の見物としての立場から離れられません。お弓のなげきをわが身の上においてみて涙が出るのであって、一般になげきと称されるモノではありません。文五郎は自分を無にすることによって「お弓のなげき」を完全にあらわします。お能の名人は同じく自分を無にすることによって「人間のなげき」を感じさせるのです。

それゆえにお能を見ていながら喜んだり悲しんだりすることはほんとうはできません。お能の一場面は人の感情をそそる手段ではなく、感情そのものなのですから。

お能の専門家にははまり役というものもありません。昔は万三郎の弁慶、幸四郎の弁慶と折紙がついていましたが、万三郎は同時に完璧の静御前にもなれるのです。ちょっと幸四郎の静御前ブリを想像してください！

それは芝居の静には静御前の個性がはっきりあるからです。それに反してお能の静は「静御前」とよばれるひとりの女ではなく、「静」というモノであって、「千の静」を表現すると同時に

「ひとつの静」をあらわすのであります。芝居は芝居であり、お能はお能であるからこそおもしろいのです。「安宅」は芝居に近いようにみえますが、けっして芝居ではありません。残念なのはときどきお能の表面だけをまねた芝居があることです。私は芝居は好きですが、あのなんともつかないモノは嫌いです。

「安宅」のお能のなかでは芝居と同じように勧進帳を読むところがあります。弁慶はいかにも大目玉をむいて巻物をみつめているように見えますが事実目でみていはしません。「読む型」をしているのです。むかし桜間伴馬という人は巻物をほとんど頭の上にささげもつようなかっこうをしたにもかかわらず、じつに目でよくにらんでいる、としか見えなかったそうです。このようにお能では、あるものを事実目で見る必要はないのです。目で見ずに心で見る。これ以上みつめているという感じは、事実見たのではなかなか出せません。お弟子に「ものをみる」ことを教える時、私の先生はかならず「胸で見ろ、目で見るな」と言います。

しかし、胸で見るということは、いわゆる腹芸ということとは違います。お能で、心でみるとか胸でみるとか言うのは「おなかのなかに見る気を持つこと」ではありません。前にも書いた通りその気を持ってもいけないのです。ある「ものを見る型」には自然に「見る気持」もともないますが、お能ではその心までが型のうちにはいると思います。それゆえに型の稽古をするということはカタチをととのえる意味ばかりでなく、精神的なものまでそのうちにはいるのですから、練習しだいでカタチとともにキモチまで、しぜんにともなうようになるのです。腹芸というものはこれにくらべると単純なものです。型の練習はしなくともその気持をもつだけであるものが表現できるものであったら、勉強は必要でなくなり、すべて気合だけでお能は成功するはずであり、世の中も渡れるはずであります。

先生はけっしてお弟子の、よいところをほめません。よいところはむしろほっておくにかぎるのです。なぜそれを知らして喜ばせないか、なぜそれを知らして自信を持たせてくれないかには理由があります。それはほんとうに親切な教え方なのです。けっしてお弟子がつけあがるわけではありません、ただほめるとせっかくのよいところがかならず悪くなるからです。それはお弟子にその型に対する執着がおきるからです。知らずにしたよい型に対する執着はさまざまの悪結果をもたらします。「ああこの型はいいのか」とお弟子はかならずこう思うでしょう。また思ってもむりはないのです。するとその型が胸にしみこんで忘れようにも忘れられなくなります。そしてつぎの稽古の時その同じ型はかならずわるくなる。なぜならば、「この前よかったからさらに今日はよくしよう」という向上心が出るからであります。またわるくなる事実を知っているために、「よくしようと思うとわるくなるにきまっている。だからそれは忘れよう」と思ったとします、そして結果はやはりわるくなるのです。その型を意識せざるをえなくなるからです。ひとつの型に対するこのような執着は悪いと知りつつも忘れられないのが凡人の悲しさであります。世阿弥が「無所住」と言った、ひとつところに止まらないことはこのようにお能のどの部分にも見出せます。そのことを知った名人の芸は外から動かすことのできぬつよさをもちます。いろいろの原因でたとえ名人であってもあまりよくないときのお能には何か言えますが、その真の芸の力にふれた時は言語に絶するのですから、かりにも褒めるなどと言うことははずかしいほどの気がします。

その「無所住」ということはお能の専門家にとっては能舞台の上で体験するのであって、けっして宗教家ではないのですから、舞台の上において完全であればよいのです。お能の舞台は禅の道場であり、また戦場でもあるのです。そしてお能の専門家は極端に「舞台に生きる人々」であります。その人々が能舞台を神聖視するのは、ただのシキタリではありません。彼らが舞台の上に死ぬことを誇りとするのは、武士が戦死を望むのとまったく同じ気持であります。

それほどまでに能舞台はきびしいかぎりのところでありますから、つい最近まで女がのぼることは許されませんでした。極端な意味でお能に男女の別はないのですから、女とても「お能の舞台がどういうわけで神聖であるか」とはっきり知った時、婦人の演能は公然と許されてよいわけであります。もろもろの婦人演能家は、お能の舞台にあるかぎり、もはや男でも女でもないことを知っていただきたいものです。またお能は婦女の（そのような男をもふくむ）もてあそぶものではないということも。

このごろは時代の波におされてお能も劇場へ進出するようになりました。お能の発展のためには封建的気分からはなれて本来の大衆の芸術にかえることはうれしいことですが、劇場の舞台はけっしてお能に適するものではありません。その平面的な舞台にお能の演出が支配されるようになってはおしまいです。

お能はどうしても能舞台から離してあじわえるものではないのです。

ドガはよく踊りの床をえがきました。お能の床もまた美しいものです。床にうつる影を追ってゆくと、いろいろの光線とその反射をうけてシテの動きは微妙な色と線をえがいて流れます。なめらかなあたたかい色の檜の床は、水鏡のようにお能の影をやわらかくつつみます。これを戸外に出したらあるいはもっと美しいのではないかとさえ想像いたします。お能の舞台は今では便宜上家の中にとじこめられて屋根の上にまた能楽堂の屋根が二重にかぶさっているのですが、せめて京都の本願寺の舞台のように白洲の上にだけでも青天井がみたいと思います。青い空が見えるのはどこにいてもうれしい気持になれるものです。もし戸外でするならば、しぜんにお能の演出は変わってゆくことになりますが根本にあるものの根づよさは一朝一夕に変わるものではありません。お能が大衆にむかって流れ出した今日、足利の昔にかえって青空のもとに実物の松をとおしてながめられたら、などと未来の能舞台への想像はとめどなくはしります。

装束について

お能の装束は、目をうばうほど美しいものです。その反面には注意して見ないとわからぬほど凝ったしぶいのもあります。お能のすべての他の部分と同じように装束も厳格な約束のもとにしばられています。専門用語もつきものでありますし、いちいちそれを並べたてることは必要ないと思いますから、私の知っていることだけをのべます。

人間の頭よりひとまわり大きい鬘《かつら》をつけ、顔よりも大きい面《おもて》をつけて遠くから見るのですから、これらの美しい装束もふつうの着物の寸法より大きく作ってあります。装束をつけると全部がひとまわりだけ大きくなるわけです。そのためにいちばん下にはやわらかい絹で作った胴着を着ます。ふつうのドテラ二枚ぶんぐらいの厚さに綿がはいっています。天狗とか鬼神のようにさらに大きく強く見せたいときは、その胴着の上に「肩」というものを着ます。チャンチャンコのようなもので洋服の肩に入れるパディングの大きいものと思えばまちがいありません。その上に袖なし襦袢の、広襟を巻きこんで着ます。これにも女のシテは白二枚、子供やツレは赤、年よりは浅黄というようなキマリがあります。足にはちりめんのモモ引をはきます。スキーのズボンのように膝のところはゆっくりと下にゆくにしたがってせまくなり、その上から足袋をはきます。

女の能を例にひきますと、胴着の上に「スリ箔《はく》」を着ます。うすい羽二重のような布地に銀や金の箔をおいたものです。それを腰のところで太い腰紐でもってしめます。「スリ箔」はわりに丈がみじかくて、膝のあたりまであれば十分です。足のハコビをよくするためにどうせ前で二つにわってはしょってしまうからです。この上に「唐織」を一枚着るのですから、足の部分はじかにモモ引であります。

唐織のすそはハスに下にゆくほど広くつくってあります。部厚な織物のことですからふつうの着物のようにキチンと前を二重にあわせたのでは歩くことができませんので、下前は中側に巻きこんで針でとめてしまいます。オハショリの部分は紐でしっかりと結びます。帯はどの場合も用いません。

唐織の襟はピンと高くはらせて立たせます。シテが唐織の着流し姿で舞を舞ったり動きが多い場合は、着くずれがしないように肩のところで針で止めておきます。そこばかりでなく崩れそうな場所は全部縫いつけてしまいます。

このようにしてつけ終わった「唐織着流し」の姿は、木彫りのように美しいのです。けれども、着た人自身にとっては、まるで鎧を着たような感じがします。肉体的にはそう苦しくはないのですが、精神的にひじょうな圧迫を感じます。ことに「赤の唐織」は、同じ唐織でもまったく気分がちがうものです。織物の厚さも織りかたも重さもちがわないのに、ただ赤がはいるという色の点だけで、圧迫を感じるのです。それは赤の唐織が、鬘物の装束であるという、その一事であります。面も同じことで、若い女の面も、同じように気分的に圧迫を感じさせます。

若い女のツレも同じくはでな唐織をつけますが、襟が赤であるのと面がツレ面であるだけで気持は比較ができないほど楽です。お能のもつ品位とか格とかいうものはふしぎなほど微妙なものです。神秘的とも言いたいほどのものです。すでに楽屋で鬘物の装束をつけるだけで、鬘物のもつ威厳はそれほどまでにシテの精神に影響をおよぼすのです。けっして嘘でも誇張でもありません。技が上達するにつれてこの圧迫感に対してより敏感となります。それゆえに上手になればなるほどますます圧迫されるのではないかと思います。へたなうちは「めくら蛇に怖じず」の諺にもれぬ感がします。お能はそれゆえに上手になればなるほどもっとむつかしく、もっと苦しくなるに違いありません。しかしその「圧迫に抵抗する力」は絶対に外にあらわすべきではありません。あらゆる意味でそれはみな「内にあるべきもの」です。

鬘の下にはダイヴィングキャップのようなものを着ます。毛のすき間から耳がチラホラ見えないようにです。お能の鬘はかんたんな構造で、毛がまんなかから両側にふたつにわかれているだけでシンはありません。それを頭の上にのせて両側へ櫛で梳《けず》りさげ耳の両側を内側へねじりこみます。私の子供のころ「耳かくし」というスタイルが大人の間にたいそうはやりましたが、あれと同じやりかたです。根元は一束にまとめてさげます。このさげ髪はスリ箔の上、唐織の下にあるのですから、特別な場合のほか外からは見えません。

鬘をつけ終わると「鬘帯」というものをいたします。菊五郎の「船弁慶」の静のしている鉢巻と同じものです。「鬘帯」一本でもりっぱな美術品であります。金銀の箔に刺繡のある美しいものので、それぞれのお能に相当する特色を持っています。面はこの帯の上につけるのです。

以上は女の能、すなわち鬘物の鬘であります。老人のは「尉髪《じょうがみ》」といって白髪の総髪、ほかに「白垂《しろたれ》」「黒垂」と称するたらした髪もありますし、喝食《かつしき》という面につけるのは「喝食鬘」と名づけます。獅子などに用いるバサバサした毛は、赤頭《がしら》、黒頭、白頭などの名称があります。大きいだけにめかたが重く、「うしろ髪がひかれる」ような感じがいたします。これらの「かしら」に位のあることもまた「前に同じ」で、そのうち白がしらはいちばん重く、したがって演出もどっしりしたものとなります。

お能はこのように型ひとつ、面ひとつ、装束ひとつ、鬘ひとつにもそれぞれそなわる位があります。なれた人は白襟二枚をしめされただけで、それがどのようなお能であるか、口では説明のできない品位から演出法にいたるまで一目でさとります。「白襟二枚」はそれを用いるお能の象徴であります。また足のハコビ一歩をしめされただけでもどの種類のお能に属するものか知ることができるのです。

唐織、厚板やその他の織物類はかさばって厚く、縫箔や長絹舞衣の類はすきとおった羽のように軽く、厚地の織物は御婚礼の帯のようなもので、それを全身にまとうのですからかなりめかたがあります。女の姿では唐織一枚用いるだけですから重さはたいして感じませんが、鬼とか天狗、獅子などは厚い織物を二枚もかさねるうえに金襴の半切《はんぎり》を袴のようにはくのですから動けないほどの気がいたします。そのうえにさらに重い「かしら」と大きな面をつけるのですからふつうではまっすぐ歩くのもむつかしいほど重くなります。動きの多くて早いお能ほどこのように身体が思うようにならぬものをつけるのは皮肉です。そこにお能とくべつのおもしろさもあるのです。

世阿弥はお能の鬼（いろいろの種類の鬼）について、「いくらお能でものまねをするとはいえ、おもしろいということがたいせつであるから、おそろしいだけではいけない。おそろしいとおもしろいには黒白のちがいがある。鬼がおもしろく見せられるのはあたかも巌に花の咲くようなものである」と形容しています。また、「鬼を演じてもかならず美しくなければならぬ。これは鬼の幽玄である」「つよいばかりであってはこれはあらいのであって真につよいことにはならない」と言いました。鬼のお能、すなわちつよいお能を演ずるにはこのような心得がなければならないのです。動きは早くても荒くならぬよう、型は多くても粗雑に流れぬよう、そのためにこのような重い装束をつけるのはかえって助けになるのです。

それにひきかえ長絹や舞衣は羽毛のように軽いのです。静かな動きのすくない舞をするものにかぎってそのようなものをフワリとまとうので、目方は上半身にかかるのですからふらふらいたします。人間にとってしずかに一糸乱れず動作するほどむずかしいことはありません。絶壁の上を一歩一歩ふみしめて歩くような気がするものです。そのうえお能でははじめから終わりまでホッとする間が一つもあたえられないのですからまったく「どうしよう」と思うほどせっぱつまった気になります。しずかな鬘物はその気持を二時間近く休まずにもちつづけなくてはならないのです。

「女体の能姿」について世阿弥は「けだかい幽玄な能であるから、技巧をつくして節もこまかくすべて美しくするのがよい」ことをたびたび言っています。女体はまた「体心捨力」をムネとすることと説明しています。それは「心を体として力をすてる」いきかたであります。そもそも幽玄は美しくはあるが弱いのではないのですから、外に出る力をすてるために、それだけの力は全部内にこもるわけになります。

外に出るべき男の力が外に現われない時それはいっそうつよいものとなります。そのいちばんつよいものをもつのがお能の幽玄なのです。そのお能のつよさは「体心捨力」の女の能においてもっともよくあらわれます。それゆえに、ほんとは、男でなくては真に優美な女らしさは現わし得ないのです。

お能の上にはこのように逆なことがしばしば行なわれます。謡でもそうです。先生はいつも、強い曲はことさら節をていねいに、いくら早いものでもドッシリと謡うように教えます。弱い曲ははじめから節も美しくつけてあるのですから、それにこだわらぬようなるべくサラサラとベタツカヌように謡います。これを信ずるのは思ったほどやさしいことではありません。人の耳に聞こえることと自分のいきかたは反対なのですから。

また観客の目に映ずることと、演者の目的としたところもしばしば反対の結果をあらわします。観客が「おそすぎる」とみたことをシテは「今の型はすこし早すぎたか？」と思うことさえあります。それゆえ上手な芸を見たとおり自分でしようとしても、けっして成功するものではありません。力の入れどころはむしろ正反対の場合が多いのですから、思いもよらぬ相違があるものです。そうなると目で見ること、耳で聞くことがどこまで正確であるか信用がおけなくなってしまいます。自分が信じられないのですから、残されたものは絶対服従のみということになります。

装束は身体の上に着るのではなく、いつも身にツケルものであります。それも自分自身をお能の装束のなかに入れる、という感じをもつべきであると思います。

お能ではいつも装束であって衣装とは申しません。

面もオメンではなくてオモテと読みます。

面について

面《おもて》もまた、お能の一部であるとともに中心でもあり、全体をもあらわします。能面は老若男女のほかに神や鬼畜の類があり、それがまたいろいろの種類にわけられているばかりでなく、流儀の主張によってそれぞれ用い方がちがうものもありますので、面だけでも一冊や二冊の本では語りつくせません。鎌倉より足利時代の作が多く、それらの面は本面と称されてお能の家に奥深くたいせつにしまわれてあります。ふだん用いるのはこの本面のウツシが主なのですが、それにもできのいいのや悪いのがあるのですから、いちがいには言えません。お能に基本の型があるように能面にもそのように基本の型があるのです(面については野上豊一郎氏の著書にくわしく説明のついたものがあります)。

ひとつの面がいくつものお能に用いられる場合もあり、ひとつのお能にしか通用しない特殊な面もあります。そのなかでもっとも使い道の多い面の一例は「若い女の面」であります。「若い女」と申しましても、若女《わかおんな》、小面《こおもて》、増《ぞう》、万媚《まんび》、孫次郎《まごじろう》などの種類があり、そのひとつひとつがさらに分類されております。「雪の小面」、「花の小面」、「節木増」などのようにとくべつの名まえをもつ作もあります。それぞれの主張により観世・梅若では若女を、宝生では増を、金春・喜多では小面を、金剛では孫次郎を主に用いるようになっています。六つの流儀を上下に区別して観世・梅若・宝生を上がかりとよび、金春・喜多・金剛を下がかりと申します。金剛の孫次郎は小面の種類に属しますから、下がかりでは若い女に小面を用いると言ってもさしつかえはないと思います。小面のモトの作者は鎌倉時代の龍右衛門です。お能に無表情な能面をすでにその時代に必要としたことが小面によってうかがわれます。小面は若女や増と比較するといくらか年若に見えます。若女の面は梅若にたいそうよいのがありますが作者は不明です。宝生で用いる増の本面は足利時代の増阿弥の作ですから時代は小面よりいささか下ります。

これらの若い女の面を終始つけるのは主に鬘物《かつらもの》かあるいはそのなかに含まれてもよい曲であります。例をあげれば「松風《まつかぜ》」、「熊野《ゆや》」、「野宮《ののみや》」、「江口《えぐち》」、「采女《うねめ》」、「半蔀《はじとみ》」、「井筒《いづつ》」のようなお能です。若い女の面をつける場合にかぎり装束は赤のはいった華美なものを用います。

面のなかには瞬間的な表情をつかんだものも多くあります。天狗や鬼畜の類はすべてはげしい表情をしていますが、この種の面の代表的の作者は鎌倉時代の赤鶴《しゃくづる》であります。面の名称には、飛出《とびで》、獅子口《ししぐち》、般若《はんにゃ》、蛇《じゃ》などの種類でこれもまたたくさんに分類されております。このように強い躍動をしめす鬼の面の類はお能の舞台上に十分とはいないで幕にはいってしまいます。そのまったく反対の表情をもつのが女面であります。表情が無に近いものであればあるほど、舞台において活かされるのです。面がもしなにかの表情をもつとしたらそれ以外の顔はできなくなります。いくら美人でも、二時間近くもの間ただほほえんでいるだけだったら人はうんざりするにきまっています。

面をはじめてつけたとき先生が私にむかって注意されたことを思い出します。「面は顔へかぶるものではありません。自分の顔を面に吸いつける気持をおもちなさい」と。装束をつけ終わったのち、鏡の間の床几《しょうぎ》にかかって最後に面はこのようにしてつけられるのです。若い女の面は頭のうしろで紫の紐によって結《ゆわ》かれます。その色もまたそれぞれ面によってちがいます。頭のうしろで紐を結く個所のことをアタリと言います。そのアタリどころは低すぎても高すぎてもゆるすぎてもすべるので、結くにはちょっとしたコツがいります。面をつけ終わったときには、シテはすでに舞台にいるのと同じ気持です。自分というものが遠くはなれてゆくような感じをすでにもたせます。

そして幕の前に立って出を待ちます。とくに重い能のシテはその間も床几にかける権利をもっています。幕をあげる合図はシテ自身によって「オマーク」の声をかけます。幕がしずかにあがるとき、目の前に一すじの道が開かれます。とつぜんにまったく別の清浄な世界があらわれるようなすがすがしい感じをあたえます。花がひらくのをみているような、そんな気持です。

面は木彫りで、内側はぬってあるのも荒くけずったのもあります。どちらにしろ人間の顔とはちがう位置に目や鼻や口があるのですから、自分の鼻がつかえたり口がふさがったりいたします。宝生その他の流儀ではじかに顔につかないように小さなフトンのようなものを額にあてて面をつけますが、梅若ではじかにつけます。若い女の面は目のヒトミの部分に極く小さな穴があいているきりですが、それはなるべく見えないほうがよいからです。鬘物はお能のなかでももっとも精神の集中を必要とするために、なるべく外は見えないにかぎるのです。小さな穴から外部を見ると第一に距離がはっきりいたしません。五、六間先の橋掛りの松にぶつかりそうな錯覚をおこします。見物の顔もすぐそばに見えるので今にも舞台から落ちそうな気がします。第二に、足が見えないということはひじょうに身体の平均を保ちにくくさせるので安定を欠きます。第三に、身体全体が厚くおおわれているので地謡や囃子が遠くのほうで聞こえるようなふしぎな気持におそわれます。いくらお能になれて平気でいても、自分がうたう謡でさえ自分でうたっているような気がしません。お能はそのようにしてシテを極度に緊張させつつ、しかも無意識の状態に誘いこむようにできているのです。

それは俗に言うアガルこととは違います。どんなにおちつきはらって見物を無視しようと、顔から身体全部が窮屈な箱のなかに、蒸風呂のなかにはいっているようなものですから、いろいろのことを考えるといっても自分のへやの机の前で考えるのとはたいへんな相違です。どうしてもまとまりのつかない、ばくぜんとした考えかたになります。そのうえ最初から「考えるな」とされているのですから、むりに考えるのも億劫なような、そういう気持になります。いわば、どうしようとも成るようにしか成らぬのです。しぜんに無意識に謡ったり、機械のように手足を動かすハメにおちいるのです。身体ばかりでなく目で見ることまで不自由であるからこそ、その目的が達せられるのでありましょう。下手は下手なりにあるていどお能の真の自由がこの不自由をとおして感じられます。そして自分の能力全部をお能のなかにこめて、自分には「これ以上できないがこれ以下ではないこと」をはっきり証明できるのです。虚飾をもってわが身をかざる余地がないために、しぜんまじめになるより他のことはできなくなります。

半分夢心地になった状態は意識がにぶくなるために催眠術にかかりやすくなります。お能の地謡や囃子は催眠術的効果をシテにおよぼすものです。どこからともなく聞こえてくるこの世のものではないような一種の音は身体をとかしてゆくような感じをあたえます。しだいに透明になってゆくような錯覚をおこさせます。

お能のなかでも鬘物はもっともその感じをもたせやすいのです。専門家に聞いてもお能のなかで一番むずかしいはずの鬘物は一度その味をおぼえるとむしろ演じやすいと言います。鬘物の味とはすなわち幽玄のことです。問題はむしろ鬘物の圧迫感をもちこたえるだけの体力、あるいは精神力にあるのです。「演じやすい」というのは「位がとりやすい」ということで、すなわち鬘物全体の付属物がいちばん人を無意識状態にみちびきやすいことになるのではないかと思います。

それに反して面を用いぬ直面物《ひためんもの》はやりにくいと言います。お能はけっして面をつけないためにテレルなどというあまい気持をもつ余裕はないのですが、「やりにくい」というのは、「精神の集中がやりにくい」のです。

この一種の陶酔状態はよい気持でも悪い気持でもなく、まったくネムリのようなものとしか形容できません。夢を見るのではなく、――夢を見ぬほどよく熟睡した気持とでも言いましょうか。しかし精神は極度に緊張しているのですから、「さめきったネムリ」とでも言うより外ありません。鬘物の幽霊は観客にこの「さめきったネムリ」をあたえるにもっとも適するとともに、演者もまた今まであげた事情のもとに透明なお能の幽霊に化しやすいのであります。

無表情の女の面はほんの心持上をむくだけでほがらかな表情をもつことができます。またほんのちょっと下をむくときは目のはれぼったい泣顔になります。それゆえに上をむくことを面をテルと言い、下をむくことをクモルと申します。作者がこまかい神経をつかってくちびるに工作をほどこすとか、すこしばかり上瞼《うわまぶた》を厚く彫るとかしたことによって、微妙な心の動きが自由に表現できるのです。仏像が下から見あげてはじめて仏の顔と見えるようにこしらえてあるのと同じようなものです。

面はどの種類でもそのお能にふさわしいだけの表情がもてるように作られています。泣く必要のない翁《おきな》の能の面はいつでも笑っています。鬼はしじゅうおこっていますし、天狗はいつもにらみつけていると同時にどこか間のぬけたかわいらしさがあります。陰惨なお能にのみ用いられる面はつねに憂鬱そのものであります。そのなかでも女の面は泣いたり笑ったりしなければなりません。同じ女の面が人のなげきを知らぬ「天女」にも用いられ、あるときは露のように憂いをふくんだ「下界の女」の顔もしなくてはならないのです。一曲のなかでも前半には悲しみをあらわし、後半は飛び立つほどのうれしさをあらわす「熊野」の能のようなものもあります。一時にいろいろの表情を必要とするものは若い女の面ばかりでなく、年増の女の「深井」、「曲見《しゃくみ》」の面においても同様です。年増の女をシテとするお能はおおむね「狂女物」と称されます。きちがいのことですからいきなりほがらかになったり、瞬間的に気がめいったり刻々に変化しなければなりません。このほとんど無理な注文を能面の作者が逆効果をねらって表現しえたことは称讃しつくせないものであります。

およそ世のなかのもっともデリケートなもののひとつに能面をかぞえることができます。ソヨとの風にも散る花びらのように鋭敏であります。あらゆる意味でこわれもののようにあつかわなくてはなりません。女面とか老人の面とか無表情な面ほど、取扱いには注意を要します。型はひかえめにすることが必要となり、右左を見まわすときでも、わずかに首を動かすか動かさないで面は実際以上のハタラキをします。わずかに五分ぐらいの首の動きで面は横をむいてしまいます。

たとえ謡の文句では、月が中天にかかっていようとも、面をつけてならば「海上からのぼる月」を見るていどでよろしい。ということはほとんど上など見あげる必要はないのです。足元の月影を見るには、首に少々力を入れるていどで面は完全に下を見ます。その実、面の穴から下を見ることは不可能です。ここに「胸でみること」が必然となります。それは教えられなくても自分で習得せざるをえません。

ワキや作り物などはちょうど面の目の位置にあるのですからよく見えます。目で見えるものですからうっかり「胸でみること」を忘れさせます。目で見てしまうと、目のほうに自分の気がゆくために、見物には気のぬけた型にみえるおそれがあります。それゆえに直面の能はまたむつかしくなるのです。直面ではいくらか型も大きくする必要があります。そしてどこでも見えるのでかえって身体の力がぬけることがあるのです。

目で見ることを不可能とするなかには、「扇を開くこと」もはいります。ほとんど型とはいわれぬほど単純な型ですが、もし目で見て扇をひらくとしますと、ちょうど強度の近眼の人がピントをあわせようとする恰好になります。どうしてもそれは長い袖の下から手サグリでするほかありません。

単純な扇ひとつあける型、それひとつにも全能力がはいっているのです。そのためにたとえ事実は手サグリでしても、ふつう扇を開くとき見るように面の視線は扇の上にあるのです。すべて手サグリ的の行動はカンとも言えます。お能ではこのカンといえるものと修練とのふたつが必要なのです。そしてどちらかと言うと修練のほうが主なのです。それに「なれること」によってカンの部分もおぎなわれるのですから。

面をつけない仕舞というものもまたむつかしくなります。仕舞はお能の舞のみのみじかい部分を囃子ヌキで舞うものです。前もって雰囲気をつくるものがないところへ、装束もつけずにいきなり舞台へ出て舞うのですからよほどの上手でなければひとつのお能の美しさを見物につたえることはできません。美の一片はつねに全体をあらわします。みじかい仕舞ひとつでもって完全にお能全体をあらわさなくてはならないのです。その点は素謡も同じです。謡だけでそのお能を味わわせるのですから、名人の謡はお能をみるのと同じほどのまんぞくをあたえることができます。謡だけが上手な名人というものはありえません。謡というものは、声がよかったり節がうまいだけでは謡とは言えないのです。

お能の余白

お能のなかには、不完全なるがゆえに完全であるものがたくさんあります。たとえば文学的に謡は不完全でありながらお能のためにはこれほど単純にして効果的なものはありません。たとえばお能の型は意味をあらわす点においてはことごとく無意味であり言葉の役ははたしません。囃子もまたそうです。たとえば面はりっぱな美術品でありますが、面だけを手に取ってみる時は世のもろもろの彫刻のなかにさらに美しいものがあることを思わせます。名人の芸を待って面ははじめて活かされるのです。よい面ほど下手にはつかいこなせないものでもあります。またそれをつける名人なる者はこれもまた一個の不完全な人間で、いわゆる芸術家として発言することもしないほどの職人であればこそ「お能」が演じられるのです。

これらはある意味で多少なりとも「お能」という大きな芸術をあらわす上の省略のようなものであります。そのなかでもっとも不完全なものとして「作り物」をあげることができます。なぜもっとしっかりしたものをつかわないか、ということはよく聞かれます。しかし私も、作り物は今まであまり注意したことがなかったので、返事のしようもなかったのでした。じつはその「注意せずに終わる」そのことが作り物の特長なのであります。

作り物は芝居の背景のかわりとなるものです。舞台といえども板に松が一本えがかれているだけですから、そこにも極端な省略が見られます。なぜ芝居のように背景がないかということについての理由はいくらでもあげられます。第一にお能はある一定の場所をしめす目的はもちません。第二にかりに一定の場所をしめす場合があってもシーンはつねに静止してはいません。第三にお能はひじょうに微妙でありますから、いわゆるセッティングはじゃまになります。そのうちには微妙な型の動き、心の動き、面の表情、装束ひとつの鑑賞まではいります。鑑賞のときに極度の神経の緊張を必要とするために、背景はお能のなかのありとあらゆる微妙なものを殺すわけになります。それでは松の絵もない方がいいかと思いますが、それはまたなくてはいけないのです。なぜならば動きの多いものはともかく、ごくしずかな動きはそれを害さないていどの目ヤスがうしろにあるほうがつごうがよいのです。この目ヤスのようなものがあるのとないのとではたいへんな相違です。

文楽の「梅川忠兵衛」新口村《にのくち》の段で、ふたりの人形が右端にある格子の戸のうしろでこまかい気持の描写をするところがあります。縦にはまった格子はうごきに対する一種の標準を定めるために人形は、つねより以上に潑剌といきて見えます。これは目ヤスが前にあるのですが、うしろにある能舞台の松も、微妙な型の動きやかすかな面の表情のためには同じような役めをいたします。そればかりでなくやわらかい檜の色に松の緑をそえる時は、しぜんおだやかで厳粛な感じをあたえるものでもあります。また渋い装束も殺すことなく美しい装束をより以上にひきたたせもいたします。

作り物の種類はたくさんあります。そのうちよく用いられるものをあげますと、家の類、塚の類、船などです。そのほかに「据道具」と称されるものもあり、「高砂」、「松風」、「羽衣」などの能に松を立てて舞台の中央におきます。ほかに桜や藤その他を用います。

すべて作り物はひじょうに簡単であります。根本の材料は三つをかぞえるにすぎません。骨を作るために「竹」を、それをくくるために「みず縄」を、その上から巻く繃帯のような「ボウジ」と称する白布と、三尺四方四角か一畳の台輪の上にそれだけの材料をもって組立てるのです。装飾のためにはいろいろのものが用いられますが、シテが作り物のなかにはいる場合には「引廻し」という緞子《どんす》の布でぐるりをとりまきます。家の作り物にはかんたんな屋根とか戸とか垣根などをつけます。塚の作り物の類はそれが塚をしめそうと墓をしめそうと山をしめそうとみな「山」という名でよばれます（これはお祭のダシが山とよばれるのと同じ意味です）。作り物の山は木の葉をもって飾ります。その木の葉は「モチの木の葉」がキマリであります。よくシテが榊《さかき》を持って出て来ることがありますが、それにもモチを使います。「紅葉狩《もみじがり》」の山の作り物はこの葉の上に紅葉《もみじ》をさします。「隅田川」や「遊行柳《ゆぎようやなぎ》」のように塚をしめす場合は柳をさしますが、それでもモチの葉が大部分をしめて、かんじんの柳のほうはわずかにそれと知らせるていどです。

これは「サシ枝」と申します。

それらのほかに装飾の意味をもつものには紅緞《こうだん》というものも用いられます。これは「作り物」やその他の「小道具」類を美しくかざるために巻くリボンのような赤いダンダラの縞の布です。そのほかに草花の類も多く使います。「石橋《しやつきよう》」に牡丹《ぼたん》、「菊慈童《きくじどう》」には菊、「半蔀」には夕顔といったように。船はもっともかんたんです。まんなかに台輪があり細い竹をまげて前後に船の輪郭を作り、全部をボウジで巻くだけです。ほんとうに船のかたちだけをしたもので子供の絵のようにそこはかもないものです。底もないのですから、はこぶときは人が台輪のなかにはいってかるがると持ちあげるので、ちょうど船に足がはえた形となります。

このように作り物はすべて単純そのものであります。それは家や山や船や塚の象徴なのです。おおげさなものには「道成寺」の鐘のようなものもあります。目方が約四十貫ほどもあるそうです。しかしそれもサイズや目方が大きいだけで見たところは単に鐘のかたちをしているにすぎません。外側は緞子でのっぺりと巻いてあるだけです。喜多流のはたしか鐘にイボイボがついていたと思います。が、しじゅう単純な作り物を見なれた目には、写実にすぎてあまり感じがよくありません。

作り物を用いるときはたいてい山だの船だのがそこにあるということを見物に知らせる必要がある場合だけです。そしてシテがそのなかか周囲にいるときだけ見物に作り物の存在をみとめさせれば足りるのです。そして不必要な時はなるべく存在を忘れさせたいものなのです。芝居の大道具のようなりっぱなものが舞台にあると、しぜんそれは有力な背景となっていつまでもそこにあるわけになります。忘れようにも忘れられるものではありません。

世阿弥の遺筆のなかに、足利時代には「葵上《あおいのうえ》」の能に車を出したことがほのめかしてあります。「葵上」のシテは六条御息所《みやすどころ》の生霊《いきりょう》ではじめ登場するときは「牛もなき車のながえに取りつきさめざめと泣き」ながら現われるのですが、ただいまでは作り物さえも用いません。ことにほかの人の目には見えないはずの生霊、すなわち形も色もないたましいだけのものでありますから、よけいな作り物は無いにかぎるのです。長いあいだにお能のうえにはこのように省略が重ねられたのであります。

省略のひとつとして子方《こかた》をあげることができます。子供であるべき人が子方であるのは省略ではありません。しかしお能のなかには、おとなであるはずの人間のかわりに子供が用いられることがあります。「安宅《あたか》」の義経、「正尊《しょうぞん》」の静等は子方がキマリであります。むかしの将軍たちが少年を愛好したために、なるべく子方をつかったと見るむきもありますが、けっしてそうばかりとは言えません。「安宅」の能には十二人の山伏が登場いたします。そのおおぜいの大きなおとなたちのほかにもうひとり重要な人物として義経が加わることはたいへんややこしくなります。まして義経は姿をやつしたり、弁慶に打たれたり、しじゅう出入りが多いのですから、その他おおぜいの山伏連とは立場がちがいます。おとなだったらあまり出入りがはげしくては目ざわりとなるうえ、悲しい運命におちいる義経のさびしい姿は可憐な子方のほうがよく現わしえるのでもありますす。めだたないこととあわれさという二つの理由のもとに子方が「安宅」の義経を演ずるのです。「景清《かげきよ》」の能は、日向《ひゅうが》の国に流された景清がはるばると鎌倉からたずねて来た自分の娘に会って昔をものがたり、最後に因果をふくめて娘を国に返すという哀れな一編のものがたりです。景清がシテでその娘が観世、梅若ではおとなのツレによって演じられますが、宝生では子方を用います。その場合子方のほうがはるかにはるかに美しいとともにあわれを感じさせるのはいうまでもありません。

子方さえ省略されたほうがよいとされる場合もあります。「隅田川」は有名な曲です。母親が京都から子をたずねて東の隅田川に至りついに子供の死んだことを知り、あたかも一周忌にあたる日にむなしいわが子の墓の前になげき悲しむ悲惨なものがたりであります。お墓の前で念仏をとなえているうちに子供の幽霊が塚の作り物のなかから出て来ます。それをみて、「あれはわが子か」と走りよって抱きつこうとします。すると子供は塚のなかに消えてしまいます。その場合子供は子方ですから、シテが抱きつこうとして走りかかるのをふっとそらせてうまくやることがなかなかむつかしい。そのために多少ゴタゴタする気味がありますし、お能にしてはめずらしい写実的なオバケが髪をふりみだして現われるのですから、あまりよい感じはもてません。またこの梅若丸といわれた子供のオバケは母親の目にだけ見えるはずのものなのですから、省略したほうがよさそうに見えます。事実「隅田川」の子方をよすかよさないかということは世阿弥以来の問題でした。世阿弥の主張は子方を用いることでしたが、世阿弥の子の元雅は子方を用いないことを理想とし、議論はついにまとまらずとうとう昭和の今日までどちらでもよいことになっております。桜間金太郎はたびたび子方をつかわないで演じていますが、それではほかの人がなぜその子方を用いることをよさないかというと、それにも理由があるのです。その繁雑とも言いたい一場面があるために「最後の場面」がひきたつからです。「隅田川」の最後の場面はいたましいかぎりのものです。

いよいよ思はます鏡面影もまぼろしも見えつかくれつする程にしののめの空もほのぼのと明けゆけば跡絶えて我が子と見えしは塚の上の草茫々としてただしるしばかりの浅茅が原となるこそ哀なりけれ。

と、シテが「塚の上にくずれおれる」のがこのお能の最後の型であります。悲しみをとおりこして茫然となった感じをなおいっそうひきたたせるために、悪く言えばシテと子方の鬼ごっこのような場面もまた必要となってくるのです。この理由のもとに、子方を用いることを主張する側にとっては子方をはぶくことは不必要なのですが、お能の他の部分にくらべると、「隅田川」の子方は用いないほうがよいということになります。

直面物《ひためんもの》は鬘物の充実したお能らしさにおとります。直面の能はみな実在の人間であって、お能のなかでも重要な位置をしめる面を用いないのですから、幽玄味も半減します。反対に対話が多いのでわかりやすく大衆むきで、いくらか芝居に近いものです。

謡のなかで対話の部分は「詞《ことば》」で、節がつけてありません。節というものはつごうがよいもので美しい余情をあらわしたいところには必ず美しい節がついています。それに反して詞の部分は白紙にひとしいのですから、どういうふうにでも謡えることになります。解釈しだいで強くもやさしくもどうにでもなるのです。あわれな気持を出そうとしてあんまり涙が出そうにあわれっぽく謡ってはおかしくなります。そうかと言ってしんみり聞かせなくてはいけないところが詞の部分にはとくに多いのです。その白紙の謡を白紙のままに平々淡々と謡って、しかも気持は十分に出さなくてはならないのですから、詞の部分はどんなにむつかしい節廻しよりもさらにむつかしくなります。

平々淡々にと言うのはまた直面の能全体における理想でもあります。足利時代には若い男の美しさがたいそうもてたのですから、それだけにやりよかったことでしょう。いまはなんといっても顔よりは芸です。直面の能の実在の人間がなまなましくなく、面はなくともあるがごとく、いかにもお能らしい美しさを現わせる人はよほど上手な人といえましょう。

不完全なもののひとつとして「ツレ」をあげることができます。ツレはいつでもシテの側に属していおます。(ワキに属するのはワキヅレと申します)

「松風」の能に例をとります。――「松風」のシテは在原行平《ありわらのゆきひら》の恋人であった松風と名づける女の幽霊で、ツレはその妹で村雨《むらさめ》と言います。同じく幽霊であります。そのふたりはまったく同じかたちをしてあらわれます。上には白の水衣《みずごろも》という軽いきぬをまとっています。そのふたつの白の交錯するところに美しくも悲しいひとつの恋物語をえがくのが「松風のお能」であります。同じようにほのぼのと白い松風と村雨ではありますが、ひとつはかたち、ひとつはつねに影をあらわします。たとえば、

松風が「秋の夜の月」をあらわす時、――すなわちシテが月をみる型をする時、村雨はじっと立ったままで、水にやどるしずかな「月影」を連想させます。

松風が、

「よせては返るかたを波」

と三足正面へつめて「よせる波」を表現する時、村雨はタラタラと七、八足あとへ下って「返る波」の象徴となります。

松風が床几に腰をかければ、村雨はよりそって下にすわります。

最後に、

「関路の鳥も声々に夢も跡なく夜も明けて村雨と聞きしも今朝みれば松風ばかりや残るらん〳〵」

と松風の音とともにシテが幕にはいるあとにしたがって、――というよりも影のかたちにそうごとく、ともに消えてしまいます。あとには松風の余韻嫋々として、秋の夜長の夢を残します。「松風」のお能のなかでシテとツレはひとつの糸につながれています。その糸はある時はもつれあいある時は離れあうのです。むかし万三郎氏と六郎氏の「松風」をみて子供心にひじょうな美しさをあじわいました。万三郎氏が松風、弟の六郎氏が村雨です。舞台にかかる前のカケアイで、ふたりはふしぎなもつれをみせ、「立ち別れ」という謡でパッとはなれたのです。その時みている私は水の渦のなかからポッと外に出た、そんな感じをもちました。

「松風」のツレは重要な役ではありますが、ツレはどこまでも村雨であって、けっして松風になってしまってはいけないのです。つねにシテの陽に対する陰であります。その演出に対するくふうはいつもシテをひきたたせることのみに用いられなくてはなりません。お能のシテはある意味で完全に一人舞台ですから気がねも遠慮もする必要なくかってにふるまえるのですが、ツレはどんなに重要なツレであってもシテの領分を侵すことはできません。なにもかもひかえめにしなくてはなりません。しかもあるときは存在をはっきりとみとめさせなくてはツレの役めは果たせないのですから、シテを侵さずしかも完全なツレをつとめるのはひじょうにむつかしいことです。ことに「松風」のツレのすることはシテと同じほどむつかしく、シテよりもはるかにやりにくいのです。

ツレは謡でも型でも動きでもすべてシテよりも軽めにします。そしてしじゅうシテのじゃまにならぬようたちまわることに、なみなみならぬ神経をつかいます。ツレがよかったためにお能がさらによく見えることは多いのです。そして見物は多くの場合ツレのよさは認めずに、称讃のことばはシテだけに与えられます。ツレは縁の下の役めを果たすわけですが、へたな時はかえって存在がみとめられすぎるきらいがあります。たとえ技がうまいためにみとめさせても、それでは完全なツレとは言えません。技がうまいだけでは上手とは言われないのです。

同じことは地謡においても言われます。どんな名人でも地謡が悪くては半分も真価が発揮できません。それにひきかえ私たち素人のお能が実際の技倆以上にうまく見えるのも、地謡に舞わされるからであります。反対に素人に完全にツレや地謡をしろと言われてもできるものではありません。シテはいわば唯我独尊なのですから、ほかが助ければ真価以上にできるものです。ですから地謡とかツレのような影の人々はほんとうにくろうと的のものなのです。

しかしお能ではツレも地謡も囃子もわるくて、しかもお能がひじょうによい場合もあります。ただしそれはシテが名人である場合にかぎります。シテの芸に超人的な力があるとき、ひとりで全部をしょって立つことができるからです。いままで私が見たお能のなかでいちばん感激した最上の演出は、じつにこのシテひとりの力を完全に証明してみせたものでありました。そのお能は地謡はまずふつうでしたが、囃子とツレは零以下でありました。偶然それも「松風」だったのですが、ツレがじゃまになるほど下手だったにもかかわらず、シテは完全にそれを押えつけてつい に悪い存在まで芸の美しさをもって包容してしまったのです。そのときお能ははたして総合芸術 といってよいのかなどと思ってみたほどです。しかしまことにお能は「総合芸術」であるのです。 その「総合芸術」の完成はシテひとりにおいても成されることを知りました。

日本人はとかく不完全なものに心をひかれがちです。たとえばシメトリカルなものを好かない こともそのひとつです。いかにふたつの物が同じであろうとも、完全に同じ物がふたつはありえ ません。同じ花をみるにしても、満開の花よりも散りかたの、または蕾のうちに美をもとめます。 それは「花のさかり」の美しさを事実よりもはるかに美しく想像させるからです。その想像の余 地を残すということを日本人は生まれながらにして知っているのです。別のことばで言えば「人 間が不完全である」ことをもっともよく知っているとも言えます。

そのことはお能の「芸のさかり」をすぎた美しさのなかにも見出せます。ますます完全をねが うあまりに不完全をめざすのです。世阿弥が名づけて「動十分心・動七分身」と言ったことはそ の当時はたしてどういう意味をもって言ったか知るよしもありませんが、現在のお能の演出上に もあきらかにみとめられることです。

技を十分に練磨し、究めたのちに型をごくわずかばかり心が命ずるよりも、ひかえめに演ず る。舞のなかの手足の動きばかりでなく、立居振舞のすべてに心の働きにくらべて身の働き を惜しんでする。かようにすれば身は体となり心は用となって、（目に見える動きが七分になり、目に見えない精神は十分に働くことによって）余情のある感をあたえることができる。しかし上手は長年身心ともに十分に習い究めたのちに、さて身を惜しんで型を少な少なとするのであるが、初心の人が「動七分身」をまねる時は、身心ともに七分めにしかならない。

名人の芸は結局秘められた三分がものを言うこととなります。外にあらわれた七分のかたちは、三分の影の芸の力によっていちだんときわだって見えるのです。影をもたない七分のかたちはそれゆえぼんやりとしたものになってしまいます。

お能の後見は「影の人」と言ってよいかわるいかわかりません。後見は芝居の黒衣《くろこ》の意味ではけっして「影の人」ではありません。黒衣はどこまでも目に見えないはずの存在ですが、お能の後見は舞台の上に公然とひとつの役めをもつ人であるからです。

後見は用が無さそうに見えて実際はなかなかむつかしい役めです。舞台に行なわれるすべてのことに責任をもってうしろみをするのですから、シテと同じほどの、あるいはそれ以上の技倆を持つ人がつとめるのが理想的であります。すべての部分といっても、後見はシテ方に属するのですから、本来はワキ方とも囃子方ともなんの関係もないはずです。しかし何かことがおこった場合はすぐにそれらの部分にまで助け船を出す必要があります。

後見はシテのあとについて舞台にはいるのが正式であるそうですが、今では「切戸口」と称する地謡などが出入りする右手の小さな入口から出入りしています。切戸口は一名臆病口とも称されます。ただし重いお能になると昔からのしきたりを守って堂々と幕から出てまいります。

演者が絶句をした場合に謡をつけたり、作りものや小道具類の出し入れをしたり、装束をつけ変えたり、形の悪いところにしじゅう気をくばったりそういう意味でシテを助けるのは芝居の黒衣の役と同様です。しかし黒衣は役者の代理をつとめることはありませんが、お能の後見はシテの代理をしなくてはならない場合があるのです。

シテが舞台でたおれたとき、かわってお能をつとめるのも後見の役めであります。すぐに立ってかみしも姿のままで残りの一曲を端然として舞いおさめるのです。お能の最後にある止拍子《とめびょうし》を踏み一曲が終わると、幕へははいらずにふたたび後見座にもどり、切戸口よりはいるのが作法であります。シテの代理はしてもシテではないのですから、お能が終わるやふたたび後見の役にもどる意であります。

芝居で黒衣は役者のかわりをする必要はひとつもないのです。お能の後見はシテ方に属するのですから専門家でありますが、黒衣は役者ではなくてどちらかというと作者の側に属すると聞きます。それに芝居では舞台と見物をへだてる幕というつごうのよいものがあるのですから、それさえひけばどんなまちがいがおこってもすんでしまいます。お能にはそのへだてがないのですからそう簡単には行きません。

お能の幕のあげおろしは後見の下働きである幕アゲふたりによってされます。お能の曲にはそれ相応の幕のあげおろしかたがあり、早すぎても遅すぎても気分をぶちこわします。ですからなんでもないような幕のあげおろしにまで神経を使わなくてはならないのです。お能の位というものはそんなところにまで影響するものであります。

名人とも言われるほどの人が後見をつとめて何か事がおこった場合に平然としてそれにあたる

のは言うまでもありませんが、まちがいがおこる——それを訂正する、その間にすこしの時間的のスキもありません。「間髪ヲ入レズ」と言う言葉をこれほどよく現わすものはありません。まちがいが先か、後見の行動が先か、ほとんど区別はつきません。それはただカンがいいだけの問題ではありません。いくらカンがよくても、かぎりなくある舞台上の約束事に一時に気がくばれる道理はありません。まちがいを知るばかりでなく、それはその場で訂正されなければならないのです。またいくら約束を知りつくしていても、ひとりのシテばかり気を取られていたのでは、他の部分にまですぐにおよぼすことはできません。それは結局何にも気を取られていないよい証拠です。シテ同様、無意識のうちにすべてに気をくばっているのです。それゆえ完全な後見はまた完全なシテになりえる人です。そうでなくてはいざという場合に手も足も出なくなり、舞台の上にあってもなくてもいいカザリモノ同然のものとなってしまいます。

「お能の影」をひろく一日の番組のうえにもとめることもできます。おおどかな脇能がかたちであるに対して、線の細い修羅能は影。三番目の鬘物の充実に対する、くだけた狂女ものその他の四番目物は影。そして最後の切能《きりのう》はくっきりとかたちを現わすものと言うことができます。そしてむつかしいやさしいは別として、やりにくいのはいつも影の部分であるのです。

このようにお能はいたるところに陰影がつきまとっています。そのなかには濃い影もあり、あるかなきかの淡い影もあります。その交錯するところにはじめて真の意味での総合芸術としてのおもしろさが見られるのです。影になるものがそれぞれの役めを完うするとき、それはもはや単なる影ではなくて美しいひとつのかたちを現わすものとなるのでありましょう。

序破急について

序破急というものは、お能全体をつらぬくひとつのキマリであります。「空間的の型」に対する「時間的の型」ということができると思います。

まず序破急というものは広く一日の番組の構成のうえに見ることができます。正式の番組は一、脇能――二、修羅能――三、鬘物（または三番目物とも）――四、狂女物あるいは四番目物――五、切能の順におかれます。そのうち脇能、修羅物は序、鬘物、四番目物は破、切能は急に属します。

脇能は舞や働きを主とします。したがって、筋というものはたいしてありません。強く大きくほがらかな男性的のお能であります。「高砂《たかさご》」、「弓八幡《ゆみやわた》」、「嵐山《あらしやま》」などのたぐいで、シテは颯爽とした神の姿をもって現われます。神の能を脇能とよぶことにはいろいろ説がありますが、「翁のワキにおかれる能」と解釈してよいと思います。

「翁」は本格的な番組の最初におかれます。年のはじめの能会などにはかならず演じられる、お能のなかでももっとも原始的な特殊な曲です。ほとんど曲とは言われません、儀式と言いたいものです。その儀式に付随した脇能はいつも「翁」のシテと同一人において演じられます。その脇能がめでたい能であることは言うまでもありません。

すべて祝言というものはいかにもめでたいのではありますが、そうしたものにはおもしろみというものはありません。そのおもしろくないことが脇能の特長であるとともに、そこにほんとうのおもしろみがあるのです。脇能をおもしろく見せる人、おもしろくみる人は、ともにお能をよく知る人と言えます。

二番目の能は修羅能とよばれて世阿弥の作が大部分をしめます。シテは「平家物語」の中の人物が主であり、なかでも平家の公達《きんだち》をとりあつかったものが多いのです。修羅能のうち勝《かち》修羅と称する曲が三つあります。一は田村麻呂をシテとする「田村」、一は義経をシテとする「八島」、一は景季をシテとする「箙《えびら》」です。勝修羅は同じ修羅能のなかでもめでたいのでありますからいくぶん脇能に近い要素を持ちます。

勝修羅をふくめたすべての修羅能は、全部武将の幽霊によって演じられます。勝修羅として区別されるほどですから、他は合戦に負けて討死する運命にある人たちばかりです。なかでも平家の若い公達はことに哀れをもよおします。同じく「序」であっても脇能のほがらかさにくらべて修羅能はもののあわれを感じさせます。はるかに女性的でもあります。源平の合戦に負けた平家方に人気があるのも、東男にくらべていっそう優美な人々であるからです。優美であることはすなわち幽玄が増すことです。以上のことはだんだんと三番目の鬘物に近づきつつあることをしめすものであります。

破の中心にある三番目物のなかには鬘物（女の能）のほかに女にもおとらぬ優美な男をシテとするものもあります。老いた草木の精と美男の業平をシテとするのですから優美な点において女と異なるものではありません。そしてあとは全部鬘物でありますが、約四十番ばかりの三番目物のうち二十七番が世阿弥の作であります。前の修羅能といいこれといい、いかに世阿弥が幽玄に力を入れたかがわかります。

三番目の能は幽玄とか、充実した点においてはっきりした輪郭を持ちます。それにひきかえ、つぎにおかれる四番目物は種々雑多で、なかには三番目物に近い曲もありますし正反対のものもあります。そのようにいろいろの種類があるために、四番目以外の能の代用とすることもできる点でいちばん融通がききます。そのなかで四番目物として特長のあるのは狂女物です。これにも世阿弥の作は多く、——ということは幽玄であり、鬘物のかわりに三番目におかれてもさしつかえのないものばかりです。

四番目物のなかで遊狂物というのは軽いしゃれた曲です。「自然居士《じねんこじ》」、「東岸居士《とうがんこじ》」、「花月《かげつ》」などのように禅味のある人をシテとするのもあり、「邯鄲《かんたん》」、「天鼓《てんこ》」のごとく遊楽の場面を主とするお能もあります。そのなかには女の神をシテとする「三輪《みわ》」、「龍田《たつた》」など、ほかに神がかりの巫女《みこ》の「巻絹《まきぎぬ》」のような変わったものもはいります。「三輪」、「龍田」、「巻絹」は脇能のかわりに用いてよく、鬘物の代用もいたします。総じて遊狂物はみなわれを忘れて恍惚境にいる人たちばかりをとりあつかってあります。

四番目物のなかには陰惨なうらみをもつ怨霊をあつかった「阿漕《あこぎ》」、「善知鳥《うとう》」、「砧《きぬた》」、「葵上《あおいのうえ》」などもふくまれます。これらはいわゆる人情物、あるいは世話物として四番目物の特長を発揮しています。

そのほかに約二十番くらいある現在物も四番目のなかにはいります。これはみな実在の人間であって面もほとんど用いられませんので、直面物《ひためんもの》とも称します。あるものは二番目、あるいは切能のかわりもすることができます。みな対話が主であって劇的に進行いたします。そのうち世阿弥の作とおぼしきものはわずか五番あるにすぎません。

このように四番目物の種類は多方面におよび、一貫したものがみとめられません。世話物であるために、ともすればお能からはなれがちの演出になるおそれがあります。そうかと言ってあまりに直線的であっては四番目物の趣は求められません。それゆえひじょうに演じにくいお能でもあります。またありのままの姿である脇能からはいちばん遠いものでもあり、おもしろいという点からいえば、もっともおもしろいお能であるということができます。

急の部分である最後の切能は、スピードとにぎやかさをもって特長とします。人間的な力と行動とをさらに強烈にするために超人間的な鬼や天狗が活躍いたします。面も瞬間の表情をつかんだものが用いられ、時間的にもみじかいものばかりです。変わり種として「絃上《けんじょう》」や「融《とおる》」、「当麻《たえま》」のようにけだかさをもってする優美な曲もありますが、早舞《はやまい》というよどみのない舞を舞う点においてやはり「急」の名にそむかないものであります。

以上は番組の構成上の序破急でありますが、それによって序から破へ、破から急へと観能に興がのっていくように能の種類がわけられておいてあるのです。まず最初に子のようにほがらかな脇能をみせ、しだいにお能のふんいきのなかにとけこませ、そして破のあいだにこまかく神経をつかわせて疲れたところへもってきて、稲光のような切能をあっさり見せて終了となります。

かりに時計の一時を序とし、二時を破とし、三時を急ときめますと、一時が鳴って長針が動き出すときすでに二時、三時にそれだけ近づきます。序であるところの一時を三つにわけると一時二十分までが序の序ということになり、一時四十分までが序の破、二時までが序の急となります。またそれは三等分されて一時から一時六分四十秒までが序の序の序となり、以下それに準じます。そしてそれは無限に三等分されるわけになります。

それと同じように、脇能と修羅能が序としましても、けっしてどこからどこまで序にじっとしているわけではありません。脇能がはじまったときにすでにそれは破急に近づいているのです。それゆえに脇能と修羅能のふたつをくるめた序のなかにも序破急があり、脇能ひとつのなかにもあり、以下時計の例のとおりに無限に発見できるのです。したがって序破急がしだいにこまかくわかれてゆくときは、序と破のあいだに歴然とした区別がつけられなくなります。破と急のさかいめもはっきりしなくなります。

幽玄を主とするお能では、まんなかの破の部分が「お能の中心」と言うことができます。しかし三番目と四番目をくるめて破の能とするのではありますが、そのなかにも同じく序破急があるのですから、「お能の中心」といえるものは破のなかの破のなかの破のなかの……破でありますから、肉眼?で見ることはできません。ということは目にみえる型にさえ急所や中心がみつからないように、お能には時間的にも中心というものはありえないのです。逆に言いますと、脇能は序であってもそれ自身中心でありえるのです。また切能は最後にありながらも、じつはお能の中心となっているのです。脇能は超人間的な存在として神を現わすのですが、切能は同じく超人間的な天狗や鬼神をシテとします。

天狗や鬼神はともすれば神として崇められるものでもあります。無邪気な点やほがらかさにおいて、それから早さにおいても、脇能と切能は共通なものをもちます。そういう意味で最後の切能は最初の脇能に通ずる点が多いのです。そのように急はつねに序につながるものでありますから、序破急というものはお能をしてひとすじの線で円をえがくものとも言うことができます。序破急は、ならべて序・破・急と考えるべきではなく、「序破急」は一語とみなさなくてはなりません。

具体的に一曲のうえにとりますと、

序——ワキの登場から着ゼリフの終わりまで。

破——前シテの登場から中入りまで。(長い曲は後シテの舞の部分もはいる)

急——以下後シテの登場からお能の終わりまで。

シテの出は一曲中では破の最初(序)でありますけれども、シテにとっては序の序と言うことになります。シテが幕から舞台にはいる橋掛りの間だけにも序破急はあります。すなわちだんだんと早くなるのです。しかしそれは目について早くはなりません。なぜならば、かりに一の松までを橋掛りでの序としても、そのなかにもまた序破急はあるのですから、だんだんに早くなるといってもそこに段のつくはずはありません。さらに三等分をかさねてゆきますと、ついには「一足の足をハコビ」となります。そしてその一足にも、足を前に出そうとするまでが序、爪先をあげるまでが破、おろすのが急ということになります。そこで終わったのではなく、そのひとつひとつのこまかい動作にもさらに序破急が追及されるハズであります。

型ばかりにでなく謡にも序破急はとめどなくつきまといます。ひとつのセンテンスにもあれば、一語にもあり、一字にもあることはくだくだしく言うまでもないことです。しかしむりに序破急をつけるときは舞にも型にも謡にも段がつきます。どこまでも無意識にでなくては序破急はつけられるものではありません。これをつけるものは自分の内にあるノリというものであります。

人間は時計ではありませんから、終始同じ寸法に時をきざむことはしません。人間は序にはじまる瞬間からしだいに動作が早くなるものです。それには自然にスピードがつきます。

序が破に重なり、破が急に重なり、急が序に重なってゆくところにお能が時間的に完全なものとなります。型が重なって舞となり、舞が重なってお能となるのですが、それを重ねてゆくところのものはノリというものです。自分の内にあるノリが外にあらわれる時、それは「ノリのあるお能」となるのであります。

ノリは水の流れの傾斜にひとしいものと言うことができます。しずかなお能は水の流れの傾斜が少ないようなものでありますから序破急がつけにくいのです。傾斜はかならずあるのですが、あまり少ないために無いようにみえるだけです。しずかな蔓物の足のハコビにどうして序破急があるかと疑われるのも無理はありません。しかしそれは無い場合とある場合をくらべてみればすぐわかることです。

序破急を自然につけるノリは頭の命令は待たずに動くものでありますから、いちばん最初の序のすべりだしがよければ、あとは目をつぶっていても破急は自然についてくるものです。序が破を生み破が急を生んでゆくところに、谷間からわきおこる雲のようなお能の雰囲気が見物をつつんでゆきます。よい演出が終わりへゆくにしたがって息もつかせぬほどおもしろくなるのは、知らず知らず序破急の魅力が観客の心をとらえてゆくからであります。

しかし序破急はただ速度に関するものだけとは言われません。「ゆっくりはじまってだんだんに早くなる」ことだけが序破急の全貌ではありません。もしそれだけのことであったなら序の能である脇能はしずかなものであるはずです。それにひきかえ脇能は前にも言いましたとおり早さの点においてはほとんど切能に近いのです。またださだん早くなるはずの破の能にはもっともしずかな鬘物がおかれます。これは何を意味するのでありましょうか。

脇能は早さにおいて切能とあまり変わらなくても重さの点においてちがうのです。脇能がどっしりと重いのにひきかえて、切能は軽くて敏捷です。序は重みを、破は厚みを、急は軽みをあらわすと言うことができるかと思います。そのことは「位」と名づけられます。

序である脇能のどっしりとした重味に比して、つぎにくる修羅能はぐっと軽くなります。序の能の急の部分、すなわち修羅能の終わりの部分はことに軽快な動作をあらわします。鬘物に近づくのでありますから、軽快であるとともに優美な気持が加わります。

破の鬘物は幽玄の充実をあらわします。修羅能においてうまれた優美な気持にさらに艶な厚みが加わるのです。三番目にいたるまでに見物の心には一種の「お能に対するノリ」とも言うべき感興がそなわっているのですから、早さの点で見物を興にのらせるかわりに、逸《はや》る馬の手綱をひかえる気持で、じっくりした芸をあじわわせるのです。

破の急の部分の四番目物において幽玄はくつろいだ姿をもってあらわれます。そして見物には、がらりとくだけたおもしろさをあたえます。こってりとした鰻《うなぎ》の蒲焼のような鬘物のあとに、お茶づけをさらさらとたべるようなものです。

急の切能は激流のように最後をひといきにおしながします。もう手綱をしめる必要はなく悍馬《かんば》のように稲妻的であってよいのです。

序破急がお能全体にあるのですから、その位もまたひとつひとつの隅々にまでおよびます。位はいつでも重い軽いの二つのことばによって言いあらわされます。「早い」とか「おそい」とかとは申しません。早くてどっしりとしたものもあれば、おそくてサラサラしたものもあるからです。序破急について、世阿弥は次のようにのべました。

「序ははじめであるから正しい姿である。また自然の姿である」
「破はそれに和してこまかく手をつくし注釈をほどこす部分である」
「急は急速におしつめて最後を飾る部分である」

簡単に言えば「真行草」という意味です。

序破急はお能の構成と演出のうえにのみあるものではありません。無理につくったものでなく、もともと自然のものであるのですから、いたるところに発見することができます。世阿弥の教育方針にもそれは利用されました。

人間の序に相当する幼年時代にごく大ざっぱに舞働《まいばたらき》などをやらせ、人情味のあるものはさけるようにして、正しい型をきびきびとさせるなどということは、脇能の性質をそっくりそのまま人間のうえにうつしたものと見ることができます。

それから二十四、五までは序の終わりの部分とみることができます。それより四十くらいまでが盛りの時代で、芸にもこまやかに手をつくし、美しさと充実においてまさしく破の性質を持ちます。破といってもとくに三番目物の時代です。

　それから先下り坂の部分は破の終わりに相当いたします。すなわち四番目物の時代です。くだけた型、芸の軽みなどは若いうちには望めないのですから。また望むべきでもありません。

　切能のほんとうの味は、それからあとでなくては出せないのではないかと思います。動きが早くて位が軽いお能は子供にでもできるほどやさしいのではありますが、技がやさしいだけにつまらなく見えるのは脇能の場合と同様です。そのうえ切能の稲妻のようなするどさをほんとうにするどく見せられるのは、「早い動き」だけではだめです。いかに早くとも一定のスピードで、のべつに早いのであっては、さほど「鋭い」という感じはあたえられません。ことに天狗や鬼の能の稚気まんまんとしたおもしろみは、いかに達者なシテとはいえ若い人には見られぬ浮世ばなれのしたものです。切能の大部分をしめている天狗や鬼や妖怪変化の類は、なんとしても幽玄からは遠いものです。その美しくないものまでを美しく見せるのは、すなわち「巌に花を咲かせる」ことです。それは一度幽玄の洗礼を受けた者でないと実現できるはずのものではありません。花は地面に咲かせるよりも巌に咲かせることのほうがはるかにむつかしいのです。

　優美な能はそれなりでも美しいのですが、切能はただ鋭いばかりでなく、お伽噺のように愛すべき味をもちます。その子供の気持のようなほがらかな美しさをもつ切能はなんとしても「人生の急」にたとえたいものです。それゆえに切能の立場からみれば、お能のなかで切能ほどむつかしいものはありません。お能はすべてこのようにむつかしいものはそれなりにむつかしく、やさしいものはやさしいがゆえにむつかしいのです。

序破急というものはさらにいろいろのことを思わせます。序が自然の正しい姿であるということは、序の序の部分におかれる脇能はすなわち「お能のありのままの姿」であるはずです。その脇能の精神的なものをつかむことはお能の全体をつらぬくあるひとつのものを見出すことです。そのみならずお能は日本人が作ったものである以上、そのなかでもありのままの姿の脇能は直接日本人のありのままの性格をあらわすものと言うことができます。

脇能の特長は清々《すがすが》しさの一言でもって言いつくされます。これは粉飾をともなわぬ純潔を求める私たち日本人の好みでなくてなんでありましょう。すがすがしさ、――それは並みつづく大木を、直線を、白い色を、あかつきを、神さまを、それから「能舞台」そのままを思わせます。精神などということばは用いる必要のないほどそれは自然の、日本人がもって生まれた潔癖性なのかも知れません。そこには強烈な感激はありません。めずらしいこともおもしろいこともないかわりにその感激はつねに新しいのです。

それは生まれながらの、原始的なものです。子供らしいほがらかなものでもあります。そういう性質を脇能は全部もっているのです。いささかも神経質でないということは、神経質な日本人のあこがれです。それは同時にのんびりとした神話時代の民族の姿をあらわすものとも言えましょう。そのような脇能はまた、お能のおいたちを思わせるものでもあります。

平安期の退廃につづいて生まれた武士はほとんど原始的と思われるほど幼稚な文化をもったにすぎませんでした。貴族の芸術に対抗するなにものをももたない彼らは、最初は貴族文化の盲従者であるにすぎませんでした。その盲従者たちをみちびいたのは僧侶であります。ことにその時代の新しい禅宗は新しい文化のよき指導者となりました。そこに生まれた武士の精神というものは、いわば原始への復活と見ることができます。形はちがっても根本にあるものはやはり単純を求める日本人の好みであります。その文化の生んだお能は、脇能にばかりでなくすべての種類のお能のうえにその好みがあらわれています。

人工の極致ともみられるほどの粉飾をほどこされた鬘物でさえその例に洩れません。鬘物の表面にあらわれる優美さを司るものは、裏に秘められた強い男の体力であります。鬘物はもっともつよいお能であるのです。お能の幽玄はつよいものであるとともに一種のほがらかさをもちます。鬘物にうける感じは、おぼろの満月、光源氏の円満な性格、濃紫と濃い紅、伽羅《きゃら》のかおり、万葉の長歌、三月堂の月光像などにくらべたいもので、すべてやわらかいうちにも充実したまるみを思わせます。鬘物はお能における「天平時代」であります。歴史上の天平時代は原始的な精神をうけて、清々しさのうえに荘厳みを加えた文化とも言うことができます。鬘物の厚みをとおしてその奥にあるつよさを感じるとき、それはまっすぐに脇能から発しているところの力であることをさとります。

そのようにしてお能をみるとき、もっとも平安朝的要素をもつものは修羅能であります。修羅能は繊細であり、鋭敏な感覚をもちます。それは翡翠《ひすい》のつめたさを、夕日に散る桜のはかなさを、蟬の命のみじかさを、その羽の透明とその静脈の繊細を思わせるお能であります。修羅能に出てくる公達はやさしくも風流な人たちでありますが、世阿弥はその人々にけなげにも戦わせ、討死させることによって花をもたせています。それに詩歌管弦の道をまつらわせて優美さを増しているのですが、かならず凛然とした「直なる心」をもたせることを忘れてはいません。

同じほど神経質なのは四番目物です。ほんとの世話物でありますから、おもしろずくのお能です。破の終わりにあるということは、「序に和してこまかく」までが鬘物とすれば、それに重なって「こまかく注釈する」部分が四番目物の特長とすることができます。こまかくするにしても鬘物はどこまでもていねいにこまかく充実をめざすのでありますが、四番目物はこまかくくだく性質をもちます。破の終わりでありますから軽みも添います。そのおもしろさはともすればお能から離れる、その危うさにあります。

その特長は名人の芸のうえにうつして見るのがいちばんわかりやすいかと思います。すべて名人芸というものは一歩踏みはずせば転落するきわどいところに立つものです。その危いところを認識しつつ、しかも平然としてそこにいられればこそ名人なのです。ですからいかにきわどいとはいえ、本人にとっても、見る人にとっても、すこしも危なっかしくはないのです。まったく気楽そのものです。さらにことばを重ねれば、そのような芸には、打てばひびくの感があります。打つ・ひびくの間には、すこしのスキもありません。ということは、打つことはそのままひびくことなのです。ですからいつ打たれるかいつ打たれるかとビクビクする必要はないのです。それと同じ趣を四番目物はもっています。

一見して四番目物が脇能の気分から遠くへだたる事実はだれにでもわかります。しかし根本にあるものは同じものです。まったく直線的であることがわかりにくいのです。しかしそれは本来原始的である武士の文化の（あるいは宗教の）「くだけた一面」に照らしあわせる時、おのずからあきらかになることです。その文化が生んだ墨絵などは、もっともよくそのことをものがたります。四番目物が連想させるものは、晩秋の廃園、涙と笑い、吹雪（花でも雪でも木の葉でも）、くずし字、橋掛り、俳句、流れ、など。みな静をあらわしつつはげしく変わるもの、あるいはその反対のものであります。

切能は直接脇能の変形とみることができます。脇能にあらわれる神が、鬼や天狗の形となってあらわれるのです。ともに超人間的な行動と力に対するあこがれを実現するものであります。

いかにも優雅なお能はこのように単純なひとつの線でつながっているのです。そのすがすがしさがつねに新しいものを好む日本人の私をまんぞくさせるのです。お能が古いものであるなどとは思ったこともありません。つねに新しいもの、――それはお能であるのです。

お香とお能

香道は、茶道と切っても切れぬつながりがあることは、いまさらいうもおろかです。そしてお能とは一見赤の他人のような顔をしながらも姉妹のようなもので、いたるところに共通点が見出せます。

嗅覚は人間の五官のなかでもっとも原始的で低級なものであるそうです。そのためか、かおりには一般性があって古今東西を問わずよい匂いを好かない人はおりません。万人むきであるためにかおりはよい商売にはなりましたが、芸術的なものとして発達したのはおそらくわが国においてのみでありましょう。万人に感じることのできるかおりというものは、平凡で単純でわかりよすぎるのです。そのかおりのなかから日本人だけが「純粋なかおり」を引き出すことをしました。

原始的な嗅覚がするどいということは、犬やその他の獣を思わせます。人間が犬とちがうのは匂いのなかから純粋な美しさが引き出せることだけです。原始的なもののなかに美しさを感じえる私たち現代人は、それゆえに原始民族がより下等であるときめることはできません。原始的であるなしにかかわらず、美を見出す、そのことだけがよろこびであるのです。

ものにジカにふれる意味において、お香ほど直接なものはありません。体験のほかに知りようもないからです。日本の香道もひとつの道であるからには数々の法がつねにつきまといます。その点お能と同じほどの約束があるにはありますが、とどのつまり何をするかと言えば、「木片を火にくべる瞬間に芸術が成り立つ」それだけのことです。お香の場合芸術そのものは形も色も音もないものによって表現されます。お香ほど抽象的なものはありません。

抽象的なかおりの芸術をつくるうえに必要とする材料は、香木と火とあるのみです。香木はけっして目をよろこばせるに足るものではありません。火も日常私たちが見なれたものです。その見た目にはなんの感興もそそらないふたつのものが合するところにかおりの芸術は発生いたします。そしてその存在は鼻で嗅ぐよりほかに知るすべもありません。

香道は根本において香木と火とそれから人間の三つで成立するのでありますから、ひじょうに単純であるために完全をはかりやすいのです。その点お能は複雑であります。舞台芸術であるかぎりどこまでも人間相手であるからです。人間はいろいろに人の目をあざむくのですから、なかなか信用がおけません。すこしでも人間をマシに見せるためにあらゆる点で美化しなければならないからです。その飾りたてた外観が人目をあざむくとともに複雑にみせるのです。しかしじつはお能も香道と同じほど単純なのです。そして同じく三つのものしか必要としていません。

お能におけるシテは香木であります。

シテ以外の部分は火であります。

お能のシテが、シテを助ける背後のものとピタリと一致するときに、お能のかおりができあがるのです。その息もつけぬ微妙な瞬間は、芸術の歴史的一場面であります。

香木や火はありのままの自然の物ですから目をあざむきません。そのままで信用できるのです。しかしお能の舞台における人々とても実際においてすこしも香木や火と異なるものではありません。外観にあざむかれてもその事実が信用できないのは観客が悪いのです。お能の演者はみなありのままの自然の姿で、——すなわち裸一貫で演じているのです。人間は着物を着ているから、物を言うから、頭で考えるから、人間以外の物とちがうのではありません。着物を着、物を言い、頭で考えながら、木や火と同じ物になりえるのが人間であります。そしてお能の演者はそのことをはっきり証明するものです。舞台の上で美しい装束や種々の約束にとりかこまれながら、真実ハダカであることは、心なき自然の物と寸分のちがいもありません。そのように目をあざむく部分を無視することはすなわちお能の芸術に「ジカに触れる」ことです。かおりが直接体験であるようにお能もまた身にふれることができます。お能がかもしだす雰囲気は、香のかおりのそれと似ているどころか同じものなのです。それを言いあらわすには別のことばはあっても、意味はただ一つよりありません。

お能における人間は（見物をもふくむ）「自然と対立する人」ではなくありのままの自然です。みながみな人間であるために複雑にみえますが、一見複雑にみえるのは、かおりに達する道が香道よりも多いだけであって、直接であることにけっして変わりはありません。それゆえにお能のうえのどの道をとろうとも目的地にいたる距離はみな同じなのです。

その複雑性が総合芸術とされるゆえんでもあります。そう言いますとかならず、香もまた総合芸術である、と逆襲をうけると思います。なるほど香道には複雑きわまりない美しい道具類がありります。香木の種類も何百あるかわかりません。香木の組み合わせかたも複雑です。しかしお雛さまの道具のような美しい器具類は情趣をそえはしますが、直接香の芸術のためにはなんの役めもいたしません。道具を並べることが香道でも茶道でもありません。それらはなくとも純粋なかおりは十分にあじわえます。あまたの香木はひとつひとつのちがうかおりを内にもつことによってお能の演者にひとしいものです。また香の組み合わせかたも二百数十種の多きにのぼるそうですが、これも同じく二百数十番のお能の曲にひとしいものとみることができます。

香はけっしてカグとは言いません。いつも「香は聞く」ものであります。それには「問うて答をまつ」意味があるそうです。お能もその意味でまさしく「聞くもの」です。(どうぞ、謡を聞くのではありませんことを……)

見物は好ましいひとつのかおりを聞くためにお能をみるのです。そしてお能は妙なるかおりを発散して見物に答えます。同時に見物にも問いかけます。

「この『羽衣』のかおりはお気に召しますか?」と。その「羽衣」のかおりをかぐことのできた人だけがその問に答えられるのです。この問答は演者と見物の対立の間に行なわれるのではありません。この問答はいわば、お能のひとりごとであります。

かおりはお能全体にもあるとともに、そのなかのどの一部分にも存在します。芥川龍之介はそれを足に見出して、「能の足ほどふしぎに美しいものはない、云々」と言いました。その足は足袋をはいていない足です。足袋どころか、皮も、肉も、骨も、色もない、世にも美しいアシなのです。

香道には香合《こうあわせ》と言ってくさぐさの香を薫《た》いてその香を聞きあてるあそびがあります。香の上手は百発百中であります。そしてその答は証明できるのです。お能を知る人の答もまた百発百中ではありますが、それを具体的に証明するものはありません。究極の意味で証明できるのは、自分自身だけです。これ以上たしかな証明はありえません。そこに個人を超越した大きなよろこびがあるのです。

香合はあそびにすぎません。香合の競技にふけるところには、たのしみはあってもよろこびはありません。おおぜいのなかにあろうとも、香はひとりで聞くものです。お能もひとりでみるものです。この場合ひとりというのは個人ではありません。個人をはなれた人間、人間イクオール自然という意味です。それゆえに純粋な芸術、すなわちかおりというものは個人の所有物ではなく万人のものとなります。小さな会合の世界から外に歩み出るのがこれら芸術の使命であります。

香木が薫くとなくなるように、火も炭が灰となると同時に消えるように、ひとつのお能が一、二時間で永久に終わってしまうように、人間も無になりえる性質をもっております。香木が他の木片とちがうことは、かおりを内にもつからです。そして香木の「内なるかおり」は「特殊の炭火」と合して目に見えぬ「ひとつのかおり」として外にあらわれます。

そのひとつのかおりを、ある名称のもとに、(たとえば「白菊」とか「柴舟」とか「初音」とか)はっきりと聞きわける人もまた特殊な人間であります。なぜならばそれは、生きながらにしてかおりと化しえる人間だからです。それ以外に香を聞く手段はありません。香の上手はわれ知らずその瞬間に無となっているのです。その場合まぐれあたりはひとつもありません。またそうなれる特殊な人間にとってまちがえることはありえないのです。

香のひとつひとつのかおりには名称があるのですからあきらかに証明ができます。しかし名称は説明ではありません。かおりの説明は人間にはつけられません。それをしいてつけたものに香道の「五味」といわれるものがあります。甘《かん》、苦《く》、辛《しん》、酸《さん》、鹹《かん》の五つで同じく体験のほかに知ることをえない味覚にとってあります。人は便宜上かりにそのことばを用いるのです。そしてかりに用いられるそのことばは、特殊な人間の間にのみ通用するものです。ことばのかわりに歌がおかれる場合もあります。あるひとつの香は、「きくたびにめづらしければほととぎすいつも初音のここ地こそすれ」とかおるゆえに、「初音」と名づけられました。ある香は、「世のわざのうきを身につむ柴舟はたかぬさきよりこがれこそすれ」ですから、「柴舟」とよばれます。

お能の「松風」の説明は金春禅竹によって、つぎのようにされました。

「松風」の曲は、……「秋の夕ぐれの如し」

もしほくむ海士のとま屋のしるべかは
うらみてぞ吹く秋の初風

神風や伊勢の浜荻折しきて
旅ねやすらん荒きはまべに

極端に言えば「松風」のお能は見ないでもこれだけであじわえます。

お能でもお香でも自分の全能力をひとつところに集中できるのが特殊な人間であって、けっしてその専門用語に精通する人のことではありません。そのひとつところには手にふれるものも、目に見えるものも、耳に聞こえるものもありません。あるのは鼻でかぐことのできないかおりだけです。

お香は推古天皇の御代に淡路に漂着した沈《じん》をもってはじめとします。正倉院にある「らんじゃたい」がその伝説の主です。お香が芸術化して一般にさかんとなったのは、お能と時代を同じくします。香道は足利義政が奨励し、志野宗信によって創設されました（平安朝の文学にしばしば語られるそらだきとか薫物《たきもの》とか言われるものは、香木ではなくて煉香です）。

お能の世阿弥の位置にある志野宗信は純粋なかおりを香木の内からひき出した最初の人であります。というのは、香木は何千あるともみな大きく六つの種類に分類されるとかぎわけた天才であるのです。六つの種は六国《りっこく》とも六木とも言われます。それは伽羅《きゃら》、羅国《らこく》、真那加《まなか》、真南蛮《まなばん》、佐曾羅《そら》、寸門多羅《すもたら》と名付けられます。キャラ、スモタラはすぐ想像がつきますが、マナカとはマラッカのことでもありましょうか？　いずれ南の国の名であるに違いないのですが、この六種がそれぞれちがう位をもつことは、お能が五つのちがう味をもつことに相当いたします。それは六歌仙にかたどって、つぎのようにわけられることもあります。

伽　羅＝苦　品位高く優にして苦味を主とす。高尚なる事雲上人の如し。故に僧正遍昭とす。

羅　国＝辛　薫り鋭く苦味を帯びて白檀の如き処あり。凛然たる武士に似たり。業平の表面女色を装へど内心の大志を抱けるに比すべし。

真那加＝鹹　薫り軽く艶にして早く香の失するを良しとす。少し癖ありて愁を含める女に似たれば小野とす。

真南蛮＝甘　甘味を主とす。他に劣りて卑しき処あり。故に山賤の花蔭に休らへる黒主に適すべし。

寸門多羅＝酸　酸味を主とす。品位優ならず。いはば商人のよき衣着たりとやいはむ。故に此を安秀と見たつべし。

佐曾羅＝酸　香気冷やかにして酸上品なるは伽羅に紛ふ処あり。高尚なれば高僧の部として喜撰に擬す。

この六種の五味だけを完全に自分のものとすれば、あとはおのずから何百何千の香でも聞きわけられるとのことです。私にはその訓練はありませんが、以上のたしかなことばを信用すれば、お能はそのままその香りのもとにわけることができます。すなわち、優美で品のよい伽羅は鬘物、白檀のように凜然とした香りをもつ羅国は修羅能、うれいをふくんだ真那加は狂女物、やや品のおちる真南蛮は他の四番目物、もっとも優美でない寸門多羅は切能、ひややかにすがすがしい佐曾羅は脇能と。

この五味はお能における序破急と同じく、香全体に通じてあるとともに、ひとつひとつの香のすみずみにまでおよぶ香道のグランマーでもあります。このことはもっとくわしくたしかめたいと思いましたが、これは例の「秘伝」であるそうで、めんどうなのでよしました。また門外漢が知っても益のないことです。なぜその秘伝のハシを私が知っているかと言えば、それは娘時代になくなった私の母が毎日のように香を聞いていたからです。たとえば「××ははじめ辛にたち、甘にたって苦に終わる」というように、香のひとつひとつの五味のたつ順序を聞きわけていたのを子供の時にそばで聞きかじっていたのです。

そのように伽羅のなかのひとつをとっても、けっしていつも「苦のかおり」のなかにじっとしていることはありません。序のお能が終始序に止まっているのではないように、かおりもしじゅう変化するのです。私の想像では、おそらく苦のなかにも五味があり、またそのなかのひとつひとつにも五味がさらに発見されるというようにとめどなく追及されるのではないかと思います。

お能の名人は名香のように、妙なるかおりをもつ人々であります。そして伽羅であるべきお能にはいつでも自分のなかから伽羅のかおりを発散させることができるのです。いろいろのかおりをたくわえている「香のもと」にもひとしい人です。それゆえに自由に二百数十番のお能のかおりに変化することができます。世阿弥が言った「まことの花」の意味はここにも読みとれます。

「花ト申スモ万ノ草木ニ於テ何レカ四季折節ノ時ノ花ノ外ニ珍シキ花ノアルベキ。ソノ如クニ習覚エツル品々ヲ究メヌレバ、時折節ノ当世ヲ心得テ時ノ人ノ好ミノ品ニヨリテソノ風体ヲ取出ス、コレ時ノ花ノ咲クヲ見ンガ如シ。花ト申スモ去年咲キシ種ナリ」

「ソノ上、人ノ好ミモ色々ニシテ、音曲、振舞、物真似所々ニ変リテトリドリナレバ、何レノ風体ヲモ残シテハ叶フマジキナリ。然レバ物ノ数ヲ究メツクシタランシテハ初春ノ梅ヨリ秋ノ菊ノ花ノ咲キハツルマデ一年中ノ花ノ種ヲ持チタランガ如シ」

「物数ヲ究メテ工夫ヲツクシテ後花ノ失セヌ所ヲバ知ルベシトアルハコノ口伝也。サレバ花トテ別ニナキモノ也」

このようにしじゅう変わるために芸のうえに個性をもつことはできなくなります。したがってお能にははっきりしたはまり役というものもありません。

世阿弥の「花トテ別ニナキモノ也」はよいことばです。かおりをもととする香の芸術でもつまるところにあるかおりは、鼻でかぐものではありません。お能の最後には、「何もない」のです。その何もないところが、もっとも美しいのであります。それゆえにお能はどの一部分をとっても、どのひとつの道からはいっても最後は透明体となるのです。

さいわい世阿弥はそのことについて「遊楽習道風見」のなかでのべています。いろいろむつかしいことばが使ってあってわかりにくいので、能勢氏の解説にたよって簡単にぬき書きをしてみます。

水晶という物は誠に清浄体で色もアヤもない空体であるがその中から火を生じ水を生ずる。ある歌に、

桜木はくだきてみれば花もなし
花こそ春の空に咲きけれ

というのがある。くだいてみれば何もない桜の中から美しい花や実を生ずるが如く、又水

晶という空体の中から火水を生ずるが如く、能の各種各様の体にわたり広く様々のあらわれを皆一身にかねて持つ達人は正に「器」というべきである。
四季折々の時節に従って、花葉、雲月、山海、草木、生物、無生物に至るまで万物をうみだす所の「器」は天地である。
万物をうみだす器が天地である如く、広大無風な空に身をおく事をもってみずから「器」とならねばならない。

というわけでお能は水晶体であるのです。またそれでなくてどうして静止の状態にありながら万のもの、万の動きを表現することができましょう。世阿弥はそのことを演者の側から説明したのでありますが、それはそのまま鑑賞家のことです。お能の舞台に花や月や人として現われるものの奥には「何もない」のです。その何もないところに至るまでお能はどこからみても、型、型、型でうずめられています。たべてしまう最後の瞬間までお菓子も型のかたちをしているように。またともかくもたべてみないことにはお菓子のおいしさもわからないように。

香道のなかの組香と称されるものは、透明なかおりを彩るあそびであります。材を物語や歌や詩にえることはお能と変わるものではありません。組香というのはいろいろの香木をまぜて一組とし、順序不同にとりまぜて炷《た》き、そのかおりを聞きあてる競争です。聞香《もんこう》のうえに変化をもとめ風流な趣を加えることによって、いちだんの興味をそえるのでありますが、つまるところは賭けごとにすぎません。うまれつき賭けごとを好む人間の興味をそそる一種の手段であります。

組香における よほど以前の私のおさない経験をのべます。それはもしかすると私の最初にして最後の聞香の経験となるやも知れません。そのおりは五人ずつ二組に別れて香を聞き、その名をあてた人数の多いほうの組が勝つという優美なゲームのなかのひとつでした。

まず「一の香」が私の前におかれました。これはこころみといって、その香のかおりをおぼえればよいのです。その香を聞いたとたんに私が思ったことは、「誓願寺」というお能のなかの、

「笙歌《せいが》はるかに聞ゆ孤雲の上なれや」

の一節でした。そして「一の香」は、かってに「セイガンジ」と名づけてはっきりおぼえることができました。

「二の香」は前のとほとんど区別がつかないほど似ていましたが、やや後口がおとるような気がしたのと、いかにものんびりとした感じがありましたので、かりにお能の「東北」と名づけておきました。

「三の香」は前の二つとはまったくちがうかおりを持っていました。品も落ちるのと、男性的な感じがしたので、すぐ「土車《つちぐるま》」の名をあたえました。お能の「土車」は男物狂の能であります。

以上の三種の香を順序不同にうちまぜて三度ずつ、つごう九回まわし、なかにひとつ「客」と称してこころみに聞かなかった香をひとつ入れて全部で十回まわして聞くわけです。

さて一順こころみが終わるとゲームにとりかかります。いよいよ私の番がきましたので聞きますとそれはあきらかに「誓願寺」でしたので「一の香」という札を香元にさし出しました。つぎは「東北」すなわち「二の香」でした、つぎはまた「誓願寺」そのつぎは「土車」と、おもしろいほどみなあたるのです。

このゲームがすんだあとで聞きますと、私の「誓願寺」は「小倉山」と名づける伽羅でありました。二の「東北」は、「春の浜」、三の「土車」は「峰の松」という、すくなくとも感じは似ている名まえをもつ香であることを知りました。私はひどく興味をおぼえて横目でかずかずの他の香の名まえをぬすみ見ました。母の所有であった美しいタトウの包のなかには、「羽衣」、「花筐」、「楊貴妃」などの親しみ深い名まえがおりかさなっていました。お能のそれらの曲とはたして「同じかおり」をもつものかためしたくてたまりませんでした。また「源氏物語」の名をもつ香は、あの巻のひとつひとつを髣髴とさせるのでしょうか？　私はかならずそうにちがいないと信じております。世阿弥が「源氏物語」のなかに詩を感じ、それをそのままお能のなかに盛ったように。

なんでも物には俗にビギナース・ラックというものがあって、生まれてはじめてあたったものにはかえっていいかげんの経験をもつより成功することがあります。なぜならば、知識をもたないために直感にたよるよりほかないからです。人間の知識が発達するにつれてにぶくなった直感は、人が知識にたよれない場合にかぎり潑剌とよみがえるものです。私にとってはこれがうまれて始めて香を聞く機会であったことが成功させたのであって、けっして自慢のできることではありません。

茶道も香道も本来が舞台芸術などよりももっと直接に自由をめざすはずであるにもかかわらず、現在のありさまでは四畳半を出るものではありません。それは真の自由をえるために型がある、その型にみずから虜となっているからです。ことに香道は十二ひと重みたいな衣装をもって飾られ、わずかに几帳のかげでかすかに匂っている感があります。その平安朝趣味はたしかに「いい趣味」にはちがいありませんけれども、いささか実行のともなわない理想にかたむくきらいがあります。しかもその奥にはもっともっと美しいものがひそんでいるのです。ことにかおりというものは「無から有を生じる」そのことをもっともよく教えるものでもあります。きれいな道具類を仲介とすることに異存をはさむ者ではありませんが、香道の目的がかおりをあてる競争にあるとされているのは、くやしいことです。

優美で繊細なものはともすれば惰弱に流れやすいのは平安末期の退廃がもっともよくものがたります。香道や茶道とほぼ同じ時代に完成されたお能も、古代の貴人をまんぞくさせるにふさわしい優美さを増すために、材のとり方は懐古趣味に堕しています。全面的に平安朝趣味をみなぎらせているその外見にくらべて、実際には男の力を必要とするつよさが、お能を今まで保ったといえましょう。武士の文化がつくったお能は貴族趣味とはいえません。そうかといって江戸時代の町人芸術でもありません。現代のお能はまったく昭和の私たちのものなのであります。

お能のもつそのつよさはまことに「巌に花の咲く」つよさであります。それを私たちがあじわえるのは、そのつよさを実現することのできる専門家がまだ幾人か存在しているからです。そのわずかな人たちがいなかったら、なんとしてもお能は優美なあそびにすぎないことをつくづく思います。「香を聞く」ように彼らは舞台の上からしじゅう私たちに話しかけます。一時間ないし二時間のはかない命に生きる人々が心の底から言うことは、

「お能は終わってもお能は終わらない」

「お能というものは、

男が演じるものではなく、
また男がいろいろのものに扮して演じるのではなく、
お能は舞台の上に演じるものではない」

「あらゆる意味でお能から型をぬきとったら何もなくなる」

「ひとつのお能には全能力を用いることを必要とする。ゆえに見物も全能力を働かさなくてはならない。お能の全能力とは、お能の力である」（よくも「能」とは名付けたものです）

「お能は空中に浮いているユメをえがきはしない。
ユメは、――技術を必要としない幽玄、
お能は、――技術をもととする幽玄」

「お能のシテはみずから芸術であるから、芸術家ではない」

などと。

名香の一片にもひとしいお能の名人がたまたまあらわす芸の極致ともいわれるお能の演出は言語に絶します。天下一品の芸というものは私にとってそれはほんとうにひとつしかありません。

そのことについて一度書いてはみましたもののついに沈黙をまもるよりほかありませんでした。物心のつく前から千番ぐらいみたお能のなかでただ一度そのような演出にめぐりあう機会を得たのは幸福であります。なぜならばお能というものは何月何日の何時にだれによって演じられるときまっているのですから、能楽師はきまった日時にきまったひとつの能をいやでも応でも演じなくてはならないからです。見物もまたそうです。一生見つづけても運が悪ければそれほどの芸にふれる機会は恵まれないかもしれません。はかない舞台芸術はみる人をじっと待つことはしませんから。

「美しい」ということばをもってそのお能の美しさはあらわせません。「どこがよかった」などと考えるひまもありません。そしてとりもなおさず言語に絶したのであります。その感激はその場かぎりのものではなく、日がたてばたつほど深さを増し、新しさを増します。そのシテの名も、そのお能の曲も、その演能の月も日も、なにもかも考えたくないほどの気がいたします。

それまでわかったつもりでいたお能が、またなんというわからないものであるかということも知りました。それは理解を絶するほどの神秘的な美しさをもっていたからです。その美しさは二時間で私の目の前から永久に消えうせました。しかしそのお能は永遠に消えることのない光を私に、――いや、この世のなかに残しました。思えば長い命を保つ絵画彫刻や文学は永久に存在するかのように見えますが、いつかは無に帰するにきまっています。千数百年の長い年月美しく光りかがやいていた法隆寺の壁画のくずれる日も遠くないことを聞くとことさらその感を深くいたします。そしてはてしもないもののはじめと終わりを考えるとき、千年も二時間も大差はないことを知ります。

おわりに

もう書くのがいやになりましたからよします。
最後に能を語るものとして、母の遺した歌をしるしておきます。

　道の辺の小石ひとつも世の中に
　　かくべからざるものとし思ふ

たしなみについて

新しい女性の為に

若い方達の為に何か書けとの御依頼です。教養とか文化とか幸福についてとか。で、私は机に向いました。何を書こうとするのか、自分にもはっきり解らぬままに。

実はそういう事について、私はまだ何も考えても居ないし、考えた事もないのです。と、そう言ったらずい分無責任だと思う方もあるかも知れません。しかしたとえば教養というものについて、ある一つの考えを持つ事と、教養が身につくという事とは、同じ様でもまったく別の問題であります。

まして、思想家でも学者でもないこの私が、立派な理論など持ち合せている筈もありません。無理にそんな事を試るよりも、むしろ私は、自分の言葉でもって、きわめて自由に、胸に浮ぶがままに書いてみたいと思います。たとえて云えばこの様に。――

教養とか文化とか幸福とかいうものは、目下の流行語であります。何故でしょうか。

読者が欲しないものを作者が提供する筈がありません。本屋が売れない商売をする筈もありません。作者と読者、あるいは売る人と買う者といった様なものは、ほんとうはその言葉どおりに対立するものではなく、又対立させて考えるべきではないと思います。それ等の間には、無言の契約みたような物があって、以心伝心の中に、いつもないものを他にあたえようとします。

ないもの、――この場合、作者にあって読者にないものが、教養その他のよきものであるという意味ではありません。人は仕合せだったら、決して幸福などについて考えてもみないでしょう。文化人も又、文化について考える等という気は、おそらく馬鹿馬鹿しくて起りもしないでしょう。ないからこそ考えてみたくもなるのです。自分にない物はいつもその様に美しくみえるのです。ですから、読者になくて作者にあるものといったら、ただ「言葉」だけということになります。そして、その言葉を吐かずには居られない、それ程、我々に文化がない、教養がない事を身にしみて知っているという事も出来ます。

しかし、いたずらに我々日本人が、ないないづくしの様な泣き言を並べたてて悲観するには及びません。そんな呑気な事を言って居られる身分でも又ないのです。今我々はそれ等の物を持たない為に、昔健全そのものであった古代人達の想像もつかない程の、若々しい、潑剌とした精神にあこがれます。その存在を信じもします。同時に、もしかするとそれを自分の物にする事が出来るかも知れないという希望も持てるわけになります。「求めよ。さらば与えられん」です。又、「貧しき者は幸いなり」という言葉は、単に物質的、或は精神的な意味にも受取れるでしょうが、今の私達の姿、ありのままのその私達の生き方にたとえたとて、少しもさしつかえはないものと思います。

ところでその教養とか文化とか、健康な精神とかは、いくら掛声だけかけてもダメなのです。持てと言って持てるわけのものではなく、来いと叫んでも来やしません。だいたい日本人というのは非常にせっかちな国民です。何か結果がすぐ目前に現れないと気が済まない。いつでも何につけ、長所はそのまま短所である場合が多いのですが、そういう性質の為に、進歩が早いというい い事もあるかわりに、長いことかかってする仕事は甚だ性にあいません。まして、文化ｅｔｃなどというものは、一生かかっても成功するかどうかおぼつかない、それ程漠とした物でありま す。其処から覚悟してかからないかぎり、いくら考えてもあこがれても何とも仕様がないことで す。

そういう物を、さもあるが如くに、目に見るが如くに語る人は、どういうものかと不思議にさえ思われます。百円だして百円の物を買う。それはほんとうに物質の世界においてのみ可能な事であって、そういう考え方をもって、頭の中まで片附けてしまうのは、簡単でもありさっぱりもしましょうが、実は何のたしにもなりはしません。それではおなかが減っている時に、お米の値段とか作り方に対する知識を、豊富に持ち合せて居ても何にもならない、それと同じ様な事になります。

えてして頭がいいと言われる人達の中に、そういうあやまちを犯す人が多いのも事実です。自分にはみんな解っている、自分には何事でも説明がつけられる。……実際説明はつきましょう。オツムも中々よろしいでしょう。けれども、その人の「人間」という事になると、これはまったく別問題です。

しかし、おそらくその人は、自分には人間というものがよく解っている、と言うに違いありません。そして、それにつき多くの理由をあげるでしょう。相手はだまってしまう（何故なら、人間はそう簡単に片附けるわけにはゆかないものですから）そしてその人は満足する。が、満足したとて決して仕合せではあり得ません。観念的に頭の中ででっちあげた物は、じっとして居ればこそ形も崩さず綺麗な顔で居られましょうが、一度世間に出たらそれっきりです。世間とは、頭の中の様に適当な温度で温められている場所ではありません。清潔で整頓された戸棚の様なものではありません。そして世の中の人という人はすべて、規則正しい折目の様なものではありません、しじゅうこんがらかったり、逆様になったり、滅茶くちゃにもつれあったり……。で、先に言った様な人は大変に不幸な目にあうのです。あらかじめ立てた計画どおりに物が運ばぬ為に、必要以上に落胆するほうにおちいります。

理論的にはたしかに正しいのですから、おそらくその人はこう思うでしょう。――自分はあくまでも正しかった、うまく行かないのは世間が悪いからだ、と。これはうぬぼれというものです。自分を信ずる事はいいのですが、みずからとは、自分の人間の事であって、自分の頭脳、――わずか肉体の一部をしめる脳ミソの事ではないのです。

科学というものも、ただ今はこれもはやりの一つです。何事も科学的にというのは現代日本の合言葉であります。たしかに、科学的精神に欠けていた為に日本人は戦争にも負けたでしょう。いわゆる文化的にも色々のハンディキャップがあることでしょう。しかし、頭が人間の、それも肉体のほんの一部分であるが如くに、科学も又大きな文化と称するものの中の一部です。ですから、あまりに科学的にとばかり目ざしたのでは、結局頭のいい人が立派な人間になるとはきまらない様に、文化的には程度の低い人にならないとも限らないのです。

考える事が悪いというのではありません、知る事が邪魔するのでもありません。知識とか博学とかいう物が、何ものかの原動力とならぬかぎり、あっても仕様のない、むしろ害になる場合が多いと言いたいのです。それでは他人の中に入って一歩も歩けない片輪者となる事です。昔はそれでもよかったでしょうが、現在の我々は、じっとして居たのでは、身心ともに飢死するより他はありません。そこで明敏な読者は、もう私が何を言おうとしているかお解りになったとおもいます。すなわち、――

人間を造る以外の所に、人間としての仕事はないと云うこと。

学問も教養も、文化も知識も、すべてはただそれのみの為にあると言ってよろしい。それのみの為に利用すべきです。それは自分以外の所にあるのではなく、手足の隅々まで行渡る筈のものです。ただ観察したり、目で読んだり、耳に聞いたりするだけでなく、よろしくたべて了うに限ります。頭でっかちは片輪です。四肢の隅々までのびのびと育った人でなくては、健康な美しさと言うわけにはゆきますまいに。

だいたいいくら利巧者でも一個人の知識は限られたものですが、まして私などの知る範囲は極く小さな部分であります。しかし、私は、私のありったけ全部を此処に書くつもりです。日記の様に毎日少しずつ、とりとめもないままに。

人の知識に限度がある様に、言葉というものにもかぎりがあります。いくら多くを言おうとしても、いくら美しい文句の数々を編み出そうと、言葉の持つ力は知れたものです。そこはかとないその様なものに、なかばたよりつつ、なかばあきらめつつ、私はその中間にあって物を思います。思わぬに越したことはないのですが、書こうとするかぎり、読者に対しても又同じ様な態度でのぞむより他ありません。しかし、こんな事は前もってお断りするより、読んで下されば次第にお解り下さることと信じます。「百聞は一見に如かず」とは、言葉の場合にも通用する、融通自在の、つねに古くかつ新しい諺であるのです。

智慧というもの

ある時私はアメリカの女の人達と一緒に食事に招かれました。一緒によばれたのは、皆名流の婦人達。学問も教養もふつう以上にある筈の人達でした。ちょうど第一回の選挙華やかなりし頃の事でしたが、その中の一人が曰く。

「ほんとうに大変でしたのよ、……今日は大事な会でしょう、……私、日本の女が無智だと思われるといけないと思って、三日がかりで選挙法やら憲法やら、ほんとに夢中になっておぼえて来たんですよ、……今の女がそんな事も知らないと云われては恥ですからねえ」

ああ、奥様!!

私はほとほと涙もこぼれんばかりです。これが学問とか教養とか言われるものなら、私はそんな物軽べつします。それよりも、これが現代の日本の女というものなのでしょうか。一夜漬けの、浅はかな、愛すべきが故ににくむべき。……

たしかに昔の女の人はこんなに浅薄なものではなかった筈です。私達の母も、私達の祖母も、憲法こそ暗記してはいなかったが、もっと立派な、もっとたのもしい人達でした。

彼等は私達ほどに勉強もしませんでした。男女は同権でもありませんでした。それにも関わらず、押してもついても動かない、非常に強い物を持って居ました。純粋に家庭の人としての生活の中から、私達のいい加減な学問や教養が教えるより以上の事を、物を、彼等はたしかに得ていました。そして、一人の人間として、まったく男と同等の力と、それから責任を感じていたに違いありません。

そうです、つまり無責任なのです、現代人は。誰に対してでもありません、まったく自分自身に対して、責任を果していないのです。そうでなくて、どうしてその場かぎりの、いわばメッキをつける様な事をするでしょう。選挙法を知る事も、憲法を覚えることも、それは非常に結構です。しかしそれを御披露したところで、外国の女が何で感心するものですか。むしろその話題のなさかげんにうんざりするか、或は又、その無邪気さかげんを気の毒に思う位が関の山です。

無智と、その奥様はおっしゃいます。しかし、智慧とはそんなケチな物ではありません。智慧は、百科辞典の中に決して発見出来る物ではありません。仏様には光背というものがありますが、智慧もその様に、身からあふれて外にほとばしる光ともいうべき後光のようなものであって、それ等はすべて頭脳明晰とか利巧とかいう事と、何の関係もないものです。それにつき面白い話をおもいだします。それはトルストイの書いたものの中にある話です。かいつまんで申しますれば、

——

「昔ある所に一人の男が居て、その者は機械についての知識は皆無であったが、水車を動かす事が非常に上手だったので仕合せに暮していた。ある日ふとした事から水車の構造に不審を抱いて、その廻転する理由を考え始めた。その結果、水車の構造の事は全部わかって、更に『水車を知るにはまず河水を、よく粉をつくるには先ず水を』と云って、水流、並びに河水に至るまでの研究

をことごとくしつくし、尚もその考察に没頭した。しかし、その時分にはこの男はとっくの昔に、水車のことなど忘れてしまっていた」

この場合、水車を動かすものが智慧であって、水車の構造及び水流その他は知識です。智慧は綜合的であり、熱心であり、知識は分析的であるとも云えます。この男の目ざした所は、どこまでも真面目であり、自分の仕事に忠実であります。その点、文句をさしはさむ一つの余地もありません。それにも関わらず、水車は動かないのです。よい粉はおろか、悪い粉の一粒も製造してはいないのです。これでは何になりましょう。しかし、よくよく思えば、私達もこの男の様に、物がわり切れ、物を理解出来る事の快感に、ともすれば、水車の存在という、根本的なものを忘れがちではないでしょうか。

その話につづいて、私の聯想は次の問答にはしります。

道元という偉い禅僧は永平寺をおこした人ですが、その人が支那に渡った時、宋の禅林において、ある一つの教えを受けました。ある日、書物をひらいて勉強していますと、先輩が来て聞きました。

「語録を見て何にするのか？」

「古人のした事を知ろうとするのです」

「何の為に？」

「日本に帰って人を導く為に」

「何の為に？」

「救うために、です」

「つまるところ、何の為に？」

禅の問答なんてものは、我々とはおよそ縁の遠い、わけのわからない物ですけれど、いつでも、何かしら人の心の底の底をつく様な、いわゆる肺腑の言といった様なものを感じます。

「つまるところ何の為に？」

と聞かれるに違いありません。たとえ自分一人を相手に物を考えるにしても、其処まで問いつめなくては、まったく「何の為に」しているのか解らなくなります。

――私には解りません。しかし、この答がもし言えたとしたら、更についで、「何の為に？」

世間一般に通用されている道徳。人の為に善を行うのは無論いい事です。そしてそれは、しようと思えば誰にでも出来る事です。しかし、自分に対しては、人はもっと峻烈に批判せねばなりません。案外しているつもりでも、都合よく自分と妥協して実は甘やかしている場合がないとも限りません。たとえば智慧というものを欲するにしろ、それはまったく自分以外の誰の為でもありません。つもりつもっては、人の為にもなるのに違いありませんけれど、ない物は出せないのです。小さな小さなこと。たとえば電車の中で老人に席をゆずるといった様な、そんな些細なほどこしでも、みなもとは私達自身の善になるのではありませんか。まして、人間をつくる為に物を考えるというねがいを持つ場合、その考えを、自分に楽に解る範囲内でいい加減に卒業させて了うのは、善ではなくてむしろ悪といいたい程です。「いかにして」、「何故」、「何の為に」、――問題は手あたり次第そこら中に転がっている筈。そして追いつめ問いつめ自問自答をする中に、必ずハタと行き当るものがある筈です。

それが、あなた、です。それが、あたし、です。

それは綜合的に統一のとれた一人の人間の姿です。少しもあいまいな所のない、いかにもはっきりした自己の姿であります。おそらくそれは大した立派なものには見えますまい、もしかすると小さな小さな、ほんとにつまらないものに思われるかも知れません。しかし、いかに小さくとも、いかにみじめに見えようとも、それはそれなりで美しいのです。どんなにみすぼらしくとも健康な人が美しいのと同じ様に、芸術でも人間でも、綜合的な美しさにまさる物はないのです。又その姿は、知識では決してはかり知る事の出来ぬ、見る事も出来ぬものでもあります。智慧は、そうした所から生れて来るのです。

私はその姿を、ああだ、こうだ、と形容する気はありません。それはまったく人の知った事じゃないからです。私はただ、そういう訓練を自分でもしたいと思い、人にもおすすめするだけのこと。実は禅宗などとも何の関係もない事なのです。

「人生は重荷をおいて遠き道を行くが如し」。故人のこの言葉は、おそかれ早かれ身にしみて知らねばなりますまい。が、重荷とはそも何でしょう。ある人にとって、それは苦労という形をとるかも知れません。ある人には病気、又ある人には仕事。しかし又ある人には幸福というもの、はてには才能に至るまで、重荷にならないとも限らないのです。

人間を知るということは、ある意味で幸福な事でありましょうが、同時に、不幸でもあるようです。知れば知るほど解らなくなる、知れば知るほど、善も悪も、はてしもなく大きく、深く、とめどもなくなってゆきます。もし、ほんとうに真から底から幸福をお望みなら、必ずそれはあなたのものになるでしょう。しかし、同時に、不幸をもしょいこむだけの覚悟がなければ、そんな望みは捨てておしまいになるがよろしい。

幸福というものは形のないものです。自分の物になったにしろ手にとってつくづくと眺めて陶酔するわけにゆかないものです。手にとろうとすると幸福ははるかかなたに逃げてゆく、人はそれに追いつこうとする、追いついた時は既にあっちの方に行ってしまいます。それでもなお追求しようとする、それだけの勇気とねばり強さを持たないかぎり、私達は甘んじて、くだらない結果に終らなくてはならないでしょう。

何でも一芸に達した人は、時に有難い玉の様な言葉を吐きます。今から五百年ほど前、能の芸術を完成させた世阿弥という天才は、自分の体験から、一つの智慧を生みました。

「命には終りあり。能には果てなし」

世阿弥にとって能の芸術は、たのしみであり、くるしみでありました。この「能」の一字は、何とでも自由におきかえる事が出来ます。あなたのお望みの言葉をこれにあてはめてごらんなさい。教養、文化、人間、又は他のいろいろのお仕事。

「正にそのとおり」ではありませんか。そうでない、という方は、それ程切に望んでいないか、ほんとに仕事を愛していないか、それともうぬぼれているか、その何れかです。

愛するということは、愛を求める事ではありません。男でも友達でも自分でも仕事でも、ほんとうに心の底から愛した事のある方は、胸におぼえがお有りでしょう。おさい銭次第でそれ相当の御利益があるとおもう、それは信ではありません。愛ではありません。広大無辺の智慧、おしゃか様もキリストも、その智慧は皆人を真に愛したところから得たのです。ですから私達の切なる祈りも、何もかえって来ない、果てしもない空《くう》へ向ってなすべきです。仏像とか十字架は、ほんのちょっとした目じるし、神を思い出させる為の手段です。しかし、それはそれで、聖なるものの象徴には違いないのですから、又私達は大切にしなければなりますまい。

おさい銭次第で、と書きましたが、おさい銭にもよりけりです。我が身をささげる程のおさい銭なら、必ず神や仏も聞いて下さるでしょう。因果応報とは、単なる方便ではありません。暗愚なる大衆をちょろまかす、都合のいい教えではありません。神の高い智慧から見おろす時、暗愚なる大衆も、明敏なインテリも、皆ひとえに平々淡々とした哀れむべき衆生にすぎず、一切はすべて平等なのです。その私達が全部を捨てて、自我を滅する時、必ずそこに智慧は生れて来るでしょう。私はそれを信じます。

私はキリスト教でも仏教信者でもありません。けれど、神様は、信じます。

進歩ということ

水車の話にかえります。

水車の男が機械とか水流とかの研究をして知識を得た、――極くあたりまえの常識では、それを進歩と名づけます。たとえば人の生活程度が高くなったり、お台所が電化したり、一般的に文化の水準が高くなったりそういう事をもって進歩とし、又幸福であるとするのは、ふつうの考え方です。誰も異存はありますまい。

しかし、此処において、人間の人間たる所以が猛然として頭をもたげます、成程生活程度は高くなった、が、「人間」という物が果して進歩したか、しないか。その疑問は、少し考えてみるならば必ずおこって来るべきです。

水車はとまったきり廻らなくなったのです。ダヴィンチのモナ・リザを描くだけの人は、今の世の中にはもう居りません。我々の中にシェクスピアは居りますか。居りません。それにもかかわらず、絵画や文学を解する人、又それを云々する人は日にまし多くなるばかりです。それをもって教養と人は名づけて珍重します。教養なんてつまらないものだ、と言った人が有ります。ほんとに、そう考えると、まったくくだらないものには違いありません。

まったくこれは変なことです。だから、人間は解らないもの、と私は思うのです。この矛盾をいったい私たちはどうすればいいのでしょうか。その人間のつくった厄介なものの一つに又例の文化というものがあります。いったい文化とは何ですか。

たとえば、天平時代の文化というものは、たしかに存在しました。この目で見、この手にさわる事が出来る程、それ程はっきりうたがいもなく残っています。飛鳥天平の人々は、しかし、あいう文化を残そうとあらかじめ思ってつくったでしょうか、どうもそうではない様に思われます。おそらく、文化なんてことは考えてもみずに、ただひたすらに、情熱にまかせて歌をよみ、信仰にまかせて仏を刻んだ、――私にはそうとしか思えません。

聖武天皇は奈良の大仏をお造りになって、極楽に行こうと思召しはしたが、まさかその功徳によって進歩しようとはお思いにならなかったに違いない。利巧になろうとおねがいになったわけでもないでしょう。又、西洋のルネサンスの美術史をちょっと読んでみても、あの数限りもない絵画き達は皆一かいの職人で、彼方にやとわれ、此方にやとわれ、雇主の勝手気ままな言い分に弱りつつ、ひたすらたのまれた仕事にせいを出すばかりで、あんな立派な、あんなまぶしい文化なるものを残そうとは、夢にも思わなかったに相違ありません。そう考えると、文化も又それ自体又何というつまらないものでしょう。

つまらないと云えば、仏像も十字架もみんなつまらないものです。昔禅宗の坊さんの中には、わざわざ仏像をこわしたり、焚火にたいたりした人もあります。これは一種の逆説です。そうして形式にとらわれている哀れな人々の為に、根本の物を忘れさせない為の、ほんとうに一ずな親切気からした事で、決して奇矯な行為でも、人目をおどかす為のわざでもないのです。

いったい人を驚かす様な新しいものがはたして世の中にあるでしょうか。手近なスタイルブック一つとってみても、何という十年一日の如く、同じ様な形でしょう。海水着は、恥しいほどハダカになりました。けれど、アフリカの土人の女達は、もっとはだかじゃないでしょうか。アフタヌーンが長くなりました。でも、たかが三吋《インチ》がとこです。反対にイヴニングは短かく、そして、アフタヌーン・ドレスと同じ位になりました。ああ、何というつまらない世の中でしょう。本なんて、どれもこれも同じ様。あたり前の事しか書いてない。ちょっとうまく言うか、ちょっと不味いか。文学なんて万葉時代からちっとも進歩してはいないのです。

ちょうど、幸福が結果の様なものであるのと同じく、文化なるものも、ある一時代が終ってから程経てはっきり形を現します。昔から、「幸福」そのものを書いた小説も論文もありません。それは、其処に至るまでの過程、或は又、不幸という影をつけなければ、幸福の姿は決して現れるものではないからです。文化もそれと同じ様に、文化をつくろうと決心しても決して出来るものではありません。人々が異常な関心をしめそうと、反対に、極めて無関心であろうと、そんな事には少しも構わず、文化は存在したりしなかったりするのです。

ですから、進歩というものを、ただ前を向いてまっしぐらに突進する事と正直に考えたなら大間違です。後で水車はとまるのです。進歩というその字の如く、前に進んで歩きつつ、いつも水車をふり返ってみなければなりません。

原子爆弾もペニシリンもあきらかに進歩です。立派な、歴史的事実です。しかし、その進歩によって、「人間」が進歩したと考えるのはあやまりであると言いたいのです。それは科学の進歩であって、……その科学とは、そもそも人間が発明したものではありませんか。もしこれによって人間が進歩したものと錯誤をするなら、科学の力に人類が負けた事になります。そしてついに、自らつくった物に滅ぼされる、そういう日が来ない事を私は心から祈ります。

あなたも、わたしも、進歩しようとしたって、進歩なんかしやしないのです。それはきっぱりあきらめるべきです、男らしく、いや女らしく。そんな物には見向きもせず、只一心不乱に自己の人間を育てようではありませんか。文化とか進歩とかというものは、悪い悪い奴です。悪魔です。そんなものの誘惑にはのらず、ひたすら自らを信じましょう。自信とうぬぼれとは違います。自信は生産的ですが、うぬぼれはありとあらゆる物を破壊しつくします。科学の進歩即人間の進歩と考えることも一種のうぬぼれに違いありません。そのうぬぼれは、ついに人間自らつくった物のあるじとなる事も出来ずに、この二つの手を、この頭脳を過信するあまりに、反ってその物にくわれてしまう結果におちいるのです。科学の人類に対する復讐の形を持つ、これは神の天罰です。これは真に不幸な出来事です。

こんな事は考えるだに悲しい事ですが、もし読者の中に、自分をあまりに理想型の、観念的にある一つの型にはまったものに（あえて人間とは申しません）無理矢理にはめこまれ、石膏人形の如くつくりあげられ、その為に両親を恨んでいる様な方はないでしょうか。なければ幸いです。しかし、もし一人でもあったら、ただちに親をにくむ事だけはお止しなさい。それは自他ともに非常に不幸な、そしてかしこい事ではありませんから。親にしても、子供の為に、よかれとねがってした事にきまって居ます。それにその石膏の型ほど毀すに容易なものはありません。ただ、自分が一人の人間である事を自覚さえすれば、そんなものは、一夜の悪夢の如くバラバラに崩れてしまうでしょう。

にくむより、愛すること。女が三人よれば姦しいと、昔からきまっていますものの、単なるうわさ話も、人をにくんではいたしますまい。反対に、もし人を愛するならば、つまらない世間話も、おのずから人間を知る機会となり、又みずからを育てる糧ともなりましょうものを。おもえば、世の中につまらないものなんて、一つとしてない筈です。たとえ路傍の小石一つにしろ。

私は、つまらない、馬鹿馬鹿しい、と何度か書きました。小石はほんとにつまらない。それはいつわりない事実です。しかし、とりあげる人間次第で、それは面白くもなり、尊くもなり得る、……又しても人間とは、何というわけの解らないものでしょう、結局話はいつも其処へおちつく様です。

それなら、人間もつまらないではないか、とすぐ気がおつきになると思います。私は、あえて、そうです、とお答えします。

しかし、其処でとまってはなりませぬ。もう一度わが身にお問いなさい。ほんとにそうだろうか、ほんとに人間とは、つかみ所のない雲の如く霞の如くはかない存在であるのか、と。

それが智慧というものです。そして、あなたの智慧は、こう答えるでしょう。

人間はつまらない。イコール、わたしは、つまらない。しかし、——

そのつまらない私が、「人間をつまらない」と考える、その事すらつまらない事ではないか。少しむずかしく云えば、般若経に説かれている、空を空と観ずる思想にこれは相通じましょう。一切は空。しかし、一切を空と観ずる事も又空、とさとるのです。

否定をも否定しつくせば、即ち肯定となる。こんなやさしい理論はないでしょう。しかし、其処が「おわり」と思ってはいけません。それが「さとり」と安心してはなりません。それは、まだほんとに今しがた始まったばかりなのですから。

多くの人は、はじまりもしないで死んでしまいます。それではこの世に生れなかったも同然です。文化というものは、極く少数であろうとも、真に生きる事を知る人々の手によって築きあげられます。自分一人がしょってたつ、という気負った気持も若い人にはいいでしょう。しかし、それは自分一代で完成されるものと思うのは間違いです。そう思っては、世の中はあまりに愚劣で失望するにきまっています。それには自分がいとも小さな一人の人間である事を知り、同時に、いかにも大きな文化を構成する一分子であることを知る事が必要であると思います。

自分の周囲というものは考えてみればほんとうに小さなものです。私達は極く少数の人々しか知らず、小さな日本の国の極く限られた場所に生活しています。しかし私達は、それだけを目あてに暮しているのではありません。世界中が相手なのです。そう思ったら、少しばかりの不愉快な出来事も、僅かな他人のおもわくも、取るにも足らぬ些細なことに思われるでしょう。そんな事に構っていられる程私達はひま人ではない筈です。はじまりもしない人々を相手にしていたのでは、いつまでたっても自分の生活をするわけにはゆかないでしょうに。

世阿弥の言葉の様に、人の命には終もあるでしょうが、文化には始も終もありません。更に、もし自分がその大きな文化の中にとけこんでしまうなら、個人の命にも始も終もなくなるわけです。目に見える文化とか、手にとれる進歩とかいう物は、ほんとに私達の周囲のごく小さな一分子にすぎません。それでは、地球が宇宙と考えるのと同じ様なものです。

私の言う事はおそらく当座の間にはあわないかも知れません。けれども、――どうせ私達の目にふれる身のまわりの出来事は、小さな物にすぎない。その小さな物に気をとられて一生を送るよりも、手におえぬ大きな存在を認識して頂きたい。それと同時に、周囲のものに気をとられて、あれやこれやと迷うよりも、それ等の物よりもっとはるかに小さな自分一人の人間をつくる事に専心した方がいいと思うからです。

そんな事は解ってる、と言う方があったら、私はうれしいとおもいます、けれど、解らなくともいいのです。わからないと思うこと、――それさえ何かです。「わからない事」が解ったでありましょうから。

お祈り

「天にましますわれらの父よ、願わくは御名の崇められんことを。御国の来らんことを。御意の天のごとく地にも行われんことを……」

これは、クリスチャンでなくとも、誰でも知っているところのお祈りであります。また、

「南無阿弥陀仏」

てっとり早い所でこれも一つのお祈りの仕方です。只この妙《たえ》なる六字を称えただけで、あらゆる人は極楽へ導びかれると言います。また、「南無妙法蓮華経」と唱えるも同様ですし、アラアにささげるアラビア語のお祈りもあります。

宗教が、こういう工合に一つの型をつくって我等にしめしているのはまことに便利なことです。何か手がかりがない事には、私達はほんとに困ってしまいます。具体的に神をあたえないかぎり、宗教には何の意味もなく、実際に方法を教えないかぎり、人は神にじかに物を申上げるすべを知りません。

人はお祈りをささげながら、何か別のことを考えては居りません。邪念が入ったのでは、それでは祈っていることにはならないのです。身のまわりのあらゆる出来事、——かりに自分をより

よき物にしたいというねがいがもとにあるにしろ、それさえ忘れなくては真の祈りとは言えません。それも一つの慾に違いはないでしょうから。

そういう風に、わが身も心もささげつくして、すべてを忘れ、すべてを神様におまかせする、——お祈りとはそうした物をいうのです。たった六字の称号でも、そう思ってつくづく考えてみれば、何というむずかしい行為でありましょう。

神に祈る姿は、世の中で最も美しいものの一つです。どんな無智な人でも、一心不乱に祈る時は、いかなる聖者にも劣らぬ、犯しがたい美しさにあふれます。もしかすると、寒夜に太鼓をたたいている田舎のおばあさんの方が我々よりはるかに神様に近いのではないか、などと思う時もあります。彼等は、まるで犬に一人の主人しかない様に、日蓮上人の信仰を通じて、仏というただ一つの存在しかみつめてはいません。それだけがたより、——生きる為にただそれだけが必要なのです。そして、死んだらうたがいもなく極楽に行けると信じ、安心し切っています。安心出来るという、これ以上の強味は人間としてない筈です。

それにひきかえ、私達の何というこのたよりなさ。極楽も地獄の話もただ馬鹿馬鹿しいばかりです。日蓮上人は偉いには偉いが、あれは一種の気狂いではないか。バイブルには、まことしやかな奇蹟が沢山書いてあるけれど、めくらの目がいきなり開いたり、瀕死の病人が立上ったり、水の上を歩いたりするのは、有り得べき事ではない。しまいには当然の成行として神を否定しないわけにはゆかなくなります。神もそして自分も信じることは出来なくなり、大そうたよりない、溺れるものは藁でもつかむといった様なみっともない恰好で、いたずらに他人に救いをもとめる次第となるのです。私達はまるでめくら鬼をしているみたいなものです。鬼となった時のあのたよりない気持、あれが現代のいわゆるインテリの精神そのものであると言えましょう。

いつのまにかわが日本には、信仰というものがまるで姿を消した様です。昔の人たちは、たしかに一人一人が何かの形で神を信じていたのですが、いつの頃にかそういう習慣はなくなってしまいました。それはどこの家にも仏壇や神棚はありましょう。けれども、それは単なる形骸、それ程でなくとも僅かに形式的の名残りをとどめているにすぎません。天照大神も、釈迦牟尼仏も、戦争中こそやかましく云々されましたけれど、神風と云った様な御利益がなかった為に、今では多少うらまれている形です。しかし、人をうらむより我をうらめです。神風なんて愚にもつかないもの、しこうして神聖なるものを、おそれ気もなく祈ったその報いが今や我々の上に天からくだったのです。

教養の為に、教養について考えるというのも似た様なしわざです。そんな物は自然について来るもの、——信じさえすれば、祈りさえすれば、神様は私達の前に姿を現す。たったそれだけのやさしい、そしてむつかしい事なのです。

世の中に、神や仏より美しいものは存在しないと私は信じます。無智な人でも、その祈りの姿が美しいのは、神の国へジカに通じているという、一種の共通点があるからです。又奈良の仏像の群がたとえようもなく美しく思われるのは、無論そのモデル、——彫刻家の夢みた仏の姿が美しくあったからにきまっていますが、それ程美しい仏をみた作者の信仰の力がいかに烈しく、いかに強いものであったかに思いを及ぼさずには居られません。そういう意味で、私は、東西を通じて、宗教画とか神や仏の彫像が芸術として最高の物であると思います。ギリシアの彫刻をお思いなさい。藤原時代の仏画の数々を思い浮べて御覧なさい。今や私達には、あれだけの大きさと美しさを持つ芸術は世界中一つとしてありません。人々はたしかに利巧になりました。しかし、花や景色は描けても、人間の姿は刻めても、神仏の像《すがた》はつくるにはつくってもいかにも貧弱なものばかりです。けれども、がっかりするには及びません。還らぬ昔をおもってみても始まりません、我々は又別に、別の方法で、神をみる事が出来るのです。

どんなに美を解さない人でも、人間と生れたからは、ほんのちょっとした折ふしに、必ず心に触れる何物かがある筈です。ほんとうに、「ああ、いい」とため息を洩らす程の物に触れた時、——たとえば夏の夕焼の空とか、白雪にきらめく冬の山とか、自然の現象のみならず、人工をきわめた絵や彫刻、詩歌散文、何でも構いません、——思わず手を合せたくなる、その気持こそ何よりも大切にしなくてはならないと思います。いいえ、その物は忘れたって構わない、無理に覚えて居なくともいいのです。一度身にふれたその体験によって、たとえ頭は忘れようと、もうもとの私達ではないでしょうから。

おそらくどんな人でも、そういう経験がない人は居まいと思います。一つの経験は、また次の物に触れた時、まざまざとよみがえって来ます。ちょうど、ふとした事から音楽の一節とか枯草のにおいとか香のかおりとかが、いきなりすべてを何年か何十年か前の、その時その所その私に還してしまう様に。それは思い出と名づける様な悠長なものではありません。もっとあざやかに、もっとひしひしと、私達はまさしくその時を再び生きているのです。

それはまたたく中に消えてしまいましょう。が、度重なる中に、次第にはっきりした形を備えてゆき、ついに私達はれっきとした存在を信ずるまでに至ります。その体験は数をまし、その形はますますあざやかな輪郭をあらわしつつ、大きく美しく育ってゆきます。ふつう経験といわれるものは、度重なるにつれて馴れてゆくものです。しかし、これは別です。これはその都度まったく同じものでありながら、しかもその度に、まるで始めておこった出来事の様に、新しく、めずらしく、あらためて私達はびっくりするのです。それは古い古いものであるにも関わらず、しかも驚くべきあたらしさです。若さです。そういうものを、芭蕉は「不易」と名づけました。世阿弥は「花」と言いました。又ある人々は「つねなるもの」あるいは「永遠の美」と呼んだりします。これ等は皆一様に、変らぬものの美しさという意味であります。

神にじかに物をいうのですから、祈りというものは、神を招くわざであると言うことも出来るかと思います。昔の物語には、物の怪のついた病人に向ってお祈りすると、その生霊とか死霊とかいう物が巫女の上にとりつき、神がかりとなって色々の事をしゃべりだす、という例がいくらでもありますが、これもあきらかに祈りである事に変りはありません。それは、加持の僧も、病人も、王女も、みんな揃って物の怪の存在を信じきっているからです。信じているからこそ、かような奇蹟も行われるのです。

今の私達は病気になったからとて、お祈りだけではそう簡単にはなおりません。むしろ悪くなるのがせいぜいです。しかし、科学的に証明されれば、てんから信じこんでしまいます。他愛もなくころりとまいってしまう、その点、平安朝の無智なる人々とちっとも違いはないのです。

お医者様に言わせると、利く薬という物はほんの片手で、数える程しかないと言います。あとは毒にも薬にもならない、重曹とか健胃剤の様なものでお茶をにごしておく。そんな物がなぜ利くかと云えば、医者という人間を信用しているからです。そして、医学という科学を信じ切っているからです。何れにしろ、病気はなおればいいんです。ですから、精神の病気にとって、神や仏、即ち宗教ほどのいいお医者も又ないのです。
どうやら私は、「お祈り」という物を書くには書きましたが、たえず外側からのみ観察してばかりいるようです。祈りの姿ばかりを列記したところで始まらない――そう思って私は此処にある一つの、あきらかに「お祈り」であるものを書いてみようと思います。
小林秀雄さんの、『歴史と文学』という著書の中に、「オリムピア」と題する短い、しかし非常に美しい感想の一節があります。

長い助走路を走って来た槍投げの選手が、槍を投げた瞬間だ。カメラは、この瞬間を長く延ばしてくれる。槍の行方を見守った美しい人間の肉体が、画面一杯に現れる。右手は飛んでゆく槍の方向に延び、左手は後へ、惰性の力は、地に食い込んだ右足の爪先で受け止められ、身体は今にも白線を踏み切ろうとして、踏み切らず、爪先を支点として前後に静かに揺れている。緊張の極と見える一瞬も、仔細に映し出せば、優しい静かな舞踊である。魂となった肉体、恐らく舞踊の原型が其処にあるのだ。

これはオリムピック競技を高速度写真でうつした、槍投げの一場面の、その又描写でありますが、以上の文章にすぐ又次の言葉がつづきます。

しかし考えてみると、僕等が投げるものは鉄の丸だとか槍だとかには限らない。思想でも知識でも、鉄の丸の様に投げねばならぬ。そして、それには首根っこに擦りつけて呼吸を計る必要があるだろう。

私はこれを前に「能をみる」という随筆様の文の中にひきました。そして、あの静かなお能というものは、いわば早い動作を高速度写真でうつした様な物であり、したがって舞踊の原型とも称すべきものである、更に、その間の状態が何に一番近いかと云えば、「祈り」に似たものである、とつけ加えておきました。

約一年を経た今日、私は更にもっとつけ加えたい衝動にかられます。みるという事について。

——

既に私は、祈りは神を招くことであると書きました。又、昔の人は信じたが故に神をみたとも書きました。

今、私達にとって、芸術の鑑賞とやらが、教養の上に、一つの流行をきたしています。これは言うまでもなく、絵や彫刻をみることです。又、文学を読み、音楽を聞くことです。しかし、上野の美術館にどれ程人が集っても、その中でほんとうにみている者はそも幾ばくぞ、と聞きたくなります。そのごちゃごちゃした人込の埃の中で、何が鑑賞だ、という人もあります。しかし、そんな事は問題ではありません。環境といわれる物は、周囲の状況ではなくて、自らつくり出すべき状態、我々人間の在りかた、であると思います。それはさておき、——

神に祈れば神の姿がみられるものを、芸術の姿がみられぬ筈はありません。鑑賞とは観察でもなく道楽でもなく、勿論教養の為でもなく、芸術をほんとうにみる事ではありませんか。そしてその唯一の方法は、神に祈るが如く、自我を滅して、無我の三昧に入ることではないでしょうか。

オリムピックの選手が、「踏み切ろうとして、踏み切らず、爪先を支点として前後に静かにゆれている」その姿はあなたがお祈りをなさる、その時のあの気持に、何と似てはおりませんか。「首根っ子に擦りつけて呼吸を計っている」あの砲丸投げの選手は、神様に一心こめておねがいする、緊張のあまり息もつけないその瞬間に似ては居ないでしょうか。

お能やヴァイオリンは尚更のこと、ゴルフやテニスに至るまで、球がラケットにあたる、その瞬間、あなたは何を考えますか。球はあなたであり、あなたは球にはならないでしょうか。はじめて習う時には、まず、「球をみろ」と口をすっぱくして言われる筈です。見ないと不思議に空ブリします。こんな正直な事実はないではありませんか。こんなはっきりした証明はないと思いますけれど。

しかし私は知っています。テニスの選手やゴルフのプロが、まるでよそ見をしながら、しかも完全なショットを打つことを。立派な人間のチャムピオンが、すばやく相手の心の中まで見ぬくことを。球をみる事或は自分が球と化することは、身につけばそのまま日常茶飯事となるに相違ありません。緊張する事とかたくなる事はぜんぜん違います。何万という見物人を前にしたからとて、砲丸投げの選手が馴れた運動にかたくなるわけはありません。ただ、ピタリと焦点があう様に、或は又、急激に水が氷と化する様に、瞬間にして、透明な結晶体の精神の持主となれるのです。ただ未熟な者だけが、その時にあたって、突如として息をのむ圧迫感におそわれるのです。若い者に余裕がないのはあたりまえです。むしろそれ故に美しいのです。それこそまことに「若さ」であり、それでこそ洋々たる未来が約束されていると言う事も出来ましょう。反対に、若いくせに老熟を真似て、さも余裕ありげな態度をしてみせる事もつつしまなくては、と思います。

未熟な者と書きましたが、実はいかなる名人と云えども、同じ程の圧迫をわれとわが身に感じることに変りはありません。が、さてそのあやうい一点に、――爪先を支点としてかろうじて全身をささえているその形に、平然としてこたえて居られればこそ名人名手のねうちもあるというものです。あたかも日常茶飯事の如く安心し切って居ればこそ、高速度写真にうつした場合、「優しい静かな舞踊」の如き優美な美しさと現れ、科学的に、その動きが写し出されるのです。そうして私達は満足します。何しろ相手は文明の利器なのですから。

しかし、スポーツなればこそ、写真にもうつせましょう。が、芸術、それから宗教ともなると、まだ今の所では、写真にうつして疑いの雲を晴らすまでに進歩しつくしては居りません、……幸か不幸か。

もし私達がほんとうに注意してみるならば、芸術の上にもかくの如き状態がありありと現れる筈です。一つの絵なら絵の上に、ちょうど肉体の運動と同じ様な、精神のゆらめきがよみとれる筈です。祈りの姿が美しいと言いましたのは、そういう意味においてであります。精神の末端が、やさしい静かな舞の様にゆらゆらとゆれ動いている、それを美しいとみたのです。

美しいものは若いのです。美しいものはつねにあたらしいのです。美しいものに触れて驚く、その精神は新鮮です。それは時間を超越した、年齢の差別すら存在しない、まったく別の世界をかたちづくります。ああ、

天にましますわれらの父よ。願わくは御名のあがめられんことを。……

創造の意味

いくら男女は同権であろうとも、男に比べて女が創造的ではないというのは、確信をもって言えるとおもいます。ただに習慣としてばかりでなく、心は男に比べてはるかに素直であるとともにつよさに劣り、身体も又、柔軟ではありますが男の体力を備えている筈もなく、全体にわたってそういう風に出来上ってはいないのです。

古代、――神代から藤原時代へかけては社会的に男女の区別は殆どなかった様におもわれますが、いわゆる文化が進むにつれて、双方の特長をはっきり自覚すると共に、活かして用いる様になってゆきました。その間は次第に離れるばかりで、ついには、封建的ともいわれる程の極端な差がついて今に至ったのであります。いわばそれは自然の成行であって、人為的にはどうにもならなかったものと想像されます。そうして、現代の私達に、これも又きわめて自然に、単なる形式ばかりでなく、実質の上に於て、再び男と同等たらんと欲する時代が到来しつつあります。いや、既に現に此処に在るのです。

造物主のその名の如く、神様は私達をおつくりになりました。それなら、創造とは即ち、神わざに等しいものである筈です。更に、それなら男は女より神に近い存在なのでしょうか。いえいえ、決してそんな事はありますまい。女は、仕事の上でこそ、いささか創造力に欠けるかも知れませんが、何物かを生み出す力を持つ事においていささかも男に劣るものではありません。すなわち、女は子を生む事が出来るからです。

こんなすばらしい事が世の中にあるでしょうか。こんな不思議きわまる事があるでしょうか。人間が人間を生む、ということ。これこそ真に「創造」ではありますまいか。してみれば、女もやはり神に近い存在であるという事が出来ます。

よく男の人が、創作するにあたって、生みの苦しみなんてことを言いますが、その手は喰わぬ、と言いたくなります。肉体的に、私たち女ほどこの言葉を、切実に、身をもって知っているものはないのです。

けれども、肉体と精神とは、私達が考えるよりももっと密接しているものです。肉体と精神が離れてゆく気持というのは、私達がしばしば経験するところのものですが、これは正に病的というより他はありません。その一例として、構成派の絵という物があります。いい絵かき達は、それが何派と呼ばれようとも、芸術として、そう大した差がみとめられるものではありません。しかるに、同じ構成派の中でも、それ程でもない人は、そういう名前をおっかぶせて、同情をもってみてやらない限り、絵が絵でなくなる場合が多いのです。その説明を今いたす気はありませんけれど、又私には出来もしませんけれど、ひと口に言えばそれは、構成さえ完全に出来上っていれば、絵の芸術は成立つ、という解釈の仕方であると思います。成程理窟はそうです。しかし何につけ、何々主義とか何々派などという物を先にたてて、自己の芸術家がお供をしている様なかたちになっては、それではあんまりみじめです。それでは自己に忠実であるのではなく、縁もゆかりもない人のつくった何とか主義に盲従しているばかりで、自分の中から生れ出る何物もありはしません。即ち、最も創造的である筈の芸術家が、その正反対な事をやるわけになります。

思わず話が脇道へそれましたが、子を生むのは正に創造には違いありませんが、さりとて女一人で産むわけにはゆきません。そんな事が出来るのはマリア様だけです。夫がなければ、一個の小さな人間の創造が不可能である様に、芸術においても、精神・肉体、――心と腕の協力を必要とします。信じているものを、手が実現しようとしても、技術がともなわない事には、理想はあってもなくても同然の結果となります。創造というものは、いつもその為に、精神と肉体の一致においてなされるのです。

女は、まさしく肉体において創造的であります。男は、いろいろの仕事、即ち精神的に何物かを創造します。むしろ、私は前言を取消して、女は創造的、男は創作的と言いたくなります。が、そうきめたところで、何という事もないから、止しておきましょう。

芸術家ばかりが創造するとは限らない、などと今さら言うことはないと思いますが、創造について考える時、彼等はまことに便利な存在です。彼等は、目にモノ見せて、何かをはっきりつくり出して我々に提供してくれますから。それにひきかえ、芸術家ではない所のふつうの人間は、ただ日々生活しているのですから、これと目にみえる何物もつくっては居ません。しかし、つくり出さなくってはならないのであって、出来ない筈も又ないのです。

私は、すべての若い方達に、目にみえるものでも、或は目に見えない物でも、たった一つでよろしい、どんなに小さくとも自分の一生をかけて守り通す大切な物をお持ちになる事を切におすすめします。考えただけではいけません、その為になら何物をも捨てる程の覚悟とそれから勇気をもって、ただそれのみをみて突進なさい。——

ともし私が言ったなら、そんな事は解っている、だからソレを教えてくれ、と言う方もあるでしょう。それだけを求めてこんな本も読み、こんなに迷って色々の人や物に救いを求めているのではないか、と言う方もあると思います。それでは、私が今まで書いた事もまったく何にもならない事を、私は自分でよく知っています。又そういう気持が、いかに真面目で、いかに真摯な物であるかも私は知っております。それにも関わらず私は、そういう人を許しがたく思います。それは怠惰以外の何物でもありません。怠惰、すなわち不真面目なのです。それこそ悪い意味での封建的人間であるのです。

私は一概に封建制度をけなそうとは思いません。何につけいい事も悪い事もあるのですから。しかし、たとえばその最期の末路ともいうべき軍人達は、戦争中我々に、「大東亜共栄圏」という一つの目的をあたえました。それは、まるで空のかなたを夢みる様な愚にもつかぬ理想でありました。それにだまって（多少ぶつぶつ言った人もあるにしろ）ついて行った私達は、もっともっと愚物であったのです。そもそもだまされるのはいつも馬鹿にきまっていますが、徳川の三百年がとに角幸福で平和であったのは、おろかな者共に一つの目アテを与えたからです。そうして、それに馴らされた日本人は次第に怠惰になってゆき、幸福や平和を求める心さえも失なって今に至ったのであります。そして、もはや独裁者の居ぬこの国では、私達はたよる何人も何物もありません。ただ自分以外には。自分自分が独裁者とならぬかぎり、もはや生きてはゆけぬ、幸福も平和もあたえるものはないのです。苦しい時の神だのみ、と言いますが、神様さえ自分で探さねばなりません。自分以外の人は、たとえ親と云えども、何も教えてはくれないのです。まして私に、何を読者に与えるものがありましょう。ある筈はないのです。

自分で探すということ、それは既に創造の一つです。創造にはいつも、生みの苦しみがつきまといます。その苦しみヌキにして目的をつくり出そうというのは、あんまり虫のよすぎる話ではないでしょうか。みつからぬのは、苦しみ方が足りないのです。それ程必要を感じていないからです。しかし、もし探すなら目的は何処にでもころがっています。仕事もそこら中にある筈です。忙しい、ひまがない、という人は、一生忙しいままで終るでしょう。外からゆっくり観察しようとするから、いつまでたっても、時がないのです。目的は、その日常の忙しい生活の中にみつけられる筈です。他の所に求めるならば、十年一日の如く、「大東亜共栄圏」と同じ事を夢みていることになるでしょう。

百姓のおじいさんが病気にかかってお医者様にみて貰うと、まず第一に、「この病気はすぐ癒るか、癒らないか？　もし長くかかってようやく癒るという様な病気なら、むしろひと息に死んでしまいたい」と言う場合が多いそうです。人間と生れて、生命が惜しくない筈はありません。自殺は、キリスト教にあらずとも、たしかに一つの罪悪です。しかし、この田舎の老人の言葉はもっと多くの意味をふくんで居ます。この人の気持は、苦しいのがいやだからいっそ死んでしまいたいと思う、そんな単純なものではなく、ほんとうに心からの叫びなのです。それは、百姓の仕事とは、言うまでもなく、肉体の労働しかありません。彼等にとって、それは仕事であるとともに、生活であり、それが全部なのです。我々でしたら、病気になっても、頭をつかうことは出来ましょう。生きているだけで何かの為になる人達も世の中には多いことでしょう。しかし、彼等にとって、働きもせずただ細々と生きてゆく程生甲斐のない事はない筈です。それでは死んだも同然なのです。自分の生活は終った、――そうさとったこの老人はむしろ偉いとさえ言えます。文明でさえあると思います。考えてみれば世の中の、何と多くの人々が、自分の生活ヌキにしてのんべんだらりと、日を送っていることでしょう。いくら働いても、自分の仕事をこの百姓ほど自覚しないかぎり、ただ忙しいだけではほんとに働いていることにはなりません。たとえ無意識にしろ、この老人は、そういう意味で、すぐれていると私は思うのです。

自分の信ずる道にすすむのにはこの位の熱心さが持ちたいものです。しかし世の中には、「人生は不可解なり」と書きおいて自殺した若人もあります。熱心である事において、いささかも劣るものではありませんが、どうしてもっと「不可解なこと」を、ただ考えるばかりでなく、実行し、経験し、かつたしかめてみなかったか、そんな事も言いたくなります。しかし、人間の仕事は、自殺にしろ、病気で死ぬにしろ、人の命が終った時に、終るのです。後から何を言ったって仕様のないこと。ただ、そういう人達の一生は、「人生は不可解なり」と考えただけで終ったのです。そして、それはほんとうに惜しいことでもあるのです。

創造とは、あたらしく生む事であって、自殺する事ではありません。たとえ自殺に至るまでの成りゆきを書いた小説にしろ、もし立派な作品ならば、必ずその中から生れて来る何ものかがある筈です。キリストが復活しなかったらば、キリストではあり得ません。古典の中に、新しいものを見たり読んだりしない人は、古典などは捨ててしまうがよろしい。いくら面白いと思ってもそれでは単なる骨董いじりにすぎませんから。仏教における空の思想というものも、ただすべてを無と観ずるだけならそれは当然自殺的行為です。しかし、前にも書きました様に、無をもなしと観ずるならば、其処に一切をみとめる肯定の思想が出来上ります。それは又、我々が心を無にして祈る時、神をみる事ができる、——すべての物を知る事ができる、それと同じ意味なのです。

宗教と芸術は密接な関係にあり、科学はそれと正反対の立場にあります。科学は無論人間が考えた物ですが、そうかと云って、神や仏を教えた釈迦やキリストも人間には相違ありません。芸術も又人間の産物。これ等二つの物に共通点がないなどというそんな話はない筈です。

絵に構成などいう事を考えるのは、即ち科学的な解釈の仕方であります。けれど、もし画家があらかじめわり出して考えて描いたのでは、芸術なんて出来上る筈はありません。ひたすら己が情熱にまかせていとなむのでなくては美しい絵は描けないのです。理窟はあとから何とでもつけられましょう。みる人おのおのの解釈によって。

たとえば、

阿《あ》耨多《のくた》羅《ら》三藐三《さみやくさ》菩提《ぼだい》の仏たちわが立つ杣《そま》に冥加あらせたまへ　伝教大師
時によりすぐれば民のなげきなり八大龍王雨止め給へ　源　実朝

これ等の歌が何故いいかと云えば、一気呵成にうたいあげられているからです。万葉の歌が美しいのもそうです。これはたしかに祈りの姿です。歌の意味においても形においても、作者の心の在りかたも。

これはいわば一幅の宗教画であります。伝教も、実朝という人間の姿も、どこを探してもみつからず、ただ空の如く大きくはてしない「美しさ」以外の何物もありません。

自己を無にするという行為は、言うまでもなく、自分という物を今あるよりもはるかに小さくたよりない者にする事です。それ故よほど素直な心の持主とならぬかぎり実行しがたいのであります。永年かけて腕におぼえのある、人工的なうまさという物を忘れはてるのは、思ったより中々むずかしい事です。その素直な態度は、男性的であるよりもむしろ女に近く、なおそれよりも子供に近いと言えます。原始的な子供らしさ——そのみずみずしい若さが即ち永遠の美しさをもたらす所以のものであるのです。

芸術家は、ほんとうの自然をえがきます。春が去り秋が来ても、ふたたび春が必ずめぐって来る、その古くかつ新しい姿、これ以上ほんとうの自然はありますまい。もし単なる描写に終るなら、春の花、秋の紅葉、あの時のあなた、その時のわたし、でしかありません。そして、それなら写真をうつした方がよっぽど早いのです。

我が歌をよむははるかに尋常に異り。花郭公月雪すべて万物の興に向ひても、およそあらゆる相皆これ虚妄なること眼に遮り耳に満てり。又よみ出す所の言句は皆これ真言にあらずや。花をよむとも実に花と思ふことなく、月を詠ずれども実に月とも思はず。只此の如くして縁にしたがひ興にしたがひよみおく処なり。紅虹たなびけば虚空いろどれるに似たり。白日かゞやけば虚空明かなるに似たり。然れども虚空はもと明かなるものにもあらず、又いろどれるにもあらず。我又この虚空の如くなる心の上において、種々の風情をいろどるといへども更に蹤跡なし。この歌即ちこれ如来の真の形体なり。されば一首よみ出でては一体の仏像を造る思ひをなし、一句を思ひつづけては秘密の真言を唱ふるに同じ。

西行法師のこの言葉は色々な事をおもわせます。ただ歌をいかにうまくよむかという事ばかりを目的とした平安末期の文化の最期ともいうべき鎌倉時代において、西行は一人この様な事をおもって居たのです。西行のこの新しさは、うまい堂上人などとはまったく異なるおもむきの歌をよませ、今の世に至るまで変らぬ光をはなっています。そして、万葉古今などというスタイルの問題などまったく何の関係もないといった様な事をおもわせもします。

私は、宗教芸術がもっとも美しいと書きましたが、芸術はすべてこの様に一つの宗教となり得るのです。真言とはお宗旨でもお経でもありません。あらゆる言葉、——かりそめに吐くひと言でも「真言」とおもうなら、人はただ一言でもおろそかには出来なくなるわけです。それこそまこと自らの人間を信ずる、ほんとうの意味での自信というもの、と言うことも出来るでしょう。ですから、絵を勉強するのに、昔の人の様に、宗教画を描く必要は少しもないのです。出来れば非常に結構ですが、しょせん我々にはもはや西方浄土や阿弥陀如来のかたちばかりでは納得がゆかない、其処に現代の悲哀があるのです。信仰のともなわない宗教画ほど神を汚すものはありません。宗教音楽にしても同じことです。

「花を見るとも花を思うことなく」自然に対して、現代の画家もまったくこれと同じ態度をとっています。自然と人間、ともすれば私達はすぐそういう言葉を使いがちです。第一、対する、なという言葉がそもそもこの二つの物をわけて考えて居る証拠です。それはあやまりです。人間も又自然の一部にすぎないでしょうから。

そうかと云って、もし人間が自然そのものなら、木や草の様にほったらかしておいても、何十年か先には自然に大人物と育つ筈です。が、決してそうとは限りません。人間は、ほっておくと雑草にくわれてしまう上等な植物の様に、いつも自然に抵抗し、あらゆる手間をかけなくては消滅してしまうと云う、大そうややこしい自然の一部なのであります。ここに、好い種を蒔くとか、雑草をとるとか、移植するとか云う、たえざる努力、即ち人工的な一つの技術が必要となって来ます。

造物主のわざをみよう見真似で、人間や花や木を、人間が自らの手でつくろうと欲する、これは正に創造であります。故に、画家が花をえがく時、自然の花の中に混入するなどというのは実は嘘の骨頂で、ほんとは喧嘩腰である筈です。そっとしておいても、花は花で美しく咲くものを、あらたに花を創造しようとする、それが自然への反抗でなくて何でありましょう。しかし、つくるには先ずみなければなりません。万物の創造者たる神の行為を真似るならば、まず神をみなければ不可能です。その為に、人は自らの反抗心に反抗し、ひたすら神のみもとに参じつつ、なかば神がかり的行為をもって、手は無意識に画面の上を走る。私は、芸術家の創作の態度はかくの如きものと信じます。

まことに芸術とは、神と人との合作であります。技術といい人工というも、もとはと云えば、神の製作による人間の、この微妙きわまりない頭脳、この不思議にも器用な二つの手のなすわざです。それを忘れる程世の中に非科学的な考え方はないと思います。人間がまったく神の手から離れて一人歩きが出来る様になったとうぬぼれる、これ程創造の精神から遠いものはありません。

つくる為には、単なる創造的精神とかいう、追立てられる様な熱っぽさばかりでなく、多年のあく事なき、つまらないがしかし尊い職人の「手」を必要とします。それは、うまくやる為になるのではなく、よくする為になるのです。神とともに働く為に、人間がさし出すところのこの二つの手、――私達はほんとうに技術というものをもっと尊敬すべきであると思います。それによって、私達はこういう事を知ります。すなわち、創造するその瞬間において、まさしく人間は人間でありながら、同時に自然であるということ。画家は画家、花は花でありながら、同時に画家は花の中に没入する、――この二つの事が一時に行われないかぎり絵は生れて来ないのです。

艱難汝を玉にす、といった工合に、抵抗は多ければ多い程、美しい物をつくります。ミケランジェロでしたか、大理石の彫刻が美しいのは、その自然の石の硬さが人を束縛するからである、という様な事を言いました。人間の側から見ても、あくまで執着の強い、個性の強い人であればある程自我を感ずる事はむずかしく、むずかしいだけに成功する時も華々しいのです。いったい日本人はどちらかと云えば、簡単に自然の中に没入する事が出来るたちで、その為に今までは色々いい事もありました。たとえば、木彫の彫刻といった様な物は比類なく美しいものをつくり出します。私達の木目に対する感じなどは、西洋人のはかり知る事の出来ぬものです。が、相手が石ともなるといささか手におえない形となる様です。つめたく硬い石は、木の様に人を親しくよせつけず、ピンピンはね返してしまいますから。

いい事もあるその反面に悪い事もありました。特攻隊はその一例です。心中といった様なものも。これ等はみな美しそうに見えてしかし決してそうではない。自殺的行為です。私達は死ぬより生きなくてはなりません。極楽浄土は西の彼方にあるのではなく、この地上にあるのです。又、地上に築くべきです。

死ぬ事もむずかしい、が生きることはなおむずかしいのです。そして、ねがう事よりつくる事の方が難いのです。文化的教養の為に、芸術を鑑賞することは止しましょう、人間を観察する事もやめにしましょう。画家が花の中から純粋な花をみつける様に、私達も芸術や人間の中から、芸術の「芸術」、人間の「人間」をとり出して、「自己」を創造しなくてはならないと思います。

創造というのは、その様に、新しくつくるというよりも、既にあるものをそのままで大きく完成させてゆく事です。新しいものは、びっくり箱の様に、いきなり世の中にとび出してくるのではありません。私は私自身の力でこの世に生を受けたのではありません。原子爆弾だとて、いきなり発明されたものではないのです。

人間の命は短い。五十年としても二万日に足りません。西洋の諺に、「今」より他のタイムはない、というのがあります。何でも、今しなくてはいつまでたっても出来ないのです。

夜も更けました。私は、今、生きて居ることを感謝しつつ、筆をおき、今日一日を終ります。

たしなみについて

一

「あの人は他人の事はよく解るくせに自分の事はちっとも解らない」

よく私達は、うっかりそう言う事があります。けれども、それは実際において有り得べき事ではありません。

人の事がほんとうに解れば自分の事も解り、自分がよく見えれば人の姿もただ一べつで済む筈です。

また、人間という物はたえまなく育つものです。ですから相手は何十年来の知人でも、会う度にめずらしく感じられるのです。

「あの人はちっとも変らない」

と云って喜ぶのは、ある場合いい意味にもなりましょうが、実はちっとも成長していなかったと云う悲しむべき結果であることもあります。

相手が動く人間である場合には、ちょっと解りにくいかも知れませんが、たとえば相手を書物におきかえてみたら、そういう事はすぐ解ると思います。

いい本というものは、一回読んでそれで解った、と思うのはあやまりで、何回も何十回も、ついには一生を友として送るべきです。子供の背丈を柱にしるす様に、それは自分の為のいいメモリとなりましょう。

二

「美」というものはたった一つしかなく、いつでも新しくいつでも古いのです。その「つねなるもの」は、しかく大きくも小さくもなります。子供の描いた絵と、立派な芸術家の仕事では、美しさにおいて変りはなくとも、大きさにおいて違います。

人間の美しさも、無智な者と智慧にあふれた美しさと、何れが上というわけではありませんが、違います。

三

「人間」に年などありません。若くとも一所にじっとしているならば、それは既に老いたのです。真に名人と自らゆるす人は、いつも初心の時の心構えを忘れず、しじゅうはげみを怠りません。それが芸の若さを保つ所以です。功成り名とげて身退く、というのは、既に隠退という一つの行動をしているわけになります。隠居をして急に老衰する様な老人は、勝手に老いぼれたらいいのです。人間の出来た人なら、隠居することすら、一つの仕事となる筈です。ひっこみのうまい役者は、舞台に居る間の華々しさよりも、なお一そう芸の達人であると言えましょう。

四

立派な人は、多くをしゃべりません。たったひと言で磐石の重みを持ちます。何につけ、結局、最期のものは一つしかありません。どんなに多くの言葉をついやそうと、私達はたった一つの事しか言えないのです。

五

自分の長所をみつけるのはいい事です。なるたけ早く見出す程いいと思います。そのよさというものは、しかしほっておくとすぐ悪くなるおそれがあります。玉は磨かねば光らないのです。玉を持っていると自覚してそれで安心していたのでは、一日たりとも、今度は玉の方が人をゆるさなくなります。

玉は昔の自分とともに置去りにして、現し身ばかり年をとり世とともに馴れていったのでは、それでは他人に「変った」と見られるにきまっています。他人はほんとに利巧者で、すぐ私達を見破ってしまいます。どこで覚えたのか、と聞きたくなる程の正確さをもって。

他人は鏡です。伊達者でなくとも、私達はしじゅう鏡の前で生活している様なものです。自分を育てるのは自分ばかりでなく、人も協力してくれるものとみえます。

六

若い中は色々の失敗をしてみるのもいいと思います。恥をかく事がこわい様では何も実行出来ません。なんにも覚えもしません。

おしゃべりな人はしゃべればいいのです。書きたい人は書き、描きたい人も描けばいいのです。しゃべってしゃべってしゃべりぬいて、恥をかいたり後悔したりして、ついに、いくらしゃべってもどうにもなるものでない、と知れば無口になるにきまっています。しゃべりたいのを我慢して、いくら機会をねらったとて、「珠玉の様な一言」なんて吐かれるものではないのです。

七

私の知人で、私と同じ様に書く事が好きな人が居ます。その人は、既に立派な物を書いて持って居るのに、決して出版しようとはしません。いかにも惜しいので、何故本にしないか、と私が聞きましたら、こう答えました。

自分はしろうとだからお金の為に書いては居ない。出版する以上、自分は読者に対してあらゆる責任を持たねばならぬ。本の中に、どこから見ても、一つたりとも間違いがあってはならぬと思って、毎日それを直したり書きかえたりしている。完全に満足が行く様になったその日、自分は喜んでその本を出版するであろう、と。私が思いますのに、おそらくその本は永久に日の目を見ないでおりましょう。作者が神様とならないかぎり。

八

何か書くという事は、ある程度、独断でやらぬかぎり出来るものではありません。いや、ついには徹頭徹尾独断でないかぎり、人は何一つやってのける事は出来ないのです。

九

いったい何がしろうとで、何がくろうとでありましょう。そんな物は世の中に存在しないのです。素人芸というもの程いやな物はありません。それはひがみであり、虚栄であり、責任のがれです。

十

お能でも芝居でも義太夫でも長唄でも、素人が玄人に商売替をすると、折角今まであったいわゆる素人芸のよさをまったく失って、一文のねうちもなくなる人があります。それは、その人の芸に対する覚悟がたしかでないからです。技《わざ》というものは、もっとおそろしい、もっときびしいものです。めくら滅法の向う見ずというのが、多くの場合、素人のよさと（玄人が馬鹿にして）呼ぶものですが、それは、大きな芸に対する尊敬と恐怖と謙遜と信頼がないからで、技術はとに角、精神的にはまったくずぶの素人であるのです。そういうあまさのない素人は、素人と云えども既に立派な専門家です。

素人のよさなんてもの、ほんとうはないのです。もしあるとすれば、それはその人の人間のよさです。人間的に、れっきとした玄人であるのです。

十一

武者小路実篤さんに私は一、二度展覧会などでお目にかかったきりで、よくは存じません。お書きになる物もあまり読みません。けれども、あの物にこだわらぬ態度にはほとほと感心いたします。作品などはそっちのけで、私はそれに感心します。中々誰にも真似の出来ることではないと思って。

その武者小路さんがある時ある所である人の絵を見て大変に感心なさったそうです。非常に感激なさって、すぐ何か書いてみようと言われたそうです。ところが、それは皆実はにせ物だったので、ある方が、「あれは君、にせものだよ」と教えてあげたそうです。そうしたら武者さんは、「ああ、そうか。そんなら止そう」とあっさり言ってお止しになったそうです。

又聞きですから真偽のほどは存じません。

十二

田山花袋の『東京の三十年』という本の中に書かれている正宗白鳥氏。——玄関に立って、「正宗」とひと言つげたきり、留守だというと、ひと言も言わずにそのままくるりと後をむいてさっさと帰ってしまわれたとか。

これはほんとに羨しいと思います。真似する気はありませんけれど。この自信。この自由。たとえ真似しようとしても出来ないことです。

十三

私の母方の祖父は海軍の川村純義という人でした。うるさい訪問客がしつこく尋ねてくると居留守をつかいます。いくら留守だと云っても、留守の筈がない、とがんばって玄関で押問答をし

ていると、ついには自分で出掛けて行って大音声に曰く、

「本人が留守じゃというのにこれ程たしかな事はないじゃないか」

十四

父方の祖父も又海軍の軍人でした。樺山といって西南の役では鬼の様な官軍の参謀長で、よく子供の読む本などに、「弾丸が足元で破裂しても、その時大将少しもさわがず」といった調子で書いてあったものです。

「おじい様、ちっともこわくないの？　ほんとにこわくなかったの？」と私が聞くと、

「そりゃこわいさ。あんなにこわい事はなかったよ」と云って、呵々大笑しておりました。子供の私も、ほんとにおかしくて一緒になって笑いころげたものでした。ある時避暑地の宿屋に、頼山陽の額がかかっていました。一緒に行った人が、

「あれはほんものでしょうか」と聞くと、祖父はただちに、

「真と思えば真、偽と思えば偽じゃ」

と言って知らん顔をしていました。そんな場面もおもい出します。

十五

げて物しか美しいと思わない人は仕合せです。同時に、完全に均斉のとれたもの、——たとえば清朝の文化の如き、又は左右相等しい一対の花瓶といった様な物だけを愛する人も同じ様に幸福な人達です。

不幸になりたくないなら、そのどちらかにきめることです。多くの神を持つことは、必ずその眷属達にせめさいなまれるでありましょうから。また美神《ミューズ》は時に彼女自身悪魔のかたちをとらないともかぎらないのですから。

十六

イギリス人に、

「あの人はどんな人か」と聞いた時、

「あの人はいい人だ」と答えたら、もうその人はおしまいです。決してほめたことにはなりません。


しかし、アメリカ人の場合は違います。

そして、日本では、何とそこら中「いい人」だらけでしょう。いいばかりで、他に何の取り得もない……

十七

ある有名な英国の貴族で、大変に大きなお城に住んでいる人が、ある時何かの関係でアメリカの金持達をよぶ事になりました。一行は夕方そこに着いたのですが、何しろ大きな邸の事とて山あり川あり、変な所に迷いこんで道がわからなくなり大変困ってしまいました。ところへきたない恰好をした妙なじいさんが一人現れたので聞きますと、丁寧に教えてくれ、おまけに近道はこちらと、親切に手伝って小川を渡したり、荷物をもってくれたりしたので、お礼のしるしに一クラウン出し、おじいさんはさりげなくお礼を言って、右と左にわかれました。

　夜になって、何しろ大公爵というので、万事万端いかめしく、それぞれ盛装に身をかためてお待ちうけしていますと、やがて現れ出たのは、驚くなかれ先刻のじじい。一同申しのべる言葉もなく、穴あらば入りたい気持で只々恐縮していますと、相手はさるもの、さいぜんの事などおくびにも出さず、あくまで高貴な殿様として立派な主人役を相つとめるのでありました。

十八

　イギリスの貴族は、殊に男は、世界中で一番立派な人達であるという事は、世界中の人々がみとめている事です。同時に大そうお洒落であることも。

　どうせしゃれるならあすこまでやらなくては嘘です。物事は徹底すれば、おしゃれも単なる虚栄ではなくなります。ようするにこれも又中身の問題であって、ファッション・ブックなんかいくらめくってても解ることではありません。

　頭は使わなければさびつきます。人間も磨かなければ曇ります。若い頃美男だった人が三十になるとふつうの男になり、四十すぎると見られなくなるのは、みんな自分のせいです。時間のせいではありません。本来ならば、人間は老人になればなる程美しくなっていい筈です。又実際にそういう例も沢山あります。英国人の中でもことにいいのは老紳士、と昔から相場はきまっていますが、つらつら思えば偶然そうなったのではない様です。

　たとえばある一人の老紳士は、ズボンとチョッキと上着と決して一揃えのおついの物を着ません。いつもばらばらでそれでいてしかも、いかにも着物というものはこれでなくてはならぬと見える程、しっくり落ついて似合ってみえます。この人は一見構わない様にみえて実は細心の注意をはらっているのです。いえ、もう注意も払わないで済む程身について、――だから結局は構わないのと同じ結果になっています。立派な作家の文章をおもわせる、それ程これは芸術の域に達しているという事が出来ます。おそらくこの様な人はもう何を着ようと必ず似合ってみえるに違いありません。

其処に至るまでに彼等は実に多くの技巧をつくします。ロンドンの町の中では、若い男は雨の日にキューッとまいたこうもり傘を持って、しかもそれを決してささない、どんなにどしゃぶりになっても金輪際傘をささない、というのが一つのたしなみとなっています。

又、田舎の家から自動車でロンドンへ、それから町から田舎へ帰る時、勿論道はいいし自動車ではあるし、着物も髪も乱れる筈もないのにわざわざよごしたりくしゃくしゃにしてようよう御到着、――といった様に見せかけるのです。つまらない事です。馬鹿げたことです。でも、それが伝統なのです。くだらなくても外国人の追従をゆるさぬ、押してもついても動かない、――それが伝統というものです。たとえばある一人の紳士は、これは又反対に一糸乱れぬりゅうとした恰好をしています。ただ、襟もと、ネクタイのあたりだけをわざとだらしなくしているのです。いつでも。

それを見てある外国人が言いました。

「あの人は実にスマートそのものだ。ただ、惜しむらくはカラーがいつもくしゃくしゃだ」と。

惜しむらくはその人にはこのよさが解らないのです。さいわいにして、伝統を持つ我々日本人には、この位のよさはすぐ解ることです。それは、一人の人の趣味ではありません。一個人のした事でもありません。多くの人々、それから長い月日がこの些細なおしゃれの上にかかっているのです。

ファッション・ブックからぬけ出た様な完璧さ。それは人間ではなくて人形、――着物の為にのみあるひとがたです。生きているからには自由に動きたいものです。そういう所から、おしゃれが板についた英国人が、型破りをあえてするのです。何もない所へする不しだらではありません。何かある上に、更に自分のスタイルをつくるのです。

伝統というありがたいものに後生大事としがみついている、それは人を不自由にします。自から束縛されることになります。が、そんなものは馬鹿馬鹿しい、ときめてかかる、そう思うことすら既に伝統にとらわれている証拠です。

着物の事を考えるなどつまらないことです。趣味なんて、くだらない物です。そんな事に構っていられない、というのも結構。しかし、――

趣味がないのはよろしい。ただし趣味があってわるいのは、悪趣味というものです。

十九

英国にヤミがないというのは驚くべき事実です。文化とは、そういうことを言うのです。

二十

非常にいい百姓と、非常にいい大臣とは、まったく同等の人だ、と私達はいつも言うのですけれど、お百姓さん達は笑うばかりでちっともほんとにしてはくれません。

二十一

ごはんをよそう時、「ほんの少し」と言われても、いったいその人の言う少しとは、どの位の分量をしめすのか。

その「少し」をはっきりどれだけ、と知るのが私達の商売でございます。

と、ある呉服屋が言っていました。

二十二

同じ呉服屋が又言いました。

あんまり色々な物を買ってしまって、あんまり凝りに凝ってしまって、もう世の中の着物という着物はひととおり持ってしまってあきあきした様な人は、むずかしい様でかえってやさしい。売れ残りの、ほんのありきたりのそこらの百貨店のショウ・ウィンドウにぶらさがっている様なものを見せると、とてもめずらしい物だと思ってとびついて来る、と。

二十三

又同じ人が、

F様の奥様はほんとに好い御趣味の方でございます。わたくしはいつでも非常に注意してつくりますが、それでも時々どうかと思う様な物が出来上ることがございます。その時は、決して、よそ様で申します様に、「これは特によく仕あがりました。わたくし自慢の品、ぜひおおさめ下さいませ」などとは申しません。反対にこう申します。「どうも、こんな出来損いをしでかしまして。わたくし一代の恥でございます。お気に入りませんければ、いつでもおひきとりいたします」。そういたしますと、反っておなぐさめ下さいまして、それ程でもない、中々いいではないか、などと仰せになって、しまいにはほんとにお気に召してしまう様でございます。どちら様と云わず、皆様に喜んで頂くのが私共の商売なのでございまして、……ハイ。

と私に内緒話をしてくれました。

二十四

喜多六平太という能役者は、――

「石橋《しゃっきょう》」の能に、三つ台を重ねて、その上でとんだりはねたり獅子舞を舞うのがあります。重い装束と面をつけているので、これには中々危険がともないます。それについてこう言っています。「ああいうものは望まれたら舞うべきもので、自分で買って出るべきものではない。満座の中で怪我でもしたら取返しがつかない。だから、自分は舞わない」

望まれたら、能役者の責任として、死んでも舞ってみせるでしょう。が、満座の中でもし間違いがあったら、昔だったら切腹もの。今でも実際において、かりにも専門家にあやまちはゆるせないのです。

六平太が「三つ台」を舞わないというのは、一つの見識であります。立派な態度だと思います。

二十五

もう一つ。つづいてこういう事を言っています。

「山姥の山は際限のない山だということを、子供の時よく聞かされましたが、何の事だかさっぱり解りませんでした。年をとって来て、ようやく合点がゆきましたよ」

お能をしさいにみているとよく解りますが、ある能役者は、自分が山姥という一人格となり、「山又山、水又水」の偉大な自然の景色を、自分が眺めわたします。そうして見物に、山や水を目の前にあるが如くにみせる事に成功します。

又、ある人は、山姥なんか忘れてしまって、自ら山と化し、水となって、巍々《ぎぎ》とそびえ、とうとうと流れてゆきます。それが上手下手にかかわらぬ事が面白いと思います。

何れを主観、何れを客観とさだめましょうや。

二十六

ある人が、昔は（嘘かほんとか知りませんが）お茶室の畳は、お客の度毎にとりかえた物だそうだと教えてくれました。だから、お道具をじかに畳の上に置くのだと。

或はそうかも知れません。しかし、そうまでして、お茶会をもよおす気には（たとえ今の様な時代でなくとも）、なれません。昔はこうだったが、今はこれで我慢しておく、――そんな消極的なことならわざわざお茶などたてて呑む気にはなりません。習う気さえおこりません。

二十七

利休が若い頃、庭のそうじをしてうるわしくはき浄めた後、紅葉の木の葉を散らしておいた、というのは有名な話です。

一休和尚にも、漫画になる程多くの逸話がありますが、その中の大部分は、一休さんをたっぷあまりに、後世の人々の作りあげた話ではないかと想像されます。

紅葉の葉を散らした事は、ちょっと思うと東洋画の余白の様に、景色に余裕をあたえるものと見えるかも知れません。けれども、そうじのゆきとどいた庭はそのままで清らかに美しいのです。その上に、風にさそわれてひと葉ふた葉散りかかったのなら、そのままにしておきたいものですが、わざわざ木をゆすってまで散らす気は私にはありません。

もしそこまで凝るなら、紅葉の葉っぱの並べ方まで気にせざるを得ません。わざと落したのと、風がおのずから散らしたのでは、そのおもむきも違いましょう。それでは、余った力ではなくて、せい一杯の技巧です。私は、そんなにしてまで利休に背のびなんかさせたくはありません。

似た様な話で、ある時秀吉が朝顔を見たいと所望した時、利休はただ一輪を床の間に活けて、あとは残らず切りとってしまったというのがあります。似ている様ですが、これはぜんぜん違うと思います。

この一輪の朝顔は活きています。花を活けるという事は、そもそも人工的なことです。いわば庭をそうじする事と、花をもって床の間をかざるのとは同じ目的であります。しかし、紅葉を散らす事と、朝顔を全部切ることとは同じ様にみえて実はまったく別の行為です。

紅葉が自然らしくみせかけているに反して、切られた朝顔はまっこうから技巧をさらけだしています。だいたい、綺麗な庭に紅葉だけが散っていることがそもそも可笑しな話ですが、秀吉はかねて聞き及んだ利休自慢の朝顔が、まったく、自分一人の為に、惜しげもなく切られたことを何よりも満足に思ったに違いありません。それは利休のまことをしめしているからです。床の間の一輪に、利休の心をこめた志、彼のすべてがあるのです。かくして、一輪の花によって代表された朝顔のすべては成仏することを得ました。しかるに、紅葉の方は、単なるしゃれにすぎません。どうもって廻っても、浮ばれない、――そんな事どうでもいいと云えばそれまでですけれど、私は利休という人間を崇拝しますので、ついに一休さんと同じ様に、この話も他人のせいにしてしまいたくなったのです。単なる私の好みにすぎません。

二十八

紅葉を散らしたとか散らさなかったという事は、利休に聞いてみないことには結局解りません。それほどどうでもいい事なのです。もしかすると、才走った若気の至りであったかも知れないのですから。

芭蕉でさえ、若気のあやまちで、その若年の頃はずい分変な俳句も残している様です。しかしそんな事はあらさがしにすぎず、芭蕉の仕事は、晩年にあれだけの美しい俳句の数々を残したことで完成されているのです。利休の人間も、茶道を残したことで成仏したのです。ですから紅葉も、それから朝顔も、利休という人間とはまったく何の関係もないことです。

それにしても、人間は死際が大事、ということは、どんな場合でもそうなのだろうと思います。

二十九

ほんのちょっとした事でもおそろしい事はあるものです。

ほんのちょっとした、たとえば「も」が「と」とかわっただけでももう全部の意味ばかりでなく、芭蕉といった様な大人物まで、もう一度考え直してみなければならなくなるのはおそろしい事です。

一つ家に遊女も寝たり萩と月

その「遊女も」を「遊女と」と直したら、忽ち人生観まで変ってしまいます。この一句の意味は、華やかな花の様な存在も世の中にはあるだろうが、自分は淋しい秋を友として生きている、遊女は見えずただ萩と月がある、それでもそういう色々の物が一緒にまじって暮しているのが世の中というものだ、と云えば云える様な、孤独のあきらめがにじみ出ています。が、もしミスプリントで、「遊女と」になっていたら、萩も月も、狸までうかれ出て、芭蕉と一緒に踊り狂っている様なお祭気分になってしまいます。おかしなものです。

三十

嘘かほんとか知りませんが、夏目漱石は死ぬ間際に、「死ぬのはいやだいやだ」と言ってとうとう死んで行ったそうです。

そうかと思うと、極くふつうの人でも、立派に手を合せて心静かに大往生をとげる人もあります。

世の中はうるさいもので、漱石はやっぱり俗人だと云ったり、又反対に、それこそ人間らしい、と褒めあげたり。後者の場合も、立派だとほめたり、キザだとけなしたり、色々の事を言うものです。

けれども、考えてみれば人間が、死という一大事に直面した時、見栄も外聞もないでしょうから、きっとほんとの事を言うにきまっています。両方ともせい一杯なのだと思います。だから、どちらがいい等と言えるものではない、どちらもさもあらん、と思うばかりです。それにも関わらず、やっぱり色んな事が言いたくなるので困ります。

物の名も所によりて変りけり難波の蘆も伊勢の浜荻

こんな小さな事でも、その所々、その人々によって違うのです。また、

あらむつかしの仮名遣ひやな。字義に害ならずんばあゝまゝよ。

梅咲きぬどれがむめやらうめぢややら

この句をつくった時、蕪村ははたして何を考えていたことでしょう。などというのは、そもそも私の思いすごしかも知れません。でもそんな事は誰にも解りっこはないのです。

何れにせよ、あれがうめで、これがむめであろうとなかろうと、そんな事ちっとも構やしないのです、蕪村にしろ、私達にしろ、梅の花にしろ。

三十一

福沢諭吉の伝の中に、

「例えば赤穂義士の問題が出て義士は果して義士なるか不義士なるかと議論が始まる。スルト私

は、どちらでも宜しい、義不義、口の先で自由自在、君が義士と云えば僕は不義士にする、君が不義士と云えば僕は義士にして見せよう、サア来い。……」

とつねに言ったとあります。

義不義とでも何とでも、後世の人々がどんな理窟をつけようと、義士達は自分の信念を貫いた筈です。虹がかかれば美しくいろどられる空の様に、口先一つで忠臣蔵はどんな色にでもぬることは出来ましょう。その時々の流行色に。が、それも物によりけりです。虚空の如きたましいはいかなる事にも動じません。いかなる色をもよせつけません。

三十二

私達は、どんな偉い人でも死んだ人々は平気で呼捨てにしますのに、生きている人には何々さんとか氏とかどうしてもつけたくなります。これは大変おかしなことです。私達は、そんなにまで生きている人達に遠慮しなくてはならないのでしょうか。おそらくそうではありますまい。

私達のおもう芭蕉や利休や西行は、個人というよりももっとはっきりした、もっと大きな存在、一つのかたまりと化しています。それは、かつて生きていたそれ等の人々を、人間としてよりも、たましいとして見ているからです。

生きている人達は動いています。別の言葉で云えば、今はたとえ偉くとも、実際はまだ海の物とも山の物ともかぎらない、死ぬまではたしてそんなはっきりした物になるかならぬか解らない、非常に不安定な生きものにすぎません。ですから、むしろ呼すてに出来るという事は、それ程尊敬しているわけになります。さんとか氏とか云うのは、そうすると、敬語だかどうかあやしくなって来ます。

外国の人達、ニィチェとかジィドとかヴァレリィとか、それからこの頃流行のサルトルなどにも、私達はまさか氏とはつけません。それ程彼等ははるか彼方の存在です。私達にとってジィドが生きて居ようとヴァレリィが死んで居ようと大差はありません。我々にとって外国という所は、空と水とがより合う水平線のかなた、実に生死の境さえひょうびょうとした煙波のはてにあるのです。

日本人が、外国人の言う事なら何でも鵜呑みにするというのは、およそこの国始まって以来の習慣でしょうが、よく考えてみれば、私達の住む所は、世界のはてとも言いたい程の孤島です。私達は彼等の生きた（往々にして馬鹿げた）姿を街頭に見るべくもありません。たまたま訪れたとしても、それは旅先のよそゆき姿です。で、私達の知っているのは、よくも悪くも、ただ彼等の言葉、或はたましいだけ、ということになります。それ故に、又一方には、日本において、反って一般のフランス人よりも、ジィドやヴァレリィを精神的により以上理解している人が多いのかも知れません。よけいな物が見えない為に。

生きた人々を目の前に見て、その人々を考えようとすればする程解らなくなるものです。複雑な細部ばかりに気をとられて、精神はいささか混乱状態におちいります。友達の様に、よく知っている人はなおそうです。そういう場合、記憶だけにたよって考えたり書いたりする方が、よほど明確な印象をあたえもし、自分でもとらえる事が出来るものです。外国に行くと、日本の国の有様が、手にとる様にはっきり解るのと同じ事です。

三十三

恋は盲目と言いますが、相手の色々な事が見える様では、ほんとにほれては居ない証拠です。案外めくらには、私達の解らない事が見えて居るのかも知れません。

三十四

有閑マダムの恋愛遊びぐらい他愛のない、殆どこっけい極まる程罪のないものは有りません。あれは喜劇です。いや、悲劇です。

世の中には、そういう人達に対して目に角たてて怒りののしるたちの人が居ますが、私はむしろ両方とも気の毒に思います。とるに足らない程つまらない物も人も、そうざらにある筈はありません。真に美しいもの、或いはほれぼれする様に立派な人物がざらにない様に、まったくとりえのない人も極く稀にしか居ないのです。

それに、ほんとの所、人は皆有閑であるべきです。ひまがなくては出来ない事は沢山有り、閑をつくるのは褒むべきであるとさえ思います。

有閑人種の反対に、日本の農民ほどひまのない人達はありません。彼等は勤勉で、実に感心な人々です。けれども、あまりに早朝から夜おそくまで働く為に、疲れ切って殆ど何も考える事は出来ません。考えないから発達もしません。どうしたらもっと仕事が楽になるか、どんな機械を使ったらもっと能率があがるか、そんな事も解りません。つまり、考えないからひまがない。ひまがないから考えないと云った次第になるのですが、ついには習慣となって、雨とか雪とか、冬とか夏、又は病気の時とか、ひまのある日が来ても、寝るより他の事は出来なくなってしまいます。そしてひまがあるのは罪悪だとさえ思っている人達が多いのも事実です。そういう人達が物を考える事はおろか、健全な娯楽など知る筈もありません。農民に限らず、案外そういう人達は沢山居る様ですが、実は、彼等の嫌いな有閑人種と少しも違う所はないのです。貴重な時をどう使ってよいか知らない事において。

人は、忙しい時の方がどんなに気楽に暮せるか解りません。ひまをつくる事よりも、ひまをつぶす事の方がはるかにむずかしい仕事であるからです。

三十五

遊ぶことは働くことと同じ程むずかしい事です。いや、遊ぶことの方がはるかにむずかしいのではないかと思います。

遊ぶ事を知らない人は、遊ぶ時に、醜悪な、往々にして不健康な遊び方をしてしまいます。又、遊んでいるつもりでつい働いている人も居ます。何か理由をつけて、自分の遊びを意味ありげなものにしたくなる人もあります。

所きらわず大さわぎをしたり、ぼうじゃくぶじんに大笑いをしたり、馬鹿げた事をする人達がむしろ羨しくみえることさえあります。そして、「無意味に遊んではならぬ」などと、鹿爪らしい顔をする人達が反って馬鹿にみえたりします。

成人した大人にとって、世の中に遊びはなく、笑いさえもないのです。いくら遊んでも笑っても、それは真の遊び、心からの笑いではありません。しかし、その上に、ほんとうに悠々閑々と遊ぶ事の出来る大人が極く稀に居ます（居る筈と思います）。それ程遊ぶのはむずかしい事であるのです。

三十六

私の記憶に間違いがなければ、たしか正宗白鳥氏は、源氏物語は痴呆の書である、と断言されました。

それは、源氏物語がいいとかわるいとか、紫式部が馬鹿とか利巧とか云うことでありません。もっと本質的なことです。

ほんとうに、私の経験から云っても、寝られない時には、あの物語を読むに越したことはない様です。これもつまらないとか面白いとかいうのとは又別に、不眠症の方には特におすすめしたいものです。それも人に読んで貰うと尚更効果があがります。

昔源氏を私に教えて下さった先生は、大変に声のいい方で、いつも始めに一わたりいかにも美しく読んで下さるのでしたが、それは確かにいきなり分析的な講義に入るよりも、……いいえ、講義だけなら本だけ読んでも解ることです、わざわざ人に聞く事はないのですが、空で耳に聞く事によって、むしろお講義以上のよい教えになりました。それは蕩然とねむけを催させるものでした。若い私はただつまらないからねむくなるのだと思っていましたが、今から思えば、それこそ正に「源氏物語」であったのです。

三十七

光源氏という人は、既に、かつて生きていた一人格と化しています。宇治の名所に、浮舟の墓があると云って笑ったものですが、それなら、紫式部の墓がいくつかある、その中のどれか一つの他はすべて浮舟の墓と同じ様な存在です。しかも、その何れがほんものか解らぬとすれば、すべて浮舟の様にはかないもので、紫式部その人がたしかに居たという事実も、日記や物語を書いたと伝わるだけで、見た人は一人もないのです。そんな夢の様な、人間よりも、光源氏や浮舟の方がどれ程はっきりしてるか解らない、とそう思う、——それこそ、紫式部の思う壺なのです。

作者を離れて作中の人物が一人歩きをするという、芸術家にとってこれほど名誉なことはありますまい。ほんとは文学も他の芸術も、作者の名なんていらない。題だけあればいいんです。題だっていらない、けれど便利だからあるのです。自分でこさえたり、後から人がつけたりして、そして、しまいにはいつの間にかなくてはならぬ物と化してしまいます。

空中の楼閣といった様に、まるで何もない空に浮びあがる、——芸術とはそういうものだと思います。その楼閣のあらゆる窓から、作者の顔がのぞきます。源氏物語の、その建物の中からのぞいている、紫の上も薄雲の女院も、女三の宮も、六条の御息所も、すべては紫式部の分身であると言えます。そればかりではない、光源氏こそ正に式部その人です。

あらゆる女は、たとえ理想的に育てあげた筈の紫の上でさえ、源氏を満足させはしませんでした。完全なものではありませんでした。それ等は皆円満無欠の「源氏」をかたちづくる不完全な一部分なのです。すべての愛人をひと所に集めた六条院は、式部の築きあげた理想郷でありました。それが紫式部の全身であったのです。

結局、話は源氏物語ほど紫式部をよく物語るものはないという所におちつきます。紫式部は居なかったかも知れない、が、源氏物語の紫式部は千年のよわいをたもって今に生きて居ます。

地上の楼閣はいつの日か必ずくずれるものですが、空中楼閣は、そうは行かないものとみえます。

三十八

清少納言という女は、紫式部にこんなことを言われました。

「清少納言こそしたり顔にいみじうはべりける人。さばかりさかしだち、真字《まな》書きちらして侍るほどもよく見ればまだいと堪へぬこと多かり。かく人に異《こと》ならむと思ひこのめる人は、必ず見劣りし、行末うたてのみはべれば……」（紫式部日記）なんどと。

ただそれ故に私は清少納言の肩が持ちたくなります。ただそれ故に。

まことに、紫式部の仰しゃるとおり、清少納言は利巧ぶって、なまはんかの学問をふりまわし、おまけにお洒落で見栄坊なしょうもない女です。枕草紙は、つれづれ草によく比較されますが、ただスタイルが似ているだけで、これ程見当違いな事はない、ようするに、単なる趣味の書にすぎません。清少納言は大変に趣味のよい、感覚の鋭い、そして、機智に富む、文章のうまい人でした。けれど、それが何でありましょう。私達の小学校の読本には、「香炉峯の雪はいかに」と聞かれて、すかさず簾をかかげて得意になっている一段がのっていましたが、そんな事は只のあそびです。それから、清少納言が犬を可愛がったからとて、心のやさしい人と感心してみても始まりません。相手が人間であるにしろ、弱い者を哀れむのはまったく自然の人情なのですから、特に清少納言だけがそうであったのではなく、人は皆そうあるべきです。又、

「あてなるもの、薄色に白がさねのかざみ。かりのこ。けづり氷《ひ》のあまづら入れて新しきかなまりに入れたる。水晶の数珠。藤の花。桜の花に雪のふりかゝりたる。いみじううつくしきちごのいちごくひたる」

この感覚。この美しさ。成程そうには違いありません。しかし、ただそれだけの事です。そして枕草紙をひもといて読んでゆく中に、私は何だか悲しくなってゆきます。道隆や道長や行成や斉信や、当時一流の才能のある大臣上達部を相手に、毎日毎日、月よ花よと浮かれまわっている、――ほんとうに人の一生とは、きっとこの様にはかないものだろうと思います。それから又、

「蘭省の花の時錦帳の下」

末はいかにいかにとせめられて、とっさの機転で、

「草のいほりをたれか尋ねむ」

と、しかも消炭でもって書いて、大そうめでられ自分でもうれしがり、「草のいほり」という仇名まで頂戴して本人大得意になっている、その一さわぎが終った後で、どれ程空虚な淋しさが彼女の上におそったことでしょう。始めたからには、この芝居は止められない。才女として名の通った清少納言は、自分の存在を自他ともに認識させる為に、あらゆる機会を逃さずはずさず、一生芝居をつづけなくてはなりませんでした。遊ばなくてはなりませんでした。それが、彼女の「生活」だったのです。

清少納言は実に淋しい人間であった。その淋しさをまぎらわす為にしじゅう何かでごまかして

いなくては生きて行けなかったのです。今鏡に、

「かの皇后宮の女房、肥後守元輔と申すがむすめ、清少納言とて殊になさけある人に侍りしかば、常にまかりかよひなどして、彼の宮のことをもうけ給はりなれ侍りき」

とあります。定子中宮が、御父道隆の死、御兄伊周の左遷、ついで道長が実権をとるに及び、次第に中宮の周囲にはようやく秋の風が吹きそめました。わずか一、二の、それもあまり頼りにならない人達が御うしろ見をするばかりで、道隆華やかなりし頃の面影は跡をとどめず、中宮は実に淋しい孤独の生涯をつづけられたのであります。その中に清少納言一人、最後までお傍を離れず仕えまつったのでした。しかも、中宮が華やかであった頃には、敵方の道長のともがらととやかく噂のあったその人が、実にその人が、最期まで一すじの変らぬまことをささげたのです。

　私は涙なくして枕草紙を読むことは出来ません。

　清少納言は世間に云う教養のある婦人でありました。枕草紙は、いわゆる教養とか趣味とか名づけるものが、どんなにはかない物かをしめします。そんな物はあってもなくてもいいのです。あったらライフはほんの少しばかり面白いかも知れません。ほんとに枕草紙は面白いと云えば面白いのです。始めからしまいまで。

「檳榔《びろう》毛はのどかにやりたる、いそぎたるはかろ〴〵しく見ゆ。あじろは走らせたる、……」

など、今は見る事の出来ぬ牛車《ぎっしゃ》ではありますが、それだとてただ牛車が自動車、そして遠からず飛行機となるまでのこと。

「ロールス・ロイスはのどかにやりたる、いそぎたるはかろがろしく見ゆ。スポーツ・カーは走らせたる、人の門より渡りたるをふと見るほどもなくすぎて、ガソリンの臭ばかり残れるを誰な

らむと思うこそおかしけれ」

と飜訳して読んだら結構ひまつぶしにはなります。けれど、清少納言のよさはそんな所にはないのです。趣味の高さにも、繊細な神経にもなくて、中宮定子へのまことの心、——ただそれだけです。

彼女はつねに、

「すべての人には一に思はれずばさらに何かはせむ。唯いみじう憎まれ悪しうせられてあらむ。二三にては死ぬともあらじ。一にてをあらむ」

とタンカを切って居たと枕草紙にあります。これ即ち紫式部にきらわれた一の原因です。しかし、これこそほんとうに清少納言らしい、いかにも彼女ならでは言えぬ事と私は思います。一と定めてお慕いした中宮を、二、三と思う連中に見かえる事は清少納言の潔癖がゆるしませんでした。又、自分を一と思われた御主人を見捨てる事もたえがたかったのであります。そうして利巧な紫式部が、石山寺に落着いて、じっくり腰をすえて古今の大小説に筆をそめているのに、馬鹿な清少納言は、しゃにむに中宮の方へはせ参じ、中宮の崩御とともにどこかへ消え失せてしまいました。

清少納言の最期は解りません。ただ、世に流布された伝説には、零落の後、殿上人がとある破れ屋の傍を通りすぎた折、その家の中から、簾をあげて鬼の様な姿をしたいとおそろしげな女がさしのぞき、

「駿馬の骨をば不レ買やありし」云々と言ったと伝えられます。単なる作り話に違いはなさそうですが、「一に思はれずばさらに何かはせむ。唯いみじう憎まれ悪しうせられてあらむ」と言っ

た人間にとって、さも有りそうなことです。

腐っても鯛、といった様なこの気魄。私はほんとうに清少納言が大好きです。それにも関わらず、彼女は馬鹿でお洒落で、枕草紙はつまらない、と思う事に変りはありません。

三十九

中宮定子という方は、大変ロマンティクな存在である事は今更言うまでもありません。御自身でことさら何も書いて残してはいられませんが、色々の物語を読んだだけでも、日本の歴史を通じて、ほんとうに円満に、すべてを備えた美しい女性と云ったら先ず第一にあげたくなるのがこの中宮様です。

枕草紙にえがかれてある中宮とは、たとえばこの様な方でありました。――

御乳母が日向へ下る日に、お餞別に給わった扇の片方には日が赤々とさした絵、又片方には、京の都に雨が降っています、その上に、

あかねさす日に向ひても思ひいでよ都は晴れぬながめすらむと

と自ら書いて給わった程哀れの深い方でありました。その頃めのとが主を捨てて遠国へゆくのはよくよくの事で、一書には、「見捨てまゐらするにや」の言葉がそえてあるのさえある程で、清少納言は、これをいたく歎いて、「さる君をおき奉りて遠くこそえいくまじけれ」と悲しんで居ます。

たとえばこの中宮は、清少納言が敵方の道長とも親交がある事を朋輩が告げ口しても、そんな事は聞流しになさいます。そういう気まずい事件がおきると、やんちゃな清少納言は直ぐ里にか

えって参内しなくなります。すねて、ふて寝の形をとるのです。そんなに我儘なだだっ子を、中宮は慈母の如くやさしくなだめて下さいます。ある時は、とびつきたくなる様な美しい紙筆のたぐいを給わったり、ある時はお歌であったり、ある時は、くちなし色の山吹の花のひとひらを紙につつんで、「言はでおもふぞ」（くちなしにして、の意）などと仰せになったり、至れりつくせりの情をおしめしになります。その度に、強くてもろい清少納言はころりと参ってしまい、それ程信じて下さるのがうれしく忝けなく、まるで子供にかえった様な無邪気な気持で、中宮のお膝もとへ甘えにかえって来ます。

　しかし、中宮はそこで手をゆるめる様な方ではありません。宮中へ戻っててれ臭いので清少納言がかくれているのをお見つけになると、「あすこにいるのは見かけぬ者だが新参者か」と冗談を仰せられて、清少納言の為に切っかけをつくって下さるまで至れりつくせりで、今の言葉で言えば、苦労のたりた人、の一言につきます。

　又ある時は人々大勢居並ぶ中で、ひそかに小さな紙片をお渡しになり、何か御用かと急いで開けてみると、

「思ふべしや否や。第一ならずはいかゞ」と書いてある。例の「一にてをあらむ」とつね日頃言っていた事を御存じの上での御たわぶれ言なのですが、大勢の前でかかる御言葉をたまわるうれしさ。清少納言の得意やおもうべしです。あまりのうれしさに清少納言は、いつもの人を人とも思わぬ態度にも似ず、「九品蓮台の上には下品といふとも」などと小さな声で大そう卑下して答えます。すると中宮はすぐ追っかけて、相手によって一におもわれようなどというケチな根性は止したがいい、

「第一の人に又一に思はれむとこそ思はめ」と、胸のすく様なトドメをさされるのですが、これには清少納言ならずとも、かかる君の為ならば、と誰しも思うにきまっています。

が、世の中の人の心ほど信じがたい物はありません。ひきつづいての御不幸に、ついに中宮は道長及びその御女、彰子皇后をはばかって心ならずも緑の御髪をおろして、日に日にうとくなり行く人々を見送る様な淋しい境遇となられました。しかも、人目をさけて帝の御寵愛は前に変らず、尼の御身として御子をあげられるに至った、その御心の内ははかるべからざるものが有ります。

枕草紙だけ読んだのでは、清少納言一人が御ひいきの様に見えますが、必ずその人々その時々によって、かかる御恩情をたまわったに相違ないことは想像がつくことで、いかにも美しく優しい典型的な「一の御方」であった事にうたがいはありません。

人間が人間を知るのは、一人で結構なのです。中宮があの様に自由自在にやりにくい清少納言をあつかわれたのは、ひとえにその人間が底の底まで見えたからです。その一事だけとってみても、中宮がいかに人間として完成された方であったかという事は解ります。清少納言は、枕草紙の中に、筆にまかせて自慢話ばかり書きつらねながら、思わずもこの中宮の人間的な偉さをしるしてしまいました。枕草紙が、中宮定子の頌徳記と云われるのも当然です。この方がおわしまさずば、清少納言も居ないのです。枕草紙も、あらゆる意味で、中宮のおつくりになったもの、と云っても過言ではありますまい。心ゆくもの、うつくしきもの、あてなるもの、心ときめくもの、めでたきもの、すべては中宮の物であり、すべては中宮の事なのです。

清少納言のゆめは、この中宮でありました。それが彼女の信仰であり、その御姿は神とも仏とも映じたことでありましょう。この主従の間があの美しさ、その信仰の心の深さ、――枕草紙は、中宮の頌徳記であることにおいて美しいのです。

四十

最近、安田靫彦先生を久しぶりにお尋ねして、色々面白いお話をうかがい、非常にたのしいひとときをすごしました。その折の先生のお話に、画家の立場からみて、――

平安朝という時代は、何事も女性的に繊細に繊細にとはしり、弱々しい文化といった様な感を人にあたえ、又従来そう云われもしたが、自分は決してそういう風には思わない。成程部分的には模様も微細をきわめ優美にはなっているが、全体としてみる時、決してそんな末梢的なものではない。それどころか、非常に自由で雄大であるとさえ思われる例が沢山ある（そこで先生は建築とか太刀とか絵画の例の数々をあげられました）。たとえば道長といった様な人でも、物語をよむと、歌などばかりよんで遊んでくらしている様に見えるが、実はそうではなくて、もっと大きな人物であった様に思われ、どうしてももう一度研究をして、再認識する必要があると思う。と言われました。

ほんとうに、今の様に、あらゆる物に一大変化がおきる時代には、古きも新しきも、すべては新しく見直さねばならないのです。過渡期、と人は呼びますが、実はよく考えてみれば、いつの時代でもその時々で新しいには違いないのですから、人間は、いつでも、どんな時代でも、過渡期を生きている、という事も出来るかと思います。

平安朝も、その意味で、完成の極にある一時代であるとともに、貴族から武士の文化へうつり変ってゆく、一つの過渡期であります。既に、源氏物語、栄華物語、枕草紙の出来た時は、貴族の文化はほんの少しくだり坂になっていると見る事も出来ます。望月のかけたる事もなし、などと思うのもその一例で。たとえば光源氏のあまりに円満無欠な性格といった様なものには、たのしさよりもむしろ物のあわれを感じます。平安朝のあわれとは、ものさびしい感じよりも、満ちたりたものにつきまとう「真昼の倦怠」の様なものを思います。あまりに幸福である人が、反って不幸である様に。

それより以前の天平の文化は、華々しくともそれ程洗練されては居ませんでした。すべては外に向けて放射的になされ、天皇と人民の間柄も、宮廷と民衆の差別も、文化人と非文化的人種の区別もまだそれ程ついてはいません。万葉集には、天が下知ろしめす、時の帝の御うたとともに、防人も賤女も、東人も遊女も参加しました。衆生を救う為の奈良の寺々は、ただ天皇のみの為ばかりではなく、日本国中の人民の為に建立されました。やがてみかどが広い大和からせまい京都にうつられるとともに、宮廷という一つの社会が出来上り、内と外とは完全に遮断され、文化はただ内のみにおいて発達して外とは何の関係もない非常に圧縮されたものとなりました。

物が発達する時は、いつでも、何の場合にでも、この様なかたちをとらずにはおきません。しかし、その為に世界はせまくなるでしょうか? 決してそうではありません。何故なら、当時においては、宮廷が世界であり、大宮人がすなわち大衆であったのです。そして、日本中のありとあらゆる所から、人間も物も、すべてはみやこの、そのみやこのなかの宮の内に集められました。其処には、何一つとして美しい物以外にはなく、誰一人文化人でない人間は居りません。その様な温床において、文化はいやでも発達しないでは居られません。何か一つ、たとえば絵が一枚出来上るとします。するとそれは忽ち俎上にのせられ、一流の人々の批判を一時に受けるわけになります。これでは芸術家もよくならざるを得ません。そして、次から次へ新しく出来る色々の美しい物にふれては、人々の眼はいやが上にも肥えざるを得ません。そうして、鑑賞家は芸術家を育て、芸術家は鑑賞家をつくって行ったのです。

藤原時代に、天平ほどの仏像の傑作がないことも不思議ではありません。この様に集中的な、そして求心的な文化は、外へ向って救いの手をさしのべる仏を必要とはしませんでした。そうして仏像は工芸美術化し、美しい浄土をおもわせるに足る一つの形式的存在と化したのです。ということは、多くの原始的民族がそうである様に（現代の原始的人種もふくむ）、ただ神々や予言者に向って祈るより他のすべを知らなかった幼年時代をすぎて、始めて自らの人間を認識し、単独で徳を発見する力を得た、青年期に達した様な時期であります。そういう意味で、未だこの時代はみずみずしい、若さの盛りであるのです。

色々の物語を読むと、何につけても「今様」という事が持て囃されています。何でも新しいのがいい。すなわちモダニズムです。姉の大姫君が内へまいり、ついで妹の君達があがる、その間は僅か四、五年、多くて七、八年しかない筈です、その短い期間に、姉が自分の調度程今様な物はないと信じていたのに、妹の仕度はそれにもまして珍しく新しく、どうしてこんな美しい物が出来るのか、と讃嘆する場面が方々にみえています。それ程この時代はあらゆる意味で若いのです。

「桜の直衣のいみじくはな〳〵と裏のつやなどえもいはずきよらなるに、葡萄染のいと濃き指貫、藤の折枝おどろ〳〵しく織りみだりて、紅の色、うち目などかゞやくばかりぞ見ゆる。しろき、薄色など、下にあまたかさなり、……」

これは枕草紙の中の一描写であります。それがすでに今鏡ではこの様に変ります。

「あるは五つにほひにて、紫、紅、もえぎ、山吹、すはう、二十五重ねたるに、うちぎぬ、うはぎ、裳唐衣、皆かねをのべて紋におかれ侍りけり。あるは柳さくらをまぜかさねて、上はおり物、うらはうち物にして、裳の腰には、錦に玉をつらぬきて、『玉にもぬける春の柳か』といふ歌、『柳さくらをこきまぜて』といふ歌の心なり」

文章も、趣向も、色も、着物も、すべてはかたく、すべては窮屈に理窟っぽくなり果てました。藤原時代の、なれた衣《きぬ》の様になだらかで自然な人の心も、この様にうるさく複雑をきわめてゆきます。そして、やがて溌剌とした健康にあふれる武士がおこり、破れ、おこっては又破れ、長い間そんな事をつづけてゆきます。

鎌倉時代に武士がおこったのは、健康そのものの天平への復活とも見れば見る事ができます。その意味で歴史はいつもくり返しにすぎない様ですが、実は決してくり返すものではありません。表面はその様に見えても、一度おこったことは二度と再びおこりはしません。たとえば、文化の中の一事をとってみても、徳川時代に浮世絵の様な町人の芸術が生れたという様なことも、実は、きものでも文章でも人の心でも、やわらかかったのがかたくなり、不自由になり、更に人間を束縛し、その苦しい拘束の中から、はじめて生れ出たものであります。

おもえば、現代の私達は、生れた時に既に老人であるのです。即ち畸形児です。その私達が、平安朝の昔をふり返ってみて、完成されすぎているとか、不健康な貴族趣味とかいうだにおかしな事です。今、十年前の物、あるいは五十年前の物と現在あるものとの間に、私達はどれ程の差違をみとめる事が出来るでしょう。便利な物はふえました。が、美しいものはへったのです。そして、日本だけではない、世界中の人達が、文明という重荷をしょってこの世に生れ、又生れつつあるのです。ほんとうにこの時代は、atomic age と呼ばれるにふさわしい、華々しくも危険な時であります。

そして、人間は生きている間は、いつでも中途半端な、あやうい、過渡的人種であるのです。

四十一

同じ時、安田先生のお話に、日本人にかけているものは素描の力である、と言われました。外国人と日本人の根本の相違というものは、ほんとうは想像もつかぬ程かけ離れたものであると私は思います。そして、本を読むにつけ話を聞くにつけ、よほど注意してかからぬととんでもない思いちがいをする事があります。たとえば、——

梅原画伯の書かれた、フランスの思い出の中に、「絵画はつねにタムペラマンでもって描かねばならぬ、ただそれだけが必要だ」とルノアールが言ったという意味の言葉があります。

芸術家の梅原さんには、このルノアールの言は私達が感じるよりも、もっとピタリと直接にふれたに違いありません。そしてその通りにお書きになったのですが、我々しろうとがそれを読む場合、うっかりすると、絵を描くにはタムペラマンだけで後は何にもいらない、という意味にとらぬとも限りません。ルノアールには、何百年の絵画の伝統があり、梅原さんも長年の油絵の技術をお持ちです。ところが性急な私共は、その言葉を文字どおりとるおそれが充分にあるのです。そうすると、大変な間違いがおこります。

素描は、いわば絵画の骨とも云える様な、地味ではえない仕事です。しかも、油絵に向う場合、何としてもまず目にふれる物は色であり、まず描きたいものも色であります。それは、私達が結果だけを見て、その背後にある地味な生活、長い長い歴史を忘れる様なものです。この飛躍には大へんな危険がともなうと思います。何につけ。……

もし素描に力を入れるなら、色も自然に見えて来、解っても来ると私は信じます。もちろん、私は、絵を描くことなど考えても居りませんけれど。

四十二

世の中は、持って生れた性格、――たとえば情熱といった様なものだけで渡るわけにゆかない事は誰でも知っています。

けれども、それだけでも、立派に生きて行く事も、いい物をつくる事も出来ると思います。ようするにそれは分量の問題です。

もし生得の情熱がほんとうに強いものなら、人は冷静に素描的な技法を勉強するでしょうし、役者はわき目もふらずに型の練習をはげむでしょう。又多くの、他人の目には無駄な様に見える事もしてみるでしょう。

ただ東洋人と西洋人が違うばかりでなく、私達一人一人もまったくの赤の他人なのですから、それぞれ異る立場から物を見ているわけになります。が、私達はよくそうした事を忘れます。忘れても構わないのですが、たまに思い出してみる必要はあると思います。相手の人が、何処に立って、どの位の高さから、物を言っているかという事をすばやく見てとる練習をつむ事は決して無駄にはならないと思います。

四十三

藤原時代の宮廷といった様なせまい場所では、お互いの摩擦も多いかわりに、それによって急激に発達もし、共存共栄するわけになります。

ある日、私は草取りをしながら、そんな事を思い、又こんな事を思いました。——わずか一反か二反の畠でさえこんなに草取りに苦労をしなければならないのなら、一哩も二哩もつづくアメリカの畠ではいったいどうするのだろうか、と。

そこで私は、想像もつかないので、何か便利な機械でもあるのかと思って聞いてみましたら、実に、アメリカの様にとんでもなく広い畠又畠がつづく所では、はじめたがやして手入れをした後は、草など殆ど生えないのだそうです。草の種がとんで来ないからです。

大陸の大きさというものは、私の様に長い間アメリカで暮した者にさえ、想像もつかぬ程広いのです。ほんとうに、はてしもなく広い所であるのです。

四十四

外国語では否定はどこまでも徹底的に「ノウ」でもっておし通しますが、日本語では、否定を肯定する意味で、「イエス」と言います。その為にとてもおかしな間違いがしばしば生じます。

これは、サンフランシスコ埠頭における一風景であります。

税関吏（葉巻を噛みながら）「何か税のかかる物をお持ちかね？」

日本人「ノウ」
税関吏「ノウ？」
日本人（得々として）「イエース」
税関吏（びっくりして）「イエース？」
日本人（断乎として）「ノウ」
税関吏（いらいらして）「ノウ？」
日本人（もっといらいらして）「イエース」
ｅｔｃ……

かくて税関の官吏はからかわれているのかと思ってカンカンになります。日本人は、痛くない腹までさぐられて、ひどい奴、と言って大いにふんがいします。

小さな事ばかりでなく、大きな事でも、目に見えない事でも、こういう間違いは、思ったよりずっとしばしば起っているのかも知れません。両方とも解りようもないために。

英語が出来ればこんな事はわけなく解決します。けれども、いくらべらべらしゃべれても、それで外国人が理解できるとは限りません。むしろ、どんなに我々日本人が彼等と違うものであるかと知る事の方が先決問題だと思います。習ったら出来る様になる言葉なんてものは、たまに便利である以外に何の用もなしはしません。

四十五

これは私の父が、昔、薩摩藩の示現流という剣術の師範家であった東郷という方に直接聞いた話ですが、――

その東郷家の先祖、即ち示現流の元祖が、昔島津の殿様について江戸へのぼった参勤交代の帰途に京により、鞍馬山に住むある偉い坊さんに会ってはじめて剣道の奥儀をきわめました。その時、坊さんはたったひと言こんな事を言ったそうです。

敵が大上段にふりかざし、その太刀が自分の頭に落ちてくるまでの時間というものは非常にゆっくりしたもので、扇子一本あれば必ず受取める事が出来る筈である、と。

又、先日ラジオの野球の座談会で、たしか有名な川上という人だったとおもいますが、「球を打つという事は自分にとって何でもない。ボールが目の前でピタリととまってくれるから」という様な事を言ったと、誰かが私に話してくれました。

四十六

難しい本を読んだり、面倒臭いことを考えたりするよりも、お伽噺の方がどんなに面白いか知れないと思う時もあります。

中でも、竹取物語は殊に面白いと思います。国木田独歩はこの物語を読んで慟哭したと申します。何故だかそんなこと私は知りません。けれども、私には私なりにいつも面白いと思って読んでいます。

竹取物語は、美というものを、最も単純にしかも解りやすく説明すると思います。大そう複雑なようでも、実は非常に単純なものが美であります。よく「素樸な美しさ」などと言いますが、世の中に複雑な美というものは有り得ないのです。それは、正身正銘の純金にどんな細工をほどこそうと、金の本質に何の変化もあたえはしないのと同じ事です。

誰も知るとおり、かぐや姫は、この世の空気にふれた事のない竹の真空の中から生れ出ました。この清浄無垢な姫君は、人間の形はしていても、人間とは何の関係もない、非現実的な存在です。それは、「三月ばかりになる程によき人」に育ち、「家の内は暗き所なく光満ちたり」といった様な、妖しくも美しい変化《へんげ》でありました。そうかと云って、神や仏ほど完全なものではない、人間と神様の中間の、空を飛ぶ天人の一人であったのです。

最後に、昇天する時、迎えにおりて来た朋輩の天人達の言葉によれば、姫は天界において、「罪をつくり給へりければ、かく賤しき汝がもとにしばしおはしつるなり。罪のかぎり果てぬればかく迎ふるを……」といった様な次第であります。ですから、この姫は、竹取の翁には様々の善をほどこしましたが、いつ何時どんな悪をもたらさないとも限りません。殊に人間の間においては、かくも妖しい美しさにみちみちた物は、一度とっついたら離れないという、悪魔的存在にならないとも限らないのです。

現にかぐや姫は多くの人々の執着となって人間を苦しめました。もろもろの大臣公達、はては帝におよぶまで、「貴なるも賤しきもいかでこのかぐや姫をえてしがな、見てしがなと、音にきゝ、愛でまどふ」のでした。そして、ついには、多くの人々に癒ゆることなき悲しみを与える結果に終るのですが、それはかぐや姫の関する所ではありません。何故なら、彼女は、たとえば一輪花の如き非情の精なのですから、人情も涙も持合わせて居る筈はありません。彼女には執着も妄執も迷いもありません。私は殆どかぐや姫の顔の表情さえ想像がつく程の気がします。それはおそらく、何の目的も望みもないといった様な、抽象的な、うつろな美しさでありましたでしょう。その放心状態の、きわめて無表情な涼しい顔で、「惑ひありけども何のしるしあるべくも見えず、云ひかくれども物ともせず」手をかえ品をかえ言いよって来る男共を、風に柳と受けながしていたのです。

この美しいものの周囲をいたずらにさまよう人々の姿を、作者は残酷なまでにえがいてみせます。才能ゆたかな大宮人も大臣も、誰一人弱い女のかぐや姫をどうする事も出来ない。何とかしようとして、皆馬鹿なことをしてしまうのです。つまり人間の世界には何一つ美しいものはない、……色慾、競争意識、嘲笑、ありとあらゆるインチキ。それがもたらすところの死。これ等悪魔的な物にうずめられた地上には、かぐや姫のほか、美は存在しないのです。しかも、ついにみかどの勢と力をもってしても、この美しいものを地上にとどめおくすべはなかったのでした。

あらゆる人力を尻目にかけて月の都へ還ってゆくかぐや姫。永遠の処女たる美の女神は、いつもこの様に、ふと現れては消えてゆきます。去りゆく姫を追っておろかな翁は老のくり言をくり返します。

「この世の人は男は女に婚ふことをす。女は男に婚ふことをす。その後なむ門も広くなり侍る。いかでか、さる事なくておはしまさむ」

するとかぐや姫は、

「なでふさる事かしはべらむ」

と木に竹をつぐ様なそっけない挨拶をします。求めても、祈っても、泣きついても、いつも一人で、いつも几帳の蔭に身をかくし、いつも返事は、「なでふ事かしはべらむ」そうして最期につかまりそうになると、ひらりと身をかわして空へのぼってしまう。……現代のいわゆる美学と称するものは、竹取物語の作者に見事翻弄されているかたちです。そうして、竹の如く清らかな、竹の如く空なるものにあこがれて、つきせぬ思いを燃やしつづける、人間は、千年を経た今日でも同じ事をくり返しているのです。

八つか九つの頃、はじめてこの物語を読んだ時、ほんとにかぐや姫はナンテひどい人だろうと思ったことでした。ほんとにかぐや姫はひどい人です。つれない人です。私はその頃からちっとも変ってはいないのです。おおかた生れるずっと以前から。……

私は空をあおぎ竹をながめ西行法師のうたをくちずさみます。

風になびく富士の煙の空に消えてゆくへも知らぬわが思ひかな

四十七

孫悟空も又面白い人間です。(猿ではありません)

フランス語に、enfant terrible というのがあります。字引をみると、手におえぬ奴とか、もてあまし者とか書いてありますが、それはそうに違いはなくとも、ただそれだけのものではありません。enfant（子供）とはいうものの、実は大人も大人、ふつうの大人よりずっと生意気なのが、enfant terrible です。そして私は、この言葉にあてはまる存在として、孫悟空以上のいい例を知りません。

誰も知るとおり孫悟空は自由自在な人間です。「身を震わせると三頭六臂となり、或は十二頭三十六臂となり、如意棒を三条、十二条に使いわけ、おめき叫んで戦えば、さしもの雷将も光りを消し響を失い、あわや上天も破壊されるかと思われた」——これは田中英光さんの『我が西遊記』の中の一節です。（実は無学な私はまだほんものの西遊記をよんだ事はなく、探したのですが見つからないので、止むなく田中孫悟空でまにあわせたのですが、さりとてそれは中々面白く下へも置かずに、ただひと息によみ切りました）

そんなに仙術を知っていて強いにも関わらず、縦横に智慧がまわって利巧であるにも関わらず、彼は実に哀れな動物です。つまりは猿であって、人間とは言えないのです。

ついに、あまり悪戯がすぎた結果如来の怒りを買い、ある山の頂きの岩のもとに封じこめられるのですが、そうしてすべてをあきらめざるを得なくなった時、彼は翻然としてさとります。そして、こんな感想をもたらします。

「俺みたいなもんにゃ、反ってこの方が気楽だな。それにね、こうやって考えてみれば、俺が今迄がつがつ貪っていたものは、智慧だとか、道だとか、術だとか思っていたが、実はみんな迷いだったんだねえ」と。

かくして孫悟空は、自分が猿であり、自分の智慧はことごとく猿智慧であったことを知ったのです。そして玄奘三蔵のお供をして、はじめてここに西遊記の旅がはじまるのですが、この前と後の部分では、孫悟空はまったく違うものです。はじめは猿であったが、猿と知ったその時から彼は人間になったのです。三蔵についてからも、まったく同じ様なしようもない悪戯者ではありますが、根本において、彼はまったく変ったのです。否むしろ、妙にとりすましてしまったのでは、それではまったくただのメッキにすぎなかったでしょう。

私はこの有名なお伽噺をここにくり返す気はありません。それに、孫悟空はあんまり色々な事をするので、殆ど覚えても居りません。しかし、ここにたった一つ忘れぬ一場面があります。それは、この極く最初の巻で、大失敗をやらかし、その為に如来の怒りにふれるところです。
ある日釈迦如来に出会った孫悟空はこう言います。
「強けりゃ、利巧なら、この世は何とでもなります」「汝は強いのか。利巧なのか」「へえ、そりゃ、もう世の中に何一つ自分の思う様にならない事はないので」この時如来はしずかに御手をしめされ、「それでは汝はこの掌をとびこす事が出来るかね」「何でえ、馬鹿言っちゃいけねえ」と、忽ち孫悟空は呪をとなえ雲をおこし、月光の河中を泳ぐ海月の様にどこ迄もどこ迄も漂って行くのでした。

空又空、雲又雲。ちょうど大洋のまっただ中にただよう時、わずかに船が動いているとおもわせるのはただへさきを嚙む浪の音のみである様に、いわんや雲上においてをや、です。其処において孫悟空はまったく生死を超越した絶対の境地を夢みるのでした。青く透明な空《くう》の中にただ一人。これではいかに孫悟空と云えども、常の様にたしかな「我」を認識するわけにはゆきません。今、すんでの事に虚空の中にのまれて終るのではないか、という異常な圧迫と緊張をおぼえたその瞬間、おそろしいとも淋しいとも何とも言われない気持で、悟空は生れてはじめて、思わず仏に救いを求めます。と、突然目の前に、桂の大木が五本、山の如くそびえ立つのが見えました。「ははあ、ここが宇宙のはてだな」と思って彼は、「一本の毛を抜いて筆に変じ、唾を化して墨汁となし、真中の桂に悪筆を揮い、斉天大聖到レ此一遊とみみずをのたくらした瞬間」ふと夢はさめて、どかんと如来の前に尻持ちをついたのです。

すっかり亢奮しちまった孫悟空は、それでも一生懸命威厳をたもって、「エヘン、俺は宇宙のはてを見て来たぞ。嘘だと思うならちゃんと名前まで書いてきたんだから」と、空えばりの景気をつけてふと如来の慈顔を見上げた。その時、如来は静かに哀れみの御手をさし出され、「これを御らん、孫悟空よ」とのたまうので、はっと思って見ると、その御手の中指の先に、今しがた宇宙の果で自分が書いて来たばかりの小さな小さな字が、まだ墨の色もかわかぬままに、おかしく、みにくく、悲しく、残されているのでした。

そのまま孫悟空はその場を去らず、広大無辺の如来の手の中ににぎりつぶされてどこかの山の頂に封じこめられてしまうのです。この時の孫悟空の醜態はあまりにもみじめです。が、enfant terribleとは正にこの様な存在なのです。生れてから死に至るまで、箸にも棒にもかからぬしようもない奴で、しかし最期には、何物をも捨て給わぬ仏の御手にひかれて大往生をとげ、めでたしめでたしとなるのですが、……

何れにしろ、長い長い西遊記の物語を読んでいると、少々うんざりする気味なきにしもあらずです。

四十八

京都の同志社にアメリカ人のミス・デントンという宣教師の御老人が居られます。その方がいつも言われるには、

「自分はキリスト教を広めに日本へ来たのではない。宗教を教えに来たのだ」と。

そして戦争中も、あのきびしい迫害の中で少しも動ぜず、決して故郷に帰ろうとはなさいませんでした。しかしある時、ふと私は、いよいよデントンさんもアメリカへ帰るそうだ、という噂を風のたよりに聞きました。御自身の意に反して無理に送り返されるのかとも思いましたが、事

実はそうではなくて、あの当時は日本から一人返せば一人返されるといった様な条件になっていたそうですが、それを聞いてデントトンさんが言われるには、「わたしは日本の土になりたいが、もしわたしが一人アメリカにかえれば日本人が一人多く日本に帰ることが出来る。だから自分はかえることにした」と決心されたと聞きました。私は、この慈悲の心に涙を流しました。老いた人間のミス・デントトンではない、この観音様の様な美しい姿に、私は、心から手をあわせます。

デントトンさんは船の都合でついに帰国はかなわず、今もなお九十の老齢をもって京都にずっと住んでいられます。この様な人こそ、国境を越えて、私達にとって、大事な大事な方であると思います。

追記　「あのきびしい迫害の中で少しも動ぜず」と私は書きましたが、後で聞いた所によれば、世話になった京都の人々、それから警察までが、戦争中もまるでオフ・リミットといった工合に、極力ミス・デントトンだけは守ってあげた、といううれしい話を聞きました。私は、今更ながら、「信」の強さをおもいます。あんなに気狂いの様であった我々日本人の心さえ動かす事の出来た信の力というものを。

昔、ミス・デントトンがしばしば上京される頃、よく私はお目にかかりました。既に私が知った時から御老体でしたが、汽車はいつも学校から二等の旅費をあたえられるにも関わらず、いつも三等で、ホテルも悪い部屋で我慢して（我慢ではなかったかも知れませんが）、その差を学校に寄附されて居たことを知っています。そして自分は、汽車に四等があったら、四等に乗って来るものを、とさえ言われました。

今はどうか知りませんが、京都の同志社は、電車の停留所と停留所の中間にありました。足のあまり自由でないデントンさんは、学校の門を出たところで、よくハンケチをふって、あたりまえの事の様に電車をとめて乗られました。そして、疲れた時など、若い男に、「あなた、立ちます。あたし、坐ります」と言って平気でした。若い頃には、まだそういうよさはほんとには解りませんでしたけれど、今、思いだすにつけて、つくづくミス・デントンは稀に見る立派な方だと思います。

更に追記　あたかも、これを書いているさなか、まだ書きあげぬ中に私は新聞で、少し前にデントンさんがおなくなりになった事を知りました。そしてふたたび、そして今度は、この悲しい知らせを更に追記しなければならないことになりました。しかし、御冥福を祈るなどという事は私には書けません。天国に居られるにきまっているデントンさんの為に、私はそんな事は言えません。よって、私は此処に、ただありのままの事実をのべるのみにとどめ、静に筆をおく次第でございます。

四十九

野蕃なもの程つよいというのはどうにも仕様のないことです。

健康なものは野性です。

温室の花は野性の植物よりも弱く、持って生れた人間の性《さが》は、一生を通じて変るべくもありません。

大衆の力は個人の叫びよりもつよく、しかも一人間の獅子吼《ししく》は大勢を動かす事も出来る、それは何とも不思議なことです。

たとえば世界的の農業恐慌がおよそ何年のいつ頃に来ると前もってはっきり解って居ても、極めて消極的な予防をする他、人間の力をもってしては如何ともなしがたい、――等々と、ある日海を眺めながら私はそんな事を思っていました。荒海の、よせては返す浪をみつめつつ、私の想いは同じ様な所でしばし渦をまきます。それに、その日は大へん暑い日でもありましたので。

……

私は長いこと、去年の秋から今年の夏まで病気で寝ていました。その間ほど、海にあこがれた事はありません。ふだんは思い出すこともない様な海辺の景色が、浪が、潮の香が、まるで水につかえたものの如く物狂わしいまで胸にせまります。おそらく海浜に住む人には、それは想像もつかない事でしょう。私は、毎日むなしく病の床に、山を眺め竹を眺め、冬から春、春から夏へかけて、雪に桜に、浪のしぶきをゆめ見、青嵐の音に磯の松風をおもうのでした。

久しぶりに、病気が癒って来てみた大きな海の景色は、案の定私を感激させました。しかしその興奮はながくはつづきませんでした。何故なら、私が愛するには、海はあまりにも大きく広くはてしもなく、手におえぬものでありましたから。

しばし茫然と立ちつくし、浪の音に聞きほれ、潮の香を心ゆくまで吸いこんでいる中に、心の中に次から次へと頭をもたげた様々のおもいはみるみる色あせてゆきます。それ等は、ただ断片的な考えのままで渦を巻きつつくずれ果て、ついに水泡《みなわ》となって消えてゆきます。そうして私は浪にのまれ、潮の香の中にとけてゆくのを感じつつ、うつらうつらと夢みるのでした。

いつの間にか私はしばし松の木蔭でねむったようです。

ひとときのねむり。

この甘美な、この泉の様につきることなき流れ。

短かかったかも知れない、が、私には非常に長い間の様におもわれました。

長い間、ほんとに長かった病気の間中、私はこんなにいい気持にねむった事はありませんでした。そんなものはとうの昔に忘れはてて居たのです。

つづいて、戦争の負傷によって何十年もねむる事が出来ない人が居る事を思いだしました。その人の脳は、ねむりを忘れはてているのです。これは何というおそろしい事でしょう。

ねむりと忘却。この二つは似た様なものです。人間がありとあらゆる事を覚えていたらどうでしょう。無論私の脳の一部は日々刻々記録をとるに忙しいでしょうが、さりとてこの私は、幸いな事に、ほんの少しの出来事しか覚えては居ません。ロシアにはしかし、見た事も聞いた事も、一つとして忘れない農夫が居る、と誰かが話してくれました。これも何というぞっとする話でしょう。

ねむりを忘れ、忘却する事さえ忘れつくす、――きっとそれは脳の一部のほんのちょっとした、針でついた程の傷がなすわざでしょうか、ねむりを忘れた人間の苦しさは、私には想像も出来ません。まして、忘れる事さえ忘れつくした人の苦しみは想像のほかです。それでもなお生きてゆく、人間とは何という強い動物でありましょう。何という野蕃なものでしょう。

私達は、海に住む貝類に比べたら、まだ歴史のほんとうに浅い、生れたばかりの新しい生物です。ねむりと忘却。そんな他愛ないいこいを必要とするほど原始的なものです。ナポレオンは三時間しか寝なかったと云いますが、今に人間もねむる事を必要としなくなるのかも知れません。

長い間病床で送った私が、大洋にあこがれたのも不思議ではありません。つめたい水にふれ、あつい砂をふんで帰る道すがら、半年の長い病がまったく癒えたことを、私ははじめてはっきりと、目に見る様に知りました。

五十

フランスの有名な画家、ゴーガンは、晩年をタヒチ島の土人の群と共に送り、多くの傑作を残したのは衆知の事実ですが、その死にあたり、土人の女に遺言して、ゴーガン一代の作と云われる壁画を描いた自分の家を焼きはらう様命じましたが、無智な土人はその言葉どおり、あたらその美しい芸術をあるじとともに永久に天に還してしまったのでした。

わが国の芭蕉も、「物言へばくちびる寒し」と言いました。

ましてや私等凡人は、……と言いたい所ですが、凡人のする事は実は毒にも薬にもならないのです。名人になればなるほど、美しい絵や詩が生れれば生れるほど、脣寒きおもいはいよいよまさり行くであろうと想像されます。それでも止す事の出来ぬ「芸術家」というものは、何か業病にとりつかれた様な、物狂わしい存在であると思います。

五十一

お能にもお茶にも型というものがあります。

およそ世の中に、型にはまる、という事位理想的なことはありません。何でも型にはめさえすれば、間違いはおこり得ないのです。又、型にはまらなければ、型を破ることも出来ないのです。

若い人達は、とかく型にはまる事をいやがります。自由であること、――成程それ以上のいい事はない様です。けれども、見渡した所世の中には、型にあらざる物はないと言っても言いすぎではない程、上は宗教から、芸術から、生活に至るまで、型にはまってない物は一つとしてありません。言葉でも、衣類でも、食器でも、法律でも、教育でも、習慣でも、紙でもペンでも。虎の皮を腰にまいたケーブ・マンにならないかぎり、「世の中」という一つの枠は、私達をかたくきつくしばりあげています。それも、たった一人で、人跡絶えた山奥にでも住まぬ以上、そうです。一人でも、人間にあったら、もう其処に一つの約束が出来上ります。それがいやなら、相手を殺してしまうより他ありません。面倒くさいきずなを、こんがらかった糸でも切る様に、ズタズタに切りさかぬかぎり、社会人たる私達は、何といおうと、型にはまらないで暮すわけには行きません。思えば、自由ということは、実に淋しいことであるのです。

利休も世阿弥も、私達不自由な者からみれば、お茶やお能をつくったという事において、羨むべき幸福な人達でありますが、おそらく彼等に言わせたら、彼等ほど不幸で、淋しい人間は居ない、というにきまって居ると思います。天才は、いつもたった一人で、話相手を持ちません。言っても仕様のないこと、そうかと云って、言わないでも仕様のないこと。そういう気持をまぎらわす為に、利休には茶、世阿弥には能が必要でありました。まぎらわす、というよりも、もっと切実に、芸術がなかったら、彼等は生きては行けなかった。それだけがたよりであったのです。

一本の茶杓をけずる時でも、利休はおそらく、そういうあきらめの心とともに、その竹の一片に彼の肉体と精神をまかせきったことと思います。利休はそのささやかな物を自分と同じ位愛したと同時に、そんな物はどうでもよかったに違いありません。何かのはずみで、後世に残って、まるでお筆先みたいな尊い物となって、ある人々に渇仰されようと、「何だ、つまんない竹細工じゃないか」とある人々に言われようと、そんな事はどちらでも同じです。死ぬ時に、「無用の物」と云って、愛用した茶椀を毀したのも、利休が、自分の死とともに、茶器も茶道も、みんな一緒に滅びる、という事を信じていたからです。

事実、茶道は利休とともに滅びました。お寺の鐘がなる様に、なった後は、それは音ではなくてひびきです。その美しい余音を少しでも長くとどめておこうとして、後の人々は、おろかな努力をこころみます。本人にはちっとも型をつくる気はなかったのに、その人々が利休をしのぶあまりに、茶道の型をでっちあげたのです。それは、しかし天才ならぬ我々にとって、唯一の、利休へ近づく道であります。型を破る、などという事は、ほんと云えば、利休までもけっとばして了う位の自信ある、そして利休以上の天才でないかぎり、そんな事は出来ないのです。

しかし、いかに凡人とは云え、私達は、皆十人十色の、利休さえ似る事の出来ぬ人間であります。大きな型は同じであろうとも、一人一人で少しずつ違いもし、発達もいたします。茶器といった様な、物質であればこそ、利休の持っていた、それと同じものを目に見る事が出来るでしょうが、お茶の型といった様なものは、骨格が違う以上、同じ形でやる事は決して出来ません。いいえ、心が同じでない以上、茶椀一つでも、同じ物を見る人の精神に与えるとは限りません。外から見た所では、皆一様の骨董いじりにすぎない様ですが、ほんとにそうかどうかは、実際のところ解る筈の物ではありません。

型というものは、物質ではありません。たましいという物も、ちょっとした違いで物質ではないのです。ちょっとした違い、――実は大きな違いです。たとえば利休の死骸は、もう生きてはいないのですから、物質同然でしょうが、利休が発見した茶椀とか、利休がこしらえた茶杓とか、茶道の型とかには、彼のたましいが入っています。まったく、利休の意に反して、たましいだけが残ってしまったのです。死にあたって、茶椀をこわした事は、一つの示威運動です。即ち、芸術です、創作です。あらゆる時にあたって、物を見出し、物をつくった利休は、その度に、型をつくっているのです。人の為にではない、まったく自分の為に型をつくり、つくるやそれをこわすのです。そして、最期に、大事な茶椀を割ることによって、茶の精神に忠実であろうとしました。己がたましいに自由をあたえようとしたのです。

現代の私達にとって、殆ど、未開の地といえる物はありません。科学も、もはや目に見えぬ微細な物を相手に研究をつづける他はありません。古代の鷹揚な芸術も、長い間にきわめつくされ、深く細くなりゆくばかりです。芸術も、思想も、あらゆる物は出来上っています。すべてがレディ・メイドとは、何というつまらない世の中でしょう。折角、自分だけの特別あつらえと思っても、すぐ後で、自分で発見したり人が教えてくれたりして、既にあった物である事を知ってがっかりします。人の物でも又そうです。

みんな手軽に「自由」を云々しますけれど、私には出来ません。これ程むつかしい事はなく、それだけに、これ程ほしい物もありません。私達にとって出来る唯一の方法は、すべての事において、なるべく早く型を覚えること、なるべく早く既成の型にはまり切ってしまう事以外にないのではないかと思います。それで終っても仕方ありません。終ったところで、つまらないが間違いだけはない筈です。そして、型を破ることがもし出来たとしても、それさえ既に、「型破り」

という一つの型をつくることになります。自分が一番大事にして居る物をこわしたからとて、今ではもう誰も感心してはくれません。それは、利休とか他のもろもろの芸術家達のやった、型どおりの事をおこなったにすぎないからで……そもそも「型破り」なんて物も、とうの昔から色々の人々によって実験ずみの事なのです。

実に人間は、天才も凡人も、こぞって、あらゆる事をこころみた様です。いかに、「人に異ならむと思ひこのめる」人であっても、俗に言う個性とか、変った性格といった様なものは、しょせん人の使い古しにすぎません。無論自慢するに足るものではありません。

もはや私にとって、自由とは、「自由にどんな型にでもはまる」以外の事は考えられません。形のない水の様な液体が、いかなる器にも、器なりに自由に流れこむ事が出来る様に。

五十二

ボードレールという人は、実にいやな男です。

ある時私は汽車の中で、隣りに座っていた文士めいた男の人が読んでいる本をぬすみ見て、ひと目で刻みつけられた、その錐の様な言葉を忘れるべくもありません。それは、私を——私という女を、——涙が出る程口惜しがらせるに足るものでありました。それは、

「女というものは、のどがかわくと直ぐ飲みたがる。おなかが減るとすぐたべたがる、云々」といった意味のことでした。

殿方は、その様な事はなさらぬそうです。よろしい。ではわたしも、男みたいになってやろう、

ふとそう思いました。そしてすぐ又思い返しました。いやいや、それは止しておこう、と。だってもしここで我慢しなかったら、……だがもうこの説明はいりますまい。そして、私はまだ、そして永久に、のどがかわくと直ぐ飲みたがる女であるのです。女で居ることにしたのです。

五十三

「臭い物には蓋をしろ」という諺ぐらい私の嫌いな物はありません。又これ程日本全国に行き渡っているモットーもないと思う程、津々浦々において実行されています。

私の仕事として、この言葉を私の字引の中から抹殺したいものだと思います。

そう思ったこともあります。しかし、又思えばそれによってどれ程迷惑をこうむる人が居るかも知れないと考える時、やっぱり思っただけで止めた方がいいかも知れないと思います。

自分はともかく、それは他人に対して実に失礼なことだからです。たとえば、きものを着ないで裸であるく様なものですから。

極端な事は誰にだって出来るものではありません。極端な事をしているとみえる人も、実は我々のする事と大した差はないのです。そんな物は第一、想像もつかないことです。

ただ神だけが極端なものであり、極端なことも出来るのです。

祇園精舎において、釈迦如来が説かれた説法に、この様な言葉があります。

「極めて大精進すれば心乱る。もし精進せざれば心に懈怠を生ず。もしその中を得れば必ず解脱を得べし」

私は日々この言葉を念じて、右にも左にもふれない様にお祈りいたします。叶わぬながらも私は、つねに自由な人間でありたいと思いますから。

しかし、中を得る、というのは、思ったより中々むずかしい事の様です。それは、蓋をしめたり開けたりする事ではないからです。

五十四

飽きる、という事は悪い事ですが、人間はどうしても、たとえどんな美しい物いい物と知っていても、やがて飽きてしまう性質を持っています。そのままで居れば幸福であるものを、わざと不幸を招く様な事をするのは、ほんとに馬鹿げていますけれども、もし人間が飽きっぽくなかったら、成長も発達もする気づかいはありません。

そう考えれば、物に飽きるという性質は、人類にとって何よりも大切であるという事になります。

五十五

完全なものについて。

人はつねに完璧をめざします。

「自分は一生平凡な人間で終るつもりだ」と言うのさえ、既に完璧をめざす事です。それどころか、そういう望みこそ、人の意表に出ようと望むよりも、はるかに難しいそして高級なねがいであると言えます。

静かな生活。ほんとうに静かなものは、死をおいてよりありません。人間はいやでもおうでも一生を、びっこひきひき遠い路をゆく旅人であります。つねに、ひと夜の安息を求めつつ、手頃な宿を探し求めて日がな一日歩きます。たべ物に追われ人に追われ子供に追われて、ついにいつの間にか死んでしまいます。そうしてはじめて我等の上に、永遠の平和は音信《おとず》れるのです。暗黒の夜はおそろしいものです。それは一日の日が死ぬ時です。すべては静かに、すべてはおごそかに。

しかし其処には我々が一日中求めて止まぬ寝床があります。そのやわらかいしとねの上に寝そべって、私は「ああ、ついに」という意味のない言葉をつぶやきます。そうして、五分の後に私は、前後不覚になって深いねむりに落ちてゆきます。

うたたねという、言葉にさえ風情のあるかりそめのねむりは、浮気の様にいけません。そういうゆめうつつの間に人は寝冷えをしたり風をひいたりするものです。「聖人に夢なし」といった工合に、たとえ凡人でも、ねむりは死の如く完全に、静かに深くあるべきです。

ねむりそのものの如く、静かな人間の表情という物をある日私はアメリカの雑誌、ライフの中に見出しました。

一瞬それは何とも言いようのない、不思議の感じをあたえました。それは、十二人のニューヨーク一流のモデル達が、一場に集っている写真でありました。皆美しい最新のきものを着て、あるいは優美な姿で立ち、あるいはしどけないさまに床に伏し、あるいは梯子によじのぼり、あるいはそのもとに座し、前後左右あらゆる方向に向きながら、しかも動かすべからざる均斉をたもって、息づまる様におごそかな調和をつくっています。それは、人間というよりも、一つの建築をおもわせます。たとえばニューヨークのスカイラインといった様な、それは人工の極致であるのです。

私はニューヨークの町が美しいと言っているのではありません。美しい町というなら、パリや昔のウィーン、又は同じ米国内でも、ボストンやサンフランシスコの方がどんなに美しいか解りません。私がいうのは、ニューヨークの摩天楼がえがくその空の線《スカイライン》の事です。

それは欧洲から渡って来る旅人にいとも不可思議な印象をあたえます。欧洲通いの船がアメリカ大陸に音もなく近づく時、水平線のはしに、一番先に目に映ずるものは、緑の岡でも紫の山でもなくて、実に高い高いビルディングのその尖端であるのです。これは何処の国の港にもない奇妙な感じであります。そして、「ああ、アメリカだ！」すべての旅人は、まったく同様の驚きと一種のおそれをもって、皆一様にこの言葉を嘆息とともに吐き出します。

十二人のモデル達は、その摩天楼の如き妖しい美しさと静けさにあふれています。説明の言葉をいささか此処に飜訳してみますれば、――

「これ等十二の有名な肉体は、細心の注意のもとに、その年々の新しい型を身体にはりつけて、物めずらしい髪にあげ、奇想天外な帽子をのせて、数々の雑誌の中に現れる。女という女は、すべてこれ等の顔を見知っているが、かたわら男の人達にはまったく無関係な存在である。そして彼等ほど世の中から、色々な意味で、誤解をうけて居る人達はまずないと言っていいに違いない。「この、異国情緒にあふれた、一つの群を撮すのに、写真の専門家は、それぞれにふさわしいポーズをさせ、専門家の彼に言わせると『静粛《プラシッド》』と名づける、優美な『乱雑さ』をあたえる一種奇妙な雰囲気をつくる事に、約二時間を費したのであった。けれども、写真機のシャッターが開くその瞬間、十二の姿は極めて自動的に、一糸乱れぬ釣合を保って、まるで糊が物にはりつく様に、そして、退屈し切ったとでもいいたい様な、まったくつめたい表情と化したのである。「他を無視しつくしたこの態度をもって、完全に凍りついたまま二十秒を経た。一枚の写真がうつされて、ほっとひと息ついた後、再び彼等は氷と化し、化してはとけとけては化し、完璧な最期の一葉が撮れるまでに実に二十九度その運動をくり返すのであった。……

「アメリカの新聞や、映画や、チンピラ女優の写真などを見る人達は、もしかすると、一般ニューヨークのモデルというものに、光り輝くような十八、九の健康な乙女を想像するかも知れない。そのはつらつたるアメリカ娘の、顔を、きれいな足を、かがやく様にすべっこい皮膚を、しゃぼんの広告みた様な桃色の肌を、そして高く盛り上った胸と低い道徳の観念と、並びにあまりによくなさそうなその頭脳とを。……そして金持から金持へうつり歩き、ゆく所噂話をたてられつつ、飲んだり喰べたり遊んだりして、落ちゆく先のハリウドでは、女優なみに離婚したり引退したりしてついに地平線のかなたに消えてゆく、……そんなものをこの十二の像に想像してはならない。

「これ等の人々にそういう条件はすべてあてはまらない。まず第一に、平均した年齢は三十をすぎて、中には四十を越えた人達まで居る。彼等は各々夫を持ち、子供を育てる家庭の人々で、同時に写真のスタディオの外では、一様にがっちりした、ひとすじ縄ではいかぬ立派な職業婦人なのである。

「勿論彼等はまず何よりも美しくあらねばならない。しかし、そうは云えどもこの人々に望むものは、新鮮な果物の様な、足の長いアメリカ娘のタイプではない。彼等はきれいな歯をもっているが、ほんのたまにしか笑わない。美しい肌をしているとは云え、その下には、彼等をして有名ならしめた所の、極めて貴族的な欧洲風のほほ骨がかくされて居る。その表情はもしかするとアメリカ的ではないかも知れない。けれども、我々は彼等が、十二人のアメリカのいかなる人よりも、多くのしゃぼんと、ラジオと、爪磨きと、掃除機械と、宝石と、香水と、自動車と、シャムプーと、洗濯機械と、それから部屋着を売りあげたことを忘れてはならないのである」

――英語と日本語をまるで別々に、何の関聯もなしに覚えてしまった私に、飜訳という仕事は何よりもつらいのです。したがってこれはひどく不出来かも知れません。が、意味はとも角も通じる事と思います。

下手な飜訳をおぎなう為に、私はさらに幾つかのつたない言葉をもってつくろわねばなりません。あたかも、一つの小さな嘘が、あらたな嘘をもってうわぬりされる様に、あるいは又、一つの言葉が他の多くの言葉を生み出す様に。

先ず「プラシッド」という言葉と、その静けさが生んだ所の「優美な乱雑さ」という表情について。――

字引で見るとプラシッドは、単に静けさとか平和とか書いてあります。確にそれにはそんな意味もあります。が、ただそれだけではありません。それは丁度、朝霧にこもる湖の如く静かで、かつ冷たいという意味がふくまれています。水の流れの如く清く浅いものではなく、それは深い、……死の如く底知れぬねむりであります。其処にはたのしい笑いはなく、もしあっても、不可解なモナ・リザの謎の微笑に似たものです。

そうです、それはあるいは日本の能面に最もよくあらわれているのかも知れません。ライフは、「異国情緒」という言葉を、これらの女神達の為に用いました。正にアメリカ人にとって異国的《エキゾテイク》であるに違いはありますまい。いいえ、能面の表情は私達にとってさえ、見知らぬ国のものであります。夢の様に遠くへだたった、香りの様にそこはかとない、そして蠟の様にすき通って、しかもいささかの艶もない。それはあまりに美しい故におそろしい、おそろしい故に否みがたい、旅人の夢みる完たき世界のものなのです。

月の都は死んだ人々の世界です。自ら光りを持たぬあの球は、かくも美しく秋の夜を青白く染めあげています。しかし、それは私達に面した半面で、あとの半分はいかなる黒よりもまだ暗い、おそろしい沈黙の夜に沈んでいる筈です。死に両面がある様に。

ニューヨークの町の中ではしっかり者の、おそらく非常に現実的なこれ等の女達も、研究室の如くひややかな、そして芸術家の仕事場の如く生真面目な、写真のスタディオの一室では、彼等はもはや「女」という生物ではありません。月の光の様に青白い、一匹の妖精と化して居ます。彼等その妖しい魔女等のひそやかな、そして勝手気ままな、しかしいかにも美しいそのざわめき。それが「優美な乱雑さ」をもたらすのです。

そのざわめきには、あきらかに美しい統一があります。そこには一分一厘のすきもない、完全な調和が見出せます。彼等十二人のつくるこの素晴しい建築は、日本人の目には西洋的に、西洋人にはおそらく東洋的に見えることでありましょう。それ程彼等は完全に中間的な存在であるのです。何の感激もない、退屈しきったその貴族的な表情は、美しいと云おうより、よく見ればまことに気味の悪い、とりつく島もないといった様なものです。真の貴族というものは、これ等の人工的貴族達の様に、笑うこともない無為無言の、底知れぬ倦怠の淵に沈むおそろしい人々でありましょう。彼等は、あらゆる人間の歴史を血の中に持つ、俗に言う、半ば神の如く悪魔の如きものでありますから。

モデル達は、――この一ダースの美神達は、皆いつわりの人々であります。彼等は、いつわりの貴族であり、いつわりの人形であります。しかし、動かす事の出来ぬその完璧な表情は、優美な物腰は、透明な美しさは、その私生活におけるが如く、まったくひとすじ縄ではゆかぬものです。彼等は貴族ではありません。しかしこの十二の代表者達は、いつわりの絵の中からぬけ出た、「嘘から出たまこと」の人達であるのです。

五十六

純粋性という事について。

およそ世の中の最初の物と、最期の物が最も純粋である筈です。が、そんな物をはたして私達が知ることが出来るでしょうか、この極めて無知な人間というものが。

最初の物は、過去の遠い遠い霞の中に姿を没しています。最期の物、――原子爆弾が破裂した瞬間の白い光といった様な、そんな物は想像は出来ても、それは過去と同じ様に、もやもやとした霧のかなたにひそんでいます。ただ、過去の、もはや責任を持たなくてもよい背後のものは、春の霞さながらにひょうびょうとして、思い出の様に美しい物であるにひきかえて、なべて未知のものに、人々は、秋の霧の様につめたい不安を感じるものです。

私達がはっきり見る事の出来るものは、ですから、ほんとは面白くも何ともない現在のありのままの姿だけと言えます。それは、人間と同じ様に、（いかに美しくみえようとも）決して純粋に純粋とは言い得ないものばかりです。

蘭は、花の王者とも云われる様に、非常に美しい貴族的な花であります。貴族的なものは純粋で、その花は美しいでしょうが、しかしそれは我々に、もしくはほかの花に比べて、というだけで、何も今ある蘭が最期の美しき花である筈はありません。どんな、目のさめる程の、あり得べからざる新種が将来においてつくられるか、そんな事は誰にも解らないのです。そう考えると、私達が呑気に愛玩する美というものが、いかにおそろしい物であるか、という事に思いを及ぼさずには居られません。又実際そうなるかも知れない、と思うと尚更おそろしくなります。純粋な美しさというものはもしかすると怪物の様に気味悪い物であるかも知れないのです。あまりに完全なものがそうである様に。ですから私達は、完全性とか純粋性、あるいは、何々的何々についてとか、こんな物、あんな物の事しかほんとは知らない。言えもしない。知ろうとする事はまことに不幸な生れつきであるとしか思えません。

美しい蘭の花は、純粋とは云えないが、純粋性というものを最もよく現します。世界中に真に貴族的なものが僅かしかなくなった今日、この花は、おそらく何よりもよくその事を物語るのではないかと思います。

まず、この得難い花は、熱帯の高山にしか生えぬ植物であります。熱い国の涼しい所。そんな厄介な場所の、高い頂きとか、木や岩の上に生い出でるのです。原種はおそらく万に近い程あります。しかし、それ等は殆ど決して交り合う事をしません。何故ならば、他の植物と違って、蘭の花の構造は不妊症の女みたいに造られているからです。

およそ生めよ殖せよという本能が、男女七歳にして席を同じゅうせぬ道徳をつくりあげているのですが、この花にかぎり、仲人役の蜂も蝶々も手を焼く程のかたさです。つまりはかぐや姫、永遠の処女であって、殆ど、……よほど神様が一杯機嫌の時でないかぎり、種を持つというわざを営みません。そしてそんな場合は万に一つもないのです。

雌蕊はあるにはありますが、他の花の様に外に露出しているのではなく、深窓の姫君の如く花の中心の奥深い部屋の一室に閉じこもって、めったな者の目にふれる事も手の触れる機会もありません。その構造はあまりにも微妙を極めていて、生物学者でない私にはよく説明する事は出来ません。又そんな事は今必要でもないのですが。

その花粉も、ふつうの花の様に飛びやすくつきやすい粉様の物ではなく、油の様にかたまった一つの塊となって居ますから、絶対に風にさそわれる筈はなく、極くまれにしか虫の媒介が成功する場合もありません。

もし間違って、仕合せにも種を持ったにしろ、それが又厄介なしろ物で、——ふつう我々が種とよぶものは、芽になる核の小さな部分と、食物となる蛋白質の大きな部分で成立っていますが、蘭にはその食物の部分が殆どないと言っていいのです。したがってすべての植物の中で蘭の種のみが、純粋に「種」と呼ばれていいものであります。

それには極く小さな、これ又油の様な物が附着しています。しかしそれは甚だたよりない食料で、したがって折角一粒の幸福な種が地に落ちても、まず萌え出でる力はないとみていいわけになります。

蘭はそういう面倒な、まるで殿様みたいに手のかかる植物であります。私には今まで書いた位しかそれに対する知識はなく、将来つくって見る気も今の所ありませんけれど、専門家の人達が、東西を問わず、まるで自分の子供を育てる様に熱中するのもまったく無理はないと思います。それ程蘭は面白い植物であるのです。

南洋の山にある原種はそれ自身かように貴族的で、交らぬ故に純粋性を保って、高山のつめたくあつい日のもとに美しく咲き香っています。しかし、人間の手によって、――即ち科学的に、試験管の中で人工的に交配される事によって、この花特有の、純粋な美しさを増すことが出来る、――人間の最大の興味は其処にあります。

興味というものはおそろしい物です。今では、蘭はまったく神の手を離れて、人間によってつくられて居ます。生得の美しさは、そうして人工を経て磨きあげられてゆきます。そう考えると、いったい原種が純粋であるのか、それとも、蘭の特長を極力のばした（そして今後ともにのびて行く）その特種の美しさが純粋といえるのか、と言いたくなります。しかし、これはさきに書いた様に、その始めのひと本を知るすべもなく、又未来の美の極まりを知る筈もないのですから、およそ原種から今に至るまでの、五、六代の間が蘭の花の歴史であり、それが蘭の花の現実でもあるのです。

現実と云えば、蘭の現在は「花」にあります。そんな事は解っているにきまっていますが、これが又面白いことには、一般の植物と違って、我々がふつう蘭と呼ぶカトレアとかダンドリウムの如きは、実は蘭のひともとではなくして、その一本の茎にすぎないことです。そして種によって殖えない彼女等は、しぜん株によってのびて行くより他の方法を知りません。彼女にとって、子孫の繁栄よりも、自ら大きく長く育つより他にすべはないのです。

その様な性質の蘭にかぎり、ふつうの植物に用いられる種とか茎とか株とか根とかいう言葉はふさわしくない様な気がします。事実根の先にまで葉緑素をたくわえているという奇妙な花です。

その産地において、やどり木の如く寄生虫の如く、木や岩にしなだれかかるその木とも根ともつかぬものは、しぜん長く地を這ってさきにのびてゆく性質を帯びます。そこから毎年、私達のよぶカトレアは咲き出でるのです。美しい花の、茎というよりも、私はそれを美人のすき通る様な首にたとえたくなります。過去の、多くのそれ等の首は死に、くさり、土に還り、未来は永遠に先へ先へとのびてゆく。そして花は、ほんとうに、現在においてしか咲かぬと云う、——蘭はその様に不思議な植物であります。

人がそれを育てる場合、肥料は殆ど必要とせぬ様です。あのすき通った肌の為には雨露の恵みと、それから空気の中にふくまれた極く少量の窒素しか必要としません。種といい根といい茎といい、それはまことに、空気をたべて生きている様な人達、いや、植物であるのです。

その様に純粋である為に、系図は正しく知る事が出来ます。いかに配合されようとも、原種が処女性をたもっている為に、確実に祖先の名前を辿ることが出来ます。たまたま神のたわむれによって、「あいの子」が自然に生れていた場合があっても、人工によって創造されたその兄弟から、今度は逆にさかのぼって、それが偶然の子である事を発見し、又その親を知ることも出来るというものです。そういう事がこの花の、ひいては植物を科学的に研究する人々の為に大きな利益をもたらします。そして、私の様な素人の好奇心をみたす為にも、ただに美しいばかりでなく、この上もないよい植物であるのです。

あらゆる意味で、あらゆる構造において、蘭は他の花と違います。

その新種こそ真に新しいものと云えます。勝手に繁殖する他の花々は、いかに新種と名づけられようとも、蘭の様に、純粋に新しい種類とは言いがたいのです。

——ある静かな秋の夜、私はさる蘭の大家から以上の話を承りました。その方が古い伝統ある日本の最も貴族的な貴族の一人である事も興味があります。私は、ほんの少しばかりとは云え、たぐいないこの花の知識を得るとともに、又、何故この方が特にこの植物に興味を持たれたか、という事もおぼろげながら解る様な気がしました。その方は、きわめて静かに、そして淡々と、御自分の愛惜おく能わざる所の、今はなき蘭の一つ一つについて夜が更けゆくまで語られました。その断片を拾い集めつつ、私はここに、ささやかな私の蘭をえがいてみました。私には植物に関する知識は皆無です。もっと多くの言葉を知っていたら、もっと多くの事が言えたでしょうに、と残念に思います。

その夜更けて床についてから私は色々の、らちもない事を考えていました。と云うよりも、あるいは美しくあるいは不気味な様々の映像が現れてあけ方近くまで私を苦しめたのでした。何故と云えば、私の好みから云えば、あの造花に似た、かかるつめたい花の王者は決して好きとは言えないからです。何百円もする様なあんな花は私には買えもしません、似合いもしません。しょせんその様なものは遠い南国の高嶺の花であるのです。それはまた、現在の私の趣味にもあいかねます。しかし、……ああ、しかし個人の趣味が何でありましょう。

その花を咲かせる為に四、五年、多くて十年あまりのたえざる努力と細心の注意を要するこの生きもの。しかも一代にして良種を得ることの絶対に不可能なこの植物。そして、つねに永遠の未来をゆめみつつ、止め度なくのびてゆくこの美しきもの。……

げに、蘭こそ真に美しきものであるのです。完璧をほこる花の姿よりも色よりも、そのすき通った水々しい茎のみどりよりも、蘭の植物そのものをこよなく美しいと思うことに、私は何の躊

私はむしろ永久に愚劣きわまりない今のままの人間でありたいものと切に望みます。管の中で製造する様になるのではないか、このままで行けばきっとそうなるに違いないと思う時、自分の力でどうなるものではない気持であります。しかし、今に我々人間も、優秀な人種を試験躇も感じるものではありません。それはあるいは好きとか嫌いとか云うよりも、もっと根強い、

五十七

涙は一種の排泄行為であります。悲しみの淵から涙ほど人をよく救いあげる物はありません。しかし一方に、大人にとって涙をこぼす程むずかしい事はないと思います。思う存分泣く事が出来ないくらい世の中に苦しいことはありますまい。それに比べたら、悲しい筈の涙というものは、何とたのしく、何と陽気なものに見えることでしょう。

よく人が死ぬと、その身内の人々の気持になって、わけなく涙を流す人があります。その人は大変に仕合せです。他人は、何という優しい心の持主だろうと思うでしょうし、自分はそうする事によって大そう簡単に重荷がおろせますから。

けれども、もしほんとうにその親とか子の身になったら、涙も流す事が出来ない程悲しい筈です。苦しい筈です。そう思うと、折角喉元までこみあげて来たものが、目鼻にまで達し得ないで、涙は反って苦汁となって逆様に喉をくだるのおもいをします。だから私はお葬式に行くのが大嫌いなのです。

お葬式に行くと知らない人だらけです。ぜんぜん知らないならまだしもの事。知っているくせに知らない人達ばかりです。彼等は殆どたのしげにさえ見えます。口先では神妙にお悔みをのべ

て、悲しそうな顔をして、そうして事実は、「自分は生きている」とでも言いたげな、ある種の優越感にあふれて居ます。そして、ともすれば、私自身までその中にひきずりこまれそうになる、……人間とは何という弱いものでしょう。

結婚式においてもそうです。心からたのしいのは僅かの人達で、後はただ見物人でしかありません。だまって居ても目はあきらかにお互の品定めをやって居ます。その目は、ほんとうに幸福をねがって居る人の表情ではありません。ああ、ほんとうにいやなものは結婚式とお葬式です。馬鹿馬鹿しいものは社交界です。

せめてそうした所で私達が習うものは、どんなに人間が馬鹿げたものかという事です。だから私は、まんざら社交を軽蔑するものではありません。その中に笑顔でもって交っている自分自身も、少しも人に変るものではないという事がいかにもはっきりと認識されるからです。

人が多ければ多いほど私達は孤独を味います。大勢居れば居るほど退屈を感じます。むしろ一人でそっとおかれる方がどんなに忙しいか解りません。どれ程たのしいか知れやしません。離れてみたら、人間ほど美しくかつ愛すべきものはない様に思われます。しかし、傍へよったらこれほどいやな物はないのです。

「人をにくまず罪をにくめ」と言いますが、では、「人を愛さず美術を愛せ」という事も出来る筈です。事実そういう事を地で行っている人達もある様です。人間が嫌いな為に美しい物を愛するという、……私達女もその中にたまには入るのかも知れませんが。

男が、男に、そして自分に愛想をつかした時、必然的に彼等は女を非常によいもの、美しいものの如くに思いこみます。それも人間の弱さから。ですから、女は反対に、たよりない馬鹿みたいな人であればある程よく見えるのです。思えば、女が馬鹿である事ほど強いものはありません。それ程こわい事はないのです。

「人を愛さず美術を愛せ」と。しかし、そうは問屋がおろしません。それではついに美術の何たるかを理解するわけにはゆくまいと思います。たとえ人は美術家とよぼうとも。

人間はいくら嫌っても嫌いたりない程いやな物です。が、いくら美しい物でも、ひと度浅ましい人間の手によって成った物という、動かすことの出来ぬ最期のものにつきあたったら、どれ程美しい芸術も、しょせん同じ様にいやに見えて来る筈です。そうして、その最期のものにつきあたらぬかぎり、いつまでたってもいじくりまわしているにすぎません。男にとって、それは女だとて同じことです。

ですから私が思うのには、先ず人間を愛する所から出発した人でないかぎり、あるいは出直さないかぎり、物の側からのみ眺めて居たのでは、ほんとうの美術家でも芸術家でもないと言いたいのです。

お釈迦様やキリストほど、人間がいやな物である事を知っていた人はありません。だからこそ哀れんだのです。身にかえても愛したのです。嫌いであることが多ければ多い程、愛する分量も多いのだと思います。上へ高く、下へ低く、——人間の大きさというものは、その間の尺度の事をいうのではありますまいか。そして、それは同じ様に、下へ一寸さがれば上へも一寸あがるといった工合に成長するものではないでしょうか。

しょせん世のもろもろの美しきものに私達があこがれるのも、人間の弱さからであります。それが堕落しやすい私達を辛うじてささえもし、又それ等の物の前にならし、感傷的になることなく、安心して、手離しで涙をこぼす事も出来るのです。大人も泣くことが出来るのです。

自分が弱いものである事を痛感しないかぎり、芸術家でも美術家でもありません。人間の感情、気まぐれな好みとか、たよりない言葉は十人十色であり、その時々変るものであるにかかわらず、又美しい物は世の中に多いにもかかわらず、美はたった一つしかない、――そういう事を美術は教えます。たった一つしかないからには、それは物の美しさであるとともに、それをつくった、或はそれをつくらせた人の美しさでもあります。結局、真の人間嫌いとは、ですから、ほんとうは誰よりも人間を愛する人の事を言うのです。

親鸞上人の言葉に、善人は皆仏によって救われる、「いはんや悪人をや」というのがあります。私はわざわざ悪人になろうとは思いませんけれど、悪に徹するということは真の善人になるのと同じことです。しかし中々一事に徹するのが難い様に、ほんとうの悪人にも善人にもなり切れないで、いい加減の所をうろうろしている人々が沢山居る世の中です。美術にしても、どうでもいい、いい加減な事を言って、たとえばある一つの陶器のまわりをぐるぐる廻っている人達が居ます。美術は好きでも私には大して解りもしませんけれど、そういう人間にだけはなりたくないと思います。たとえ始めは物の側から入っても、人間と物質のさかい目につきあたった、――その時飜然として「人間」に還りたいものです。何故なら、昔々私達が生れて来た、其処が故郷であるからです。

梅若實聞書

はしがき

梅若六郎さんから、父も来年で舞台生活七十年の長きに及びます、その記念に何か一つ話をまとめておきたいと思いますが、と相談を受けたのはおととし（昭和二十四年）の夏のことであった。

父というのは、今年満七十三歳になられる梅若實翁のことで、その前年の秋、芸名を六之丞といった長男の五十五世六郎襲名と同時に、先代實の名を継いで、ここにあの有名な名人の面影を、名実ともに伝える二代目が生れたというわけであるが、能楽の様な古い芸術の世界で、隠居するという事はいわば第一線から退く意味であり、ぜんぜん舞台から引くというのではないけれども、人気商売の役者にとっては、かなり淋しいことに違いないのみならず、この實さんという人は、とうの昔芸術院の会員などにおされてもいい腕を持ちながら、色々複雑な事情からそれも叶わず、玄人間においてこそ充分に認められていると云っても、世間へ出てはともすれば日蔭者扱いにされるという不遇な立場にある人で、まあ実力があるのだから一向さしつかえはない様なものの、やはり子息の身になってみれば何かの機会に淋しい父親の心が慰めたく思うのも当然の事であろう。私自身としても、物心もつかぬ子供の頃から馴れ親しんだ先生であってみれば、どうせ世の中は不公平なものと知りつつも、何かの折に力になってあげたいとかねがね思って居た。

そういう矢先であったから、話はしごく簡単で、私がやりましょう、ではお願いします、という事になって、扇ならぬノートを片手に梅若さんへ通う様になったのは、それから間もなくの夏も半ばの事であった。

ところが肝心の話の方は、思った程すらすらとは運ばない。

特に無口というのではないけれども、何と云っても生れて始めて話らしい話をされるというのだから、ことにこういう人達にありがちの、神経質な老人のことゆえ、何か不消化な異物でも呑みこむといった工合に、中々なめらかには進まない。なまなか私が實さんを知りすぎていて、……それも師弟としてのつき合だけしかなかったのが、こう対等に向合ってみると、大そう勝手が違うらしく、堂々とした舞台姿とはうらはらに、まるで子供の様にはにかんで了われるのであった。

思いの外に長い日数を費したのもその為であったが、しかしそういう所に私は、反って能役者らしい無邪気さを見、ひいては能楽という、かの静かで幽玄な、夢の様な世界に閉じこもって一生を送った人の、一たび外光のもとにさらしたらきえぎえととけてしまいそうな態度が、今どき珍しいというよりも、何か得がたく貴重なものに思われて来るのだった。

こうした世渡りのまずさが、實さんをあまり面白くない立場においたのでもあろうか。それはそれとして、私はまるで破れものでも扱う気持で、この陸に上った河童然とした老人を持扱ったが、聞きてがまずいせいもあろうが、その話は極めて断片的で漠然として居、そこらの芸談に見る様な闊達さはどこにも見られない。そのかわりあの歯が浮く様な名人らしい気取もない。まったく一介の隠居めいたおじいさんの語り出る昔話にすぎないのであるが、やはりそこここに長年の体験から得た所の、人間の真の「智慧」とも言いたいものがうかがわれる。能楽という一つの道に対するその盲目的な信仰は、思想的にも生活上にも、近代文明のもたらした不安な世の中には、何かしら羨しいものにさえ思われて来る。私達が失ったもの、そして再び取返さねばならぬもの、——そうした物を實さんの中に見るのは私だけではないと信ずる。

ある日のことだった。

私としてはもっと、曰く言いがたし、というその言いがたい所の「名言」が聞きたいばかりに、きっと読まれた事はないだろうと思って、得々として世阿弥の花伝書をたずさえて行った。

「先生、この本お読みになったことありますか。これこそほんとの芸術論というものです」

今から思えば心ないしわざであったが、……その時實さんはこう答えられた。

「いえ、そういう結構な書物がある事は聞いておりましたが、未だ拝見したことはござんせん。芸が出来上るまで、決して見てはならないと父にかたく止められておりましたので。……しかし、(ちょっと考えて)もういいかと思います。が、私なぞが拝見して解りますでしょうか」と。

私はいたく恥じいった。むろん本はそのまま持帰ったことはいうまでもない。

一生の出来ごと

梅若實は、明治十一年四月二十八日、浅草の厩橋《うまやばし》に生れた。幼名は、竹世。初舞台は、数え年五つのとき。明治天皇の天覧の栄に浴した。

「私の初舞台は、明治十五年、青山御所の天覧能でございました。おもえば古いことでございます。明治天皇様。それから英照皇太后様。その頃はまだ皇后様と申上げましたが、照憲皇太后様。このお三方に御らん頂きました。役は『善知鳥《うとう》』の子方《こかた》で、父の先代實がシテ。たしか九月、いや十一月の半ば頃でしたか、菊が盛りだったのを覚えております。

子供のことですから、印象と申して、何もございません。ただもうお見物がおきれいな事ばかり、目に見えて残っております。片方に、と申しては失礼でござんすが、英照皇太后様が、おすべらかしに緋のお袴で、お供の女官さんが二十人あまり、皆同じお装束でずらっとお並びになっていいます。又こちらの方には、昭憲皇太后様。この方は全部お供の方々まで御洋装で、いやもうそのお美しいこと、ただただ目がくらむ様でございました。

御存じの様に、『善知鳥』の子方は、ずっと横のワキ座（舞台に向って右の角）に坐ります。ですから正面を見るわけには行きません。見たくて見たくてむずむずするんですが、威厳がおあ

二世梅若實（提供・梅若六郎家）

りになるというのでしょうか、子供心にも、どうにも恐くて駄目でした。仕方がないので前の方に、……というのは、ワキ正面の事なのですが、外が一面お花畠になっております。そこに沢山、それはそれは見事な菊が満開で、それを見てますうちにだんだんこうねむくなって参ります。ねむたくてねむたくて、しまいにはひっくり返りそうになって参ります、それを我慢するのがやっとでした。一番辛いのはその事で、未だにはっきりと覚えております。

初舞台の記憶は、子供の事ですから、まあその程度ですね。けれどもお能ってものは、大体ねむたくなるものじゃござんせんか。いや、笑談ではなく、何かこうひきずりこまれる様に、うっとりなってしまいます。私なぞ自分で舞って、ことに鬘物《かつらもの》（女の能）などは、苦しい事は苦しいんですが、一方何だかひどく好い気持になりますが、お能というものはまったくおかしな気分になるものでございます。

稽古は子供の時から父がつけてくれました。明治十一年に厩橋で生れまして、それからずっとあすこで育ちましたが、何しろ父が五十一の時の子供ですので、心細くおもったのでしょうか、九州の高見保正という方に、いやもう五十を越して出来た子に、とても稽古してゆくことは出来ません、と申し上げましたところ、外国では五十なんてまだまだ子供だ。六十になって始めて人間が出来るのだと申されまして、それから思いかえしてよく稽古してくれる様になりました。

父には長い間子供がありませんでしたので、姉のお鶴と申しますものに観世から養子を迎えましてその人が六郎を名乗って、父は隠居しておりましたが、兄の万三郎は既に分家をついで居ましたので、私は十四でその六郎の準養子になりました。この人にも習いましたが親父の方が稽古の数は多うござんした。十二、三までは子方として面白くやって来ましたが、養子になってみますとやはり実父に仕えるよりか、養父に仕える方が遠慮がありまして、実の姉が義母でしたが、十七、八になりました頃、木綿の紋付に小倉の袴ではあんまりひどいというので、七子《ななこ》の紋付が着せたいと申しました所、まだいかん、部屋住みだからそんな事はさせない、と養父が申しましたそうで、……長い間万事その様でしたから何事も思う様にはゆきませんでした。

養子の六郎には男の子が居りまして、名を年松と申しましたが、この人は早く亡くなりました。その子が居ればほんとうの後とりの筈でしたが、私と同年配でしたか、或は二つ三つ下でございましたか、とに角死にましたので始めて私が養子という事に定ったのでございます。しかし養子になるについては、仲間のものに反対があって、竹世をしないで万三郎をしろとうるさく言われたそうです。が、六郎がどうしても私というので、父も苦しいおもいをしましたし、私もお蔭で一生苦労がたえませんでした。

二十位のとき六郎が実家にかえりまして、あとは父が後見になりました。家内は二十二で貰いました。ついで二十三の年に家督相続し襲名したのですが、観世に復帰した清之（六郎）がその頃まだ観世六郎と名乗っていて、当時は、同じ名をつけるのが大変むつかしゅうございまして、色々の方々のお世話になり、口をきいて下さったりして、ようやく向うに止させて、私の襲名が出来たというわけです。

生活の方も父が助けてくれますが、両親と、養母と、家内と、弟子と、清之の娘と、それだけ七、八人を養ってゆくのは二十二、三では骨が折れました。いまだに苦しかった事を覚えております。

三十近くなってようやく楽になりまして、その時分、兄が浅草三筋町に夫婦で住んで居りますんで、兄として小さな家に住んでいるのは気の毒と思い、家が広いから半分廻したらいいだろうと父に話しまして、舞台の正面と見所の方を住居にしてこれを兄にゆずりました。そして私が横正面から楽屋を住居に定め、地所も半分兄にやってしまいました。

その頃は住居と言って別にあるわけではなく、舞台を真中にして、見物席をふだんは住居に使っていたというわけです。今とは大変違いますが、その頃はお見物もそう多いというわけではなく、それで事は足りておりました。そこで水入らずで仲よく暮して居ましたが、三十二の時、父が亡くなりまして、それからは又ずい分骨が折れました。当時のことは、兄が芸談の中に書いております通り、父の遺骸を二人してかついで舞台の廻りをまわって、最期の送りをいたしましたが、……兄とは何んでもこの様に仲よく二人でやっておりましたのですが、世の中というものは中々自分達の思う様には行かぬものでございます。父が亡くなりますと、今度は兄のお弟子さんと、私が早く云えば本家ですから、工合の悪いことがおこりました。兄が可愛想だから何とかしてやろうというのがもとで、その頃からことごとにもめまして、……これは私が兄と同居したのが悪かったのです。もともといいつもりでしたのですが、なまじっか近い所にいる為に色々不愉快な事が起って参りました。中には、兄はほんとの子だが、私はよそに出来た子などという噂さえ立てられて、ほんとにいやな気持がしたこともございます。

そうしている中に四十四歳で、それまで属していました観世流から故あって除名になり、工業クラブで梅若流の方々にお集まりを願いまして、座長は清浦（圭輔）さんにねがって、その時より梅若流と名のりました。派で通すか流というか、どちらがいいかという事になり、満場一致で流ときまったのですが、さてこれできまったかと思うと、弟が家元になってはいけないとごたごたしまして、三井集会所で集り、これからの将来のことについて、三、四回話合いました。

家元をどうしようという事が主で、十年交替ではどうかなどと仰しゃる方もございます。段々進んで来て、三年交替だとか、一年とか、何しろ皆様立派な方々ばかりで、私などただハイハイというばかりで、何も申上げる事は出来ませんし、あまり面倒なので、これではらちがあかないから兄にゆずった方が万事円満に解決すると思いまして、兄にゆずりましょう、交替などという事は言いますまい、いつまでも家元になってくれる様腹をきめまして、まあめでたくそういう事にきまりましたのですが、ここにも一つややこしい事は、私共の妹婿に観世銕之丞、今の華雪が居りまして、その人もやはり御弟子さんの希望で家元候補の中に入っていたのですが、交替という事も止めになって兄一人という事になりますと、もともと私の考えから出た事ですから、今度はそちらと工合が悪くなりました。折角三人揃って仲よく手をたずさえて参りましたものを、周囲からこの様にして無理にくずされた様なものでございます。しかしそれも皆さん、自分の先生のことをお考えになっての上ですし、皆様お偉い方達ばかりですので、私共は一言半句も言葉を返すわけにはいかなかったのでございます。

そのうち震災になりまして、兄は品川へ移転いたし、その立退きましたあとの厩橋の地所をゆずってくれとたのみましたが、中々聞いてはくれません。ようよう人にたのんで、買い戻しましたが、それで全部私の地所となり、舞台も建てることが出来たのでございます。その舞台も今度の戦災で焼けまして、……何かと一生ごたごたで苦しみましたが、世の中に生れて来て、ただ家の、――古い家柄の為に一生苦しい目をみながら、どうにかこうにか生きてまいりましたが……

そのうちに銕之丞は離れる、兄は忘れもしません、昭和七年の十二月三十一日、大晦日というのに急に観世へ復帰してしまいました。小田切萬寿之助さんと仰しゃる方が使においで下さって、……大晦日でごたごたしましてねえ、そこで私は直ぐとる物もとりあえず兄の所へ飛んで行って、こんこんとさとしますと、兄の方はもうそれだけで、直ぐにも元へ戻りそうなんです。ところが周囲の者が中々承知いたしません。やはりどうしても駄目でした。私もおこっていましたのでついいろいろな事も言ったのですが、実際この時の情ない気持は、何と申してよいか解りませんでした。

お正月早々あっちへ行ったりこっちへ行ったり、初会《はつかい》もできなくなってしまいまして、とうとうその年は三月まで能が出来ませんでした。仕舞と素謡でどうやら梅若会をやっておりましたが、困っております所へ高橋義雄さんがお見えになって、どうだ六郎、もう一ぺん観世に君も帰ったらどうか、とおっしゃるのですが、私は一旦流儀を立てたからはどうなろうとも、……せがれの代になれば如何か解りませんが、私はいよいよいけなくなれば家も地所も装束さえも売りはらって、それでもいけなければ編笠かぶってでも、梅若流として人の門付してでも一生を送ります、と申しましたら、偉い……その位の決心があれば大丈夫だ、実は君の気持が知りたいばかりに来たんだが、――と仰しゃいまして、ああ有難い人のお心かなと、涙が出る程うれしく存じました。

今はもう皆さんのお蔭様で、曲りなりにもどうやらやって居りますし、息子も一人前になりましたが、長年の間には実に苦しいおもいばかりいたして参りました。先生位能楽界でひどい目に会った人はないだろうと言われますが、実際そうかと自分でも思います。こんないざこざがなかったら、もう少しうまくなっていたかも知れないと思うのですが。……

ほんとに私はいつでもこう思いますんです。『高砂《たかさご》』の次第に、今を始めの旅衣、日も行末ぞ久しき、とござんすね、あれが人生というものかと存じます。生れて、はるばると生きて死んで行きます。私はそういう気持でいつも謡っとりますのですが、さあこういう気持は、何と申しましたらよろしいんでしょうか、一生は旅とでも申しましょうか、色々辛い事がありまして、『隅《すみ》田《だ》川《がわ》』の文句じゃございませんが、思えば限りなく遠くも来ぬるものかなと、つくづくそんな風に思うのでございます」

稽古のこと

「大人になってからは、色々人知れぬ苦労も致しましたが、子供の頃の稽古は、それでもずい分呑気なものでござんした。あまり厳しくされるといやになってしまいますから、だましたりすかしたりして、なるべく面白いと思わせる様に持って行きます。私が覚えてますのは、みんな他愛ない事ばかしで。これは不思議のなんどという文句を忘れますと、親父が舞台の隅っこにある節穴を指さして、コレコレ、と言って思出させます。フシアナのフシ。もう忘れっこはありません。意味などむろん解りませんし、謡本が読める様になるまでは、皆そんな風にして覚えたのでした。ですからずっと後になりましても、ニとミを間違えて覚えて居たりしまして、ふと意味を考えますとおかしくなる事がございます。よく出来ると一々褒めてくれまして、その度にお菓子などを褒美に貰います。それに私はどちらかと云えば出しゃばりで、人なつっこいとでも申しますのでしょうか、皆にかわいがって貰いまして、子方が活躍する『烏帽子折《えぼしおり》』の様な能を度々さしてくれましたり、何もかも面白い事ずくめでしたが、褒めて貰えましたのも、ほんの子供の時だけで、大きくなってからは叱られるばかりで、いやもうさんざんな目に会ったことでした。

十五、六の頃から段々きびしくなって来ました。一日に謡三番と、毎朝舞の稽古をいたします。

その頃は、義兄の清之――六郎と名のっておりました私の養父に当ります、その他、兄の万三郎、先々代の観世銕之丞（紅雪といった人）新九郎、勇次郎など一族のものも多うござんしたし、弟子も大勢居りまして、それが毎朝寄って、お神籤の様な物を作っておき、当った曲を、直ぐその場で舞う事になっておりました。

その他に寒稽古というものがあって、ほんとは寒中にいたしますんですが、お正月はお催しが多くてとてもするひまがありませんので、宅では十一月三十日の晩から始めて、十二月三十一日の朝で終る様にしておりました。夜は十二時前に三番、甲の（高い）声で謡います。朝は夜明前に三番、今度は、呂の（低い声）で謡います。十日も続けますと、まるっきり声がつぶれて出なくなりますが、それをおして続けてゆきますと、終りの頃は大変楽になって、自由に声が出て参ります。はじめから声を出すのが目的ですから、節などあまり構っておりません、ただ大きな声を出して謡いつづけます。これなど謡の稽古というよりも、喉を鍛えるだけの為ですね。それを兄と二人、ほんとに声がきまりますまで数年つづけたものでした。

寒稽古は声がわりの、一番謡の苦しい時期から始めて四、五年つづけます。夜はよそ様のお催しから戻って来てうたうのですが、途中で切れると又始めからやり直さねばなりません。信じている神様に願をかけまして、ほんとうに死物狂いでいたすのでございます。その他に宅では一六の稽古と申しまして、一の日と六の日に、囃子方も全部集りまして、稽古能をいたすしきたりになっておりました。これはその後も出来るかぎりずっとつづけまして、私が十歳の時からつとめて只今では五、六千回にのぼっておりましょうか。二十代からは又別に兄と二人、毎日能の稽古をはじめました。半日で覚えて毎朝新しい物をいたします。兄とは十も年が違いましたが、何から何までいつもこの様に一緒にしておりました。

昔は稽古ばかりでなく、若い者は色々な雑用もやらされました。そんな事も我慢出来ない様では到底芸道の修業など、もっと苦しいものですから、覚束ないというのでございましょう。舞台の掃除など今よりずっとやかましいものでして、ちょうど私の若い頃には、勇次郎という者と二人で毎朝舞台を拭くのが仕事になって居りました。今と違ってその頃は舞台が外にあるので砂ほこりも甚うござんした。その時分は見所と離れて白洲があり、その先に舞台がふきさらしになっております。それを先ずぬれ雑巾で、おしぶきという事を致します。全部一度ふいてから、膝をついてもう一度丁寧にこすります。そのあとでかわいた布でふき、最期にもう一度うすい油雑巾でふきます。それを毎朝起きぬけにやらされたあとで、鏡の間から楽屋の掃除をし、さてそれから稽古にとりかかるのでございます。

十七、八になりますと一人前の大人ですから、父はもう手をとって教えてはくれません。そこが悪い、ここがいけない、と言うだけでございます。ある時、『松風《まつかぜ》』の稽古でした。シテ柱に立ってずうーっと謡ってゆき、例の、灘の汐汲む憂き身ぞ、の所に来ますと、そこはいかん、というのです。私は自分で言うのもおかしゅうござんすが、若い時は声に自信があったものですから、充分に聞かせようとして、声にまかせてたっぷり謡います。すると何度やっても許してくれないんです。さあ、もう恥しくてね、大勢の前に立ちん坊にされて、汗の出る思いです。しまいにはぽろぽろ涙が流れてまいります。いよいよいけないんで、父が謡って聞かせてくれますが、こちらに力がないもんで、真似しようにも出来やしません。おいおい、泣きだしちまいました。後で言って聞かせてくれましたが、お前のナダのダの字がいけない。声で聞かせようとするから、仮名がのびる。節で謡え、、、、——それで解ったのでした。

解ったと申しましても、ちょっと口では言えませんのですが、ダアという風に声だけのばして謡いますと、仮名がのびると申しまして、ひと口に言えばしまりがなくなるのでございます。力がぬけてしまう、……ま、そういった事ですが、こういう風に苦労して覚えましたものは、印象も深く、一生忘れませんですね。一事はすべてに万通するのだと親父は口癖の様に申しておりましたが、ほんとうに、すぐさま他の事にも通じますし私にとりましては、口惜しいとともに、有難い、という点で、一番忘れがたい思い出でございます」

と、はや實さんは、ぽろぽろと涙をこぼされる。

「ほんとに私は、涙もろいたちでしてね、ラジオを聞いてさえ、つい泣いてしまう事がよくあるんですよ、ええ。小説なんか、もういけません、自分の事みたいになっちまって。

十位の時でした、『藍染川《あいそめがわ》』の子方をしてて、橋掛《はしがかり》の所で母のシテが引込むと、のう母上と謡う所があるんですが、そこで胸が一杯につまって終まで謡えないで、声をあげておいおい泣き出したことがございます。大人になっても、仲光が自分の子供を殺すとこや『砧《きぬた》』などでも、女の物ですのに、つい身につまされて悲しくなってしまいます。親子の情兄弟夫婦、みんないけません。そんな事じゃいけないのかも知れませんが、どうもこればかりは性質でして、兄（万三郎）もときどき舞台で泣きましたが、自分ではどうにもならないものでござんすね。

先程の話の様に、昔の人達は、ただいけないいけないというばかりで、ちっとも教えてはくれませんでした。しかしこの頃になって、自分でもつくづくそう思いますんですよ、いくら説明しても、解らない人には解りはしません。昔の教え方はいかにも意地が悪い様ですが、始めの中はともかくも、少し上達すると、実際教えようにも教えられない事ばかしです。自分にはよく解っているのですが、さて口に出していう段になりますと、どうも間違った意味にとられるおそれがありまして、ついだまって止してしまうという事になりますが、……能というものは、出来るだけしか出来ないんですからやはりふだんの稽古だけが大切な様でございます。辛抱づよく数をかけることですね。

こんな事を申してはいけないのかも知れませんが、私は弟子の、当日の能は、まあ見る事は見ますが稽古の時ほど熱心に見ては居りません。後で、どうでしたかなどと聞かれて、返事に困ることがございますが、大そう不親切な様ですが、それは出来不出来というものはございますけれども、その人の根《もと》の力というものは、私には始めから解り切っておりますんで、別に何も今更言うことはないのでございます。

かりにその人の力以上に出来ましても、それはまぐれ当りというものでございます。もう一度してみろと言っても、二度と出来るものではございません。昔、こんな事がありました。父が勇次郎という親戚の者に稽古をつけている時、……たしか、『東北《とうぼく》』の能でしたか。上求菩提の機を見せ、池水にうつる月影、という所で、下を見る型がございます。それが、実にいいんです。お前、いつの間にそんな事が出来る様になったか、もう一度やってみろ、と言って舞わしました所、もういけません。いつもの勇次郎に返っちまって、前とはまるで別人の様に違います。こういうのはまぐれ当りで、決してあてになる事ではございません、能は何度やっても、同じ様に舞えるのでなくては、ほんとの物とは申せませんのです。

ところが父の方は、こういう場合、弟子のいい所をとって直ぐ自分の物にしてしまいます。ぬすむ、と云ってはいけないのでしょうが、ずるいと云えばずい分ずるいと言いたくなる様に、すぐさま自分がとってしまいます。それもうまくなくちゃ出来ない事なんで、何ともいたし方がない事でしょうが。

そういうわけですから、今日はうまくやろう、よくしよう、といくら思いましても、考えるだけ無駄な事です。当日は、ふだんの稽古だけが物を言います。そのかわりそういう事が解りますと、今度は稽古の方が面白くなって参ります。ふだんと、晴れの舞台とは同じ事なのですからね。私としましても、稽古してやって教える事の方がずっと好きですし、ずっとたのしみに思いますのも、そういうわけだからでございます。

まったく教えるというのは面白い事です。兄など嫌いな方でしたが、私は、皆さんそれぞれの性質が解りますし、色々自分の芸の為にもなる事がございます。また師匠と申しますものは、弟子を思う様に出来そうで中々出来ないもので、それはそれはずい分頑固なものでございます。そうかと云って、いくら素直な人でも、こちらが一生懸命しましても、暖簾に腕押しではまったくもって張合がござんせん。私などどちらかと云えば、悪い所を徐々に直してゆくというよりも、よくて、しかも出来ていない、当人が呑みこんで居ない、そういう所をのばして行く様につとめております。出来ない事は、いくら言っても出来ませんのですから、お話にもならない所は、直す気も起りません。しかしおかしな物で、いい特長をのばして参りますうちに、いつの間にか、悪い所も直っていたりして、教えるという事は中々たのしみなものでございます」

昔の思い出

「私がはじめてシテをつとめましたのは、明治十八年の六月十九日で、八つでした。能は『猩々《しょうじょう》』で、いくらかその時の事も覚えては居りますが、それよりも同じ年の秋に、その頃の皇太子様、大正天皇に『経政《つねまさ》』を御覧に入れたことがございます。舞台で刀を抜いて切りますのが大そうお気に召した御様子で、能が済んだあと、その刀を此方へよこせと仰しゃいまして、お座敷でふり廻してお遊びになりましたのを、目に見る様に覚えております。その刀は今も大切にとってござんすが、……今から思いますと昔は稽古や行儀作法がきびしい反面、のんびりした所もありました様で、『烏帽子折』とか『正尊《しょうぞん》』の切込みなどには、ずい分皆であばれたり、面白く遊んだものでございました。

何と申しましょうか、同じお能といっても、只今では芸術とか何とか大変難しい事を申しますが、昔はきまり所は今よりもずっときまっておりましたけれども、そう四角四面の真面目一方というものではなくて、お見物もおたのしみになる所はおたのしみになり、気を入れる所は熱心に御覧下さって、一体の気分がもっと寛いだ感じで、今から思うとおかしい様ですが、関西方面ではヨウヨウと掛声までかかりました。若い頃はそれが恥しくて、能ですと面をつけているから構いませんが、『歌占《うたうら》』の仕舞でしたか、立ちますとたんに掛声がかかって、もう真赤になってしまってどうしていいか解らなかった事がございます。やはり世の中がずっとゆったりしていたせいでもございましょうか、私などもあくせくする事なく、一にも二にも能の事しか考えないで暮しておりましたが、今から思うと夢の様な気持が致します。そんな風でしたから、わざわざ切合などの能を出して、子供達を遊ばしてくれる様な余裕もあったのでございました。

それでも子供なりに苦しい事もありまして、急にお召しを受けて、御前で『歌占』の能をつとめた事がございます。中三日しかありませんので、天覧能に粗相があってはと、父は御辞退いたしましたけれども、何でも私にその子方をと仰せ頂く手前、お言葉を返すのも勿体のうございますので仕方なくお引受けした事がございます。この『歌占』という能は二十八番物と申しまして、長い間廃曲になっておりましたものが、再興になったばかしで父もまったく存じません。三日ばかり寝ずでした。七つの年、……今でも覚えております。日に何度やりましたことか。ちょっと遊んでおりますと、直ぐつかまります。御飯頂くひまもない程つめこまれるんで、苦しくてなりませんでした。

それでも生れつき好きだからこそいたしますんですね。親父がよく話しておりました。私が三つの時、何でもひどい病気にかかったそうですが、扇を持たせるとだまって遊んでいる。ちょっと取上げると大騒ぎをいたしましたそうで、病気の時ばかりでなくしじゅうまるで玩具のかわりに扇をもって遊んでいるといった調子ですから、よほど好きだったんでしょうな。それをいつでも左手に持つので、左ぎっちょだと能が出来ないだろうと親父が心配したということです。私は今でも左利きですが、扇の使い方で不自由を感じた事はございません。生れた時から右に持たされてたんで、馴れてしまったせいでしょうが、他の事は全部左でいたしております。

子供から若い頃へかけて、きびきびした子でしたから骨惜しみをいたしませんで、代役でも何でも買って出ました。今でこそ三番能などと云って、珍しいものの様に申しますが、三番ぐらいしじゅうつづけて舞っておりました。いろいろ自分で工夫して能を舞うのが私には何よりもたのしみでございます。……はあ、どういう風に工夫するかと仰しゃいますか。それは我々工夫するとか研究するとか言っても、別段はっきりこうと定っているわけではござんせん。ただ、寝ても覚めてもその能の事ばかり考えます。頭の中で、しじゅう舞うんです。そうしている中に、未だむつかしい所があるな、出来ない所があるな、と思ってそれにつられてつい止せなくなってしまうんですよ、未だに次から次へと慾が出ましてねえ。やれ苦しいの辛いのと云っても、私はやっぱり能をするのがずい分好きなのですナ、大抵のいやな事は忘れてしまいます。もう年もとりましたし、舞台も焼けてありませんし、昔の様に舞う機会も少くなりましたけれども、頭の中でずっと一わたりしてみるだけでいいんです。それで充分たのしめます。能はまあ、何でも出来なくちゃ困りますが、私自身の好みとしては、生れつきの性格でしょうが、武張った、さっぱりしたものが、やっては一番気持がよろしい様です。でなければ、静かな三番目もの。これは実に好い気分のものでございます。

何と云っても子供の時から一緒でしたから、兄とは一番よく気が合いました。向うの型がちゃんとお腹に入ってますんで、附合うというのではなしに、勝手に舞って、合せようとしなくても自然に来てしまう。『二人静《ふたりしずか》』など、三十回ぐらい。『小袖曾我《こそでそが》』や『夜討曾我《ようちそが》』『猩々乱』など数限りない程一緒に舞いました。兄はおっとりした人でして、私は勝気で負けず嫌いの方ですから、若い時は、何負けるものか負けるものかと思ってやっておりましたが、それも舞台へ登るまでの事で、仲よく舞っております間は、何と云っても気持がよい位気が合いまして、競争意識など毛頭起りませんでした。

しかし一度こんな失敗がありました。大阪で『二人静』を舞った時のことですが、両方とも安心し切っていたのがいけませんでした。大阪の笛は森田流で、東京のとは違います。それを知らずに、序之舞まで無事にすすみましたが、舞いかけてはたと当惑いたしました。笛が一クサリ長く吹いているのです。兄はどこで何をしているか、見ようと思っても面をつけているのでさっぱり解りません。仕方がないので私はずんずん先へ行ってしまいました。ところが兄はゆっくり廻って来て、私が見えた時には、ずっと先の方を舞っている。こいつはいけない、てんで大急ぎで一廻りしたことがあります。お互いにその時の気が気ではなかったこと、今思い出してもひやひやいたします。やはりいくら馴れていましても、申合せなどの準備を怠ることはいけませんですね。これなぞ安心しすぎた事の罰だとおもっております。

極く最近の話ですが、九州で『鉢木《はちのき》』をしましたときも、やはりあまり馴れていたのがいけませんでした。疲れも多少手伝っていたかも知れませんが、後シテで勢よくぱっと出たのはいいんですが、気がついてみるといつの間にか『橋弁慶《ふなべんけい》』の謡になっております。おちぶれた常世と威勢のいい弁慶では大した違いです。これは弱ったと思いました時はもう遅かったのですが、どうにかこうにか間もあけずに鉢木に戻ることは出来ましたが、長い間にはこの様な失敗も多く、はらはらした事も二度や三度ではござんせん。

一度面白い事がありました。『石橋』を兄と二人で舞ったとき、これはちゃんと前もって申合せもしまして、七段という事に定めて舞ったのですが、当日どこをどうぬかしたものか、六段でパッと終っちゃいました。笛は未だ吹きつづけている。これは大変、兄貴はどうしたかと見ると、これも下に坐って終っています。気がぴゅっと合うという事は不思議なものです。あとで楽屋で話合いましたが、どこをとばしたのか、同時に終ってしまったわけで、二人ともさっぱり解りません。笛は、一噌要三郎という人でしたが、自分が間違えて一つ余計に吹いてたのではないかと、大変心配したと言ってでした。あれを一人だけ七段に舞ったとしたらずい分可笑しなものですが、間違いでも、気が合うという事は面白いものでございます。

これなど失敗と云ってもうまく行った方ですが、中にはとり返しのつかぬ様なこともございました。京都に夜行で行って翌日、『忠度《ただのり》』をすることになっていました。あれは観世会の催しで、汽車がこんでまして翌日あっちへ着きました。まっすぐ宿屋に行こうと思っていましたら、その日はちょうど、島原の花魁の道中でして、寝不足の所へ朝から一日お酒でした。はじめ賀茂川のふちのお料理屋に連れて行かれまして、これから祇園で踊を見ようてんで行きましたが、もういいかげんによっぱらっているもんで、舞台に何だか赤いものがちらちら動いていて、人間だか何だかさっぱり解りません。その中にいつ寝たんだかぐっすり寝こんでしまいました。起された時には、もう二番目の忠度が始まるから直ぐ来いというので、お恥しい事には芸者が一人わきに居て介抱してくれたんですが、起きた所がふらふらふらふらしてどうにもならないんですよ。清廉さんが、自分がかわって出ようと言って下さるんですが、それもあんまり失礼だと思いまして、無理をして舞台に出ました。ところが前は尉《じょう》ですからどうにか無事に済ましたが、後《のち》で困りました。我も船に乗らんとて、というところで、倒れやしないかと思いましたが、かの六弥太をとって押え、という所で、見物席から、例のヨウヨウと声がかかります。先ずよし、と思って安心し、それから先はどうにか舞いおさめましたが、いやあどうも苦しゅござんした。引込んで来たら酔がさめて、すっかりいい気持になりましたがまったく若気の至りとでも申しましょうか、無茶なことをしたものでございます。

ついでの事に恥をかいた事を申上げますと、これも又『石橋』なのですが、シテが先々代の銕之丞、私が赤（ツレの子獅子の意）をつとめました。ところが獅子（舞）の最中に、どうした事か、頭《かしら》がゆるんで抜けたんですよ。御承知の様に、頭は、つける時に面の紐へ通して、面と一緒にかぶるものです。さあたまりません、頭が後へひっくり返ると一緒に、面も額のあたりまでぐっとあがってしまって、まるで上向きになってしまいました。驚きましたね。直そうにも直すひまなんてありません。飛んだり跳ねたりしどおしですから、ますます後へずれて行きます。仕方がないんで、こっちはウンと頭をさげて、それでまあどうやらお見物の方からみた目はいいんですが、自分は下を向いてるんですからたまりません。苦しくはあるし、第一何も見えやしません。舞台の板目だけをたよりに、方角も何もあったものではなく、後を向いた時ときどき直してみるんですが頭《かしら》が重いんで直ぐ元へ戻ります。とうとう終りの所で、シテ柱にドスンとぶつかって了いました。こんな事はたまにしかない事ですが、思い出すとおかしいやら恥しいやらで穴があれば入りたい気持がいたします。

『葵上《あおいのうえ》』では、ひっこむ時に、よく面を落す人がありますが、かつぎを被るので、勢よく唐織をぬいでひきかつぐ時に、面の紐ごとはね上げてしまう為に、そういう事になるのでございます。しかし、それはちょっと気をつければよろしい事なんで、紐にも鬘にもさわらぬ様、落着いて持ってくれば何でもありません。とっさの場合にも、注意しててていねいに物事をいたしますれば、間違いというものはそうおこるものではございません。

失敗ではありませんが、昔古市様（男爵）というお方は、長い長いおシゲ（鬚）をはやしておいででした。ぜひ『道成寺《どうじょうじ》』をやりたいと仰しゃるんですが、何しろあのおシゲではね。女物をなさる時は、いつもこう、下から上へ逆に頰被りをなさってでしたが、もし自分に『道成寺』をゆるしてくれさえしたら、こんなシゲなんど剃ってしまうと勢よく仰しゃるので、それではというう事になりお稽古申し上げたのですが、いよいよ前日になって、どうなさるかと思うと、どうしても惜しくて剃るわけには行かない。仕方なしに、いつもの様に頰被りでなさいましたが、それはそれは可笑しなお恰好でした、ええ。でもナンですね、あれだけのおシゲを落してお了いなさるのは、きっと御自分の身になってみれば、大変なことですよ。

若い頃、三井様で、『紅葉狩《もみじがり》』のツレをした事がありました。坐ってるうちに、足がしびれて来ましたので、一生懸命足の指を動かしてみますんですが、もう中入というのにどうしても直りません。困った困ったと思ううちに、立上ったとたん感じがなくなって、どすんとその場にひっくり返って了いました。いや、恥しいの何のって。……その時は畳の上でしたが、私達はどうも畳というのは苦手です。舞台の上では、一度もそんな失敗をした事はないんですが、おかしなもので、シテではどんなに長く下に居ても（坐る意）、足がしびれるどころか痛くなることさえありませんのに、自分ではそんなつもりはありませんけれど、やはりツレというのでちゃんとお腹に力が入っていなかった証拠ですね。

これも又『紅葉狩』ですが、未だ父が生きていた頃、佐倉に能がございました。前日が大変な嵐で、何しろ吹きさらしの仮舞台だったものですから、すっかりぬれてしまって使えません。向うの人もこれじゃ仕様がないというので、いぼたでごしごし拭いてくれます。そこへ雨が晴れて、にわかに日が照りつけたのだからたまりません。やがてお能が始まって、何の能でしたか、子方が幕を出たとたんに先ずステンとひっくり返りました。そこへいきなり風が吹いて、松ばめの所に金屏風が置いてありました、それがバタバタ倒れます。直しに行った幹事の人達が今度はまたステンステンと転んで了う、いや、大変なさわぎでした。私は紅葉狩のシテでしたが、前は静かですから構いませんが、後シテの鬼になって、角へ行ってふんばろうとするとツウーッと一間ばかり滑ります。また台の上にあがろうとしますと、台ごとズッズッとずれてしまいます。危くて危くてやり切れません。しかし、その時父にほめられました。よく転ばなかった。あれは腰が据っているからだ、と喜んでくれましたが、そう言われて、ああそんなものかな、と始めて合点が行く様なもので、自分では自分のしてる事が中々解らないものでございます。

ナンですか、私はどうも神経過敏なたちらしく、幕が上ってしまえばもう平気になれますが、それまでがどうもいけません。これは未だに駄目でして、つい怒りっぽくなりますので、楽屋ではみんなひやひやいたします様ですが、こればかりは何とも致し方ありません。まだ二十ばかしの時でした。兄が病気で、急に始めて二番つづけて舞ったことがございます。兄の代理で、はじめての『熊野《ゆや》』でした。さあ出た事は出たのですが何しろ急なこととて、ぶるぶるふるえちゃってどうにも止りません。あの、文を持って読みます所で、まったくどうしようと思った事でした。しかし、そうかと云って、反って代役の時によく出来ることもございます。どうせ代役だからうまく行かない、とあきらめているせいもありましょうが、私などそんな時の方が、反って落着いて大きな気持で出来る様な気がいたします。

長い年月の事ですから、それはそれは色んな事がございます。一番自分で可笑しかったのは、二十すぎた頃、『紘上《けんじょう》』のツレ、師長をした時の事でございます。正面を向いて、琵琶をかなでる所で謡を度忘れしまして、ふっとつまって了いました。父は幕の中から恋いわびて恋いわびて、と大きな声でどなってくれますが、切っかけを失なったので謡おうにも謡えやしません。思わずはっと手をついて、其処へお辞儀をしちまいました。ほんとにお辞儀をして了った、というわけです。親父に、というわけではなく、見物にあやまるという意味でもなく、ほんとに、参った！という気持でした。油断をするのもいけませんが、緊張しすぎるのもよくありません。いつでもその中をとって、どちらにもかたよらずするのが一番よろしいのでございます。

昔は色々面白いことがございました。お能というものは今の様に窮屈なものではなくお素人衆にはほんのお遊びでして、今とは大変違う様に思われます。只今では皆様真面目に稽古をなさいますし、お上手な方々もずい分ふえましたが、昔はとてもそんなわけには参りませんでした。父のお弟子には、お大名さん方が沢山おいでになって、ある時『烏帽子折』で十人あまり全部お大名が勢揃えなさった事がございます。その中立廻り（戦う場面）が始まって、盛んに切合をなさっていましたが、中のお一人が、――どなた様かちょっと覚えませんが、懐にかくして居られた銃でいきなりドンと一発おうちになった事がございます。さあみんな驚きましてね、誰一人気付かなかった所へ大きな音が聞えたものですから、みんなとびあがったそうです。これは私が子供の頃か、いやもっと前の話であったかも知れませんが、おかしかったと見えてよく話して聞かされました。

しじゅうそんな悪戯をして喜ばれた様ですが、それで許されていたのですから、ずい分呑気な時代でございますね。今そんな事をなさったら騒ぎでしょうが、考えようによっては、お素人はその位の度胸がおありになってもいいのかも知れません。私のお弟子さんに一人、もうお亡くなりになりましたが、面白い御年寄がいらして、ふき出したくなる程お下手でしたが、いつも仰しゃいますには、俺は素人だからお前ら玄人はみんなついて来い、俺がとまった所でとまる様に謡え、といった調子でした。ああいうたちの方はもうなくなりました。お素人にはお素人のよさ、みたいなものが私どもから見ますとお有りなんですが、……私なぞ、ああ羨しいな、一度素人になって舞ってみたい、誰にも文句を言われずに、あんなにハメをはずして思う存分舞ってみたらさぞいい気持だろうなどと思う時がございます」

先代實の話

「父の話でございますか。それはもう私の話の大部分は、親父の口から聞いたと言ってもよろしい事ばかしで。世間でも上手と持囃されておりましたが、子供の目にもいかにも立派な人として映りました。

何しろ口にも言えない程の苦労をした人で、もともと梅若家の実子ではなく他からの養子でした。熊ケ谷在の寛永寺の御用達、鯨井という家の次男に生れたそうですが、私の祖父というのが大変な道楽者で、何でも父の実家から大変な借金をしまして、そのかたに父を養子に貰ったという話ですが、昔はずい分おかしな事をしたものだと思います。どんなに祖父がだらしのない人だったかと云えば、芝居など見に参りましても、茶屋の草履をそのままはいて帰るといった風なんで、芸も大した事はなかったと思いますが、そんな人の養子にまいりました父はむろん稽古も充分にしては貰えませんでした。他の人達に聞いたりなどして殆んど自力で修業しましたのですが、若い頃は声が出ないで、まるで蓋をした風呂桶の中でうたっている様だなどと悪口を言われましたそうです。それから発奮いたしまして、一ツ目の弁天様、そこに願をかけて毎日拝んでは謡の稽古に通ったそうでございます。何しろ国中大騒ぎの頃ですから、能などは中々出来ませんし、謡の声など表に洩れますと、不届きな奴と言われて殺されかねまじいので、吾妻橋の向うの、向島に行こうとする所に枕橋というのがありますが、そこにあるお大名の中屋敷を拝借して、泉水の中にある亭で、ひそかに稽古をつづけて居たと申します。

そんな風でございましたから、御維新当時には他の流儀のものは皆止してしまって、色々な商売をはじめました。今金春《こんぱる》通りというのが銀座に残っておりますが、あすこは何でも金春がお茶屋の様なものをはじめて、金春新道とか申したと聞きましたが、私などの生れる前のことですから、真偽のほどは存じません。ま、そういった工合に、それぞれ他の商売に転じましたが、能は出来ませんし弟子もございませんし、父もよほど困ったと見えまして、何んでも楊子をけずる様な内職をして、辛じて命をつないで居ったと聞きます。

ま、そんな事で段々世の中も治まって来ましたが、猪谷長五郎という名前の人が居るが、それがどうやら観世の家元（清孝）らしいとわざわざ知らしてくれた人がありまして、行ってみると、はたしてそうでした。そこで人目をしのんで暮しているのをひっぱり出したというわけでしたが、能などそれから長いこと出来ませんでした。

慶応元年になって、ようやく釘づけの、二間に三間の粗末な舞台をつくる事が出来ました。幕もありませんので、五つ布の風呂敷をかけて使っておりましたが、これは今でもその時の記念に、大事に宅にとってございます。それではあまりひどいと云うので、よそさんから呉絽の赤い幕を頂戴いたしまして、ま、そういった工合に、人様のお情にすがりましたり、弟子も次第にふえてゆきまして、どうやら恰好がつく様になりましたのは、万三郎が生れました明治一、二年の頃でもございましたろうか。

宝生九郎と盛んに能を一緒にしましたのも、その頃の事でございます。楽な時には、流儀流儀と申しますけれども、そんな事に構ってまで居られません。そのかわり皆熱心で死物狂いでございますし、困る時など芸にも一そう身が入ります。親父など殆んど自力で修業した様なものでしたが、九郎やそれから桜間伴馬など、互いによい友達でもあり師匠でもあって、羨しいほど助け合ったものでございます。九郎とは一番多く能もしましたり、連吟もいたしましたが、もとが同じですから、流儀が違ってもそう困るものではございません、反って面白かった様に記憶しております。節は違っても、合う所へ来てぴったり合う、聞いてて実にいいものでございました。

明治九年四月、はじめて岩倉様から仰せつかって、明治天皇の天覧をたまわりました。その時父は、九郎を誘って楽屋まで連れて出ましたが、その由を申上げますと、それは丁度いい、ぜひ舞う様に仰せになりまして、九郎はその時『熊坂《くまさか》』の半能をつとめました。九郎はそれを恩にきまして、父が生きています間、それはそれはよくつとめたものでございます。昔の人には、そういう義理がたい所がございました。

不思議な御縁と申しましょうか、明治天皇が始めて東京で能を御覧になりましたのが、父の『土蜘蛛《つちぐも》』。最後の天覧能が、同じく私の『土蜘蛛』でございました。よほどお能がお好き様でいらっしゃいましたものか、主に父がシテでしたが、天覧に供しました私共の能だけでも、四十数回の多きにのぼります。昭憲皇太后様は特にお好みになりまして、父と九郎がしじゅうお召しにあずかりました。父が謡いまして九郎が舞ったり、或はその逆でございました。当時のお部屋の御模様などくわしく書残してございますが、三間つづきのお座敷で、御座所からひと間おきました所で舞ってお目にかける事になっておりました。

ある時皇后様が父の『百万《ひゃくまん》』の能を御覧になって、面から涙がこぼれた様に見えた、と有難いお言葉を給わったことがございます。父はその時しきりに喜んでおりましたが、先日私が『木賊《とくさ》』を致しましたとき、同じ事を仰しゃって下さった方がございまして、この時の父の心持を察して、ああ有難い、と思ったことでした。研究してやりました後、皆さんからそういうお言葉を頂く程うれしい事はござんせん。

大宮様（英照皇太后）、これは又ほんとのお能見《のうみ》でいらっしゃいました。幕離れ一間の所で、そのシテの芸の程が解るといつも仰せになりました。幕離れと云えば宝生九郎と父とよく話しておりましたが、あすこの所が一番苦しいと申しておりました。私もそう思いますが、それと、ずっと橋掛りを出て来まして狂言座のあたり、舞台に入ります前の一の松あたり、あすこがどういうわけか解りませんけれども大変に苦しいものでございます。

大宮様は、お能がお好き様なばかりにわざわざ京都から御上京になったと申上げてもよろしいほどで、事実左様なお話も内々承っておりました。親父ほど行幸啓のお能の数をつとめた者は先ずございませんでしょうが、この他非公式にお召し頂いた回数はかぞえきれません。まことに光栄な事に存じております。

何と云っても親父は昔風の人でしたから、ずい分頑固でおかしな所もございました。ええと、明治三十八年のことでした。岩崎弥之助さんが、どうも舞台が蠟燭じゃ暗くていけない、電気をつけてやる、と言って下さるんですが、父はどうしてもいやだと申して聞きません。その頃は正面のきざはしの両側に二つ。ワキ正面に二つ、橋掛りに三つ、その他後見座の上と笛柱に四角いガラスの箱に太い蠟燭を二本たてて照明のかわりにしているのですが、岩崎さんが仰しゃるには、電気電気と云ってそういやがるな、あのガラス箱だって外国の物を使っているじゃないか、と言われてとうとう兜をぬいだというわけです。その頃の電気は、これが又ひどくチャチなものでして、廂に棒がぶらさがっている、その先の折釘に電気をひっかけてあるだけです。それをつける役目は私でしたがどういう工合か時々つける度にパチパチ火が出たりするので危くて弱りました。まあそういった事も昔の夢で、今の様にすべて便利になりますと、どうも反って皆怠け者になる様な気がしない事もございません。

それからあの、舞台の方角のことはお話しいたしましたかね。……昔みんなが出勤していた時分には、わきに始めてうかがった時、そこのお舞台の方角をあらかじめお聞きしたものです。それによって一々型が変ったのですが、それではあまり工合が悪いというので、只今の様に父がきめましたものです。私共の流儀では、御存じの通り舞台に向って右の方が東ですが、それは父がきめましたもので、他流はそれぞれ違いましょうが、とに角それまでは舞台によって東が前だったり後だったり、その度に違うので都合のわるいものでした。

そういう風に、父が改良しました事は他にも沢山ございます。合頭《あいがしら》（囃子の専門用語）一杯に謡をとめたり、打上《うちあげ》（前に同じ）一杯まで謡を引く様に定めましたり、又、昔は女物でも男の様に足を八の字に開いて立っておりましたが、それも足をきちんと揃える様にきめました。女物をする時でも、昔は毛脛が見えたりして行儀の悪いものでしたがそれも白いパッチをはく様にいたしました。宅では白縮緬を使っておりますが、一番のびちぢみがあって工合がいい様に思います。

これは父がきめたというわけではございませんが、小書のクツロギ（小書というのは能の特別演出法。クツロギとは、舞の中、橋掛幕際にて少時《しばらく》休むが如き姿勢をとる。『融《とおる》』『海士《あま》』『紘上』

その他の曲にある）なぞというのは、昔はほんとに一時幕に入って休んだものらしいですね。おおかた草疲《くたび》れたり、気持でも悪くなったんでしょう。それが偶然上手な人だったもんで、これは面白いという事になり、あとの人達がわざわざ真似をしてつくったものだと思います。忘れたりとばしたり間違えたりして、失敗から始まった事も案外多いのかも解りません。それが今ではむつかしい物になっていて、やかましく言われるのですからおかしなものです。そんな事をうるさく言うより、芸を磨いた方がいいと、私はそう思いますがね。

父の若い頃には、今と違いまして色々好い事もありました反面、ずい分ひどいいじめ方もされた様です。昔は何てますか、ひがんだり恨んだりすることが多くて、父が奥詰になりました時なんぞ、それをねたんだのでしょうが、楽屋で弁当をあけようとしますと風呂敷が釘づけになっています、あけて見ると中に灰がはいっている、それを怒ったりしますと稽古をして貰えませんので、仕方がないのでだまっているより他はありません。ある時楽屋に行ってみますと、オイ六郎、向うの飯屋に行ってめしを一杯買って来い。大小さして恥しいのですが、暖簾をくぐって、めしを一杯呉れ、というと妙な顔をされます。お前達にはそういう苦労がないから楽だ、とよほど口惜しかったのでしょう、そんな話もよくして聞かしました。

中でも一番情ない思いをしたのは、その奥詰になりました時、柳橋から船に芸者など沢山のせて馳走したことがございます。夏だそうでした。飲んだり喰ったり大さわぎをしているのに、皆他の人は着流しですが、父は若いのできちんと羽織袴をつけまして主人役をつとめていましたが、向島の、あれは白鬚ですか、橋本ってのは。――そこの料理屋にあがって、又飲んだり喰ったりしていると、鰯コイコイ、と売りに来ました。すると、オイ六郎、あの鰯を料理してくれえ、と言い出した人があります。これだけ馳走しているのに、情ないとは思いましたが、年上の先生みたいな人達の言いつけですから、帳場に行きまして実は鰯をたべたいと仰しゃる方があるのだが、と申しました。するとお内儀さんが皆の席へ出て来まして、どなた様か召上りたい方がございますそうですがこの橋本では未だ鰯を料理したことはございません。ときっぱり断りますと、いや決してたべたいわけではない、あれは笑談だ、と言ってごまかしてしまわれました。親父にはそのお内儀さんの情が、身にしみて有難く思われたそうですが、何でもその様に意地悪くされまして、泣きたい様な気持になった事もしばしばあったと申します。

ある時なぞは、今始まっている能の次へ急に『安達原《あだちがはら》』を舞えと言われまして、お受けしたのは観世太夫でしたが、楽屋の者がそれをねたんで、新参者メが、と言って白い眼で見ます。父は父でまだろくに稽古してありませんので、お型が危いのですが、命令ですから断る事は絶対に出来ません。両方の板ばさみになって、辛いおもいで、無事には勤めましたけれど、その時の気持ってなかったとしじゅう申しておりました。

同じ様な話ですが、何でも番組に楽《がく》の物がついていて、急に前日になって、盤渉《ばんしき》（楽という舞の特殊形）で舞えと言われまして、その頃父は未だ盤渉を知らなかったので、一晩寝ずで覚えましたそうです。私も若い頃、その話を聞きまして、親父の出来る事なら自分にも出来ない筈はないと思って、一晩がかりで覚えて兄の代役に出た事がありますが、やっぱり親父も中々負けず嫌いだったのですな。ずい分能は好きでしたから、まずい人のでもうまい人のでも、しょっちゅう嵐窓から見ている様な人でした。

一番始め、私が親父を、ああうまいなと思いましたのは、明治二十一年、十一の年でした。

『俊成忠度《しゅんぜいただのり》』で、私がシテをいたしまして父がツレの俊成でした。舞台に入って、親父がワキ座に花帽子をつけた僧の姿で坐っています、それを見たとたん、どこがどうというわけではありませんが、思わずああいいなあと感じたのを覚えております。まあひと口に云えば、板についているとでも申しましょうか、大きく落着いた感じで、それが何とも言えずよく見えたのでした。

父はやっぱしナンですな、『松風』みたいな物が好きでして、後に京都に参りまして、方々見物しても、『熊野』の方ははじめあんまり好みませんでした。同じ『熊野』『松風』と申しまして歩き、四条五条の橋からずっと清水のあたりまで、今も昔も変らぬあののんびりした景色に接しまして、それから好きになったと申しておりました。きびきびした物では、『七騎落《しちきおち》』。『安宅《あたか》』はさほどではなく、万三郎ほど度々しては居りません。あまり好かなかったせいでしょう、私は十一回いたしましたが、私もあんまり……。しかし、兄の方はこれは特別で、押出しが弁慶そっくりだったのですから、自分の好みというよりお見物の御趣味に応じたのが大部分であったかと思います。

私は能が一番好きでございますので、能の他に何の趣味も持ちませんし持ちたいとも思いませんが、父は芝居なども中々好きでして、寄席などもしじゅう聞きに行っておりました。円朝がひいきで毎晩の様に通いますので、しまいには木戸御免になった程でした。宅にいい喝食《かっしき》の面がございますが、それは円朝から貰いましたもので、自分が持っていても何にもならないからと言って父にくれたものでございます。そういう人達とも時々は附合っておりましたので中々話も好きで面白うございました。私などそういう父にくらべたら至って無趣味なつまらない男でございます。

父は最期に『石橋』を舞いました。『石橋』はただ勢よく馳けずりまわっているだけで、ほんとうに舞う人がいない。心が獅子にならなければ駄目だ、と親父はいつも申しておりました。七十八歳の時、その『石橋』を舞いまして、万歳千秋舞いおさめけり、と扇子に書いて皆にくばりましたが、それを最期にふっつり能は止しました。

その時のことですが、私の家内が済んでから申しますには、お父さんが作り物の中から飛んで出て、パッパッと頭を切った時は物凄かった。それにひきかえあんた方は、というのは、子獅子をしました兄や私の事なんですが、勢はよかったけれども、ちっともおそろしくはなかった、と言われ、成程と感心いたしました。親父の獅子はじっとして居ても、どういうもんですか、白頭を左右にパッと切りますと、他はちっとも動きませんのに毛の先の方までビリビリッとふるえます。後から見ていても解ります程で、あすこまで力がはいるのは容易な事じゃございません。何しろ八十近い老人なのですから、とても体力などというものではなく、やはり腰がしっかりして居りませんとあは行きません。それを最期に親父はふっつり止めまして、もうその後は仕舞すら舞わずに終りました。亡くなりましたのは、明治四十二年一月十九日でございます」

翁について

「御存じの様に例の『翁《おきな》』と申しますのは、儀式の様な一種特別の能でございまして、それについて少しばかり私の知っております事をお話しておきたいと思います。

この能を舞います時は、一週間前より別火《べっか》と言いまして、飯を焚くのでもお菜をつくるのでも、皆自分でいたします。ひと間にとじこもって精進潔斎をし、女の手は一切借りません。

当日、幕の内で太夫が床几にかけて、直ぐ出られる様に幕に向います。昔はそこへ将軍の御簾があがります。それと同時に幕をあげるのでございます。この翁ばかりは、どんな能の嫌いな将軍でも、必ず御簾をあげて御覧になるしきたりになって居りました。そこへ使者が麻裃長袴でもって将軍御前から白洲を渡り、階をのぼり、舞台に上って一の松へ行き片膝つき、シテに向って、始めませい、とひと言申します。そうするとシテがお受けいたします。お受けすると申しましても、何もするのではありますまい、ただちょっと頭を下げますんです。

楽屋ではお三宝にお頭付、八束台にお神酒があがりお饌米にお塩、盃をのせまして、翁の面箱に白式黒式の面、三番叟の鈴を入れ、そのわきに、翁烏帽子、侍烏帽子（千歳《せんざい》の用いる冠物）、翁の扇、千歳の小刀などがそなえてあって、切火を打ってお浄めしてございます。

いよいよ始まる前に、翁から三番叟、千歳、面箱持、笛、大小、太鼓、シテの後見、狂言の後見、昔は地謡も全部、お神酒を頂きます。シテの後見が舞台へ向って、カチカチと切火を打ちます。それがすんで、お幕。（シテは出る前に、必ずオマークと声をかけて幕をあげる。）それはもう出るときからおそろしい様な神々しい気分でございます。

あとは、舞台で御覧になるとおりで、翁の心得としては、はな正先へ出て拝をいたします。それから、まゐらうれんげりやとんどやと、此処で扇を顔にあてて拝をし、両手をひろげて、千早振、を謡い出します。そよや、という所で又拝をします。それから翁の舞にかかります。

翁の舞は、天地人に舞います。角へ行き拍子を踏む所が天、ワキ座へ行って拍子を踏む所が地、一番終いに真中で拍子を踏む、それが人でございます。ここで又拝をいたします、……万歳楽、という所でございます。それから後見座に行って、自分で面をはずし、面を頂き、箱の上に置きます。それで舞は終りますが、天地人といいますのは、拍子を踏む時に、天は上、地は下、人は真直ぐ見る気持を持ちます。天地と見まして、又もとに帰るのでございます。それが済みますと、又正先へ出て拝をし、あとは翁がえりと言いまして、幕に入ります。この拝、つまりお辞儀の手をあげる時に、千歳も一緒に手をあげて、幕に入るのでございますが、橋掛に来ると、鼓がシラコエ（素声か？）と言いまして、低い掛声をかけます。それを相図に早くなって、幕へ入って終るのでございます。

ひと間に閉じこもって別火をします部屋は、翁が済むまで、お茶の道具に至るまで手をつけるわけには行きません。済む時間を見て、片附けます。宅など、今でもそのとおりやって居りますが、この節は忙しくなりましたので、別火は前日からいたす事になっております。出掛けるまで何一つ、女に手をつけさせないのは、今でもそのとおりいたしております。

翁に間違いがあるのは、大変不吉な事にされております。父が明治になる慶応三年に将軍家の能に千歳をつとめました時、舞のとまりで小廻りをしてひらくと同時に、ヒシギ（笛の高い調子）をふきます。そこで拍子を踏もうとしましたら、マチに足がひっかかりました。こんな事はない事でございます。仕方なしに、そのまま下に座ってしまいましたが、昔でしたら切腹になる所でございます。直ぐ伺いをたてました所、拍子を踏むより反ってよかった、と将軍からひと言お褒めの言葉を頂いたので傷がつかずに済みました。そのわけは、父が登城するとき、別火をして出勤しましたところ、隣に仲間が居て、一緒に行こうと誘いに寄りました。その人に母が、もう先刻出掛けました、……ああそうですか、……実は胴帯を忘れましたので、これを届けて頂けませんでしょうか、と何の気なしに渡しました。それを当人も気がつかず、その人もうっかり持って来たのですがはたしてそんな間違いが起ったのでございました。不思議な事でございます。まあ、そんな事、と仰しゃればそれまでですが、後で思い当りまして、おそろしい事だと申しておりました。

それから先年私がつとめた時も謡い出して地との掛合になる、そこで一句抜いて先にうたってしまいました。地が、これは大変だと思いましたが、前の文句をうたいますと又うたわなくてはならないので先へつづけました。私は何も気がつきませんでしたが、せがれ共が気にするといけないっていてんで、だまって居ようというんで少時ナンにも知りませんでした。するとその年の暮に母が亡くなったんです。それが一月で、亡くなったのが十月でした。そこで始めて実はこの春の翁に、これこれこういう事があったと聞かされました。何も思い当る事はありませんが、不思議にそこへぶつかって出ます。大正十二年の震災の時も、梅若進という親戚のものが亡くなりました。この時も、進が千歳で、小サ刀のツバから先が舞ってる間にぽっくり折れて落ちました。ない事なので、こりゃ何かあるぞ、と思っていた所へあの地震でした。

又、私が若い頃伊勢半という料理屋があり、そこの御主人が宅のお弟子さんでした。そこで謡の初会がありましたが、私も自分の弟子だもんですから招ばれて参りました。翁をうたうおシテさんはどこかお菓子屋の主人でしたが、それが着流しです。翁うたう人が袴なしではいけません、おはき下さい、と頼みましたが、袴なんぞ、とてんでとり合ってくれません。お素人ですから、そんなにがんばるならそのままでなさい、という事になりましたところ、中途からひどい腹痛で前につっ伏してしまったので、お医者様をよんだりなぞして、ええもう大変なさわぎでした。これなども実に不思議なことでした。ですから我々でも、翁をつとめます時ばかりは、うまくやろうなどとは思いません。ただ滞りなくつとまる様に、それだけを念じていたします」

舞と謡について

「翁の次にまいりますものは、何と言っても脇能（神をシテとする能）でございます。大体四種類にわけられまして、老松・白楽天などは、序之舞。高砂・弓八幡《ゆみやわた》・難波などは神舞。東方朔《とうぼうさく》・白髭の楽。それから嵐山・賀茂の類は働《はたらき》でして、真の一声で出るものは位がやや同じでございます。二の句、送りこみ、があって、サシになります。これは高砂ですと、誰をかも知る人にせん高砂のという所でちょっと気分が変ります。老松ですと同じサシでも軽くならず、もっとどっしり謡います。

東方朔・大社《おおやしろ》・白髭などはどっしりとしていても、どこか神舞に近い所がございます。働きものはずっと強く、変って来ます。言葉（謡の中の）にしても変ります。後はそれに準じて違って来ますが、嵐山になると高砂に近くなって、よどみなく、清らかに謡います。それにつれて初同も、高砂の、四海波静かにてなど、すらっとしておりますが、老松ですと、しっかりなります。老松・白楽天などは、中入までしっかりして居ますが、高砂・弓八幡の様な神舞のものはさらっといたします。賀茂は前が女ですから少し違いまして、玉井《たまのい》・海人《あま》などの様にやさしく謡いますが、それでも他の女物よりずっと強めにいたさなくてはなりません。

同じ脇能でもそれぞれ違いますが、総じてめでたい気持で、滞りなく謡うことになっております。高砂の、昔の人の申ししは、これはめでたき世のためしなり、――この一句で、高砂というのは、めでたい儀であると申しますが、この所は特に心して謡います。次の、御代をあがむるたとへなり、――ここで高砂という言葉の意味が解りますので、前につづいて大切に取扱うことになっております。

どうもこういう事は、口でははっきり申上げることが出来ません。一度全部に渡ってお話しようと思って考えてみましたが、謡ってみない事には解らないことばかしなのでもうこの位で止しまして、色々思いついた事をその時々にお話した方がいいかと思います。話は違いますけれど、あの後見というものは、ただ坐っている様に見えますが、あれで中々苦労するものでございます。私が一番心配しましたのは兄の『木賊《とくさ》』でした。後見というのはシテより上の人がするのがほんとうですが、その時分には私もまだ若かったので、自分も稽古してシテと同じ程緊張して見ておりましたが、舞の中程で気分が悪くなりました。休息と云って座る所がありますが、そこで兄が中々立上りませんので後からそっと聞きますと、大丈夫だと申します。ま、どうやらその時は終まで舞いおさめましたが、代ってくれと言われたらどうしようかと心配で心配でなりませんでした。

それより前三十郎という人が居りまして、舞台へ出る前に酒を飲むくせがありました。『松風』でしたが床几にかけている間に酔が出てまいりました。その頃の錬之丞（三代前）が後見で長《ちょう》絹《けん》を持って出ますと、「錬之丞、おい、かわってくれ、かわってくれ」と息もきれぎれに申します。その時錬之丞は即座に代りまして、袢のまま最後まで立派に舞い納めました。父が若い頃の話ですが、ああ、ふつうの者ならひっこんで了うところ、直ぐにかわれと言われてしまいまで一番舞ってしまう、私も早くああいう風にまってみたいものだと思いましたそうで、その話を聞いておりましたので、よけい責任を感じたのでございました。

そんな事は一生の中度々はございませんけれども、いつか毛利様（男爵）が『杜若《かきつばた》』をなさいました時やはり途中で御気分がすぐれませんで、私が代ってさしあげた事がございます。その他には先々代の銕之丞が『通小町』をいたしました時、これは代りはしませんでしたけれども、やはり苦しくなりまして、終りに後からかかえる様にして橋掛りをかえった事がございます。中気の気味でして、もうそれを最期に舞台にはのぼれませんでしたが、その時もずい分心配いたしました。いや、長くいたしておりますと色々の事があるものでございます。

昔、私が『井筒』の稽古を父につけて貰っておりました時、その銕之丞にほめられた事がございます。寺の鐘もほのぼのとと、拍子を踏みますところで、竹ちゃん、間《ま》がいいな、と申してくれました。この間というのは不思議なもので、同じことでもほんのちょっとの違いで、いい人と悪い人があるものでございます。一概に間と申しましても、きちんと寸法に合うのでは面白くございません。合っていてしかも合わない所がまことにこの、何と申しましょうか、微妙な所でございます。人によっては、あの大鼓《おおかわ》の様に間の大きいものになりますと、心持つまる人とのびる人がございます。それを心得てまして、囃子に合せて拍子を踏みますのですから、自分だけではなく人の事まで考えなくてはなりませんので中々むつかしくなって参ります。こればかりはいくら教えても生れつきのものですから何ともなりません」

この間《ま》についての話で私は菊五郎の芸談の中の、団十郎の言葉を思い出す。『踊の間というものに二種ある。教えられる間と教えられない間だ。取分け大切なのは教えられない間だけれど、これは天性持って生れて来るものだ。教えて出来る間はあいだと云う字を書く。教えても出来ない間は魔の字を書く。私は教えて出来る間を教えてやるから、それから先きの教えようのない魔の字の方は、自分の力で索り当てる事が肝腎だ』と。

「間ばかりでなく足拍子というものも、みんなそれぞれ違うものでございます。よく父が五人程舞台へのぼせて、自分は後向きになって、一人一人拍子を踏んでみろ、俺は呼吸と音だけであてゝみせるからと申しまして、やってみると百発百中で狂うことがありませんでした。拍子というものは、……こないだから考えてて、上の句が思い出せないんですが、――のりのらず句合《くあい》を踏みて当らぬがよし、という歌がありまして、句合とは文字と文字の中間ということでもございましょうか、ま、これでも解ります様に、大変厄介なものでございます。（大体の意味は、調子にのりつつのらない様に、句の間にふみこむ様にして機械的に合わぬがよい、程の意味か）

歌で思い出しましたが、先日探し物しておりましたら、父の書いてくれました物が出て参りました」

一　声ノヨキ人ハ我声ニマカセテヒクク諷フ謡モ高クウタヒ声ノミ気ノツク故肝要ノ曲ヲ
　忘ル
　古へ名人ノ詞ニ、
　声ヲ忘レテ曲ヲ知リ、曲ヲ忘レテ拍子ヲ知レ、ト云ヘリ
　歌ニ、

イデヌヨリナホ出ル声ノ音曲ハヨコシマナルゾウタテカリケル
ソレゾレニ我心ヲバ持ナシテ諷フ人コソ上手ナラマシ

又一枚。

一　癖ナク聞能キ様ニタシナムベシ
一　声ヲヨク出サント声ニ心ヲ付ケザルガヨシ。声枕トナリテ（先に立つ意か）謡シダルキ（だれる）物也。諷ノ自由ニナラザルモ声ニ心ヲ付ル故也

口舌心　　三ツノ伝

一　口　文字ノアツカイ、アザヤカニ諷
一　舌　仮名扱ヨク言ヒワケ、文句ニ実ノ入リテ、カロ〳〵ト諷
一　心　万法ノ籠ル所也

十八体之悪ノ歌

一　我が癖は猪首折首いがみ首
　　たるみかひなにさし肩としれ
一　鳩むねに胸出ぬればのけぞりて
　　腰ぬけ能に横ひがみする
一　海老腰にかゞめる膝は立すくみ
　　きびすはねつゝわに足となる

一　ゆるぎ　およぎ　りきみ

拾八の癖

一　ゆるぎ
一　およぎ
一　猪くび
一　いがみ首
一　たるみかひな
一　さし肩
一　のけぞり
一　腹張出し
一　横いがみ
一　海老腰
一　きびすはね
一　かゞみひざ
一　りきみ
一　腰ぬけ
一　おれ首
一　わに足
一　鳩胸
一　立すくみ

以上

「昔はおかしな事を言ったものでございますよ。しかし、この癖と申しますものは誰にもありますもので、これだけの癖のどれかが自分にあるのだと思いまして、しじゅう忘れない様に、気をつけていたのでございます。この中にあります文字の扱いと言いますのは、これが又むつかしいものでして、アの生み字を持つ文字、――つまり、アカサタナハマヤラワの発音を特に気をつけませんと、力が入りにくい音なので間がぬけます。ですから先日お話ししましたナダのダの字など、気をつけませんとのびるのでございます。

昔の人が書いたものには、当て字などありまして、まことにこの都合が悪いものでございます。いつぞやそれでおかしな事がありました。舞の型に、ユウケンというのがありますが、これは何か威勢のいい晴れ晴れとした気持を現すものでございます。ところがある人の能をみました所、静かな能ですのに、どういうわけか、妙な所でしきりにこのユウケンをいたします、変な事をするなと思って確めてみましたら、能の型附（型をしるしたもの）に、この所ユウケム、と書いてあると申すのでございます。何事かと思いましたら、それは例のあのそれ、幽玄と申しますことで、その人は間違えて静かな能の最中に、勇壮な型をやってしまったと云うわけで、心得がありますればそんなおかしな事はいたしませんでしょうに、みっともない事でございます。幽玄は又、優見、優娟などと書きまして、古い型附など見ますると、色々解らない事が沢山ありますので気をつけなくてはなりませんけれども、やはり心得のある人は、そうおかしな事はしないものでございます。

幽玄と申しますれば、昔ある人の序の舞（女の能の舞）を見ておりまして、ただ女の舞だからと言って、静かに歩いているのを見て、あれではいけない、なんてますか、鶴が羽をひろげたとでも申しましょうか、ゆったりと、品《シン》よく見えなければ嘘だと思ったことがございました。ですから長絹（長い袖の衣）はふわふわして、舞いやすいんですが、唐織ですとむつかしくなります。どうしても形がきつくなりやすいのと、間で袖を返したりかついだりいたしませんから、ますます舞いにくくなるのでございます。しなやかで軽い長絹と違ってかたい唐織ですと、手も自由にあがりませんし、見た目に窮屈でなくのびのびといたす所に、私どもは苦労するのでございます。

舞というものは、よく鶴が舞う、という事を申しますね、あれをいうんだと思います。鶴の舞というものには、いかにものびのびしたものがございます。他の鳥じゃ、ああはいきませんよ、鶴でなくちゃ、ええ。ほがらかでのびのびと屈託のない、あれですよ。あの気持を忘れない様に持つことです。だから舞の中で、足をかける（左に向く場合、足をねじらずに、右足を左足の前へ先ずかける様にして一歩出す意味）のはいけません。足をかける所はありますが、パッと切れてはなりません。ねじる様にして、切れない様に注意して使うのです。

下掛り（金春、金剛、喜多の三流をいう）の方では、何でもこうゴツクて、私どもの流儀とはまるで違います。あの強い型を、真綿でくるんだ様なのが、私達のいきかたです。が、うっかりすると、中身ぬきの真綿ばかり、てなことになっちまいます。下掛りの、あれだけの力が、やはりおなかの中になくちゃいけません。強さを外に出して女に見せるのと、同じ物を内にこめて、外はやわらかくたもつのと、どちらもむずかしい事に変りはございませんけれども」

芸談さまざま

「先日のせがれ（六郎氏）の『楊貴妃』はよござんした。家へ帰ってから、ほめてやりました。品がよく、しっとりとして居て、いかにも落着いた芸でした。せがれは私と似ずに、あんな何もない静かな能が向きますね。私など、好き嫌いを言っちゃいけないんでしょうが、ああいう能は、どうも舞って、あまり面白くありません。楽屋へ帰ってから、今日のはよかったと申しますと、そうですか、今日は舞台がすべらなくて大変舞いにくかったのだが、と申しておりましたが、能というものはまことに不思議なものでして、自分で工合悪くても大変いい時があり、又その反対の場合もございます。そうかと云って、いい気持に舞って実際よく出来る時もあるのですから、解らないものでございます」

あとで六郎氏に聞いた所によると、この時實さんは涙を流して喜ばれたそうな。親としてどんなにうれしい事だろう。しかし当の六郎氏が言われるには、後にも先にもこんなにほめられたことは一度もないが、それにしてもこれ程苦しかったのも始めてで、始めから終まで一足使うにも骨が折れた。さぞかし不出来であろうと思って居たら殊の外に褒められたので、自分でも変な気持でした、と、人ごとの様に話された。

実際お能というものは不思議なもので、私自身の僅かな経験から云っても、自分の気持ほどあてにならぬものはない。しかしどんな芸術でも、自分で自分が解らぬ様に、自分の作品というものは一番解らぬものであるらしい。作品は一人歩きをする。人ごとの様になるのも当然であろう。

中でも静かな女の能は、字を書くにもゆっくり書く方が走り書よりも難しい様に、静かな舞を一糸乱れず舞うのは、手のこんだ動作の多いものよりはるかにやりにくい。楽にすらすら行った時に反って不出来な場合が多いのも、その為につい上調子に流れて、自分が快く感じる程には見物の目に訴えては来ないのである。殊にこの六郎氏の場合は、その上に環境の悪かった事がより以上の効果をもたらしたのであるが、芸に力があればこそ、硬い大理石の抵抗が力強い彫刻をつくりあげる様に、抵抗は多ければ多いほどいいには違いないが、それも結局当人の腕次第という事になろう。

有形無形に関わらず、あらゆる芸術に束縛というものは必須の条件であるが、能の場合、それは多くの約束やきまった型にあるというよりも、むしろ自分の力、芸の力でつくり出すものである。ひと口にむつかしい能と云っても、それはどうにでも舞えるのであって、決してそれ自身石の様な抵抗を持つものではない。

のみならず、いくら静かな能が舞いにくくとも、下手なうちはその苦しささえ味う事が不可能なのであって、上手になるにつれて楽になる所かますます苦しくなって行く。したがって實さんや六郎さんの苦しさというものは、到底私などの想像もつかない所にある事が想像できるが、能を舞うという事は、いわば自分の力を秤にかけてためす事に他ならない。こちらが重くなれば向うも重くなる。とめ度がないのは追及する相手にあるのではなくて、まったく自分自身の内にある。次の實さんの談話もそういう事を物語っている。

「私が一生のうち、何と云っても一番こわいのは親父でした。『花筐《はながたみ》』を親父がシテで、私がツレをいたしました時、橋掛りで向合って謡っていますと、ただ一緒に連吟するだけですのに、こわくてこわくてぶるぶるふるえてしまいます。稽古の時、もっとどしどし謡えと申しますんですが、声なんか出やしません。あとでその事を申しますと、お前も大分うまくなったな、こわいと解る様になったのはいい事だ、と申してくれました。

こわい事もこおうござんしたが、ほめられた事も又嬉しくて忘れられません。私が若い時分は、舞台の上で十も二十も老けて見えまして、まだ二十そこそことというのに、いい年をした大人にみられる事がありました。気になるので親父に言いますと、いや、それでいいのだ、若い時には老けて見え、年をとってから若く見える、それが芸というものだ、芸に年なぞというものはない、と言ってくれまして、始めて安心したのでございました。

まったく、このナンですな、『花月』とか『菊慈童』の様な少年の能は、老人にならないとほんとには出来ないのじゃないでしょうか。それから『経政』とか『巴』の様な、やさしい能も、やはり自分の経験から申しましても、この頃少し解りかけて来た様な気がいたします。若い時分は重くなるか、さもなければ軽くなってしまって、ちっとも面白味というものがござんせん。そういう物を研究する所に、まだ我々老人のする仕事が残っている様な気がいたします。

それから色気といっちゃおかしゅござんすが、何となく若々しい花やかなものが、しじゅう芸の上にはなくてはならないと思います。私など年のせいで、そういう物がなくなりますのが一番おそろしゅうございます。皆さんは、老人に似合った『実盛』とか『木賊』の様なものをお望みになりますが、それはお見物の仰しゃるとおりなるべくいたしては居りますけれども、やはり時々は、若い女の能もいたしませんと、だんだんこう芸に艶がなくなる様な気がいたします。いくら老人の能をいたしましても、それがなくなったらもうおしまいでございます。自分に似合った物をいたします為にも、時々は若い男や女になって、しじゅう若返りを心掛けて居なければならないのでございます。

親父はしじゅう私に、決して下を見るな、いつでも上を見てゆけ、と申しておりました。ほんとに能にはかぎりがございません。これでよし、という時はないんでございます。そう考えますと私なぞ、まだまだ勉強する事が沢山ある様に思われます。

三番能（三番一人でつづけて舞うこと）を度々しました事は、前にお話しいたしましたね。しらべてみましたら私が思っていたのよりずっと多くて、自分でもよくまあ元気にまかせて数多く舞ったものだとびっくりいたします。中に一度一週間に三べんも、『花筐』を舞ったことがありました。

そうですね、どんな気持だったかと仰しゃるんですか。若いんですから、ただ稽古と思って夢中でしたのですが、三度つづけて同じ能を舞ってみて、やはりだんだんやりよくなった事だけはたしかですね。身体が軽くなった様に思いました。

二十一の年に『道成寺』を被《ひら》きましたが、父が毎日毎日急之舞（道成寺の中、鐘に入る前の早い舞）ばかり舞わせました。しまいには、ずんずんずん足が先へ出る様になりました。自分でこうと思いません中に、足の方が知らず知らず舞ってしまうのです。しまいには、まるで足が舞台についていない様な、飛んででも居る様な気持に軽うくなって参ります。その時、ああ、稽古というものは有難いものだ。とつくづく解ったのでございました。

『道成寺』の鐘引（鐘をおとす役目）など、せがれ（六郎氏）のやるのを見ますと、うまく行くのですが、もう一息と思います。何しろ、下手するとシテの一命にかかわる事なんで、こればかしは、いくら稽古をしてみても、いくら練習してみても、いざとならない事にはどうにもなりません。間違ってはいないんですが、とっさの場合の事ですから教えようもありませんが、私が見ると未だ何となく物足りない所がございます。そういう事は、わが子と云えども教えることは出来ません。先日も泰之（三男）が『八島』をしましたとき、見ておりますとどうしても『八島』にならないで、『田村』になってしまいます。八島と田村では同じ様な能ですが、やはりこの何と申しますか、どこか品《シン》が違います。どこをどういう事はないのですけれども、こういう事は自然に会得するより他仕方のないものでございます。自分の心にははっきりとしたものがあるんですが、人にはどうしても伝えられないのが残念でございます。

私は兄とは十違いでしたが、負けず嫌いの性分ですから、若い頃には、しじゅう負けまいと歯を喰いしばってやっていたものです。兄はおっとりした人でしたから、そんな事は少しも気にかけません。芸の事も、私の様に、ああでもないこうでもないとひねくり廻さずに、ただ教えられたとおりの事を素直にやって上手になった人です。能というものは、いくらあくせくしてもそう急にうまくなるものではございません。それだけ見物によく見えるというものでもございません。それでも、性質ですね。直ぐ私は、何をッ！　て気になるんです。六郎はやりすぎる、六郎ははでにしすぎる、というのが当時の批評でしたが、何構うことはない、やりすぎるならやれる所までやりぬこうッてんで、いよいよ反対に出たものです。今から思うと、ずい分おかしな所もあったのだろうと冷汗が出ますが、それでも私は、思いきりやった事は決して無駄ではなかったと信じております。そんな風に、やりたい事を力一杯やった後、只今では、何もしないでそのものになる、——これも親父の言葉ですが、それだけが望みと云えば云える様な気がいたします。

はでと云えば、装束なぞの好みでも何でも、ずっと私より兄の方がはででした。世間ではそう思われなかった様ですが、兄はまるで子供の様な性質で、何かにつけてはで好みでした。お能でも、同様で華やかな物を好みましたが、そういう物がやはり似合ってうまかったのだと思います。

話がワキへそれましたが、そんなわけで私は、若い頃は人にしすぎると言われても、思う存分やろうと思ってました。で、ある日のこと、『望月』のシテをつとめるというので——御存じのとおり望月というのは、能の中でもいくらか芝居がかった見せ場の多いものですが、どういう風の吹きまわしか、これを一つ全部力をぬいて舞ってみようとふと思いつきました。もうかれこれ三十四五、四十近かったかも知れません。そこで、いつもとは変えて、すっかり気をぬいて楽ウな気分でやってみたのです。ところが後で、まるで別人の感がした、今日の望月は大変よかった、と楽屋に帰ってから褒められました。おかしなもんでございます。一生懸命力を入れてやってもいけなくて、気を抜いてすると反ってよかったりなどして。……その時始めて、今までとは違った面が開けた様な気がいたしました。けれども、面をつければ未だよござんすが、直面《ひためん》（素顔）だとどうもいけません。その後に靖国神社で催しがあって、……丁度、夏でした。暑い上に、能は直面の『仲光』です。いやだなあ、と思いまして、いやいややった事があります。仲光は自分の子供を殺したり、望月以上に芝居がかった曲ですので、あまり気合を掛けすぎぬ様注意するのですが、そうかと云って、ぜんぜん気を抜いたんじゃあお話になりません。その中程をとる、という事に苦心いたしました。そんな事が度重なるうちに、次第に何となく会得する所がありまして、これはどうも自分の力だけにたよりすぎるわけにはいかない、自力だけではどうにもならない事を、次第にさとって行きました。

今はもう古い事になりましたから、名前を言ってもさしつかえないと思いますが、先の銕之丞、ただ今の華雪、——これは私の妹婿でございます。それが私にある時、大変心配そうに聞きますには、兄さん、私にはどうしても声が出ない、どうしたらいいでしょうと相談に来た事がございます。その時私は言ってやりました、あんたはあんまり声の事しか考えないからいけない、もっと大きな気持で、能のことだけに重きをおきなさい、そしたらきっとよくなる、と申した事がございます。小さな事に気をとられると、御本尊がお留守になるぞ、と申したかったのです。後で、お蔭でやりよくなったと喜んでくれましたが、あまり一つ事にこだわるのはいけません。私なぞ、自分がそういうたちですから、人にはなるたけ無理をせぬ様、考えるな考えるなと申します。むろん慎重にいたさなくてはなりませんが、あまり気にしすぎるとのびのびした所がなくなって、いじけた芸になってしまいます。

謡は何と云っても能の大切な部分ですから、いくらうまく舞える人でも謡が下手では半分の値打もございません。又能を舞わないで、謡だけしか知らない人の謡も、何となく物足りないものがあります。ワキへ向く所、見廻す所、そんな簡単な型でも、心得てうたわないとシマリがつきません。極り所がないので変化もなくだらだらとなってしまいます。もっとも、非常にうまくなればこれは又別です。お弟子に牧田さんという方がいらっしゃいましたが、この方は能もよく御覧になり、本に一々型を書きこんで研究なさいましたが、やはりそういう方の謡は、能をなさいませんでも大変違います。私共の素謡を聞いて、面白い、と仰っしゃって下さるのも、急所急所を心得てますからで、節や声ばかりではございません。大抵の方は、謡だけがうまくなると満足なさる様ですがそれでは未だ半分の値打しかないのでございます。

前にも申しました様に、声を聞かそうとする為に節がのびたり、文句がはっきり聞えなかったりするのはよくございません。節の為に、文句を殺してしまうのも同様です。よく老女物だからと云って、やたらに押えて何を言っているのか聞えない人もありますが、文句も節も解らなかったら、聞いて、面白い筈がありません。いくらしぶい物でも節もはっきりと、老女の気持を忘れずに謡えば、しぜんその様に聞えるものでございます。反対につよい物だからと云って、がみがみ嚙みつく様にうたう必要もないと思います。お素人は、まっ赤になって謡えば、力が入っている様にお思いになりますが、力をいくら入れても、赤くなったり顔色をかえるのはどんな場合にもおかしなものでございます。

こまかい節になって来ると、フリがマワシに聞えたり、フリの終りが浮いてしまったり、こういう小さな節の扱いは中々むつかしいものです。先日も弟子にフリ入の稽古をしてやりましたが、一人も正確にできるものは居りません。小さな節は、よほど自分で研究しませんと、ふつうの入リマワシなどでも、マワシの間に一ぺんさがりますが、それをさがらない様にうたうのがほんとうです。これは、ウミ字を内へとればよろしい。むつかしいのは、一字落、アタリ、小節。この中、一字落はアツカイであり、節ではありません。アタリは、たとえば『羽衣』の、羽なき鳥の如くにて、ですが、クからニへうつる、親仮名に力を入れて、生み字を小さくあつかう。これも同じく、節ではありません。小節は、節というからには、それより大きくて、アタリに似ていますが、この方は生み字をのばして謡います。(以上すべて技術上の名称)

思いついた事から申上げますと、この能の中でただ立ってますとき、私どもは必ずどちらかの片足にのって居ります。どういうわけですか、両足で立つと間がぬけて見えるのです。何でもない事の様ですが、ただ立ったり座ったりしてる間が、私どもには一番辛いと申していい位、ほんのちょっとでも気をぬくわけにはいかないので、それは苦しく感じるものでございます。

そうかと云って、力を入れるのはよくありません。気持も身体もゆったりと持ちます。そうしないと全部に気を配ることができなくなります。たとえば左へ廻る時は右に気を配ります、又右へ廻る時は左を忘れてはなりません。何でもこの、目前の事だけに気をとられるのはよろしくありません。物を見るときも、見る方に気が行くと反って気がぬけてしまいます。物を見るときは胸で見ろ、と私どもは習いましたが、手を使う時も手先ではせずに、この様に(と動作をしめし)何でも腕からいたします。こういう説明はどうも私には不得手でして、……あなたにお任せしますからよろしい様にお書きなすって下さい」

と、いつもこういう話になるとつい言葉より手の方が先に出て、あとは「よろしい様に」任せてしまわれる事がしばしばあった。その度に私は、こうまで信用して下さる事が、有難くもあり迷惑にも感じたが、実際この様な技術的なこと——というよりも心の持ちかたといった様なものは、体験以外に知るよしはなく、いくら説明しても反って誤解を招くのが関の山であるかも知れない。しかし又一芸に通じた人には必ず共通な理解があるもので、先日もアランを読んでいたら次の様な文章にぶつかった。

『剣術を習った人はよく知っている様に、腕をのばそうとする努力は、まさにその努力の為に、腕を完全に伸ばし切る事を不可能にする。この様な場合には、反対に、その事に頭を使わないで成功する様な、何かしら柔軟なもの、無関心なものが必要である。……大衆が喜ぶのは、その結果よりも、結果を生む為にはらわれる努力の方に拍手喝采をするのであって、実際の話が、我々は自己の慾望に褒美を出しているのだ』

能の美しさは、たしかに舞踊のそれよりも剣術或はフェンシングに近いものである。或は剣術が一種の舞踊であるとも言えるか知れないが、究極の意味において、剣道に相手がない様に、能には見物というものが存在しない。「勝つ」という事が勝負の目的であるとすれば、相手を倒す事ばかりに気をとられたら、正にその努力ゆえに、自分のなすべき事がおろそかになる、――とアランは言っているのである。

勝つとは相手を負かすだけではなく、自己に打勝つ意味である。それを能の上においてみると、あらゆる場合に自己を殺すことによって、はじめて自由な境地に至る。たとえば胸でみるというのは、肉眼というこの便利で手軽な道具を捨てて、めくら滅法身体全体でぶつかって行く。二つの乳を眼とおもえ、――はじめて稽古したとき私はそういう風に教えられた。直面のシテの視線を注意してみれば、それはおのずからあきらかであろう。ようするに、肉眼なんて何処を見てたって構やしない、身体中が眼と化せば。いや、身体の形さえきまれば、見ようと努めなくても、目をつぶっていても、見ている様に見えて来る。能面の表情に魂を与えるのは、腹芸でも心眼でもなく、身体の「形」にある。節穴同然の面の眼が、額の上にあろうと鼻のあたりにあろうと、そんな事はだから一向さしつかえはないのである。

「弱法師《よろぼし》」の謡に、「万目青山は心にあり」という句があるが、盲目の能でなくとも、すべての事に盲目とならぬかぎり能の完成は覚束ない。さぐりさぐり、触感一つできめて行く。覚えてゆく。手で物を持たず、指さず、腕でするというのも同じこと。扇は手に握るものではなく、既に肉体の一部である。同じ血がどくどくと流れている。昔ある名人が能を舞った後面をはずそうとしたら、ぴったりくっついて取れないので、無理に取ったら肉ごとめりめりはがれたという。——はじめて面をつけて舞ったとき、先生は私に「面をかぶると思ってはいけません、顔を面につける気持で」とささやいて下さったのを、この話とともに私は思い出す。

實さんの談話は大体以上で終っている。

長い様で短い、これだけの話を聞くのに私達は実に多くの月日を費したのであった。一つには聞き手が不馴れな為、思う様に實さんをして語らせる事が出来なかったのが残念であるけれども、又いつの機会にかもっと専門的な話をまとめておかれたらと思うがそれは到底私の任ではない。

さて話は此処で終ったが、私にはいくらかつけ加えたいことが残って居、又そうする必要もある様に思う。見物の見た實さんの能のこと、その実生活における人間のことなど。しかしそれもおおかた語りつくされているのだから、或は無益な説明に終るかも知れないが。

一人の人間と半年以上もつき合ってみれば、ずい分色々な事が解るものだが、この實さんの場合、舞台以外の所に能楽師の生活はないという印象を、いよいよ深めるに役立つばかりであった。

当代で五十五世と云えば、芸道はおろか日本の古い家柄の中でも最も古い方に属するであろうが、何十代も同じ道にたずさわっているとは、私達には殆んど信じがたい夢の様な話である。次第にすべてが、能面じみた表情になってゆくのも不思議ではあるまい。——ときどき實さんの視線の中に、遠くはるかなものを見つめる様な、ひょうびょうとしたものが現れる度に、私はそんな事をおもうのであった。それは又私に古い梅若家の歴史に興味を持たせた。しかし、それについて實さんの口から聞くを得た事は少い上に、私とてもそういう考証は至って不得手ではあるが、簡単な系図をたよりに、少しばかり知り得た事を後に記してみるのも無駄ではあるまいと思っている。

猩々乱

　私はここに一見物として私が見た實さんの能姿を描いてみたい希望を持つが、百聞は一見に如かずの譬えをひくまでもなく、こればかりは自分の目で見ない以上解らないのである。いな、たとえ見たとしても、どれだけの人々が、ほんとうに能を見て居ることだろう。それは只の一度でも済む事だが、又何十辺何百辺見たとて済むというわけのものではない。

　始めて能を見た十七になる私の甥が、先日私にこんな感想をのべた。

「僕、はじめお芝居や映画をみるのと同じ様に、ただ見てれば面白くなるのだと思って、椅子に腰かけてぼんやり見物してた。そしたら何時まで待ってもちっとも面白くなって来ない。これは変だと思って、今度は椅子から乗出して、こういう恰好で（とその形をしてみせた）じっと舞台をみつめていた。そしたら段々面白くなって、しまいにはとても解る様な気がして来た。お能って、ずい分お芝居と違うものなのね、ちっとも向うから面白くなってはくれないんだもの」

　そう、お能とは、ほんとに向うから語りかけては来ないものである。自分の方からは絶対にしゃべらない。私小説。私には、近代の西洋文明が、この島国に渡って生んだ不思議な産物と、日本古来からある芸術の間に、切っても切れぬ血のつながりがある様に思われてならないのである。

それは到底日本以外の何処の国へ出しても通用しない、ちょうど日本語といった様な、大変不都合な、工合の悪いものであるけれども、それだけに我々日本人にとっては、執拗に捨てがたい物にみえるのであって、ここに又日本人特有の、体臭とも云いたい程の個性がうかがわれるのではないかと思う。

曰く茶道、曰く俳句。みな「独言」にすぎないが、私はそこに煮こごりの様にこってりとしてしかも透きとおったものを味わうのである。よく、自分でやってみない事には解らぬと、人は呑気にそんな事を言うものだが、その言葉は案外多くを語っている。いかさま能はやってみない事には解らない。鑑賞とは、みる事じゃなしにする事なのだ。博物館のガラス越しにのぞく物が美術品ではなく、買うことが、自分の物にする事が、そのまま美を知ることである様に。

さいわい此処に私が昔書いたものの中に、實さん（当時六郎）の能の描写がある。その一部を次にしるしてみよう。能は、猩々乱である。

……乱は猩々という海に住む妖精が酒に酔いつつ浪の上に舞うという、正覚坊と、類人猿と、人間と、子供の、その中間にある不思議な能であるが、浪といい、水といい、舞といい、すべて「陶酔」をもって主題とする。自ら酔って人を酔わせるこの曲は、はでといったら又これ程はでな能はない、鉢の木の白に対するこれは赤と金の乱舞である。

お酒が飲めない私は、せめてお能にでも酔わない事には身体がつづかない。中でもほんとうの陶酔を味わせる筈のこの能の傑作が一度見たいものとかねがね願っていた。だいたい双之舞にきまっているのだが、二人の舞はよほどの名手が揃わぬかぎり互に遠慮しあう為にいつもどこかに窮屈な感じがつきまとう。たとい一人がどれ程上手であろうとも、その一人はいつでも他の為に気をつかうであろうし、他の一人はしじゅうのび上って追いつこうとする事に忙しく、それ故ちっとも酔えないのである。今日は思う存分一人で舞台一杯に舞ってほしいものだ。とは思うものの六郎は舞の人ではない。

六郎の芸はつねに凄艶の気をふくむ犯し難い気品は持つけれど、その繊細な神経がわざわいするのか、その負けじ魂が邪魔するのか、骨髄までとろかしてしまう様な能には、いまだかつて出会ったためしがない。びしりびしり、碁石をおく様に、一つ一つきめつけてゆくそのあざやかさ、気持よさは、六郎が「型の人」である事をおもわせる。それは、型にはまった、という意味ではない。たとえば蕪村の句にも似た、絵のように鮮明な印象をあたえる、と同時に同じ様なつめたさも持つ。——その芸はどこまでも文学的ではなく絵画なのである。今日も私はその様なものを期待していた。が、その期待はみごとはずれた。

六郎ははじめから人間ではなく妖精だった。陶酔の精、であった。幕はもう其処になかった。其処に見たのは、河の底から水のおもてにゆらゆらと浮び出た一匹の妖精が、身体中で水を切っている姿である。

舞台に入って、というのは浪打際の事なのだが、其処で左右左と扇をつかう。又さゆうさと扇をつかう。

その扇の先から、水がしたたる様なゆたかな美しさが流れ出す。とろとろとろとろ流れ出る。

赤は赤でも、これはひとねりもふたねりも煉った深い深い朱の色だ。金も金ではなく、火影にみるいぶしのかかった純金だ。

「秋風は吹けども〳〵更に身には寒からじ」とかしらを振ってイヤイヤをする。受けとめようとしても四方八方へ飛び散る金と朱のしぶき。

ありあまる事のよさ。ああ、ありあまるこのことのよろしさ。

海面の事とて、足を蹴りあげながら舞うその舞は、浪の象徴とでも言うのだろう、生きものの様に妖しげに透きとおった足が、はじめおだやかに、そしてだんだん荒く、寄せては返す波の線をえがきつつ、そのうねりにのってあちらへ流れ、こちらへ流れ、波のまにまに浮き沈む。光琳の、……いいえ、これは光悦の浪だ。次第次第に荒くなり高くなって、そうして最期にくずれ、とんとんとろりと水泡の様にくずれ果てて、妖精は自らえがいた浪の底に没してゆく……

幕。

お酒も飲まずに私はしんから底からよっぱらった、ぐでんぐでんになるとはおそらくこんな気持だろう。けたたましい省線の警笛もただ蘆の笛とのみ。電車のひびきもただ浪の音としか聞えない。

停車場についてどうして降りたか更におぼえはない。が、空には月がかがやいていた。潯《じん》陽《よう》の江ならぬささやかな小川にそう野中の一本道をたった一人で行く事も少しも淋しいとは思えない。ほてった顔に師走の夜風はつめたく、心地よく、空をあおいでは、「月星はくまもなき」朱と金の酒に酔った。思わずあの妖精のした様に私は頭を振った。そして始めて気がついた。あの頭を振るのは、水を切るのでもなく、否定をあらわすでもなく、ただこれ満足を表現する大きな肯定の意味であると。そして、「すべてはいい」、「すべてはいい」と思いつづけた。——あたしはほんとに幸福だった。……

万三郎と實

能楽師として典型的な人物は、何と言っても故梅若万三郎氏であった。

實さんの話によると、小さい時からおっとりした、素直な性質の人であったらしいが何はともあれ、古典の美しさというものを生れながらにして持っていた人はこの万三郎氏をおいてはない。彼は至極はで好みであったというが、おおかた子供らしい趣味の人で、私が知るかぎりにおいても、先ず第一に受ける印象はあんまり物にこだわらぬ鷹揚な人物であった。それはふだんの物腰は低いくせに妙に殿様みたいな所があり、どこかに万三郎が居るだけで、いつもあたりに緊張した空気が漂った。しぜんそれは芸の上にも現れて、たっぷりした声量、豊かな体格、何もかも許すといった風なおおらかな芸風で、はで好みと云えば時々びっくりする様な高調子に出たり、構わず調子を落したりしたが、見る方ではそんな事は少しも気にならず、こちらもすべてを許してしまいたくなる様な気分になるのだった。

囃子方という人達は微妙な技術にたずさわる人達であるから、いつも非常に口やかましいものだが、この万三郎氏にかぎり少々の変調があってもだまっている。それればかりか、「ついて来い」と云わんばかりの何とも知れぬ強い力に押されて、思わず言いなり放題になったのらしい。と云って決して傍若無人な人ではない、我儘など薬にしたくもなく、腹が坐っているのかいないのかまったく漠として正体がつかめないという、後にも先にも稀にみる人物であったが、その様な人を兄に持った實さんは幸福と云えば幸福不幸と云えば不幸であったに違いない。

何につけことごとに比較された。

故坂元雪鳥氏は『能楽論叢』の中で、この二人を評してあます所がないが、何と云っても三十年あまり前の古い著書の事だから、現在の實さんに適応するものではない。しかし三つ子の魂百までとやら、根本的には少しも変った所はなく、ただそのままの形で大きく円満な芸に育っただけのこと。丁度その本が傍らにあるのをさいわい、それをたよりに私はもう少しつけ加えたい気持がするが、見れば見る程この兄弟は、宿命的とも言いたい程不思議な星のもとに生れ合せた人達である事を思わぬわけには行かない。

先ずその外観からして正反対であった。

兄は赫ら顔の太った人で、弁慶さながらの風丰を備えて居たが、弟は色白の女にも見まほしい優男であった。今を時めく先代實の子に生れ、二人とも将来を約束されたが、万三郎が他家をついだのに、いくら事情があるとは云え、實、——当時の竹世が相続したというのは、其処にいく分親の偏愛がなかったという筈はない。それは当人のあずかり知らぬ事であるが、他人が見たのではどうもそうとしか受取れぬふしがある。これが後に兄弟不和を来す主な原因となったが、家庭のいざこざは少時おくとしても、實さんには既に幼時から親や義兄に愛されるだけの才能のきざしが現れていたに相違ない。

『六郎氏（實）は余程明敏な頭脳を持って居る者と察せられる。而して却々器用である事も疑うべくもない』と雪鳥氏も言われたが、これは實さんの能を見れば誰しもひと目でうなずける事で、人が褒めるのも貶すのも皆この一点にかかっていると言っていい。

そうしてその様な芸風が、『万三郎氏や六平太氏は比較的論じやすい様に思われるが、六郎氏（實）は何となく解剖しにくい所がある』と言われる所以であるが、たしかに實さんという人は、こういう古典的な芸術にたずさわるには、鋭敏にすぎる神経と、独創性がありすぎる。つまりは自我が発達しすぎているのである。「能の他には何の趣味も持ちません」と自分でも言われるが、到底ゆったりした趣味など持てるたちの人ではなく、舞台を離れては「生活」というものは考えられないのである。

十年ほど前長い病気をされた事がある。数ヵ月舞台に立てないという事は、この人にとって始めての経験であるとともに致命的な打撃であった。はたの見る目も気の毒な程いらいらして、まわりの者もたまらないので、医者は気晴しに散歩をすすめた。

人に言われて始めて自分もその気になり、それから毎朝きめて外出される様になったが、いつの間にかそれがかくべからざる仕事の様になってしまった。十時きっかりに家を出る。右へ曲って左に折れ、あの道を行ってこの道を帰る、——いつしか一つの「型」が出来上った。正味一時間、一分違っても気持が悪い。雨の日も風の日も、わき目もふらずにあくせく歩いて、十一時。ハイ、お帰り、では折角の養生も養生にならぬ、無理矢理止させるという始末になった。

こうして何ヵ月か経ったのち、はじめて舞台に立ったときの能の美しかった事も忘れられない。「菊慈童」の能であったが、堰《せ》かれに堰かれた水が一気にあふれ出た様に、忽ちの中に見る人を歓喜の洪水の中に押しながした。いかめしい能舞台が、あの時ほど見物との垣を取去って、何もかも忘れて喜びの共感に身を任せたことはない。ああ實さんこそ能の為に生れて来たんだ、とその時私はつくづく思ったのであった。

戦争以前のある日、實さんに私は、お蔵に保険がかけてありますか、と聞いたことがある。言うまでもなく蔵の中には、古い面や装束がぎっしりつまってい、何れも掛けがえのない品ばかりであった。

「いいえ、私はそんな事考えたこともありません。もし焼けたとしても、再び買えるものではありませんし、いくらお金を貰っても、それでどうする事も出来ないのです」——当り前の事と言わんばかりに、實さんはきっぱりと答えられた。さいわい今度の戦争では、その覚悟がこもっていたのか、舞台は失ったが蔵はそのまま焼け残った。その時も實さんは、七十近い老体をもかえりみず、最期まで浅草の真中に止どまり、一晩中火の中を隅田川の水につかって一命をとりとめた由であるが、数日後にお会いした時は常に変らぬ、元気な調子で、いくら鍛えた身体であるとは云え、その不屈な面構えに驚きつつも安心したのであった。

實さんは又大そう潔癖な人で、部屋の中はいつもきちんと片附いて、塵一つなく掃き清められている。拭掃除はむろんのこと、お茶一つ入れるのも、装束の出し入れもその繕いや手入に至るまで、人手は借りずにみな自分でなさるという。辛じて趣味と云えるのは、少し病的な程時間を正確に守られることであろうか。時計マニアと言いたいくらい、焼けない前は大小様々の時計があって、それらがいつもぴったり同時にボンボンチンチン時を告げる。……

「どうもちゃんと合わないと気持がわるいので」と、私が笑うときまってそう言われる。その度に私は又笑いだすのだった。何故なら、それが先生の稽古ぶりにあんまりそっくりそのままであったから。きちんと合うということ。時間とはこの人にとって、間《ま》より他のものではない。過去から未来へのびたものではなく、ぴしぴし正確にセコンドを刻む「現在」を意味する。だから時計という「機械」に興味を持つのではなくて、あくまでもそれは「合わせる」という一事にかかっているのである。

そういう人に比べたら、たしかに万三郎や六平太は単純であるかも知れない。ことに万三郎は、自分でも意識せぬうちに、いつの間にかうまくなった、という風な所がある。しかし人間というものはそう簡単に片附くものではない。現に彼の「亀堂閑話」とこの芸談を比べてみても、彼はひどく几帳面で綿密なのに、これはどちらかと云えば大ざっぱである。もっとも、大半は著者のせいもあろうが、私が知る範囲でも、實さんは稀に見る純真な人間で直ぐ泣いたり怒ったりするよほど無邪気な老人である。と考えてくると、どちらがどちらとも言えないのであって、「明敏な頭脳」も「器用であること」もすべてあやしくなって来る。どうせ人間は矛盾に満ちたものだからそう簡単に片附く筈もないが、そんな事にこだわらずに、私は自分の目にうつったままをここにしるして行くことにしよう。

昔若い頃の實さんは、かつらもの（女の能）が得意とされていた。

かつらものは又三番目物とも言って、五番立ての番組の中央におかれる所からその名を得たが、世阿弥もこれを幽玄の極致、能の真髄、と見ている様に、最も充実した能らしい能で、何れも緩慢な序之舞という静かな舞が中心になっている。熊野、松風、羽衣、井筒、采女、楊貴妃、みなその類で、中には若い男や翁を扱ったものもあるが、大部分は年若い美女をシテとする曲ばかりである。

業平然とした若い時分の實さんに、それがいかにもお似合であったが、『然しながら私は此人の熊野や松風に感服したより尚遥かに深甚の面白さを芦刈や女郎花に於て経験した』と雪鳥氏はその論文の中で異説を立てた。

熊野松風はかつらもので、芦刈女郎花は四番目物と云って、前者に比べると所作の多い、きびきびした軽めの曲である。實さん自身も「どちらかと云えばさっぱりした能を好む」と言われるが、あんなに型にはまった能の様なものでも、生得の気質というものは争われないものである。成程、うわべは優美であろうが、しさいに見ればやはり其処にかくしてもかくしおおせぬ個性が現れる。いや型にはめればはめる程、個性というものは外に現れるものではないだろうか。

反対に万三郎さんの方は、弁慶然としたその押出しから考えると、いかにも強い能に向いていそうに思われるが、彼こそむしろ幽玄なかつらものに適していた。

あの女に似つかわしからぬ骨太の肉体が、紅いの唐織につつまれてシテ柱に立つとき、あたりに薄桃色の陽炎がたつのを、そして又あの水の流出にも似て、さらさらと流れてとどまる所を知らぬ舞の美しさを、目に見る様に思い浮べるのは私だけではないだろう。

彼の能で目に残っているのは、有名な安宅や熊坂ではなく、どういうわけだかこのかつら物をおいてはない。それも熊野とか松風とかいう特定の曲ではなく、羽衣も井筒も東北も、全部をふくめたこれは「女」というものの美しさである。

歌舞伎の女形をみても、不自然に思うどころか、どんな美人にも見られぬなまめかしさを感じるものだが、女形はそれでも幾分中性的であるが、これは極めて男性的である。唐や天平の菩薩像、特に薬師寺の聖観音などに見受けられる、あの健やかな抽象美にもたとえられようか。女らしい所は一つもないが、その姿には現実の女にも増してきめのこまかい、えも言われぬ幽艶な香りがただようのであった。

かつらものには若女《わかおんな》という面を用いるが、約三十何番かの曲を一つの面で済ますのは、この若女だけに限るのであって、他は多くて十数曲、面によってはただ一つの能にしか使用できないものもある。万三郎の普遍的な美しさは、たとえばこの若女の面の様なもので、かつらものならどれもこれも一様に美しく、ただ一つの美神の姿しか思い出せないのである。それも今目のあたり見る様にあざやかに浮ぶのだが、万三郎にはその様な、殆んど非個性的と見えるまで強烈な個性が備っていた。

それにひきかえ四番目というのは、先にも記したとおりがらりと趣を異にしたもので、人物もそれぞれ性格が違うのに応じて、面装束すべてそれに準ずるのは言うまでもない。それには男も居るし女も居る。狂人も居れば神がかりも居る。盲目も亡霊も老人も少年も、その全部を網羅するものであるが、それだけてんでにばらばらでかつらものの統一はない。そこでは力より技が物をいうのであって、演っても見ても面白いが、そのかわりまことの能の醍醐味はうすめられる。そういう種類の能に適する實さんの性格は、複雑と云えば複雑で、万三郎には一つの姿しか残らないのに、これは目移りがする程印象に残る能が多く、一概に何が得手ときめる事は出来なくなる。

それにしてもこの兄弟が、ぜんぜん反対のものに思われていたのは面白い。しかし、見物の一人一人のいう事はあてにならないが、大きな世間の眼というものは正直である。その頃から次第に實さんは四番目役者としてみとめられて来、今ではそれが常識となっている。が、最近更に飛躍して、「何もしないでそのものになる」といった様な、投げやりのくずれた美しさを見る様になった。能も芝居気の多い四番目物より、慈童とか公達の様な、何もないすらりとした曲が特によく、それにはどんな シテにも見られない、類のない若々しい美しさが現れる。技巧の極にはついにこうした境地に達するのであろうか。とろとろととけてしまいそうな、ルノアールの絵に似た芳醇な香りは、到底老人のものではない。實さん若返りの秘薬は、自分の芸の中にあるのであって、その芸が老いないのもしじゅう工夫に工夫を重ねる所にあるらしい。

投げやりと云っても、今までは、實の技巧、實のうまさ、であったのが、技巧が實か實が技巧か判別しないまでに歩みよっただけで、万三郎が力のかぎり「長調」をうたったのに反して、これはどこまでも「短調」をかなでる。体力の相違であろうか。實さんは早熟で万三郎は晩成型であったと想像するが、教えられたままを丹念に、素直に、努力を重ねて大成した彼は偉大な凡人であった。天分に恵まれた實さんの方は、七十過ぎにも未だ次男坊の性質丸出しだが、優男に似ぬ負けじ魂がその芸をここまで完成させたのであろう。もし實さんが雪鳥氏の言われる如く明敏であるとすれば、それは合理的な頭のよさではなくて、直感的なカンのよさにある。芸談のうち「間《ま》について」の話はその一端をしめしている。

屍に鞭うつ気はないが、あんなにも水々しい美しさを残した万三郎も、晩年に至ってはさすがにおとろえを見せはじめた。見物はその「名前」だけで堪能していたが、力で押切る芸は枯れることを知らない様だった。いかに超人的でも、人間の力はついには自然に抗し得ない理りを、私はそこにまざまざと見て淋しい心地がしたことであった。自分のつくり上げた名声ゆえに、最期まで演能をこばみ切れなかった彼は、いくら周囲の事情とは云え気の毒である。それは毫も美しい印象を傷つけるものではないが、先代實が記念すべき見事な石橋。――しかも一番体力を要する石橋を最期に、きれいに舞台から引いたのは清々しい。快心の傑作たる二人の兄弟をあとに残す安心がさせたわざであろう。幸福な人であったが、中々出来ないことではある。

實さんの生いたちの前半は、何もかも幸運に恵まれたが、後半の大部分は自分の蒔いた種を刈取る事に費やされた。実生活においても、芸の上でも。しかし何処までも強気で押して行く、人も我も許さぬといった気魄は、すさまじいだけに癖があると言うか、ある人々には薬が利きすぎる様だ。好き嫌いがはげしい人は忽ちその矢が自分にも還って来る。あまり世に入れられぬのもその故であろう。万三郎はおとなしくおじいさんになって朽ちたが、實さんは時には未だ演りすぎる程の技巧家であり、いくら自分では「何もしない」つもりでも芸が何かをやらかしてしまう。万三郎を天成の能役者とすれば、これは生れながらの芸術家であって、努力して能役者になった人と言える。其処にはあきらかに、自然に出来上ったものと、人工的なものとの違いがある。雪鳥氏の言われる「複雑」さとはその事に他ならぬ。偶然彼が能楽の家に生れたのは、仕合せであったか不幸であったか。

演能の前に万三郎さんはいかにも泰然自若と構えていたが、未だに實さんはひどく神経過敏になってそわそわする。そのかわりふだんは年相応の老人であるのが、俄かに十も二十も若返って、水を得た魚さながらに甦る。颯爽と楽屋入して、装束の世話をしたりあちこちこまめに立働いて、少しもじっとして居られないばかりか、いざ自分の出番ともなれば、装束のつき方が気に入らないとてはぎとってしまったり、その為時間が間に合ず大騒ぎになるとか。肝癪を起して当りちらすので、みんな腫物にさわる様にひやひやするとか。そんな所にも名人に似ぬ實さんの人間らしさがうかがわれるが、それも一つの名人かたぎと言えよう。

それにつけても思出されるのは万三郎の楽屋入で、まるで儀式の様に立派でありかつ厳かであった。一同車座になったその真中にシテが端座して、静かに装束をつけ終る。あとは床几にかかったまま身じろぎもしない。万事が万事その調子であったから、見る人はテもなく感心して、さすがはちがうと囁きあったものだが、一体彼の陽性の芸風には誰にでもひと目でうなずけるものがあり、好い意味で大衆的であった。

どこへ出しても兄は兄、弟は弟で、うまさという点では数等上であるが、實さんのよさは捕えがたい為、見物の目には中々つきにくい欠点（或は美点）がある。

たとえばその地頭《じがしら》（地謡を統率する役）は、シテを助ける事において、その伎倆を十二分に発揮させる事においては右に出るものがなく、たとえばそのツレは、影が形にそう如く常にシテの姿を引立たせる事にのみ心を砕く。ことに万三郎がシテである場合これ以上完璧を思わせるツレはなかった。万三郎が世に持て囃されたそのいく分かは實さんに負う所が多い。たゆまぬ型の練習によって美しい舞が出来上る様に、一つの作品の裏にはこの様に、想像もつかぬ程多くの物がかくされているのである。

『能楽論叢』の著者は、万三郎を対照に当時の六郎を明快に分析してみせたが、読後の所感はどこまで解剖してもキリがない事を思わせる。『即ち万三郎氏は亡父の根柢を継承したが、六郎氏は根柢の幾分と及び亡父の末枝を伝えている』等々。お能とはそんな便利な物ではないし、両氏の芸もそんな簡単なものではない。言葉を換えれば、万三郎は万三郎、六郎は六郎であって、亡父實でもその半分でもないということだ。

万三郎の芸には処女の美しさがあった。實のそれはもっと色気のある年増美である。かれは舞の人、これは型の人、水火陰陽不易流行何れに譬えるもよい。譬えは数限りなくあろうが、畢竟するところ、この両者の差は、能という一つの芸術を裏表から見る違いでしかない。

見た目にも芸の上でもこれ程違う兄弟はなかったが、装束をつけた直面の能の写真をみると、時には区別がつきかねる程似ているのに驚くことがある。肉眼ほど当てにならぬものはない。見ようとすればする程肉眼は余計なものを見てしまう。この兄弟からあらゆる「色彩」をとって了えば、これ以上瓜二つのものは世の中に又とないのである。

それにしても、この宿命的な兄弟が親を語る態度には、何かひと方ならぬおもいが籠められているのを感じるのは私だけであろうか。それは単なる親への愛情ではなく、師への畏敬の念でもない。何かしらもっと大きな、もっと美しい、殆んど宗教的な信心に近いものの様に思われるが。……世の常の親父《おやじ》とは、どんなに立派な人でも子に親しまれるか畏れられるか、愛されるにしても内心どこか馬鹿にされて居るのがふつうだが、これには殆んど手放しとも言いたい様な、心からの服従と憧憬に似た愛情がうかがわれる。これ程のおもいをこめて人前で親が語れる人は稀に違いない。それというのも先代が偉人であったばかりでなく、彼は生みの父親であると同時に、芸術の母体でもあった。今は亡きその姿が、常に新しく常にゆるぎなき芸術の象徴としてうつるのも当然であろう。

先代實は一葉の紙にたっぷりした筆跡で、歌の下句とも俳句ともつかぬ次のひと言を、この兄弟の為に残している。

この翁外へは行かじ　梅若の家

鐘引

これは去年三田文学にのせた随筆である。最近の實さんの面影を伝えるものとして、適当とおもう所から、少し長いが全文を此処にのせておく。

道成寺の能は、シテもさる事ながら、鐘引の役ほどむつかしい物はない。さればこそ番組の上にも、シテと並べて、必ず鐘引の名を書くならわしになっている。

それ程重要な役目が、何の為にあるかと云えば、ただ鐘を落すだけ。その瞬間の為に存在するのである。

先ず狂言方によって大きな鐘が舞台へかつぎ出される。龍頭に巻いた太い綱を解いて、それを天井の環に通すまでが狂言の役目。つりあげるのは後見の役だが、長裃の男四、五人、声なき掛声もろともまん中高くグッと引あげる。沈黙のうちに、作法どおり茶のおてまえよろしく、物事はすらすら運ぶが、何しろ相手は三、四十貫もあろうという大もののこと。竿やら竹やら綱やらの力仕事なのだから、仰々しいばかりでなく、只ならぬ緊張した気配に、舞台と言わず見物と言わず押されてゆく。ピンとはった綱に全身の重みをかけて、鐘はゆらゆらなか空に、やがてピッタリ鳴りをひそめる。

シテも又、息をひそめて現れる。何か胸に一物ある様な、伏し目がちの妖花一輪。

踊の道成寺は、これに比べたらどんな陽気か。もっとも能がかりの舟弁慶や土蜘蛛に比べて、がっくり目先を変えてこなれているせいか、踊として、歌舞伎として、一段と見事である事は否めない。しかし、それはまったく別のものである。別物であるから成功するのだが、能の道成寺はもっと薄気味のわるい、女の執心、――蛇そのままの冷たさを外に、内に火をもやす変化のたぐいである。

踊が真昼の花の盛りなら、これは月に散る桜にもたとえられよう。「花のほかには松ばかり、暮れそめて鐘やひゞくらん」陰にこもった声とともに舞台が引しまると、それを合図に乱拍子にかかる。鼓とシテの一騎打である。巌をつらぬく鋭い気合で打込む鼓を、シテははっしと受止める。はずす。つく。身をかわす。ある時は軽く受流し、返す刀で切りつける。ぼんやり見ていたら眠たくなるが、心して見れば、この無言の仕合、刀を持たぬ真剣勝負ほど悲壮なものはない。息苦しくて、つらくて、目をそむけたくなる。こうまでして芸道を築きあげた人々の、悲しい覚悟がおもいやられて。……見物相手の演技ながら、まったく見物を無視するような。そこには、戦うものの陶酔しかみられない。私達見物はそっちのけで、二人は息をはかり合っている。相手の、ではない、自分の呼吸を、力を、息をころして見つめるのだ。

と、秤の平均が突然くずれる。ガラガラがらと天地は裂けて、……急之舞である。

「立舞ふやうにて狙ひよりて、撞かんとせしが、思へばこの鐘恨めしやとて、龍頭に手をかけ飛ぶとぞみえし」間髪をいれず、鐘が落ちる。半身大蛇と化した女体は、そのますいこまれる様に、鐘の中へ。

ここでちょっと説明を加えれば、舞台ハス横よりシテは鐘を見込み、烏帽子を払い落すや一直線に鐘の下へ走りこむ。と、鐘が、ズッズッと目の前へさがる。高くても低くてもいけない。早すぎればぶつかるし、遅すぎればシテは向側へ通りぬける。これは面の目からは見えない為で。その鐘へ手をかけ正面切っていらだたしい拍子を踏み、踏み切る足で床をけってとびあがる。とたんに、鐘が落ちる。そういう順序であるが、この間五秒。シテが飛びこむのと、鐘が落ちるのは同時で、――というのはやさしいが、「同時」というのは案外幅の広いもので、シテが吸いこまれる様に鐘の中へ姿をかくす、とみえるのは容易な事ではない。毛ほどの違いが、すべてを台なしにしてしまう。この責任はすべて鐘引一人にあり、両者の間には、呼吸をはかるまも、間をとるひまもありはしない。しかも、いわば二段におとすのだから、ある時など、一たんさがったその勢で、鐘の重さにズルズル引ずられてそのまま落ちた事もあった。

鐘引がうまく行くときは、とびあがる刹那まっこうから落ちて来る鐘に、身体ごと床にたたきつけられるという。その時は必ず成功したと思っていい。何れにせよ、見ていては、中々想像もつかぬ事があるというのは、それは何にしてもそうだろうが、殊に鐘引などという簡単な仕事は、単純すぎて教えようにも教えられないに違いない。

十年ばかり前の事だった。もう何度か道成寺は見て、見あきて、一度あの鐘をおとす所が見とどけたいものと思った。何度も見ていながら、いつも乱拍子の緊張から、ガラリ場面が一変するや、ただもうあれよあれよというばかりのだらしなさ。何度もみていながら、小説をくり返し読むと同じ様に、同じ所に来て同じ様に驚く。珍しくて驚くのではない。そういう所へ持ってゆく、そういう風にもりあがる、だから必然的に驚くのである。今日は心を動かすまいぞ。——舞台などはそっちのけで、私はひたすら鐘引ばかりにらみつけていた。鐘引は、梅若實（当時六郎）だった。

暮色蒼然となりゆくままに、さらでも白い實さんの顔は引しまって青白く変ってゆく。シテは長男の六之丞である。一つ間違えば命にかかわる。何の事はない、現代のウィルヘルム・テルと言いたいところ。たった一人、今は放つばかりの綱を手に半身に構え、鐘を見すえたその眼からは、めらめら焔もたつかとばかり。男一匹渾身の力を、この一点、この一刹那にかけて、長袴を蹴って立つその姿は、すさまじいといおうより、たとえようもなく美しいものにみえた。逼迫した空気の中に、思わず私は身ぶるいした。生きている、ああ、生きている、生きている。はっきりそれを感じつつ、唇を噛んでふるえていた。

とたんに、パッ！　と鐘が落ちた。パッ！　といったのは、梅若實だったか。それとも、火花を目に見たのか。とにかく、何かが爆発した。私はへとへとに草疲《くたび》れた。

それから十年たった。去年の秋のことである。又實さんが綱を引くというので、この前の興奮が忘れられず、又ぞろ素晴しいみものが見られるぞと、舞台に近く座をしめた。あんまり近よっては、綜合的な能というものは見られない。それには距離が必要である。しかし、そんな事はもうどうでもよかった。鐘引を、鐘引を、それだけ見ればいいのだった。ところがどうした事だろう。期待はみごとに外れたのである。

私はしょい投げをくらわされた。

そこには見るべき何物もなかった。何事も起らなかった。平然とつねの物腰で、顔色も変えないし、眉一つ動かさない七十の老人が、無表情に坐っている。「ふだん着」という感じだった。長袴の裾もさばかなければ、烈々とした気魄など。……静かな面に汗一つなく色一つ浮ばず、鐘などどこにあるのやら。

今か今かと待つうちに、まったく何てこともなしに事は終った。鐘は地ひびきを立てて、勝手に一人でおっこちた。

何だつまんない、というのが私の本音である。今でもそう思っている。しかし、十年前だったなら、もしかすると見落したであろうあるものを、この時しっかと受とめた様に思った。當時の實さんは、全身焔となって火を吐いた。吐こうと思えば吐ける火を、今はひたがくしに秘めて人に知らせない。闘志などというものはどこへおき忘れたのか、及ばぬまでも、昔は手蔓とも云いたい様な、足がかりがあったものを、もはや取りつく島とてない。

これこそ真に美しい、——と云って何てこともない、——完成されたものの美しさではないだろうか。

十年の月日は、梅若實を変え、又私をも変えた。折角のみものが見られずがっかりしたが、それ以上に私の心はたのしかった。静かであった。どうせ死ぬなら、こういう風に死んで行きたい。……帰るみちみち、私はそんな事を考えた。

梅若家の歴史

梅若家の先祖は遠く奈良朝の橘諸兄にまでさかのぼる。

系図で見ると十世兵庫頭橘友時という人が、始めて山城国梅津という所に封ぜられ、後に丹波国殿田の地に移され七万石程領していたというから、その頃の物語にもある様に、はげしい宮廷の生存競争に破れて、体のいい都落をしたものであろう。

この時から姓も梅津と改め地方の豪族の様な立場になったが、反っていいかげんな殿上人よりずっと裕福な暮しをしたものと思われる。それでも天暦長徳頃から応永年間までは、朝廷との関係もぜんぜん切れたというわけではなく、蔵人舎人などの役名も所々に見受けられる。藤原が勢力を得た頃から、橘氏は次第におとろえて、この様に中央から離れて行ったが、反ってその為に地方に根を張ったものも多く、たとえば河内の楠氏などもその一族であるが、子孫は広く関東東北にまで及び、それぞれ土着の豪族として長く余命を保っていた。

橘氏系図（群書類従）によると、梅若家のそれと一致しているのは諸兄より数えて四世の孫、氏公という人までで、その子友麿という人に至るとそこにはもう記されていないし、むろん梅津なにがしの名などどこにも見当らない。しかし梅若家の紋は代々橘を用いているから、地方に散った傍系の中の一人である事はたしかであろう。又、京都嵯峨野の近く梅津村という所に、梅の宮神社というのがあるが、それは橘氏の祖先を祭る社であり、十代友時という人はそこの神司であったが、はじめにも書いた様に、後に丹波国にうつされた。

この神宮は古社から有名な社であり、橘氏にとっては、あたかも藤氏における春日神社の立場に相当していたから、観世が春日神社に属していた様に、後には梅若もその縁故をもって奉仕したものと想像される。徳川時代に入ってからも中々江戸へ下らず、京都を地盤とした理由もそんな所にあるのかも知れない。

はじめて六郎という名が現れるのは寛正年間で、三十二世に当る。もっともそれは諸兄から数えての事であり、梅津と名のってからは実は二十三代目で、それゆえ現在の實さんは正確には四十五代目というのが正しいのである。能楽筆頭の観世の家は二十五代目位に当ると思うが、その方は室町時代観阿弥から数えているからもっとたしかであるが、それより以前は、家伝によれば伊勢平氏であったという。これは早くから春日神社に属した大和猿楽の一派であったが、梅若の前身たる梅津の方は代々能は好んだと見え、既に室町時代に丹波猿能の名は見えているとはいうものの、いつの頃から職業的猿楽師になったかそこの所は判然としてない。

古い所では応永の頃、——というのは世阿弥が活躍した時代であるが、一梅若太夫なるものが後小松天皇の寵遇を得た、それが史上に現れる最初の記録である。しかし、梅津が梅若と改めたのはそれよりずっと後のことで、文明十三年、三十七世景久という人の代であった。

梅津兵庫頭景久　　六郎
幼年ヨリ猿楽ヲ好観世大夫ト共ニ学舞曲謡曲芸妙ヲ極ル因縁者父安久之妻有夜之夢ニ能楽之仮面三面ヲ天ヨリ得ルトミテ是ヲ懐胎ス月満テ男子出生即景久也幼年ヨリ乱舞ヲ好其芸非凡中楽之極意ヲ得ル叡慮ニ達シ年拾六才之時
後土御門天皇文明十三年正月廿日禁中ニ召サレテ芦刈之能ヲ奉奏ス若年ニシテ其芸ニ達スルヲ御感ノ余リ　右少弁藤原俊□□ニ命ジテ若ノ一字ヲ下シ賜リ梅若大夫ト御口宣案下賜爾後梅津ヲ改メ梅若ト被召

と特に記されてあるとおり、景久は若くして叡聞に達する程の上手であった。後土御門天皇からたまわった所の御口宣は、今は掛地につくって大切に保存されているが、その折拝領の御紋章入の幕の方は、江戸の大火の折に焼失した。これより以後芦刈という曲は、梅若家にとって記念すべきめでたい曲として、お正月とか祝言の折に特に上演されるしきたりになっている。

「若」という字を給わって、ここに梅若という新しい苗字ができ上ったが、それでもまだ純然たる猿楽師になったわけではなく、半ばは武士の生活を送っていたものとみえる。応仁の乱などで世の中は騒然としていた時代であるから、猿楽師も刀をはなさなかったのであろう。景久の子孫が織田信長に仕えた折は七百石貰っているし、本能寺では親子そろって討死するなど、中々華々しい武者ぶりをしめした。しかしそういう事があったので、戦国時代には一家滅亡の危機に瀕したが、天下が治まって後、再び家康にとり立てられ二百石十人扶持をあてがわれた。

四十世六郎氏盛、後に九郎右衛門といった人は父が討死したとき僅かに四歳であったが、二十一歳の時家康が愛宕に登山した時供に加わり、旧来の所領の事など問われたのに答えて、「父討死の後領地混乱し弁ずべからざる旨」言上した所、家康はたずさえた杖の先でもって、山上から旧領と覚しき丹波の一部を指し、以来所領すべき仮の証書を与えたが、後に「お墨付」を拝領しこれは今でも梅若家に保存されている。

その頃の記録には、梅若妙音太夫という人の名が残っている。おおかた美声でもあったのだろうか、信長や秀吉にとり立てられたというが、さしたる上手ではなかったらしい。その子の九郎右衛門なるものは、それより未だ下手であったと、「四座役者目録」に記されている位である。が、駿府に召出されて後は、家康の寵愛を独占し、至る所供して歩き演能の機会もしばしば与えられた。よほど政治的手腕があったのか、人間的に偉かったのか、何れにしろ家康ほどの人物に気に入られたのは何か取得があったものと見える。その恩恵が人並み外れていた為に、当時の観世流の家元、黒雪との間に確執が生ずるに至り、ある日黒雪は憤慨のあまり大事な演能の前夜高野山へ逐電してしまったという。

今観梅問題と名付けて、時々新聞などで騒がれる両家の紛争は、実は三百年の前にその原因がみとめられるのであって、そう簡単に片附かぬのも無理はない。公平に見て非は梅若にも観世にもある。現在梅若は観世流から破門同様で、――という事は能楽界を事実上追放された形になっているが、道徳的に云っても、そうした事はお互いに見苦しいことであるから、能楽の将来の為に一日も早く両方で折合って解決をつけて貰いたい。と思うもののやはり芸にたずさわる人々には、私達の思いもよらぬ頑迷な所があって、こと生活上の問題となるとまるで人が変った様に、ただ子供みたいに感情に走る結果になる事が多いのである。

慶長年間に至ると江戸も次第に落着き、幕府もしっかり根をおろしたので、能役者も一族郎党を引連れて下って来た。それまで大和及び京都にあった能楽の中心も、徳川氏とともに江戸の方にうつって行ったが、梅若は依然として丹波に残り、秀忠、家光の時代にも、まだ士分としてその領地を保っていた。そして他流なきあとの京都の地に自らの地盤をかためていたが、その期間は意外に長く、宝永あたりまでそのままで、かたわら梅若太夫と名のりつつ、なまなか大きな領地を有しただけに、そう簡単に専門の能役者に転向するわけにも行かなかったものであろう。今でも殿山という所には、梅若屋敷とよばれる宏壮な邸跡が残っているという。

六代将軍家宣の時の梅若太夫が、はじめて品川の海晏寺に葬られているが、梅若がおくればせに江戸に馳せ参じたのはほぼその頃と推察される。文化の中心は何としても将軍の膝元にあった。何百年もの歴史を持つ領地に訣別したというのは、京都に見切りをつけたからに他ならない。田舎猿楽では喰えなくなって、困りに困った揚句のはてと想像されるが、記録をみてもその頃からだんだん扶持も減ってゆき、時機を逸した下向は必ず邪魔者扱いを受けたに相違ない。観世の中に併呑されて、ほんものの能役者になったのはこの時と見ていい。實さんの話によると、徳川の末期には窮迫甚しく、維新よりはるか以前に、殆んどその日暮しの様な哀れな状態であったという。

しかし観世座の中に加えられたと云っても、何につけ家柄が物を言う時代の事だから、微々たる弟子の身分におちぶれたわけではなく、ツレ家の筆頭として、形式的な待遇だけはよかったのである。ツレ家というのは、公式の場合に観世太夫のツレをつとめる家柄という意味で、今の囃子方やワキ師の様に、昔は地謡後見に至るまで、代々役目がきまって居、どんなに上手でもシテをつとめる事は許されなかった。それだけ封建的であったとも言えるが、又一方にははるかに専門的になる為、各々の役目を熟知するとともに責任をもって果した、という美点もあった。何と云っても能の様な綜合芸術は、民主主義一点ばりでは統一がとれない。現在に至るまで、徳川時代のままの形で五流だけが存在するのも、よく考えてみればおかしな事だが、又考えようによってはお花やお茶の様に個人的な物ではないから、この制度が崩れるとき能楽も破壊されるおそれがないとは言い切れぬ。しいて言えば五流も不必要、一流にまとまるのが理想的と言えようか。しかしよほど衰微せぬ限り、そんな時代が実現する事は不可能であろう。

先代の梅若實は、以上の様な家柄の、しかもおちぶれはてた所へ養子に貰われて来たのである。文政十一年、鯨井という家に生れたが、寛永寺の御用達と云えば、まあ今で云えば金貸の様な商売であろうが、『養子に入ったとは云うものの、実は家の株を十五両で買ったのだという噂も残って居るが、詳しいことは判らない』（能楽全書）と言われている。株を買った事がもし事実とすれば、私達にとって何という好運であろう。この人が居なかったら、お能はもしかすると見られなかったかも知れないし、むろん現在の實さんも生れなかった事を思えば。

この先代實は、若い頃から芸は達者であったというが、實さんの話によるとそれもどうやら事実ではないらしい。やはり努力に努力を重ねた人で、ろくろく教えてくれる人もない時世であったから、独学でやりぬいた所にこの人の偉さがある。

古いものは何でもいけないと云った時代に、ただ一人踏みとどまって能を守った事は、口でいうのはやさしいがよほどの勇気と信念を持った人でなければ実行できない事である。後に宝生九郎や桜間伴馬も加ったが、少時の間はまったく孤独の境涯で、あるときなどは、両国橋に坐って謡をうたい、行人の情にすがったという話さえ伝っている。實さんに聞くとそれもどうやらほんとではないらしいが、ともかくそういう伝説が生れるほど彼は苦労をしぬいたのであった。

それだけに比較的自由な立場にあったから、近世における芸術上の色々な改革もこの時この人によって行われたものと見ていい。それ以前の能のありかたは知る由もないが、根本的にはむろん世阿弥以来変化はないのだけれども、それまで能は幕府の式楽として、一般の人は稀にしか接する機会がなかったのが、はじめて民衆の中に進出したわけであるから、其処に演出上の変化が生れない筈はない。それまでは改革したくても出来なかったことも沢山あっただろうし、舞台にしても、昔は外で、——将軍家では芝生をへだてた先に舞台があり、見物席との間隔ははるかに広いものであったから、能の演出も今に比べてはかなりおおまかなものではなかったかと想像される。

世阿弥の書いたものでも、些末な事柄にはずい分おかしな事があって、たとえば能を舞うときにあまり表情をするのはよくないとか、鼻などかむのは面白くないとか、今となってはおかしな程呑気な注意をしているが、そういう点で能は、世阿弥の時代とは比べものにならない程進歩しているのである。あらゆる芸術に進歩はないが、技術にはある。現に二十年前の實さんの写真と今のを比べると、うまさに変りはないが型が違う。こんなに変らない様に見える芸術でも、やはり時代の感覚にそって、少しの間にも変化してゆく事を思えば、すべてが御破算になった維新時代に、どんな変革がもたらされたかは想像にかたくない。少くともそういう意味では、万三郎、實、兼資、六平太、金太郎を持った今の時代は、もしかすると能楽がもっとも完成された時機と言えるのかも知れないのである。その基礎の大部分は、殆んど先代實一人の手によってつくられたのである。維新はいわば能楽のルネッサンスであった。

梅若家は、元来が能楽専門の家でなかったせいか、歴史が古いわりにはあまり上手は出なかったらしいが、近世に至って先代實他二人の名手を相ついで世に出した。それも能楽とは関係のない他家からの養子であったから、その点でも彼は自力で成功した人であると云っていい。詳細は既に芸談の中にくわしいが、誰が見ても維新当時の彼の努力は、この芸術の為に忘れる事は出来ないのである。

しかし、何と云っても、先代實のなしとげた仕事のうち最もはえある功績は、万三郎、實二人の芸を完成させたことにある。この二人の兄弟こそ、彼の最高にして最大の傑作と言えよう。その前には、数十回に及ぶ天覧能も、富豪貴紳の後援も物の数ではない。

思わぬ所まで私は深入りした様であるが、實さんの能を語る為には、どうしてもその背後を彩る歴史と、燦然たる先代實の背景を忘れるわけにはゆかない。彼にとって家とは「能楽」を意味し、亡き父の思い出はそのまま美神の姿であるからだ。そういう意味でこの本は、現在の梅若實の一代記であるとともに先代實の物語でもあり、又一見物人の目に映じた實さんの話でもある。枚数の都合もあり、私の筆はその全貌を描出すにはあまりにつたないが、それでもそのいく分かは想像して頂けるものと信じている。

能ははかない芸術である。夕焼が一瞬空を彩る様に、忽ちにして現れては消えてゆく。しかし、そのはかなさゆえに人は破れやすい陶器に対すると同じ熱情と愛情をもって、この長い年月の間大切に保存したのであろう。そして消えやすいがゆえにその美しさは、人の心の奥深く刻まれて残るのであろう。

私がこんな物を書く気になったのも、一に實さんの芸術への思慕のあらわれに他ならないが、それは又破れやすいものに感ずる止むに止まれぬ愛惜の情からでもある。私は仏の前にぬかずくと同じおもいをこめて、夕焼の様に華やかで一日の終の如く静かな、梅若實の能の前にこのささやかな一華をささげたい。くずれ行かんとする美しさを、しばしなりともこの世にとどめようとするのは、落日を招くに似た空しいわざであるかも知れない。そしてそんな心根を、我ながら不思議なものに思わぬわけではないけれども。

梅若實略歴

明治十一年四月廿八日　出生　竹世
明治十五年十一月十三日　初役青山御所御舞台善知鳥子方
明治二十四年十月　養子五十三世六郎所望により準養子となる
明治二十八年十二月　家督相続
明治三十三年　六郎襲名
明治四十三年七月八日　前田侯へ天皇陛下行幸の折土蜘蛛シテ
大正二年　御大典に際し宮中御舞台にて猩々乱
大正九年　観世家より除名
大正十年七月　梅若流樹立　万三郎所望により家元譲る
大正十二年九月一日　震災にて舞台焼失
大正十四年十月二十五日　舞台再建　舞台開　北白川宮大妃殿下及妃殿下　賀陽宮大妃殿下御成り
昭和九年十二月　流儀謡本完成
昭和十年二月二十日　宮中に参内　三陛下に謡本献上

昭和十一年三月十五日　流儀樹立十五周年記念　雪月花三番能　忠度　松風　葛城シテ　石橋伜三人
昭和十三年五月十五日　還暦五番能（皆様より所望にて）　邯鄲　盛久　碪　花筐　山姥
昭和十六年十一月十六日　舞台生活六十年記念　三番能　芦刈　当麻　正尊
昭和十七年　満洲十周年に使節として渡満（渡満これにて三度目）
昭和二十年三月九日　空襲にて舞台見所住居全部焼失
昭和二十年四月九日　五流と会見梅若派として家元格にて同席す　二十二年独立
昭和二十二年四月十二日　京都にて道成寺七十歳にて相勤む
昭和二十三年十月　六郎を譲り實を襲名

私の芸術家訪問記

焼物の話

焼物が好きで集めていますが、始めたのは戦後のことです。其頃財産税などの関係から、門外不出の名品が市場へ流れ出ました。一流のものが見られるのをさいわい、その道の玄人といわれる蒐集家にくっついて、毎日、方々歩き廻りました。私などの手におえない品ばかりであるのもお誂えむきでした。骨董屋は、自分達が何十年かかって見たものが、手軽に見つくせることの幸運を言い、私もそのつもりで大いに勉強する気になっていました。

骨董は、買ってみないことには解らないといいます。そんな事があるものかと内心おもい、美術商で見たり蒐集家を訪ねたり博物館へ通うことに忙しく、友達はまた始まった、と笑いましたが、お蔭で名前も覚えましたし、少しは見分けもつく様になりました。そのままで進めば今にいっぱし通になれたでしょうに、ある日あるものがいきなり別の世界へと私をひきさらって行ったのです。

それは、ねずみ志野の香炉でした。それまで支那陶器ばかり見ていたのが何故日本の焼物に心ひかれたのか解りません。そういう事が既に変でした。値段も高く、ふだんならあっさりあきらめるところを、人に見られるのさえいやで、誰にも相談せず、その場から抱いて帰りました。家へ帰っても五分としまっておけない。出してもおけない。そわそわして、色んな事が気にかかります。そのうちお金の方は曲りなりにも払うことが出来、「いいもの買ったね」と小林秀雄さんに言われるまで、品物の方にはまるきり自信が持てないのでした。成程買ってみないことには解らない。この世界では買うという事が唯一の行為であることをその時はじめて知ったのでした。

いい気持になっていると、小林さんの焼物の先生だった青山二郎さんにこんな事を言われました。

「あれは誰が持っていても一流のものだ。何もわざわざ買うことはない。自分が持っているから値打がある、というものばかり目ざしたらどうだ」。この言葉は、青天のへきれきといった工合に私の上に落っこちました。解りきった事はしないでよろしい。そう言われてみれば何もかも、出来合いのものばかりです。安あがりで済まそうとする根性はよくないにきまっていますが、高い価を払っても、それでやにさがるわけには行かないのでした。

今、行きつけの骨董屋に、唐津の茶碗があります。大男があぐらをかいた様な恰好で、今までに何度か売られ、買い戻されて、その度に見せて貰いました。はじめはてんで見向きもしませんでしたが、二度目にはちょっといいなと思いました。三度目にほしくなりましたが、値段は安いのに中々買いきれません。それでお茶を飲むことを考えると、とても使いこなせそうにないし、いくらほしくても無理をしたのでは嘘になる。無理をしてみて、（こっちが瀬戸物に）追つくこともあるのですが、それなら買って暖めていればいいようなものの、中々決心がつかない。そんな事がしじゅう頭を離れないのも、馬鹿馬鹿しい話ですが、当人にとっては大問題なのです。茶碗一つではありますが、自分がハカリにかけるのであってみれば、真剣になるのも不思議ではありません。だから私の様な駆けだしがにせ物でもつかもうなら、その口惜しさは格別で、人にも物にも忽ち自信を失ってしまいます。にせ物でなくても昔買ったがらくたの中には、恥しいものが沢山あります。ものが現実にあるのですから、過去の数々の失敗の様に、うまく忘れるというわけに行きません。

この茶碗は、今に買えるかも知れないし、買えないかも知れない。買えなければ、私が未熟なのだから仕方がない。そう思って待っているのですが、またそれとは反対にすぐ買えるもので、ぐずぐずしているうちに卒業してしまうこともある。そんなものは始めから必要でなかったのだから未練がありませんが、出来心とか雰囲気とか胃の工合などが、どうしても鑑賞にからまるので事は面倒になります。そういうものが邪魔をする人は、よほど偉い人かさもなければよほどくだらない人間でしょう。困ってもいないのに、こんないいものを手ばなす様ではあの人も駄目になる、と言われるとほんとにそうなる事もあります。つまらないものを中にはさんで、単なる競争意識から、もしくは気の合った同士が勝手な夢を描いて、取合う渦中に巻きこまれる場合もある。ある金持は、他人の持物に熱中したあまり、数人の骨董屋にせらせ、実際には一人角力をとったあげく、法外な値段でおとして悦に入っている。中には人手に渡ってもあきらめきれず、虎視たんたんとねらっているものもある。四、五人列に並んで、勿論私などビリの方で、御用済みになるのを待っているのですが、一生待っても手に入るとは限らないものを、忘れきれずにいるのは何という因果かと思います。それ程人を迷わすのは、必ず日本の焼物か伝世の陶器に限るのも、私たちの血の中に特種な美しさを愛する伝統が流れているからでありましょう。それはもう美ではないかも知れないし、鑑賞のうちに入らないかも知れません。「鑑賞」というのには幾通りものやり方があり、無邪気なものから罪深いものまで、数えあげたらきりがありません。

私の知人に有名な蒐集家がありますが、そこの陳列室のガラスの中には、世界的名器が所せきまで並んでいます。世界中どこでも通用する鑑賞の方法ですが、面白いのは、御主人にとって見飽きる程見た陶器より、今となっては「おはなし」の方が重要になって来たことです。ある唐三彩は世界に二つよりない。一つは英国人の所蔵で世界一と自慢していたのが持主が日本に立寄った時ここで見てびっくりしたとか、この六朝の馬は、ロンドンにいた時、支那から着いたばかりのを美術商で発見し、荷もほどかずそのまま日本に送り返したものであるとか。一つ一つにそうした思い出、将来は伝説ともなるべき物語がついて廻るのです。私は何度も聞くうちに覚えてしまいました。それは邪道かも知れませんが、美術品に対して、人は何かいうとすればそんな事しか言えないのです。美しい、といったとて何を現すでしょうか。お話もない場合、何かぶつぶつ口の中でつぶやく他はない。古い茶器に様々の伝説がつきまとっているのも、そういう次第だからで、箱や箱書も、一種の「言葉」には違いありません。それがある為に、さほどでない中身が高くなっても文句は言えない。まして利休みたいな達人が、そばに置いたというだけでほしくなるのも無理はありません。時にはつまらないものを友達から高く買ったり、いいものを只で貰ったり「友情」に価を払っているだけのこと、お互いに損する事など一つもありはしないのです。

ある美術商の主人が、特別の好意から、大名物の金地院という井戸の茶碗を見せてくれました。茶人でない私は、それがどれ程有難いものか知りませんし、うっかり持主も伝説も聞き忘れました。取扱うとすれば時価五百万円という話ですが、それは「値がない」とほぼ同じことなので意味がありません。そういうとんでもない名品が、行った時にはテーブルの上に裸かで置いてありました。隣りにもう一つ、主人所有のよく似た井戸が並んでいます。それは、後学の為にわざわざ出してくれたものです。そんな事とは知らないので、私は先ずその茶碗の方を手にとりました。赤みがかった色で、たっぷりした姿が実に美しい。ほしい、と思いました。今でも思っています。が、肝腎の名物の方はそれ程でなく、青味の勝った品のいい茶碗ですが、ひと口に言えば取りすました貴人の様な顔つきで、非のうち所もないものでした。

日本の茶器というもの程おかしなものはありません。一つは名のある名器、一つは名のない名品ですが、両方とも元はといえば朝鮮の片田舎で生れた飯茶碗にすぎません。ただ発見した人間が違うというだけで、兄弟の様によく似たものが、世間的にはまったく別の取扱いを受けるのです。そこには公定価格といえるものは見当りません。朝鮮へ返したら、おとなしく農家の台所の片隅でうずもれるでしょうし、展覧会に出せば、渇仰の涙にむせんで拝む人もいましょう。五百万円で買う人もいれば、五十銭で買わない人もある。何といおうと勝手だし、つまらないと思えばそれまでです。世の中にこれほど自由な存在がありましょうか、私はそこに利休の魂を見ます。秀吉は、焦燥の中に終ったが、利休は幸福をもたらしました。やすらかな彼の姿を、茶碗の中に見る彼は秀吉の権威の前に服しましたが、それとても、ただ、なるようになっただけのことです。秀ることは、私たち茶道に縁の遠いものでも必ずしも不可能ではないのです。

焼物はすべて「発見」です。その人一代かぎりのもので、あとはお話にすぎません。それを信じようと信じまいと勝手ですが、発見から創りだされたものは、それだけの努力をもって見ないかぎり理解に至る道はありません。努力をさせるものは「愛情」につきるでしょうが、愛情をもって、ものを見るのではなく、見ることが愛することなのです。それは画家や詩人が自然を見る眼に等しい行為でしょうが、有名無名の芸術家達によって、焼物は発見されては死に、また発見されては生返って今に至りました。

「自分が持っているから値打がある」そういうものばかり買えとは、とんでもないことを言われたものだと思います。今気がついてあわてているところです。私がダメなら、私の持っているあらゆる物はダメでしょう。それがたとえ大名物であろうとも。百姓の手の中にあっても、博物館に陳列されても、たしかに、「美しいもの」はある。が、それを証明する何物もない。ということになると、私は自分の好きなものに対して大きな負担を感じます。

面をみる

いつぞやある雑誌に、やはりお能の事について、――古典が美しいのは、つまらない物はふるいにかけられ、余計な物は何一つ残っては居ないからである。能の型というものも、単に古いというばかりでなく、そういう意味でひとつの古典であるといえよう、と書いた。書きながら、そういえば能面の表情というものも、確かに古典と言えるに違いない、そういった考えが、ふと頭の隅をかすめて通った。が、その時はそのまま、忘れるともなく打捨てておいた。

ある静かな秋の夜、ストーヴにまきをくべ、かわいたまきにめらめら焔が燃えうつって行くのを見ている中、ふと、捨ててあった物がにわかに心の内に甦って来るのを感じた。

それはまだ、何の形も為しては居なかった。夏の間、切ったままで積んでおいた薪に、にわかに火がついた様に、長いことほうり出してあった物が突然生を受け、いきいきとして動き出した、ちょうどそんな気持であった。

山里の夜は静かである。しかし、あまりに静かな事は反って私を落着かなくさせる。本さえ、じっとして読んでは居られない。まして、だまって手の甲をみつめたり火に眺め入ったりする事は堪えがたくなる。そんな時、私はお能の事を考える。それは殆んど、私にとって唯一の還るべき故郷といった様な感じをあたえる。ちょうど詩人にとって、万葉の普遍的な美しさが、いつも心のふるさとである様に。

そうして私は考える、それ程お能は完璧な芸術なのだろうか。それ程、私は、お能というものを信じているのだろうか。どうもそうらしい、それでいいじゃないか、という風に、だんだん私の気持は落着いてくる。やがて、形の無かった物は次第にぼんやりした輪郭を現わし、ついにはっきりしたお能の顔をしてくるのである。

お能の顔。たしかに面というものはお能の顔をしている。こんなあたり前の事が、私にとって何とも動かし様のない事実として、何よりも確かな事に思えるのである。というのは、戦争以来、およそ何百という梅若家の能面をあずかって居、したがって今までより以上に面というものを身近に感じている中に、何故能役者達が命にかえても面を大切にするか、それ以上に、何故この芸術がかくまで仮面にたよるかという様な事が、初めて解った様な気がするからである。

役得、といってはおかしいけれども、「どうぞいつでも御自由に」とかねがね言われていた、そのアドヴァンテージを今こそとろうと私は思った。好意を受けるなどという生ぬるい気持からではない。今をおいて、いつ又面をみる時があろうぞ。私は、まるで悪い事でもする様に、こわごわ蒔絵の箱を開け、面をとり出し、マントルピースの上にそっと置いてみた。

私が盗み出したのは、若女の面、作者不明の逸品である。明滅する火の光を受けて、私の宝物はストーヴの上で静かにほほえむともなくほほえんで居る。私は何だかどきどきした。罰があたりそうだな、ふとそんな事を考えた。

この面が、彫刻として、どれ程すぐれたものか、それは私には解らない。重要美術というからには、きっといいものであるには違いないだろう。が、私の信じているのは重要美術じゃなくて、この能面の魂なのだ。

むかしむかし、私が小さい子供の頃、万三郎や六郎はいつもこの面をつけて舞って居た。「羽衣」の天人となって空高く翔ける時、この面のまわりには、ひょうびょうとして春霞がたちこめた。「松風」の亡霊と化する時、この同じ面の周囲には、秋の夕べの霧が月光の様にただようのを見た。それは単なる思い出ではない。印象でもない。私の頭が覚えているのではなくて、私の身体がそれを知っているのだ。私は、たしかにその「時」を生きたのだった、うれしい事も悲しい事も忘れはてて。が、今は。ああすらすらとはいかないで、ぎごちなくあちらこちらにつきあたる様なこの感じ。……

まきがパチパチ音をたてる。夜はしんしんと更けてゆく。煖炉の上で若女は、見るともなしにうつろな空間をみつめている。だが、うつろなのはその眼ではなくて、むしろ私ではないだろうか。

「仮面は何処にあるか？　見物席にあるか、舞台にあるか、芝居にあるか、生活にあるか」とジィドは言う。これは現代の悲劇、もしくは喜劇であろう。あちらの芝居はとうの昔に仮面を捨ててしまった。何しろその方が真に近いのだから。そして私達見物はといえば、けっこう素面素足で歩いているつもりながら、今ではあんまり幾つもの面をかぶっている為に、どこにほんとうの顔があるのだか、それさえ見分けがつかなくなって居る。もはや自分自身に対してさえ、ありのままではあり得ない。そして、自分という物程解らないものはない、とまで思いこんでいる。

五百年以前に、世阿弥は、知ってか知らずかそういう事を予言した。いいえ、きっと知っていたに違いない。この、能面の表情を発見したからには、能のシテに、わざわざ実在の人間ならぬ花の精や幽霊をわずらわせる事に思いついたのは。

ある人々は、まったく目的を持たないといった様な能面の表情を、死相と名づけ、或は中間の表情と呼んでいる。成程それは中間に位するかも知れない。泣いても笑ってもいないのだから。が、それはどっちつかずという様なあいまいな物ではない。この若女、能面の中でも最も無表情なこの面を前にして、私はまるきり反対な事をおもう。このたった一つの顔の裏に、どれ程多くの表情が抹殺されねばならなかったかを。最も複雑である事は最も単純な形式をとらざるを得ないことを。

名人とよばれる人の直面《ひためん》には、これと同じ表情があらわれる。それはもはや人間の顔とは言えない。といって、無表情なのでもなく、陶酔状態にあるのでもない。顔の道具の出来不出来など、舞台から現実の社会においてこそちっとは物も言うだろうが、其処では一言の発言権もあたえられはしない。ただ、其処には、世阿弥以来、いや永久に変らぬであろうところの不易な美しさが現れる。それは、何と言う事は出来ないけれど、何かしら美しく生きるという事が不可能とは限らない、と言っている様な、希望の光がほのめくのが感じられる。

「ただ迷をあるじとして彼にしたがふ時、やさしくも面白くも覚ゆべきなり」と兼好法師に言われた女。いくらがんばってみても確かにそうには違いないこの正体のつかみにくい生きものに、お能は一種の安定感、安心ともいうべきものをあたえて居る。女面がそれである。かつらもの(女の能)がそれである。自分が女であるからか、私はとめ度もない郷愁をそれ等のものに感じるのである。

現在残っているかつらものの殆んど全部は皆世阿弥の作である。彼の芸術にとって女は欠くべからざる条件であったのだ。それは兼好における同じ様に、美しくはかなく変りやすく、……いわば迷をもととする人間性の象徴であるからに他ならない。

人間というもの。人間にとって、これ程興味つきせぬ問題はないだろう。その人間からはるかに遠くへだたっているかの如く見える能の芸術も、畢竟するところ、それ以外の事を物語りはしない。世阿弥は、そこで自らを語っているのである。ただ、彼は決して人間という動物に興味をもったわけではない、どこまでもそれは浄化された、人間の理想型であったのだ。

世阿弥は自分の理想を幽玄という言葉において現わした。それはもはや俊成や定家のそれとはまるで違う別の世界、能の世界なのであった。そして、幽玄至極のものとして、かつらものを第一においた。そのかつらものは、一名三番目物ともよばれる如く、神、幽霊、女、狂人、鬼、の順に並べられる五種類の能のその中心におかれている。天上から降り下る神霊的なものと、地獄の悪魔的な存在、この二つの物にささえられている、其処が人間界でなくて何であろう。そのものを現わすに、世阿弥はかりに女のかたちを与えたばかりでなく、加うるに、足のない幽霊とか花の精などの空なる存在をもってした。そうする事によって、この世は夢、という一つの真実を現わすガラスの様に透き通ったまったく別の世界を創造し、かたく深くその中にとじこもって居た。それは、いわば一つの型をつくる事であった。別の言葉でいえば、人間を古典化してみせるものでもあった。お能は、足利時代において、その生れた時既に古典だったのである。

その透明な世界は、泉鏡花のえがいた幽霊の世界に似なくもない。事実、夢の様なお能の舞をみていると、いつも私は鏡花の小説をつい聯想してしまうのである。氏は実に多くの幽霊を書いてみせた。幽霊でなくとも、何かそれ等の人々は皆幽霊じみた、一つの型にはまっていた。女はいつでも同じ顔をしているし、どれもこれも同じ様なタイプ――それでいて自他ともにさしつかえは少しもない。若女の面が、「井筒」に用いられようと松風になろうと少しの不自由も感じられない様に。世阿弥にしても、鏡花氏にしても、見物或は読者のおもわくなどかえりみる必要はさらさらなかった。おそらくそんな余裕もなかったに相違ない、そのひたぶるな信念には、己れを空しゅうした人の合掌を見る。

そこには、月の光がある。人間にして人間にあらざる月光菩薩の合掌である。その純粋な形が、舞台芸術と文学のまったく異る二つのものの上に、はからずも同じ光をもたらした。おもえば鏡花氏が、よくは覚えていないが、お能の家と関係のある家柄に生れたのも、単なる偶然の一致とは言えないだろう。

「歌行燈」がそういう事を私におもわせるのでは決してない。あの小説にはなる程能の舞は出て来るけれども、それはちっとも仕舞らしいとは思わない。むしろ、似ても似つかぬ変なものという感じで、したがって私は、舞ならぬ芸者のおどりそのものに感心しては居ないのだが、そこにえがき出された妖しい夢の美しさには目をみはる。「高野聖」も「眉かくし」も。それを架空の世界とよぶ人は、おそらく魂の存在を認めぬ人々であろう。

幽玄も花も、同様に、ひと口に言えば美しさというものに他ならないが、幽玄は魂、花はお能の肉体とみる事が出来るかも知れない。

舞台芸術の命とする半俗半僧の人世阿弥は、もともとしゃばっ気の多分にある人間で、そのめざした所は、少し後の、わびとかさびとかいうものからは程遠い。その理想を現わすかつらものとは、たとえばこの様なものであった。

恋慕の姿。下紅葉かつちる山の夕しぐれぬれてや雁の独鳴くらむ、紅葉は秋暮の情を見せて色に染み、露おきならぶよそほひ、恋慕怨声のおもひに通ず。

という、しっとりぬれた風情なのである。それには、かの兼好の「花は盛に月はくまなきを見るものかは」のあわれに一脈相通ずるものがある。月をかくす雲、花を散らす嵐、それを世阿弥も夢みたのである。贅沢なのぞみ、と言って悪ければ、高い文化の必ず行きつくところとしてもいい。どっちだって構わない。ともあれ「男女の情もひとへに逢ひ見るをば云ふものかは」といった様なこの「恋慕の姿」には、若い恋人同士に見る潑剌とした若々しさはないかわりに、野性の生々しさもみあたらない。聡明なまなざし、老熟したものの上にのみ見る静けさがある。といって、どこかにほんとの月や花がなくてはかなうまい。影のない自然、永遠に変らぬ若々しさ、そのものを名付けて世阿弥は「花」とよんだのである。

「物数を極め工夫をつくして後、花の失せぬところを知るべし」この現実がお能の花を不朽ならしめる。――美しいかつらもののシテは、いつでも男なのである。

また、世阿弥は、「秘すれば花なり。秘せねば花なるべからず」と言って仮面の功徳をといた。

秘事と申すは、秘するによりて大用あるが故なり。しかれば、秘事といふ事を現せば、させる事にてもなき物なり。これをさせる事にてもなしといふ人は、いまだ秘事といふ事の大用を知らぬが故なり。

若女の面の上に、「花」は若さをもって現わされた。が、その表情は、隠者の心の如き静けさをもって現わされた。老と若さの不思議な交錯。私は其処に詩人のみずみずしい魂と、詩に書かれた完璧な言葉の見事な一致を見る。これを「させる事もなき表情」という人に、能面は、いつまでたっても、面の様な表情でしかあるまい。しかし、あきらかにそれは無ではなく、有である。あらゆる物が還り、あらゆる物が生れて来る、——古典とは、そうしたものを言うのではないだろうか。

鉄砲うち

私が住んでる田舎には小鳥が多く、冬になると鉄砲の音が絶えない。毎日うっているのは河上徹太郎さんで、山一つ向うの隣村から、ときどき現れてビールを飲んで帰って行く。以前には散歩一つせず、景色を眺めることもなく、つま先ばかり見つめて歩くような先生だったが、最近は洋行したり文学賞貰ったり、それに年のせいも手伝ってか、ゆったりした態度になって英国土産のトウィードも身についた。鉄砲の方ものんびりしたもので、当っても当らなくてもちっとも構わない。忠実な犬は谷間ごとに鳥を追出すが、御主人がしくじってもケロリとしている、たぶんそんなもんだと思ってるのだろう。だからこの犬は、追出すことはしても持って来ることは知らない、たまたま命中しても喰べてしまうのである。それも話に聞くだけで、私は不幸にしてまだ当ったのを見たことがなく、はじめは何かと慰めていたが、しまいにはあきらめて、そんなもんだと思いこむようになった。

終戦直後アメリカ人のお偉方が遊びに来た。はち切れそうに太った連中が機関銃みたいな銃でバンバンうつ。一つの鳥を四、五人でねらうのだから、羽は散り肉は裂け、形骸のみ残る始末であった。英国人はアメリカ人の猟のことをshooting（鳥打）ではなくして、killing（鳥殺し）だと笑うが、まことにそういうものである。しかし、うつ以上殺す実行型と、当らなくてもいい紳士型とどっちがいいか。私には解らない。

私の兄に射撃の名人がいて、子供達に教えてくれる。空缶を投げさせて、「ホラ見ててごらん、的ってものはねらえばとまるんだよ。うつまでじっとしてる」としゃべりながら殆んどよそ見しながら百発百中である。飛んでる的はとまる筈がないが、彼にはしかとそう見えるらしい、いつか野球の選手もそんなことをいっていた。ねらうということは、目でねらうのではない、身体の構えにある。精神が集中すれば的と自分は一体と化すのだ。分析すればいろんな言い方は出来るだろうが、彼にとっては、的がとまるという「事実」しかなく、したがって当るのは当然の結果であり、昔は鳥をきれいに落すのが自慢だったが、近頃はそれもふつうのこととなって鉄砲にもあきた様子である。「僕はもうやめたよ。そのかわり望遠鏡持って毎日森の中へ行き鳥を眺めている。鳥の生態の方が鉄砲よりずっと面白いよ」という。

鉄砲の音がする度に、家の末娘はお祈りする。「どうぞ、当りませんように」が、小さな子供のねがいとはお構いなしに大人は鳥を殺し、自然は次から次と獲物を供給する。なだらかな多摩の丘陵はそれらすべてを呑みこんで、いつも穏やかな表情を失わない。

ガンコな人

不景気不景気といって、いい本屋がつぶれたとかつぶれるとか聞くのに、ただで送ってくる政治雑誌がふえたのは近ごろ奇妙な現象であるが、それが不景気の証拠かもしれない。その一つを読むともなしにめくっていたら次のような話が目にとまった。——戦時中ある人が池田成彬氏にしばしば会う機会があった。ところが、氏の所に入る情報はおよそデタラメで、そのことを力説すると、池田さんは苦笑していった。「私のような立場のものには本当の情報は入り難いものです。不治の重病人のようなものですからねえ」

結論として筆者は、不治の重病人のところへなんか、だれがほんとの話を持ってゆくもんか。というところから、それをワンマン及び一万田氏その他に結びつけ、だから彼らもそういうことに注意し、小人側近輩の甘い言葉にのせられてはいけないというのである。一応筋が通っているみたいで、これほど筋が通らぬ話はない。この場合、例に持出された池田さんと、ヤリ玉にあげられた吉田さんたちほど縁の遠い存在があるだろうか。吉田さんのことはしばらくおく。いや筆者の見当違いなんかどうでもいい、私にはただ池田さんの「苦笑」だけが残る。おそらくそれは、だれにも通じない苦々しい笑いだったに違いない。

不治の重病人のところに本当の情報は入らない——そんなことがいえる人は決して重病人ではない。極めて健康な、バランスのとれた精神の持主である。金持が、金持であることをひけらかさないように、池田さんは自分を大御所に祭りあげた世間をどんなに苦々しく思っていたかしれないが、それ以上に、全部「本当の情報」を握っていて、わざとそんな顔をしてみせたのかもわからない。池田さんはそういう人であった。

生前私も知っていたが、私は若かったからただかわいがってくださった。だからほとんど知らないといっていいのだが、世間では冷たい人間のようにいっていた。が冷たくなくては三井の大番頭はつとまらなかったであろう。戦後はどうやらみんな暖くなりすぎた。自分自身に一番暖い。そういう甘さは池田さんにはなく「商売人」というものをはっきり意識し、妙な仏ごころなぞかみ殺して、自分をきびしく律した人であると思う。

池田潔さんの、お父様の思い出の中にこんな逸話があったのを思いだす。晩年「人生観」を書くように頼まれた。潔さんが原稿用紙に清書して、や。や行かえの所を習慣どおりあけて書くと、大変ごきげんが悪い。自分はきちんと何枚、出版社から依頼されて引受けた、だから一字なりともあけてはいかん、四百字詰めなら四百字つまっていなければごまかすことになるといわれ、お陰で出来上った原稿は大そう読みにくかったという。そんなところにほんとうの商売人根性——むかしのサムライにも比すべきガンコな気質が現れ、私は面白い話として覚えているが、それにつけてもガンコな人は、自己に対して最もガンコであるべきはずと思うのである。

手袋

求龍堂の石原さんにはじめて会ったのは、終戦直後のことで、美術商の広田不孤斎氏の家であった。紹介されても私なんか見向きもせず、どこかで手に入れた染付の香合を、見て貰うというより自慢しに来たのである。広田さんは、手にとって、「よく思いきって買ったね」としきりに褒めた。褒めるだけあって、手の内に入ってしまうような香合は、宝石みたいにきらきら光り、美しかったが、かけ出しの私をびっくりさせたのは途方もないその値段である。たしか七万円と覚えているが、当時としては方外な値で石原さんも苦しかったらしいのに、お金のことなぞ構っていられぬという熱中の仕方である。成程、陶器というものは、男が女にほれこむようなものらしい。相手は、もしかするとつまらない物かも知れない、しかしほれるそのこと自体が教えるのだ。いわば、自分の情熱の代価とすれば、七万円が百万円でも安いではないか、石原さんの熱のあげぶりは、私に、そういうことを思わせた。

その時彼は白い手袋をはめていた。後で聞いた話によると、何か湿疹みたいなものを患っていたらしいが、手袋をはめた手で、そんなにも愛しているせともののをいじくり廻しているのが奇妙に印象に残った。実をいえば、今まで書いたことはみな後から考えたことなので、その時は手袋だけがいやに目につき、この人はきっと悪い奴に違いない、というのがはじめての印象だったのである。その後、会う度毎に、この悪党メ、と思っていた。だが、どうしてもあの子供のような夢中になり方と手袋が結びつかない。ある晩、文士ばかりの酒席で、何でもないことから、ついに彼の横ッ面をピシャリとやってしまった（或はもう少し勢がよかったかも知れない）。以来、私たちは友達になった。いつの間にか手袋もはめなくなっていた。

友達になっても、石原さんは時々、みんなで楽しくやってる最中忽然と姿をくらませたり、その他色々そんなことをする。その度に、チラリと白い物が私の目をかすめるが、もはや昔の魔力をもっていない。今では公然と「手袋氏」の仇名をもって呼べるのも、手袋的要素をヌキにした石原さんを考えることは淋しいからである。友達とはそういうものかも知れない。

デントンさんのこと

昔、京都の同志社にデントンさんというお婆さんがいた。アメリカ人の宣教師だがキリスト教のキの字もいわない、女学校でいともあやしげな西洋料理を教えていた。自分が日本へ来たのは伝道の為ではない、宗教は何でもいい、信仰を見出してほしいと思うからで、つまり、日本人が好きなのだ、——しいて聞くとモグモグそんなことを答えた。そういう彼女は宣教師として落第だったかも知れないが、信者をふやすかわりに多くの友達を得た。京都の住人で知らない人はなかったらしい。その頃同志社は電車の停留所と停留所の中間にあった。デントンさんは門を出て、線路の真中に立ち、ハンケチを振る。すると電車はまるで当り前のことのように止り、彼女を乗せて立去るのであった。

彼女は当時崩れそうな古家に住んでいた。金持の後援者が、新しい家を建てて上げようと申出ると、大喜びでたんまり金をせしめる。ところが家はいつまでたっても出来上らない。そのお金は無断で学校の資金に廻され、それが彼女にとって自分の家が建つことであった。一銭二銭と大金の間にも、区別はない。一等の汽車賃を貰って三等に乗り、あれば四等に乗りたいという風だった。そうして僅かの釣銭まで惜んで、貧しい人に与えたが、私が感心するのは貧乏人ばかりでなく、一番ケチといわれる金持まで、おしなべて「おデンさんなら仕方がない」と何でも許していたことだ。電車の中なぞでは、若い人をつかまえて、「あなたお立ちなさい、わたし坐ります」と平気でやる。それらのことはあまり自然に行われたので、誰も好感しか持てなかった。信者は一人もつくろうとしなかったが、そういう人達こそほんとうの信者と呼べるのではないだろうか。

現代が失ったのは宗教ではない。宗教は（困ることに）いくらでもある。かつては軍部がそうだったように、文化だってそうなりかねない。宗教はアヘンであるという宗教さえ存在する世の中である。それらは狂信者をつくるかも知れないが、信仰は、いつも目立ぬ所にしか育たない。日々の生活の中に、かくれてあり、日々の生活のように、実行のつみ重なりの上に現れる。デントンさんはキリスト教を説かなかったが、キリストをじかに手本として生きた。才能といっては、せいぜいまずい料理をつくるのが関の山だったが、彼女自身が「平和」そのものの姿であり、そこにはもはやキリスト教も仏教も、西洋人も日本人もなかったのである。

腕輪の行方

関西の富士正晴氏が「新潮」に「東都文士訪問日記」という随筆を書かれた。金魚の糞みたいに名士の名前がつながる中に、自殺した久坂葉子という女流作家にからんで私も出てくる。富士氏にはその人のことで二、三度会ったきり、殆んど何も知らないのだが、ちょうど江戸ッ子が次から次と洒落をとばすように、関西にもそれに似た話し方があり、その型どおりに喋べる人という風な印象を受けた。これは処世術としては安全な方法で、人もよせつけないかわり自分も傷つかず、あたかも春風のようにつるつる通りぬけて行く。それは文章の上に現れて、まったく抵抗というものがない。人間もきっとそういう人なのだろう。

その日、私達は小説家の前田純敬氏と同席した。初対面の氏は至って好人物らしく、富士氏にも先輩に対する礼をつくし、私にも気の毒なくらい丁寧だった。ほんの少し、九州なまりが残っているのもウブな感じである。前田という名前からふと気がついて、鹿児島ですか、と聞くとそうだという。私も百パーセント薩摩ッ子なので、そこから芋蔓式に話に花が咲き……どういうわけかへとへとに疲れてしまった。そこまでは随筆にあるとおりだが、前田さんは、その時私がはめていた腕輪がひどく気に入った様子である。赤や緑のチャラチャラした物で申しわけないけれど、そんなにお好きならと遠慮する相手にムリヤリ押しつけて、疲れていたに拘わらず私は上機嫌であった。

ところが少時たって一面識もない人から長文の手紙が来た。——あなたはこないだ前田氏に腕輪をやったでしょう。あれはまんまと富士氏にとられてしまった。前田氏はがっかりして、あなたにあわす顔がないとしょげてるが、これはとられる方が悪いのだから仕方がない。自分はヒョンなことから知ったのでお知せする次第だが、この次富士氏にお会いの節、あなた自身取返されるがよかろう。と末の末まで御丁寧に指図した上、富士氏はそういう奴だから今後とも十分に注意なさるがよい。現に、あなたは利用されているではないか。久坂葉子にしてもそうだ、云々といつ果てるともなくつづくのである。

富士さんが「腕輪をとった」事実は、もしそれがほんとなら、被害者にはお気の毒だが好奇心をそそった。が、そんなことは誰も知らない。友達に会うと「あんたのことが新潮に出てたね。あれは何のために書いたのだろう」と不思議がる。私も、サッパリ分んないと答える。何しろ一番面白い部分は作者が抹殺したのだから。が、あの手紙だって全部嘘かも知れない。もし嘘だとしたら、よけい面白いのではないかしらん。うるさい世の中だ。と思うかたわら私は、犬も歩けば棒に当るといった具合に、一歩外へ出たら見ず知らずの他人同士の間にまるで絵に描いたように歴然と、のっぴきならぬ関係が出来上る、そのことの方に興味を感じている。

曼荼羅

『曼荼羅《まんだら》』という題の美しい歌集が最近私のもとにおくられた。著者は元男爵夫人藤田富子氏で亡き母の古い友達である。六十を越した御老人のことゆえ、そこには新しさも現代的なものもないが、結局そうしたものは表面のことで、底に流れる若さと情熱は多少の古さを補ってあまりあるものがある。

保護色の葉かげもづもづはふ虫の蝶とならむ日の夢や久しき
まつ直ぐに物聞き見よと年月をならされて今日の心までへる
天地《あまつち》もおのれもなけむまひめぐりただ一点にまひ澄める独楽

藤田家といえば有名な財閥で私の幼い日の記憶にも美人で名高い富子夫人が、ありとあらゆる豪華な物にかこまれて、満ち足りた生活を送っていられた日々のことが残っている。夫君を亡くされたあとに実子もなく宏壮な邸宅は焼け別荘も人手に渡り今はまったく孤独な生活を送っていられると聞く。その上白内障を宣告され、「読書などにも制限をうけ、身につけた数々の趣味もほとんど捨てねばならぬ状態の今日、歌の道は私にとってただ一つ残された心のよりどころとなった」と昔にかわる哀れな身の上だが、この様な歌のいくつかが生れたのも思わぬ不幸のもたらした結果に他ならない。止むを得ず、とはいえ、多くの「趣味」を捨てねばならなかったことはお気の毒だが、物質的にも精神的にも貴族が没落しはてた今日、その泥中から咲き出たこの美しい花は、まこと「曼荼羅」の名にふさわしい。

たはやすく風には散らず白梅の己が座守《も》りて花終るなり

しかし私は全部を通じて、何げなく詠みくだされた次の歌が好きだった。

灯がひとつ雨ふる沖にともりしがまた次々と灯ともす舟あり

凡人の智恵

父（樺山愛輔）の葬式に際し、履歴をのべて下さった松本重治氏に、何か父に関する面白い逸話のようなものはないかと聞かれた。が、いくら考えてもそんなものは一つも思いだせない。元来が話好きで、聞いた話は多かったが、その中で自分を語ったことは一度もなく、またふだんの生活でも、およそ奇行とか珍談などからは縁の遠い人であった。

そんな人間を語るのは、たとえ自分の父でなくともむずかしい。これは前にも一度書いたことだが、「平凡」なことが父の特長であったといえる。ただほんの少し人と違うところは、自ら毒にも薬にもならぬ凡人であると自覚し、つとめてそういうふうに生きるのに専心した事である。その事に関するかぎり、父はガンコであり、徹底していた。田舎者は田舎者であることが強味であるように、私が尊敬するのも、父が国際的に有名であったとか、多くの人に慕われたとかいうのではなしに、わき目もふらず平凡に徹したというその事実である。これはたしかに立派な思想にも比すべき、凡人の智恵というものであろう。平凡な人間や物を語るのが難いのと同じに、そういう態度で貫くことに決心した父は、ずいぶん忍耐と努力を要したに違いない。亡くなった今日、私はそれを痛切に感じている。

たとえば彼は文化振興会その他外国関係の仕事ばかりでなく、いくつかの会社の創立に関係した。が、ある一つの事業が完成され、これが自分の力で動きはじめると直ちに身をひいて人にゆずってしまう。自分はその任ではないというのである。公の事ばかりでなく私生活でも同様で、これからという一番好い時期に退くのが、父がいつも守っていた態度であり、そのために、華々しい事もなかったかわりに、いつも彼自身のそして家庭内の平和を保ち、一生を通じて幸福そのものであった。実に幸福であった。私は父の死を嘆くにもまして、この様な一生を送った人間を祝福したい気持がする。

そういう父に逸話があるはずもないが、アンドレ・モロワがかわりに次のような事を書いてくれる。これこそ正に故人の選んだ道であるとともに、大正から昭和へかけてのわれわれ日本人が、(もし気がついていたならば)そうあり得たかも知れない生きかたであるようにも思われる。

「すでに幸福の一形式を発見した人々に対する最後の処方は、〝人は幸福な時には、彼に幸福を与えた美徳を失わないようにする事〟である。多くの男女は成功した場合には、彼等の成功の原因である慎重と中庸と温良の美徳を忘れやすい……」と。そして古代の人々が、幸福な時節に「犠牲」を捧げたこと、ポリュクラテスが海に指環を投じた話などを例にあげている。――

武士が没落した徳川末期に、士族の家に生れた父はだが仕合せにもおちぶれはしなかった。いくつも大臣を勤めた海軍大将の一人息子は、そのスタートから幸運に恵まれたといっていい。早くも十三の年にはアメリカに留学した。ついでドイツのボンにも学んだ。ここに後年国際人として生きる基礎が極めて順調に出来上ったわけだが、同じ新興階級でも、自然児のような今のアプレ族とは違い、いかに貧乏侍とはいえ、士族の家には、何百年もの古い伝統が生きていた。むし

父・樺山愛輔　昭和25年(1950)頃

永田町の自宅前で　前列右から正子、母・常子、祖母・とも、兄・丑二、祖父・資紀、姉・泰子
後列左端が父・愛輔　大正２年(1913)頃

ろ微禄な侍であればこそ、克己、勤勉、謙譲など多くの美徳も、損われず残ったのかも知れない。それがはからずも、当時の新興国たるアメリカのピュリタニズム（清教徒精神）と一致し、この二つの異質のものは、何の無理もなく父の中で合体し実を結んだのであった。そうして帰国の後は生きるため、そこここの会社の仕事に従事したが、自分でもいうとおり、それらは彼のルティーン（日課）にすぎず、あくまでも一生をかけてのつとめは国際関係、特にアメリカとの親善にあると信じ、かつまた実行もしたのである。古い日本の心を持ち、アメリカ人のように生きた彼は、いろんな意味で、明治維新の象徴的人間であり、一種の「混血児」であったが、国際文化といい社会事業といい、必ずしもそういう考え方に賛成しかねる私も、父みずからが老体を横たえ、二つの国を結ぶ橋と化した、その「信念」には無条件で頭がさがる。死ぬ直前のうわ言さえ、半分は英語であり、自分のことは苦しみも痛みも訴えず、ひたすら面倒を見ている人達や、様々な機関を通じてアメリカに送った学生さん達を、ヨロシクタノムの一事につきた。

去る十月二十四日、父の葬式はユニオン教会で行われた。その最後をかざるにふさわしく、地味につつましく、というのが念願であったが、思いの外のおびただしい参列者で、「過去の人」に似合わぬ盛大な行事に終った。私はそこに、父が投げた指環の数々を見た。生前甘やかすばかりで、ほとんど教訓らしい教訓を与えもしないし与えられもしなかった私は、その時父がはじめて自分の声で言うのを聞いた。——「なんじ、自らを知れ」そうして私は、先に書いたモロワの言葉を思いだしたのである。

父の死顔は美しかった。静かであった。それは、自ら恥じることのない生涯を終えた人間の幸福な姿であった。かわいがられた末子の私は、かねがねおそれていたにも関わらず、意外にも、

——まったく自分でも意外な程、涙一滴こぼさずに済んだが、それも思えば当然のことである。彼は決して偉大ではなかった。深味や幅のある人物でもなかった。ただ幸福な人間であった。いや、八十九年の長い年月、最後まで幸福を保ち得た、まれに見る凡人であったのだ。

香港にて

五月十五日

飛行機から降りたとたんカメラ・マンに取巻かれてしまって、けさの新聞ではトップ・ページです。ナンテせまい所なんでしょう。——あたしゃ東京が恋しいヨ。

しかし今私のいる家は文句が言えない程すばらしい所です。香港の裏側で、二〇哩《マイル》ほどはなれた住宅地ですが、三方海に面して後は山、くちなしや石楠花《しゃくなげ》の花盛りでベッドの中まで香って来ます。家は赤い屋根、乳白色の壁、室内は染付けの陶器みたいな清潔さで、涼しく、こんな気持のいい生活は久しぶりです。大きくもなく、小さくもなく、簡素でいながらテニス・コートもプールも、冷房装置まで、至れりつくせりです。喰べたいとおもう時に喰べ、ねむい時にねかせてくれる。支那人の召使たちはまるで猫みたいに音もなく気を配ってくれますし、ほっといてもくれます。つまり、ほんとの贅沢というものがここにはあるのです。

英国の貴族というものが、ここに来てよく解りました。アメリカ人のようにお節介でもなければ、フランス人ほどチヤホヤもしないかわりに、一度受入れたとなったら家族も同然です。その上ちっとも大げさじゃない。夜は、私の土産の浴衣がけという簡単さなので、ムリして持って来たイヴニング・ドレスは全部フイになったというわけ。我ながら、「いい気味」だと思います。

昼間は主人夫婦留守なので、十になる令嬢と仲よしになりました。旅行疲れで寝ている所へ入って来て、花をいけかえたり、一緒にお茶《ティ》をのんだりします。私の子供とおない年ですが、さすがに英国の子供は、既に充分レーディの資格を備えていて、指す手、引く手といったようなものを心得ているので、対等に、安心して附合えます。

支那人の阿媽《アマ》とも友達になりました。日本との戦争なんて、蚊がさした程にも感じてないのでほっとします。彼等にとっては単なる事故、もしくは自然現象ぐらいにしか思われないらしいのです。字はぜんぜん読めませんがそれで卑下するじゃなし、そのくせ物腰はすばらしく優美で、静かで、水の中を行くようです。そうじ一つするのでも、お茶のおてまえを見るようで、ほれぼれします。こういう人達を見ると、文化とは何ぞや、と思いたくなります。

ここからは、仏相華《ハイビスカス》の花の向うに、海が見渡せます。ふわふわしたベッドに寝て、こんな召使にかしずかれていると、ちょいとした浦島太郎みたいな気分です。もともと病後の養生によんでくれたのですが、香港に来れば必ず癒るといわれたのもまんざら嘘ではありません。本など読もうとしても風が吹きとばしてしまいます。物を考えるかわりに花の匂いをかいでしまう、先ずそういった生活です。

五月十七日

今日は香港の街を見物しました。昔とあまり変りありませんが、バラックばかし見馴れた目にはひどくがっちりして見えます。それにしても英国人は、こんな南国へ来てまで英国風の街をつくるなんて、おかしな人達ですわね。店に入るとプンとロンドンのにおいがします。あの清潔で、しかも古くさいにおいです。目ぬきの場所に、有名な香港上海銀行がそびえたっています。その隣りに、最近できた中共銀行がまったく同じ恰好で建っているのですが、隣りより一米程高いのがミソであるということです。英国の銀行の入口には、三越みたいなライオンの彫刻がありますが、中共の方にも同じく唐獅子が二匹がんばっている。仲よく並んだこの二つのビルディングは、きわめて象徴的ですが、滑稽であるとともに深刻にも見えます。

中共の占領以来、北京や上海から逃げて来た人達でここの人は二倍以上にふえたそうですが、実際街は商品と人間でふくれあがった感じです。香港に来れば何でもあると聞かされていましたが、まさかこれ程とは思わなかった。あんまりありすぎて、何にもほしくなくなってしまいました。人間にしても同様で、あらゆる人種がいる上、あいの子がダンゼン多い。色んな意味で、こんなにあいの子的な所は見たことがありません。

午後は総督の官邸によばれました。何といっても、義務ですからね。高い山の上にある宏壮な邸は、すべてあまりにも英国式で、支那のものは、くずれた唐三彩の馬のほか何も見当りません。さらでも高い山の上に、町全体を見おろす恰好につくられた白堊の殿堂は、威圧的で重苦しく、折角の太陽を無視した形に立っています。しかし、この「権力」が、阿片戦争以来百年の月日をかけて、不毛の岩山に美しい街をつくりあげたのでしょう。が、今となっては、こんなおどかしは空虚な感じがしないこともありません。

私達はそこから、ピークと呼ばれる山のてっぺんへ車をとばせました。自動車はこわいような坂をぐんぐんのぼり、のぼり切った所に知人の家があります。そこからの眺めがいいので、名所みたいになっているそうですが、成程聞きしにまさる絶景です。真向いの支那大陸に夕日が沈んでゆきます。せまい海峡をへだてて向岸は九龍で、陽が沈むにつれて、空にも地にも星がかがやきはじめます。香港は私の足もとに、イギリス本国の窮乏も知らぬげに、ありとあらゆる歓楽と喜悦をたたえて宝石のようにきらめいています。それは、自然と人工のまじり合った、不思議な魅力にみちた眺めです。まるで嘘みたいな。――そしてもしかするとほんとに嘘かも知れない。見ているうちに、私はだんだん不安な心地におそわれはじめました。

街の中にいると解りませんけれど、その喧噪から離れて、高い所から見おろしてみると、いかに香港という所が、危い立場にいるかということが解ります。つい目と鼻の間には、まっくろに大入道のような大陸の山々がそびえています。小さな香港はその前に、チカチカとしばしの生をたのしんでいる。それは自然の脅威の前にさらされた人間の姿に似なくもありません。邯鄲《かんたん》の夢のように、今私が立っているピークも、足もとの灯も、一瞬の嵐とともにくずれ去るのではないか。蜃気楼みたいに、今にも消えてしまいはしないか。そんなことをおもうのも、単なる空想といってすませるわけに行かない時代です。それにしても、人間というものは、なんて暢気なものでしょう。いつ何がおきるか解らないのに、――いやそれだからでしょうが、シャンパンの泡みたいにその日その日を送ってる。私もその例にもれませんけれど、せめてそんならはっきり目をあいて見つめていたいと思いますのに、ここではそれもかないません。何といっても人工的な、伝統のない土地というものは根のない花にすぎません。私は大勢の人達の中で、花やシャンパン・グラスにかこまれて、ひどく孤独を感じています。早く、ほんとの中国人に会いたいものです。実際私たち日本人が、支那の美術や文字は知っていても、生きた人間を知らないなんて、まるで会話のできない外国語みたいですものね。

五月二十一日

四、五日おたよりしなかったのは、御待望の中国人と附合うのでとても忙しかったからです。私、あっけにとられちゃった。どこから始めていいか、まるで想像とは違うので、ちょっとまごつきます。

はじめに会ったのはP夫婦で、とてもいい人達でした。骨董屋へ連れてってくれました。ところがどこへ行ってもガラクタばかり。ひどすぎてかえって愛嬌があるくらいで、ここに来て初めて私には、日本人の鑑賞眼というものが解ったのでした。ほしい物なんて一つもないのですが、悪いので、どうにか我慢できそうな乾隆ガラスを一つ買いました。が、そんな物より私には、ねぎるのを見ている方がよほど面白かった。はじめから高くはないので、もういい、というのにPさんは許してくれません。誰のためにねぎっているのか、しまいには自分の腕だめしのように見えて来ます。はたで見ていると、言葉は解らないのですが、ねぎる方もねぎられる方も、堂々とした態度で、冷静に、礼儀正しく、あの手この手とやっている。それは芝居か試合でも見ているように、殆んど芸術的といいたいくらい見事なものです。談まとまって、私が財布をあけると、まだいけないといって聞きません。そんな風にして何時間もねばり、三日がかりで半値で買えたのですが、満足したのはPさんの方で、もうその頃には私はへとへと、肝腎の品物なんか見るのもいやになってしまいました。

面白かったのはそれと、たべ物を注文するときのさわぎです。たべるということ。人体に一番密接なこの行為を、私たち日本人はなんとおろそかにしていることでしょう。上下をとわず、彼等は全身を打込んで熱中します。それは見ていて気持よく、美しくさえ見える程です。ボーイをつかまえてぺちゃくちゃ、ああでもないこうでもないと、喰べることの半分のたのしみは、それ以前にあるようです。ここでも私は、どうでもいいと思ってしまうのですが、徹底的にベストをつくした上でたべないことには満足しないのらしい。げに彼等ほどすばらしい生活人はおりますまい。芸術も何もいらんのです。この大きなお腹の、てらてらした皮膚のいつもにこにこしてる大国民は、それ自身、あまりにも見事な美術品であるのですから。

Ｐ夫婦は、全部の用事を投げうって私と終始附合った上、度々小さな会合をして、たくさんの中国人に会わせて下さいました。それは善意にあふれた（いくらお世辞であろうとも、こうまで親切に扱われたら信じないわけには行きません）、美しい集りでした。私は中国のことは美術しか知らないので、それに色んなこと教えて貰いたかったので、初めはその方面の話をしてみたのですがまるで通じません。たとえば大同の石仏なんて、そんな物があるとは聞いていた、程度なのだから驚きます。しかも彼等は知識人で、中には教育者さえまじっているのです。私はあきらめて話題をかえました。現在の中国の有様、将来のあり方、そしてそういう所では彼等は実に雄弁でした。

北京や上海から来た人達の事ですから、話は一方的ですが、大体それは次のようなことです。——中共の政策は初めほどうまくいってはいない。しかし今までの歴史でみるように、たとえば清朝の満州人が漢民族に事実上吸収されたのは、それは「武力」であって「思想」ではなかった。今度の場合は話が違う。武器よりもこわいものは思想である。そうかといって、国民政府はまったく信用できない。だから自分達は止むを得ず亡命しているのだが、中国を捨ててアメリカに移住する気は毛頭ない。そういう人達で目下香港は埋まっているが、何といっても西洋人を相手にする時代はすぎ去った。これからは日本人と手をつないでゆく他自分達の生きる道はないようにおもう。あのいまわしい戦争がおきたのも、お互いに知らなすぎたせいなのだから、これからは努めて日本人と附合いたい。日本人の頭脳と、中国人の生活力を合わせたら、これほど強いものはない。あなたはそう思わないか。と言われてみれば、多少くすぐったい気もしますが、たしかにそのとおりなのかも知れません。

そして彼等はため息ともどもに附け加えます。「ああ、自分達はあまりにも国際人になりすぎてしまった。それにひきかえあなた方日本人は、まだレッキとした日本人でいる。それが何よりも羨しい」と。この言葉は、何かといえばすぐ国際的、世界的と目の色かえる人達に、植民地化しつつある日本人に、ぜひとも聞かせたいと思いました。

ここの生活は申し分ないし、会った人達もみんな愉快です。それにも拘わらず、私はもう帰りたくなりました。何が欠けているか。それは「歴史」です。私には歴史のない土地というものがたまらないのです。折角ここまで来て、向う側の大陸に渡れないのは残念です。そのかわり身体の方はとてもよくなりました。何もかもうまくゆく事はないにきまってますから、私は感謝せねばならないと思っております。

真実一路

現代風俗を語るなら映画を見るにしくはない。近頃最も人気があるのは「真実一路」だそうで、私は映画とともに原作を読み直して、この頃の風潮がよく解るような気がした。

真実一路で思いだすが、私の所にしじゅう小説を送って来る文学少女がいて——といっても年は中年に達しているのだが、真実真実というのが口癖で、先日送って来たのにこういうのがあった。彼女はもともと良家のお嬢さんでふつうの結婚をした。ところが戦争中御主人は陸軍士官で出征し、留守中何かと面倒をみてくれた部下の者とくっついた。——こんな言葉を使うのは読者に対してまことに申訳ないが、そうとしかいえない書きぶりなのだから仕方がない。それからというものは、この人も好きになりあの人とも一緒になり「愛を求め」「真実を探して」ついに現在の恋人と結婚した。そのためには、たった一人の子供(しかも病弱な男の子)を捨てても悔いはない、「あたしは真実に生きるのだから」——これを赤裸々な懺悔録と称して、彼女はむしろ得意気である。

私はいやあな気持がして、その小説は破いてしまった。勿論、私は彼女の過去をとがめるのではない。「真実」をタテにとって、いい気な所が不潔なのである。こんな露悪趣味の私小説と違い、本物の方はさすがに体裁がととのっているが、読後同じようないやらしさを感じた。むつ子という女性が身ごもったまま愛のない結婚をする。夫の義平は生れた子を実子同然可愛がるが、二度目の子が生れた時彼女はいたたまれず出奔する。義平の死後帰って来るが、子供がなつかないので、また愛人と一緒になる。そして最後に失敗して自殺した男の後を追って自分も死ぬという筋で、作者は一生嘘をつかねばならない義平に「嘘の方が真実よりももっと真実なことがしばしばある」といわせているが、ついにかくしおおせず皆が不幸になる。彼は誰の為に我慢しなければならなかったか。ほかならぬ自分だけが真実に生きようとした妻のためにである。彼女はそんな風に夫も子供も恋人も不幸におとしいれ、最後に自殺したからといって少しも傷ついてはいない。ただやけを起した、それだけのことである。どこに真実があるというのだろう。彼女の、心の中にか。

だが真実というものは、そんな宙にぶらさがっている夢みたいなものとは思えない。何かの形に現れなくては、そんなものは存在しない。だから心ある人は、真実とか誠実なんて言葉をわめいたりしない。恥しいから、黙って自分のつとめをはたすだけである。

その小説の中に素香と名づける第三者が出て来る。物解りのいいおじさんで、皆の相談相手になって誰の話でも聞いてやるが「そう一概にいえない所がある」というのが口癖だ。私の想像では、彼は作者の代弁者で、この作品中唯一の批評家だが、彼の物解りのよさ、いわゆる「客観的な物の見かた」がどれ程みんなを毒しているか解らない。あれもこれも理解しなくては利巧者でも公平な人物でもないというのが批評ばやりの当節の風潮だが、あれもこれも理解しているうちに自分自身を見失ってしまうことに一向気がつかないのが近代人の特長である。人の好いむつ子を甘やかしたのは素香である。一人の人間も救えない彼みたいな絵かきにろくな絵が描けるはずはない。ルッソウの『懺悔録』以来、真実は日ましに大衆の中に浸潤して行くようにみえるが、求めるあまり金の卵を生む鶏を殺してみたってはじまるまい。そんなことを考えるより、金でなくとも一つでも多く卵を生むにかぎる。

一休和尚は常に朱鞘の太刀をたずさえていた。人が不審に思って聞くと「近ごろの贋知識はこの刀のようなもので、立派な鞘に入っていれば名刀らしく見えるが、抜いたらソレただの木片にすぎない。殺すことさえ出来ない奴に活かすことが出来ようか」と答えたという。

第二の性

一

シモーヌ・ド・ボーヴォワールの『第二の性』が名著であることは、今さらいうにも及びますまい。難しくてエロなら、必ず売れると或る皮肉な作家がいいましたが、このうがった言葉も全面的には承服しかねます。それは男のいう事であり、女にとってこの本はもっと切実な、肉体的苦痛とでもいいたいものを与えるのですから。

「人は女に生れない。女になるのだ」一切は冒頭の一節にいいつくされています。なる度におそう驚きなる度に増す苦しみ、初経から結婚、妊娠から分娩へ微に入り細をうがって、考え得るかぎりの類例をあげて裏づけたのがこの尨大な書物です。それは訳者もいわれるとおり「今までに女について書かれたあらゆる方面の資料や記録や証言の集大成のような外観を呈しているが、私の見るところ、これが女によって書かれたじつに体験的な女性論であることにつきぬ興味、面白さがある」に違いないのですが、体験的であればある程、私たち女にとってはつきぬ興味はおろか面白さなぞ味うどころではありません。まるで手術台に乗せられたようなものです。ここでは女の本性について、喜び以外のすべてが言いつくされます。「自分だけは違う」と思うことは許されない、必ずどこかの隅に追いつめられ、最後の一糸に至るまではぎとられてしまう。男ならこうまで真正面から描きはしないと思われるほどの冷酷さと綿密さで、……実に見事な腕前ですが、みじめな姿です。いつかは見なければならなかった、見る必要があった、これが現実というものでありましょう。

私は批評したいのでも感慨にふけっているのでもありません。『第二の性』については何もいうことないのです、たしかにいやだった、それは何に似ているかといえば、ちょうど歯磨のチューブみたいに中身が外に押出されるあの子供を産むときの苦痛を通り越した痛快味、あれを私に思い出させたのでした。生みの苦しみ、それは（体質的に）男には堪えられないと医学上いわれる所のものです。ほんとなら、死んでしまってもいいとこだ。（この本を読んで、何故女は死なないか、それよりも実存主義者は何故生きていられるのか、私には不思議に思われたのです）。誰も死にはしなかった、が、死んだかも知れない。チューブの先まで押しだされた後、もうナンにも残っていない筈だったのに、……何かが残る。かりに「第三の性」と呼んでみたものの、私がそれに手をつけてみれば何物も意味しなくなるだろうという事も解っていました。

命題だけ先に出来上ってしまった時、池田みち子さんがはからずも同じ名前の小説を発表されました。結婚に幻滅を感じた男まさりの女が、若い男の訪問を切っかけに、おとなしい女友達と肉体関係におちいる。——それで「第三の性」という名称が、作者にそして一般に、同性愛の意味に解されていることを知ったのです。フランス語にそのような言い方があるのかどうか、私は知りません。が、ボーヴォワールはこの事を『第二の性』の中に取入れたばかりでなく、決して特殊なものとして取扱ってはいません。「もし人が自然ということをいいだすなら、すべての女は同性愛的だといっていい」と書いているのです。そして、男女に関わらず、すべすべしたもの、やわらかいもの、白い肌や胸のふくらみなどに魅力を感じるのは一般人間の本能であると附けくわえています。

女の同性愛は男のそれとは違い、他のすべての事のように自然です。だから逆に考えれば、同性愛ほど女の特長を現わすものはないわけで、私はこの問題に対する興味は失ってしまいました。もっとはっきりいえば、「第二の性」への興味すらなくしてしまった。いくら逃げても逃げきれない女の本性、――実存と呼ばれるものから、逃れるわけには行かない。ある人は、これはひどすぎるといいますし、ある人は、実際の（日本の）女性はもっとみじめだといったりします。どっちにしても同じことだ。それはボーヴォワールにまかせて、私は私の「第三の性」を語りたい。それは夢かも知れない。が、何がこの世の中で夢でないといえましょう。トルストイ夫人は幸福を夢みて尊敬する大作家と結婚しました。やがて「この男は自分にはまったく没交渉の過去や興味をもっていた人間だ。すべてが空虚で、冷やかに感じられ、生活はただ眠りでしかない」状態におちいった。彼女の夢は破れた、と人はいいます。トルストイやドストエフスキイのような天才が、相手によっては堪えがたい人達であったことは、周知の事実です。が、この夫人はちっともトルストイという人間を見ていはしない。理解してもいない。自分と接触のある範囲内で、自分につながった夫としての彼しか見ないし見ようと努力することもありません。実生活のトルストイ。「悪夢」でなくて何でしょう。空想は空想を生みます。殆んど見当違いばかし見つづけた彼女ほど深い眠りがありましょうか。不幸にみえるのも当然です。

反対にドストエフスキイの奥さんは非常に仕合せであったということです。しかし彼女もまた半面しか見ようとしなかった。だまされたといいたい程、他人の知っていた彼の動物的な面ふしだらな点などに目かくしされ、親切で思いやりの深い夫しか見ないで済んでしまったのです。ふつう人は彼女のような人を幸福な人間と呼びます。しかし物の半面しか見えないという点でトルストイ夫人と本質的に変りはないのです。そう思うと他人の見る幸といい不幸というも、ただ形容詞にすぎないではありませんか。それを被せられる人間だって、はっきり見据えてみればただ「こういう風にしてある」あるいは「あった」だけのことです。幸福でも不幸でもない、ある一瞬の位置をしめす映画の一コマに似ています。

一番目ざめている筈のボーヴォワールさえ夢を追っているのかも知れない。それが男の手につくられた「永遠の女性」でないことは彼女自身断っていますが、ネガティヴの形で処々に現れます。一つは現在の結婚制度に対する不満で、全篇を通じてこの事に集中しているのもむろん女が結婚生活と切離して考えるわけに行かないのは解りますけれども、いくら説いても依然としてそれは「希望」でしかない。アメリカの解放された女性達をはじめ、適切な例をひいて彼女は一々たしかめていない。触れないのが当り前で、解っていたにしろどうする事も出来ない。こういう考え方から行くと、時の力を待つ他どうしようもない事が世の中には多すぎるのです。

中年以後の女は肝に銘じて知っている筈です。虚無的な思想でも何でもない。もし心の底をさぐったら必ずつき当る憧憬に似た慰安、女が歯を喰いしばって堪える時（そんな事誰にしたってあるのです）、何がささえているかといえば事件ではない、事件は次から次へ起るが、その糸をたぐった先に触れるものは、誰にも逃れることの出来ぬ生活の終りあるのみです。

「人みな生をたのしまざるは死をおそれざる故なり」と兼好法師はいいました。たのしみを快楽、おそれるをこわがる意に解したら反対になるが、生きるという肯定面は、信念として否定の形においてしか掴めない。実存主義者が何故自殺しないかと疑えるのも、およそ実存なるものを徹底的に証明するなら最後のとどめまで刺してみない事には解らない。人間のはじめと終りの「中間」ばかりいくら集めてみても何も得られないと私は思うのです。

ボーヴォワールの豊かな体験に比べて、私は今まで何一つやった事がありません。四十年は夢でもなかった事に気がつきます。ただところどころピリオドを打つように、一瞬目を開けたことがある。それは何度か病気で死にかけたことで、それだけの経験を元にしていえることは、——この一大事について多くの言葉が費されるのも、元気な人達だからこそ言えるので、本人にとっては実に何でもない。「あのまま死ねたら楽だろう」と経験者は必ず言いますが、それ程カラッとした、端的な事実にすぎないので、この事はフローベルが「マダム・ボヴァリイ」の死ぬ場面をどんなにあっさりした手つきで取扱っているか。事件というのはそんなもので、単に「経験」ということをいうなら、死ぬ程の大事件さえ何程のものでもないと思うとき、人間の想像力がどんな物でもつくりかねない事に驚きます。ですからこういう考え方も出来る。——死という概念はある人間の思想の源泉になるかも知れないが、兼好は死ぬことの容易さに比べて真に生きることの難さを説いているのです。それは紙の裏表のようにすぐ傍にあって、明日にも今にも来かねまじい、と知ればこそ現在のひとときは大切ではないか。

二

結婚制度があいまいであった奈良朝から平安朝へかけて日本の女性は大変自由に見えます。特に平安朝では見事な花を咲かせましたが、これも犠牲を払わずして得られたものではありません。社会制度の不安定、宮廷生活の競争のはげしさがあまたの才女を生んだのです。当時の「世界」といえば小さな宮廷の中に限られていました。小さいだけ摩擦はひどく、高位の人といえどもうかうかしていられないのは多くの物語が語ることです。当時の女性の立場というものは、清少納言が満腔の同情と尊敬をもって描いた薄命の中宮定子のお身の上に凝結するかのように見えます。美しく優しく恵み深いこの「永遠の女性」も、親の道隆が死んだという偶発的な出来事だけで、みるみる悲惨な境遇におちてしまわれます。一天万乗の君たる夫の（個人的な）愛情をもってしても如何ともなしがたい、――清少納言の枕草紙は、皇后さえ許さぬ世間への無邪気な正義観が書かしたといっていいのですが、中宮定子の運命はまた彼女自身の落ちゆく先でもありました。

この、人を人とも思わぬ勝気な女性は、ひどく陽気な日々を送ったように見えます。彼女の才気と学問は美しくない容貌をおぎなったのみならず、さしたる名門の出でもないのに、忽ち宮廷一の人気者にしてしまいました。それは後楯の中宮を失った後までつづき、いつまでもつづく様に見えるのでしたが、枕草紙を通読して感じることは、華やかな外観にひきかえ「女の哀れさ」というものです。人は自分の望むものになるというのは真実です。「一にてをあらむ」とねがった彼女は、正しく宮廷一の女になったが、自分を売りものにした（ボーヴォワールにいわせる客体物としての）女は、遊び女と本質的には同じ性質のものでした。彼女を飾った趣味とか教養にしても孔雀の羽飾にすぎません。その様な人に今日でいう生活がなかったのもムリはありません。真面目な生活がなかった。何人もの恋人に取巻かれて、しかも一つの恋もせず、その日その日を湯水のように使いはたした、枕草紙はそういう哀れな女の記録です。同じ才女でも「一にてを」と叫んだ人と、「一といふ文字だに書きはべらず」と口をぬぐった紫式部では雲泥の差があることと、二人の作品がしめしています。

「清少納言こそしたり顔にいみじう侍りける人、さばかり賢《さか》しだち真字《まな》書きちらして侍るほどもよく見れば、まだいと堪へぬこと多かり。かく人に異《こと》ならむと思ひ好める人は、必ず見劣りし行末うたてのみ侍れば、云々」（紫式部日記）と見すかされた彼女は、やがて式部の予言どおり行方知れずなってしまいます。

ただ一つこんな逸話が残っています。——若い殿上人が大勢打ちつれて、零落しはてた清少納言の家のあたりを通ったとき、「あの有名な女もとうとうこんなに落ちぶれたなあ」と噂したところ、突然縁先の簾をかきあげ、鬼のような老尼が首をつき出して、「駿馬の骨をば買はずやありし」と、叫んだというのです。後世、人のつくった伝説かも知れませんが、伝説というものは不思議なものです。あの名高い枕草紙より、いくつかのつまらない和歌より、この乞食の姿の方がどんなに生きて見えることか。ここでは、あの饒舌だった女も一切黙して語りません。ただ、駿馬の骨を買はずやありしという絶叫が、歴史の雲をつんざいて私達の耳に聞えてくるだけです。

いつかネルソンとレーディ・ハミルトンの映画を見たときもこの事を思いだしました。夫も恋人も死に、落ちぶれた彼女が乞食になって盗みをし、つかまる所から始ります。名誉も家庭も投げうって恋に生きた二人の物語はあまりにも有名ですが、今は生ける屍と化している、——それは最初と最後の極く短い部分でしたが、全篇を彩る華かな場面よりこの数分間の方にほんとうの姿があった。世の中の喜びも悲しみも動かされることがない、すべてを見ていたような表情でした。盗みすら罪ではない。お腹がすけば物乞いもしようし、もっとひどい事もするかも知れない。そんな事は経験のはてに彼女が得た「存在」に比べたら勿論死ぬことなぞ何程のことでもなかったでしょう。

世の中は不条理だと知ってしまえば、不条理が世の中だということになり、何もいうことはなくなります。結婚制度は理想的とはいえないが、進化した猿は一夫一妻に束縛されるといいますから、ボーヴォワールの世界が現出したところで女が幸福になるとは限りません。あらたな拘束を発明して文句をいうにきまっている。成程結婚制度は死滅にひんしているかも知れないが、まだ厳然としてある以上は真向から反対しても不満を唱えてもはじまらない。既にあるものに従って身を処して行く方が賢明ではないか。もっとも、解決といって数学じゃあるまいし、こういう問題には、わり切れる方法というものはありませんが、わり切れないままに呑んでしまう事は出来る。私たちは『第二の性』でもう見てしまったのです。だから臭いものは身につけたままで生きて行こう。その方が、よほど生甲斐あるように感じられるのです。

『第二の性』はまだ二巻しか読んでいませんが、女の不幸の原因である自主性のない事について作者は、女の中でも芸術家だけが男と同じ自主性を持ち自由を得ているとのべています。それでは少数の芸術家をのぞいた後の人達はいったいどうすればいいのでしょう。第三巻「自由な女」

は必ず解決を与えてくれるに違いないと思いますが、芸術家以外にほんとにそういう女性はいないのでしょうか。才能もなく言葉も持たずしたがって世間に知れる事なく、自由に生きだまって死んで行った女が皆無であるとは信じられません。これは信不信の問題ですから、なかったといわれればそれまでです。残念なことに「存在」するだけで充ち足りた時代は過去のことになりました。獅子文六氏の『自由学校』に極くありふれた女性がいて、女主人公駒子の伯母がその人で、はじめは気サクな話のよく解るおばさんとして現れますが、終りに近づくにしたがってはっきりして来ます。五百助が家出して意気銷沈の駒子が相談に来て、伯父様に愛想がつきたことはないかと聞く。――この頃は外の男と一緒になっても大した違いはなかろうという気持になり、ある朝夫が鼻の下のばしてひげ剃ってる恰好を見て以来、急に男というのが可愛くなって、だから駒子が望むようなほんとに男らしい男、女の全部をささげて悔いない男なんてものは、「そんなものがいたら、バケモノだよ」ということになるのです。

そのように、世間にありふれた一女性がふとしたはずみに「男性」から解放され、ぜんぜん別の眼で夫が見られるようになるのは珍しいことでも、難しいことでもありません。百姓や漁師の妻にも見受けられる事で、ゲーテもどこかで我々の手本とするのはしばしば目立たぬ人達の中にかくれているという意味のことをいったと記憶しますが、ボーヴォワールにしても忘れているわけではない。「年をとった女性がたれでも平静を見出すのは、まったく彼女の生涯の終りのころ、闘争をすっかり放棄したとき、死の近づきが彼女から未来の苦悩をのぞいてしまうときのことだ」といい、「ついにここで彼女は、世界を自分自身の眼で眺めだす。……理性的に疑りぶかくなり、しばしば面白い皮肉な見方をする。……なぜなら彼女は、男の公的な姿でなく、男が同僚のいないときに、うっかり見せるところの、偶然的な個人をそばでよく見て来たからだ」というのは、前述のおばさんの場合に当てはまることですが、彼女はそれを「しょせん消極的な老女の智恵にすぎぬ」といって退けてしまいます。

かような正論に対して私は物をいうすべを知りません。理路整然とした退屈な議論に反駁する手段を持合せないのと同様です。が、私の周囲には百姓のおばさん達の他にも若い友達が大勢いるのです。誤たず夫を見て幸福な家庭をつくっている、平凡な生活ではあるが、平凡だからといって軽蔑はできない。『戦争と平和』のナターシャとピョートルを例にひいてボーヴォワールは、成程平和ではあるが凡庸である。今はこんなに幸福でも、もうじき夫は他に女でもこさえてナターシャは不幸になるだろうといっていますが、この事に関して私は急いで解決を求めようとは思いません。ただ夫を理解し「男を知る」ことが決して六十のばあさんの特権ではなく、若い人にも稀ではない。昔はもっと多かった。もっと窮屈な生活で男が横暴であったにも関わらず、私の祖母や母の時代の人々がしっかりした考えを授かっていたことに思いを及ぼすと、自由とは何ぞや、と問いたくなりますが、……本来智恵というものは大人のものです。神様は公平で、肉体の美しさを失った後にこれを授けて下さる。若い人はあるがままで美しく、どんな事をしても間違いはありません。むしろ考える所に間違いはおきるのですが、アランはそれを当然負わねばならぬ負担であるといいます。といって若者に智恵がないというのではない。しかしそれは別様のものので、大人の智恵は頭で解るものと違うのです。よく言われるように過去の経験が教えるのではなく、まして利巧に立廻るテクニックでもなく、反対に物を考えなくなる人もある。無関心《ノンシャラント》に、無意識になる。変な言い方ですが人工的に自然に還るのが真の叡智といわれるものではないでしょうか。老人と子供、名人と初心、賢愚といったように、いつも最初のものと最後の形は似ているのです。そう考えると智恵は老人のものというわけに行かなくなりますが、もはや肉体的な未練をなくしたものはそこに還るより他真に生きるすべはないのです。

「人は女に生れない。女になるのだ」という言葉を私は借用したく思います。女は、変身することによって、ある時機に、真の女「人間」になるより他幸福に至る道はない。『第二の性』に不満を覚えるのは第一頁から最後まで、男だけを対象に、男だけを念頭においていることで、女の本どころかこれは男の本だといいたくなるのです。ここまで喰いさがった執念深さが私たちに一番足りないものかも知れません。新聞や雑誌にはそういう事が書かれています。が、日本の女は疑うより先に信じます。疑うことは智恵のはじまりかも知れないが、最後のものではないのです。

三

先日「白い馬」という映画の試写を見ました。野性の白馬ばかり群をなした中に精悍な馬が一匹「親分」になっている。馬飼達がそれをねらっている間に十二、三の少年が現れて生捕にする。びっくりした馬がペガサスのように沼といわず川といわず飛んで行くのをひきずられても離さない。ふと馬が止り、死んだと思った少年が起きあがってとたんに馬は彼のものになる。が、いくらなついても仲間のいななきを聞くと綱を切って行ってしまう。帰ってみると、馬の群には新しい親分が出来ているので忽ち大喧嘩になる。

血だらけになったり喰いついたり、それでも馬はまた颯爽とかえって来る。何度かくり返した後、最後に馬飼に追われた少年は馬もろとも海にとびこみ、人間を信用しなかった動物がついに少年とともに浪の中に没するという、種も仕掛もない詩のような映画でした。――白い馬も、仔馬に似た少年も、馬飼すら空気のようでどんなに残酷であろうと少年を引きずり廻した後立止った馬の無表情な静けさは透明なものでした。

最近読んだ『泥棒日記』（ジャン・ジュネ）には動物の美しさに似たものがあります。――作者の「わたし」と一緒にいたペペが一突きで大男を殺してしまう。「わたしは初めて人が死ぬのを見たのだった。ペペはもう姿を消していた。が、わたしが死人から眼を離して顔を上げた時、わたしは其処に、かすかな微笑を浮べながら死人を見つめているスティリターノの姿を見たのだ。丁度、夕陽が沈みかかっていた。わたしは、眼の前に、地球のあらゆる国から来た水兵や兵士やならず者や泥棒たちの群集の真中に、死人と、人間のなかで最も美しい男とが、同じ金色の埃のなかで一つに溶けているのを見たのだ。地球は廻っていなかった。――」この場面は長くつづかず、やがて埃の中に離散してしまうのですが、男の心を奪うこの映像は、また女を恍惚とさせる瞬間でもあります。

『泥棒日記』は男の同性愛を扱った小説です。この人生の裏道を往く「地下室生活者」は私に色々なことを教えてくれます。たとえば、――「彼が猿や、人間の男や女を魅了するということは、まだ理解できる、とわたしは心の中で思った。しかし、彼の金色の筋肉と巻毛から、このブロンド色の琥珀から生じて、物品をさえ惹きつける、この磁力は何だろう？」と作者はスティリターノが盗んだペンチが「従順に、うっとりなって、疲労の極に達しながらも尚」ポケットにぶらさがっているのを見ておもう。たしかに作者は男に惚れてるには違いないが、第三者として、ペンチと名づける女と、スティリターノと名づける男の創る愛の像《すがた》に見とれてもいる。男でも女でもない「恋愛」の形に彼は見とれている。スティリターノはペンチとあまり変らない媒介者の位置にすぎません。

またたとえば——作者はこの美しい男に、女以上の従順さをもって仕えているのに、彼の方は旦那様以上に横暴です。邪慳で馬鹿で卑屈でさえあるのにすべては許され、ひどくされればされる程愛は強まります。作者とベッドを一つにしながら肉体は与えない、そんな侮辱まで堪えしのぶ自虐行為によって至上の愛は一そう高められるのです。こうした事は、よく馬鹿な女と一緒になっている男の場合に見受けられますが、作者の行為は卑屈でも、この精神は正真正銘男のものです。彼は相手の肉体を借りてそこに自分の精神を映している——はじめに男女の同性愛が根本的に違うといったのは、そういう事でしたが、男は自分より美しい男性の中に彼の理想を見ます。アダムの姿を描くのです。楽園を追われた人間は地上ではバラバラにしか存在しませんけれど、稀には神と同じ姿を形づくる瞬間もある。ジィドは「ナルシス論」の中で「分裂した両性具有者——人間は愕然として悩みとあさましさに慟哭した。殆んど相似た己れの半身に対する不安な情欲が、新しい生と共に体内に湧き起るのを感じたのである。己れの半身、それは忽然として現れたこの女性である。彼は女をかき抱いて、再びわがものにしようとする。——」としるしていますが、ふつう「わがものにする」女が、ここでは「完全な人間」を生む為の無益な行為にすぎず、男がほんとにわがものにしたいのは女でなく彼自身の完璧性なのだ。「わたしは彼等によってのみ存在する、が、彼等はわたしによってのみ存在し、無であるのだ」とジュネが彼の「愛人」についていっているのとこれはまったく同じ意味です。

男と女が違うのは「性」ではありません。女は男によって完全な女になるかも知れないが、完全な人間にはなれない、その事は男女の同性愛の違いが説明してくれます。ナルシスは男だったのです。女もボーヴォワールのいう範囲ではナルシズムに違いありませんけれども、自分の肉体にいくら見とれてみたって水に溺れる危険は先ずないでしょう。男が不在の間だけそうした行為にふけったとて、男が自然のはけ口を売笑婦に求めるのと同じことで、罪になるわけがありません。たとい女神の姿を見ようと依然として女である。少しも不遜なねがいとはいえません。

『泥棒日記』の愛人は単なる媒介者にすぎないと書きましたが、それは小説全体があらゆる意味で媒介的であるということです。作者はそこへ我が身を託している。「自分はボヴァリイ夫人である」とフローベルはいいました。女に真の芸術家が少いのも、死ぬ程のナルシズムを持合せていないからで、たかが自分の顔にみとれるのが関の山なら衛生無害といえましょう。

四

ボーヴォワールを読むと日本より以上のせちがらさを感じます。フランスの生活は楽ではない。結婚することは一つの事業であり、ほんとうの恋愛をする余裕もない有様で、あの様に盛んに見えるのも半分は自慰行為に似た疑似恋愛でしかなく、それに比べたら今頃男女同権を叫んでいる日本はよほど暢気なものにみえます。しかし、純粋な恋愛が少くなったのはどこでも同じことです。お嬢さん達は将来の恋人について理想を描くだけでなく色々具体的な注文を並べます。が、恋愛はそんな風にあらかじめ計算できるものでなく、男はいつも「忽然として」現れる。考えられた恋愛、筋書どおりの恋愛、自分でも知らずにそれをほんものと信じこんでいる人達は意外に多いのですが、そういう場合にも「恋は人を盲目にする」譬えはあてはまるのですから、醒めてみないことには解りません。そして後になって解ることだけ、経験というものはその時はじめて意味を持つのです。

美しい恋愛小説は枚挙にいとまありませんけれども、バッハ夫人の書いた『バッハの思い出』はつくられた物でないだけ純粋であるばかりでなく、夫の死後に至るまでの、この世では望めぬ程の長い一つの恋物語でもあります。——バッハはある日彼女の前に、音楽の化身として忽然とあらわれました。「わたくしが戸をあけますと、誰かがオルガンを奏いているのが耳に入りました。とつぜん素晴しい音楽が闇の中から抜け出してきたようで、私は首天使が鍵盤の上に坐っているのかと思いました。……この音楽の湧きたち流れるなかで、あんまり我を忘れていた」彼女は音楽がやんだ時、聖ゲオルグが降りて来るとばかり思っていたのに人間が現れたのでびっくりします。天使が立合ったこの見合は、一生を通じてバッハの音楽のような調和をかなでます。どんなに彼女が夫を信じていたか。たとえ彼が世の常の夫のように時に不機嫌であったり我儘であっても、ことごとく芸術上の悩みとし、夫の為に心は痛めてもいささかも疑わない。芸術が取持つ縁などというものではない。音楽は二人を結ぶ「ぐう然」ではなかったのです。「わしの行くところでは、もっと美しい色どりが見られるだろうし、おまえとわしがこれまで夢にのみ描いてきた音楽が聞えるに違いない」死の床で紅バラを手にしたバッハは地上最後の音楽に送られて天へあがってしまいます。(天へあがるという言葉が彼の場合何と適切に聞えることでしょう)。あとに残ったマグダレーナはこの神話を書きおえた後、「いよいよこの巻も閉じられるかと思いますとわたくしの生もまた終幕に辿りついたかのような思いでございます。わたくしはもう生きてゆく理由はございません。わたくしの事実上の生活は、既にセバスティアンの亡くなりましたその日で終ってしまっているのですから。……その彼とわたくしをいま離させておりますものは、ただこの世の無常のいとなみだけなのでございます」としるして筆を置きます。マグダレーナは芸術家ではなかったが、芸術家の無垢な魂を持っていました。あっちで笛が鳴ればこっちで鼓が鳴るように彼女はバッハの音楽に応えたのです。「一体出来事というのは性格に順応したものである」とジィドは言います。いくら相手がバッハでも、トルストイ夫人だったらこうは行かなかっただろうと思います。

マグダレーナがいなくてもバッハは音楽をつくったでしょう。それはそうに違いなくとも、彼女はまた、バッハの死とともに生命も終り、別のところで、彼女自身の言葉をもって一つの音楽を歌いあげたのです。私がいうのは本のことではありません。その音楽とは他ならぬ家庭のことです。実生活が芸術をとらえた。そんな事は有り得べきではないと人はいうかも知れないが、彼女はそれを実現しました。女の先生はいつも男です。ボーヴォワールはあき足らず思うでしょうが、おもうというのは一種の技術で、いくら覚えても解ってもおそわる事にはならない。ぬすむ以外に法はないのです。バッハ夫人は夫から音楽の技術を教えて貰ったばかりでなく、何ものかを自ら獲得した。バッハをひと目で見ぬいた。「この人」と思った以上は、芸術の神への奉仕はこの男に仕えることであると無意識に悟ったのであります。

彼女はバッハの死後生きる理由を失ったと書いていますが、バッハの音楽を聞いたとたん彼女は夫の中に融合し夫とともに音楽の世界に生きた、——マグダレーナ・バッハの生活は偉大な天才の霊感に似た音の中に流れます。ひとえにバッハという男を見たからですが、無垢な人間が自分に適した道を発見出来るのは、決して平凡な事とはいえません。

五

ボーヴォワールは女が一人立ちになる事の難さをのべ、例外として「ラシェルのような舞台女優や、イサドラ・ダンカンのような舞踊家は、たとえ男の保護をうけている場合でも、彼女たちを必要とし、彼女たちを意味づける一つの職業をもっている」と書いています。

舞台で、観客の前に、自分を一つの「物」として提供しつつも、それを支配しているのはまた別の自我である。この事は文楽の人形にたとえて考えるのが一番解りやすいと思います。人形遣いは人形という心ない物質を意のままに扱います。しまいには人間は見えなくなり、人形が生きて、動いている様に見えて来る。彼等は一体と化したにも関わらず、あくまでも人間は人間、人形は人形という別のものである。この事を世阿弥が「花鏡」の中にしるしているのを訳して書いてみます。「迷いの多い人間というものは、棚上のからくり人形のようなものである。つくり物のあやつりは色々の仕種をして、生きているように見えるが、ほんとうは動くものではない。あやつっている糸のわざである。この糸が切れるとき、忽ちくずれ落ちるであろう。申楽も、一切の物真似はつくり物である。これをささえているものは心である。この心を人に見せてはいけない。見せたら、あやつりの糸が見えるような不味い結果になる。返す返すも、心というものを糸として、人に知らせない様にすべてを保つべきである、云々」

また、「舞に目前心後ということがある。目を前にして、心をうしろに置けの意味である。……見物席から見える姿は、自分にとっては『離見』(客観)である。自分の眼の見る所は、『我見』(主観)である。離見の見ではない。これに離見の見を備えて見るときは、即ち見物が見る所と同じものを見るであろう。その時、自分の姿全体を見渡すことが可能となる。自分の姿が自分に見えれば、左右前後を見ることが出来る。けれども、目前と左右までは見えても、後姿を知らなかったら完全とは言えない、だから離見の見をもって、見物と同じ立場で見られるようにれば、自分の眼の及ばぬ所まで自覚することが出来、完全無欠の姿を持つことが出来る。これは即ち、心を後に置くことではないか。云々」

俳優や舞踊家は無意識のうちにそういう事を行っている人達です。意識的にやったら、あやつりの糸が見えてしまう。名人とは、一生をかけて如何にして無意識になれるかという事に専心した犠牲者です。舞台芸術家は自分の美しい姿が自分の眼で見られない。彼等の喜びは、現実的に見ることは出来ないが、感得する所にあります。彼等は常に孤独であり、大勢の見物を前にしながら、いつも別の所で舞っているのです。

一人よがりなのではない。自分のよりよき部分を見物に捧げているので、そうする為には他の前身、世阿弥が「心」と名づけるものは、終始目ざめてこれをあやつっていなければならないのです。

ボーヴォワールが化粧とか着物のあとで、舞踊家のことに触れているのは面白いと思います。女は化粧することによって別人になり、衣裳一つで王妃みたいな気にもなれます。気分というのはおそろしいもので、どんな事でもやりかねない、着物に左右されて態度まで立派になったりするものです。その事の中に演劇の原型ともいいたいものがかくされている。

人は誰でも生れたままの自分に満足せず、何か違うものになりたいというひそかな念いを持っているのですから、先にあげたことが舞踊家にとって可能なら、才能に恵まれない人達でも、化粧や着物（をつけた自分自身）に左右されず、立場をかえて、動かしてみたらどうか。自分を一つのものと思う習慣は長年ついているのですから、自分でそれをあやつる事は必ずしも不可能ではなく女の本質にさからいもしない。その為には、ひと度女と呼ぶ自然から離れる必要があり、世阿弥のいう「離見の見」を体得しなければならない。

社交婦人とか娼婦とか女優などは化粧と衣裳によってささえられている人達です。このうち社交婦人は衣裳ぬきでも名があるでしょうし、女優にとっては純然たる商売道具です。娼婦だけがその中間にあり、直接自分の肉体を男に提供するという点で、役者の立場に似たものがある。一般舞台芸術家が衆人の前に自分の身体をさらすという、彼等の「芸は姿」（声までふくめた）である意味において、また「女は客体物である」というボーヴォワールの定義を、娼婦の立場ほど証明するものはありますまい。彼等は自分を一個の「物」として完全にわり切っている。これ程清潔な女らしい考え方はないのです。

娼婦の実体についてはボーヴォワールが言いつくしていますが、娼婦の在りかたについては、殊に日本では世界に類例を見ない程発達し、徳川時代に至って完璧の極に達しました。「壮麗な宮殿の衛生を保証するためには下水設備が必要だ」と西洋の坊さんがいったそうですが、下水設備の為に宮殿を建てたのは日本だけかも知れません。それは浮世をはなれた別天地をかたちづくりその中から爛熟した文化が生れたのも当然といえます。そのかわり掟は厳しく、女には位があり物には順序があった。西鶴は細部にわたって記しています。

「起き別れて女郎が内へ入った後へ、遣手が煎茶を持って来るので、その時銀を払うのだが、一匁で二分掛け込み、剰り銭を持って来た時、何とも云わず黙っていれば、女郎の取り分になるし、言葉を懸ければ遣手のものになる」（吉井勇訳）といった工合に、揚代五分のはした女郎に至るまで、チップのやり方にさえちゃんとした作法があった。まして太夫の床入ともなれば一つの儀式です。ともすれば猥りがわしくなる歓楽の巷は、そういう約束によって成立っていた「仮空の世界」です。生活といい着物といい、考え得るかぎりの束縛が造った花は非人間的な香りをはなち抽象的でさえあります。

「傾城に誠なしと世の人の申せども、それは皆ひが言、訳知らずの詞ぞや。誠も嘘ももと一つ。例へば命なげうち、いかに誠をつくしても、男の方より便なく、遠ざかるその時は、心矢竹に思ひても、かうした身なればままならず、おのづから思はぬ花の根引にあひ、かけし誓も嘘となり、又始より偽りの、勤めばかりに逢ふ人も、絶えず重ぬる色夜、遂のよるべとなる時は、初めの嘘もみな誠。縁のあるのが誠ぞや。逢ふ事叶はぬ男をば、思ひ思ひて思ひが積り、思ひざめにも醒むるもの……」と「冥途の飛脚」にうたわれたのは、ひとり梅川の歎きのみかあらゆる女の涙といえましょう。「誠も嘘も元ひとつ」はあきらめではない。狂いのない眼が見た現実です。

　梅川は忠兵衛に、「今の小判は堂島のお屋敷の急用金」と身請の金の出所を知らされて「はあ、と慄ひ出し、声も涙にわな〳〵と、それ見さんせ、常々いひしはこゝの事、なぜに命が惜しいぞ。二人死ぬれば本望、今とても易いこと。分別据ゑて下んせ」

咄嗟に覚悟を決めてしまいます。梅川は突然そんな心境になったわけでなく、日頃のおもいが凝りに凝った感じです。心中が流行ったのは、偶然ではありません。押し出されて、此の世のほかに幸福を求めた悲しかるべき道行が、百花らんまんの舞台であるのも歌舞伎の常道でなく、男女の心の内を映したものといえましょう。「夫婦は二世」というのは深遠に思えます。

私は芋虫が蛹にうつり行く過程を見たことがあります。それは世にも美しい。——神が存在することを私に信じさせるに足る瞬間でありました。芋虫が芋虫のままで変態したのです。

遊女の物語は古くから色々の書物に書かれましたが、中でも江口の君はお能の「江口」、歌舞伎の「時雨西行」などで人に知られています。

天王寺にまゐりけるに、雨のふりければ、江口と申す所にて宿をかりけるに、かさざりければ

世の中をいとふまでこそかたからめかりの宿りを惜しむ君かな

この西行法師の歌をもとに、遊女がよんだという、「世をいとふ人とし聞けばかりの宿に心とむなと思ふばかりぞ」の返歌をそえ、それに別の伝説を附加したものが演劇の「江口」です。その伝説というのは、性空上人が生身の普賢菩薩を拝みたいとおもい、一七日祈念して、満願の日、室《むろ》という所へ行けば拝めるというお告げを得て行ったところ——室の遊女が白象に乗った普賢菩薩を演じ「実相無漏の大海に、五塵六欲の風は吹かねども、随縁真如の波立たぬときなし」という今様を歌うのを聞いて感涙をもよおし、眼を開けてみると遊女がいた。眼を閉じると菩薩の姿

があった。

——いかにもありそうな話ですが、遊女は請わるるままに演じたのに、それを観たのは性空上人だ。伝説や逸話が衣をぬいで姿を現わすのはそういう刹那です。

エッセイ　一九四〇―一九五五

母の憶い出

母の死後十年を経て、この書を出すにつけて、心からその冥福を祈ると共に、ありし日の母のことどもを憶い出してみたい。

若い頃の写真を見ると、その頃のはやりであろうか、小さいからだには細かい柄の着物のふきの太いのが痛々しく見えるほどで、その顔は透き通るように白くかぼそい。からだは細く丈は低くとも、母はその小さなからだ中にあふれるばかりのセンス・オヴ・ヒューモアと、異常なイマジネーションをたくわえていた。そして弱いからだにも似ず、何時《いつ》も機嫌よく、傍《はた》の見る眼も羨ましいほど、一日一日を愉しんで送っていた。

私などとくらべると、お姫様育ちで、うき世の事はあまり知らなかったらしい。無駄づかいはしなかったが、非常に贅沢ではあった。その贅沢さは、趣味の上に、思想の上にまで及んで、生半可の事は嫌いであったから、むしろこれは母の長所であったと信ずる。

今でも母の集めた本が家中に入りきれないほど遺っている。中には、一生のうちに読む事の出来なかった様な分厚な大巻もあるけれど、

「自分が読まなくても、子孫の中にこの蔵書をほんとうに有り難く思ってくれる人が一人でもあ

ったら、それで自分は満足である」

といいいい、買い集めていた。晩年十年あまりの長い病にも、いやな顔ひとつ見せず、

「人は死ぬその日まで進歩しなくては」

といって、愚痴ひとつこぼさずに終わったのも、この様な趣味の故である。

御殿場の駅からのぼること一里あまり、はじめの頃は道もなかったので、馬力にゆられて行く所に家を建てた。今こそ大流行の茅葺き屋根の百姓家であるが、四十年も前にそんな物好きな事をする人は、他になかったであろう。あたり四、五町には人家も見えず、只、虫の音と月とを友に暮らす生活を母はこよなく愛した。景色とて、どこ迄も続く広い裾野に、夏は萩が咲き乱れ、秋は龍胆《りんどう》の花が空の色をうつして静かに咲いているばかりで、庭という庭もないのだけれども、あまりおいしい料理はたべあきる様に、あまり凝った着物は見あきる様に、滝もなければ苔もない雑草だらけのその裾野の景色こそ、私達親子にとってはかけがえのない憶い出の地なのだ。そこで歌をつくり、香をきいておくることの出来た母の一生は、あまり長いとはいえないが、幸福なものであったろう。

母はいつ死ぬともわからぬほどからだが弱っていたときに、子供達二人までをさびしい顔ひとつ見せずに遠く外国に旅立たせた。そして自分はその間、子供達が大きくなったときのために、せっせと先の方を一生懸命歩んでいたのだった。私が四年後に帰国してから、母の心づくしの「源氏物語」や、「万葉」の御講義も、アメリカ帰りの若い娘はねむり半分に聞きながしていたのだから、今から思えば勿体ない事である。

それから一年ののちに母は亡くなった。子が親を失う悲しみは大きい。しかし私には、その当

母・樺山常子

最晩年の母と正子　昭和4年(1929)頃

時、肉親を失ったというその大きな悲しみ以外には味わわれなかったのだが、今になって、十年後の今になって、はじめてもっともっと大きなものを私は失ってしまったのだという事を知った。そして年毎にこの悲しみは深くなる。

今、私は幸福な家庭を持っていて、時々里に帰って着物やお芝居見物をねだる母を必要とはしない。それに、父がその方の役目は充分以上にはたしていてくれるのだし。

母のお供で見に行った中宮寺の観音は、子供の眼には只ねむそうな仏様としかうつらなかったのだが、今その同じ観音は、永遠の慈母の如きほほえみをたたえて私を恍惚とさせる。

母のうしろで足のしびれを我慢しながら見物した「檜垣《ひがき》」や「卒都婆小町《そとばこまち》」などいうむずかしい名前の能にも、この頃の私は何も忘れはてて涙のこぼれるほど感激する。

着物など凝りにこったあげく、終《つい》には無地にしたものはないといった其の気持ちもわかる。

自分で袱紗《ふくさ》さばきはせぬものの、薄茶の味もおぼえた。

伽羅《きやら》のかおりの床しさも知った。

が、共に楽しみ、そして導いてくれる友を私は母をなくしたと同時に失ってしまったのだ。この頃になってようやく大人の世界に足をふみいれたばかりの私は、この先ひとりで歩まねばならぬのかと思うと、いつも一足先を歩んでいてくれた母の面影が恋しい。

お墓にもたまにしか参らないし、母のした事は何ひとつ真似する事も出来ぬ不肖の子ながら、只ひとつ、母の遺言ともいうべき「人間は死ぬまで勉強しなくては」という言葉だけは忘れない。

外は五月雨《さみだれ》、くらい静かな夜である。私は傍《そば》にある読みさしの本をとりあげる。

母よ、しずかにしずかにおやすみなさい。

日本人の心

一

卜伝《ぼくでん》の歌のように、

もののふの学ぶ教へはおしなべてそのきはめには死の一つなり

武士は必ずそうあるべきであり、又そうあればこそ兵隊さんも今目のあたり見る如く強いのであるけれども、現実の行動に表すばかりでなく、精神的にも日本人は男女を問わず皆一貫したそういう根強いあるものを持っている。

自分でそうと気付かないまでも又傍からそうとは見えないでも、たとえば春の日に暖められ雨の恵みにふれなければ萌え出る機会を持たぬ早蕨のように、——と書きながら私はぼんやり窓の外を眺めている。

「日本人の心とは何ぞや」とくり返しくり返し、頭を叩いたり膝をつついたりしている中に、この有ると云えば有るが如く、無しと云えば無いものと追かけっこをしているのがいやになって来た、――この心の底にはあまりにも尊く大切で大切でたまらないこのものを、つまらない私の様な者がむざむざと思想上のおもちゃにして了《しま》うのがいやなのと、とても廻らぬ筆で言いつくす術もないこのものを間違いにも曲りくねって人にとらえられるのもいや、――という気持になったからで。

ふと窓の外に目をうつせば、其処にはこの世の戦も知らぬげな蕨のひと本ふた本、そのもたげた首は、人も知らじとひそかに咲いた菫の上に物言いたげに覗きこんでいる……

戦も知らぬげな、とうっかり書いて了ったものの、このささやかな蕨でさえ菫でさえ、厳しい冬の戦、それももしかすると人間には堪えられない程の戦を経て来たのではないかしらん、などと思いはいつしか自然のものの上にはしる。

しかし古の人の、「生きとし生けるものいづれか歌をよまざりける」と言ったのも、私と少しも変らぬ人間の、しかも同じ日本人ならば、今私が蕨や菫のささめごとに耳をすます事も、それも日本人の心を持てばこそ。

歌人ならば今この瞬間に歌にもよもう、詩にもうたおう。絵かきならばこの可憐ながらも長い冬の戦にうち勝った凛然とした姿を紙にうつそうものを。

この穏かな日本の春。照るかと思えば曇り、又ある時は雨にかすみ、しかしそれも束のまで花はまたたく中に咲きかつ散り、緑の林に夕立がすぎるかと見れば澄み渡る空に映える紅葉のまばゆさ、その落葉を踏んで栗を拾ううちにも霜柱はたち、やがて雪に研ぎすまされた冬の月。

この目まぐるしさは日本人を只いたずらに春風駘蕩の中にはおかず、鋭敏な心の持主にそだてあげた。

二

この自然の子である日本人は、上に恵み深い太陽の如き天照大神をいただき、そのあわただしい自然のゆき来に驚いては変りゆくものに対するあきらめを知り、ひいては不変の世界に限りないあこがれをよせ、ともすれば自分が置き去りにされがちの周囲のものに身みずからを空しくしてその中に飛び込んで行く、又必ず行ける、という事に確信を持つ事をおぼえた。

それ等の宗教と切っても切れぬ糸につながれる芸術は、例えば彫刻に於て人の身体をうつすにしても、その人間の生れたままのおのずからなる姿をうつそうが為に、けがれを知らぬ童心の笑みをたたえた仏像をつくる。

絵はそのままに克明な写生に浮身をやつしていては、この自然の動きの烈しい力と、同時にあまりのはかなさに茫然となり、終にだまって了う事の賢明である事に気づいた。即ち画かぬ所に画く、という天才的な方向にはしったのである。

又その色においては、霞や霧を通してみる原色ならぬ「日本の色」の複雑さに、絵の命とも思われる絵具を捨てて極端にも墨絵を発明したりした。

文字もこの例に洩れず、しつこく、何所までも追及するかわりに、千万言の言葉をつらねても結局言いつくせないものとあきらめて、僅かにそれとにおわせる程度にとどめて、読む人それぞれの思いのままに想像させる余地を残す様にした。あたかもそれは作者が読者にある一つの問題を出し、人はその問に答えるたのしみを味うのである。

それは芸術家対鑑賞家の間にある対の字のかわりに即の字を置く事であって、ひとつの芸術の完成はこのふたりの間においてとげられるというのがあらゆる日本の芸術の目ざす所であると思う。

お能を作った世阿弥は、「でき場を忘れて能をみよ。能を忘れてシテをみよ。シテを忘れて心をみよ。心を忘れて能を知れ」と言って、ひとつの問題を鑑賞家にあたえた。

この最期の、「心を忘れて能を知れ」という言葉と、「そのきわめには死のひとつ」とどこにどういう違いがあるだろう？　と私も真似をしてひとつの問題を読者に提供したい。

この能はもはやお能の演出などと云うまだるっこいものではなく、お能の中の一番大事な真実の能である。その真実の能をつつんでいるお能の演出は、それは今の此の戦争の為に何の役にも立ちはしない。しかしその中にあるものは？

三

「日本人の心」とやらよばれるものはともすれば神棚の上に祭りあげたくなる。又其処にもあってよいものであるけれども、一度奥深く祭りあげるや今度は億劫になって了ってやたらに身につけて持ち歩くわけにゆかなくなるその心を何処においたらいいだろう?

沢庵和尚は「心を臍の下におしこんで外にやるまじとすればやるまじと思う心に心をとられて殊の外不自由なことになる。何処にも置かねば我身一杯に行き渡っていつでも好きな時に間に合う。だから心というものは総身に捨ておくにかぎる」という意味の教えを残した。私もこの教えに従って、この私の「日本人の心」を心のままに捨ておこう。


宗教となり芸術となった「日本人の心」を今私が住んでいる田舎の野にはなつ。私は野原に寝ころんで、長さんのおばさんがまったく無心で煙草の火を手のひらにころがし乍ら言う言葉に耳をかたむける。

「奥さん、人は目で物を見ているけれどあれは只ウツルだけで、心でみるまでほんとに見たとは言えないねエ」と。

又ほの吉さんとよぶ八十に近いおじいさんは、朝ごとに露のおいた花を届けてくれる。御礼を言うと、

「なんのなんの奥さん、わしは人を喜ばせようと思って花をやるんじゃねエ。朝起きるとあんまり好い気持で、それもこんなに丈夫なお蔭でさア。そう思うと何だか嬉しい様な気になってつい花のひとつふたつ切りたくもなる、というものサ」

と如何にも愉快げに歯のない口を開けっぱなしに笑う。ほの吉じいさんはこの春家の裏山の草を刈ってくれた。刈った後を見に行ってみると、余す所もなく綺麗に刈った中に、春あさく咲き

そめた春蘭のかぶを丁寧に刈残してあるのに気がついて私は実に有難く嬉しく思ったことであった。

田夫野人に至るまで、日本人なればこそ、と思う事を此処にあからさまに示されたのが有難かったのと、又人の言う文化とは正にこれである、と思ったのが嬉しかったので。

この心を持つ程世にたのしいものはない。だから人は、日本人はもっともっとたのしくあっていい筈だ。この心さえあればどんなに埃にまみれようとどれ程苦しい目にあおうと、淋しくも辛くもない。

「日本人の心」とは、世界中何処にでも自由自在に行けるもの、しかも人がとろうとしてもとれないもの、時によっては命にかえても惜しくはないもの、それ程大切でありながら野にも山にも戦場にも工場にもざらにあるもの、お金で買えない程贅沢で真の意味での貴族的なもの、そうかと思えば蕨や菫にもひとしいもの、……（後は読者におまかせする。）

散ればこそ

朝、起きぬけに電話がかかって近衛（文麿）さんの死を知らせて来た。十二月十六日のこと。

暖い小春日和の好い日曜日だが、私達は東京へ行かなければならない。玄関、と云っても百姓家だから土間の入口の事なのだが、――瓦を敷きつめた靴ぬぎの上に立って、ふと私は思い出した。

この春、近衛さんが遊びにいらっしゃった時、ちょうど此処のこの所に立って、八つになる家の腕白坊主におっしゃった。

――どうだい、おじ様といっしょに行かないか。

――やだい、無理言うなイ。

さすがの近衛さんも、というよりも近衛さんだけにこの返答が大そう気に入って、中々去ろうともなさらなかったが、……この家にいらっしゃるのもあれが最後だった、と思えば何やら「さだめなきは人の命」とでも言いたい様な気持にかられて、深く厚いかやぶきのむこうの空を眺めやった。

空は晴れ渡って一てんの雲もなかった。だが私達は口数が少かった。

――こないだの晩サヨナラを言った時、僕の肩に手をかけて長いことずっと見つめていたが、……あの時もう決心はついていたんだね。

そんな事を耳にしても何だかひどく昔の話を聞いている様な気がして、何も考えられないうつろな目に、白い薄の穂や黒い肌をあらわにみせた田圃、雑木林などが、次から次へと何の印象も残さず映っては消えてゆく。

近衛さんはとうとうやった！　その事実がこうまで私を虚無的な気持にさせるのか。いや、決してそうではない。私個人にとって近衛さんという一人の人間を失う事は何でもなかった。勿論、多くの「おじさん達」の一人を失うその悲しみは感じられたが、それ以上に心をつきさす何物もない。洩れ聞くところによればその政治的才能は、世間に伝えられるより以上に繊細で敏感であった様だが、面と向っては（少くともこの私にとっては）、きわめておお味な人だった。特に興味を持たない政治の話は、時には面白くはあってもその場かぎりで、それだけにこれという印象の深い思い出も私にはないのである。それにもかかわらず、この個人的には無関心な気持に反して、心の底から次第にもりあがる一種のやる方ない憤懣が感じられる。その上に、故知れぬ自責の念さえ湧いてくるとは、――

いったい誰が殺したのだ?!　たしかにアメリカではない。軍部でもなく、マッカーサーでもない。誰が？

誰が？　と思ったとたんにはっとした。故知れぬ自責の念と言ったが、その直感はあたっていた。近衛さんを死に至らしめたのは、実にこのあたし、我々日本人なのではないか。この手をもって、……しかも己が手を血でもって汚す事なしに、じわじわ首をしめたのは！　それだのに私達は平気で生きている。否生きて行かねばならないのだ。「どうだい、一緒に行かないか」とさそわれても、私もやっぱり「やだい」と答えるだろう。おそろしい事だ、あさましい事だ、生きるというのは辛い事だ。

たしかに近衛さんはもう過去の人だった。過去のまぼろしにすぎなかった。その肉体は終戦と同時に死んだも同然であったけれども、しかしあの聡明な智恵を、あの誇り高い貴族の心を、どこの誰が、今、持っている事だろう。そして、あれ程実行力のないと言われた人が、最期においてのみ、かくも完全な死に方をした、——これは動かす事の出来ぬ事実である。コノウエフミマヨウなんどと言われもし、言いもしたが、……ざまあ見やがれ!!

近衛家では人の出入がはげしく、しかしそれも思った程ではなく、……泣いた顔、怒った顔、無表情な事務的の顔が、入れかわり、立ちかわり目の前にあらわれては過ぎてゆく。中で最も立派なのは千代子夫人であった。問題なく群をぬいて一番立派な態度だった。

近衛さんは寒そうに青白い静かな顔で白いものの中に寝ていらっしゃった。その顔はつめたく、——もう俺は知らないよ。

といった様にとりつく島もなかった。あの明敏な頭脳も、それからさなだ虫も、この肉体の中で差別なくもろともに滅んだのであろう。あっけない事だ。

人は皆不安にかられているというのに、近衛さんも、その智恵も、その肉体も、まるで羨ましい程其処で安心しきっている。藤原時代から纏綿《てんめん》とつづいたこの国のアリストクラシーの最期。何だかその死はひどく美しい。が、おそらく新聞はそう書きはしまい（又書く事も出来ないだろう）。そしてこの死は多くの人々にとって永遠に不可解な謎であろう。何故死ななければならなかったかという事。――それは、「貴族」（公爵や伯爵の事じゃない）だから、の一言につきる。しかしこんな事はいくら説明してもはじまらない。その最期の言葉もおそらく人には何の印象もあたえないかも知れない。そして忙しい人達は七十五日待つまでもなく、すぐに忘れてしまうだろう。忘れて、そして忘れ果てた頃きっと人は思いだすに違いない。「神の法廷において裁かれるであろう」というあの最期のひと言を。

ようするに私はうんざりしていたのだ。安心しきった死顔を見ても、ただもううんざりするばかりだった。――そしてそのまま私は染井の能楽堂へとまわった。

六平太の「鉢木《はちのき》」と六郎（後の二世梅若實）の「乱《みだれ》」、それが今日の番組である。始まるまでに三、四十分あるので私はその間にお弁当をたべようとした。けれども、つめたい、かたくなったサンドウィッチは只さえ喉までつまっているものをしずめる役はしなかった。無理に半分程のみこんだその時幕の中から「しらべ」の音がただよってきた。落ちついた、とは言えない程病的にまでしっとり沈んで暗い染井の舞台に、それはあけぼのの様なほのかな生命の動きをあたえるのであった。

お能は、無論見るのもたのしみだが、始まる前と終った後の空気が好きだ。芝居の様に色めきたった一種特別の情緒はないけれども、さやさやさやさやと羽二重のすれ合う様なささやきの中に、鼓や笛の音がどこからともなく聞えてくる、何という事もないが、それがいい。その調べは音楽とは言えないかも知れないが、何かこう弥勒菩薩的なものを感じる。期待とか希望とかいうはっきりしたものではなしに、来るかもしれない又来ないかもしれない縹渺《ひょうびょう》とした未来へのあこがれとでも言いたいような。——

やがて白茶の喜多六平太の源左衛門常世が橋掛《はしがかり》にあらわれた。何のたくみもないその姿は、お能でもなく、芝居でもなく、私達の周囲に見出せる極くふつうの人間、そんな常世である。「あぁ、降つたる雪かな」。何のたくみもないその謡は謡ではなくて、ひとり言だ。……

舞台にはいつしか雪が降りしきる。面白くない世の中だなあ、と常世は両の手をかきあわせながら嘆息の白い息を吐きつつそのまますっと舞台へ入った。

この、何もない事のよさ。実際この世の中は色んな事がありすぎる。立体的に立体的にと自らつみあげて重荷をふやし苦しむ事をもってのみ尊しとする、……だが、こんな事は忘れて六平太を見よう、何もかも忘れてしばしの時をたのしもうではないか。

「鉢木」は白い能である、色があってはならないのだ。六平太は最後までそれを守り通した。ことに、——常世が古の華やかな思い出にふけりつつ、何事も邯鄲《かんたん》の一すいの夢という述懐は地謡にまかせて、だまって下に居るあいだの姿は実に美しい。そうかと云って立ちあがってする仕ぐさも又捨てがたい。いざ鎌倉といふ時は痩せたりといへどもこの馬に乗り、さびたりと云へどもこの長刀をひつさげてさんざんに敵を打破る、——次第にかかってくる地謡に、のらず、そらせず、ひとつひとつおさえてはやっつけてゆくその間の気合いには、仮想の敵、たとえば自分というものさえも、小気味よくやっつけられて胸がすく……。

そうだ、私は胸がすいたのだ。朝から胸につかえていたこのものを、六平太は見事退治してみせた。かたきをとってくれたのだ。そして、「乱」の前にこの白く清々《すがすが》しい能を見たのは仕合せであった。シテも、見物も、舞台も、この私の気持も、「乱」と名づける曲のみにむかって、すべてはととのえられたのである。

「乱」は、猩々《しょうじょう》という海に住む妖精が酒に酔いつつ浪の上に舞うという、正覚坊と、類人猿と、人間と、子供の、その中間にある不思議な能であるが、浪といい、水といい、舞といい、すべて「陶酔」をもって主題とする。自ら酔って人を酔わせるこの曲は、はでといったら又これ程はでな能はない、「鉢木」の白に対するこれは赤と金の乱舞である。

お酒が飲めない私は、せめてお能にでも酔わない事には身体がつづかない。中でもほんとうの陶酔を味わわせる筈のこの能の傑作が一度見たいものとかねがね願っていた。だいたい双之舞にきまっているのだが、二人の舞はよほどの名手が揃わぬかぎり互いに遠慮しあう為にいつもどこかに窮屈な感じがつきまとう。たとえ一人がどれ程上手であろうとも、その一人はいつでも他の為に気をつかうであろうし、他の一人はしじゅうのび上って追いつこうとする事に忙しく、それ故ちっとも酔えないのである。今日は思う存分一人で舞台一杯に舞ってほしいものだ。とは思うものの六郎は舞の人ではない。六郎の芸はつねに凄絶の気をふくむ犯し難い気品は持つけれど、その繊細な神経がわざわいするのか、その負けじ魂が邪魔するのか、骨の髄までとろかしてしまう様な能には、いまだかつて出合ったためしがない。ぴしり、ぴしり、碁石をおく様に、一つ一つきめてつけてゆくそのあざやかさ、気持よさは、六郎が「型の人」である事をおもわせる。それは、型にはまった、という意味ではない。たとえば蕪村の句にも似た、絵のように鮮明な印象をあたえる、と同時に同じ様なつめたさも持つ。――その芸はどこまでも文学的ではなく絵画なのである。今日も私はその様なものを期待していた。が、その期待はみごとはずれた。

六郎ははじめから人間ではなく妖精だった。陶酔の精、であった。幕があがるや幕はもう其処になかった。其処に見たのは、河の底から水のおもてにゆらゆらと浮び出た一匹の妖精が、身体中で水を切っている姿である。

舞台に入って、と――いうのは浪打際の事なのだが、其処で左右左と扇をつかう。又さゆうさと扇をつかう。

その扇の先から、水がしたたる様なゆたかな美しさが流れ出す。とろとろとろとろ流れ出る。赤は赤でも、これはひとねりもふたねりも練った深い深い朱の色だ。金も金ではなく、火影にみるいぶしのかかった純金だ。

「秋風の、吹けども吹けども、さらに身には寒からじ」とかしらを振ってイヤイヤをする。又、「月星は隈もなき」と、空をあおいでイヤイヤをする。受けとめようとしても四方八方へ飛び散る金と朱のしぶき。

ありあまる事のよさ。ああ、ありあまるこのことのよろしさ。

海面の事とて、足を蹴りあげながら舞うその舞は、波の象徴とでも言うのだろう、生きものの様に妖しげに透きとおった足が、はじめおだやかに、そしてだんだん荒く、――寄せては返す波の線をえがきつつ、そのうねりにのってあちらへ流れ、こちらへ流れ、浪のまにまに浮き沈む。光琳の、……いいえ、これは光悦の浪だ。次第次第に荒くなり高くなって、そうして最後にくずれ、とんとんとろりと水泡の様にくずれ果てて、妖精は自らえがいた浪の底に没してゆく……。

幕。

お酒も飲まずに私はしんから底からよっぱらった、ぐでんぐでんになるとはおそらくこんな気持だろう。けたたましい省線の警笛もただ蘆の笛とのみ。電車のひびきもただ浪の音としか聞こえない。

停車場についてどうして降りたか更におぼえはない。が、空には月がかがやいていた。潯陽《じんよう》の江ならぬささやかな小川にそう野中の一本道をたった一人で行く事も少しも淋しいとは思えない。ほてった顔に師走の夜風はつめたく、心地よく……空をあおいでは、「月星は隈もなき」朱と金の酒に酔った。思わずあの妖精のした様に私は頭を振った。そして初めて気がついた。あの頭を振るのは、水を切るのでもなく、否定をあらわすでもなく、ただこれ満足を表現する大きな肯定の意味であると。そして、「すべてはいい」、「すべてはいい」と思いつづけた。——あたしはほんとうに幸福だった。

近衛さんもよかった。立派に死んだ。近衛さんというよりも、最後の貴族の死に際が気に入った。貴族なんてもの、ほんとうはとっくの昔にないものだ。名ばかりの、——あれはショウ・ウィンドウにぶらさがっている着物みたいに中身がない。……歩きながら、私は遠い昔の貴族達の冥福を祈った。曰く世阿弥、曰く芭蕉、曰く利休、推古の仏像天平のうた、はては遠いギリシャの彫刻に至るまで、誇り高い過去のすべての立派なものに今日のお能はまことにふさわしい手向けの花であると思った。

わずかひと時で永久に消えてなくなる能の芸術は果《は》かないこの世のまぼろしである。一日の終りの如く静かな、そして夕焼の如く華やかなこの芸術もいつかは滅びるにちがいない。しかし、いたずらに去るものは追うまい。お能が、あさくひろくうすく地球の表面に印刷されてゆく望みなど私は断じて持たない。ねがわくは、この真に貴族的なるものよ、たった一人で行け。私達地上のものには目もくれず、天をあおいで一人で行け。

落日のようにおごそかに、
落花のようにうつくしく。

梅若万三郎

私は万三郎の事を考えて居た。

空は青く、目の前には富士が澄みきった紫にかがやいている。御殿場から一里あまりのぼった所にある父の家、――ここは私が子供の頃大部分の年月を送った所で、雑木林にかこまれた家を一歩出ると広い薄の原のはるか彼方に、万葉以来の平和と高さをたたえて光りかがやく富士が立つ。陽の光も風も時の流れも、一瞬歩みを止めるかと思われる静かな午後、そうした景色の中に身をおいて居ると、ふと私は幼い日が突然よみがえって来るのを身近に感じる。そんな時、散歩でもする様に、……又時には散歩をしながら、のんびり色々の事を考えたり書きつけてみたりする。今も私は、富士のあざやかな色に今更の様に目を見はったり、唐もろこしの葉ずれの音に耳をかたむけたりしながら、ゆきつもどりつ、万三郎の事を考えて居た。

七つ八つ、もしかすると十位になっていたかも知れない、初めて万三郎の能を見たのは。いや、その時が初めてではなかっただろう、多分。しかし何の印象も残さないものは「みたもの」の中に数える事は出来ない。が、これは確かに見たのだった。どうして私はそんなにまで確かな気持がするのだろう、こんな昔の出来事が。それ程私は自分の目を信用しているのかしら、……決してそうではない。私が信じているのは子供の魂なのだ。

その子供の魂はその頃、世の中にたった一つ美しいものがあるのを感じていた。はっきり知っていた。それは他でもない、今目の前に高くそびえるあの富士の高嶺であった。ギヤマンの様に透通る紫の朝富士。曇り日の中にしっとり沈むにび色の富士。嵐の中に立つ富士の、がっしり腰をすえて踏みこたえている有様は、子供心にも英雄の姿とうつった。さては黄金の砂ごに霞む富士。真昼の倦怠にねむる富士。四季折々朝な夕なの富士の姿は、私にとって唯一無二の友であり、美であり、信仰でもあった。

およそ世の中に美しいものといったらまず富士の他には何ひとつ考えられもしない、思っても見ない、丁度その頃お能を見に連れてゆかれた。万三郎の「羽衣《はごろも》」であった。お能は、足は痛しねむくはなるしあまり有難くはなかったが、……「落日の紅は、蘇《そ》命路《めいろ》（染め色）の山をうつして、緑は波に浮島が、払ふ嵐に花降りて」と、扇をかざすあたりからいつしか前にのり出していた。

あるではないか、そこには。あれと同じものが。あの美しいものが。はじめは天冠がふれ合ってチロチロ音を立てたり、美しい面が人の表情の様にみえて来たり、綺麗な袖が左右にたなびくのに気をとられていたが、それ等はすべて目の前から消え失せ、心も空に地を離れて天へのぼって行くのは天人ではなくてこの私であった。「さるほどに、時移つて、天の羽衣、浦風にたなびきたなびく」、くるくるくるくる廻りながら、かずいた袖は雲をおこし霧をおこして私をつつんでゆく。……私は見事に化かされていた。

が、お能というものはそれでいいのだと思う。これ以上どうにもならないという所まで、人を化かす前に念入りに工夫された物を向うに廻して白々しい顔をしてみてもはじまらない。えてして深刻に考えがちだが、裏にどんな細工がほどこしてあろうとも、見物にとってお能は一種のお伽噺にすぎない。が、往々にしてお伽噺は小説よりも面白い。子供が大人より幼稚であるとは限らない様に。

万三郎が死んである人はこう言った。――「あれ程の芸術が肉体もろとも滅びるなんて勿体ない事だ」と。しかし私は言いたい、それが万三郎の、そしてお能の美しさであると。

何も残さないということ。何も残らないということ。それがどんなに好ましいことであるかという事を、万三郎はいつも無言のうちに物語っていたようだ。死んだから残らないのではない、生きている間でも何ひとつ跡をとどめはしなかった。水に書く文字の様に、書いたあとから消えていく。――其処にお能の美しさはあると私は信じたい。そして万三郎は一生をその空なるものに捧げたのであった。何の事はない万三郎は、幽霊の様なものだった、とそう私は言いたいのである。

私は幽霊というものを信じているのかしら……馬鹿馬鹿しい。でも少くとも信じたいのである。お能のシテが幽霊、もしくはそれに近い妖精、或いは魂を失った狂人、目を失った不具者、巫女神がかりのたぐいであるのは、決して単なる思いつきではない。あのぼんやりした物共は中々どうして非個性的であるどころか、気まぐれな人間よりどれ程はっきりした存在であるか解らない。

お能を見る度にいつも私はそう思う。そしてこんな風にも考えてみる。――

この世は夢、と嘆じない人が世の中にあるだろうか。人間は仮の姿であると実感しない人があるだろうか。その夢に肉体、すなわち現実性をあたえたものがお能の幽霊と見る事は出来ないものか。外国に行って初めて日本の国がはっきりする様に、又は過去の時代の波に一度おし流されて現在を知る様に、人間を一度殺して幽霊となした時に、反って人間よりも人間らしい形が現れるのではないか、などと。そう云えば、死んだ人は生きた人間よりもはっきりして居る様に思われる。解る解らないは別として、万三郎という人も、死んで初めて私にははっきりなった様な気がするのである。

おまけに幽霊たちは面をつけている。霞のかかった様な表情の面をつけて、現実の社会とは何の交渉もない所に住んでいる。その現実の世界、即ち見物席には、二本足をもってしっかり大地を踏みしめているかの如き様子で私達が万三郎の能を見物していた事になるが、……はたして私達は、万三郎程に、或いはお能の幽霊ほどにしっかりした足どりをして居た事だろうか。とてもそうとは思われない。

万三郎はまるで建築の様にどっかと大地に居すわって居た。富士の山の様に根が生えていた。何処からあの力が出るのだろう。何処にあれだけの力が現在発見できるだろう。封建時代？　或いはそうかも知れない。ほんとうに、そうかも知れない。今私達は不当な鉄槌をあの時代のすべての物の上にくだしているが、今に後悔するのではないだろうか。何の見境もなくふた言目には封建的封建的と、自分に都合の悪い物には皆その名をかぶせる、その声には、戦争中に非国民非国民と叫んだ、あれとまったく同じ調子があるのではないか。そんなやからに便乗されてはさぞかしアメリカ人も乗せ心地が悪いに違いない。それにしても日本人はいつの間にこんなたよりないものになったのだろう。

それは、お能にしても何にしても模倣、模倣、模倣の時代であった。だが今は模倣すら完全に出来ないのではないかしら。それをするだけの根気も体力もなくて、それで独創の創造のと、うわっつらの金切声をはりあげている、どうもそうとしか見えない世の中である。私には真似をする事がそう悪い気だとは思われない、いいものを手本とするならば。少くとも万三郎の力は確かにそこから生れたのだ。その模倣の世界とて少しも私達の世界から変る事ではない、廻り廻っている中にいつしか人は輪廻を離れる。離れられない人は始めから何も出来ない人達なのだ。私は何もそれだけが唯一の道であると思っているわけではない。が、おそれる必要は少しもないと言いたいのである。排斥したり嫌ったりするのは、すなわちおそれている証拠ではないだろうか。事実それはおそれるに足る程の力を持っている。たしかに弱い人間のすすむべき道ではないようだ。

ヴァレリィの書いたドガの言葉の中に、「ミューズ達は銘々自分の仕事に一日中没頭して居るのである。そして夕方になって仕事が済むと、再び一緒になるのであるが、その時彼女達は手を取り合って踊り、お互いに物を言わないのである」。――そのミューズとやらに何と万三郎は似ていたことか。何を考えているなどという事はおくびにも出さなかった。「芸術などいう難しいもの私には到底解りません」といった態度を以てしじゅう押通していた。手軽に芸術を云々する万事お手軽な世の中にその超然とした態度がどんなに立派にみえたか解らない。が、事実、万三郎は芸術を論じる事は出来なかったに違いない。彼にはお能を舞うだけで充分だったのだ。それ程「能」を信じていた。そしてその為に己が身を捧げつくした。これは比喩ではない。彼には自分の肉体以外に「芸術」の在り処はないのだったから。

大分前、五月の半ば頃から、万三郎はもうあぶない、時間の問題である、と何度聞かされたか知れなかった。その度に弟の六郎は「兄の事ですからまだ一ヵ月位は持ちますでしょう」と言って疑わなかった。はたしてお医者の診断よりもこの方がよほど正確だった。それ程万三郎はしんの丈夫な人だった。

その芸も、いささかの神経質な所もない健康そのものの美しさにみちみちていた。肉体をもとでとするこの芸術は、健康な精神だけでは如何ともなしがたい。いつも肉体の美しい動きが先に立って精神をリードする。が、これはお能だけとは限るまい。立派な思想だけでは結局あってもなくても同じ事になる。それは頭の中で生れはするだろうが、日の目も見ずにくさってしまう。そう考えると、文学者の言葉というものも、まったく能役者における肉体と何の変りもないのである。

舞台の上に万三郎の強さをはっきり形に現したものは、あの有名な弁慶であった。巌の如き、という形容がそれには何よりもふさわしいものに見えた。しかし、それは自然の巌の強さであった。万三郎の肉体の現実の力であった。それよりも彼のかつらもの（女の能）は更に更に美しかった。生れながらにして、強さの象徴のような弁慶さながらの肉体が紅の唐織につつまれる時、行き処を失った力は内へ内へとこもり、こもればこもる程強さを増して行く。無表情さながらの面の奥につつめばつつむ程、圧縮されつくして精気は外にほとばしる所を求め、一種の妖気めいた霧となって周囲にただようのであった。万三郎の能を見た事がある方は、面のおもてが生きものの様に汗ばむかと見えるのに気づかれたに違いない。柔と剛。この二つの正反対の物があい合する瞬間、――そこには息づまる程の美しさが現れるのであった。そこにはたしかに電気に似た物が出来上っていた。「秘すれば花なり。秘せずは花なるべからず」。世阿弥の言葉が雲の様に湧きあがってくる。それはもう言葉ではなかった。いいえやっぱり言葉なのだ。万三郎の能は「言葉」であったのだ。

小さい頃私が仕舞をする時、万三郎はよく袴をつけてくれたものだった。いかにも勿体ぶって、丁重に。そうして私はにわかに上手になった様な気がするのだった。小さい私だけかと思っていたら大きな大人の能役者達も言っていた。万三郎先生がちょっと直しただけで、ちょっとさわっただけで、もう別人の様な気がします、と。――万三郎は、「インスピレーション」であったのだ。

何につけ物々しいのが万三郎であった。楽屋内でも人込の中でも、どこかに、誰か、違う人間が一人居る、とてつもない物がまじっている、そういった空気をふりまいていた。「万三郎伯父はいつも床の間を後ろにしょっている様な人でした」と、梅若家の若い人々は言う。そのとおりである。漠として大きい、はっきりしていながらつかみ所がない――それをそのまま受け入れるより仕方がない。それが万三郎という人なのだから。

ある人が、「名人と言えばむしろ六郎の方が上だ」とも言った。この兄弟はことごとに比較される。それ程反対でもあり、それ程両方とも傑出しているからと言える。たしかに六郎は名人に共通の潔癖性にとんでいる。はげしくもある。それだけに自分の腕にたよる。何事も神様の思召しのままに、といった調子の万三郎に比べてこの人ははるかに多くの、芸術家としての苦しみを知っているに違いない。けれども、万三郎こそ生得の能役者、生れながらの名人、と言い切る事に私は何の躊躇も感じない。

又、万三郎の剛に対する六郎の柔、と言って人は簡単に片づけている。が、私はそんな事は信じない。巌と水、そのどちらがかけてもお能はなりたたない。いや、お能ばかりではないだろう。不易と流行は俳句の上の事のみではない。

ある時「蟬丸」の能をした時、逆髪は万三郎、蟬丸は六郎で、兄弟が姉弟の役をつとめた。その前夜二人してお酒を飲んだが、芸を大切にする六郎は早く寝についたのに、万三郎は明け方近くまでぐでんぐでんによっぱらった。まわりの人達は心配した。が、万三郎は聞かない。案の定翌日舞台に現れた逆髪は宿酔のいとも苦しげなしゃがれ声だった。それにも拘わらず見物はこう言って感心した。「さすがは万三郎だ。六郎の美声の裏をいってしぶく出た」と。

あらゆる場合に万三郎は得をした。する事なす事皆善意に解釈された。万三郎の名におされて、何でもかんでも感心しようと決心している愚かな見物を笑う事はない。それよりも、何をしてもよく見える、どんな事をしても美しくみえる、そういう人間を考えた方がいい。

舞台芸術の事だからたまには不出来な事があっても仕方がないのだが、感心しないまでも万三郎の能にはいつも好感がもてた。よろこびにあふれていた、と言った方がいいかも知れない。そして都合のいい事には、お能は作品が後に残らない為に、人の記憶にはいいものしか残らない。見ている間よりも後になってからよくなる事さえある、——そういうお能こそほんとうに美しいと言えるのではないかと思う。無理に記憶するまでもなく、いいものだけがよみがえって来るというのは、自然の月日が余計な付属物をふるい落してしまうからに違いない。ちょうど古典文学がそうである様に。

田子の浦ゆうち出でてみれば真白にぞ富士のたかねに雪は降りける

万三郎の能は万葉のうたを思わせた。たゆむところなく一つの長い息でうたいあげていた。子供の魂に大人の技巧。万三郎はその二つをかね持っていた。彼は子供じみた大人でもなく大人じみた子供でもない。

すべて美しいものは説明や解釈をよせつけもしない。せめて万三郎に一言半句でもあったなら、と思ってもみる。が、結局は同じ事なのだ。ついに彼は無言であった。ミューズであった。そしてかぐや姫の様に、誰の物にもならなかった美を抱いて、天人は遂に空へかえってしまったのである。

万三郎の死。それはしかし珍しい事ではない。松風の亡霊と現じて消え、夕顔の花と咲いて散り、私は何度となくその死を目にしてきた。いいえ、……生れないものは死にもしなかったのだ。万三郎はいつも生きている、私の目の前に。つねに新しく、若く、美しく。

ああ、世阿弥の言う「寿福増長のもと」とは実に彼、梅若万三郎の事であったのだ。

風俗・その他

こんなではなかった筈だ。これがほんとの日本人の姿なのだろうか。焼跡を通ってみると、今までコンクリートの家だと思いこんでいた建物が、それはうわべだけのにせ物で、影も形もとどめていなかったりする。木造は木造でどんなにでも美しくもなれるのに、何故コンクリートのようにみせかける必要があったのだろう。思えば華やかだった昔の夢もあれはみんな見かけ倒しだったのかも知れない。一度嘘をついたら、嘘の上にまた嘘をうわぬりしなければならないように、私たちはずいぶん長いあいだ幻の城を築きあげて、それを自分の家と信じこんでいたものらしい。それはすべて崩れはてた。そして、焼土には赤裸々の日本人が残されたのである。その醜くさ、その浅ましさ。しかしこれは他人《ひと》の上ではない。私達の、……いいえこの私のことなのだ。

しかし、どんなにみじめであろうとも、今ほど私は自分の国を愛したことがあるだろうか。むしろ今までは単なる愛撫にすぎなかったといえる。ちょうど外国人が、フジヤマ、サクラ、ゲイシャガール等々をもって愛すべき日本の国と思っていたように、私も百済観音や万葉集をどうやらかわいがっていたようだ。が、今はそうではない。祖先の残したもろもろの美しいものが、それがどんなによいものであるか今度初めてほんとうに解ったような気がする。それというのも、私が裸になったからだ。

裸であるということ、どんなに醜くとも、人間一匹裸になるほど世の中に強いことはない。考えようによっては、少々荒療治ではあったが、私達の全身をおおっていたメッキがはげたことは或は喜ぶべきことであるかも知れない。これをいいレッスンとして再びうそいつわりで身をかためないようにしたい。そして、今、この時をおいて、その時機はまたとないようにさえ思われる。

すべてのものの上に、「飾る」ということほどむずかしいことはない。ともすればそれは単なるうわべだけの飾りにおちいりがちとなる。たとえば美しい言葉というものは決してただの飾りではない。たとえば絵における色というものも、確かなデッサンの上においてのみ真に美しくなりうる。たとえば白地のままで一本立の出来る布地の上でなくては好い染物も出来ないように、よく着るということも、要するにその人間の生地にある。私達の身を飾る服装というものは、だから流行雑誌の中にも他人の上にもない、いつも自分の中から生れてくるものだ。別の言葉でいえば着物を着ていない自分を知らない人に、着物を選ぶ資格はない、とそう私はいいたいのである。

服装といえば、人生にとってはいともささやかな存在のように思われるけれども、文化の進む時いつも真先に現れるのは美しい着物である。長い間フランスが世界中の洋服をリードしていたことだけでもそれは解る。日本の国だけにおいても、美しい彫刻や絵とともに必ず美しい風俗が生れ出た。それだけを見ても文化とは、科学とか芸術とか一部分にかぎる片輪なものではなく、常に人間の生活一般にわたる広い意味を持つものであることを知る。お洒落をするということは、たしかに虚栄の心からであろうが、人間以外のどんな動物が虚栄心を持っているだろうか。いわばそれは人間の特権であり、それゆえ最も人間的であるとさえいえよう。ことに女は、どんなにお洒落をしようと、誰も文句をいう人はいない。よろしく万ずの女人は思う存分おしゃれをして、なるべく綺麗にすることだ。ただたった一つ覚えておきたいことは、虚栄にひきずり廻されないようにすること、着物に着られないようにすること、即ち、どこまでも人間が主になってつかさどる立場にいなくてはならないということである。

お洒落な人の中には、着物に酷使されているような奴隷の如き哀れな人間が少くない。およそ日本の国ほど、流行らせることがやさしいところはないらしい。短いスカートがはやるとなると、猫も杓子も膝の上までのスカートをはき、「あなたは鏡を御覧になったことがありますか」と聞きたくなる人がその大部分をしめている。あれではまるで流行雑誌の写真をそのまま身体にはりつけているようなものだ。髪かたちにしても、「絵を見るよりも先にまず鏡の中で自分の顔をよく頭に入れてお覚えになったらどんなものでしょう」といいたくなる。おそろしいことには、流行をつくる人は皆商売人であるということだ。商売人だから売れることしか考えない。ここでも同じように、買う人、即ち着る人が流行を支配しないかぎり、いつまでたっても美しい服装は生れては来ないのである。

現代人にはあらゆる意味で刺戟が多い。もはや私達には昔の人の味わった静けさは悲しいかな無いのである。自動車の音、ラジオの声、電話、新聞。日に日に生れる新しいこと新しいものに追われて、目は強烈な色に痛められ、耳は都会の騒音に害われている。刺戟は刺戟を生み、そのために麻痺した心はすべてのことに不感症になって、昨日より今日、今日より明日と、どぎついものが必要になってくる。街に見るあの赤、あの緑。あれが美しい色といえようか。ラジオで聞えるあの腰つきのふらふらした流行歌が美しい音楽といえるだろうか。……

ある日私は淋しくなって博物館へ行ってみた。ちょうどそこでは昔の衣裳の展覧が行われていた。室町時代の能装束、徳川時代のきもの帯の類が、まるで人間の着る物とは見えないほどの美しさをもって、焼跡の埃にけがれた私の目を洗ってくれた。どの一枚のきもののはしにも、あのどぎつい赤も緑もない。どの色もしっとり落着いているが、濁ってはいない。私は何だか安心した。そしてほんとに久しぶりで深い眠りをむさぼった後のような心の静けさをおぼえたのだった。それもたかが相手は着物なのだ。それほど私は飢えていたのだろうか。たしかにそれもそうだろう。が、それればかりとはいえない。絵のように美しいこれらの衣裳はもはや単なる着物ではない。たしかに立派なひとつの芸術であったからだ。やがて私はこんな色や模様を考えた人達のことをおもった。羨ましいとおもった。こんな美しいものを着た人達が、ではない、このようなものをつくり出した昔の人の健康なたましいが羨ましかったのである。私達の病的な心は麻酔剤しか求めないほど弱っている、不健康な眼には、もはや強烈な色彩しか映らないのだ、現代の日本人はみんな盲だ、そんなことを思いながら、人一人いないひっそりした部屋の中の美しい色の間を泳ぐような気持で歩き廻っていた。

飾ってあるものの中には、そのまま洋服にしてもすぐ使えるような、……殆んど外国人も考えないほど新しい新鮮な模様も色もあった。それが埃にまみれたまま、昔のものとしてただいたずらにおかれている。そして世の中の人々はただ珍しいもの新しいものに心をひかれてゆく。新しさを追う古い人、私にはこのごろの人達がどうもそんなふうに見えて仕方がない。これは着物のことばかりとは限らないが。

美しさの中には必ず新しさがある。若さがある。若さほど人間にとってはげしい憧憬の心をおこさせるものはない。誰しも美しくありたい、若く見えたい、と思わぬ者とてないのである。しかし、若さ、必ずしも派手なこととは限らない。世の中には、親子二人いてどちらが親だか子だか解らないような人が、特にこの頃は多いが、これなどは若さの、或は美しさのはき違えといえる。成程着物は美しい、もし店の窓にぶらさがっていたならば。が、人間の方は、母親として、少しも美しくは見えない。人間が着物を着ているのではなくて、これでは着物だけが離れて、後に少しも美しくはない残骸があるのみで、着物は却ってその肉体の老いを引立てる役目しかしてはいない。母親には、娘にはない美しさがある——こんな明白な事実が発見出来ないような人は、いつまでたっても着物すら選ぶことはできないに違いない。

若さがはでなものとは限らぬように、新しさもまたパリパリの、今この世の空気にふれたばかりのものとは限らない。西洋人のいう「ニュウ」の意味と、日本人の「新しさ」の間には、何かしら口ではいい現すことの出来ない微妙な違いがあるように思われる。

例えば源氏物語などには、しばしば「よき程になれたる衣」、「白き御衣どものなよゝかなるに」などいう言葉が現われるが、見るからに新しい仕立おろしの着物よりも、よいほどに着馴れたものはいつも身にぴったりついて美しくみえるものである。そしてちょっと人目につきにくい、足袋とか、襟とか、肌着など、真白く清潔にしておくといったような日本人の象牙色の趣味は、ほんとうは却って西洋人以上に新しいものが好きなのではないかしらとさえ思わせる。つまり私達は、新しいものは日の目をおびたその瞬間から既に新しくはあり得ないことを、先天的に知っているのだ。そして生《なま》の新しさがどんなにつまらないものであるかということも。

お洒落には二つの面がある。ひとつには流行から外れないようにすることと、もうひとつには、人の模倣をしたくないという、まったく正反対の気持がある。うの目たかの目で流行を追うというのは確かにくだらないことだが、流行にさからうのもこれまたあまり利巧なしわざではない。あまりに流行はずれの人間は、人を戸迷わせ驚かせ恥ずかしくさえさせるのだから。少くとも人に気に入られたり、自分を快い者にしようとすることは決して悪いことではない。そのためにあんまりおかしな恰好は出来なくなる。と同時に、人間の中にひそむ一種の自尊心は流行の模倣を嫌う。この一方にかたよる人も世間にはなかなか多いが、よく何々女史とかいう頭のいい人で、流行とかそのもとにある見栄とかを排斥するあまりに、しばしば自尊心をとおりこして傲慢にさえみえる人がある。どこまでも流行を離れず、そして流行をリードするのが理想的といえよう。和して同ぜず、といったような態度をもって。

リードすることと流行の尖端をゆくというのはまるで違う。それはちょうど流行はずれの人と同じくらい突拍子もない場合が多い。いつも、何処の国においても、ほんとうにスマートな人というのは、決して人目を驚かすなりはしていない。地味で、構わないようにみえて、そしてよく見ると一分のスキもない……何につけ真にいいものは、皆一見平凡でしかも見れば見るほど、あきず美しいものに限るようである。

将来どんな着物を日本人が着るようになるかというようなことは、考えるだけ馬鹿馬鹿しい。まして、それに対する希望などというものも私にはないのである。それに、幸か不幸か、焼け出された日本人は今のところ素裸なのだ。焼け残ったものはあっても、それはもはや過去の夢であって、明日のものではない。今日のものでさえありえない。そして現在はといえば、何を食べていいか解らず、何を着ていいか解らず、思想といい生活といい、すべては混沌とした世の中である。服装にしても、いま日本人が着ている洋服と名づけるもの、あんなものは洋服ではない。まして日本の着物といえない。いわば一時まに合わせのバラックみたいなものにすぎないのだ。しかしいつまでたってもこのままでは済まないだろう。

伝統のないところに芸術もないように、美しい洋服とてもいきなり生れる筈はない。外国人のために出来上った流行の型ばかりあさらないで、しばしスタイルブックを下において、目を自分の国の美しいもの、――それはせとものでも絵でも彫刻でも何でもいい――に向けてほしい。必ずそれは無駄にならないことだけは受合っておく。一流の、いいものを見ているうちに知らず識らず眼が養われるように、いつまでも焼跡に氾濫するどぎつい物や色、ひいては人の心などばかりに接しているうちに、いつしか人間は美しいものに対する感覚を失ってしまう。文化は服装から、などと妙なことをいう気はすこしもないが、せめて手近な着物なりともみっともなくないものにしたいものだ。材料がない、ひまがない、という人は、おそらくどんな時節にあっても同じことをいうであろう。それに私は最初から、まったく材料のない今この時こそ、服装について準備するには一番好い時である、といいたいのである。いわば、心がまえというものを育てるには絶好の時なのだ。そして手近な着物の中に美しさを発見した人は、必ず着物のおしゃれだけでは済まなくなるに違いない。いや、着物などどうでもよくなるに違いない。

この頃の外国、といってもアメリカの雑誌には、まるで唐の時代のような髪形がしばしば出ている。くせのない真直な髪というのは、いかにもすっきりしてスマートにみえる。ところが日本では、この頃は無医村にも美容師だけは必ずいて、農家の娘達の頭をちぢらせずにおかぬという世の中である。今にまた逆に外国からストレート・ヘアが流行ってくるのだろう。が、それはとも角、地球は段々せまくなって、東は西により、西は東によってくる。それは確かな事実である。今では、洋服と日本ぎもの、そのどちらにでも同じ頭、同じお化粧で少しも変にみえないほど万事融合しあっている。それには和洋折衷といったような、糊ではりつけた感じは少しもない。室町から元禄あたりへかけての風俗は、どう考えても今の私達の着物よりもはるかにモダンである。そう云えば元禄時代の湯女の図など、アップヘアにしたのもいれば、長い断髪を内側にまいているのもある。いわゆる元禄袖に、大胆不敵な模様、それに細くて楽な帯。ただそれだけを思っても、美しいばかりでなくどんなに自由であるか解らない。江戸風俗といえば、すぐに彦根屏風をおもうが、あの絵にえがかれた女の姿態には、イヴニング・ドレスを着た外国の女の自由さと同時に女らしいこまやかさがあると思うのは私だけだろうか。それがほんとの色気というものだ。今の女にあるのは色気ではなくて、服装の上にさえ単なるガツガツした食気だけしかない。……

とりとめもなく心に浮ぶままをここまで書いて来たが、私は何も世相を憂えているわけでもなく、将来の日本の服装について抱負をのべた次第でもない。はっきりいえば、私は人にたよることも、またたよられることも嫌いなのだ。何かといえば日本人はすぐ指導者を必要とする。誰かにひきずって貰いたがる。——たったひとこと、私がいいたかったのはそのことなのだ。自ら自分の指導者になるような人間になってほしいと、ただそれだけがいいたかったのだ。服装の飾りを借りて、終始私自身にいいきかせていたのもそのことであった。——私はこれを人のために書いたのではない。

きもの

むかしむかしイザナギ・イザナミという大そう似よった名前を持つ日本のアダムとイーヴは、わずかギとミの差しかないその名の様に殆んど同じきものをまとっていた。その愛すべき神々が何とやらいう柱のもとでめぐり合って以来、男女の性別も服装も二つに分れて今に至った。そして今に至るまでイザナミはイザナギに「あなにやしえをとめを」と褒めて貰いたい為によそおい首飾っていとも艶なる微笑をおくる。くり返しくり返しあきもせずに女がおしゃれをするのは男の為、と昔からきまっているが、たといそうでなくとも、すくなくとも人に不快の念を与えない為に身だしなみをよくするのは一種の礼儀である。つねに明るいほほえみをもって対するという事が人間の美徳である様に、人をたのしくさせる為によそおうのは、殊に女にとってはかく事の出来ない教養のあらわれである。

きものと云えば流行をおもうが、実は男も女もきものの束縛からは離れる事は出来ない。今、衣類に困っていない人はない筈というのに、夏でも素裸でいる人はなく木の葉をまとっている人にも未だかつてお目にかかったためしはない。皆が皆敗戦そのもののみじめな有様ながらも、それでもそれ相応のなりをしている。これは敗戦型というひとつの流行である。

流行というといかにも人為的なものに聞えるがこれ程自然なものはない。又これ程大きな力を持つものはない。芭蕉でさえ流行の流れには身をゆだねた。まして、生活と切離す事の出来ないものが流行から離れ得ないのは当然である。「流行なんてそんな浮薄なもの見向きもいたしません」型の偉い女達から、はやりと云うと目の色変える無邪気な人種にいたるまで、一人としてこの波に逆らっている人はない。少くとも気狂いに見られたくない人達はそう変ったかっこうはして居ないのである。盛りあがる力という物は、戦争中の掛声だけでは終に証明されなかったが、流行殊にきものは、この大きな力を目にもの見せて教えてくれる。戦争中には多くの戦時型と称する異様なものが何々婦人会研究会委員会の名のもとに発表されたのが、東西を通じて流行というものは、そう手品使がポケットの中からいきなりとり出してみせる様な簡単なわけにはゆかない。巴里の一流の芸術家連が考え出した超最新式の型でさえ、ヴォーグの表紙についている間はおとなしくしているけれ共、世界一に気むずかし屋のイザナギ達を喜ばせなくてはならぬ巴里の女達の手にかかったらひとたまりもありはしない。忽ちパンの様にこねまわされてまったく似ても似つかない、そして往々にしていっそうしゃれたものとなって登場し、ひろまってゆく。

絵や写真をそのまま鵜呑みにする程能のない事はない。個性のない、最も素直な筈の日本の女は又それだけに執念深く、戦争中も結局は昔からあるモンペ以外には実際のところ見向きもしなかった。空襲下にモンペはなくてはならぬ必需品であったが、それさえもはや旅行とか働く為の他は忘れられようとするきざしが既にみえている。大きな力を持つ流行は、時間という物と同じ様に、かくも果敢《はか》ないものなのである。

およそ何百年かの歴史を持つ雪国のモンペは、その生れた故郷において最も美しい。青い空、白い雪。おだやかな山なみと茅葺のなだらかな線を背景にして見るモンペ姿の人達の、落ついた、平和そのものの姿には殆んど威厳があるとも言いたい程の動かす事の出来ぬものがある。其処には流行はないが、不変のたましいがある。日本的という、ここ数年間の合言葉もつくづく思えばまんざらではない。今こそ真に日本的なものを日本人自ら見出して、あの空虚な流行語に中身をあたえたい。

雪国にはモンペが何よりもふさわしい様にすべての物はそのあるべき所に在るのがもっとも美しい。働く人には菜ッパ服が、番頭には前掛が、兵隊には軍服が、百姓には木綿のつつぽが一番似合もし、一番立派に見えるのは、それが生活と切離す事の出来ぬものであるが故に最も美しく、それが正装でもある。彼等からそれをとりあげたらもはや一文の値打もなくなる、――と思う時、はじめは寒さをふさぐ為にのみあったきものも、今ではまったく顔に現われる表情とか身ぶりの様に私達の肉体の一部である事を知る。義経とか道長とかナポレオンとかクウィン・エリザベスを思いおこすのに、誰がハダカの彼等を想像するだろう、緋おどしの鎧なくして義経はなく、衣冠束帯なくして道長は居ないのである。

長い間簞笥の隅で呻吟をつづけていたあの長い日本のきものと帯。一時は私達もろとも玉砕してこの地球上から永久に姿を消すかと危ぶまれたあのなつかしい私達の肉体の一部も、はじめはおそるおそる、そして今では公然とふたたび初夏の日をあびる様になった。このちょっと何処の国にも似るもののない珍しい服装の事について考えてみたい。歴史始まって以来、変化に変化を重ねつつも外国の影響を受ける事なく只ひとすじに続いて今に至った、そのきものの純粋性は、案外多くの事を物語ってくれるかも知れない。

支那人も印度人も世界中何処に行っても自国の服装で押通す。又押通せる。しかし日本人にはそれは出来ない。するにはかなりの心臓がいる。第一、見世物になるだけの覚悟と旅行の不便をしのばなければならない。その上見た目にぱっとしない（いわゆるキモノと外国人の称するはでな物はハッピコートの中に入るからそれはきものの中に数える事は出来ない）。どうしても四畳半むきで、雨に駄目、風に駄目、窮屈な上におまけに大そう手がかかる。何処の国にこれ程非実用的な服装が存在するだろう。たといどんなに華奢なイヴニングドレスでもはるかに雨風に堪え得る、それに用いるコーセットさえ帯の半分のかたさもないと云うのに、たいして綺麗とはいえない、決して便利ではないそんな物をどうして捨て去れないか、というのはあながちに日本の女が古いのではない。ただ、一度その味を知ったら忘れる事が出来ないそれ程「味」の濃いものだから、と言いたい。これでは話は抽象的になってしまって一向らちがあかないけれども、それがほんとうなのだから仕方がない。

さてその伽羅のかおりの様につかまえようとすると消えてなくなる味というものは、結局はお茶とか俳句とかお能とかいう、いわゆる日本的な芸術の味に共通するものなのである。洋服の無邪気さに比べて、日本のきものは、これは又ひどく内面的にしぶい、——なんて書こうものなら、今はそんな時代ではない、と偉い女の人達にひらき直られるにきまっているが、どんなにつぎはぎだらけのきものを着ても、心だけはつぎはぎだらけになりたくはない。ひと口に言えば、私は世にも贅沢な事ばかり考えたいのである。勿論お金で買えるものなら贅沢でもしれたこと、私達の大事な日本のきものはそんなけちなものではない、と言いたいのである。

ある老人で西洋人の奥さんを持っていた非常に謹厳な人がある時、「若い時は苦にならなかったが、年をとってみると、夕方お風呂に入ってゆかた一枚で青い畳の上にごろりとねそべりたい、それが出来ないのが一番つらい」と、きちんと整頓された西洋間を見廻しながらつくづくとそう言ったその言葉には何だかなぐさめきれぬものがあった。そういう意味で、日本のきものは贅沢なのである。

家といい庭といい美術といい、日本人の行くところにいつもついてまわるこの贅沢さをある人が、extra vacant simplicity と名付けた、けだし名言である。ひいては、わび、さび、へと導く日本人特有の淡白さであるが、何もそう老人めいた事でなくともいい、わざわざ古い茶碗やお能や禅をひねくりまわさなくとも、手近にある、今この身にまとっているきもので充分である。

数年前のこと、巴里のまん中で、私は、私の身のなりにピンをうたれ切りこまざかれてゆく布地の曲線をぼんやり眺め乍ら、遥か海をへだてたふるさとに十年一日の如く変化のない、そして十人が十人殆んど同じ寸法に縫われてゆくきものの事を思った。この曲線に対するあの直線。それは東西の違いをはっきりみせる物であった。帽子、手袋、下着、靴下、靴に至るまで、何と外国のものはのりの様にぴったり身にはりつく事であろう。自分以外に誰も犯す事の出来ぬ、自分の身体のほかは誰もふれる事の出来ぬこの個性のある洋服と誰でも着る事の出来る非個性的なものの差には、何かそのままでは見すごせない物がある。隣国の支那服を思っても、亦その隣りの印度のサリを考えても、何れも何れも洋服に近い。同じ東洋人であるとはいえ彼等はみんな背を向けている、――「たった一人だ」とその時私は鏡の中の自分の姿にそういった。

たった一人、と知る事は淋しくもあるし嬉しくもある。が、ともすれば例の独善主義というものになる。いつもいつも、必ずいい事にはわるい事がつきまとい、利は害をまねく。たとえばゆかたのくつろいだ贅沢さも、一歩踏みはずせば忽ち礼儀を失った無秩序きわまる、……この頃の交通機関の有様や街頭の不潔さにみる様なていたらくと落ぶれはてるものなのだが――世の中に安全第一という事ほどつまらない事はない。ともすれば踏みはずし、ともすれば誤解をまねく、そのあやうさは世に名人芸とよばれるものと何かしら共通なものがある。この東の果ての島国では、すべての物すべての事がいつもそうした危うい一点に立っている、それが日本の特長である。そして、芸術という物をあれ程生活の中にとかしこんだ茶道をつくった私達日本人が同じく生活の一部であるきものを芸術化出来ない筈はないとおもう。私が言うのは単なる趣味の問題ではない。趣味とは案外つまらない物で……しかしあそぶひまのある人はいい趣味を持つ事に心がけるがいい。好い趣味を持つ人は見た目にも気持がいいし、ひいてはすべての物事に変な事が出来なくなるのだから。

きものはまだまだ多くの点で根本において洋服とは逆のゆき方をする。形の上に消費さるべき努力と情熱は自然布の上にのみむけられる。形とは目に見えるもののこと。その目先の変化に重きをおく洋服は猫の目の様に変る必要がある。どこまでも洋服は量であり、和服は質である。あれは目に見るもの、これは手にふれるものである。百貨店のガラス越しに只見た目にきれいだけできものを買う事は出来ない、瀬戸物の様に手にふれ、そして心にふれるのでなくてはほんとうのきものとは言えない。そして、買ったその時だけ新しいものではなく、古くなればなる程よくなるのがその根本の条件である。よくなる、というのは別の言葉で言えばつねに新鮮にみえる事である。衣更えの頃昨年しまった着物を簞笥から取出す時、たといそれが母の着古しであろうとも、燻衣香のほのかな香りとともになつかしく、めずらしく、あらためて見直すのは日本の女なら誰しも身に覚えがあろう。

その様に、「きのうのきものは明日のきもの」というのが日本の女の人生観でもある。ところが洋服はそうはゆかない。昨年の洋服――それは秋の扇の様にさむざむとして、さめた恋の様にすさまじい。その時かぎりで捨てられる洋服にひきかえて、きものは一生、わるくすると二代も三代もつきまとう執念深さがある。とはいうものの、どちらもまったく同じ目的の為につくられる、すなわち、つねに新しくみえるために。

もし自分で織った事のある人ならきものに対してより以上の愛着を感じるに違いない。かいこから絹になるまでの過程は一枚のきものの上に絵巻物の様にまざまざと見る事が出来る。かいこを飼う人の小さな虫に対する愛情、それから糸を染め機を織るに至るまでのそのこまやかな心遣い、そういうものがひとつの織物の経緯に織りこまれているのを感じる。という事になると、どうしても手織にかぎるという事になる。手織は贅沢だ。しかし、買えばこそ高価であるが自分で織ったらこれ程安あがりの物はない。田舎の人に聞いて御覧なさい、見事なゆうきや大島を織る人々はきっと「三越」の正札にあこがれている。おかしなものだ。

幸か不幸か今の時代は人にたよる事は何につけゆるされない。私達はいやでもおうでもすべての事がそうである様に、きものも自分で織るよりほかなくなるだろう。染料にたよる事もおそらくおぼつかないだろう、とすると、薬が既にそうなった様に、草木によるより他仕方がない。どん底まで至れば必ず活路はひらけてくる、その時其処から真の日本の美しさが（今までの様に無意識にではなく）生れ出るかも知れない。今日本人の心の隅で眠っている、その日本の美しさが私は知りたい。知って貰いたい。

たとえば色である。西洋人はまったく私達とは違う目をもって物をみる、――これは絵を見れば解る。彼等の青い目はありのままの外の自然を見、私達の黒い目はありのままの内なる自然を見る。彼等の見る樹はあの外に生えた樹であり、私のは、このわたくしの樹なのである。色にしても、同じ赤を見るのでも、それはまったく違う二つの色である。ちがうと知る事は大切であり、これから先必要であるけれども、その違う見かたに追従する事は嘘をつくわけになる。それはメッキだ。

その、いつわりなき黒いまなこから、能装束にみる様な、ちょうど日本の絵具の様にひとねりねった色が生れ出た。絢爛そのものではあるが支那の華やかさとはやや違う。はじめ支那から渡った絹も、日本においてはその絹のいのちである光沢をとってつむぎの様な物をつくったり、わざわざ木綿を珍重する事を覚えたのも皆この物の見かたにある。唐織など、その織りかたこそ唐めいていようが、模様はまったく日本の物である。中でも、殊に美しいのは縫箔の美であろう。霞、霧、露、雨など、いつも湿気をふくんだ穏かな風土からは、灼熱の太陽の光や極寒の氷のつめたさに堪える服装も色も模様も生れる筈はなく、形もゆったりとしたおうようなものが出来上った。身にまとって、自分が自由自在に動ける洋服と、自分の動作は束縛されても誰にでも着る事の出来る自由を持つものと、何れが真に自由であろうか？　これは日本の芸術の上に数かぎりもなくあげる事の出来る、そして東と西の思想を説明するに足る、ひとつの例である。

英国のある貴族で大そうしゃれた人がいたが、その人はスーツを決して一揃えずつ着ずにいつも上着とチョッキとズボンをばらばらに着て而もひどく似合ってみえる人が居た。これこそまさに名人芸である。その人は意識的にお洒落をしてみえるのがいやで、そして反ってひどくしゃれてみえるのであった。これは趣味を通りこして個人の人格の問題になるかも知れないが、ともあれそうした男の物であるべき皮肉な趣味が、たしかに日本の女のきものの上に見出す事が出来る。形のきまった日本のきものは色を生命とするが、着物に羽織、帯に帯止めといった様にばらばらの色に用いて、つかず離れず、統一を完うするのがきものの理想である。完全な綜合芸術といいたい所だが、それは中々うまくゆかず、危ういだけに面白い。一箇の美術品の様なこのきものには、だから余計な装飾品の入りこむ余地はない。宝石をうけ入れるだけのスキはないと言っていい。

スキがないという事もこれ又あぶない芸当である。この趣味が嵩じるときらきらしく見えるのがいやなあまりにわざわざゆうきを寝巻にして着古したりする、これは厭味である。邪道でもある。新しい物は自然に古びるのが一番いい。若くして老いる人の多い原因もこうしたところに見出せる。

とかく物事に凝りすぎるのはいやだ。ほんとにスキのない人は、スキだらけでそうしたスキがない。昔都の有名な女達の集まる衣装くらべに、まばゆい程よそおいをこらした人々の中に、たった一人、光琳の考案による所の黒ずくめの女が現われた時、人々ははっと驚いた。何のたくみもないこの黒のひと色は、千金をちりばめたもろもろのきものを圧して女王の如く君臨したのであった――これは有名な逸話であるが、これこそ贅沢この上ない、日本の趣味なのである。といったとて、何も私は黒のきものを推奨するわけではない。ただ黒と白が色のきわまりである事は東西古今を通じていつわりない事実である。それが最後の色であるが如くに、私はきものの究極の意味の事のみ考えたい。

きものは不思議な作用を及ぼすもので、ふだんはズボンをはいているアメリカ育ちの私も、日本着物をきちんと着ると何だか外に出るのもいやになって、塵ひとつ止どめぬ畳の上でしみじみお茶のひとつも味わいたくなるのはどうした事であろう。まして外国語などしゃべる気には毛頭ならない、いっそ忘れてしまいたくなる。かくも非国際的非社交的な物は、ますます自分だけの所有物にしてそっと秘めておきたくなるのが人情である。たまたまその気持を忘れるとひどく不作法にみえる。といったわけで、現代の日本の女はいやでもおうでも色々な意味で二重生活をしいられる。西洋料理もつくれば日本料理もする、三味線もひけばピアノも出来る、椅子とざぶとん、ベッドとかいまき、外国語と日本語、やれやれこれではたまらない。しかし、ふたつの目があってこそひとつの物も完全にみえるというものだ。そして、二本の足でこんがらがりもせずこんなにうまく歩けるのだと思えば、和洋折衷という二人三脚みたいなへまな真似はせずに、どうかしてこの日本の、自分の身体を美しくもて扱いたいものと思う。

かしら洗ひけさうじて香にしみみたるきぬ着たる、ことに見る人なき所にても心のうちはなほをかし。

と清少納言が言った様に、ことに見る人なき所にても心の中はいと美しくありたいもの。香にしみた衣はなくとも、ひそかに香るが如きつつましさ、すがすがしさ、こまやかさ、——そうした物がきものであり、日本の女の味でもある。忘れたくないものだ。

つきつめた所、髪を洗ったりお風呂に入る事が何よりも好きな日本人は、着る物にしても、そう多くはいらない、洗いざらした物でいい、只つねにつねに隅から隅まで清浄でありたい。そうねがう気持がいつも心の底にある。ただそれだけしかないといってもいい。

其処から、直線的なきものの型がうまれた。其処から、いつもあきない、いつも新しくみえる色もうまれた。其処から、心ゆくまで大胆な能の装束の模様もうまれた。其処から、さっぱりしたつむぎや木綿の気持よいかすりもうまれた。其処から——この私達もうまれたのである。

たべもの

ない。

――とただひと言書くのが今の場合何よりもほんとうの事である。この題をあたえられた私は読者にも自分自身にも忠実である為に、この一文は以上の二字をもって終る。

さて、これから先はあそびである。

あそび。今まで私達にはあんまりあそびがなさすぎた。たべものの味と同じ様に、あそびの味も忘れようとしている。本来ならばたのしい筈の芸術というものにも、何かと理窟をつけてむずかしくしてしまわないかぎり満足がゆかないのがこの頃の世の中である。芸術とまでゆかなくとも、民芸というあの愛すべきものさえ註釈づきでなければ承知出来ないとは、何という情ない世の中であろう。俳句もお茶もお能も、一々理由をつけてでなくては味わえないというのは、つまりは私達の鑑賞眼が地におちたのである。背のびしなくてはその高さにとどかないのである。

芭蕉が、おそらくほろよい機嫌でいい気持にふと口をついて出たと思われる句も、筆を噛んで苦吟する翁の姿を想像しないかぎりもう納得はゆかなくなっている。苦吟するのは実は芭蕉ではなくてこの私達なのだ。結果としての俳句の上には只やすらかな落つきさえ見出せばいい。芭蕉の苦しみはそれよりずっとずっと以前にある、おそらく私の想像もつかない、芭蕉以外には知るよしもない所にあるのだと思う。そうでなくて、俳句は「夏炉冬扇」なんどという大胆不敵な人を喰った言が吐かれる道理はない。

しかし何というい言葉であろう、この夏炉冬扇という言葉は。つまる所芸術はすべてそうなのである。ジィドの言う無償の行為である。しかるに、今は何でもかでも冬炉夏扇でなくてはおさまらない。ことたべ物に関するかぎり殊にそうならざるを得ない。事実これほど現実に直面した問題はないのだが、しかし、かえりみれば私達日本人は今までたべるという事、――あまりに現実的な、あまりに人間的なこの慾望に対してさほど関心はしめさなかった、と私は思う。源氏物語にも枕草紙にもその他の古典にも、食物に関してはあまり書いてはない。あっても、こわめしとかお粥とか、わらび粟わか菜など、ちょっと思いだしてみてもそれ程羨しいものはなく、みんな鳥の餌みたいな物ばかりで、……という事は現在私達が辛うじて飢えをしのいでいるたべものと大差はないのである。それにひきかえ、じんの折敷、したんの高つき、黄金しろかねの台、ひわりごなど、容器の方は事こまかに描写しつくしている。まるでたべものの方はそえ物で、仕様がないからたべてやるのだからそんな物には興味はない、といった様な羨しきかぎりの御身分である。貴族の文化だから、と云ってしまえばそれきりだが、貴族達こそ一そうおいしい物がたべたいのが当然ではないかしらん。そう云えば私とて、果してこれまで食物に外国人程関心をしめしたかどうかはうたがわしい。むしろ、たべるという切実な慾は、見る事によってなかばみたされていた様な気がする。そうでなくて、「味わう」などという言葉があれ程使われる筈はない。お料理と一緒にお皿も味わう様に、絵や彫刻、能や文学にいたるまで、事実私達はむさぼり食う様に目からたべる。骨までしゃぶる。

日本人だけかと思ったら英語にも taste という言葉があるのを思いだした。何につけ趣味のいい事を御承知のとおり good taste という。物を見る事はそのまま身につける事であり、その身につけるという事を切実に知るのは、空腹な時食にありついたとたんたべた物がしんから底から血となり肉となって五体にみなぎりわたるのを感じる、あれ以上の経験はない。そこで東西を通じて同じ様な言葉が出来上ったのだが、その二つの言葉は実は似て非なるものなのである。英語のそれはあくまでも人間に関する事であり、物の側には属さない。日本人の様に、「この瀬戸物はいい味だ」とは決して言わない。いつでも、いい瀬戸物を所有する人が good taste を持つのである。

戦争のはじめに、たべものには決して困らないと軍人が言った。私も、実はたべもののぐらいどうにかなるだろうと思っていた。それ程幸福であったとも言える。しかし、今はどうにもならない事を知った。どうにかなるというこの気持、この怠惰な気持がいつもわざわいをする。知らなかった、という事は言いわけにはならない、知らない事、それがすなわち怠惰な心なのだから。目からたべる事のみ知っていた私達日本人が、今、はじめて、口からたべるという切実な肉体の要求をはっきり認識するのは有難い事である。日本には本来ないところのこのこってりした深刻な慾を身をもって体験し、さてその上で目で味わうこと——今の私の場合で言えば、あそぶ事が出来たらこんないい事はない。

慾を捨てるのは立派な事だ、すべての事に人間はそうありたい。しかし、ないものは捨て去るすべもないのである。日本人の淡々とした無慾さはそれはたしかに美しい。けれども何だかそれには、――私達の祖先が苦労に苦労を重ねて得たそのものを、世襲財産として惰性的に受けついだような気がする。つまりは慾もないかわりに苦しみもないのである。そこに何か非常にたよりないものがある。すべての物の上にある。たとえばヴァレリイが流行る。しかしそれはただのいわゆるはやりではないと私は思う。日本人にはたしかに「フランス」、いや世界的に一流のものが解る力がある、これは非常な美点でもありその文化の高さは誇るに足るものではあるけれども、悲しいかな、一人のヴァレリイも一人のセザンヌも今の日本には居ないのである。生れてほしいと思えばこそ微力な私がこんな事を書く、慾を持てともつい言いたくなるので困る。

バルザックの「従兄ポンス」のポンスは食慾の鬼であった。他に何の慾もない神様の様なこの人物にバルザックは残酷にも人間にとって第一のこの慾をあたえた。御馳走がたべられないという事は可哀想なポンスにとって肉体的ばかりでなく精神的な苦しみとなって終に身を滅ぼすに至る。日本のいわゆる食道楽にはこれ程の深刻さと同時に浅ましさもない。執着というおそろしいものをかほどまで目に物見せて教えるものはない。恋の執着は忘れる時も来ようが、食慾のみは死ぬまでついて離れない。たべものの国フランスならではこんな血のしたたる肉の様な小説は到底出来上る筈はない。

殊にパリでは、料理は日本のとは違う意味でひとつの芸術である。給仕はたべものをまるで貴重な芸術品の様にあつかう。いかにもおいしくておいしくてたまらない、この色を御覧なさい、この香りはどうです、してあなたの恋人の口づけのようなこのトロンとしたソースの味はこたえられませんぜ、といった調子に表情たっぷりなサーヴィスをする。たべもの即芸術のフランス人はたべる為に見る。美術や芸術をたべてしまう私達はたべものを見る為にたべる。味わう、こなす、のみこむ、渇望する、飢える、——すべて味覚に関した事が心にまで及ぼす私達日本人は、たべものに至るまで精神的なたべ方をする。それだけに粗食に堪え得る。

味ばかりでなくたべものに対する彼等の感情をよく現わすものは例のナイフとフォークという、野性味のある道具である。あんな野蛮なものはない。銀のナイフというと聞えがいいがたかがあれは肉切庖丁だ。台所と名づける蔭のところ、いわば楽屋に秘めておくべき物であり、見物の前にさらけ出すのは随分不手際なしわざである。日本人の繊細な神経はほんとうならば到底あの様な生まのままの未熟さには堪えられない筈である。そこへ行くとお箸という物ははるかに優雅で文化的である。ことに木の香のする新しいお箸の清々しさは、いくら耐久力があり贅沢ではあろうとも銀の食器の比ではない、潔癖な心を心ゆくまで満足させもし、ほんとの意味で贅沢でもある。

肉切庖丁を用いるくらいならいっその事あからさまに台所をさらけだしてみせる方がいい。目の前で料理されるという事は、これも潔癖なせいかも知れないが、待つまのたのしさもそって、何となく安心のゆくものである。人工的になら徹底的に、もしそうでないなら楽屋は全部明るみにさらしたがいい。そういう意味でおすしなどは前でにぎって貰ってしかも手でたべるのが一番おいしい。ほんとは何でも手づかみでたべるのが一番おいしい筈である。自分と対象の間に何物も介在しないこの直接行動は、いわゆる物にじかにふれる意味で完全である。そして結局は、自然の野べの草の上に坐って、お箸も茶碗もお皿もなく、おむすびをもりもりたべ、清水を手ですくって飲むのが何よりも贅沢であるし、「五帝三皇是何物」ぞという気持になれる。昔から多くの人々が山にこもって不自由な生活をしたのもあながちに厭世的なのではなく、こうした自由

（自由にたべる事ではない）を味わんが為である。

文化はいつでも其処をめざす。くり返しくり返し人工の果てに行っては自然に還ろうと試みる。この度の戦争も敗北に終ったとはいえ、ただ敗けた敗けたと卑屈になる事はない、既にたべものがいかに必要な物であるかを知った、その上に都会の人は自然にかえる事、すなわち土をはだしで踏む事もおぼえた。これは偉大な収穫だ。私もその例に洩れずB29の飛ぶ空のもとで、朝は露を踏み夜は星をいただいて家路にかえる生活をつづけた。前から田舎に住んでいた私はいくらかその生活を知らなくもなかったが、それも決してほんものとは言えない、いつでもどこかに人にたよる気持がまじっていたのが事実である。しかし、今度ばかりはそれではすまない、自分でつくり出さないかぎり、誰もたべさせてはくれないのだ。もはや趣味の問題ではない、土に親しむなどという生ぬるい事ではない。私は自然に反抗し土と戦って、……今でもまだ、そしてこれから先も健康のゆるすかぎりそれをつづけてゆくつもりでいる。

其処には多くの未知のものがある。其処では今まで出来なかった事が出来る。すなわち、自分で種を蒔き自分で収穫する事が可能なのである。自分でつくるという、世の中にこれ以上大きなよろこびはない。なおそれ以上に、自分で作った物をたべる程おいしい事はない。どんなに不出来であっても、それには買った物とはまったく違う、只新しいからではないほんとうに新鮮な味がある。

焼跡にたがやされたささやかな畠を見る度に、そこここのバラックの中で、たとい無意識にもせよ、その「味」が味われている事にひそかなよろこびを感じる。そして、それを意識して知ってほしいとも思う。そうかと云って、しょせん私達のつくる物はくろうとの百姓のには叶わない。

その間隙をみたす為に、私は本を読み絵を見、たまたま上京する時はお能を見る。土から目をあげて、人工の極をつくした芸術にふれる時、それ等の物が今までとは何と違った、何と珍しくも新しいものに見える事か。

お能に「卒都婆小町」というのがある。驕慢の権化であった美女小野小町がおちぶれ果て乞食となって阿倍野の原にさまよい往来の人の袖にすがって物をこいつつわずかに余命をつないでいる、乞い得ぬ時は恋心がおこって小町を苦しめ狂わせるという、これは従兄ポンスに比すとも劣らぬ悲惨な物語である。しかし、いかに悲壮であろうともいかに陰惨であろうともいかに現実的であろうとも、日本の芸術にはつねに美しい霞がただよっている。それを称して幽玄という。

その小町の悪心は何かと云えばそれは色慾である。色恋の方は同じ慾でもさすがに食慾よりもしおらしい。けれどもこの能の真の目的とする所は実にポンスと同じ食慾の浅ましさみじめさである。ただそれをいかにも幽玄に美しく表現する為に、恋物語を借りて来たにすぎない。乞食とはいえおなかがすいていない時の小町は誇り高い女なのであるが、食物にありつけない時には物に狂うという、いわばこれは地獄に落ちたものの姿なのである。

同じ能の中に、「今日も命は知らねども明日の飢ゑをたすけんと云々」という句がある。これが日本人のいつわりなき心理である。飢えなどいうものはいつも明日のもの、いつでもあっちの方においておくものなのだ。又言えば、死よりも現実を遠ざける、それが短所であり長所でもある。それ程不都合きわまる、どうする事も出来ないものが食物、——と思いつつ私はうっかり遊びすぎて言うにおちず語るにおちた。お能はもっとたのしく面白く味わうべきものであるというのに。

ああ、武士はくわねど高楊子。武士もつらかろうが私ものめのめ町人根性になりさがりたくはない。志は高く、目は空に、胸をはって、霞がたべられる程高いところまでとどきたい。ちょっと下界を見るや、巴里の鴨、ロンドンのローストビーフ、江戸のにぎりに大阪のすがき、ああ、たまらない、ごめんなさい、——という事になる。ほっとけば私はこのまま地獄へおちる、……おちる。みすみすおちてゆかない様に、あなたもあたしも、がんばろうではないか。そしておそれず、この現実をみつめようではないか。

その現実とは何か？　それを言ったらきりがない。およそすべての物に及ばぬかぎりその謎がとけないのと同じ様に、このあそびもいつまで続けてもきりがない、終りもない。はじめから目ざす「目的」がないのだからそれも仕方がない、結局私は無に始まって無に終る。すなわち、たべものは、ない。

能をみる

家に遊びに来る若い能役者で、（あるいはお能の先生というべきであるかも知れないが）、イトウ・ミチオの舞踊研究所で、仕舞を教えている人がある。その人に、ある日、私はこんなことをたのまれた。

自分はイトウ氏にたのまれて、若い人達に仕舞を教えている。が、生徒たちには、何故、ダンスとは何の関係もない、いわば正反対の踊ともいえるような、古い日本の舞を習う必要があるのか、かいもく解っては居ない。で、仕方なしに今の所では、まるで体操みたいに、オイチニオイチニといった工合に練習しているが、それではあまりにつまらなそうにみえる。自分にとっても、それではあんまりはり合がなさすぎる。そうかといって、自分には、何故イトウ氏が課目の中に特に能の舞をいれたか、その理由ははっきり解ってはいるものの、さて説明しようとすると、いつも大そう漠然としたこととしかのべられない。何とかして生徒達に解って貰える方法はないだろうか、それを教えて貰いたい、だいたいの意味はこのようなことであった。

出来るなら私もなるたけ解りやすく教えてあげたいと思った。何故なら、そもそもイトウさんがダンスのために仕舞を教える事に目をつけた、そのこと自体がすでに興味のある事柄であったから。が、私にしても大して自信があるわけではなかった。二、三その場で心に浮んだことを言ってみはしたが、後で考えてみると、やっぱりその能役者と同様、漠然とした断片的な考えであったにすぎないようである。しかし、彼は、いかにもよく私の言ったことが解ってくれた。すっかりのみこんで帰って行った。「そういう風に話しましょう」と言いながら。けれども、はたして「そういう風」に話せたかどうか……

　私は、その時、彼の話を聞きながら、それとはまるきり離れた所で、一人、こんなことを考えていた。――この人は、お能という物を実にはっきりと知っている。頭が、ではない。文字どおり身についた芸、彼の肉体がそれを知っている。言葉は、彼にとってまったく不必要なものである、いや、彼の言葉とは、舞より他の物ではない。私達がしゃべるように、又書くように、考える様に、彼等は舞うことによって、はるかに美しくあざやかに、そうしていかにもはっきりと雄弁に物語る。そういう彼等は、ちょうど私達とは正反対の立場にいる。あたかも能舞台と見物席といったように。

　しかし、肉体と思想とは必ずしも離れているものとは限らない、いや、合しなくてはならないものではないだろうか。それには、私達が、見物席からお能を見ているという態度を捨ててかからぬ以上、いつまでたってもお能は解らないだろう。何もお能ばかりとは限らない、人間にせよ芸術にせよ、どんなにくわしく観察しようと、仔細にわたって分析しようと、それで確実にみたとは言えないに違いない。まして、知るとはなおさら言いがたい……

　ふいに、私は、どこからこんな考えが生れてきたかに気がついた。

　それは、先日古本屋でみつけて来た、小林秀雄さんの著書の中の「オリムピア」と題する短い、しかし非常に美しい感想の一節であった。
「長い助走路を走って来た槍投げの選手が、槍を投げた瞬間だ。カメラは、この瞬間を長く延ばしてくれる。槍の行方を見守った美しい人間の肉体が、画面一杯に現れる。右手は飛んでゆく槍の方向に延び、左手は後へ、惰性の力は、地に食い込んだ右足の爪先で受け止められ、身体は今にも白線を踏み切ろうとして、踏み切らず、爪先を支点として前後に静かに揺れている。緊張の極と見える一瞬も、仔細に映し出せば、優しい静かな舞踊である。魂となった肉体、恐らく舞踊の原型が其処にあるのだ」

これは、オリムピックの競技を高速度写真で写した、槍投げの一場面であるが、以上の文章に、次のような言葉がただちに続いている。
「しかし考えてみると、僕等が投げるものは鉄の丸だとか槍だとかに限らない。思想でも知識でも、鉄の丸の様に投げねばならぬ。そして、それには首根っこに擦りつけて呼吸を計る必要があるだろう、云々」と。読んだままで忘れはてていたものが、急に私の目の前にあざやかに浮びあがった。が、今の場合、そんな自分の体験よりも、前文の槍投げの場面の方が、さしあたり私たちにとって必要なのである。

槍投げは、とっさの間に行われる。ダンスも速い、お能にくらべれば。と書いたなら、明敏な読者には、たちまち私が何を言おうとしているかお察しがつくに違いない。すなわち、能の舞とは、ちょうどこの高速度写真と同じようなものであるということが。人間の動作から自然に生れた舞踊というもの、それを圧縮しつくして、これ以上シムプルになり得ないというどんづまりまで単純化してみせたものがお能である。まさに「舞踊の原型」というところまで。

たしかにカメラは、その瞬間を、時間的には延ばしてくれるだろう。が、実際において、圧縮しつくしてみせているのではないだろうか。たとえば、自動車が坂道を登るのに、ギアをおとす様な工合に。魂と肉体が合することにも、想像以上の馬力を必要とする。長いこと（たとえそれが数十秒の間でも、何と長く感じることだろう！）、砲丸投の様に、首根っこに擦りつけて呼吸をはからなくてはならぬ、――一曲のお能というものは、そうした「時」の連続によって成立っている。一時間乃至二時間のあいだ。

字を書くのさえ、ゆっくり書くのはむずかしい。だが、ゆっくり、力強く書けない人には、美しく走書きすることはおぼつかないのである。瞬間にして終るオリムピックの選手のフォームには白日のもと、高速度写真にうつし出されても、一点非の打ち所もない、見事な美しさが現れる。映画の美というものは、もしあるとすれば、おそらくそういう所にしか見出せないだろう。女優の顔とか、ラヴ・シーンじゃなしに。

ごまかすことの出来ぬ美しさ。そういう物をはっきりとつかませたいために、イトウさんは、生徒達に仕舞を習わせることを思いつかれたのらしい。それはむしろ、美しい動作のためよりも、舞踊に向って、美しく正しく進むという、精神的な訓練になるかも知れない。しかし、お能の精神は、舞の外にあるのではない。その魂は、端正そのものの舞の型と化している。スポーツにも、ダンスにも、さらに言えば絵や文学に至るまで、すべてのものの彼岸は、「魂となった肉体」にある。それさえ納得が行けば、お能は、ただいたずらに、終始緊張の極に人をおしつけておくものではないという事も、おのずからはっきりする事だろう。さらに槍投げでも鉄丸でも、舞踊でも、その間の状態が何に一番近いかといえば、それは「祈り」に似たものであるという事もつけ加えておきたい。

何につけいいものしか残らないというのは、極くあたり前のことだが、非常に面白い事実であろう。流行るとか流行らないとかいう一時的の現象は、美しい物とは何の関係もありはしない。何処の国でも、古典が美しいのは、つまらない物はふるいにかけられ、余計な物は何一つ残ってはいないからである。今、現在舞われている能の型というものも、単に古いものという意味ではなしに、一つの古典であると言えよう。垢やよごれを払いおとした、いわばすき通ったガラスみたいに、これ以上どうするわけにもゆかない最期のものということが出来る。そして、舞という雅《みやび》かな言葉の持つ美しさも、おそらく日本人でなければ解らないだろう。と同時に、ダンスという言葉も、たしかに西洋人のようには、私達の耳にひびいて来ないに違いない。

ダンスといえば新しく、舞といえば古く聞えるがそのダンスも、実はお能と同じ程古い歴史を背後に持っていることを忘れてはならない。しかし、日本人にとって、それはせいぜい鹿鳴館以来の産物で有り、ハイカラには違いないが、どうしたって軽薄になるのは仕方がない。

ついでのことに、私はダンスのためにもひと言弁じたい。最近の新しい外国の雑誌をみると、どんなにバレェというものが、肉体を魂化することにつとめているか、どんなに彼等が透明無色な物に変化しつくそうと苦心しているか、写真だけみてもただちに感じる事が出来るのである。何かそうした覚悟とでも言いたいようなものが、たしかに現代の日本の舞踊家（ダンスも踊もふくめた）には欠けて居る。その踊を見ていると、其処には魂のぬけた肉体、いや、もはや肉体すらない形骸だけが、幽霊みたように踊り狂っているとしかみえない。さまよえるこれ等現代の魂のために（もちろん私もその中に入るのだが）、お能はたしかに還るべき故郷を教えてくれる。

ダンスというものをしっかり見、かつ知るために、必ずそれは助けになるだろう。文学の小林さんが、スポーツ映画の中に、動かすことの出来ぬ美を見出した、それと同じような意味で。

みるというのは、どうも大変むずかしいことのように思われる。日本の芸術、ことにお能のごときものは、決して人を親切に導いてくれはしない、「私は何も教えない。自分で探してごらん」といった調子で、見物をつっぱなすから。これはずいぶん失礼なことだ。ある人々は、だからこれを独善主義と名づけている。

しかし、はたしてこれは独善だろうか、また不親切な態度であろうか、私はそうは思わない。私には、そういう人達が、ただ怠惰であるとしか思えないのだ。日本の芸術は、不親切であるどころか、解りにくいどころか、これほど親切に、直接に、正直に、まっこうから「みる事」を教えるものはない。

おもえば、美というものに、東も西もあるはずがない。ただ表現の言葉が違うだけのこと。日本語と外国語、あるいは又、絵と音楽といったように。そうして、美は様々の形に変じ得るであろうが、ついに何語をもってしても、説明することは出来ないものであるようだ。その、「説明する事は出来ない」ということを、日本の芸術ほど、きっぱり言い切っているものはないと思う。だから親切なのだ。みるとは、結局、説明のつかぬ美しさを、自ら発見することである。そんな単純な所に落着くのだから、何も忙しく観察したり、じろじろ眺めまわす必要は少しもない、ただひと目で事は足りるのである。「踏み切ろうとして踏み切らず」という、その瞬間さえ見逃さなければ。

『無常という事』を読んで

君が歌の清き姿はまんまんとみどり湛ふる海の底の玉　――子規

いつか小林さんが家に遊びにみえた時、たまたま話は陶器の上に及び、「せとものは暗闇の中で触ってもすぐ解る、解る様にならなければウソだ」と、亡くなった白洲の父がしじゅう言っていた、その事をお話しすると、小林さんはわが意を得たりとばかりに、あたかも其処のその手の上にせとものを持ってでもいるかの様な仕草をしながら、「そうなんだ、ほんとうにそうなんだ、せとものはそういう風にして解るものなのだ」と同感して下さった。まるでその触感を今たのしんでいるとでもいった様な口調で。

『無常という事』を読んで私はそんな事を思い出した。いや、思い出したのではない、その本は私にとってまさに「せともの」であったのだ。手に触れるものであった。陶器の鑑賞に、結局は眼を必要としなくなる様に、私はこの本から、「読む」という事の秘密を教えて貰った様な気がする。それは同時に「書く」という事でもあるに違いないのだろうが。

感想はおろか、批評めいた考えなど思いもよらぬこと。文字通り私はのめりこんで読みふけった。のめりこんで読むタチの書物ではない、とある人々は言うかも知れない。小林さん自身でさえ苦笑なさるかも知れない。しかし、ほんとうに陶酔出来るものには、いいとか悪いとか、好きとか嫌いとかいう感情はまじらないのではないか、そんな余地はないのではないかしら。とも角も、そうして私は我を忘れてひとつの物に陶酔する事の幸福を久しぶりに味わう事を得た。折も折、丸岡（明）さんから『無常という事』についての感想をと言って来られたので、私はつい夢心地で引受けてしまった。引受けて、後で後悔した。この本が難しいからではない。それどころか、私には解りすぎる位解った、——とそう言い切る事に私は何の躊躇も感じない。はにかんでみせる必要もみとめない。解りすぎて、そうして私には、何も言う事はないのである。

何も言う事はない。ようするに、

皆あの美しい人形の周りをうろつく事が出来ただけなのだ。あの慎重に工夫された仮面の内側に這入り込む事は出来なかったのだ。世阿弥の「花」は秘められている、確かに。

たしかに、小林さんのこの言葉は、小林さん自身の著書についても言える事なのだ。結局私に解ったのは、よく解ったのは、『無常という事』の中にある、「秘められた美」以外の何物でもない。しかも、そのものは、とっくの昔にこの私が知っていた事なのだ。何も新しい事ではない。が、いったい教わるとか習うとかいうのは、外から来るものではないだろう。いつも自分の中に既にあるものをひきだす、……そのひきだす力にこの本はあふれている。だから、どんなに一字一句喰いこむ様にして読んだところで、一つとして私の知識がふえたわけではない。いくらでも上塗が出来るその様なもの、始めから私は信用しなかった。そうかと云って、「仮面を脱げ、素面を見よ」といった調子の、まるで病人が息苦しいあまりに寝巻の襟をむしりとってはだけてしまうといった様な狂態、現代の露骨な裸の趣味にも、ちっとも興味は持てなかった。有難い事には、この本にはその両方ともなかった。あったものは、魂をそのまま形にした様な言葉。みたものは、きちんと着物を着こんで、おまけにお面までかぶって知らん顔している小林さんという人の、どっしり居据ってテコでも動かないといった様な、不動の人間の姿であった。それはどうにも仕様のない感じがした。何の事はない、『無常という事』は、終始一貫、「つねなるもの」の事しか語ってはいないのである。

「あの慎重に工夫された仮面」、その仮面を、小林さんは世阿弥からひったくって見事自分でかぶってみせた、――それが『無常という事』である。「当麻《たえま》」では、万三郎にかわって能舞台の上で舞ってみせる。そこには、「美しい『花』がある。『花』の美しさという様なものはない」のである。私は「当麻」を読んで、うれしさのあまり、「これはまさにお能の顔をしてるよ」と叫びたくなった。うわっつらを撫でたりさすったりしている様な批評や研究と称するものが多い中に、これは又何という、「美しい花」である事か。しかし、こんな事は言うだけ野暮であるに違いない。

「物数を極めて、工夫を尽して後、花の失せぬところを知るべし」。そんな「花」の事、考えてみるだけ馬鹿馬鹿しい。そこで小林さんは、万三郎など見もしないで、「当麻」の能の事など書きもしないで、自ら能を舞ってしまった。もはや万三郎とも「当麻」とも何の関係もない、それは「花」である。そのお能の「花」だとて、世阿弥もついに「花とて別にはなきものなり」と言って匙をなげた筈だ。いつも。「解釈を拒絶して動じない物だけが美しいのである」。――『無常という事』は、たしかにすき通っている。

不勉強な私は、文学の事などてんで解らない。かろうじて解るのはお能だけである。人生それだけしか知らないと言っていい。そのお能をみる様に、私は本を読む。絵や彫刻をみる。だからすべては独断になるがそれも仕方ない。さいわいこの本は「当麻」においてはじまった。しかし、「当麻」ばかりでなく、西行も実朝も、「無常という事」のなま女房も、兼好法師も、もし世阿弥が舞台の上にのぼせたならば必ず寸分違わぬ「形」を持っていたに相違ない事をおもわせた。だから私にはよくのみこめた。まるでたべる様にして味わう事が出来た。それ程『無常という事』ははっきりして居、同時につかみ所がない、ちょうど夢の様な能のシテがそうである様に。

仮面というものは勿論一種の逆説である。人間という動物の濁った表情をかくしてしまうという、思ったより以上に人工的な存在である。それは「人間」を完全に殺してしまう。己れを虚しくする為の一つの手段であるとさえ言える。いわば仮面を用いる事によって、自ら歴史的人物となる事が可能になるのである。小林さんのいわゆる「仮面」も、そんな所にあるのではないかと思う。

歴史には死人だけしか現れて来ない。従って退っ引きならぬ人間の相しか現れぬし、動じない美しい形しか現れぬ。思い出となればみんな美しく見えるとよく言うが、その意味をみんなが間違えている。僕等が過去を飾り勝ちなのではない。過去の方で僕等に余計な思いをさせないだけなのである。

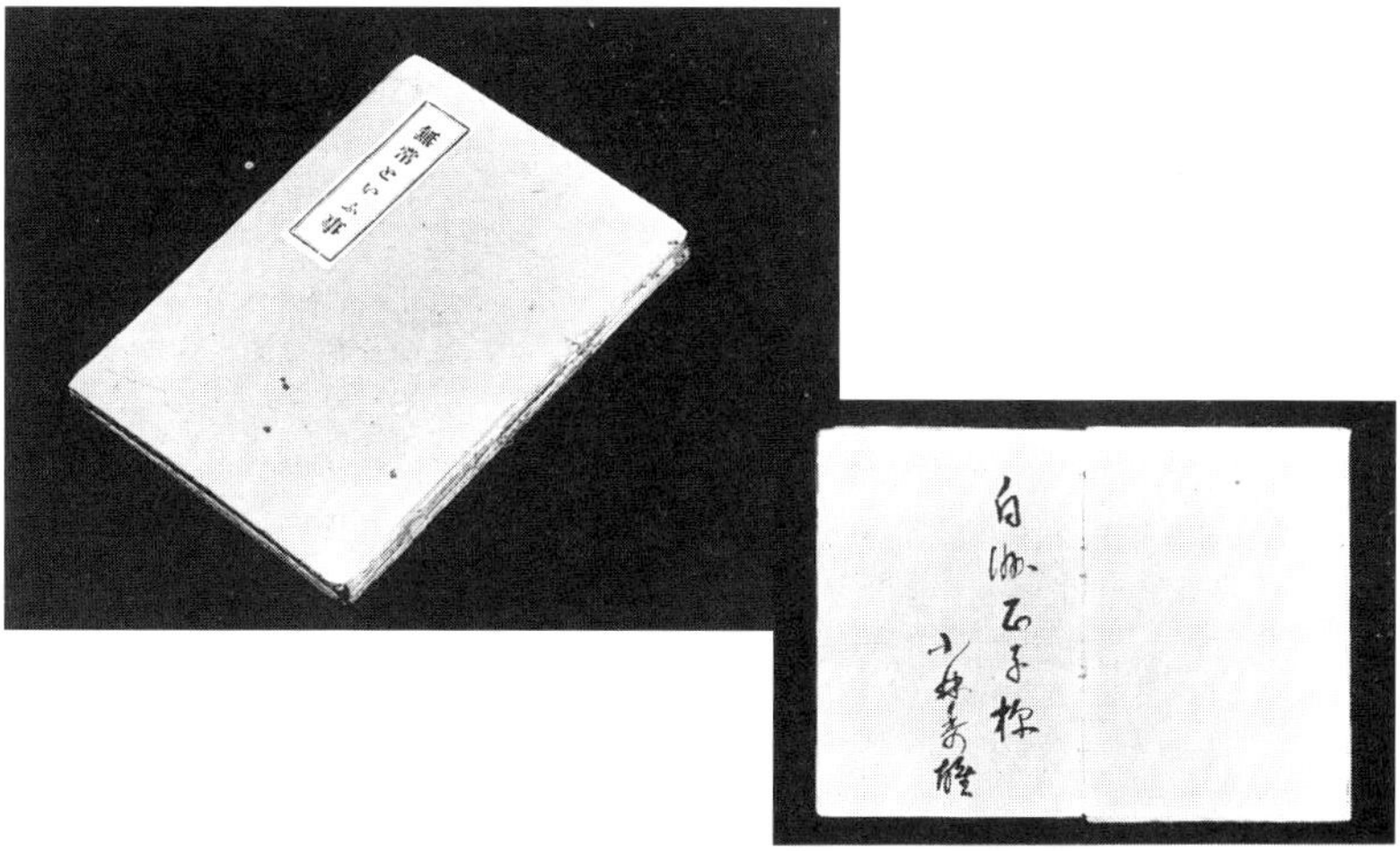

小林秀雄より正子に寄贈された
『無常という事』

小林秀雄と正子　昭和20年代

能面はたしかにそういう目的の為につくられている。小林さんの仮面も、ただの仮面であってはならないのだ。私達に余計なおもいをさせないだけの、最小限度の単純さと、正確さと、わざと鈍刀をもって彫られたかの如き表情を持っていなくてはいけない。そういう面をかぶった『無常という事』は、私にとって一つの歴史であった。文字も作者もその後ろにかくれてしまった。一つのすき通った、私自身の思い出であった。

はじめ私は夢中になって、鉛筆でグイグイ線をひきながら読んで行った。が、そうしているうちに、私にははっきり解った。「言葉」というものの意味が。私は、始めから終まで、全部にアンダラインしないかぎりとても満足のゆきそうのない事をさとった。それ程一字一句もゆるがせにならない文学の言葉というもの。それを前にして、私は、否でも応でもぼんやりした顔で読むわけにはいかなくなった。「音と形との単純な執拗な流れに僕は次第に説得され征服されて行く様に思えた」お能のそれとまったく同じ気持であった。一足にも息をつめ、動きが少くなればなる程苦しくなる。はてはのっぴきならぬ片隅におしつめられた鼠みたように、まったく動きがとれなくなって、そのままの状態で硬直する。陶酔する。が、鼠にとって、動けなくなったその瞬間こそ、生涯で一番はっきりと、目ざめた生きている事を自覚する瞬間ではないだろうか。

私は何度も病気で死にかけたが、生死のさかい目というきわどいひととき程、「生きている」事を感じたことはない。意識は不明で、むしろいい気持だった。が、そんな事は、自他ともに、決してあてになるものではない。私は、何一つミスしなかった。そういう時にあたって、カラブリは不可能なのである。針の落ちる音でも聞えるというその譬《たと》えどおり、どんな遠くの物音でも筒抜けに聞える。どんなに危険な状態にあるかは、お医者の内緒話を待つまでもなく、誰よりもよく心得ている。それでいて、少しも恐ろしくはなく、世の中に恐ろしい物は一つとして無く、文字どおり肉身は仮の姿である事をはっきりと見極める。はっきりと、まるで今起きたばかりの爽かな、さめきった気持をもって。何が。頭でも手足でもない、このわたしというものが。

――そういう危げな形で、私はお能に耽溺《たんでき》する。『無常という事』も、同じ浪の中に私をさらって行った。溺れながら、……溺れながらでなくては、ぼんやりした私には解らないのだ。その浪を乗越えてゆく力を持たぬ事を、私は恥としない、それははるかにこの私よりも美しいものだから。暗闇の陶器の触感。

「肉体の動きに則って観念の動きを修正するがいい、前者の動きは後者の動きより遥かに微妙で深淵だから、彼はそう言っているのだ」。彼とは、言うまでもなく小林さんである。世阿弥でもある。此処には綜合芸術がある。頭と身体の完全な一致。それは非常に見事な彫刻をおもわせた。更に、それには、最近読んだヴァレリィの、『地中海の感興』の一文を、眼前に彷彿とさせるものがある。

それは、地中海をめぐる、海とか太陽とか匂いとか、光とか泳ぎなどから次第に醗酵してゆく、印象から思想への鮮やかな生い立ちの記であるが、『無常という事』には丁度それと同じ美しさがある。それには評論にありがちのあの冷たい、いわば読者をおさえつけて一歩も近よらせないと云った様なひややかな眼を感じられない。もしそれが客観と名づけるものなら私はそんな物は嫌いだ。小林さんの眼は、透明であっても冷たくはない。その鋭い言葉は、歯切れはよくとも、決して人をつきささない。まるで散歩にでも誘う様に知らず知らず何処へか連れてゆく、ただついて行きさえすればそれでいいのだ。たとえば「無常という事」の一篇は、青葉の光にみちみちた初夏のたのしい散歩である。青葉が太陽に光るのやら、石垣の苔のつき工合やらを、小林さんの背後から見ているうちに、いきなりぽっかりと自分自身を、常ならぬこの世の外に見出す。そして、其処に、私達は見る。鎌倉時代、歴史、人間、あるいは又生きて居る事をはっきりと感じる。何でもいい、ただ、押してもついてもどうにもならぬ物にいきなりつきあたる。「平家物語」では、それは、小宰相の涙とともに流れ去った様々の迷いのはてにある「月影」であった。「常に在り、而も彼女の一度も見た事もない様な自然が」この私の目の前に忽然として現れる。お能から、肉体的に私が知ったそのものを、私は、其処に、はっきりとつかむ。

「知は是れ妄覚、不知は是れ無記」。小林さんはその中間に立って、無常を説きつつ、常を語る。おそらく、素晴らしい事を感じる力は誰にでもあるに違いない、この私にすらそれはある。それを、これ程はっきりと「形」に現してみせるものはない。その形が、その言葉という形が、うたがいもない作者の「肉体」であればこそ、愚かな私の目にもすぐそれと知れる。それは又、考えるという事のたのしさを、考えるという事の順序を、非常に親切に、説きあかしてくれるのでもあった。

「梅若の能楽堂で、万三郎の当麻を見た。僕は、星が輝き、雪が消え残った夜道を歩いていた」に始まる「当麻」は、この様な言葉をもって終る。

「僕は、星を見たり雪を見たりして夜道を歩いた。ああ、去年の雪何処にありや、いや、いや、そんな処に落ちこんではいけない。僕は、再び星を眺め、雪を眺めた」。もし、私が一人でおかれたなら、去年の雪何処にありや、何処にありや、そのままずるずるべったり終るおそれが多分にある。それ程たよりない、無常さながらのなま女房であるのだ。それを小林さんは救って下さる。自殺する事から。ついて行きさえすればいい、と言ったのはそんな意味である。安心してついて行けるというその事が、安心して私を本の中に溺れさせる所以でもある。

私は、極く僅かの作家のほか、小説というものをあまり読まない。読まないというよりも嫌いなのだ。と云ったら、叱られるかも知れないけれども。言うまでもなく小説には、「人間」が書いてある筈だ。それが嫌いだというのは、自分が人間として、少々片輪なのではないかしら、と人知れず気にかかる折もあった。もしかすると、あんまり子供の時からお能ばかり見ている中に、私自身幽霊じみてきて、とても此世の人々とつき合う事のかたい身ではないか、などと思ってもみた。殊に、右往左往する人間の、こまかい心理描写とかいうむつかしい物の中には、しばしば、堪えられないという気持がした。そういう事を漠然と、しかし身にしみて感じていたのだが、その気がかりはすべて、この本を読んでゆくうちに綺麗さっぱり消え失せた。私に安心を与えたその鍵は、次の様な言葉の中にあったのである。

生きている人間などというものは、どうにも仕方のない代物だな。……其処へゆくと死んでしまった人間というものは大したものだ。何故、ああはっきりとしっかりとして来るんだろう。まさに人間の形をしているよ。してみると、生きている人間とは、人間になりつつある一種の動物かな。

この本を読んだ人なら、誰でも気がつくに違いない、これは、向うから目の中に飛びこんで来るといった様な、きわ立った言葉である。が、私には、別の意味で有難い言葉ではあった。それは、人間という動物をみつめるのに、何の心配もいらないという安心を与えたから。同時に、自ら鑑賞にも観察にも堪えないままに、あきらめつつも満足して生きてゆけることの……。

勿論小林さんは、「古典へ還れ」とかいう甘い事を実行してみせたわけではない。「古人の跡をもとめず、古人の求めたるところを求めよ」とは、誰か昔の偉い坊さんが言った様に記憶するが、「社会の進歩を黙殺し得る」そういう事をしてみせただけである。相手は誰だって、何だっていいのだ。「当麻」では世阿弥であり、「徒然草」では兼好であった。「物が見えすぎ、物が解り過ぎる辛さ」は兼好の辛さであり、作者の苦しさでもある。いえいえ、こんな事を言うのは止そう。私が言いたかったのはそんな事ではない。この中にひかれた多くの古い言葉、古い歌、それ等がどんなにこの文章の中にとけ入り、まじり合い、殆ど区別のつかないまでに融合しあっている事だろう。それ等は古の物ではなく、借り来《きた》った物でもなく、まったく小林さん自身の、心の奥からほとばしる肺腑の言であるのだ。私はこれ程見事な引用という物を見た事がない。

七百年前に生きていた実朝は、まさしく一人の生きた人間である。暗闇のせとものではない。それにはたとえば、

大海の磯もとゞろによする波われてくだけてさけて散るかも

といった様な複雑さがある。ここでも著者は実朝になっている。いつでもそうである様に、ワキでも見物でもない。シテなのだ。そのシテは、複雑な動作はしてみせはするだろうが、決して

分析に終るわけではない。どこまでも「僕は、実朝という一思想を追い求めているので、何も実朝という物品を観察しているわけではない」という態度でもって、しじゅうたった一つの物しかみつめては居ないのである。話はまことに単純だ。せとものは、手で触れなくても、見ているだけでやっぱり触れているのだ、そういう事を言っているのである。色々の角度から。透明な秋の空が、様々な夕焼の色を映す様に。

西行と実朝は似ていると言う。しかし、その二人だけではない、世阿弥と西行、兼好と実朝、まるで似ても似つかぬ人間がみんな一つの物につながっている。私には、何故この本が『無常という事』と名づけられたか解る様な気がする。どの糸も細い、しかし強靭なハリをもって、作者の心ひとつに集っている。……それにしても批評家というものは、まるで綱渡りの様に、何というあぶない芸当をしてみせるものだろう。主義にかたよるでなく、思想にこだわるでなく、観念的でもなく、心理的にでもなく。人間を評するにしても、その性格でもなく、概念でもなく。よるべなき海人の小舟。何一つ、めでたしめでたしと解決のつくものはない、……今更そんな事に感心する私は、よっぽど間抜けかも知れない。しかし『無常という事』によって、たしかに私は、「紛るる方なく、唯独り在る、幸福並びに不幸を」垣間見た。

心の紛るる方もない荒涼とした焼跡に、この様な物がふと生れ出たのは、奇蹟としか思えない。「動乱のさ中に千載集が成ったという様な事にも別に不思議はない。歌人達は、世のさわぎに面を背けていたわけではない。そんな事が出来た様な生やさしいさわぎではなかったであろう。彼等は、恐らく新しい動乱に、古い無常の美学の証明されるのを見たのである」

『無常という事』は戦争中に書かれた。が、古いものの死と新しいものの生との鮮やかな姿。それは「平家物語」ではない、苔むした無常の思想が、仏教の衣をぬいで新しく生れかわった、その形なのである。戦争の、そして今もなお続いているこのさわぎのさ中に、私達がこの本を手にする事にも、何の不思議もないだろう。が、やっぱり不思議なのだ。千々に砕けつつ、水晶の透明さをもって、万葉の変らぬ美しさを物語っているというのは。『無常という事』は、分裂と混乱のはてに在る。いつの世にも。

小林さんの著書は、この『無常という事』しか読んだ事はない、と言うだけでもどれ程私が不勉強だか解るだろう。著者を知っているとは云え、物覚えの悪い私は、二度や三度会ったばかりでは、おそらく外で出会ってもおみそれするに違いない。にも拘わらず、今は、小林さん程はっきり知っている人はない様にまで思われる。それは、まさに人間の形をしているのだ。本を送って頂いた時も、わざわざ送って下さったその事よりも、私はむしろ、こうした物を書いて下さった事に感謝したい気持で一杯であった。

泥中から咲き出たひと本の美しい蓮の花。何としても私には、ほめるより他の事は出来ないが、ほめたたえるより他すべもない物が、今のこの世の中に在るというだけでも大した事ではないだろうか。それは私にとって、大きな喜びであった。驚きであった。そして、「奇蹟とみえたなら、驚いているに越した事はあるまい」という、その言葉のとおり、私はほんとうに大きな目をして驚いている。ほんとうに、そうする事が一番いいのだ、と信じ切って。

調和

この約一と月の間に、きものについて書くのはこれが三度目である。よほど私はおしゃれにみられているらしい。が、ほんとのところ私は自分に似合った恰好をする以上の望みを持ったことはない。贅沢なものも余計なものも邪魔になるばかりで、少しもほしくはないのである。

似る、といい、合う、といい、似合うというのはやっぱりきものが自分か自分がきものかわからぬ程ぴったり身についた事でなくてはなるまい。きものに着られるのもいやだし、そうかと云ってあまり無視するのは裸でいるのに等しい。動物的でさえある。

草履は靴みたようになり、靴は草履みたようになり、どちらもサンダルとよんで可笑しくはない。それ程東西相よった世の中となりつつある。しかし、いまだに洋服ときもののへだたりは、太平洋ほどもある。日本人の洋服はまだまだどこまでも洋服であって、日本のものではない。十人に一人まで身についてよく似合うと云える人は居ない。という事は、私達が漠然と感じている以上に、いまだにすべては、東は東、西は西なのである。物といい、考えといい、人間といい。……

日本のきものにはいかにも無駄が多い。それも日本人に無駄が多いからか。袖たもと、身丈身幅、染め方織り方縫い方、それからその時々の手間の末に至るまで、材料と時間の無駄を数えあげたら切りはない。しかし、考えれば無駄というものは、人生にとって無くてはならぬものである。更に言えば、世の中に、無駄なものなんてない筈なのだ。

無駄のありあまる日本服から実用的な洋服に着かえた時淋しく感ずるのは、ハンケチでも紙でも財布でも、皆ハンドバックの中におしこまねばならぬ事である。きちんと片附きすぎた部屋の様に、手近な所に何ひとつない、そんな気がする。そんなに余裕がありながら、しかもきものをきちんと着ると、反対に気持の方はしゃんとしてくる。

この夏、私は、洋服がもう無いのと、ひとつにはきちんとした姿で居たい為に、わざわざ日本きもので押通してみた。今年は例年よりも暑かった。という事もそのひとつの理由であった。暑い時は、裸でいても暑いのだ。軽い洋服は、成程着た瞬間は涼しいだろうが、炎天のもとにさらされて了えば同じこと。その上、楽なだけに慾が出て、ちょっと腰かけでもしたらとたんにもう寝そべりたくなって了う。私には、その我慢よりも、始めから覚悟をきめてかかる我慢の方がはるかにしよいのだ。むしろ、暑さを暑殺する意気込で、一糸乱れず、息を殺して、きものに包まれて正座している方がはるかに凌ぎよい。だいたい暑さなどいうどうにも仕様のないものには、積極的に向ってゆかないかぎり、征服できるものではない。その気持だけでも、もはや私には涼しくさえ感じられるのだった。

家へ戻ってからの後始末は大変だった。霧をふいたり、又霧をふいてたたみ、たたんでは又掛け、更にたたみ直すのだ。それでも馴れる中に仕事は早くなって、実際に手をかけている間は五分を出ない。そして、最後に箪笥の中にきちんと入れた時のさっぱりした気持には、だらしなくかけっぱなしの洋服のそれに比べて、はるかにこまやかな愛情と、同時にこの上もない清潔感を感じるのであった。

これは美術についても同じ事が言えるのではないかと思う。金持や茶人が多くの美術品をお蔵にしまっておく風習は、それ自身確かに悪風には違いない。が、あながちその習慣は、死蔵することが目的に始まったものであるとは信じられない。外国の様に、持っているかぎりの物を博物館の様に並べたてたのでは、互いに殺し合い、頭の中は様々の色や形でこんがらかり、ついには美しいものさえ美しくなくなってしまう。博物館においてさえ、純粋な鑑賞というものが行われるかどうかは疑わしい。少くとも、あのガラスばりの内と外では。……

それはとも角。一つずつ丁寧にきよめた後大切にしまう、という所にほんとの茶道はあるのではないかしらん。或は鑑賞の意味といってもいい。道具に対するその愛情が、破れやすい多くの美しい物を古いなまの形に今までとどめたのではあるまいか。又、ちょうど、その「時」にあたってとり出す、というその事も、いわばきものが似合うと同じ様な意味で、時と人、光と物がぴったり合う、水も洩らさぬ美しさが其処に見出せるのではないだろうか。

私は、美しいきものはほしくはない。顔のきれいな人が羨しいとも思わない。ただ、人ときものの完全な調和をのぞむのである。もし、どんなきものを着ても似合ってみえる人、どんな道具でも美しく使いこなせる人が居たならば、それこそ真に美しい人として、この世にあるだけの讃辞をささげて惜しまないだろう。

自分の色

先日湯河原に、安井曾太郎画伯をおたずねした時、先生は、ふかねというかべんがらというか、はでで、しかも深い落ちつきのある、ざぐざぐした紬の羽織を着ていらっしゃった。

色見本を開いてみると、光悦茶という洒落た名前がついているが、どこから出たものか、或いは単なる思いつきとも思われるが、いかにも光悦が好みそうな、暖い、豊かな色あいである。藍の、一見無地とも見える着物の上に、それを無雑作に羽織っていられたが、一杯に日を浴びた冬景色を背景に、ひとしおふさわしくみえて美しかった。外には、だいだいが、枝もたわわにみのっていた。

男の人が、こんなはでな物を身につけるのを、私は生れて初めて見た。常識的には、実にとんでもない色なのだ。しかし、それは決して見る人を、戸迷いもさせなければ、驚かせもしない。それ程、先生にはお似合いだった。その色の裏に、安井曾太郎という人間がべったりはりついた感じで、あきらかに創作の域に達している。そこには芸術家の自由な魂と、そして色彩に対する自信がうかがわれるのだった。

失礼でございますがそのお羽織、とてもよくお似合いで……と云うと、ああ、これですか、古《こ》径《けい》さんにもほめられましてねえ、昔祖父のを貰って着ていたのですが、戦争で焼いてしまって、又ほしくなって同じ色に染めたのです、と少しはにかんでお答えになる。

そう云えば安井さんの絵の中に、私は何度かこの色を見た様におもう。たとえば、ラマ廟。たとえば連雲港の、あの和やかな光を吸った朱の色である。それがそのまま生活の中に渾然ととけこんで、此処南国の風景に見事な調和をみせている。実際その日は、二月というのに、嘘の様に暖く、海はどんな青より青く澄んでいた。

自分の色をみつけるという事は、着物一枚にしろ、思ったほどやさしい事ではなさそうだ。世の中には、ただむしょうに着物の好きな人が、殊に女には多いが、それだけでは単なる浮気にすぎぬ。真に物を愛するということは、そんなにたやすい事ではない。自分の物を見出すこと、自分の物にするという事は、いくら相手が着物でも、そう簡単にはゆきかねる。一生に一つ、ほんとうに似合う物が見つかったら大出来だ、そう私は考えている。

今までに何度も言われたことだが、まったく日本人ほど生活の中に芸術をとり入れた人種は居ない。この柔軟性は、あるいは短所かも知れないと思う（というのは、長所でもあるという事だが）。だから日本古来の芸術には、工芸品との区別がさほど顕著に現れてはいない。光琳の描いた掛物と、光琳のつくった着物の間に、どれ程の差があることだろう。態度と云い価値と云い、殆ど同じものではないだろうか。一つは家を、一つは人間を、美しくよそおう、ただそれだけの謙譲なねがいしかなかった様に思われる。値段の違いがもしあるとすれば、それは買う人が、或いは売る人が、一方を芸術と見、他を生活資料と見るだけの事だ。慶長元禄頃の衣装にしても、あきらかに、後に残す事を意識してつくられている。その点同じ衣類でも、洋服とはぜんぜん目的を異にする。この伝統を失いたくはないものだ。

　昔の人はその様に、美しく暮すすべを心得ていた。物を大切にする事を知っていた。そして自分の物を、自分だけの物として、大事にしまって中々人にも見せようとしない――これはそれ自身、封建的でもなければ、単なる貴族趣味として片付けてしまうわけにもゆかぬ。もっと、はらはらする気持である。現在では、その切ない情は忘れられて、その形骸ばかり、後世の人々によって濫用されたかたちである。中身はさておき、箱及び箱書が物を言う国なんて、世界中どこを探したってありはしない。

　光琳には「美しいものをつくる」それだけが目的であった。展覧会がなかったのは仕合せである。見せる、のじゃなくて、創る、のだ。だから相手は、着物だろうが屏風だろうが、何でも構わない、ただ飢えた様に、ひたすら美を生む事だけを仕事とした。着物ばかりでなく、陶器漆器家具のたぐいに至るまで、およそ職人の仕事と名付けるものにとって、日本ほどの楽園はなかったに違いない。昔はえかきですら、画工とよばれた一介の画師にすぎなかった。現代日本画家のなやみもおそらくそんな所に原因があると思うが、芸術家があまりにも芸術家になった今日、今こそ工芸家が職人としての誇りをとり返すべきではないだろうか。その為には、染物ほど自由で、着物ほど一般的な、よい畠はない様に思われる。今、染色工芸の上に、私達がほしいものは、芸術家ではなく、職人だ。芸術品をこさえようとするから失敗する。いい物をつくれば、おのずからそこに芸術は在るだろう。

「人に異ならむと思ひ好める人は必ず見劣りし……云々」と、紫式部は言っている。人の真似をするばかりでは、むろん進歩は望めぬ。すべての物の上に、新しい、という事は、魅力でもあり、必要でもある。ただし、「人に異ならむ」とする為に、変った物を求めるのは間違いだ。安井さんの羽織はそんな物ではない。

近頃はやりの言葉の一つに、文化国家というものがある。これも変な言葉である。そんな、月の世界みたいないい所が、どこかにあらかじめ存在するわけではなく、又それは文化人専用の場所でもない。もしあるとすれば、ひどく手近な所——一人一人のその日その日の生活の中にあると私は信じて疑わない。自分に忠実である事、自分の仕事に打ちこむ事、それがすなわち文化というものだ。自分の色にしても、着物にしても、同じである。自然にそこに現れる。むしろひと目で解る。一番手近な物だけに、構わぬ人は構わぬなりに、その人間が最もよく現れる「場所」と云えよう。

異色ある人物が、そう都合よくいつも変った格好をしていてくれるとは限らない。が、どことなく違うものである。たしかに違う、と見わける眼。名前や智識の先入観にまどわされぬ眼。私はそれを養いたい。と同時に、そういう眼で真正面から見られても、たじろがぬだけの自分の物を持ちたい。もともとこれは二つのものではない——それだけが私の念願である。

一つの存在

今日も私は河上家へ遊びに行って、てれにてれて帰って来た。誰でもおそらくそうに違いない、それは徹兄《にい》のせいではなく、みんなこっちが悪いのだ。が、どうにも仕方がない。何故なら徹兄はいつもだまって坐ったまま、人が居る事なぞ忘れはてて、丹念にパイプのそうじみたいな事に熱中しているのだから。いきおい人はしゃべらずには居られなくなる。何とかその場をうめる為に、主客は転倒してお客は一切のおとりもちをせざるを得ない。いちいち耳だけは藉《か》していて下さるが、話は終ればそれっきり、だからすぐ次へうつらねばならない。どうせそう長つづきのするいい話ばかりある筈はないのだから、しまいには馬鹿な云わでもの事をしゃべってしまってうんざりする。助け舟なぞあればこそ、浮び上ろうとすればする程自ら窮地におちいるこの一人角力。相手はちっとも動かないのに、こっちは逆立ちでんぐり返し、いろんな芸当をやってみせる猿芝居といった様な結果となる。

それでも人は必ず何かしら得て帰る。それが何、という事は私には言われない。何かしら漠としたもの、それでいてはっきりしたもの。しかしそれもたいした事ではない。「解った……」と云って膝をたたく様な、そういう一時的のわかりではなくて、常住坐臥念頭を離れずといった様な、いわば日常茶飯事的な永久性をもった物だ。それはねちねちねばり強い、たとえば河上徹太郎氏のあの文章に似た物である。何だかぼそぼそ始まる中に、ねったりこねったりするうちにいつの間にか軌道にのっている、人に解らせてしまう、ちょうどそれと同じ工合に、パイプのそうじに余念ない間に、いつしか人に押しつけているあるもの。それはあるいは河上徹太郎の人間と名づけ得る物かも知れない。

多摩川を渡った所に丘というにはあまりに高く、山と呼ぶには低すぎる、いわゆる都築の丘陵と昔から言いならわされて居る万葉時代からうねうねつづく横山の、その一つを中にはさんで、河上さんと私たちの家がある。歩いて約二十分。秋の頃は美しかった。幾重にもたたむ丘の西に大山がある。富士が見える。澄んだ日には日本アルプスの白根らしいのが遠く白く低く光っている。家は一軒もない。ただ見渡すかぎりの紅葉の浪。それもつかの間の一夜の嵐に散りはてて、やがて荒涼とした冬が訪れた。

冬が来たらさぞかし寒かろう、とてもこう度々の山越えはおぼつかない、内心そう思っていたら案に相違。ちょうちょうとひびく斧の音にいやましにとぎすまされて行く山の景色は、あの豊かな黄と紅の美しさにまさるとも劣るものではない事を、河上家への道においていやでも知らないわけにはゆかなかった。

「僕は冬が一番きれいだと思う」

澄み切った、菱田春草の絵の様な、林の中にたたずんで徹兄は言う。決してあたりの景色なぞ眺めたりしないで、つまらなそうにそうつぶやく。それが又ひどくよく似合ってみえる。そうです。ほんとうにそうなんです。春の花も夏のはげしさも秋の紅葉もみんな徹兄の物じゃない。この単調な、この何もない、この長い白い冬。しかしよく見ればいかにもこまかい神経にふるえているあの林、この梢。つめたい風に吹きさらされて立つこの丘、あの高嶺。冬は決して淋しい季節ではない。徹兄も決して淡々とした人ではない。

徹兄の眼は物を眺めたりなぞしない目である。たださえ奥にひっこんだその目は、いつでも内へ向っている様だ。そう云えばほんのちょっとした癖でも、その人をよく物語るものである。徹兄を知るかぎりの人は、彼が両方の指先を、数珠を持つかの如く、いつでも爪繰っているのに気がつくだろう。たとえ火鉢にかざす時でも、よっぱらった時以外その指先が開かれる時はまずないと言っていい。その様に、名実ともあらゆる場合に徹兄は、他を対象に「説法の形」をとる事はしないのである。

そういう彼が古い古い家柄の一人っ子に生れた事も忘れてはならないだろう。いえ、むしろ一番大事な事かも知れない。人は誰でも自分で出来上った様な顔をしているけれど、環境という物にどれ程支配されたか解らないものである。問題はそれをどうこなすかという事にある。生活に支配されるか、又は生活を支配するか。そしてこのことは、いわゆる旧家とか大家とかいう背景がどれ程重荷になるものか、それは世のもろもろの甘やかされた一人っ子達を見れば解る事であるが、徹兄は負けなかった。と云って、一人っ子の垢をふるい落したというのではない。彼ほどその最たるものはない。いわばその弱点をそのまま徹底的につきつめて行き、ついには一人っ子中の一人っ子、たった一人の孤独な人、しこうして自由な人間に自らを育てあげたのではないだろうか。幸福な様で実は不幸なそのハンディキャップも、徹兄にとってはかけがえのない有難い物ではあった。其処から逃れようとせず、家出もせず、当然行けた筈の外国へも行かず、黙々として広い家の暗い部屋の奥の方の隅っこに閉じこもって、たった一人で七転八倒して苦しんだ。すべてはあのモゾモゾした爪繰りの様なものだ。勿論これは私の想像にすぎない。が、おそらくよそ目にはこれ程おとなしく素直な子供はないとまで見えた事だろう。これは今でもそうだ。ちっとも変っていやしない。正に彼は一人っ子の象徴である。お煮しめである。徹兄はそんな、いわば逆説的な人間なのである。

その徹兄に、お酒があるとは何という祝福すべき事だろう。それは当然の成行きだったかも知れないが、もしなかったら、広い家の隅っこの方でだまって死んでしまったかも知れないのである。徹兄にとって酒は酒ではなく、血の様に欠くべからざる液体なのだ。時々崖からおっこちたり、財布をおとしたり、外套をなくしたりして、「今に命をおとす」としゃれた心配をする人もあるけれど、それよりも、むしろない時の場合を考える方がおそろしい。酒なき以前の徹兄は、私は知らないけれど、もしかするとほんとうに可哀相な人だったかも知れない。が、今は「可哀相な徹兄」なんてもの、考えただけで可笑しくなる。

可哀相だの気の毒だのあわれだのいう言葉は、いかなる場合にも徹兄にはぴったり来ない。思い出ずれば三とせの昔、焼け出されてへとへとになって辿りついた時でも、又現在財産税をしこたま払った後の没落の姿にも、そんな形容詞はお世辞にも使えたものではない。へべれけに酔っぱらっても、勝手に一人で帰りやがれ、と言いたくなる。ようするに(いかんせん)徹兄は、立派なのだ。

徹兄にはお弟子が多い。走る者は追わず、来るものはどんな物でもまつわらせて、しかもまだまだ余地があるといった形だ。しかし「徹兄」と呼ぶくらいだから、私はよその人々の様に特に先生とおもって居るわけではない。そうかと云って友達でもない。何にも言ってくれはしないのだから、そうたよりにしているわけでもないのにやっぱり何だか、此処にこう坐ってあっちの方を眺めていると、山の彼方に幸が住むどころじゃない、そんな夢ではないもっと確かなたのもしいかたまりを私は感じる。そうして何やら安心する。だからつまりは、あんなものが、何処かに居てくれればそれでいい、——結局のところ、徹兄については、ただそれだけでほかに何も言う事はないのである。

早春の旅

早春の旅について何か書けというお話ですが、あいにく私にはそんな都合のよい思い出がない。

それでも根が旅行好きのことだから、春浅い賀茂川の流れにのぞむ京都の宿で、こたつに入って湯豆腐をたべた静かな朝があったことや、一つ二つすみれも咲きかうのどかな大和路の景色など、数えあげれば懐しく思われるふしもないではないが、そんな泡の様な思い出など、いちいち取上げる気にもならないのは、「早春の旅」と聞くだけで、それと同じ名前の、志賀直哉さんの小説を思い出してしまうからである。

それは志賀さんの作品の中で、私が一番好きなものの一つで、小説と名づけるのは当らないかも知れないが、誰でも知っている有名なものだから、今さら改まって説明するにも及ぶまい。

そういう強力な「思い出」を持ってしまった以上、今後いくたび旅を重ねようと、結局自分のものは何の印象も残さず、夢の様にはかなく消えてしまうのではないだろうか。そんな気もするし又、一方にはたとえ文章にしないまでも、あの作品が与える旅情を、一度はじっくり味わってみたいなどと思ってもみるのである。

冬の厳しさのとけやらぬ、その清々しさに一抹の暖か味をそえる、たとえばふきのとうにも似たあの作品が、そのまま作者をおもわせるものとしても不思議ではないだろう。

今では旅ヌキの早春でも、私にとってそれは志賀さんを連想させ、志賀さんもきっとその頃がお好きに違いないと思う。どこかでそんなことを書かれた様に記憶するが、……それも私の想像かな？　何れにせよ思い出というものは妙なもので、きまって（実物より）美しいものらしいが、それは多分に自分の創作がまじるからで、人間というものは、そういう風に万事都合よく出来上っているものなのである。

旅、といばって言える程のこともないが、そう言えば熱海に志賀さんをおたずねしたのも、ちょうど一年前の早春のころであった。いつも御無沙汰のお詫びをかねて、安井（曾太郎）さんの所にうかがったついでに御一緒に訪問したのである。東京はまださむざむとした二月はじめのことだったが、さすが熱海は既に春。御門の桜が一杯に咲きみだれ、花に飢えた私の心をまずうれしがらせた。

お庭づたいに入って行くと、背中を丸めて薪を切っていらっしゃる後ろ姿が見える。お客が嫌いと言いながら、お客なしで済まされぬ志賀さんは、私達を見るとすぐ立ち上って、性急な調子で奥さんをおよびになり、お茶よお菓子よと、心のこもった御接待をして下さるのであった。

空と海だけの、あけっぱなしの景色を背景に、天下の作家と画家が並んだ姿はちょっとした見もので、私はお茶よりもおしゃべりよりもその方に気をとられた。それに私はあまり志賀さんをよく存じあげない。それでも何となく長いこと知っているという変な間柄で、先生、と呼ぶほど他人行儀ではなく、おじさま、というほど親しくもなく、だから仕方なしに「志賀さん」と言っているのだが、そういう私を寛がせようとして、きまってこんな話をして下さるのである。

——それは私が生れるずっと前、目白に家があったころ、高等学校の学生だった志賀さんを、親類のものが連れて遊びに行ったというのである。ちょうど私の両親の結婚式のあった後とかで、新婚旅行に出た留守宅で、残りものの御馳走やらお菓子やら、有りったけの物を全部たいらげた。どういうわけでそんな事になったか知らないが、とにかく、「だから私はあんたを生れる二十年も前から知ってるのだ」というオチがつく。

私は今までに、ざっと五度ばかりこの話を聞かされたが、それはひとえに志賀さんの御親切に他ならないのだから、私はその度にうれしいと思ってうかがい、この先も度々そう思って聞くことだろう。

それよりもあの桜は、ほんとうにきれいで羨しいというと、

「いや、あれは寒桜といってね、ほんとうはお正月に咲くのです。今年はいく分遅れたが。僕ァちっとも桜の花は好きじゃないが、熱海へ来て、はじめて、美しいと思った。ここの桜並木は、東京みたいにぐずぐずしないで、一度に気前よくぱっと咲く。力一杯、ぱっと咲く。ねえ安井君、そうじゃありませんか」

「ああ、そうです。力いっぱい……そうです」

ゆるゆるうなずかれるのも安井先生らしかったが、キンキン「力一杯」に力を入れる志賀先生も中々若々しくて頼もしい。寒い東京からいきなり暖い土地に来て、いささかだらけ気味の私の心も、その時ふと早春の気配に目覚める思いがした。

志賀さんは帰りに、『豊年虫』の本を一冊おみやげに下さった。汽車の中で開いてみたら、私の好きな「早春の旅」もちゃんとその中にのっている。読みかえしてみて、桜の花がお嫌いだと言う、その気持も今度ははっきり分る様な気がした。

京の女

この夏私は京都に旅行して珍しい女の人に会いました。もっともそれは私だけがそう思うのかも知れません。けれども私はその人を見て、この暑いのにはるばる京都へ来たかいがあったと思うほどです。と云ってもそれは決して有名な人でも何でもなく、立派な言を吐くわけでもないのですから、ことさら取上げて書くに足る材料もないので、私はただその人にどういう風にして会い、どんな事を話したかをここにしるしてみようと思います。

その女の人の名は、かりにお清さんと呼んでおきましょう。昔、祇園で一世を風靡した事のある有名な芸者で、その後は小さな、しかし飛切り上等の宿屋を経営していましたが、やがてこういう時代に愛想がつきたものか、それとも面倒臭くなったのか、今ではすっかり手をひいて東山八坂の塔のかたわらに静かな生活を送っています。そういう過去のある人ですから、昔はかなり有名で、……と云ってもそこらの大臣や金持ちなどには目もくれず、極く少数の一流のちゃきちゃきの人達の間で持囃されていたのですから、案外知る人は少いのではないかと思います。私も今度がはじめてで。それというのも今までは、話には聞いていても傍にもよれない様な気がしていくらか億劫に思っていましたので、しぜん会う機会もなくてすごしたというわけです。

これだけ書いただけでは、人はここに非常に気のきいた、瀟洒たる京美人を想像するでありましょう。どんなにしゃれた人か、ちょっと会ってみたい気も起ることでしょう。私もそうでした。私も好奇心から、まるで名所でも見物する気で、この有名な女をせめて垣間見たいものだと思っていました。しかし、期待はみごとにはずれました。が、ぜんぜんはずれたというわけではない。成程聞きしにまさる美しさではあり、この上なく粋でもあり、そういう世界に育った人の常として、目から鼻にぬける程気がきいてもいましたが、それはほんのうわべだけの事で、お清さんはその上に、人間として欠くことの出来ぬ何か立派なものを身につけていました。それが私を喜ばせました。

いきなり行ってもちっとも構わない人だから、ぜひ会ってみろとすすめられて、半信半疑祇園の石段下で電車を降り、何かこう出来心とでも云いたい様な自分の気持に苦笑しつつ、遠くにみえる八坂の塔をたよりにぶらぶら歩いて行く頃には日は既に西にかたむいていました。やっぱり京都はいいなあ。——久しぶりにここに来て、昔ながらの紅がらの格子がつづく家並をなつかしく眺めながら、私は東山にそって南へくだって行きます。だがここは確かに若い人の住むところではなさそうだ。こんなに、美しすぎる程完成し、文句のいう余地もないほど落着きすました所にいたら、骨の髄までとろとろとけて、一生ねむりをむさぼって居たくなるに相違ない。と思うかたわら又ここに住んで、静かな生活を送ったらどんなにたのしかろうなどと、開け放しの土間の中をのぞきこんでそんな空想にふけってもみるのでした。

お清さんの家は塔の北側にあってすぐ解りました。思っていたよりずっと平凡な家で、間違いではないかと消えかかった表札を何度も見直したほどです。玄関にはいったとたんに、先ず大きな秋田犬に吠えられました。水をまいたたたきの上に、白い鼻緒の真新しい下駄が一足、古い更紗の日傘が一本、おや、お客様かな、とためらう間もなく奥から中年の女の人が現れました。お清さん。——ひと目でそれと知れる人でした。だが何と切出したものだろう。そんな事は今の今まで考えてみもしなかったのに。……

「お清さん？　あたし、白洲。今晩とめて頂戴」

いきなり口をついて出たのはそんな唐突な言葉でした。が、それ以外に言い様はなかったのですし、それでいいと思ったからです。もし又それで通らぬ時は、どこかよそへ、……たとえば阪神間にある自分の家へおそくとも帰ろうと、とっさの間に心をきめていました。

が、お清さんにはいっこう驚くけしきはなく、まるで当り前の事の様に、まあお上り、と一間の中に招じ入れられました。多分自分の居間でしょう、二間つづきの小さな座敷で、よく片付いてはいるがこれという珍しい物もおいていない、さっぱりした気持のいい部屋です。どこの馬の骨か解らないこの傍若無人な闖入者を見ても、平然として珍しがりもせぬ女主人に、反ってこちらは手持無沙汰の気味で、すぐ馴れて傍へよって来た犬をからかっている間、彼女は台所でつめたい氷水を用意していてくれます。

珍しいと云えば、まったくこの犬ぐらいなものです。我々の家庭ならともかく、大きな犬を座敷に飼うなんて、およそこうした社会の人達とは不釣合に見えます。が、つまりお清さんという人間がそういう人なのかも知れません。

さいわい彼女は私の名前を知っていました。よく知っていた、——そう言いながら、真白な麻の座ぶとんをすすめてくれます。私はその冷たい肌ざわりをたのしみつつ、その上に坐って、というよりも足を投げ出して、挨拶をするかわりに、「もう一杯」と空のコップをつきつけました。お盆を出して受け取るその仕草には芸者らしいなまめかしさはみじんもなく、ただすらりすらりとたとえばお茶の宗匠のお点前の様に自然にたくまず美しいのに、私はうっかりみとれて、「こいつは話せる」ととたんに思いました。もっともそんな工合のいい宗匠なんて見た事もないのですが、もし居たらさもあらんと思っただけのことです。

お清さんは白と黒の立縞のゆかたをひっかけていました。何という事もないふつうのがらですが、それがこれ以上の物はないと見えるまでによく似合います。おまけに袖は筒っぽときています。袖が切れてきたので面倒臭いから切ってしまった、「こんな恰好でごめんやす」とちょいと頭をさげてみせたその人の、京なまりまで書けるといいのですが、どんなにうまく出来た所で、紙の上ではその半分の抑揚も出ないでしょうし、三十分の一のやさしさも現れないにきまってますから、以下私は思いきって自分の言葉でしるしてみますが、実はその方が反ってお清さんの言葉に近いと思われるからでもあります。

お清さんの京都弁は、それは決しておっとりしたやさしさばかりではなく、びっくりする程歯切れがいい。言葉がそうである様に、そのきゃしゃな姿かたちにしても、風にたえぬ風情になよなよとしているのではなく、たとえば昔の話に聞く深川あたりの芸者もかくやと思われるばかりの、まるで江戸前のにぎりの様にきれいさっぱりてきぱきしている、——これは実に意外でした。

しかし、何でも一流のものには必ずそういう凜然とした所があるものです。子供の頃親しく見馴れていた九条武子さんの面影。あの典型的な京美人に、顔立ちこそどことなく似通っていますが、この人には生れから来る気品がないかわりに、武子さんほどの甘さはなく、それだけにもっとはりのある、冴えた音色が感じられます。しかも江戸っ子の様にそれを表看板にしないだけ、なおのこと半鐘みたいないや味がありません。この人の鼻っぱしにはたしかにいぶしがかかっているのです。

お清さんと私はひと目で友達になってしまいました。ひと目で、安心する事が出来たのです。私は足を投げ出し、お清さんは坐りもしないで、と云って立膝するわけでもなく、しゃがんだままでしゃべっています。筒っぽのゆかた姿に、腰からはずれそうに辛うじてまとまっている博多帯。一本の細い帯留が、そこではどんなに大きな役割をしていることか！　そのしどけない恰好がだらしなくみえるどころか胸がすく程涼しくみえます。小村雪岱《せったい》の絵というのは、あんなお尻も背中もない女なんて居るものかと思っていましたのに、それが現に目の前にあるのを見て私は自分のまなこを疑います。こりゃまるで人間ばなれがしている。――初対面にそう思ったのが間違いではなかった事を、その後二、三日つき合ううちに私はいやでも知らされる結果になりました。

お清さんはしゃがんだまま、私は寝ころんだまま泊れとも泊るとも言わないでその夜はおそくまで語りあかしました。それは私をたのしくさせました。むつかしい話一つするわけではなく、ただの世間話だった事がよけいに私を喜ばせました。お清さんの話はたとえばこういったものです。――

「照葉さんという人。あんな仕合せな人居やしません。女と生れて女の出来ることみんなやってのけたのですからねぇ」（ここで彼女は十ばかり例をあげました。一、お妾さん。二、奥さん。三、男をつくった。四、外国に行った。五、本も書いたし歌もよめば俳句もつくる、といった様に)。そして最後にポンと言ってのけました。「もう尼になるより他することあらしまへん！」と。

これが彼女の人生観です。人はどう思うか知れませんが私は面白いと思いました。いつぞやも、Kという我々の友人が東京で亡くなりました。その時お清さんから「カネナイユケヌ」という電報が来て、ずい分面白い人だと思った事がありましたが、彼女に言わせると、その時は実に行きたい気持で一杯だった。が、財布の中には一文もない。借りて借りられぬ金ではないけれども、人の金などで行くのはいやだった。どうしようこうしよう、とつおいつ考えた末、自分の切なる気持を表すには、どうしても事実を言うより他はなかった、――というのです。

彼女は万事その調子でゆきます。すべては直線でもって出来上っているのです。この私にしたところが、……私はこう見えても大変人みしりですから、初対面で形の上はとも角も、心の底までくつろげる事は先ずありません。それがここでは可能でした。ここでは、自分の部屋に居る以上に気楽であり、自分を相手に話す以上に気兼ねをしないで済みました。つまりお清さんの前では、あらゆる虚栄は不必要だったのです。

そういうお清さんは、さぞかし世事に通じている様に見受けられるかも知れません。が、事実はまったく反対です。話しているうちにいつしか私は、「つれづれ草」の中の、新しい物事を「世に事古りたるまで知らぬ人は心にくし」という言葉を思い出していました。それ程彼女は、闇の話やパンパンやアロハシャツからは縁が遠い。いわゆる世間の新しい事にまったく無智である事が、私にはほほえましくなるよりむしろ尊いものに見えました。そうかと云って彼女は、そういうものを一がいに軽蔑しているわけではありません。むしろ興味をもって聞き、時にはすっかり感心しきってさえいます。その感心の仕方が又、よく人がやる様に、さげすみつつびっくりしてみせるのではなく、心の底からほんとうに驚いたり同情したりして聞く所が愉快でした。どんなつまらない話の中にも人の中にも、探そうと思えば真理はあるものです。そのくだらない物の中から、お清さんは的をはずさず物のしんをつかんでは、いちいち胸の中にしまってゆく様でした。今までにも彼女は、多くの人に接する事によってきっとこの様にして学んだものでしょう。芸者という商売は、もしその気さえあれば極めて理想的な人間になれる筈です。まるで小説家ほどに、人間の心を知り、人の世のはかなさを体験せざるを得ない立場にあるのですから。そういう意味では、あらゆる場合に人は、旦那になるよりむしろ仕える側の人になった方がいい様に思われます。人間を見る目を養うということが、すれっからしになる事とどんなに違うか、私は無邪気なお清さんを見ているうちにつくづくそんな事を考えます。そして、昔の禅坊主に似た純真さをそこなう事なくそっとそのままにしておく社会、京都という都が、世にも不思議な所に思われてきます。

翌日私たちは嵯峨の龍安寺へ行きました。はじめ一人で行くつもりのところを、急にお供をすると言って出ぎわに着物を着かえはじめました。藍の上布に白の一重帯。手あたり次第そこらの着物をひっかけたのが又素晴らしくよく見えたのは言うまでもありません。お清さんはその時、非常に美しい翡翠の帯留をしていました。その帯留の玉を真中にまわすのを忘れて、わきの方へやったなり、いつになったら気がつくだろうと思っていましたがとうとう最後までそのままでした。そのいでたちに、白いじかばきをつっかけて、更紗の傘をさしかけてゆく後ろ姿は、古い新しいに拘わらず、正に世界の流行の尖端をゆくものと見えました。東西とわずそんな姿には美しいとか粋だとかいうのを通りこして、人を無視した表情があるものです。それは何を着てもそのまま身につくという、いわば裸のままの人間の自信といった様なものです。「ちょこなんと坐って」とか、「てこんてこん歩いて」というのがお清さんの口癖ですが、まったくそれはそのまま彼女の姿を表します。外へ出るから着物を着る。暑いから傘をさす。白粉はめんどくさいからつけない。といった調子の飄々乎としたこの美人とつれだって町に出た私は、しかしやにわに面食らわざるを得ないハメにおちいりました。

あきらかにこのゲームは私の負けでした。馬鹿なお清さんは、車道の上を牛車の如く歩みます。交通信号なんて何処にあるのか。そんな物はないのです。自転車はぶつからないもの。自動車はよけて通るもの。世の中に何一つこわい物なんてある筈はない、と言わんばかりの手放しのかっこうです。そりゃあそうさ。お供の私がゴーストップで袂をにぎり、知らぬ町では道を聞き、切符を求め煙草を買ってやるのですもの。……そういう風にして、大事な御主人を龍安寺まで運んで来たときには、さすがに疲れてがっかりしてしまいました。だが愉快でした。まさかこれ程の事はあるまい、とたかをくくって居ただけに。

「奥さん、私はほんとに馬鹿なんですよ。こないだも道成寺に行くとき、お連れの人がお寺はどこにあるか知ってるかと言うから、勿論そんな事知る筈はありません、むこうへ行ったら解るでしょ、ということになり、道成寺の駅でおりたところ、名所案内に、道成寺――三十米と書いてある。こりゃ大変だ。三十米もあるのだったらとても歩いて行けやしない。そう思って駅の人に自動車はあるかと聞いたので、一緒に行った人、恥かしくなって逃げ出しちまいました。ほんとにあたしは困りもんですよ」

いつしかお供と化した私が手こずっているのを見て、まるで人ごとの様に、お清さんはなぐさめ顔にそんな事を言います。困った人だね、ほんとにそりゃあ。だけどそんな事なら誰でも知ってるサ。それよりもそれよりも私の気に入ったのは、彼女が自分の「仕様のなさ」を売りものにしない事です。自分はおかしな女である、それでいやなら止せ、といった調子なのですが、そのたくまぬ自然さが、彼女のつくろわぬ美しさと相俟って、私にはまぶしい程に思われるのでした。

やがて私たちは久しぶりで見る龍安寺の石庭の前に立ちました。そこで再び私は奇妙な発見をしました。私達は石庭に対し、お清さんはあきらかにその庭の一部と化している。——たとえば庭をとりまく塀とか、木立とか、そういう自然のものの中にとけこんで居るのです。まるで自分の庭でもあるかの様に、この稀代の芸術作品の前にたじろぎもせぬ彼女の姿は、それはただちょこなんと坐って居るだけなのですが、何物かを見出そうとして、そうしたけち臭い根性であくせくしている私より、（私の様なものより）はるかに泰然自若として見える事に気がつきます。

「この庭についてては偉い人達からずい分色んな事を聞かされますが、私には何も解らしまへん。ここにあればこそですが、どこか道のはたにでもあったなら只の石ですがな」

という彼女には、たしかに私よりこの庭がよく解っているに違いありません。次第に私は、十五個の石をもって作られたこの有名な庭そのものよりも、それを背景にして坐っているお清さん、それから夕日をあびたあたりの梢とか山とか空とかをひとつにまとめた、大きな絵画を眺める事に興味を感じはじめました。そこにはぬきさしならぬある一つの調和が出来上っていました。おそらくこの人が居なかったら、私はもっと鹿爪らしい顔をして、はるかに高尚なおもいにふけったかも知れません。だが世の中の何がいったい「高尚なもの」なのでしょう。この厳しすぎるほど淡々とした庭を相手に、いささかの不調和もなく見事にしっくりはまって見えること。それこそ最も「高尚なこと」ではありますまいか。何を彼女は思っているのか？　おそらく何も思っては居ないに違いない。彼女はそのまま石庭の十六番目の石と化しているのです。

志賀直哉さんは随筆「龍安寺の庭」の中で、簡潔に要点をつかんでこの庭の事を書いて居られます。「庭に一樹一草も使わぬということは如何にも奇抜で思いつきの様であるが、吾々はそれから微塵も奇抜とか思いつきという感じは受けない」――そういう言葉がありますが、それをそのまま人間の上にうつしてみたら、即ちお清というものになります。奇抜な様で平凡なところが。目立たぬまでに洗練されているところが。小さなくせに人を食っているところが。

彼女は堂々とした貴婦人ではありませんが、五十坪のこの庭にひとしい京都の生んだ一代の傑作です。生きた哲学です。しかし石庭をほんとうにアプリシエートする人が少い様に、お清さんのよさも広く世間へ通用するものではありますまい。ある人々は、その中にただ古風なものしかみとめないでしょう。無智な女しか見ないでしょう。が、昔の華やかさにひきかえてしがない女一人の侘住居に、愚痴一つこぼさず送るものを送りむかえるものを迎えて、平然として済まし返っているこの人に私は何かしたたかなものを見ます。それは「叡智」とも名づけたいものです。それは一つの美徳です。けれどもお清さんのこんな態度は、とても他の土地ではゆるされないでしょう。ただ京都のみ、この古い都だけが、この様なものを包容する事が出来るのです。伝統というものはおそろしいものです。はるかに植民地くさい東京では、この様な生活も人間もゆるすだけの雅量はなさそうにみえます。私はこの人を通じて、京都の女ばかりでなく、今では京都という所まで、何かは知らずよく解った様な気がします。

嵯峨からのかえり道、折しも祇園祭のさなかの事とて、京都としては珍しくこんだ電車の中で、お清さんは大事な財布をぬすまれました。降りてから気がついて戻ってみたのですが、もう何処にもある筈はありません。気の毒に思って私も、一緒に探してまわりましたが、心の底をわって言えば、これはあまりにも当然すぎる出来事でありました。ありそうな事がおきると、人は時に可笑しくてたまらなくなるものです。あんまりピッタリということは、事のよしあしに拘わらず、何かしら愉快にさえなるものです。彼女のこの災難はいかにも気の毒と思いましたものの、同時に私は殆ど笑い出したくなる気持をおさえる事が出来ませんでした。

かえる道々お清さんは、「おそろしい世の中になった」という意味の事をぶつくさつぶやいていました。が、いくら自分にそう言って聞かせてもむろん真に迫りはしませんでした。

人工天国の倦怠

紐育《ニューヨーク》をたったのは、朝だった。

汽車は、坦々とした大陸の平野を北へ向って進んで行く。目ざす先は、ニューハムプシャー州の北部、ホワイトマウンテンの高原地帯、そのあたりには大小さまざまの湖水が散在する。その一つ、レーク・タールトンのほとりに、私の行くキャムプはあるのだった。

キャムプといっても、日本の天幕生活を憶い出して頂きたくはない。これはむしろ夏期学校というべき、設備万端、雨天体操場から食堂から独木舟《まるき》に至るまで、すべてお膳立がととのっているという、天幕をかついで山また山をさまよい歩く、日本のそれとは似てもつかぬものなのである。

たとえば近頃「ライフ」の広告などで見る、目のさめる様なタイルばりの台所。ちょっと手をのばせば、何から何まで用が足せるという、あれがアメリカ文化の縮図であるが、キャムプと名付ける山の生活もその例を洩れぬ。日本のはそれに比べたら、はるかに原始的であるとともに、また、はるかに玄人向であるといえよう。

紐育の七月は、息がつまるほど暑い。それも北へ行くにしたがって楽になり、次第に高原の涼しさが何処からともなくしのびよる。夕方近く、駅ともいえぬ荒涼とした原っぱの真中に降ろされる頃には、もう外套を着る程うすら寒かった。出迎えのキャムプのバスに乗って、なお一時間あまり、更に山をのぼって行くと、とつ然視野が開けて、鏡のような湖水が浮びあがる。

五十あまり、雑木林の中に真白い天幕が並んでいる。天幕といっても、十畳敷ばかりのがっしりした造りつけの床の上に、二重にはりめぐらしてあるのだから、とても一人や二人で持運べるしろ物ではない。その中に四人、そのうち一人は先生兼監督で、四隅にベッドを据えて、楽々寝るというのだから、キャムプとは名ばかりの、人工的原始生活ではある。それでも自然は何にもお構いなく美しい。

朝は六時に起床ラッパが鳴りひびく、われさきにと海水着をまとって水辺に駈けおりる。寒い、寒い。まださめ切れぬ水のおもては、もやもやと夢をただよわせて煙っている。ドブン――とたんに、千古の静けさが打破られる。身を切られる冷たさだ。夢を破る快感が、足の先からツウーッと頭へとおりぬける。

昼までは、工作である。といっても、働かされるわけではない。仕事場でおもいおもいの、皮細工やら書とりやら、絵を描くもよし、土をひねるもよし。材料に事は欠かぬ。だがここでは、芸術よりも気楽なクラッフ（手仕事）の方がいつも歓迎されるようである。

午前、午後を通じて、場所がら水にはのべつに飛び込む。カヌーも漕げば、ダイヴィングもやる、その他乗馬、テニス、ゴルフ、バスケット・ボール、何でも御座れ。夜は夜でキャムプ・ファイアのもと、マーシメロウを焼きながら、キャムプ・ソングの数々を歌う。物思いのない生活であった。

或はカヌーで、或は徒歩で、一週間がかりのハイキングに出る事もある。行く先々には、丁度いい距離に、工合よくとまる家があり、つねに清潔なシーツと、焼きたてのパンが用意されている。このあたりには同じようなキャムプが、何百となくある事とて、ヒュッテというよりも少しましな素人宿《イン》が多く、わざわざ大げさなホテルに泊る必要もなく、反対に野宿の不便をしのぶ事もないという仕組みになっている。

　こうして書いてみると、今更のようにいかに完備された生活であったかに思いあたる。その当時、私はまだ十五の少女にすぎなかったから、来る物を受取る事しか知らなかったが、今から思えば、この完全な人工天国に、どうやら無意識の中に、倦怠をおぼえ始めていたのらしい。色々な悪戯をやった。何か文句がつけたかった。が、何も言う事はない。いらいらした。むろん子供の事だから、理由は解らず、ただ本能の命ずるままに、他愛ないわるさにふけったり、小さな反抗を試みたりしたにすぎないが。

　たしかに、それは、たのしい日々であった。しかしいかにたのしくとも、つくられた生活は、やがては飽きが来るにきまっている。私は長い間、物を生む事の苦痛も、物を工夫する事の苦労も知らなかった。またその喜びも知らなかった。

　物を考えるひまも与えず、倦怠を味うには忙しすぎる。欠けるところのない設備と、行き届いた注意のもとに、無駄と無為をこの世の中から完全に抹殺する、それがアメリカの教育というものか。女学校の寄宿舎でも、その点少しの変りもなかった。何もかも手の届く所にあった。申し分のない生活に不満を感じること。それはあまりに贅沢な、身の程知らぬ言い分であろうか。私はそうは思わない。いや、もっともっと贅沢なねがいであるのかも知れない。

私は一人ぼっちだった。十四から十八の夏まで、親と国を離れて異郷の空に、ホームシックすら味わず、味う機会もなくて過した。四年の後、私は、日本を出た時の、世間見ずのお嬢様のまで帰国した。時間の浪費を厭うがあまり、私はもっと大切な、何かしらもっと貴重な、たとえば、自分自身の内にある「時」をいたずらにした様な気がしてならない。ふた昔経た今日、何故私はアメリカに行ったか、と自ら問うとき、まったく何の答えも得られないのである。たのしい筈の生活を書くつもりで、——むろんたのしいには違いないのだが、私はもはや十五ではない。単なる安楽な生活や、楽天主義に満足するには、あまりに年をとりすぎた。今は、失われた「時」を取返すに忙しい。少女時代は、実は私にとって、限りなく口惜しい思い出なのである。

〝日本の絹〟の美しさ

高松宮妃殿下のお骨折で「絹の道会」が成立したのは既に新聞で報告済みですが、だれがつけたかこの名前は極めて象徴的に思われます。絹は衣《きぬ》に通ずるとおり、我々日本人にとって太古から生活に密着した長い一筋の流であるとともに、織物の技術からいってもそれは音楽の流れにも似た一つの道なのです。

会のはじめての試みとして、先日ファッション・ショウが行われたとき、最も人気があったのは古代裂《きれ》で、その中でたとえば「太子間道《かんどう》」と呼ばれる織物は、むらむらした山がたのかすりですが、これは推古時代にパンジャブ地方から渡った技法だということです。「糸」というあのぐにゃぐにゃした自由なものを、ハタにかけると自然に生きもののように曲りくねる、その動きを殺すことなくそのまま織りだした、いわば「偶然」な糸の道を「必然」の形に織りなしたのがこの模様だと聞いています。投げだされた糸のタバが糸の性質のままで生かされるのです――そういうふうに考えると、まことに人間的で面白いものです。作者は、京都の龍村氏ですが、彼の想像力もまた絹糸のように柔軟で、伝来の織物から離れてあらゆる方向へ走って行きます。

たとえば獅噛《しかみ》は織物ではなく漢の銅器からとったものです。これはギリシャにもあり、日本の能面にも残っている鬼の顔を図案化したもので、黒地に金のいかめしい模様は近代的な鋭さを持っています。東と西を結びつけるのが龍村氏の理想らしいですが「ネクタイ」とか「ツメ」とか「並木道」とかそういうモダンな物をねらった図案より、かえって古いところに目をすえたものの方が成功しているのはやはり古い形がしっかりしているからでしょう。

「慶州龍鳳」は朝鮮で発掘された金の冠に想を得たもので豊かな金の流れが豪華な唐の音楽をかなでるかと思えば「鳥だすき」と称する正倉院模様は粋なパリジェンヌのように軽快です。龍村氏は日本の美しい紙も忘れてはいません。「歌集唐草」は有名な石山切《いしやまぎれ》という歌集の絵ですが原物は紙の上にキラ（雲母）刷りであるのを、ここではうすい紗の透し紋で同じ紙でも「菊もみ」の方は厚地に銀で紙のシワを織りだした。――といった具合に「夢を織る」という形容にふさわしく、龍村氏の貪婪な眼はあらゆる物質の中に織物の可能性を見出すのです。彼の一生こそ「絹の道」と呼ばれるものでしょう。この言葉の意味をほんとうに理解するのは彼一人かも知れません。――私は美しいモデルが無心に歩くのをながめながらそんなことを考えました。

小林秀雄

「小林さんの人物評論頼まれたから、せめてお顔でもと思って見に来たの」「フーン、そうかい、へーえ」面白くもおかしくもなく、さりとててれるわけでもなく、小林さんはテーブルの上に置かれた漢の陶器にみとれていらっしゃる。……とりつく島もない。

所は日本橋のさる有名な美術商。相手は私ではなく、見事な漢の緑釉の家。こうした風景は小林さんを知る人にとって珍しいものではない。何を言おうと上の空「ねえ小林サン」とサンに力をこめてみても、一瞬夢から呼返されたといった工合に、ちょっと振向いては下さるが、また視線は憑かれたように元に戻ってゆく。

骨董漁りにも色々ある。単に、美術品を「物」として投資のため虚栄のため所有慾のため買うのはまだ罪が浅い。学術的研究のために、集めるのすら無邪気に見える。また次から次へ漁色家のように美をあさるいい御身分の人々は、文士の中にさえ居るらしいが、小林さんのそれは同じ骨董漁りでももっと劫の深いもので、その点玄人（骨董屋の）めいてみえる。したがって真剣でもあるという事は、苦しく辛くかつ危険とさえ云える。

新著『真贋』の中で「近頃は書画骨董に対して、先ず大体のところ平常心を失う様な事はない」と言っていられるが、どうしてどうして、私の目に映った所では、昔のように喰いつくような見かたはされぬが、何もかも投出しての打込みかたは、ただ外面がほんの少しおとなしくなっただけの事で、内容は少しも変るものではない、まるで女にぞっこんほれこむような、そういう心の状態である。もっともそれが「平常」になってしまえば、ふつうになるのも当然ではあろうが。生きる為に骨董を売買する美術商はむろん命がけである。それにはあそびは少しもない。真か贋か、イエスかノウか、その二つだけである。小林さんは商売人でないから、どっちだっていいわけだが、もしどっちでもいい様な物なら、はじめから骨董などに手は出されなかったのであろう。出した以上は真剣であること、そこらの商売人の比ではない。書くための材料にするという意味ではない——自分の眼を、文学者として一番大切な、物を正確に見る眼を、育てるための手段として、これを選ばれたにすぎぬ。骨董は小林さんにとって、小林さんという人間の目もりであり、自分の姿の鏡でもある。生きるために必要な試煉と云っても過言ではないだろう。

私はわきでそんな事を考えていた。それにしても小林さんにお会いしたら、せめて名文句の一つや二つ聞けようかと、材料あさりに来た私が、この人間の前に、どんなにけちくさく見えたことか。

その陶器、しかも言語道断に高価な物を、極めてあっさり買いとって店を出て行かれる小林さんの後姿は、外套も帽子もぼろぼろで、そこらをざらに歩いている安月給取りと少しも変るものではなかった。

お嬢様気質――私の学校友達華頂夫人について

斜陽族は離婚がお好き

最近何日かにわたって新聞を賑わした記事の一つに、華頂元侯爵夫妻の離婚という事件がありました。

とりたてて珍しい問題というのではありませんけれども、戦後ひんぱんに起った斜陽族の離婚の中でも、これは元宮様というだけに、ニュースヴァリューがあったものと見えます。しかし私にとっては単にそれだけの理由ではなく、もっと心をつくものがありました。何故なら、華頂夫人と私は、学校時代同級生で、しかもかなり親しくつき合って頂いていたからです。

もっともそれは昔の話で、この頃ではたまにクラス会などでお目にかかるくらいでしたから、最近どの様な生活をしていられたか、くわしく知る由もないのですが、その御性格を知りぬいているだけに、今度の事は意外であるばかりでなく、「斜陽族は離婚がお好き」とどこかにも書かれた様に、実際私たち学習院の同窓生の中に、大した理由もなしにやたらに別れ話が多いというのは、長年生活をともにした者にとって、単なる風潮として見逃すわけには行かないものがあります。

と云っても、私は道徳的に批判するというのではありません。一つの現象としてとりあげるのではなく、もっと原因をつきとめてみたいのです。結局それは「世間見ずのお嬢さまだから」の一語につきますが、そんな事は理由にも言いわけにもならないと思います。「お嬢さま」だから許されるのも、許さぬというのも、ともにおかしな話で、生れとか育ちというものはどうにもならぬものですから、お嬢様はお嬢様なりに、何故「女」であってはいけないのか、何故一人の「人間」として扱って貰えないのか。……それがいつも「お嬢さま」のひと言であっさり片付けられてしまうのは、やはり私達の至らなさであると思えば、怨みの持って行き場に困ります。

ドストエフスキイもバルザックも、貴族やその令嬢達を見事に描いてみせましたが、一つとして日本のお嬢様みたいなものはありません。みなそれなりに、一人の人間として立派です。美しくて、我儘で、向う見ずで、自尊心が強くて、お嬢様の資格は充分備えていながら、しかも完全に一本立ちの人間であるがゆえに立派なのです。それを全部作者の偉さに帰するわけに行かない証拠には、日本の小説家は一つとして、ほんとうの貴族を書いては居りません。彼等は現実のモデルなんか必要としなかったでありましょうが、そういう人間が存在せぬかぎり、小説が出来上る筈はないのです。谷崎さんの『細雪』が、私のいう上流階級を書いていないのはいうまでもありませんが、斜陽族の名の生みの親である所の、太宰さんの小説さえ、芸術的にはいいものでありましょうが、私達の知る貴族とは似ても似つかぬ世界のことです。

してみると日本の貴族の女性は、まだ小説の材料にさえなれない、それ程幽霊じみた存在なのでしょうか。王朝時代には確かに生きていましたけれど、長いこと深窓の奥に仮死の状態でねむっていた。それが今度の戦争でいきなり外に投げだされた。死んでしまったのもあるし目のさめたのも居る。華頂夫人は、正にその象徴と見ることが出来るかと思います。

世間知らずの「華様」

華様、と私たちはこの閑院宮の姫君をお呼びしていました。秩父宮の妃殿下の、当時の勢津子さんと私は、よくお休みなどにお招きを受けました。その後私はアメリカに行き、すぐ又妃殿下も大使の令嬢として渡米されたので、それが御縁で私達の仲はつづきましたが、華様とは次第に何という事もなく疎遠になってしまいました。

いくら宮様でも子供は子供です。私達はごくふつうの子供なみに無邪気に遊んだものですが、一つや二つ、その頃の生々しい記憶があってもいいと思うのに、今思い出してみるとそれがありません。面白くもおかしくもない。――しいて言えばそれだけで、御殿の模様や華様のお召しの柄などが鮮明に思い出されるわりには、懐しいとも楽しいとも、口惜しいとも悲しいとも、まして喧嘩や口論の場面など、一つとして印象に残らないのは、それが子供時代の事であってみれば尚更のこと、不思議な事に思われます。

たぶんそんな風だったので、長続きしなかったものと見えます。子供なりに、私にも遠慮がありました。学校ではむろん特別扱いで、あまり小さな頃はそれがはっきり呑みこめませんでしたが、ただ、「宮様だから仕様がない」と、何が何だか解らないなりに、何につけそんな風に思いこみ、教えこまれてもいたのです。したがって、遊びにも身が入らなかったのは当然で、いつでも「お相手」であり、「お付合い」である以上、自他ともに面白い筈がありません。それは丁度、私たちが「華族だから仕方がない」と世間の人に思われていたのと同じことです。

華様はそういう雰囲気の中でお育ちになったのです。御夫君の華頂氏にしても同様でしょう。それは人間として、何という不幸な、哀れむべき境遇でありましょうか。私達にはまだしも、少しは外の空気に触れる機会が恵まれていましたが、宮様にとっては、いくら広くても御殿の中と、自動車と、学校。それが生活の全部だったのです。それだけに、広い世間へのあこがれも強く、殊にこういう時代になってみれば、「世間知らず」という事に、人より以上のひけ目もお感じになることでしょう。まったく「人並」になりたいばかりに、華様はこの様な行動に出られた。私にはそうより他思えません。

私には意外な「性格の相違」

新聞は最初に、大きな見出しでこのお二人の唐突な離婚を報じましたが、文面が長いわりに理由はひどく簡単でした。

「自分達が別れるのは、よく考えた上の事で、理由は二人の性格の相違による。華子は社交好きなはでな女、自分は学究的な地味な性格で、こんな正反対の夫婦はお互いに不幸になるばかりとさとったからである、云々」と、華頂氏の談話は、大体そういった様な意味でした。

誰が読んでもこれだけでは、「性格が違う」というだけで、二十年もの結婚生活が、しかもお子さんまであるというのに、そう簡単に破れるものだろうか、といぶかしく思う筈です。が、知人の私がもっと変に思ったのは、性格が違うどころか、世の中にこれ程お似合いの夫婦は又とない、と思いこんでいたからです。

ついこの春でしたか、まだうすら寒い頃、華頂家でクラス会がありました。めずらしく私も出席したのですが、その日は何でも鶏のひよこが孵《かえ》る日に当るとかで、華様は大変お忙しそうでした。あとで問題になったダンス場で、私達の集りはあったのですが、そこへもあまり顔を出されず、鶏の世話で手一杯という御様子で、私達は忘れられた形でしたが、それも結構。お客も忘れる程家事に御熱心なのは何よりと、私達はほんの少し皮肉をまじえた笑顔で「相変らず幸福らしいわね」と話しあったことでした。

それは、幸福とまで行かずとも、極めて仕合せな一生を約束された御生活ぶりに見えました。華頂さんと華様。このお二人はダンスがお好きで、よく一緒に踊っていられるのを見て、心ない私達は同じ様な皮肉な笑をうかべたものです。何が面白いのかと思われる程、お二人とも大真面目な顔で、一二三、一二三と、まるでつまらなそうに踊っていらっしゃる。朝から晩まで、一二三。それはそのままこのお二人の夫婦生活を表している様に見えました。よく云えば御品がよくておしとやか、悪く云えば、味もそっけもない、つまらない方達。そう思っていましたし、それは間違いではなかったと思います。

そこへ突然このニュース。驚くのも無理はありません。しかも理由が「性格の相違」となっては、いかにも他人の生活は外からでは解らない、と思わないわけには行きません。外から見れば似たもの夫婦でも、当人にとってはまるで正反対という場合はよくあるものです。また十人十色というからは、いくら同じ様でも、みんな違う筈ですし、なまじっか似ている為に、反って衝突する場合もあります。

華頂さんは「性格の相違」をタテにとっていらっしゃるが、かりにそれが事実としても、そんな事が今頃初めて解るというのは、いくら宮様でも少しおかしい。いつのまに華頂さんはダンスがお嫌いになったのだろう。それにしても、家事が嫌いで、社交好きといわれる夫人が、お客を捨ておいてまで鶏の世話をなさるとは……。

幸福につけこむ柔面の鬼

はたして、数日を経て次の様な記事がのりました。今度は華様のお兄君の、閑院春仁氏の手記です。

「この頃の離婚は皆幸福を求めてのことに違いないが、結果として反対の場合が多い……現在の世評はとかく離婚を讃美するが、自分は離婚とはそんな美しいものではなく、もっともっと醜い、冷厳な、しかして不幸なものであると思う……これまで純真であり、幸福であった者ほどその逆転は大きい。そこにつけこむ〝柔面の鬼〟は多い」

要約すると以上の様な意味で、それには妹君を思われる一途な真情と、それから社会に対する正義感があふれており、文章としても簡潔でにごりがありません。それだけに、一見冷静そのもののこの手記の中に、ひと方ならぬ憤りが感じられます。世間へ対する……いや、「柔面の鬼」に向って、この一文がなされたに違いないことは一目瞭然でありました。

手記につづいて新聞は半面をさき、ことの真相をあかるみにさらそうと試みています。ここに初めて華様の相手として、Tという人物が登場しました。真相は私にとって興味がないので省略しますが、このT氏というのもつい先頃まで私より一級下の人の御主人であった為、ぜんぜん知らないというわけではなく、それが又私を驚かせたのですが、離婚の真の原因ともいうべき、その愛人の言というものには、ほとほとあきれるばかりでした。「私には責任はない。華子夫人に愛情はあった。しかし結婚するという前提でおつきあいしたわけではなく、おそらく華子夫人も同じ気持だろうと思う。華子夫人から、将来どうしたらよかろうと相談があったが、マアよくお考えになったらどうですか」と申上げたとか。かりにも「愛情」があるという人が、「マアよくお考えになったら……」などと、まるで赤の他人の様な口がきけるものだろうか。閑院氏がお怒りになるのは当然です。華様も、どんなにか落胆なさったことでしょう。

それにひきかえ、この手記につづいて翌日（?）の新聞に出た、華頂氏の態度には、いかにも静かな思いやりが流れ、失礼ながら思ったよりよほど理解のある、立派なものにみえました。何もかもぶちまけて、世の批判に問う、という謙譲なお気持は、ただのつまらない人だと思っていたのが、恥かしくなります。

どうして二十年間もつれそいながら、華様にはそれがお解りにならなかったのでしょうか。成程華頂氏は、華様が望まれる様に「情熱的」でもなければ、特に面白い方でもなさそうです。が、夫婦というものは、二十年も三十年も同じ顔をつきあわせるのであってみれば、どのみちそう面白い筈はありません。ふつうの男の人に女が中々理解できぬ様に、男の中には、女の知らぬいろいろのおもいが秘められているものですが、こんな事になる前に、何故おとなしい御主人の胸のうちを、もっと奥深くさぐってみようとなさらなかったか、私はそれが残念でなりません。

無意識の中の不安は?

ある週刊雑誌に、華様は御自分の心境を語っていられます。

「……女心というものは微妙なものでして、余り冷静な態度で扱われますと、ほんとうに悲しくなりますのね。なにを考えていらっしゃるのと、胸をつかんで叩いてみたい様な衝動にかられることさえございます。ことに私の様な情熱的な女は、あまり静かすぎる眼でみつめていられるとたまらなくなります」と。

華様だけではありません。女に生れてこの様なおもいを味わわなかったものは一人もないでしょう。そういう点で昔の女は、無智ではあったか知れませんが、一種のあきらめを持ち、男の心は解らないものときめて、それ以上を望みませんでした。そしてもっと幸福でした。いつも、多くを望む所に、不幸は生れて来るものの様です。

ところで華様は御自分のことを、「情熱的な女」と仰しゃいますけれど、私は、あなたを情熱的であるとは一度も思ったことがございません。いつもおだやかで、いつも一糸乱れぬ華様は、むろん人は外観だけで解るものではありませんけれども、御自分ではそう思いこんで居られても、少くとも私達の考える情熱的な女性でないことは、三十年のおつき合いで誰しも承知していることです。「胸を叩いてみたい」のは、他ならぬあなたの事で、もしかするとそういう御自分の姿を、はからずも御主人の中にごらんになったのではないでしょうか。私にはそんな風に思われます。

――華様は無意識の中に自分自身に不満を感じられた。が、自分ではそれが何処から来るものかお解りにならない。どこかに足りないものがある、何かしら世の中にはもっともっと知らねばならぬ事があるらしい……その結果が××婦人会への熱心なお仕事となった様です。かたわらダンスという都合のよいものもありました。ついでの事に申しますと、華頂氏も閑院氏も御自分も、天性社交好きと考えていられる様ですが、これも又宮様の範囲内のことで、世間なみの所謂《いわゆる》社交家というのとはわけが違います。私なんぞと比べても、華様ははるかに家庭的な婦人で、むしろ社交的手腕などまったく持合せない、宮様にふさわしいいい奥様なのです。人の見た自分と、自分の考えるものとはこうも違うのか、と思えば全く人ごとではない心地がします。

華様はある一つの理想を夢みて、ただそれだけの為に、つとめて「社交的」になられたのではないでしょうか。愛人もその一つです。この場合、婦人会とダンスと愛人は、まったく同じものであった様に思われます。すなわちもっと自由な、もっと美しい生活へのあこがれ。その気持には少しの偽りもなく悪気もなく、だから華様は依然として純真そのものです。その点過失を犯そうと失敗しようと、卑下なさる必要はいささかもないと信じます。

ボヴァリイ夫人の生きうつし

私はこのお友達の上に思いを及ぼしながら「ボヴァリイ夫人」に何とよく似ていることか、と実は今感心しているところなのです。

むろん華様は、何人も男から男へはしったわけではなく、自殺なさる必要もないのですが（これは後で書きます）、平凡な生活に倦怠をおぼえた事、お人好しの夫に幻滅を感じた事、世間見ずな事、悪気のない我儘など、一応もっともらしい事はおっしゃるが「一度も喧嘩した事がない」ことに不満を持たれるなんて何という罪のない文句でありましょう。そういう風な無邪気さも、夢の様な理想にあこがれることも、それがうまく行かないことも、すべてエンマ・ボヴァリイに生きうつしです。

片田舎の都会における、何もかも平凡な一事件……今正に日本はそういう時代に直面しているのでしょうか。それともこれは没落階級に限るのでしょうか。何れにしろ華様ばかりでなく、他にもいくたのエンマを私のまわりに数える事が出来ます。彼等は皆、そして華様も決して馬鹿ではありません。しかし、エンマも馬鹿ではありませんでした。教養も趣味も感受性も、すべて人並以上にあったのです。それにも拘わらず、何か一つダンゼン欠けた所がある。それを真の情熱というか、聡明さというか、創造力というか、私は知りません。が、その何れにも相当する、何か物をつくりあげて行く、その原動力ともいうべきものです。

「結婚というものは為されたものでは決してなく、毎朝やり直さなければならないものである」。アランを語る文章の中でアンドレ・モロアは言っています。まことにそうしたものです。この努力を怠るところに、なべて「生活」と名づけるものはありますまい。しかし妻がそう思っても夫が協力しないことには――と華様はおっしゃるかも知れません。が、何か一つの物をつくりあげる情熱とか、創造力とかいうものは、いつもひと方ならぬ忍耐をしいるものです。「毎朝やり直す」のは、人の事じゃなく、自分がです。協力とは、人に待つのではなく、先ず何はともあれ自分がやってみて初めて成立つものではないでしょうか。ことに華頂氏夫妻の場合は、離縁することによって、せめて一人が幸福になるならまだしものこと、両方とも不幸になられるのではないかと心配します。お二人とも十二分に研究したと言われますが、何かしらそこには積極的な努力が足りない様に思うのは私だけでありましょうか。この場合、必要なのは何事でもやってみる、「実行力」ではなかったでしょうか。

どちらが冷たい人間？

夫に愛想をつかしたエンマは、次々と愛人を求め、その為にとめどなく転々として、ついに自殺するはめにおちいりました。幸い華様は――というのは変な言い方ですが、俗な言葉で云えば、現場を押えられて、いきおい離縁せざるを得なくなり、その上愛人には振られた為、エンマのとめどなさにひきかえて、これではいやでも一応ピリオドを打たれたかたちです。この打撃はおそらく他人の想像をゆるさぬもので、御察しするにあまりありますが、華様にとっては、却ってお仕合せだったのではないかと秘かに私は思いたくなります。

もしT氏と結婚なさっても、あんな風な態度では、必ず理想通りに行かないことは見えすいています。もしそんな場合は、前にもまして不満をお感じになることでしょう。この度お受けになった痛手は、実に得がたいものです。この経験を、単なる経験として済ませずに、ここで生れかわって頂きたい。ほんとうの「女」になって頂きたい。私は衷心からこの復活を望んで止みません。

華頂氏は、思いもかけず深夜のダンス場で、あられもないシーンに直面して、激怒のあまり我を忘れて相手の男を（指をけがなさる程）、さんざんになぐりつけたということです。これは、何の感情もない、ひややかな男というのといささか違いやしませんでしょうか？　かりに日常そうであったとしても、恥も外聞もふりすてて、「宮様」がこの様な行動に出られるとは、前代未聞の出来事です。これほどの怒りを目のあたり見せつけられたら、それすなわち自分への愛情の表れに他ならないのですから、大抵の女ならその場で首ッ玉にかじりついちゃったでしょうに。

華様はその時も冷静そのものにひかえて居られたといいます。むろん新聞や人づてに聞いただけでは、そのお気持は解りません。しかし、冷やかな筈の夫がこの様に取乱し、宮様にあるまじき暴力をふるうのを御覧になって、もし何ともお感じにならないのならば、……また何をか言わんやです。

その上、もし華様が御自分の非をおみとめになるなら許したい、とまであきらかに希望されているのを、それをも無視されたと聞きます。どちらが、冷たい人間でありましょうか？　そうなるとますます解らなくなります。

しかし私の想像では、この様な渦中にあって、おそらく華様は前後を忘れられたのであろうと思います。そう私は信じたいのです。そしてもしそうとすれば、この様な態度は、単なるふてくされにすぎません。女というものは、一大事にあたって、どの様にも図々しくなれるものです。特に宮様は、見物人を前にして立派な役者の素質をお持ちです。が、この場合にかぎり、それはあんまりお褒めしたことではございませんよ。

嵐のすぎ去った今日、静かにふり返って、もう一度お考えになることを私は切におすすめします。そして慾を云えば、きれいさっぱり謝って、御主人のもとにお戻りになってはいかがなものでしょう。華様の外へ向ったあこがれが、実は御主人への愛情の延長でなかったと誰が言えましょう。私達は、愛する人に、もっと立派にもっと男らしく、あってほしいのです。ああナンテ女は慾ばりなんでしょう。

夢未ださめ切らず

華様、私はしかしあなたをせめて居るのではございません。私たちみんなが、一人前の人間に生れかわる為に、どうしても一度は通りぬけねばならぬ、これは苦しい産道であると思います。もし今までの宮様でしたら、生れもせずに終ってしまった所でしょう。相手が何であれ「不満」をお感じになったことを、私はほんとうに心からお喜びしているのです。けれども、所々でふれるあなたのお言葉には、「夢は未ださめ切れぬ」感があります。それは美しい夢ですが、少しも現実的ではありません。無理もない。人はそう言うかも知れませんが、私は、――私はそれが辛いのです。そう言って済まされることが。

私は犠牲をしいるのではありません。盲従をすすめるのでもございません。自分自身を知るということ。十九世紀のエンマに不可能であったこの事を、獲得して頂きたいのです。「身の程を知る」消極的な態度とこれは違います。今さらおめおめ帰れるか、とお考えになるとしたら、それは自尊心じゃなくて、単なる強情にすぎないと申上げたいんです。

人間は、機さえ熟せば一夜にして成長をとげるものと私は確信します。二十年、いや四十年の「失われた時」を奪還なさるには、今こそチャンスではありませんか。人間として生きる幸福を求める為には、必ずしも元へ戻ってやり直す必要をみとめませんけれど、又必ずしも他に求めることもないと思います。

私は一友人として、自分の勝手な希望をのべたにすぎませんが、一つの方法として、復帰なさることを考えるのは、華様の自由を束縛するものではないと信じます。華頂氏も、おそらく元の華頂氏ではありますまい（そんな気がします）。あの方の欠点は、冷やかでも内気な性分でもなく、単に「ぶきっちょ」であるにすぎません。実に得がたきぶきっちょさです。もう少し世なれた男なら、もう少し女を扱うすべを心得ていたでしょうに。

アンナ・カレニナは恋人を持って、初めて夫の不恰好な耳に気がつきました。華様も愛人を得て、はじめて御主人のつまらなさにお気づきになったのではないでしょうか。要するに、すべては「耳」の問題にすぎません。やがては恋人の鼻か口が気になる時も参りましょう……。

とは云え、どうにも我慢ならない時があるというのは、人間というものは、ナンテ厄介な生きものでしょう。中でも「お嬢様」という動物は、最もこらえ性がなく、最も勇敢にいろんな事を仕出かすものの様です。だから私も、こんな事が書きたくなったのかも知れません……華様、どうぞおゆるし下さい。

郷愁の町

最近、――といっても去年の話であるが、河上徹太郎さんのお国、岩国を音信《おとず》れたのは、おそらく私の一生の中で最もたのしい思い出の一つと言えよう。岩国という所は、私と何の関係もないが、昔からどういうわけか知人が多く、よく話にも聞かされ、名物の鮎やうるかは年中貰って知っていた。誰しも一応お国自慢だが、私の知る範囲では、中でもひどいのは私の国の鹿児島と、この岩国人であろう。鹿児島は離れているし、昔から薩摩《さつま》隼人《はやと》などと呼ばれた特殊な人種でもあり、殆んどヨソモン（余所者）とは結婚もしなかった位だから、偏狭なお国自慢になるのも無理はないが、どうして中国筋のこの小都会が、それに匹敵するまでがっちり組んでいるのか、いわば大藩長州の一部にすぎぬ、ささやかな城下町に、何故こうまで人が愛着を持つのか、私には長いこと不可解であったが、行ってみて始めてその謎はとけたのであった。

東京をたったのは八時頃で、河上さんは例のとおり既にいい気嫌である。その前に小林秀雄さんが「酔漢」という有名な文章を書かれたばかりでなく、じかにもさんざ聞かされたり、実際にも度々とんだ目に会っているので、長い道中どうなるかと心配したが、さすが私の様に手のかかる道連では、思う存分酔漢ぶりを発揮なさるわけにも行かないらしく、極めて紳士的且つよき監督ぶりのうちに、無事岩国についたのはその翌日の午後だった。

お家は駅から城下町の方に向って、バタバタ三輪車で約二十分。昔ながらのせまい小路《こうじ》を曲りくねった所にある。およそ二百年近くも経ているのであろうか、農家はさほど珍らしくないが、町中のこうした旧家を見るのは中々興味がある。黒光りの屋内には所々かくれた部屋などがあり、大きいと思えば小さく、小さいかと思えば大きな家で、どこもかしこも便利に出来上っている。いかにも地道な武家屋敷といった風で、苔むした庭には古い梅と松が互いに枝をさしまじえ、低い塀でかこんだ向うに土蔵の白い壁がのぞき、又その外側を更に土塀がめぐらしてあるという堅固さだが、きちんととのって無駄がない所は、あとから見物した岩国という旧い城下町の、さながら一つの縮図である。

そう云えば、荒廃とまで行かないが、その二、三歩手前の、何もかもほんの少しずつかたむいた、家のたたずまい、庭のおもて。瓦においた白緑《びゃくろく》の苔から、崩れかかった築土《ついじ》に至るまで、すべてはそのままこの静かな町を映しているかの様だ。そこには何とも云えぬ郷愁がただよっている。これなるかな、——ふと私は岩国人の心の中をのぞいた様な気持になる。故郷とはかくあるべきであり、故郷を持つ人は仕合せである、そんな事も考えられた。

お家を出て左に曲るとすぐ目ぬきの通りで、——といってもようやく東京の郊外ぐらいの賑やかさでしかないが、そこを真直ぐつき当った所が錦川で、すなわち錦帯橋がかかっている。

ちょうどナントカ颱風の直前で、数日後に橋が落ちようとは、仏様でも御存じなかった頃のこと。思えば有名な橋の最期の姿にまみえたことは、私にとって何という幸運であったか。錦帯橋と聞いただけで、その名からしてゴテゴテの徳川趣味を想像していたのが、案に相違、白く清く素直な形で、何の前ぶれもなく、ツト目前に現れたときには、期待が期待だけに、肩すかしを喰った感じで、それだけ喜びも大きかった。名人芸とはそうしたものかも知れぬ。河上さんは、この橋をモツアルトにたとえられたが、あらゆる苦心と技巧がこらされているに関わらず、そんな物は何処吹く風と、軽快に横たわっているのが、さほど深くない緑の山と、ゆるやかな水の流れに相和して、明るいしらべをかなでるのである。美しい、と云ってこれは目をそばだてる名所ではなくて、心にささやかな何物かを聞くにふさわしい名橋と言えよう。

昔日光に東照宮がつくられた時、貧乏だからという理由のもとに、杉苗を献じたのも、たしか岩国の吉川《きつかわ》家ではなかったか。それと同じ精神がここには流れている。そういう堅実さは至る所に姿をとどめ、小藩と云えいかによく治められたかを物語るふしぶしは多い。見渡した所大げさな物は一つもなく、何もかもふるがままの自然の姿で、そして今や自然の中に朽ちはてようとする落着きが、一種特別の気品をこの町全体に与えている。

橋のこちら側は町家と、それから吉川家にとっていわば、外様の家来筋、並びに小身者によってしめられ、川の向う側は城跡をめぐって、家老とか譜代の臣の館でもってかためられた。河上家は、河上肇も今の輸出銀行総裁も一族であるが、殿様よりははるかに古い家柄らしく、中でも徹太郎家は、大河上と呼ばれている（と町の骨董屋が教えてくれた）。その名家がこちら側にあるのは、おおかた吉川氏に敬遠されたものであろう。橋の向う一帯は横山という山を背に、さすがにすべて物々しく、立派な邸が立並んでいるが、多くは集会所や図書館などに用いられて、何れも没落の陰を深くやどしている。それだけにこのあたりはことさら寂しく、ことさら静かで、「らでんの軸は貝おちて後こそいみじけれ」と言いたくなる様な、なつかしい景色をくりひろげる。

戦前と云えども、こんなに古いままで残った城下町は少なかったに違いない。それが戦災を免かれたのは、何としても幸運であったが、焼けても焼けなくても大差ない程方々の町々が、昔の形とともにその美しさをなくして行く今日この頃、何故この岩国だけがそのままで残ったか、それには理由がある。

戦争中発達した飛行場をふくむ工場地帯が、同じ岩国市でも何哩もへだてた、まるで別の地域に出来上ったこと。もう一つは、まわりの農家の景気がよく、ことにアメリカへの移民が多い為に、最近は当るべからざる勢である、等々。実際私が行った時も、停車場にあきらかに故郷に錦を飾るとおぼしき人々が大勢いたことであるし、郊外へ出て驚いたのは、農家のどれもこれもが立派な石垣づくりの、大きな邸宅を構えていることであった。それらの人々が何もわざわざ古臭い城下町まで出る筈はない。直接工場町の方に行けば、好きな映画もキャバレーもあることだろう。というわけで、古い岩国そのものは、あたかも忘れられた形に、真空状態の如き立場にポツネンと残されているのである。

私の名案内役は、城跡やら古蹟やら、所々に立どまって、評論家の随筆といった風に、一人で聞くには惜しい説明をして下さるのであった。吉川元春よりこのかた、毛利氏とともに関ヶ原以来の徳川へ対する恨みは深かった。いつかはいつかは、と歯をくいしばるおもいが、三百年を経て維新によって実現されたが、その伝統は長く残って、いまだに長州人は団結の精神が極めて強く、したがって社会運動への関心も深い、云々と。その血を受けた人の口から、そこの土に立って聞く話は、もはや話でも伝説でもなく、現実の出来事であった。ふたたび私はおもう。「故郷」を持つ人は幸いなるかな、と。

ちなみに、最近獅子文六氏と結婚した女性は、岩国の旧藩主のお姫様である。私の古くからの友人で、お国自慢ではずい分悩まされたものだが、今はことごとく承認せざるを得ない。その上大好物の鮎といちじくを、生れて始めていやになる程たべたというのだから。山紫水明に、山海の珍味、かてて加えて日本一の案内人を得た、三拍子揃った旅が思えば悪かろう筈はない。

麻生和子さんはこんな方です

可愛い人

和子に初めて会ったのは二十年あまりも前の事だろうか、短いおカッパのてっぺんに大きなリボンをかけた、なんて人なつこい可愛い子供だろうと思ったのが初印象である。

以来その印象は少しも変わらず、いまだに私にとって、彼女はその時のままの和子である。私は彼女よりたしか四つ五つ年上で、勿論年なんて問題ではないが、いつまで経ってもそういう気持が抜けきれないというのは、いわゆる友達といったような間柄ではなさそうである。いやもしかするとそれ以上かも知れない。

お祖父様の牧野さんの、その又父上の大久保利通の時代から、私の生家とは、――おおかたそれより以前からの古いつき合であった。だから私達の交際には動機というものはなく、「ああの吉田家のお嬢さんか」と、会ったとたんからもはや他人ではない気持が強かった。私は既にアメリカ帰りの大人だったし（と自分では思っていた）、和子はまだ聖心（聖心女子学院）を出たてのほやほやで、どこへ行くにも犬の子みたいについて来る。かわいいヤツだと思いながら、外国語が出来て便利なところから、その頃まだ華やかなりし社交界に、私は監督気取で方々つれ廻したものである。

自分より年下のものがいつの間にか大きくなっているのを発見して驚くことがあるが、和子もいつの間にか成長して、ことにこの二、三日、講和会議が始まってからというものは、めっきり育った感じである。それでも澄ました顔の写真を見ると、くすぐったいような気がするのはあまりよく知りすぎているせいであろう。そしてよく知りすぎているという事は、実際その人について語る場合には困ることである。それは遠慮があるとか書けない事があるという意味ではなしに、和子その人だけで充分であり、何もそれ以上考える事も、言うこともないのだから。友達とはそんなものであるらしい。私達はふだん特に附合いもしなければ、文通もしない。友情は人工的に暖める必要のないものだ。特に和子の場合はそんな風に考えられる。

涙もろい女性

女は三十すぎて初めて個性を持つと言われるが、私達も同じようだったのはその頃までで、環境が似ているにも関わらず、戦争を境に私はあまり社交好きとは云えなくなり、和子はその反対にぐっと世の中に乗出して行った。終戦とともにその差はますます大きくなり、今では私達の日常生活に共通なものは殆んどなくなってしまった。それにもかかわらず、必ずしも似たもの夫婦が仲がいいと限らぬように、私達は前にもましてかたい友情で結ばれている。これは和子も同じおもいであるに違いないと信じます。

人間は自分に適した場所で才能を発揮するに限る。私はふだんそういう気持で、今ではまったく別の世界のこの友達をみつめているが、いざという場合には、何もかも振り捨てて馳けつけてくれるであろう事は、疑ってみる気にもならない。和子にはそういう、非常にシンシアなところがあって、どうせ個性のはっきりした人はそうざらに友人をつくらないものだが、一旦友達とみとめた以上は、親切というもおろかな心づかいにみちあふれた人であることを、私はこれまでの色々な経験で知って来た。彼女は吉田首相に似て、甚だ涙もろい人間である。吉田さんはそれをかくそうとしないが、彼女はそれを弱点におもうのか、反って逆に出る場合が多い。この頃世間でとやかく言われるのも、きっと原因はそんな所にあるのだろう。

吉田首相になくてはならぬ人

世間でみとめている麻生夫人と、私の和子はだから正反対であるかも知れない。少くとも新聞や雑誌に書かれる人物評から受取る感じは、才走った政治好きの女性であり、勝気すぎてこわいみたいで、それだけ読んだのでは私だってあんまり好きなタイプとは言えない。どうしてこんな正反対なことを書かれるのだろう。成程和子は利巧でもあり才能もあり、当人が思っている以上に政治好きかも知れない。が、何故女が政治に興味を持っていけないのか。片方で日本の女性は政治的関心がうすいと言いながら、たまたまそういう人が現われると、今度はよってたかってたたきつぶそうとかかる。男でもそうなのだから、女の場合はもっとひどい。これを切抜けるには、よほどの信念を要するが、そこまで政治に操をたてる気が和子にあるかどうか。それは吉田首相が政界を退いてから後の話で、今は何とも言えないが、少くとも目下の情勢ではナニがナンでも、首相にとってなくてはならぬ存在で、人の悪評を買ってでも我慢しなければならぬ立場にあるのは事実である。

それは何も今始まったというわけではなく、芳紀正に十七、八歳の頃から、既に和子は父上の秘書であり奥さんであり同時に甘ったれのお嬢さんの三役を見事にやってのけていた。遊びたいざかりというのに、どんな面白いことがあっても、「パパの為」なら何もかも投げうった。それも父親の犠牲になるというのではなしに、いそいそと自らすすんで面白くもない仕事を買って出たものである。英国大使になられてからはことさら必要な存在となり、お嫁に行ったらどうするだろう、と思っていたがこの方は案外すらすらと解決し、首相にしてみればも一人息子がふえたようなめでたい結果となった。

だから和子の今の仕事ならぬ仕事には、年期がかかっている。のみならず、世の常の親子の情をうわまわった、ひと方ならぬ因縁があるのだから、彼女自身急に思い立ってのさばり出たというわけではなく、勝手に偉くなったのは親父の方で、娘の知ったことじゃない。それは運がよかったとも云えるし、悪かったとも云える。親の為にも、子の為にも。

吉田首相も白足袋のワンマンのと言われているうちに、いつしか世界的な人物となり、ただの白足袋でもワンマンでもない事を証明され、世間一般も認めるに至った。それはひとえに吉田さんの「人間」にあるのだが、彼女もまた、人にけなされようとほめられようと、びくともしない麻生和子なるものを築きあげねばなるまい。早くそういう日が来るのを望んでいるが、これはちょっとした才能や智恵だけでは解決がつかぬものであることを、利巧な和子が知らないという筈はない。

世間ではとかく彼女が口出しするように言われるらしいが、ただのワンマンでないように、吉田さんは決してただの親馬鹿ではないし、和子もまた、ただの甘ったれのお嬢さんではない。吉田さんの人気のある所以は、ひと口に云えばサムライであることだと思うが、いかなる事があっても公私混同しないのはその一つの現れであろう。大衆というものは正直である。娘ッ子にひきずり廻されるような甘ちょろい親父にこんな人気が出るわけがない。

ただ、どんな偉い人物でも、ある一つの物や事件の渦中にあると、その字のとおり渦に巻かれて客観的に物を見られなくなる場合がないとは云えぬ。さいわい和子は知性の発達した、円満な常識の持主であるから、そんなおそれはないようなものの、そこは人間だから時には自分の心さえたよりにならぬことを忘れて貰いたくはない。美点はいつも欠点の裏返しにすぎぬが、とかく利巧な人は自分の頭にたよりすぎる。しいて云えば、それだけが和子に与え得る「文句」と云えよう。

それも遠くから見てそう考えるだけで、直接会っては、はじめにも書いたとおり、二十年一日の如きかわいさだけしか感じられない。どうして人は、このまるで犬ッコロみたいな人なつこさを見逃すのであろう。もっとも人物評というものは、実物ではなく下手な写真をモデルにした漫画みたいに、どういうわけか噂話の又聞きみたいな物が多いけれども、とにかく世間にそういう感じを与えるというのは、一に和子の不必要な警戒心にもとづくのではないかとおもう。

新しいタイプの女性

手放しの和子には、世間でいう宋美齢《そうびれい》的なものは一つもない。もしあったら、私との附合いもとっくの昔に終っていた筈である。そのよそゆき顔の奥にかくされたものを、見る人は一度でちゃんと見ぬいているが、それを一般にもしいるのはちと無理というものだろうか。してみると、やっぱり和子の責任には違いない。私に対する如く世間へも対する事が出来れば、そんな誤解は一時にけしとぶにきまっている。しかし、これはやさしいようで、もしかすると誰にとっても一番むずかしいことであるかもわからない。

彼女は色々の意味で、新しいタイプの女性である。いつも新しいものは一応攻撃を受けるにきまっているが、聞くところによれば、アメリカでは大変評判がよろしいとか。日本人は逆輸入が好きだから、そういうところからもう一度考え直して貰えたら、或は和子の真価も次第に理解できるのではないだろうか。アメリカ人は無邪気である。無邪気な眼は正直に物を見る。見られる方にとっても、よけいな気づかいは無用となる。私の想像では、和子は外国においてはるかに自然であり、自分自身で居られるのではないかしら。……もしそうとしても、それが依然として彼女の至らなさであることに変わりはないのであるが。

しかし何と云っても、現代の日本の女性で、今度の講和会議に、非公式であれ列席して、外国人にまざって立派にやりおおせるだけの人が何人いるか。二・二六事件のとき、牧野さんと一緒に生死の境をさまよい、まだ二十そこそこの子供が老人をかばいつつ逃げおおせた経験を持つ彼女は、吉田さんに似て妙な度胸を持っている。パパばかりでなく、その点ママもそうだった。それに加えて吉田さんなど傍にもよれぬ語学の才。もっともこれはドタン場では一向たよりにならぬシロ物ではあるが、それでもやはり便利な道具ではある。その上稀にみる常識家と来ているから、国際的価値は満点であり、彼女もそれにはかなり自信があるに違いないし、又あってもいい。

趣味を持たない女性

ついでの事に美点をあげれば、そんな風であるにも関わらず、彼女は甚だおしゃれでない。大抵の女は、おしゃれしたいばかりに社交の場を選ぶが、彼女の場合は反対で、社交の為にもし必要なら着物の一枚も面倒臭いけどつくろうか、といった調子である。

したがって一向ナンにも趣味というものがない。スポーツ、服飾、その他の娯楽。いわんや芸術美術においてをや。これは大した強味である。対人関係における、ふつうの意味での虚栄心も競争意識も皆無といってよく、だから花形になろうとあくせくする事もなく、我を忘れて物に熱中する事もない。彼女はいつでも分をわきまえている。和子の最大の長所は案外そんなところにあるのかも知れない。

聞くところによれば、この度の渡米にも、日本の着物は一枚も持たず、今までの洋服だけで済ますという。そこに一種の無頓着があると同時に、紫式部の真似をして云えば、「人に異ならむと思ひ好む」ことを極度に嫌う、彼女独特の矜持がうかがわれる。ましてや振袖にオンブして、外国人の歓心を買うなぞ、彼女のもっとも恥とするところであろう。

結局平凡な女性

ようするに、彼女はごくふつうの女である。ふつうの女の磨きのかかったもので、それ以上の何物でもない。つき合っては愉快なんだがいわゆる才気煥発というたちではないのにときたま辛辣にひびくのは、例の警戒心がさせるわざで、しいて云えばそれが彼女の虚栄心の現われであろうが、よく嚙みしめてみれば、決して本心から出たものでないのはすぐ解ることで、むしろ解らない人をせめたくなる程罪のないものだ。今淀君といわれるという。淀君はきっともっと面白かったに違いないと私は想像する。

逸話を書けという注文だったが、こうして書いてみて、あまり書く事がないので私にもはっきり解ったのは、「平凡」ということが、すなわち和子の特長であり、個性であるということだ。逸話、――凡人と変わった珍しい話が、まったくないというのが、よろしく自慢するにたる彼女の身上である。そう云ったらひどい事をいうと怒るだろうが、怒るなら怒ってみろ。ちっとも怒れやしないじゃないか。――和子はざっとそういった種類の女の子なのである。

昔私たちは軽井沢に家を借りて一緒に住んでいた。「よく和子とけんかしないわね」実に多くの人々がそういうのでびっくりしたことがある。そんな事は思いもよらなかったので。

ところが和子は和子で、同じ事を自分も言われたという。私達はそれで手を打って大笑いした。寒山拾得の笑に至る道は遠いけれども、彼女は一人でやって行くだろうから、私は何も言わずに遠くから見物することにしたい。それに人のことを構うには忙しすぎる。……お互いにね。

人間というものはとかく外から見たのでは解らないらしいが、そうかと云って、いくら私生活をさぐってみたところで何も得られないのは同様であろう。和子の暮しぶりは、これも至ってふつうというより他はない。熱心なカトリックだが、日本に古くからある殉教者型ではなく、極めて常識的な、すなわち外国式な近代的信者の部類に属する。家庭においてはいい奥さんでありいいお母さんでもあるが、特に賢夫人というわけではなく、特に賢母という型でもない。私にとっては殆んど語る興味もない程当りまえな良家の生活であり、それ以上の「真相」も「秘密」もない、……金持に似合わぬざっくばらんな暮しかたと云えようか。そこには大げさなものは一つもなく、世間で考えるような豪勢なもの贅沢なものは、がっかりする程見たこともない。これは渋谷は神山町、古くさい麻生家の、ガタガタの玄関の扉の中をのぞかぬまでも、叩いただけで知れるであろう。

芦屋夫人

芦屋市長の猿丸さんは、猿丸太夫の子孫で、白洲の小学時代の旧友である。柔道の何段とかで、六尺豊かな大男、幅もそれなみに大きく、至って気持のいい人物である。ひそかに「天然記念物」と名づけて珍重しているが、日本人で、はでなアロハシャツが、これ程似合う人はいない、といっただけで、おおよその人柄は解るというものだろう。奈良朝以来の住人のこととて、芦屋の為をおもうこと、世の常の市長の比ではない。国際文化都市というのは、どういう意味かはっきりしないが、この度そういうものに指定されたから、一度見に来て貰いたい。来るについては友達を四、五人誘って、それもなるべく女流作家と画家にしてほしいということだった。男ではいけないかと聞くと、男の文士は意地悪で、今までにも「芦屋夫人」などという有難くない名をつけられたので、ずい分我々は迷惑した。芦屋の女性はそんな有閑マダムではない。仕事も真面目にやっている。そういう所も知って貰いたいし、また模範的な都市として、文化事業も盛んだからその方面のことも見てほしい。「芦屋にはパチンコ屋もないのですよ」――偉大なる確信をもって、彼はそうつけ加えた。

「芦屋夫人」の何たるかも知らないし、パチンコ屋のあるなしに関わらず、私はその熱心さを買わないわけには行かなかった。どう考えても、宮様みたいに人の仕事を見物したり、婦人会の人達と話しするには不向きだが、講演も座談会もヌキという条件で、ではうかがいましょうということになった。が、何分にも急なこととて、それにお盆もひかえている事だし、結局来てくれたのは、作家の阿部艶子さんと、画家の仲田好江さんだけであった。

ちょうどいい機会だから、二、三日遊んで行こうと、いうので、私たちは京都でおりた。ホームを見ると、岡本かの子女史そっくりな婦人が立っている。濃いお化粧に、金茶地のろうけつ、まっ青な半襟に銀の縫いとりが目立つ。おや、どなたのお迎えかしら、と思っていたら、打合せの為にわざわざ芦屋から出向いて下さった婦人会の会長さんだったので恐縮する。猿丸夫人が一緒だった。宿のおかみさんも来ているし、それだけでも何時にないはでなお迎えだのに、遠くの方から大岡昇平さんがにこにこしながらやって来る。彼は『酸素』執筆中の為京都に滞在中なのである。後で遊びに来るという昇平さんを残して、一同芦屋から廻された自動車で、行きつけの清水の宿へ向った。

打合せはすぐ済んだ。打合せといってもこちらから何もいう事はないのである。ただ、くれぐれも座談会の類はお許しねがって、他はそちらにお任せするから何処へでも御案内ねがいたい。京都や奈良は知っていても、阪神間はあまりくわしくないのだから、というと会長さんが引受けて、何かの工場と婦人会の仕事場と、どこやら見物することにきまった様子である。色の白い西洋人形みたいな猿丸夫人は、終始にこにこあいづちを打っていられる。いかにも育ちのいいお嬢さんらしく、鳥がうたう様な声が印象的で、これが「芦屋夫人」なら、悪くないナと思う。会長さんの方は頼もしく太って、汗をダクダクたらしながら、物事をてきぱき運んで行く。人の先導に立って行くには、何といっても体力である。エネルギーである。お蔭で話は忽ちのうちにきまり、では三日の後に、ということで玄関に見送り、私はお風呂にとびこんだ。

京都のともだち

京都の三日間は、完全な休養であった。目的のない旅ほどたのしいものはない。朝起きると寝床にねそべって、今日は何をしようと考える。しゃべり疲れると出るのがおっくうになり、結局一日そんな事で終ってしまう。宿屋の居心地がいいこともあるが、友達のせいが大部分であろう。夕方になると大岡さんが、ひょろりと長い姿を現す。『酸素』はいいの？」気にして聞くと、まだ書けないという。

「あんた達が来るからといって断ってあるんだ。いい口実さ」

ふてくされてみせるのが昇平さんのくせらしい。そういえば私がたつ前に、私が京都に行くといったら、「いやアな顔」したと聞いていた。が、いやな顔しようといい顔しようと、そんな事は何でもないことである。現に、こうして毎日遊びに来てくれるのであってみれば、私はそれが何よりうれしい。他にも二、三、京都の友達がやって来た。夜になると、ようやくおみこしをあげて、四条通りへ押出して行く。少時京都に住みついた昇平さんは、下手な関西弁をふり廻して得意である。話に聞いたおでん屋へ行こうとすると、「こないだ小林（秀雄氏）がまずいといったからいやだ」という。大文字屋の前に来ると、「ここに小林が泊ったんだよ」それから「小林」が気に入った料亭へ行き、「小林」のほめた歌を聞かされる。断るまでもなく小林さんは大岡さんの先生であり先輩でもあるが、こんな遠くに来てまで、いや遠くだからこそこんなにチラチラするのであろう。得がたきは友であるが、私たちはまるで「余香を拝した」様な気分がする。

京都の三日間は、そんな風なことで過ぎてしまった。明けて三十日の朝早く、大阪の駅で芦屋の人たちと落合うことになっていた。これで大岡さんとも京都の友達ともお別れだ。相手が文士恐怖症とあっては誘うわけにも行くまい。そう思うと、これから旅に出るような、ほんの少し心細い気持になる。

芦屋夫人訪問

梅田の駅で、大きな猿丸さんと会長さんを見つけるのはやさしかった。どこへ連れて行かれるのかさっぱり見当はつかないがとにかく二台の自動車に分乗する。昨夜以来台風気味で、ひどくむし暑い上に寝不足がたたって、口をきくのも大儀である。ひと寝入りしようと思っていると、大阪の町はずれでおろされた。エヴァグレーズの工場を見学する為とか、……「何のこと？」艶子さんに聞くと、知らないという。そのくせ彼女は（後で知ったのだが）れっきとしたエヴァグレーズの洋服を召していたのである。

そこは会長さんの義弟の工場で、だから芦屋とぜんぜん関係がないわけではない。社長さんをはじめ主だった人々が、総出でお取持して下さるのだが、ていねいな説明も、あまりこみ入って来ると解らなくなる。それに工場の中は台風以上のむし暑さで、機械的知識のない私たちはぼんやりなってしまう。しかし、エヴァグレーズなるものを知っただけでも大したことである。社長さんのネクタイもそうだった。会長さんの帯もそうだ。電車の中も、汽車の中もいたる所、世はエヴァグレーズの時代である。ただしにせ物が多いそうだから、御注意しておく。

エヴァグレーズを頂き、エヴァグレーズの御馳走になって、そこから私たちは芦屋へ向った。

低い雲が垂れこめているが、さすがにこのあたりの空気は明るく、ところどころ白茶けた山肌の現われる風景はセザンヌの絵を思わせる。しかし何といっても東京人の目を驚かすのは、軒並みつづく宏荘な邸宅で、不景気不景気とこぼしながら、平然と保ってゆく関西人の根強さが、こうした所によく現われている。やがて自動車は、それらの邸の一つに入って行った。会長さんのお宅である。二階の一間に婦人会の作品が並んでいる。ろうけつとお人形と押絵などで、押絵の先生は八十いくつのおばあ様だが、昔何々小町と謳われた人とかで、今でも中々お美しい。やっぱりお仕事があるので、生活にハリがあるのだろう。結構な事だとおもう。

ろうけつは大部分ピカソやマティスばりで、ハイカラすぎて私たちの気に入らなかった。将来輸出もされるそうだが、外国に外国をもって向ったのではかなわない。日本の古いろうけつには、いくらでも美しい模様がある。芦屋だけではない、こういう事はどこでも行われているが、昔支那やペルシャの文化を、完全にこなして日本の物とした古人の智恵を、私たちはもっと学んでいいのではないだろうか。そういう点で関西は、東京に比べてはるかに田舎くさいと思われるふしは多い。

応接間でお茶を頂いていると、ちょうど来合せたというS新聞の婦人記者が現われた。ちょうど来合せたのだと思っていると「今日は皆様お集り頂きまして、云々」とどこかで聞いた様なセリフをいう。「恋愛問題について」語れということだが、仲田さんはキョトンとしているし、頼みの綱の阿部女史はふてくされた顔つきでだまってしまう。怒ってもいいとこだが、市長の顔を見るとそうも行かないのは人徳というものだろう。東京と芦屋にはさまれて、進退きわまった私は、何とかしなくちゃならない。暑さと疲れでいい智恵も浮ばず、いやいややっているうち、どうしたはずみか面白くなっちゃって、ついうかうかと一人でしゃべりちらす始末となった。座談会そのものより、うっかりのったその事が癪にさわるが、悔んでも後の祭りである。さすがに会長さんは心得たもので、講話的口調で、「母性愛について」とのべられたが、ひと口に云えば、それは「親心」といった様な意味に受けとれた。彼女は芦屋ばかりでなく近畿一帯をひきいる敏腕家と聞くが話の途中で感きわまると涙をこぼすたちの感激家でもある。

古い静かな市長邸

猿丸さんの家は、阪急の駅の近くにあった。古い見事な長屋門を入って行くと、つき当りが土間で、昔のままに槍などがかかっている。庭前の松も梅も苔むして、明るい芦屋市の真中に、ここばかりは深い陰翳を宿して涼しげである。アロハシャツの御主人と、ハイカラな奥さんが対照的であるが、それは表面だけのことで、おっとりした態度といい言葉といい、よく見ればやはりこの旧家にふさわしい。李朝の陶器、漢の土偶など置いた座敷に座って、おうすを頂き、思わず顔見合せてほっとする。おもえば忙しい一日であった（私たちはまだこの他に、人を訪ねたり海を見たり山へ登ったりしたのである）。しかしまだ済んだというわけではない、それより山上の芦屋会館へ行くのである。急な坂道を、行けども行けども立派な家がつづいている。その一つが最近宿屋になったのだが、そこからの眺めは素晴しい。全市を見おろす恰好に岩の上に立つ市長の雄姿は、「国見《くにみ》」を思い出させるが、指さすかなたに広々と海がひらけ、背後に深山幽谷が見渡せる豊かな風景である。ここにはまだまだこんな空地が残っているのを見れば、市長の言葉を待つまでもなく、芦屋が発展する余地は充分にある。土地ばかりでなく、芦屋夫人もその旦那様も、私の見た範囲では健康そのもので、わけても会長さんはオリムピックに出したい様な武者振だから、どこから見てもその将来は前途有望であるに違いない。

お風呂をあびて待っていると、会長さんが現われ、ついで富田砕花氏が見えた。先生は有名な詩人であるが、現在は芦屋文化人の代表みたいな位置にいられる。入って来るや、大きなやや殺風景な部屋を見廻して「この人たち、こんな所より一膳めし屋の方がきっと好きですよ」と、そして、明日は芦屋と見当違いの「鶴林寺へ連れてってあげましょう」と、勝手にきめてしまわれる。市長にはまだ他のプランが一杯あるらしいのに、そんな物はここにおいて、今やまったく無視される形となった。

鶴林寺は加古川在にある古いお寺で、白鳳の美しい観音様がある。しかし最近上野の博物館で見た覚えがあるので、そういうと、いや仏像はある筈だ。もしなくてもお寺は一見の価値があるという。神戸から三十分位で行けるというので、市長さんもしぶしぶ納得した。少々申しわけない気がしないこともないが、元より好む所だから、大賛成で翌日昼すぎ出発する。淡路島を左に見て、須磨、明石、とすぎて行くが、いつまでたっても目的地へつかない。快適なドライヴを楽しんでいる横で、市長さんはいらいらし、先生ははらはらする。二時間近くたった頃、ようやく加古川へつき、案内役の先生、汗をふきふき市役所へ馳けこんで行かれた。

「もう直ぐそこだそうです」出て来て言われるので、「仏像は?」と聞くと、「しまった!」とまた引返して下さる。はたして観音様はお留守であった。が、聖徳太子の発願による伽藍は、さびれはてて昔の面影はないが、あの優美な白鳳仏にふさわしい静かな、そして明るい感じのお寺である。美しい高麗の梵鐘が、忘れられた様に鐘楼高くかかっている。形のいいものは音も美しい。うっとうしい空気を破って、すずしくひびく鐘の音を聞きながら、また訪れることもないであろうこの寺に別れを告げ、ふたたび車中の客となる。

春の香り

私はいわゆる食道楽でも美食家でもない。何か一つのことに熱中しだすと、（大体いつもそんなふうな状態にいるようだが）、ごはんを喰べることも忘れてしまうし、喰べても何を喰べたかてんで思いだせない。これは人生上の大きな損失には違いないが、そうかといって音痴のようにぜんぜん味に対して無感覚というわけではない。たべることに、大いに熱中する時もあるのである。

大体味覚などというものは、主観的なもので、季節とか身体の工合とか雰囲気とか、数えあげたらきりがない程多くの条件をつみ上げた上に、ちょこんとのっかっている、実にあやふやなものなのである。だから今日私が何かをおいしいと云っても、明日はそう思わないかも知れない。というところに言いしれぬ「あじわい」があるのであって、うつろいやすい物でなかったら、特においしく感じる瞬間もない筈である。

世の中にはほんとにおいしい物もまずい物もない。ただ、ちょうどいい「時」があるだけだ。――終戦直後、アメリカの缶詰に随喜の涙を流したことを思いだすと、ついそんなふうに考えたくもなるのである。それから七年目の今日となっては、おのずから味覚の方にも変化があった。

必ずしも戦前に戻ったというわけではない。その間に私も年をとったから、昔きらいだった物がいつの間にか、しきりに思いだされる程好きになったというのもある。その一つに「鹿児島ずし」というのがある。

手っ取り早くつくり方をのべると、先ず生椎茸、うど、蕗、ぼうふう、はす、人参の類を、ふつうのちらしより大きめに切って、それにぶつぶつ切った新鮮な鯛の切身をいれる。これをグと名づける。ごはんは別に常のように炊き、お酢はつかわない。大きな円形の桶の中に、まずごはんを平らにならし、その上にグをやはり同じ位の厚さに平らにしく。ちゃんぽんにそれをくり返し、最後に上からどぼどぼ地酒をぶっかける。地酒は甘くにごった濁酒《どぶろく》の一種で、鹿児島特有の強い酒である。分量は大体、お米一升に五合のわり合。その上に竹の皮をしき、蓋《ふた》をした上にあまり重くないおもしを置く。一時間位すると押されてお酒がじくじくたれて来る。あまり長く押しすぎると甘くなりすぎるから、適当な時に蓋をとり、中の材料を全部かき廻し、よくまぜた後、お取皿に盛り、さんしょ、ごま、紅しょうが、みつ葉など薬味の類をたくさんかけて喰べるのである。

とこう書いてしまうとまるでラジオのお献立のようにいっこう変てつもないが、その材料でもわかるとおり、これは四月から五月へかけて、いわゆる木の芽どきの香りの高い植物をつかうばかりでなく、お酒につけた上、いよいよたべる時には更にじゃぶじゃぶ酒びたしにするので、特にどうおいしいというわけではないが、何かこう春霞のようにとろんとした味がするのである。もうこうなったら味というより気分の問題かも知れない。祖父や祖母の話を聞くと、昔はおすしをつくるというと、親類友達が大勢集り、昼から夜へかけて、たださえ眠くなるような春の一日を、終日たべては寝、起きてはたべて送るのがならわしとなっていた。それは年中行事の一つでもあり、一種のお祭りみたいなものであったらしい。いかにも南国らしい風景である。

それに鹿児島というところは、昔から芸者や遊女の類が少く、そのかわりに家の妻や娘が大いにお取持をしたという。みんなひと通りは踊れたし、お酒も飲んだ。一方にひどく男尊女卑でありながら、そういうところはまたうんと開けていたようである。そのせいか死んだ祖母やその友達は、みんな愉快でたのしい人達であった。

隼人《はやと》族の常として、お国自慢になるのは申しわけないが、それにはそれだけの理由がある。と云いたい程鹿児島にはおいしい物がずい分と多い。有名なところでは、薩摩汁、猪のしゅんかん、お菓子では、かるかん、コレ餅（高麗餅）、イッコッコウ。いずれも本物は東京でそう名づけられている物とは大分違う味がする。

などといっぱし自慢はしてみるものの、私などお国にはただの一度しか行ったことがなく、東京に住んで三代目、ではあんまり大きな口もきけないが、まじりっ気のない南国の血は自分自身にもいつわりようがなく、年とともに故郷を恋うること切なるものがある。今年の春はどうかして、霧島山のてっぺんにのぼり、梅原龍三郎さんの絵みたいな桜島をサカナに、たらふくおすしがたべてみたい。ああ、あのとろけそうな鯛の味。あの新鮮で強烈な春の香り。

前進あるのみ――アメリカから得たもの失ったもの

私の周囲の人々は、友達から親類に至るまで、殆ど全部没落してしまった。もし戦争がなかったら、――私たちはふた言目にはそんな事をいう。では戦争がなかったら没落しなかったかといえば、おそかれ早かれそうなる運命であったとしか思えない。その証拠には切りぬける人はちゃんと切りぬけている。爵位とか財産とか、そうした偶然によって辛うじて形を保っていた人々にとって、ほんとうに失ったものは、実は何一つなかったのである。

個人の自由、男女同権、民主主義等々、終戦直後与えられた当座はいかにも新鮮に思われたものも、七年を経て落着いてみると、ただ言葉が珍しかっただけで、別にこと新しくとりたてる程のものでなかった事に気がつく。自由な人間は占領によって自由を得たわけでなく、どんな圧迫のもとでも同じであったに違いない。法律は男女同権をみとめたが、それによってどれだけの女が男と平等になったか。どれ程実質的に進歩したか。民主主義にしても同じことである。そう考えると人間ほど、頑固なものはない。一度や二度の占領で、到底変るものではないことを痛感するばかりである。

道往く人はチューインガムを嚙み、アロハシャツを着ている。外国人と付合って、はじめて外国人を知ったという。が、ひと皮むけば私たちは依然として昔のままの日本人である。得たものも失ったものもない。得る人は勝手に、占領からしこたま（精神的にも物質的にも）得ただろうし、また、失うことによって得る場合の方が多いことを思えば、そう簡単に二つの問題をわけて考えるわけには行かない様な気がする。しいて云えば、「与えられることはそのまま得ることにはならない」教えを得たともいえようか。そして、失ったものについては、今さら過去をふり返ってみても始まらない。ただ、前進あるのみ。二つの問いに対して私の答えは一つしかない。

自己に忠実であること

大変貧乏な男がいた。放埒に身を持ちくずし、どん底の生活におちこんだが、性懲りもなく自堕落な暮しをつづけていた。飲んだくれで、働きもなく、世に害毒を流すために生れて来たような男を、世間の人々はにくんだが、ここに一人奇特な友人がいて、何かと面倒を見てやるのだった。その男は彼とは正反対な金持で、善良で親切で行いも正しかったから、一点非の打ち所もない人間として尊敬されていた。

唯一のたのしみといえば慈善事業で、一生を貧乏人のためにつくした後、惜しまれて死んだが、天国の入口でばったりさきの友人に出会った。これはこれはというわけで仲よく一緒に入ろうとすると、貧乏人はするする通って行ったのに、金持の方は意外にも、ちょっと待ったと断わられた。彼は大いに不服で、もしかすると人違いではと、生前いかに善根を積んだか、現にこの男にも、どれほど親切をつくしたか、力説したが、入れて貰えない。とうとう閉め出しを食ったという、これはフランスにあるお話である。

いうまでもなく貧乏人の方は、迫害も悪評もおそれず自己に生きぬき、金持は、自分の虚栄と満足のために善行をほどこしたのであって、そういう善はいくら積めども神様の思召しに叶う筈はない。両方ともしたいことをしたのではあるが、前者の行為は純粋で、後者は不純なだけの違いがある。人のためにするのは容易なことではない。金持でないけれども、私は、そういうことを念願として来たが、かえりみて成功したためしはほとんどない。この頃では、大体そんなことを望むのが、そもそも大それた考えであると思うに至った。

つい最近もこんなことがあった。気の毒な知人がいて、その人は戦争未亡人であるが、夫の兄なる人から食うや食わずの仕送りしか来ないところへもって来て、子供が急を要する病気にかかった。聞けば聞くほど気の毒な身の上なので、とりあえず入院用にと若干のお金を渡し、満更知らない仲ではない兄さんの所へ交渉に行った。ところが、けんもほろろの挨拶である。のみならず家庭の恥を外に洩らしたかどで、僅かの送金すらとめられてしまった。今は辛うじて友達の情でささえているが、私とていつまで続くか自信は持てぬ。何という無責任な罪なことをしたものか。兄の無情や、当人の不甲斐なさをとがめる前に、あの時よけいなことをしなければ、とわが身をせめること切である。

おもうに、小さな善を行うためにも、迫害や悪評に耐えると同じように、とことんまで捨てかかる覚悟を要するのであろう。それにはそれだけの代価を払わねばならない。自分だけがいい子になって、楽々行う善行は不潔である。悪徳さえもたらす。もともと慈善事業は好かないというものの、私だってそう違ったことをして来たわけではない。そしてその都度、ひそかに「してやった」とばかり、心の中で舌なめずりしなかったとは言い切れないのである。

法隆寺展にて

戦争以前のことだった。はじめて法隆寺の金堂の蛍光灯がつき、壁画の模写がはじまっていた。それまでぎゅうぎゅうづめに並んでいた百済観音や玉虫厨子などは宝蔵にうつされ、内陣にはわずかに本尊の釈迦三尊と四隅に四天王の像が残されていた。むろん壁画が焼ける前のことで、櫓の上に一人の絵かきさんが黙々と仕事をつづけていたが、私が入って来たのを見ると、それまで壁を照らしていた照明をぐるっと廻して、仏像の上にあてて下さった。いつもは懐中電気をたよりに、さぐる様にしか見えなかったものが、この時忽然と青白い光の中に浮び出た。そして、私は知った、いかに部分的にしか見ていなかったかを。殊にそれまで目もくれなかった四天王が、金色の本尊を真中に、四方をへいげいして立てる姿は、美しいというより気味悪いまで厳かだった。邪鬼を踏まえた不動の姿勢は、ここに黙したまま千年の年月、聖徳太子の思想を護る四天王の名にふさわしく、次の時代の躍動的な、力を外に現した写実的な神様より、はるかに強いものを感じさせもした。

――そんな事を思い出しながら私は、三越の法隆寺展へ入って行った。入ったところに、おなじみの像が二つ並んでいる。広目天と多聞天である。その後に、夢違観音がいつも変らぬ微笑をたたえて、あどけない姿で立っている。何もかも昔のままだ。変ったものは一つもない。それだのに、どうした事だろう、あれ程強い印象をあたえたその同じ仏像が、今日は何の感激もなくボソッと見える。さむざむと肩をすくめて、見物人がじろじろ見るのを、無関心な態度で眺めている。そういう表情の前には、私も無縁の衆生の一人にすぎぬ。私は、来たことを後悔した。

今年は春日、興福寺、東大寺、法隆寺と、ひきつづき国宝展が行われた。一応文化国家として結構な催しであったけれども、こう手軽に扱われてみると、見る方でも次第に手軽になるのは仕方がない。といって、何も仏像を公開することに反対なわけではない。ただ、こういう機会に、まるでダイジェストでも読むように、日本の美術とか、文化という大問題を、簡単に解ってしまって貰いたくないだけのことである。そしてこの頃は「こういう機会」があまりにも多すぎる。本来なら求める筈のものを、反対に追いかけられる様な気がしないこともない。しかしそれには経済的な理由もあって、寺社側ではせめて「こういう機会」をつくって宣伝でもしないかぎり、食って行けない所まで追いつめられていると聞く。坊さん達の言いわけを聞くと、そもそも仏は衆生済度の為にあるのだから、大衆の中に交わるのこそ本望、などという。が、ガラスばりのケースの中に、重要文化財のレッテルをはられ、商品然とした仏像を見て、一人でも済度された者がいるだろうか。反ってこちらが救いの手をのべたくなる程、痛ましい存在に見えはしないだろうか。

物を、理解することはやさしい。お経を読めば、信仰のない者にも解るのである。しかしそれでは解説を読んで、美術が解ったつもりになるのと同じことで、美も、信仰も、そんな所にはない。買物のついでにちょいとのぞいて見て、「法隆寺はいいね、夢違観音は実に美しい」では、宣伝の役目も完全にははたさないであろう。法隆寺は、それだけで済んでしまう。誰が、面倒くさい、奈良までなんか行く必要がある。

昔は巡礼ということをした。近所のお寺でお説教を聞いていても同じことだのに、じっとしていては済まされぬ、止むに止まれぬおもいが彼等を駆った。自分の足でもって歩く、目的はお寺に詣り仏様を拝むことにあったが、歩くというその行為に、すべての秘密はふくまれている。雨露をしのぎ、嵐に耐え、命がけで辿りついた所に拝む仏は、たしかにガラス越しのそれとは違ったものに見えたに相違ない。信仰というものは（そして美というものも）、そこに辿りつくまでの、忍耐と努力の中から生れるものではないだろうか。慈悲深いのみが、仏ではない、神でもない。時には取りつく島もないほど冷酷になり得るものが神様なのだ。

文化人というものが、多くを読み、多くを知るだけで足れりとするなら、私は文化人などになりたくはない。四天王のうち、特に広目天と多聞天が選ばれたのは皮肉である。まさか文化財保護委員の洒落ではあるまいが、本と筆を手にした広目天も読んで字の如き多聞天も、ともに仏教の守護神にはなれても、学問や知識が邪魔をして、ついに仏と成り得ぬものの姿である。本尊のない百貨店の陳列場で、選ばれたこの代表者達が、信仰を失った見物人を前にして、退屈そうに見えるのも無理はない。しかしそう思ったのも一寸の間で、人波にもまれて、やがて私は外に押し出されていた。

お能の見かた

一

お能は大変解りにくいもののように思われています。色々約束があって、それを全部知らないかぎり、とても解らないときめている人もあります。何しろ今から五百年も前に完成された芸術がそのまま伝わって今に至ったのですから、文学や美術などの、いわゆる有形文化財と違って、古い形を保つ為には、どうしても厳しい規則を必要としました。相手は同時代の生きた見物です。その好みにそって、残る為には変らなくてはならず、変りすぎたのでは残らない、そういう不安定な立場にあればこそ、多くの約束をもって自ら縛る必要も生じたのです。

しかしそれは専門家の側の言い分で、見物にとって必ずしも必要なことではありません。もともと物真似から発達した芸術のことですから、よく見れば、我々の日常の動作からそう離れたものではないのです。無意識に行う動作には、よけいなものがあり、不純なものもあり、醜いものもある。それらを全部取りのぞき、美しいものだけを残し、単純化してみせたものがお能の「型」です。その他謡にも囃子にも、それから舞台の上にも、数限りない約束があり、それを一々点検していたら、肝心のお能を見るひまはなくなります。ですから、約束を知らなければ解らない、というのは意味のない言葉です。また、自分で習ったから解る、といったようなものでもありません。自分でやってみるのは確かに一つの方法ですが、「物が見えて来る」というのは、またそれとは別問題です。文学でも美術でも、総じて古典は取りつきにくいものですから、先ず何よりも馴れることが第一です。しかし、それは何も古典にかぎったことではないでしょう。美はつねに、衣装の奥深くかくされているのです。

能楽堂に入ると、むき出しの舞台が目につきます。劇場と違うところは、幕がないこと、見物席の真中まではみ出ていること、左に長い「橋掛《はしがかり》」(欄干のついた廊下)があること、屋根があること、殆んど装飾のないこと、等々をあげることが出来ます。

屋根があるのは、昔お能が戸外で行われたことを物語ります。舞台の後に松が描かれ、橋掛には小松が植えてありますが、これも同じく当時の名残です。今でも奈良には古い形式が残っていますが、昔(鎌倉時代あたりまで)舞台もなく、外に築いた土壇の上で、自然の風景を背景に舞われました。そして、忘れてならないことは、はじめは神仏への奉納の形式をとったことです。すなわち、見物に見せる為ではなく、神の心を慰める為に、人間が捧げた、「神楽」に近い意味を持つ舞踊の一種であったのです。

お能が完成されたのは室町時代ですが、舞台もそれとともに発達しました。人間の動作から、よけいなものが省かれたように、あるがままの自然の中から、舞台も、その最も必要とするものの他とりませんでした。加えることによってではなく捨てることによって発達したのがお能の歴史です。自然の中から代表的なものとして、松が選ばれました。神木を背景に神へ向って捧げられた舞は、舞台の後に描かれた老松となり、それまで無視されていた観衆は神にかわって、正面から見物するようになりました。昔、立樹の間を通って、土壇にあがった役者達は、橋掛の小松を縫って登場します。色々な意味で、人工的なものに成長していきました。

お能が象徴的な芸術といわれるのは、そういうことをいうのです。見物はそこに、松によって象徴された、あらゆる木を見、すべての「自然」を見るのです。たとえば「羽衣」は、天人が三保の松原に降りて、水浴みをするうち羽衣を漁師にぬすまれる。舞を舞うのとひきかえに羽衣を返して貰い、めでたく天に還るという、誰でも知っている筋ですが、お能では背景というものを用いません。ここは三保の松原であり、富士がそびえ、足元には浪が打ちよせています。それらはすべて「解りきったこと」であり、それ以上の説明は不要です。同じ舞台が、時には深山となり、楼閣とも化します。また天上にも海底にもなります。見せるのではなく、見物の眼が、見るのです。

あくまで見物を説得しようとかかる演劇との根本的な違いが、そういう所に見られますが、技術を持たなかったから背景がないのではなく、必要でないから捨てたのです。それだけのものを、見物の想像力にゆだねた、あるいは、一切の説明をぬきにして、見物の判断に任せた、といってもいいでしょうが、それははじめにも書いたとおり、お能が本来演劇的な性質を持合わせなかったからです。

見物はいたが、人間が対象でなかった。神を対象とするとき、「祈り」の形をとるより他なく、舞人は役者より巫子に近く、舞は芝居より神楽に似て、多分に自己陶酔的な要素をふくまざるを得ません。たしかに、それは一応演劇的な構成をもって出来上っていますが、その中心は舞にあり、台詞は、そこに無理なく運んで行く為の、手段として扱われるにすぎません。そういう意味で、この芸術は、純粋な舞踊といってよく、謡は戯曲でも散文でもなく、一番詩に近い特種な「うたいもの」です。

話が少しそれましたが、お能がそういう性質をおびているということが、もしかすると解りにくくさせる原因ではないかと思います。一人よがりで、見物は無視されているような、しかし決して一人よがりでも、無視するのでもない。見物人が、芝居や映画と同じ態度でのぞむ所に間違いは起るのです。もしその立場をちょっとかえて、積極的に動いてみるなら（想像力を働かせるなら）芸術家の創造の喜びと同じたのしさを味うことが出来る筈です。何もない所に、ものをつくり上げるという、――しかし何もなくては芸術にはならないから、最も適確な、たった一つのヒントを与える。すべての芸術家にとって難しいのは、そのたった一つの「言葉」を選ぶことにありますが、この抽象を具体化させる、この思想に形を与える、半分の責任は見物の側にあります。その自覚がないかぎり、ぼんやり見ていて向うから面白くなってくれるたちのものではないのです。もしこれをも「約束」とよぶなら、お能の鑑賞上必要なものは、舞台の人と見物を結びつける、この暗黙の約束以外のものではありません。

なぜ舞台が見物席の中程までつき出ているか、なぜ幕によってへだてられていないか、――それは彼と我の間が、二つの異なる世界ではないからです。見物は、舞う人と同じ呼吸をし、同じ感情に身を任せなければならない。鑑賞とは（お能にかぎらず）そういうことであり、遠くから観察することと違うのです。それは、一つの行為と呼ぶことが出来ます。

はじめに私は、馴れることが必要であると書きましたが、千万の言葉より、先ずお能を見ることが大切です。もしかすると私のいうことは、今は少し解りにくいかもしれませんが、お能をよく見れば解ることです。近頃流行のダイジェスト的物の見かたは、大そう便利ではありますが、それはたとえば富士山の上を飛行機で飛んで、富士山をよく見た、と思うのと同じようなもので、富士という山は、自分の足で歩いて、登ってみなくては、ほんとに知ったことにはなりません。ですから私が書いたことは、またこの先書くことも、読めばひと目で解る、お能のダイジェストと思って頂いては困ります。ひまをかけて、これから見ようとする方達を、それもたぶんほんの入口までしか案内することは出来ないでしょう。それから先は一人でなくては入れません。「狭き門」は、あらゆる芸術に共通のものです。

二

お能が他の演劇と違うところは、仮面を用いることとです。

仮面の歴史は古く、伎楽・舞楽面などには、非常にすぐれたものが残っています。しかしいかに彫刻として傑作であっても、それらの面は、喜びなら喜び、怒りなら怒りという、瞬間的な、ある特定の表情しか現わしていません。

そういうものの中から、次第に発達して能面は、仮面の歴史の上に、一つの革命をもたらしました。それはどんなことかと云えば、一つの面の上に、あらゆる表情を具備させることに成功したのです。能面に至ってはじめて、従来の固定したものから、人間の顔と同じ様に、どの様にも自由に変化し得る、柔軟性を持つものに進歩したというわけです。

これはあきらかに、それまでの、仮面というものの観念と、まったく別物であるという事が出来ます。超人的な力を現わす為にのみあった面というものが、ここにおいて、微妙な感情を現わす、きわめて複雑な動きのあるものとなったのです。

能面には種類が多く、その中には神とか鬼の様な、強い表情をとらえたものがあり、それらはやや舞楽面の系統をひいていると云えますが、その特質はどちらかと云えば、超人的なものより人間的なところにあります。その全部にわたることは到底ここでは不可能なので、後者の中でも一そう特長のはっきり現れている女面についてのみのべたいと思います。面の中には、一つの能にしか用いられないのもあり、いくつかに通用するのもありますが、一番用途の多いのは若い女の面で、お能にはまた若い女性を主役とした曲が、他の男や老人や鬼や神を主題にしたものより、比べものにならぬ程多いのでもわかります。

皆さんは「幽玄」という言葉をお聞きになったことがおありでしょう。平安朝に和歌の用語として使われた、ある特種な美しさの形容ですが、後足利時代に至って、お能を完成した世阿弥が、その内容を能楽の中に取りいれました。ひと口に云えば、しっとりした、内面的な美しさ、という程の意味ですが、彼はこの幽玄を、能の美の標準として定めたのです。そしてその中でも、特に女の能を、「幽玄」の極であるとし、したがってそれらの曲が、お能の中で最もお能らしいものという事が出来ます。

それはどんな風なものかというと、「羽衣」もその一つですが、総体に動きの少い、筋も殆んどないといっていい様な幻想的な曲で、極く一般的な意味で決して面白いものではありません。

しかし、人目をそばだてるもの必ずしも美しいとは云えない様に、お能の美は、――その本来の姿は、静かなそして目立たぬ所にあるのです。それが長く残ったというのも、その美しさが、見物の一時的な歓心を買う性質のものではなかったからでありましょう。私がここで解りやすい特長を取上げないのも、お能の本質というものが、かりに少々難しくとも、よく解って頂きたいと思うからです。

さて、最も幽玄な能に使われる女面ですが、俗に、面の様に無表情なと云われる、あの能面特有な、うつろの表情を持っています。美しいには美しい。が、そこには何かしらぼんやりした、白痴的なものがただよっています。その眼は、どこも、何も、見ていない眼です。その口は、唇をわずかにひらいて、笑うとも泣くともつかぬ中間の表情を保っています。それはあらゆる意味で、何ものにもとらえられぬ、白紙の表情――まだ表情を持たぬ以前の表情――の様にも見えます。

忘れてならないのは、これは手にとって見る美術品ではないことです。いや心ない茶碗一つでさえ、名品は使う人を待ってはじめて生きる。ましてやこれは人間の顔です。人間が身につけて、舞台にあがって、はじめて口をきくのです。美しい装束をつけて、静かな舞を舞うとき、どんなに豊かな感情が、この面のおもてに現われるか。それは舞う人と、見る人の、心一つですが、はじめにまじり気のない表情を持てばこそ、わずかの動きによって、或は喜び或は悲しみを現わすことも出来るのです。もし特種な表情を持っていたとしたら、それ以外の顔が出来なくなるのはいうまでもありません。ここで前に書いた能舞台のことを思い出して頂きたいものです。背景も装飾もない舞台だからこそ、どんな場所にも成り得ることを。そうした自由を持つ「場」であるということを。

これは一種の逆説です。ものは皆極まればそうした形をとるより他はない。少しとっぴなたとえですが、私はドストエフスキイの『白痴』という小説を思い浮べます。いわゆる白痴のムイシュキンは、決してふつうの馬鹿ではない、凡人に見通せないものを、見抜く力を備えています。何ものも、彼の眼をあざむくことは出来ません。何故かといえば、彼が生れたての赤坊のように純真だからです。透明だからです。さればこそムイシュキンは、どこか遠い国のはてから、(必ずしもスイスでなくともよい)、ある日忽然として人間界に現われねばなりませんでした。ドストエフスキイの筆は、このありもせぬ様な人物を、見事に生かして歩かせていますが、――という事は、私はその人間を目のあたり見てしまうのですが、彼の表情は、(私の見たそれは)、正に能面以外の何物でもありません。それはもうあれでなくてはならない。そんな風に思いこませてしまうのです。その眼は、何も見ていないし、その心は、何物もとらえられていない。まったく自由な人間です。私はロシヤの小説とお能をごったにする気は毛頭ありませんけれども、おそらく多分に東洋人であった作者は、形こそ異なれ、純粋な美の極致を、「白痴」という姿において表現するより他はなかった。真の叡智を現わし美を語る為に、他の方法を考えられなかったのではないかと思います。

そんな例をひくまでもなく、かりに、もしここに叡智の人と名づけるにふさわしい賢人がいたとしたら、おそらくその人は無感動な、一見馬鹿の様に見えるかも知れない、と想像するに難くはないでありましょう。大賢は大愚に似ると云いますが、世の中のすべてを知ってしまったら、当然そこに帰着する筈です。能面は、そうした人間の在りかたを、「形」の上に現わして見せてくれます。静かな水の様に平らな心が、あらゆるものの影を映すように、単純そのものにみえる表現は、実は無であるどころか、すべてを含んでいるのです。私は、表情の生れぬ以前の表情、と書きましたが、それどころか、これこそは、「最期の表情」と云うべきであったかも知れません。

能面の代表的なものとして、(その数からいっても美しさにおいても)、私は女面だけを例にとりましたが、その他に数限りなくあることは前にのべました。野上豊一郎氏は、三十九種にわけ、更に類型にわたって、約二百種ぐらいについてのべていられます(『能面大観』)。その一番古いものは鎌倉末期にさかのぼりますが、何といっても能面の最盛期は、世阿弥と時期を等しゅうしています。鎌倉時代には赤鶴《しゃくづる》と呼ぶ名人がいて、多くの傑作を残しましたが、何れも天狗とか鬼の様な激しい表情のものばかりで、室町時代に至って、はじめて龍右衛門という作者によって、今までのべた様なほんとうの能面らしい能面が創作されたのです。面打の数は多いのですが、中でもこの二人の名は、能面における二つの主流をしめすものとして忘れたくはありません。赤鶴作の古い面から推して、伎楽や舞楽がそうである様に鎌倉時代の猿楽はかなり単純なものであったに違いないと想像されます。それが世阿弥によって、幽玄な美しさが加味されるにしたがって、次第に複雑になって行き、それとともに長い事件の演出に堪え得る面も案出されるに至ったのですが、むろん古くからある面も併用されたのはいうまでもありません。そして、ちょうど面の表情の強弱に準じて、一曲の長さも時間的に制限されています。すなわち、表情のある面を用いる能ほど動きが多く短時間で済み、表情の少いもの程静かで長い。そして静かで長い「幽玄」な能が、いつも中心となっているのです。

お能には五つの種類があって、正式な番組では、必ず次の順序に並べられます。神、武将、女、狂人、鬼（或いはそれに類するもの）。専門的には、脇能、修羅物、かつらもの（又は、三番目）、四番目物、切能、と呼びますが、真中にかつらものが置かれているのも、それが中心となるからで、あたかも太陽の光線といった工合に、お能の美は、そこから発して他の曲の隅々まで及んでいるのです。面にも各々美しさがあるように、それぞれの曲にも面白さはありますが、それを一貫してつらぬくものは、静かなかつらものの幽玄です。たとえば「鬼の幽玄」について、世阿弥は次の様に言いました。「巌に花の咲かんがごとし」——そして、強いものをただ強く演じたのでは荒っぽくなってしまう。荒いということと、強いこととは違う。早いもの程ていねいに、強い能にも優美なものを忘れぬように、とさとしています。静かなかつらものを静かな中に動きがある、と見るなら、これは動の中に静が感じられる、と云えましょうが、面においても同じことで、どんなに恐しい、復讐の念や憤怒の形相を現そうと、そこには醜悪な感じは一つもなく、あらゆる感情が、ここでは昇華されているのです。これは、なまの人間を描く小説でも、なまのままでは立派な芸術作品と云えぬのと一般です。

女の面には、表情がない。これは誰にも解ることですが、たとえば般若でも、（般若は主として女の嫉妬を現わす面ですが）、実は嫉妬の「表情」なんてものはないのです。そこにはただ、嫉妬と名づける情念の形があるだけで、それは抽象化された、一つの模様みたいなものにたとえる事が出来ます。ですから、「羽衣」の天人でも、静御前でも、紫式部でも、同じ一つの美しい女の面で事は足りるのです。個性をふり廻すのは現代人の癖ですが、女というものは、どこの誰それであるより前に、先ず「女」という一つの存在でなければならない。私達がとかく忘れがちのこの事実を、古典芸術は思いださせてくれます。成程源氏物語に現われる女性の群、何れも個性的とは云えないかも知れない。にも拘わらず、そこにはっきりと女性の姿が描かれている事は誰しも否めないでしょう。若い女の面は、紫式部とか、小町とか和泉式部などという、あまたの女性の上にうちたてられた、どこの誰にも属さない一つの典型です。普遍的な、美しい、永遠の女性です。この中に、「個人」を発見しようとするのは愚かなことで、そういう試みの前には、しょせん能面は、空漠とした表情の奥に逃げこむ他はないでしょう。

鈍感な精神は、強烈な刺戟によってしか慰められません。能面の中に、そこに無しか感じられない人は、その人の心が無表情であるということです。お能ばかりでなく、日本の芸術には、すべて共通したものがあると思います。幽玄とは、そうした美しさをいうのであり、特に和歌とか能楽に限るものではないのです。最期に、世阿弥の書き残した書の中にある歌をあげておきます。

桜木《さくらぎ》はくだきて見れば花もなし
　花こそ春の空に咲きけれ

三

お能のシテというものは、単なる「主役」以上の強力な存在です。シテには仕手の字を当てますが、文字どおり（お能を）つかまつる人であり、ワキとの関係も、芝居における主役と脇役とはまったく違うものです。

特殊な曲をのぞいては、先ずワキが最初に登場するのが原則です。それは旅の僧であったり、稀にはふつうの男だったりします。このワキは、いつも実在の人間で、扮装や言葉は別として、我々見物と少しも異るものではありません。したがって、面をつけることもありません。彼等はとある名所とか旧跡へさしかかります。そこで古い物語や思い出の感慨にふけっていると、いつとはなしにシテが現れる。それは常に、「いずこともなく」、忽然として現れるのです。シテは、女の場合もあるし、老人のこともあります。しばらくワキと応対があった後、その場所に関する一場の物語をのべ、やがてかき消すように消え失せる。これが一段の終りです。

この前半を前シテと名づけますが、後半では同じシテが、在りし日の姿で現れ、思い出の舞をかなでます。後シテは、花や木の精であったり、歴史上の人物であったり、宗教上の神仏であったりしますが、何れも幻の如き存在で、ワキの見る夢のようにも受取れます。

前シテはかりに人間の姿をした化身であり、後シテがほんものなのですが、そのほんものは幽霊なのです。その在りかたは、面の表情と同じ様に漠としたものであり、夢とも現つともつかぬ境にありますが、これはお能が写実的な人間より、人間の魂ともいうべき、エセンスだけを現わすことを目的とするからです。そこには、「この世は夢」と感じた宗教的な思想も感じられますが、それよりむしろ、幽玄な美しさを表現する為に、この様な形をとったと見る方が自然でありましょう。

この範疇に入らぬもので、別に「現在もの」と名づける曲が若干あります。弁慶とか曾我兄弟のような、実在の人物を取扱ったもので、「安宅」や「鉢木」がその例ですが、その特長は、多分に劇的要素をふくむこと、対話を中心とすること、したがってワキがシテと対等に扱われていること、面を用いないこと等々です。この種の曲は、お能の本質からは離れたもので、そのまま芝居に用いてもさしつかえないものばかりですが、それだけに幽玄な美しさは半減されます。筋があるので解りやすく、色々変化もあって面白いのですが、比較的後世の作品が多く、能楽二百番のうちわずか十数番に限られているのも、単に目先をかえたというだけで、この方面に発展しなかったのは、それ程必要を認めなかったからでありましょう。

しかし、同じ実在の人間を主にしたものでも、狂人や盲目や神がかりのたぐいは、——これは四番目物に多いのですが、「現在もの」の中には入りません。彼等の精神状態は、同じ生きた人間でも、正気のものとは違います。この様に不具者（又はこれに類したもの）が多く取上げられたのは、幽霊と同じ様な意味で、健康な人間より、のっぴきならぬ人間の形が、彼等の中にいっそうよく現れるからです。ことにこれは舞踊です。我を忘れて舞に陶酔するには（又させるには）、正常の常識ゆたかな人間より、気狂いや神がかりの方がはるかにたやすい。たとえ現在ものの弁慶や曾我兄弟でも、しらふでは舞えない。必ず酒宴をひらき、先ずもって酔ってから舞にかかる。現在ものには、それだけの手数がかかっているわけです。

お能の中では、シテの舞がいつも中心になっています。謡を見ても解ることですが、一曲をいろどるすべての言葉は、ただシテをいかにして不自然でなく舞わせるか、という一事にかかっている。謡ばかりではない、ワキも、音楽も、すべてその一点を指しているといっても過言ではありますまい。

ここでちょっとワキについてのべたいと思いますが、先ず最初に登場したワキは、見物に、自己紹介をした後、ここがどういう場所であるかを説明し、あたりの景色を描写して、次第に雰囲気をつくり上げて行く。そこへシテが現れる。そういう順序である事は前に書きましたが、そうしてシテを紹介し終ると、ワキは徐々に影をひそめて行きます。はじめは対等に対話の形をとっていたものが、次第にシテの独舞台となり、ついには、まるで後すざりでもする様に、ワキ柱(向って右前の柱)の影にかくれてしまう。この時見物は、もうワキを必要としないで、――というよりも、ワキという聞き手にとって変って、シテの言葉に直接耳をかたむけるといった具合になるのです。

このワキの立場というものは、実際には司会者に似たもので、いわば見物人の代表者と見ることも出来ましょう。この様な形式は、他の舞台芸術にはないことで、はじめにシテを主役以上の存在といったのには、そういう意味もありました。すなわち、ワキはシテと見物をつなぐ一種の仲介人であり、演劇におけるワキ役の意味は、少しもふくまれてはいない。まったく別種の立場にあるのです。ワキ師と称する、シテとは別な専門家が必要となるのも当然でありましょう。両者は、見ためには大変似ているのですが、専門的に見れば、シテと囃子ほどの違いがあり、勿論面をつける場合もなし、舞を舞う機会もありません。つまらないと云えばつまらない役ですが、ワキが下手では、シテは半分も真価を発揮することが出来ない。のみならず、じっと立ったまま或いは座ったまま何もない舞台の上に雰囲気をかもし出す、――そんな芸当は凡手の及びもつかぬ技です。ワキの難しさは、どこまでも邪魔せぬよう、シテを引立たせることにありますが、同じことが、囃子や地謡（合唱）についても云えましょう。彼等のつくりあげた土台の上に立つのが、お能のシテというものです。その人こそ、むろん一番上手であるべきですが、反対に、だからこそ下手な素人にもシテなら出来るのです。が、下手な玄人や素人で、曲りなりにもワキや地謡がつとまる人を、私はいまだかつて知りません。

四

お能が二段にわかれていることは既にのべましたが、中にはわかれていないのもあります。それは短い曲に多いのですが、その場合でも、しさいに見れば、二段構えになっていることが解ります。たとえば「羽衣」も一段ですが、羽衣を漁夫から返して貰うまでが前半、衣をまとって現れるところから、他の能なら後シテと見ることが出来る。この前シテと後シテの関係は、単に同人物が違う恰好で現われるという以上に、興味ある問題がふくまれている様に思われます。

度々申しますように、お能は一人の人間の、性格や個性を分析してみせるものではありません。しばしばそこには筋もなく、人格さえ漠然としたものが多い。「井筒」という能は、伊勢物語からとったもので、前シテは里の女、後シテは紀有常の息女一名井筒の女と称する人間（の幽霊）なのですが、これがまた大変ぼんやりした存在で、理由なしに昔恋人であった業平の冠や狩衣をつけて出て来るのです。女かと見れば男のようでもあり、はっきり有常の娘と名のりながら、また業平がのりうつっているような事もいう、といった具合で、しいていうなら男とも女ともつかぬ、観音様とか菩薩のような、抽象的な美の化身としか受取れません。

同じ伊勢物語による「杜若《かきつばた》」の能では、これが一そう複雑になって、杜若の花の精かと思えば人間の様でもあり、まさしく女でありながら業平でもある。そしてその業平は、歌舞の菩薩の化身である、という風に三重にも四重にもダブっているのでよけい解らなくなります。しかしそんな事にこだわる必要はないのであって、これは美しい音楽を聞く場合に、どう解釈しようと構わないのと同じことです。音に意味がないのと同じように、舞踊も意味を持ちません。意味がなくても成立つのです。

もう少しくわしく書いてみましょう。――「夕顔」の曲は、源氏物語に題材を得ていますが、先ずおきまりどおりワキの旅僧が、京の五条あたりへ来かかると、どこからともなく歌を吟ずる声が聞える。何げなく耳を澄ましていると、やがて美しい女性が現れます。

「ここは何という所でしょうか」と問うと「なにがしの院」とだけ答えます。「なにがしとはおかしな名ではないか、さだめしほんとうの名が有りそうなものだのに」「でも源氏物語に、ただなにがしの院としか書かれていないのですもの、どうして私が存じましょう。しかし、ここは昔河原の院と呼ばれた邸の跡で、かの夕顔の君が、物怪につかれて失せたのも、他ならぬこの所なのでございます」云々と云った後、女は坊さんの乞うままに、光源氏の物語、とりわけ夕顔のくだりを、目に見るように語って聞かせます。やがて長い物語も終りに近づいたころ、「……かくして、夕顔の君は、水の泡のようにはかなく散りはてました」。いったかと思うと、みるみるその女も、宵闇の中にかき消すように吸いこまれてしまいます。あとに残された旅僧は、狐につままれたおもいです。

不思議なこともあるものかな、と坊さんは一人、お経をよみつつひそかに夕顔の霊を弔っていると、いつの間にか月のもとに、ほのぼのと花のような白い上臈（貴婦人）が現われて、この世のものならぬ舞を舞いはじめました。そうして明け方近くなった頃、「これで私も成仏することが出来ました」と、坊さんに深く感謝しつつ、暁の雲のまぎれに、再びいずこともなく去って行くのでした。――

お能はそれで終るのですが、極端にいって、ここには筋も物語もないことにお気づきになるでしょう。このシテも、杜若や井筒と同じように、夕顔の花の精か、それとも夕顔の君の幽霊か、そこの所ははっきりとしていません。ただ、つかの間の人間のいのち、はかない人間の有様が、露にぬれた夕顔によって象徴されているだけです。そこにはどんな意味も説明も求めることは出来ません。ただありのままの形を、そのまま受入れるほかはない。総じて美というものは、「意味」を附されたとたんに、消えてなくなります。「説明」されたとたんに、それはもう美ではなくなります。意味も説明もよせつけぬものが、美神の姿でありましょう。

さて、前シテと後シテの関係は、いつでも同じ人物が違う姿で現われるのですが、前シテは（それが花であろうと木であろうと）必ず「人間」の姿を持っています。かりに人間の形をして現われるのです。そして後シテで、はじめてまことの姿を現わすのですが、かように変身（メタモルフォーズ）する事によって、「人間」と、「人間を超越したもの」を現わします。だから後シテは必ず成仏する。あるいは、した、またはする事を約束された存在で、前シテを不完全な人間とみれば後者は昇華された魂です。「羽衣」を例にとって云えば、羽衣を失った天人はもはや天人ではない、地上に転落したものの姿です。それが羽衣を得て、再び天へ還る。ここにおいて天人は、めでたく昇天するのですが、お能に幽霊ばかり出て来るのも、過去の、つまり一度死んだ人間でないと、解脱とか昇天とかいうことが自然に行われないからで……幽玄の美しさとは、他ならぬ成仏したものの、「完全なもの」の美しさであるのです。お能の本質は、この「変身性」にあり、それは能楽をつらぬく一つの思想といえましょう。

私はかつらものばかり例にひきましたが、中心におかれるこの能に、その性質が最もよく現われているのはいうまでもありません。神や鬼、それから武将のたぐいも、ただ女が男に変るというだけで大差はないのですが、問題なのは四番目もので、これは世話物風に出来上っているので、この特長がはっきりしません。シテは主に狂人とか神がかりの類ですが、しかしよく見れば、既に精神異常者であることが、よほど人間らしくないものであることは前にも言いました。神がかりはむしろそうですが、彼等はみな一時的な気狂いで、夫や子供にわかれた為に気が変になっています。ですから、気が狂いっぱなしというのは一つもなく、ここではその原因であるところの夫や子供に会わせることによって救われるのです。

天にものぼる喜びという形容がありますが、自分の望むものを得て、この人々は安心します。この「安心」は、幽霊が成仏する喜びに劣るものではありません。四番目もののうち、「隅田川」だけは、子供が死んでいる為に、ついにめぐりあうことが出来ません。しかし、それでもなお、子供の幽霊に引会わせるという救いが用意されてある。そして子供は、母親の涙ながらの祈りによって、成仏を約束されているのです。

お能の種類は多く、一つ一つに及ぶことは出来ませんけれども、それら一つ一つが皆違っているのですが、その現わそうとするものは一つしかない。多くの古い物語、風土記などに材を得たのも、それが当時既に古典であり、その中に動じない美しい形が見出されたからで、単なる思いつきではないのです。

また、仏典や経文がしばしばひかれているのも、特に宗教的な意図があったわけではない。忘れてならないことは、この芸術が数百年前に出来上ったものであり、それが昔の人々の常識であったということです。

とはいえ、夕顔の語る「露の世」は、今われわれが住む世の有様に似なくもありません。もし私たちがちょっと立ちどまって、人間の在りかたに思いを及ぼすならば、――お能がいまだに行われているのは、意識的にも無意識的にも、私たちが心の奥に、そうしたものを感じとるからであると思います。

私の文芸時評

わずか数冊の本を、何十辺も繰返す癖のある私には、何十という創作を、一時に読破するのはかなりな労働です。が、何十という小説がずるずる読めるという、そのことが、すでにおかしなことではないでしょうか。美しいものは、人を沈黙させると言います。そういう作品にふれる時、読者はそこで充足し、心身ともに満ち足りたおもいに本を投げだす。——そんなことを期待するのはムリだよ、と批評家は言いますが、一読者にすぎぬ私はなかなかあきらめ切れない。毎月雑誌が売れて行くのも、私みたいな往生際の悪い読者が多いせいであろうと思います。

たとえば、——「群像」の阿部知二氏、「人工楽園」は、その名のとおりたくまれた小説で、一三〇枚の中編です。自殺した女子大学生をめぐって、その学友、恋人、先生など、それぞれの行動と心理が語られる。中心人物はわざと影のようにぼかされ、周囲をめぐる各々の人物が、その場その場で主人公の役目をはたし、渦を巻くうち次第に輪郭が現われて来るという探偵小説に似た珍しい趣向です。が、探偵小説には必ず事件の解決というものがある。それがないのは、むろん割りきれない人生を表現しようとするもっと高級な意図だからですが、それにしても、——いやそれにしては、割りきれなさがはっきりせず、人間の印象も稀薄で、恋愛関係なども根をおろしていない。何もかも都合よく配置されているという感じです。

周囲から追いつめられ、追いつめられ、われとわが身を窮地におとしいれて遂に自殺するに至った。そう書いてある言葉の強さほどには「事実」は読者に迫っては来ない。どうしてもソコに連れて行かれる、必然性はなく、何か説明でも聞かされてるみたいです。これでは死人は成仏できない。まったくの犬死である事を思わせますが、そうかといって犬死の哀れさも深くは感じられず、ただ、ああそうですか、と承っておくよりしようがない。

読者というものは欲張りです。うかがっておくだけでなく、いつでも何か貰いたい。読むとはいわばなぞることであり、もし小説がわれわれの住む世界の単なる模写に終るなら、も一度それをまねするより、じかに見た方がどれ程豊富で面白いかわからないのです。このごろ伝記や自伝の類が流行るのもよしそれがまずい素人の手になったものでも、読者はあたかも無秩序な自然の中から抽出するといった工合に、よりわけても必要なものだけ獲ることが出来るからでありましょう。そしてよりわけるたのしみがある以上、それはなるべく修飾されていない方が結構なのです。

同じように追いつめられ、自殺ではないが狂死する女を書いたものに、「文藝春秋」の「菊枕」があります。芥川賞の松本清張氏で、副題に―ぬい女略歴―とありますが、この前の「小倉日記伝」と同じく伝記の姿を借りた小説といっていいでしょう。芸術家と信じて結婚した男が、下らない人間で、次第に幻滅を感じる。かわりに自分があこがれの芸術をしょって立ち、俳句に志して成功するが、持って生れたわがままと自我の強さが祟って、ついに彼女を破滅へみちびく。文学少女のはかない夢を描いて、この新進作家の筆はあますところがありません。そういえば「人工楽園」にしても、他の小説にしても、くわしい事がわからぬ私にも、思わずうまい！　と膝打つようなところが沢山あります。むしろそればかりといっていいでしょう。それにもかかわらず、何かが欠けている。むろん才能でもない、技術でもない。膝は打っても、魂を打つ何ものかが欠けているのです。

この、徳川時代の工芸品に似た友禅ちりめんのようにこまやかな作品には、人をほろりとさせる、しんみりした味わいはあっても、そうした迫力が足りません。なるほど、気違いになった女は、「髪は乱れ、顔色はなく、眼は憑かれたように光り、りんどうの花をもったその姿には一種の妖気が漂い」、といったように、描写は行きとどいているが、実際には少しも不気味ではない。陰惨でもない。そこには狂態はあっても、書くべき「狂気」などどこにも見当らないのです。それはこの小説にかぎらず、どれを見ても、主人公は自殺したり気が狂ったりするのに、作者は至って正気すぎる。こう丈夫になって、如才なくなっては、……読者というものは、他ならぬその退屈さゆえに、小説などひもとくのですから、よけい退屈を感じても仕方ないでしょう。

その点充実しているのは、「改造」の、上林暁氏の「大懺悔」です。別して新し味もない生真面目な作品ですが、一方で極端に嫌われ一方では渇仰される。この矛盾に満ちた人間は、今月の雑誌の中では一番興味のある、ハツラツとした存在です。舌足らずの紹介より、その印象だけで十分と思いますが、たしかに、この罪深い男は、作者の筆で、――というよりも、その愛情と同情によって、得脱往生したに違いありません。最後にこの作品を得て私も、いささかほっとした気分になります。

夫婦の生活

良妻

どこから見ても典型的な良妻賢母がいた。むろん旦那様に対してはかゆい所へ手の届くような世話の仕方で、咳ばらいすればお茶を持ってゆき、煙草をくわえればマッチをする。出がけには、靴の紐まで結ぶといったような至れりつくせりの奥さんであった。

ところがどうしたことか、夫はそんなにも良い妻を捨ててしまった。うるさい、というのである。勝手といえば勝手だが、しかし男というものは、ある程度、ほっといてもらいたい。たまには一人でおいといてほしい。——と思うのは、女にしても同様であろう。

そういう風に「良妻」を押しつけるのはよくないことである。あまり気がききすぎるのも本人はそういうつもりでなくてもなんだか見せびらかしているように見えなくもない。のみならず、人をきゅうくつにさせる。

ほんとうの良妻というものは、見て見ぬふりの出来る人であろう。兼好も利休も「ものは不完全なのがいい」といった。

井戸端会議

この夏はある高原の避暑地に行ったが、近所にサラリーマンの若い奥さん達が、六家族も同居して涼しい夏をすごしていた。明るい若々しいフン囲気が快く、ときどき遊びに出向いたが、週末にそれぞれのご主人が帰宅するまでの、五日間の夜のつれづれをどうしてすごしているかといえば、みんなひと間に集まって、編物や刺繡をやりながら、一人一人旦那様のタナおろしをやる。特にとりたてていう程のことはない、とりとめもないわる口だが、そうして彼女等は日ごろのうっぷんをすっかり晴らし、それにもあきあきしたころ、旦那様が帰って来るという、まことに罪のない風景であった。

そこで私ははじめて知った。井戸端会議の効果というものを。女にとって、何かの形でそういう機会を持つのは極めてよい健康法である。むろん旦那様方の為にもなる。一人じっと我慢するのもいいが、我慢するだけの価値のないものに、よけいな力を用いるのは愚かなことだから。

なまけもの

アランは、不きげんな時の為に微笑をすすめている。

宇野千代さんはくしゃくしゃした時、片づけ物をしろと言われる。

微笑も片づけ物も、一種の物真似であり、芝居であって、少しもほんとうのものではない。が（だまされたと思って）やってるうちに、何となく気がまぎれ、そのうちに楽しくなって、そしてそれは相手にすぐ伝染する。

男は、多少のモヤモヤがあっても、やがて働きに外へ出なければならない。そこには必ず、微笑や片づけ物に匹敵する、もしくはそれ以上のものが待構えている。が、一人家に残った妻は、どんなにでも自分の悲しみを暖めることが出来る。悲しみはかわいがれば、雪だるまの様にいくらでも大きくなって行く……。

よく見る風景であるが、私にはどうしても、かみしめ、味わい、たのしんでいるようにしか見えない。くよくよする人、愚痴っぽい人、多くの場合、彼等は単なる「なまけもの」なのだ。

恐妻家

日本の男性は、とかく横暴だの封建的だのと近ごろ評判がよろしくないようですが、そう一概にけなしたものではない。バルザックは「女はお前は女王様だと説きつつ奴隷の如く扱え」といったと聞きます。それ程意識的でなくとも、いわゆる「親切な外国人」が、不必要に女の人をちやほやする態度のなかには「こうしておけば文句はないだろう」といったものがちらつく時がある。大抵それに気がつかないのは、何といっても好い気持ではあり、小さな虚栄心を満足させるからで、ほんとに女を人間扱いにする気なら、も少し対等に扱ってくれてもいいではないかといいたくなりますが、そうした事が全部「習慣」にすぎないと知れば、日本人の男の方が、よほど差別待遇もしないしはるかに正直だという事もできます。形式的にはそうじゃないが、本質的には却って従来の日本の方が男女同権が行われている。そこへゆくと、このごろ流行の恐妻家達は多分にバルザック的傾向を帯びているのではないか？

幸福とは？

若い人達の目には、まず理想的に見えるに違いない恋愛結婚の夫婦がありました。まるで恋人達のように互いにシェリィ（愛する人）と呼び合い、暇さえあればキスしたり、それに金持ちでしたから自動車もあり別荘もあるといった工合で、背景に申し分なく、それは映画でしか見られない夢のような生活ぶりでありました。

しかしこの結婚は当然長つづきしませんでした。おいしい御馳走にあきあきするのと同じ理由のもとに、彼等はまた別の味を求めて離れて行かざるを得なかったのです。

こうしたハデな喜びは、よそ目にはうらやましくみえても、実際にはまったく価値のないものです。この場合結婚は恋愛の延長ではなく「恋愛の墓場」だったのです。幸福とは「タナからぼた餅」を待つことではなく自ら工夫して創るものです。この夫婦の生活は、ただ過去の惰性に生きただけで、ちっとも生活に努力しようとしなかったところに、大きなミスがあったわけです。

誤った愛情

男は所有欲が強いから、奥さんを閉じこめておきたがる。これは一概に男性の横暴とはいえない。むしろ愛情のあらわれである場合が多い。が、結局それは夫にとっても妻にとっても損なことで世間見ずの妻は、若い時はいいが、年をとればとる程重荷になるにきまっている。

A夫人は才能豊かな女性であった。その美貌と才能を愛するあまり夫のA氏は——別に嫉妬という意味ではなく、友達（それは文士が多かった）から、極力遠ざけることに苦心した。おとなしい、聡明な夫人だったし、それに暮しに困るわけでもなかったから、ひたすら家事と、また学問に身を入れた。

そうして二十年の後、どんな傑作が出来上ったかといえば冷たい大理石の様に人間味のない、教養のかたまり。得たものは無気力と、日の目を見ずに終った学問の死骸。「昔は情熱を持った女だったが今は何を見ても感激というものがない。妻はもうろくした」と夫を嘆かせている。これはだれの罪だろう。

信頼

つれづれ草の中にこんな一節があります。――少時《しばらく》訪れない恋人（といってもこの時代は妻と同意義ですが）がどんなにうらんでいるだろうと気にしてた所へ「手伝いの男を一人よこしてくれ」と何げなく頼んで来たのでうれしかった。こういう性質の女はまことにいい、とほめているのですが、この様な一種の無関心は、いつも必要であると思います。

もちろん、この女は男を思っていないわけではない、あまりたずねてくれないのをどんなにさびしく感じていたか知れないのに、変な意地をはらずにいざという時は頼みにしている。これ程男にとってうれしいことはないでしょう。

愛情のある所に嫉妬が生れるのは当然ですが、動物的な感情はほっとけばどんなことでもやりかねません。空想は空想を生み、はては相手をにくむまでに至ります。真の愛情は、疑うより信ずることにあります。そして絶対の信頼は、いつも信じられた側の負けにきまっているのです。

呼び捨て

最近ある新聞にこんな記事が出ていた。——結婚するまでさんづけで呼んでいた夫が、新婚旅行に出るやいなや、×子と呼び捨てにしたのでひどいというと「何事もはじめが大事だ」と答えた。こんなのは人権じゅうりんだというのである。

そんなものだろうか。私だったら呼び捨てにされた方がどんなにうれしいか解らないと思うのだけれども。このごろはエチケットばやりだが、礼儀というものは、そうハンコで押したようなものではなく、その場その人にふさわしいのが正しいのであって、ていねい過ぎるのも、失礼なのと同じくらい相手にとって侮辱である。それは外国人の場合をみても、名前を呼び捨てにすることは、そうする事によって初めて親しい友達として認めることになる。

この場合は「はじめが大事」という言葉の方が問題なのだろうが、それとても冗談かも知れないし、そういわれてはこうでも答えるよりほか仕方ないだろう。が、こんな事を怒る妻には、なるほど「はじめが大事」であるに違いない。

お能の見かた

お能は象徴的な芸術と云われております。

象徴（シムボル、またはサムボル）という言葉の語原には、「記念」とか「形見」とか、軍隊などで使われる「符牒」「合言葉」などの意味があります。それが次第に転じて、簡単な例をひくと、赤といえば共産党やロシアを思いだし、また別の人達は、太陽や情熱を聯想したりする、そんな風な所に用いられる様になって来ました。しかしあくまでも、合言葉であり、符牒であり何物かを思い出させる記念または形見の如きものであることに変りはありません。

人間が進歩するにつれて、言葉も次第に発達して行くかの様に見えますが、それは複雑煩瑣になっただけのことで、本質的に変ったというわけではない。知識の広さや豊富な語彙が、必ずしも名文をつくらぬ様に、多くの中から、その物にかなった、たった一つの言葉を見つける、そのことが難しいのです。

谷崎潤一郎氏は、志賀直哉氏の『万暦赤絵』の冒頭にある、「結構な花瓶」というその結構なという形容詞を絶讃していられます。「見事な」「立派な」「芸術的な」等々種々の言葉はあるにしても到底「結構な」という一語が含む幅や厚味に及ぶべくもない。この語はその花瓶を適確に云い現わすと同時に、全篇の内容や趣向を暗示する程のひろがりを持ち、まことによく働いているのであって、こういう簡単な言葉に手腕がうかがわれる、云々と。

五百年、或いはそれ以上の年月を経て完成された能の芸術が、何故一般に解りにくいかといえば、あらゆる説明をぬきにして、たった一つの、洗いざらした言葉しか用いないからです。もともと物真似から発達した舞台の芸術ですから、はじめはもっと無駄の多い、おしゃべりなものだったに違いありません。

舞台の演出をみても、たとえば「葵上《あおいのうえ》」の能では、――葵上というのは、源氏物語に題材を得た曲で、六条御息所が光源氏の正妻葵上に嫉妬し、生霊と化して苦しめさいなむのを、行者の通力によって祈りふせられるという筋ですが昔はこの能に、シテ（主演者）の出場とともに、車と侍女を出したという記録が残っています。現在ではシテが一人で現れ、「破れ車のながえにとりつき」さめざめと泣く風情を見せるだけですが、それだけで、車に乗った高貴の女性が、おちぶれはてたさまを想像させるに充分です。この場合よけいな背景や人物は、反って見物の注意を散漫にさせるばかりでなく、悽愴な曲のおもむきを殺ぐ結果になり、ひいては、全曲の内容や趣向に及ぶひろがりを、そこで限定してしまうことになりましょう。

形容詞はたった一つしかいらないのです。「さめざめと泣く」といった所で、色んな風に身をくねらせて、思わせぶりたっぷりに泣くわけではない。左の手を二度、目の近くへ持ってゆくだけの型で済んでしまいます。それは暗示を与える程度ですから、うっかりすると見逃すおそれがあります。はじめからしまいまで、一足の足にも、一寸の動きにも、多くの意味がふくまれている。そしてそれは見物の力次第で、どの様にも深く広く解釈できること、谷崎さんにして、はじめて「結構な」という実に何でもない一語を、真に味う事が可能になるといった様なものです。

誰でも知っている「羽衣」を例にとりますと、先ず漁夫の白龍《はくりよう》が現れ、松にかかっている羽衣を発見します。持って帰ろうとすると遠くの方から（幕の中から）シテの天人が、「なう、その衣はこなたのにて候」と呼びかけます。本来ならばハダカの筈ですが、モギドウといって、いわば下着の様な略式の装束で現れ、頭には冠を頂いています。この冠が天人の「象徴」で、見物はそれによって、日本人なら誰でも伝統的に、天人である事はひと目でそれと知れる筈です。返してくれ、いや、返さぬ、と対話のやりとりをしながら、天人は向うの方からだんだん近づいて来ます。しかし、何とたのんでも羽衣を返してくれないので、今は天に還る望みも絶え、むなしく空を眺めて悲歎にくれるばかりです。

ここでもさきの「葵上」と同じ様に、さめざめと泣くのですが、同じ型をするにもかかわらず、天人と生霊では、おのずから悲しみかたが違う。泣き様一つにも「羽衣」というお伽噺と、源氏物語という小説の差が、はっきり現れることに御注意下さい。全曲の内容と性質は、こんなささいな型一つにもかかっているのです。

白龍は天人の悲しみを見て哀れをもよおし、衣をかえす気になります。「あらうれしやこなたへ給はり候へ」飛びたつおもいに天人はワクワクします。が、実際にはワキの方へ三足、足をつめるだけで、それだけの仕草によって、無限の喜びを表現します。その三足の足づかいが、生きるか死ぬか、物をいうかいわぬかは、むろん役者のよしあしにもかかっていますが、半分は見物の責任でもあります。いかなる名人といえども、めくらを感心させるわけには行かない。見る人を得てはじめて存在するのですから、うかうか見物するということは、一種の冒瀆ということになります。物を見る、ということは、決してじっとして見ることではなく、一つの「行為」であることを、忘れて頂きたくありません。

白龍は、しかしただでは返さないゾ、という顔つきをして見せます。天人はオヤオヤとおもう――それは二足、足を後にひくだけの型。やがて代償に舞を求められたことを知り、おやすい御用、ですが、羽衣がなくては舞えません、というと、白龍は人間の悲しさ、もしいつわってそのまま逃げられるのではないか、とうたがいます。「その疑ひは人間にあり。天にいつはりなきものを」底ぬけの無邪気さで天人はそう答えます。この一句、「羽衣」という曲をよく現した言葉です。それを聞いた白龍はとたんに、恥しくなって、直ちに羽衣をかえします。

かくて羽衣を得た天人は、春霞の三保の松原を背景に、翼を風になびかせつつ、天上の舞をかなで、そうして舞いながら次第に高くのぼって行き、富士の高嶺や愛鷹山を下に見て、ついに霞とともに消え失せてしまう。そこでお能は終るのですが、もし芝居だったなら富士や三保の松原は、背景に欠くことは出来ないでしょうに、お能の場合は何もありません。

まったく、何もない。ただ十年一日の如き鏡板（舞台の正面後のはめ板）の老松と、橋掛り（舞台横の廊下）にある三本の松ばかり。背景にとって変るべき描写は、地謡（合唱）がうたう言葉につれてシテが「景色」を舞ってみせるだけです。扇のえがく線の先に、三保の松原を見、袖のひるがえる下に遠ざかりゆく富士を見おろすのは、見物の眼です。想像力です。

けれども、もし、ここに固定した背景があったとしたらどんな事になるでしょう。不自由なことになりはしないでしょうか？　天人が空かける姿を、いや応なしに写実的にやって見せねばならない。ということになると、不自然なことになりそうです。大道具の綱でつるしあげにされた天人の恰好はおせじにも美しいとは言えますまい。

背景を省略した為に、まだまだ便利な場合があります。たとえばある所から目的地に至る、その間のいわゆる「道中」も、たった一つの舞台で済み、いくつもの場面、廻舞台などの力を借りる必要もなくなります。それどころか、天国でも地獄でも、どこでもお好み次第です。何一つ背景らしい物のない白木の舞台には、そうした自由がゆるされているのです。

お能に、忘れてならないものの一つに仮面があります。これも、人間の表情を極度に圧縮してみせたものです。一つの顔に、あらゆる表情を与えようとするとき、それは無表情に近いものにならざるを得ません。能面の様に無表情な、といいますけれどよく見るならば、その人間が、生れつき物に無感動な人か、それとも、世の中のすべてを知りすぎ見すぎた為に、ついにそうした表情を持つに至ったのか、その二人の間には、はっきり区別がある筈です。能面も、注意して見るとき、それが単なる「無」を現わすものでないことは見分けがつくと思います。

極く僅かの動きが、どれ程大きな喜びを現わし、悲しみを物語るか、――ある日ふと発見して驚くときもありましょう。それには舞台上の人々と同じ程の、細心の注意と集中を要しますが、見る喜びというものは、そうした「発見」にあるのです。

お能には、約束が多いから、習ってみないことには解らない、と簡単にきめている人も多い様です。が、お茶の作法はわきまえずとも、おいしく飲むことは出来るのですし、お茶碗に美を見出すことも自由です。難しい約束は専門家に任せておけばいいので、身体の構造にいくらくわしくとも、それで人間を知ったと言いがたい様に、習ったから解るといったものではありません。

私は、そういう方達の為に書いたのですが、芸術の鑑賞は、何よりも先ず、馴れることが肝要です。そして、自分の眼で、よく物を見ること。お能の見かたといって、結局それ以外にはないのです。教えて貰うものではなく、また教えられるものでもなく。――

壬生狂言

先日京都で壬生《みぶ》狂言を見た。毎年四月、壬生寺で行われる奉納の狂言で、土地の人達はカンデンデンと呼んでいる。カンは鐘の音、デンデンは太鼓である。そういう単調な囃子につれて、壬生の住人達が演じる無言劇であるが、役者の名前すら発表しないという呑気なものである。曲目は大体お能や狂言からとったものが多い。が、正しくは大念仏狂言と名づけるこの舞台劇は、鎌倉時代に始まったもので、猿が出る滑稽な曲目が沢山あるのをみても、案外お能より古い猿楽の形を残しているのかも知れない。そんなことは私には解らないけれども、神経質で窮屈なお能にあきあきしている私は、世阿弥もしくはそれ以前の演劇を見るようなおもいで、終始たのしく見物したのであった。といっても、特に感心したというわけではない。バカバカしく、単純きわまるもので、しかもひつっこいげてものにすぎないのだが、そこには私達が忘れたもの、再び取返さなくてはならないものが見出されるような気がしたのである。

壬生菜、芹、藍なぞで名高いこの土地は今は京都駅から十分とかからない町中にあり、昔の水郷の面影はない。狂言の行われるお寺も、何ということもない平凡な所で、広い境内の隅の方に舞台があり、白洲をへだてて桟敷から見物するようになっている。定刻に行ったのだが、まだ出しものもきまらぬ始末で、いつ始まるか見当がない。そのうち見物もふえ、子供が大勢白洲に集って、アイスキャンディなど売りはじめる。と、何の予告もなしにいきなり幕があいて、「大名」が出て来た。狂言は「炮烙割《ほうらくわり》」といって、お能の狂言の「鍋八撥《なべやつばち》」と同趣向のものだが、違うのはワキもシテも面をつけ、面から出ている首や頭の部分は白い布でほうたいみたいに包んでいる。

……

「自分はここに市場を開く。一番先に店を開いた商売熱心なものは、諸役御免にして奨励してやる」とかなりこみ入った事情を、全部無言でやりはじめたが、仕草が大きく、身体全体をつかってするのが仕草というより踊に近く、先ずおもう事を形に現してみせ、更に実際する事をくり返すのだからよく通じる。いいかげんなセリフよりずっとよく通じる。形というものは不思議なものである。たとえば私達は、一々浄瑠璃の語る意味を聞きながら人形を見はしない、それと同じように、よけいな言葉を用いないということは、これ程物事を単純化して、強い印象を与えるものだろうか、そんなことも考える。

やがて悪党面をした羯鼓《かっこ》屋が登場し、立札を見て一番に店をはったが、誰も来ないのでひと眠りしていると、おとなしい顔をした炮烙屋が出てきて、彼がぐっすり眠りこけているのを見、これ幸いと店を横領する。目がさめてみると場所をとられているので、それから喧嘩になりごたごたするが、最期の場面で、怒った羯鼓屋は、山と積んだ炮烙を高い舞台の上から全部叩き落して割ってしまう。これは狂言の「鍋八撥」より一段と壮観だが、人の好さそうな炮烙屋がずるい奴で、こわい面をかぶった方が正直者であるのは面白い。それよりもっとおかしかったのは、下にいる悪童達が、炮烙のかけらを拾って舞台に投げるのを、役者達が上からしきりに叱っている、

――見物と舞台をへだてたそんな風景も中々珍しい見ものであった。

この大量の炮烙は、お正月に参詣した人々が厄除の為に奉納したもので、――つまり割ることによって厄除になるのだが、何しろ大変な数であり、大変なほこりでもあった。狂言は、まだその他に数番あったが何れも似たようなのんびりしたもので、暖い日の午後のことではあり、いつの間にかうつらうつらしたらしく覚えていない。宿へかえっても何かに化かされたような気分で、カーンデーンデンという間のぬけた囃子の音がいつまでたっても聞えて来る。その夜は、たった一合のお酒でみないい気持に酔っぱらった。一緒に行った友達は、酒豪といっていい人達だったのに、……その事実が、壬生狂言のすべてを語っている。

金語楼の落語

この頃は芸術ばやりになって、服飾の芸術、花火の芸術、何でもかでも芸術の世の中である。言葉というのは妙なもので、安売りされると実質まで低下するらしい。流行とともにほんとうの芸術家も、ほんとうの職人も少くなって行く。

そこに、何でもごちゃまぜにしてしまう日本人の気質があるのかも知れないが、元々アートという言葉には、熟練とか技巧の意味があり、特別高級な「芸術」を指すわけではない。だから、意味ありげな新語を発明した方が悪いので、日本には昔からちゃんとした「芸能」という言葉があった。

その中には相撲から婚礼の儀式から武芸の類まで含まれており、早く云えば見せるものであると同時に一種の附合でもあった。その本質を生活の中にまで持ちこんで、一番発達させたのは利休の茶道だが、今となっては茶人も流行のデザイナーと少しも変る所はない。反って生粋の芸能人の中に我々の手本になる人がいる——。

先日、金語楼の落語を聞いて、私はそんなことを考えていた。今さら金語楼をほめるのはおかしいかも知れない。が、伝統的な落語の巧い、いわゆる名人なら他にもいる、新しい話をする若い人達は未熟である、彼だけはその中間にあってせまい落語の世界から一歩ぬき出ているように見える。

私は落語などたまにしか聞かないから、それが何ということははっきり言えないが、以前にもラジオで聞いて、話す当人はオイオイ泣いているのに、見物はゲラゲラ笑っている。大変な技術だと感心したが、今度のはテレヴィで、――テレヴィはまだやる方もやらせる方も馴れないので、総体につまらないのがふつうだが、金語楼だけはここでも一歩先んじて、この新しい機械の性質をよく呑みこみ、高座ともラジオとも違う演技をやっている。

時々（テレヴィの）映画でも見るが、その方はまったくのアルバイトでこの方が本職だ、――はっきりそういうことを感じたが、昔「山下敬太郎」で売りだした彼が、功成り名とげても好い気持にならず、たえず進歩して行く努力は認めていい。思いなしか、顔まで昔よりずっと円熟して見えるのであった。

話は別に大したことではない。「芝居いろいろ」とかいうので、役者のおかしさをよくつかんでいたが、いわば舞台上の楽屋話という形で、たとえば千田是也に内蔵助をやらせたら、こうでもあろうという新劇の弱点まで描いてみせる。

一つ一つが批判しない批評になっており、千田さんを知っている私にもおかしく、知らない子供達にも同じようにおかしい。大人にも子供にも満足を与える、都会でも田舎でも通用する、それは落語とか大衆向きな芸能に限らず、どんな高級な芸術家も志していい事であると思う。

自分は泣いて人は笑っている、――そこに芸術の本質がある。そんなことは金語楼さんと関係のないことだろうが、高座に上っただけで見物を笑わせる、あの笑顔の裏にはきっと苦い思いがひそんでいるに違いない。ちっとも名人芸ではない金語楼の滑稽さは、私にそういうものを想像させるのである。

韋駄天日記

私には、韋駄天というあだ名がある。もらった当座は不服だったが、今では成程と思っている。その韋駄天がたたって、つまりかけ回りすぎて、胃かいようになり、目下癌研に入院中である。というと聞えがいいけれども、体のいい監禁で、そうしておかないことには何をしでかすか解らないと田崎先生よく御承知だからである。先ごろ吉田健一さんも、同じような状態で入っていた。ここにいれば手当も行届くし、仕事もハカが行く、ごはんもおいしいですヨ等々の甘言にだまされて、根が大げさなことは好きなタチだから入ったものの、レントゲンを撮ったきり、診察もろくろくなさらないし薬も下さらない。

折角、悲愴な気持で入院したのに、さてはペテンにかけられたか、とさとりはしたが後の祭りである。仕方がない、おとなしく監禁されることにした。

ところが、本人はそのつもりでも、何しろ銀座は近い。見舞にかこつけて来る客がひきもきらず、まるで茶店でも開いたような工合である。入院して、一時間もたたないうちに現れたのは、細川さんのおじ様（護立）で、鉄斎の絵を持ってきて下さった。これは上げるんじゃない、貸すんだよ。そういわれたが、もち論私には返すつもりはない。

病人らしい男が寝ており、傍らで、薬らしいものを煎じている。一人は白隠で、一人は鉄斎かも知れない。「うきことのなほも我身につもれかし捨てし心のまことをや見む」とあり、ふとんを描いた横に、「蒲団」と書いてあるのが気に入った。次に現れたのは美術商壺中居の主人、広田ヒロシさんでハイお見舞と出したのはウイスキイである。大体この人には友達とみると、首っくくりの足を引っぱるような癖があるのだが、手回しよく、コップまで二つ御持参で、居合せた私の兄と二人で飲み、たちまちゴルフに行く相談がまとまって、後をも見ずに立去った。

私は（韋駄天だから）いつも人に後姿ばかし見せていたが、今回はじめて人の後姿を見るのである。二人が出て行った後、あらぬ疑いをかけられてはと、ウイスキイのビンはカーテンの後にかくしておいた。

翌日からは、選挙事務所の観を呈した。イスが足りないので、付そいのベッドまでひっぱり出す始末である。壁に「禁煙」と書いてあるが、それは病人のことだと思ってるらしい。お酒と煙草は絶対にいけないよ、といいながら目の前でやってるのだから、さぞかし好い気持のことだろう。仕事なぞできるわけがない。お陰で、夜はよくねむれた。

それから、もうだれが来ていつ帰ったのやら解らない。麻生和子も、お父様が止めてひまになったか、早速来てくれたが、出入りがはげしいのにおそれをなして、選手交代といって退散した。その時くれたフランスの香水は、開けてみると半分蒸発していたので、文句をいわねば、と思ってるうちだれかに持ってゆかれてしまった。ウイスキイも二日目には空になり魯山人の湯呑も消え失せた。

三、四日たっても、先生だけは一向姿をお見せにならない。催促したら忘れちゃったそうで、いかがですと煙草をすすめて下さるのだから世話はない。折角の禁煙も三日坊主に終った。

韋駄天は、寝ていても韋駄天であることを痛感する。先日、横浜の養老院が焼けた。その夜の夢に病院が火事になり、私は三階の窓の所に立っていた。下には雲の如く人だかりし、消防が網をひろげて待っている。ソレ行くゾ、「みんな見ててエ」叫ぶと見物が一せいにこっちを向く。燃えさかる火の照明も申し分ない。あたかもよし、サッと両手をひらき、両足をそろえ、見事なスワン・ダイヴで飛込んだ、とたんに目が覚めた。

その話をしたら、「その前に、みんなの所へ電話かけて知らせなかったのかい」という人がいた。

電話かけるのをぬかったかわりに、新聞に書く次第である。が、こんな風では、もうじき病院から追出されることだろう。

豆

魯山人は、当代一の陶工だが、そのわりに認められていない。認めることをはばむ何物かが、いつも作品と世間のあいだに介在する。簡単にいってしまえば、彼の大きな図体が目触りなのである。はったり屋だとか、慾ばりとか、その他様々の伝説に惑わされるのは、むろん世間の方が悪いのだが、もともと世間とはそういう性質のものだから仕方がない。

はじめて大船の家を訪ねた時、寿司屋の職人を連れて行った。魯山人の庭は、適度に荒れていて田舎家の風情がある。隅の方に、鳥小屋があり、鷹だの梟だの軍鶏《しゃも》の類を飼っている。職人が感心して「へえ、先生は軍鶏を喧嘩させるんですか」と聞くと、「芸術家はそんなに下等な真似はせん」とにらみつけた。

並べてある瀬戸物が気に入って、ほしいというと無雑作に呉れる。値段をたずねたら、「芸術家は金なぞいらん」と怒られた。そうしてふた言目には、確信ある如く手を前方につき出し、赤ん坊みたいな掌を開いたりつぼめたりしながら、「そもそも芸術とは……云々」と、有史以前めいた長談義を滔々とやらかすのだから、寿司屋ならずとも聞いてる方はたまらない。黙っていれば、作品が語ってくれるものを、……彼はあまりにも「芸術家」でありすぎる。

その日は遅くまで御馳走になった。何の話か忘れたが、愉快に喋っている最中突如として、「もう帰れエ」と怒鳴りだした。私は上機嫌だったし、何も帰る理由はみとめられないので黙って飲んでいると、「お前は妙な女だ」——それでおしまい。何が何やらさっぱり解らない。それ位のことで、はったり屋と呼ばれ、友達も失うのでは、気の毒な性分というより他はない。おもうに彼は人一倍淋しがり屋なのだが、表現のまずさの為に、家族のものにまで背かれたのであろう。

魯山人には昔からある有力なパトロンがついていた。主人は、名目上の社長で実力も実権も奥さんにあり、誰の目にもそのことは一目瞭然であった。ところがその会社が破産してしまった。するとと、魯山人はまるで大発見のようにいう、「あの夫婦は、奥さんの方がしっかりしてるよ」つまり、小切手のサインが、社長の「名目」が、彼の眼を曇らせていたのである。金の切れめが縁の切れめで、はじめて客観性が持てたというわけだ。

外国行の金もパトロンが都合した。いや都合すると、社長が簡単に引受けた。が、内情はそれどころではない。旦那がのほほんと約束したことを、奥さんは果す為に忙しい中を奔走した。それでも、半分の金もつくることが出来ない。本人は勝手なもので、呉れるといっただけの物をよこさないと憤慨したが、「本人」というものは（魯山人にかぎらず）いつもそうしたものらしい。とにかく自分で間に合せ、たつことになったが、心の中は穏かでない。そこへ、社長がいつもの通り人の好い笑みを浮べて、飛行場まで送りにやって来た。見ると、一見札束とも思われる包を大事そうにかかえている。そう来なくては、合す顔があるまい。しかし、俺も男だ、もしお金だったら、突っ返してやろうと思った（これは本人のセリフである）が、念の為確かめると、社長はにこやかにただ「マメ」とだけ答えた。成程。当節は金のことをマメというとは知らなんだ。

――貰った包を小脇に、彼はいそいそとタラップをのぼって行った。

いや、あの社長はやはり立派な人物であった。俺の目に狂いはない。包の重さをはかりながら、帽子をとり、外套をぬぐまも嬉しさと期待でわくわくする。やがてドアがしまり、エア・ガールがペラペラいうと、爆音もろとも飛行機は地を蹴った。ふわり、身体が宙に浮く気持も満更ではない。そうそう中身を拝見に及ぶとしようか。風呂敷をとく間ももどかしく包をあけると、中から弁当箱みたいなものが現れた。蓋をとる。と、意外なことに、豆が入っているではないか。中々慎重だナ。ふるえる手つきで紐を切り、あのソラ豆のゆでた奴である。こんな筈はない。きっとこの中にかくしてあるんだろう。そうだ、それに違いない。ニンマリした彼は、ゆで立てのほやほやの豆の層の中に手をつっこんだ。が、さぐれどさぐれど、永遠に、豆は豆でしかない。とうとう逆さにして振ってみたが、当てにしたものは出て来なかった。「お蔭で床中豆だらけサ」先日会った時恨めしそうにその一部始終を話してくれた。まことに本人の身にしてみれば、尤もな次第といわざるを得ない。

彼は外遊からマメで帰ったが、友達は失った。わずかに、作品より「芸術家」の方がもてる世界で、信者に取巻かれて演説をぶっているが、その後姿は淋しい。それにしても、「つくる」事と、「見える」事は、ぜんぜん相異なる二つの才能であろうか。

ゴルフ今昔物語

はじめてゴルフという言葉を聞いたのは、私がまだ五つぐらいの時だったと思う。父がゴルフ場の下検分をするというので、一日お供をさせられた。何か大変珍しいものを見物するつもりで、ついて行ったところ、畠の中を何時間も歩かされただけで、ゴルフって何てつまらないものだろう、とうんざりした。それで覚えているのだろうが、やがて完成された時には見違えるような美しい芝生になって、クラブ・ハウスではおいしい御飯も喰べられたし、日曜ごとに遊びに行くのが楽しみになった。それが今の東京クラブの前身、駒沢のゴルフ・コースである。

コースもクラブ・ハウスも、現在とは比べものにならぬチャチなものだったに違いないが、今から考えると、後にも先にもあすこだけが、ほんとうにカントリー・クラブの名にふさわしい、家庭的な雰囲気を持つゴルフ場ではなかったかと思う。説明するまでもないが、カントリー・クラブとは、本来、お互いによく知った同志の集りでゴルフばかりでなく、家族が一緒に楽しむ所であり、今日のように、ゴルフ一辺倒の場所ではない。

外国では、テニスコートやプールなどもあって、ダンスやブリッジ・パーティに利用されているけれど、日本のゴルフ場もできたてのころは、そして後に東京クラブが朝霞にうつっても、い

またある殿様はパットがお得意で、その上インチキをなさるのだった。昔は、グリーンの上で、ボールの汚れを拭きとることが許されていたので、汚れてもいないボールをゆっくりとハンケチでぬぐう間、おみ足の方はそろりそろりと、目印においたパターの柄をけとばす。

「今日はいいお天気だな」と、空を見あげて、一寸。「どうも当らん」で、二寸。パットが巧い上に、五寸もホールに近よったのではかなわん。が、ゴルフよりみごとなその腕前に、つい見とれていると、自分のパットの方がおろそかになる。ある時、たまりかねて、

「インチキしちゃ、いや」

といってみたら、そこは殿様、悪びれるどころではなく「はて、不思議なことをいう奴」みたいな顔をされた。昔の特権階級は、ごく自然に特権を楽しんでいただけで、そこに悪意も虚栄も存在しなかったようである。

殿様は、勝つにきまったものであり、さればこそ白狐がついたり、爪先が訓練されたりするのであって、そこのところが、世の常のインチキとは違う。美食のはての、悪食のたぐいで、ようするに、退屈しきっていられるのだ。

これはインチキではないが、相良の「河童」という愉快なおじ様がいた。ゴルフはあまりお上手ではない。ある時、最後のパットが入れば勝つという土壇場で、ふだんからそういう癖はあったのだが、一間もある所からホールまで、両足を一杯にひろげ、パターを短く持って、文字どおりボールを押しこんでしまった。当然、私達は文句をいった。と、その答えがふるっていた。

「武士の情じゃ、許してくれい」

そういうサムライは少くなった。が、今でもいないことはない。たしか去年であったか、軽井

沢での横山隆一さんの武者ぶりはみごとなものだった。十五番のホールで、このホールは左手に森があるが、隆ちゃんはその中で悪戦苦闘の様子であった。やがて、グリーンへたどりついたので、いくつかと聞くと、浅間にこだまするような声で答えたそうな。

「ナインティーン　オン！」

そういう大人物もいるかと思えば、吉川英治夫人のような、内助の功の名にふさわしい女性もいる。周知のとおり、夫人の腕前は、先生より数等上である。ある時、先生の球がスライスしてラフに入り、奥さんのがよく飛んで、フェアウエイの真中に落ちた。すると、彼女曰く「どうぞ、あなた、私の球をお打ち遊ばせ」。

一豊《かずとよ》の妻を思わせる美談だが、一説には今日出海《こんひでみ》氏の創作であるともいう。いずれにせよ、火のない所に、そんな伝説が生れるはずはない。世のゴルフ・マダム達の道徳教育のために、特に記しておく次第である。

解説

白洲正子の執筆活動は、戦争中二週間ほどで書き上げた『お能』にはじまる。これは長年親しんできた能への思いを語った作品だが、彼女と能との出合いは古く、大正初期靖国神社でみた奉納能であった。演目は「猩々《しようじよう》」（中国の神仙譚に出てくる変化《へんげ》のようなものが酒に酔って舞うという楽しい能）。演能の最中、電気の故障で舞台が灯りを失い紙燭がともされたが、かえってその為にあたりは異様な雰囲気につつまれ、訳もわからぬまま引きずりこまれて夢中になったという。

両親（樺山愛輔　一八六五—一九五三、常子　一八七五—一九二九）が梅若六郎（一八七八—一九五九のちの二世梅若實）の弟子であった縁で、こののち白洲正子も厩橋にあった梅若の舞台に通うようになり、やがて六郎本人から直接指導をうけることになる。白洲正子の三冊目の単行本『梅若實聞書』は、この能楽師の舞台生活七十年を記念し取材したものである。またその兄で大正昭和の名人として高名な梅若万三郎（一八六八—一九四六　初世梅若實の長男）についても、彼の死の直後に追悼文（「梅若万三郎」本巻所収）を書き、その芸と人柄にふれている。

このように、白洲正子の初期の仕事には能に関する文章が多いが、同時に、『私の芸術家訪問記』のような先輩知己（芸術界のみに限らず広く政界実業界にわたる）の訪問記、『たしなみについて』で語られる人生論や着物への考察、旅行記などのエッセイもみられる。それらのエッセイに登場する人物などについて、以下若干の補足を加える。

まず一九四六年発表の「散ればこそ」であるが、これは太平洋戦争の開戦直前に内閣総理大臣となり、戦争回避に奔走しながらも成し得ず、戦後戦犯に指定され収監直前に自殺した近衛文麿（一八九一―一九四五）の追悼文である。白洲正子の夫白洲次郎（一九〇二―一九八五）は、戦前は近衛、戦後は吉田茂（一八七八―一九六七）のブレーンをつとめた人物だが、彼がこの二人と知りあうことが出来たのは、正子の父樺山愛輔の紹介による。樺山は薩摩藩出身の士族であった関係で、当時の薩摩閥の要人とは親しかったが、中でも牧野伸顕（一八六一―一九四九　大久保利通の次男）とは昵懇であった。吉田茂は牧野の娘聟であり、「麻生和子さんはこんな方です」の麻生和子は吉田の三女で牧野の孫にあたる。

「一つの存在」「郷愁の町」に登場する河上徹太郎（一九〇二―一九八〇）は文芸評論家。白洲次郎とは神戸一中の同級生であり正子とも戦前からの知合いだが、何よりも青山二郎（一九〇一―一九七九）小林秀雄（一九〇二―一九八三）という正子の二人の師との仲立ちをしたことを忘れてはならない。このあたりの事情は『鶴川日記』（第八巻に収録予定）『白洲正子自伝』（第十四巻に収録予定）に詳しい。

「京の女」は、白洲正子が最晩年まで京都の常宿として愛用した「佐々木」の先代主人を書いたもので、十年ほどのちに発表された「佐々木のおはるさん」（第二巻に収録予定）と同一人物である。おはるさんこと佐々木はるは祇園の出で、戦前から京都に宿をいとなみ、作家の里見弴（一八八八―一九八三）や吉井勇（一八八六―一九六〇）などの人々が常連であった。白洲正子がはるを知った経緯は不明だが、前述の近衛文麿もひいきの一人であったから、近衛の紹介であったかもしれない。「芦屋夫人」に登場する「行きつけの清水の宿」もここのことである。はるは昭和三十年を少し過ぎた頃亡くなり、その後は姪の達子がひきついだが、この達子も亡くなって「佐々木」もとじられた。正子はすぐ、「京の宿」（『夕顔』所収。第十三巻に収録予定）という文章を書いてその在りし日を偲んだ。「佐々木」は白洲正子にとって、京都を象徴するもののひとつであったといっても過言ではあるまい。

「お嬢様気質」は、終戦後元宮様の初の離婚として騒がれた華頂博信・華子夫妻について書いたものだが、この離婚事件は当時スキャンダルとして大きく扱われ、華頂夫人と女子学習院の同級生であった縁で白洲正子に原稿の依頼があったと思われる。また、この文中に登場する「秩父宮の妃殿下」は、旧会津藩主松平家から秩父宮家に嫁いだ勢津子妃（一九〇九―一九九五）のことで、白洲正子とは華頂夫人と同じく女子学習院の同級生だが、単なる同級生以上の、生涯にわたる親友であった。妃殿下が亡くなった時には「不思議なご縁」（『名人は危うきに遊ぶ』所収。第十三巻に収録予定）を書き、長年の交際をふり返っている。妃殿下も、晩年に上梓された著書『銀のボンボニエール』（一九九一年、主婦の友社）で白洲正子にふれている。「母の憶い出」の中に「着物など凝りにこったあげく、終には無地にこしたものはないといった其の気持もわかる」とあるが、着物についての興味は母親ゆずりで若い時分から着たり見たりする機会は多く、知識や見識も相応に身についていたようだ。それは「〃日本の絹〃の美しさ」を読んでもわかる。だが、着物との決定的な付合いがはじまるのは、戦後銀座の「こうげい」という店の開店に協力してからだろう。ここについては、『白洲正子自伝』の「銀座『こうげい』にて」に本人が詳しく書いているが、銀座の旧電通通りを新橋寄りに行った所にあって、現在では大家となった織物や染織の作家を多数発掘した、一種サロンのような雰囲気をもった店であった。

白洲正子の初期エッセイを見渡すと、その題材は能、人間から着物、そしてスポーツと一見雑多な印象をうけるが、これらはすべて子供の時分から馴れ親しんだものばかりである。

白洲正子の文学は、この親しいものたちに、彼女なりの視線をなげかけることからはじまったと言っていいであろう。

（白洲實）

凡例

○本全集は白洲正子（一九一〇―一九九八）の一九四〇年から一九九八年に亘る文業を可能な限り網羅した初の全集である。
○表記は原則として、すべて新字新仮名遣いに統一した。
○明らかな誤記・誤植は訂正したが、原則として底本どおりとし、用語・送り仮名等の統一は行わなかった。ルビについては、適宜追加・省略をした。
○明らかに口述筆記と判断できるものは除外した。
○底本には著者生前最後の単行本となるものを用いた。但し作品によっては例外もあり、それについては解題でふれることとした。
○作品配列は、著者の処女作『お能』から最晩年の『両性具有の美』に到るまでを、単行本の刊行順に収録することとした。
○今日の人権意識に照らして不適切と思われる語句や表現があるが、著者が故人であること、及びその執筆の意図が差別を助長するものではないこと等に鑑み、原文を尊重し、底本どおりとした。

解題

第一巻には、著者の文業の出発点となった『お能』をはじめとし、それにつづく『たしなみについて』『梅若實聞書』『私の芸術家訪問記』及び一九四〇年から一九五五年に亘るエッセイを収めた。

お能

一九四三年（昭18）十一月　昭和刊行会
書き下ろし

のちの刊本は以下の通り。
『お能』一九六三年（昭38）八月　角川書店（角川新書）
『お能』一九七四年（昭49）十月　駸々堂出版
『白洲正子著作集 第一巻』一九八四年（昭59）九月　青土社
『お能・老木の花』一九九三年（平5）四月　講談社（講談社文芸文庫）

底本には、角川新書版にもとづいた『白洲正子著作集第一巻』所収のものを用いた。

角川版刊行にあたっては、新字新仮名遣いへの移行、著者による文章上の添削改訂（漢字から平仮名への移行、一部分の削除、目次の新たな作成など）が行われ、その事につき著者自身書き下ろした「再版にあたって」があるので、以下それを引用する。

再版にあたって

この本は昭和十七年の秋、半月ばかりで書きおろしたものです。戦後たびたび再版をすすめられましたが、読み返してみると、どうにもまずくて出す気になれませんでした。このたび、角川さんのおすすめにより踏みきることにしましたが、文章はつたなくても、お能について私が考えていることは少しも変わってはいないのと、一度世間へ出した以上、恥しがる理由も権利も著者にはないことに気がついたからです。

初版とちがうところは、写真と目次を入れたことと、文章を多少けずったことで、直したところはほとんどありません。間に戦争という大事件があっても、お能の本質がいささかも曲げられなかったことを思うとき、六百年という年月を生きぬいた古典芸術の強い生命に、今さらのように感嘆するばかりです。

昭和三十八年七月　筆者

駸々堂版『お能』は『梅若實聞書』と合わせて一冊としたものである。角川版との大きな異同は特にみられないが、昭和刊行会版・角川版双方に収録されていた最終章の「おわりに」が割愛されている。

以下は著者による駸々堂版『お能』あとがきの全文である。

あとがき

「お能」は昭和十七年の秋ごろ、志賀直哉先生と柳宗悦先生にすすめられて、書きおろした本である。私にとってははじめての出版で、大そう未熟で、お羞かしいものであるが、今となってはなつかしい気持もする。書きたいことはたまっていたので、一気に二週間ほどで書きあげた。めくら蛇に怖じずとは正にこのことであろう。が、そういうきっかけを作って下さった両先生には、いくら感謝してもしきれない心地がする。今は少しでもいい作品を書くことだけが、亡き先生方に対する感謝のしるしだと思っている。

「梅若實聞書」の方は、戦後の出版である。實先生には七、八歳の頃から、手をとって教えて頂き、お能以外のことでも私は大きな影響をうけた。戦争中に、舞台も焼け、演能の機会も少なく、年老いた先生はしばらく世田ヶ谷の方に仮住居をしていられた。その淋しさをお慰めしたい気もあって、私はしばしば訪問し、お稽古のかたわら芸談をうかがった。一代の名人の聞書としては、不充分なところが多々あるが、先生の風貌を伝えることが出来れば仕合せに思う。

この度、駸々堂の谷口常雄氏のすすめにより、二つの本が一冊にまとまって、再び日の目を見るのはうれしいことである。装幀にも梅若家所蔵の桃山時代の摺箔を用い、題字も世阿弥の書を探すなど、さまざまに気を使って下さった。ここに改めてお礼を申しあげる。

たしなみについて

一九四八年（昭23）四月　雄鶏社（雄鶏新書）
書き下ろし

『美しくなるにつれて若くなる』（一九九八年〈平10〉、角川春樹事務所、ランティエ叢書）に一部抄録された。

雄鶏社版を底本として用いた。

梅若實聞書

一九五一年（昭26）四月　能楽書林
書き下ろし

のちの刊本は以下の通り。
『お能』一九七四年（昭49）十月　駸々堂出版
『白洲正子著作集 第一巻』一九八四年（昭59）九月　青土社
『お能・老木の花』一九九三年（平5）四月　講談社（講談社文芸文庫）

「凡例」に従えば、青土社版『著作集第一巻』を底本とすべきであるが、能楽書林版と比較対照した所、「芸談さまざま」の末尾三行、及び「猩々乱」「万三郎と實」「鐘引」「梅若家の歴史」「梅若實略歴」の五章の大幅な削除があるため、能楽書林版を底本とした。

私の芸術家訪問記

一九五五年（昭30）四月　緑地社

本書は前半が人物論で、「婦人公論」一九五四年四月号から十二月号に亘り連載されたもの。その対象人物は小林秀雄・梅原龍三郎・田村秋子・井上八千代・勅使河原蒼風・浜田庄司・梅若實・吾妻徳穂・正宗白鳥の九人で、これらはのちに『心に残る人々』（本全集第三巻に収録予定）、及び『ものを創る』（第五巻に収録予定）に再収録された。そこで、本巻ではこれらの人物論を省いたエッセイのみを収めた。
　初出と、収録本は次の通りである。

焼物の話　初出不詳。一九五三年（昭28）。のち『風姿抄』（一九九四年〈平6〉、世界文化社）に収録（「焼きものの話」と改題）。
面をみる　初出不詳。のち『風姿抄』に収録。
鉄砲うち「婦人公論」一九五四年（昭29）三月号。
ガンコな人　初出不詳。
手袋「電通週報」一九五四年（昭29）十二月三日号。
デントンさんのこと　初出不詳。
腕輪の行方　初出不詳。
曼荼羅　初出不詳。
凡人の智恵「読売新聞」一九五三年（昭28）十一月九日。
香港にて「婦人公論」一九五二年（昭27）八月号。
真実一路　初出不詳。
第三の性「新潮」一九五四年（昭29）一月号。

　本書は、著者が私淑した青山二郎の編集によるもので、編集後記の体裁で、青山二郎が以下の「あとがき」を書いている（原文は旧字旧仮名遣い）。

あとがき

青山二郎

　田舎新聞の記者が、原稿を売りに来た小男の後ろ姿を見て
「運命の神に見放された人間とは、あんな男のことをいうのだ」と言ったというが、誰もこの小男が後年の文豪、小泉八雲になろうとは思わなかったと伝記作者は書いている。一例として挙げたのだろうが、何気なく擦れ違った一瞬にしては如何にも嫌悪が激し過ぎる。無神経な伝記作者は、この小男が何故小泉八雲に成ったのか（成らねばならなかったか）そういうことは成り行きに委せて、考えても見ない。出生物語の拙劣な常套手段である。
　だが、この常套手段のお蔭で偶然、小泉八雲の気味悪い姿に出遭うのだが――嫌悪や軽蔑の意味は既に消えて、運命の神に見放された様に見えた、という観察だけが我々の印象に残る。一新聞記者の主観に反して、彼の眼に例えば一瞬の詩神が宿ったと見るのが正解だろう。詩神という様な言葉を使ったが、この詩神は日常見掛ける通り、時々びっくりする程見える眼がそれで、誰の眼にも詩神は眠っているのである。

　私は誰でしょう。
家の中に許りいるので、テリヤの様に世間知らずだ

と思われている。尻ッ尾をふり過ぎ、後足をふん張り、畳の目をふん張った足が左右に滑べる。恬んなポーズに、人も自分も捲き添えを食っている。有閑マダムと人が呼べば有閑マダムになって見せ、仕舞の名手と公認されれば梅若六郎後援会の会長にも納まる。私が知っている人といえば、尾ひれが付いて魚類になり、貝類は蔵を建て、女に持てて蛸にもなる。人は見掛け通りに評価するのが公平で、お互様のようだ。〈お互様とはチャンチャラ可笑しい〉のだって、お互様だから致し方がない。他人の眼から見れば、人の一生なんかエビ・フライで、時価である。幸運の神に跨った私の様な有閑マダムは、時折そんな事を考えているだけかも知れない。虚栄心が虚栄心を食い、夢が夢みる心地だが、真のお互様に徹すればお互様とは君子の交りで偸むことだ。「砂漠は生きている」と見れば、別段のことはないのである。

私という人間ははっきりした感受性と、特殊な判断を持った女の様だ。この感受性は誰に教ったものでもない、私の為人《ひととなり》だという。同様に判断の方も、ひたすら為人から出た愛情と言った様な判断だから自己流で誤解され易いが、誤解しても誤解されてもウマの合う相手があるもので、そんな人が反って私を知っている。

又、私のような者が婦人雑誌の注文で『芸術家訪問記』を連載する場合、勝手な振舞いは許されないのが当然だが、文章を書いて見ると勝手な振舞いどころか、優れた勘を持った実行家の様に言われていたのに——その意味さえ解っていない様である。何やら私は見当違いをしているらしい。人は私の知らないものを掘出して兎や角言っているが、私の為人、感受性、そんなものは私自身ではない。才能は私の魂を掘り下げないし、きょろきょろ一人前の顔をすることに使い果されて仕舞う。

私という人間が面白いなら、誰か私の為人を乗りこなして呉れそうなものだとも考えた。人は過不足なく、銘々に磨きを掛けて行くのが羨しい。

見えるということが、唯それだけなら自慢にもならない、私が生きた証拠だ。見えるということは此方から見ることではない。何故なら、見えるということは一つの発見の発見で、これは見えたものから同時に何か貰うことである。此処までは私も正しい。

それなら、私のはっきりした為人が、本人の所へ何か証拠を持って来る筈ではないか。ハッとしました、私はジャーナリストに成り掛っている。例えば感受性がペンを執っても、私は私自身の場にいなければ成らないのである。それなら、私は誰でしょう。本人とは元来、漠然とした蜂の巣の様なものかも知れないが、この巣箱に、思想と名の付くものが生れるだけなら——

為人が運んで来る土産が私自身を描き出す迄、何ものにも動かされてはならない。私こそ主人だからである。

エッセイ　一九四〇—一九五五

母の憶い出『樺山常子集』（一九四〇年〈昭15〉、国際報道工芸・私家版）に発表。『夢幻抄』（一九九七年〈平9〉、世界文化社）に収録。

日本人の心「東京新聞」一九四四年（昭19）六月二日、三日、五日に掲載。単行本未収録（以下＊で表示）。

散ればこそ「三田文学」一九四六年（昭21）六月号に掲載。『ひたごころ』（二〇〇〇年〈平12〉、ワイアンドエフ）に収録。

梅若万三郎「文藝春秋」一九四六年十月号に掲載。『ひたごころ』に収録。

風俗・その他「婦人公論」一九四六年十一月号に掲載（＊）。

きもの　初出不詳。一九四六年頃（＊）。

たべもの　初出不詳。一九四六年頃（＊）。

能をみる　初出不詳。一九四六年頃（＊）。

『無常という事』を読んで「三田文学」一九四六年十二月・一九四七年（昭22）一・二月合併号に掲載。『ひたごころ』に収録。

調和『きものの国（まき1）』（一九四七年、茗渓堂）に発表（＊）。

自分の色　初出不詳。一九四七年。『舞終えて』（二〇〇〇年、ワイアンドエフ）に収録。

一つの存在「三田文学」一九四八年（昭23）六月号に掲載。『ひたごころ』に収録。

早春の旅　初出不詳。一九四八年頃。『舞終えて』に収録。

京の女「三田文学」一九四九年（昭24）七月号に掲載。『ひたごころ』に収録。

人工天国の倦怠「朝日評論」一九五〇年（昭25）七月号に掲載（＊）。

〝日本の絹〟の美しさ　初出不詳。一九五〇年頃（＊）。

小林秀雄「婦人公論」一九五一年（昭26）六月号に掲載（＊）。

お嬢様気質「文藝春秋・秋の増刊　秋燈読本」一九五一年十月刊に掲載。『ひたごころ』に収録。

郷愁の町「旅」一九五一年十二月号に掲載（＊）。

麻生和子さんはこんな方です　初出不詳。一九五一年頃（＊）。

芦屋夫人　初出不詳。一九五一年頃（＊）。

春の香り「婦人公論」一九五二年（昭27）四月号に掲載（＊）。

前進あるのみ「文藝春秋・臨時増刊　アメリカから得

たもの失ったもの」一九五二年六月刊に掲載。『ひたごころ』に収録。

自己に忠実であること「週刊読売」一九五三年（昭28）一月十八日号に掲載（＊）。

法隆寺展にて「文藝春秋」一九五三年一月号に掲載。『ひたごころ』に収録。

お能の見かた「全人」一九五三年一〜四月号に掲載（＊）。

私の文芸時評「読売新聞」一九五三年七月二十日に掲載（＊）。

夫婦の生活「サンデー毎日」一九五三年九月二十日号、二十七日号、十月四日号、十一日号、十八日号、二十五日号、十一月一日号、八日号に掲載。『ほとけさま』（二〇〇〇年、ワイアンドエフ）に収録。

お能の見かた　初出不詳。一九五三年頃（＊）。

壬生狂言「ゆきま」一九五四年（昭29）八月号に掲載（＊）。

金語楼の落語　初出不詳。一九五四年頃（＊）。

韋駄天日記「東京新聞」一九五五年（昭30）三月十二日に掲載（＊）。

豆「机」一九五五年五月号に掲載（＊）。

ゴルフ今昔物語　初出不詳。一九五〇年代中頃か。『ほとけさま』に収録。

装画　青山二郎
装幀　新潮社装幀室

白洲正子全集　第一巻

発　行…………二〇〇一年五月三〇日

著　者…………白洲正子《しらすまさこ》

発行者…………佐藤隆信

発行所…………株式会社新潮社

郵便番号　一六二-八七一一　東京都新宿区矢来町七一

電話　編集部　〇三-三二六六-五四一一

読者係　〇三-三二六六-五一一一

印刷所…………錦明印刷株式会社

製本所…………加藤製本株式会社

製函所…………株式会社岡山紙器所

価格は函に表示してあります。

乱丁・落丁本は、ご面倒ですが小社読者係宛お送り下さい。
送料小社負担にてお取替えいたします。

ISBN4-10-646601-5 C0395

白洲正子全集　全14巻　別巻1

第一巻	お能　たしなみについて　梅若實聞書　私の芸術家訪問記 エッセイ 1940－1955
第二巻	お能の見方　韋駄天夫人　きもの美――選ぶ眼・着る心 エッセイ 1956－1962
第三巻	心に残る人々　能面　世阿弥――花と幽玄の世界　西国巡礼 エッセイ 1963
第四巻	明恵上人　古典の細道　エッセイ 1964－1970
第五巻	かくれ里　ものを創る　エッセイ 1971－1973
第六巻	旅宿の花――謡曲平家物語　近江山河抄 エッセイ 1974－1975
第七巻	十一面観音巡礼　私の百人一首
第八巻	魂の呼び声――能物語　道　鶴川日記 エッセイ 1976－1979
第九巻	花　日本のたくみ　私の古寺巡礼 エッセイ 1980－1986
第十巻	縁あって　草づくし　花にもの思う春
第十一巻	木――なまえ・かたち・たくみ　西行 エッセイ 1987－1989
第十二巻	老木の花　遊鬼――わが師 わが友　世阿弥を語る いまなぜ青山二郎なのか　エッセイ 1990－1991
第十三巻	雪月花　夕顔　姿　名人は危うきに遊ぶ エッセイ 1992
第十四巻	白洲正子自伝　白洲正子 私の骨董　両性具有の美 エッセイ 1993－1998　年譜・著作一覧
別巻	古典夜話　やきもの談義　対話――「日本の文化」について おとこ友達との会話

（内容に変更があるかもしれません。予めご了承下さい。）